JAY XIRAN ZHAO

Iron Widow

Rache im Herzen

JAY XIRAN ZHAO

# IRON WIDOW

## RACHE IM HERZEN

Roman

Deutsch von
Michaela Link

penhaligon

Die Originalausgabe erschien 2021 unter dem Titel »Iron Widow« bei Penguin Teen Canada, Toronto.



FSC www.fsc.org MIX Papier | Fördert gute Waldnutzung FSC® C083411

Klimaneutral* Druckprodukt ClimatePartner.com/14044-1912-1001

Penguin Random House Verlagsgruppe FSC® N001967

1. Auflage 2023

Redaktion: Angela Kuepper
Umschlaggestaltung: www.buerosued.de nach einer Originalvorlage von Penguin Teen Canada
Umschlagmotiv: © 2021 Ashley Mackenzie
Art Direction: Terri Nimmo
Umschlagdesign: Talia Abramson
HK · Herstellung: mar
Satz: Vornehm Mediengestaltung GmbH, München
Druck und Bindung: CPI books GmbH, Leck
Printed in the EU
ISBN 978-3-7645-3288-8

www.penhaligon-verlag.de

*Für Rebecca Schaeffer,*
*die für mich da war,*
*während ich mich von einer Zahl*
*in einer Statistik zu einer*
*Überlebenden wandelte, die stark genug war,*
*diese Geschichte zu schreiben.*

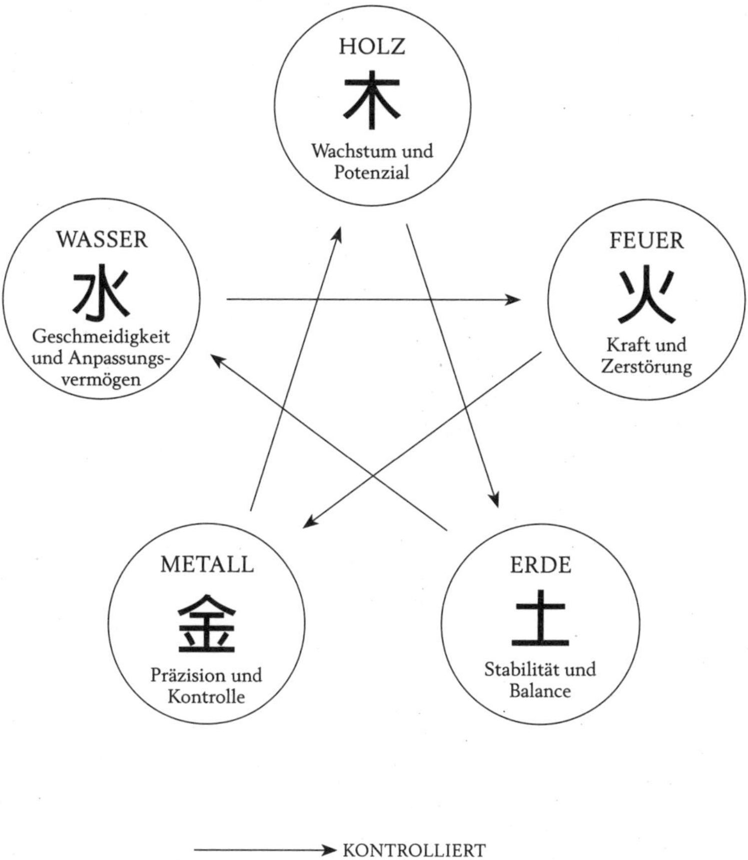
HOLZ
木
Wachstum und Potenzial
FEUER
火
Kraft und Zerstörung
ERDE
土
Stabilität und Balance
METALL
金
Präzision und Kontrolle
WASSER
水
Geschmeidigkeit und Anpassungsvermögen
KONTROLLIERT

Hiermit sei ausdrücklich darauf hingewiesen, dass dieses Buch Szenen von Gewalt und Misshandlung enthält, außerdem Gespräche über und die Bezugnahme auf sexuelle Übergriffe (wenn auch keine direkten Schilderungen) sowie Darstellungen von Selbstmordgedanken, Alkoholabhängigkeit und Folter.

Dieses Buch ist kein historischer Roman und auch kein Werk alternativer Weltgeschichte. Stattdessen handelt es sich um eine futuristische Erzählung, die in einer völlig anderen Welt spielt, aber durch kulturelle Elemente aus der gesamten chinesischen Geschichte inspiriert ist und in der historische Figuren auftreten, die unter umfassend veränderten Lebensumständen neu erschaffen wurden. Bei der Neuerfindung jener historischen Gestalten hat sich dier Autor*in beträchtliche kreative Freiheiten erlaubt und etwa die familiären Verhältnisse ihrer Herkunft oder deren Altersunterschiede zueinander verändert, denn es war nicht das Ziel dieses Buches, möglichst genau einer bestimmten Epoche gerecht zu werden. Um sich ein authentisches Geschichtsbild zu verschaffen, mögen sich Leserinnen und Leser bitte an nicht fiktionale Quellen halten.

# PROLOG

Die Hunduns kamen. Eine ganze Herde, die durch die Wildnis tobte und einen dunklen Staubsturm durch die Nacht wirbeln ließ. Die rundlichen, gesichtslosen Leiber aus Geistmetall glitzerten unter dem silbernen Halbmond und einem Himmel voller funkelnder Sterne.

Einen weniger fähigen Piloten hätte es nervös gemacht, sich ihnen in der Schlacht entgegenzustellen, aber Yang Guang blieb unbeeindruckt. Am Fuß seines Wachturms direkt außerhalb der Großen Mauer zwang er seine Chrysalis, den Neunschwänzigen Fuchs, in Aktion zu treten. Das stachlige grüne Ding war so groß wie ein sieben- oder achtstöckiges Gebäude. Seine Metallklauen ließen die Erde erbeben, wenn sie darüber stampften.

Eine Chrysalis war keine gewöhnliche Kriegsmaschine. Yang Guang steuerte sie nicht mit einem Lenkrad oder mit Hebeln, wie er das bei einem elektrischen Wagen oder einem Schwebeboot getan hätte. Nein, er wurde *selbst* zu der Chrysalis. Während sein sterblicher Leib schlafend im Cockpit saß, die Arme um die Konkubinenpilotin geschlungen, mit der er heute Nacht in die Schlacht gezogen war, befehligte sein Geist mittels Gedankenkraft jeden Teil des Neunschwänzigen Fuchses, ließ ihn auf die am Horizont herannahende Herde zustürmen. Weit draußen, zu beiden Seiten von ihm, jagten die dunklen Umrisse anderer im aktiven Dienst stehender Chrysaliden ebenfalls dem Feind entgegen.

Durch haarfeine Akupunkturnadeln entlang seines Pilotensitzes, die sich in sein Rückgrat bohrten, kanalisierte Yang Guang sein Qi, um den Fuchs anzutreiben. Qi war die grundlegende Essenz, die alles auf der Welt nährte und erhielt, vom Sprießen der Blätter über das Lodern des Feuers bis hin zu den Bewegungen der Himmelskörper. Yang Guang nutzte nicht nur sein eigenes Qi, sondern konnte über die geistige Verbindung, die ihm die Chrysalis bereitstellte, auch auf die Lebenskraft seiner Konkubinenpilotin zugreifen. Ihr Wesen war nicht stark genug, um ihm dabei Widerstand zu leisten; es hatte sich tief in Yang Guangs eigenem Wesen verloren. Einzelne Bruchstücke ihrer Erinnerungen tauchten in seinem Geist auf, aber er gab sich alle Mühe, ihnen keinerlei Beachtung zu schenken. Es war besser, nicht zu viel über seine Konkubinen zu wissen. Alles, was er brauchte, war das Zusammenwirken ihres Qi mit seinem eigenen; dadurch ließ sich die von ihm freigesetzte Geistenergie vervielfachen. Das erst befähigte ihn dazu, eine so große Chrysalis zu steuern.

Als Erstes erreichten Yang Guang einige versprengte Hunduns der gemeinen Klasse. Sie stürzten sich auf ihn wie übergroße Metallkäfer, ganz darauf versessen, sich in den Fuchs hineinzubohren und ihn umzubringen. Unter dem Licht der Sterne wirkten ihre unterschiedlichen Farben matt und trübe. Doch einige leuchteten auf und ließen ihr zur Waffe geformtes Qi in Form von strahlend hellen Explosionen oder knisternden Blitzen aus ihren Leibern schießen. Hätte sich Yang Guang ihnen als Mensch entgegengestellt, hätten sie so hoch wie Häuser vor ihm aufgeragt und ihn auf der Stelle verdampfen lassen, aber wenn er den Fuchs steuerte, waren sie zu klein, um ihm etwas anhaben zu können. Während er sie mit den Klauen des Fuchses zerdrückte, durchschossen ihn Wellen fremder Empfindungen – Kummer und Entsetzen und Zorn, wild und aufgewühlt, wie elektrische Spannung. Er wusste nicht, auf welche Weise genau die Chrysaliden aus den Körperpanzern der Hunduns gefertigt wurden – das erfuhren nur die höchstrangigen Ingenieure –, doch selbst die jahrhundertelange Verfeinerung ihrer Kunst hatte das Problem nicht zu beheben vermocht, dass die Piloten die Gefühle der Hunduns spürten, wenn sie deren Rümpfe durchbohrten.

Piloten sprachen in der Öffentlichkeit nicht viel darüber, aber die Abwehr dieser ablenkenden Empfindungen beanspruchte einen erstaunlich großen Teil der Kraft, die für den Kampf erforderlich war. Eben weil er sich so gut gegen diese Gefühle abschotten konnte, war Yang Guang einer der leistungsstärksten lebenden Piloten. Während er sich durch den mentalen Ansturm kämpfte, drosch er unentwegt auf die Hunduns ein. Knarrend fegten die neun Schwänze des Fuchses hinter ihm hin und her wie neun neue Gliedmaßen, schlugen die größeren Hunduns mit einem laut widerhallenden Scheppern weg.

Yang Guang hatte kein Mitleid mit ihnen. Die Hunduns waren Eindringlinge aus dem Kosmos, die die menschliche Zivilisation auf dem Höhepunkt vor etwa zweitausend Jahren regelrecht pulverisiert hatten; die Menschheit hatte nur in einigen verstreuten Stämmen überlebt. Wenn der Gelbe Herrscher nicht gewesen wäre, ein legendärer Stammesführer, der mithilfe der Götter die Herstellung der Chrysaliden erfunden hatte, hätte sich die menschliche Zivilisation nie wieder erholen können, und der ganze Planet würde inzwischen den Hunduns gehören.

Kameradrohnen zischten um den Fuchs herum wie rotäugige Fliegen. Einige von ihnen gehörten der Befreiungsarmee der Menschheit, andere privaten Medienunternehmen, die die Schlacht in ganz Huaxia übertrugen. Yang Guang blieb aufs Äußerste wachsam und konzentriert, erlaubte sich keinen Fehler, um seine Fans nicht zu enttäuschen.

»Neunschwänziger Fuchs, in der Herde wurde eine Prinzenklasse gesichtet!«, rief ein Armeestratege durch die Lautsprecher im Cockpit.

Yang Guang horchte auf. Ein Hundun der Prinzenklasse war ein seltener Gegner und gehörte derselben Gewichtsklasse an wie der Fuchs. Wenn es Yang Guang gelang, ihn auszuschalten und ihn dabei zugleich nur minimal zu beschädigen, könnte der Hundun in eine neue Chrysalis der Prinzenklasse umgewandelt werden oder als Gabe für die Götter dienen – als Gegenleistung für irgendwelche bedeutenden Geschenke, wie etwa Anleitungen für bahnbrechende neue Technologien oder medizinische Errungenschaften. Und ein Sieg über die Prinzenklasse würde Yang Guang in der Rangfolge der Piloten weit nach vorne bringen. Vielleicht würde er dann endlich Li Shimin auf einen der hinteren Plätze verweisen, diesen verurteilten Mörder, der es nicht verdiente, die Nummer eins der Piloten von Huaxia zu sein.

Doch um einen sauberen Treffer landen zu können, musste Yang Guang dem Fuchs erst eine komplexere Form verleihen.

»Xing Tian, gib mir Deckung!«, rief er durch den Mund des Fuchses seinem nächsten Kampfgenossen zu, und sein Qi sandte seine Stimme über das Schlachtfeld hinweg. »Ich werde mich gleich verwandeln!«

»Verstanden, Oberst!«, brüllte Xing Tian aus dem Kopflosen Krieger, einer Chrysalis mit einem glühenden Mund auf dem Bauch sowie leuchtend gelben Augen am Rumpf, an der Stelle, wo sich eigentlich die Brustwarzen befänden. Sofort baute sich der Kopflose Krieger vor dem Fuchs auf und drosch mit einer riesigen Axt aus Geistmetall auf das Gewimmel der Hunduns ein. Sie starben als spritzende Lichtkleckse.

Solcherart beschützt und gesichert, jagte Yang Guang sein Qi mit der größtmöglichen Geistenergie, die er aufbringen konnte, durch den Fuchs. Leuchtende Risse zogen sich über dessen stachelige grüne Oberfläche.

Auch wenn Chrysaliden aus den Panzern von Hunduns hergestellt wurden, waren sie diesen doch in jeder Hinsicht überlegen. Den Hunduns mangelte es so sehr an Intelligenz, dass sie das Potenzial des Geistmetalls, aus dem sie selbst bestanden, nicht zu entfesseln vermochten, um mehr zu werden als rundliche Klumpen.

Menschen jedoch konnten das.

Yang Guang führte sich die aufrechte Form des Fuchses vor Augen, und seine Chrysalis verwandelte sich entsprechend. Die Gliedmaßen wurden dünner und länger, die Taille wurde schmaler, und die Schultern des Fuchses wurden beweglicher, was ihn ein klein wenig menschenähnlicher machte. Seine neun Schwänze bildeten scharfe Lanzen und fächerten sich vom Ansatz aus wie Sonnenstrahlen – so wie die echten Neunschwänzigen Füchse ihre Schwänze hoben, um Feinde einzuschüchtern. Er richtete den Fuchs auf; jetzt, da er sein Qi mit mehr Energie aussandte, verfügte er über hinreichend Kontrolle und Geschicklichkeit, um mit ihm auf zwei Beinen das Gleichgewicht zu halten. So waren die Vorderläufe des Fuchses frei, um mit einer Waffe zu kämpfen.

Mit einem Griff über die Schulter schloss Yang Guang eine Klaue um eine der Schwanzlanzen des Fuchses und riss sie sich vom Rücken. Er preschte damit durch die wogende Herde unterschiedlich großer Hunduns, bis er die Prinzenklasse entdeckt hatte. Dann machte er sich flach, um vom Boden aus emporzuhechten. Die Lanze flog in hohem Bogen durch die Nacht, ein schimmernder Strahl Mondlicht. Dann senkte sie sich herab und durchbohrte den runden Körper des Hunduns. Außer ihren sechs winzigen käferartigen Beinen wies die Prinzenklasse keine besonderen Merkmale auf. Geistmetall barst mit einem eindrucksvollen Geräusch; es klang, als flöge ein ganzes Lagerhaus voller Porzellan in die Luft. Yang Guang machte sich auf den Ansturm der Gefühle von Zorn und Grauen gefasst, als das Licht des von Qi erfüllten Lebenszentrums des Hunduns aufzuckte und schwächer wurde.

Die anderen Chrysaliden, die mit ihm gegen das Meer glitzernder Hunduns ankämpften, johlten vor Begeisterung. Kameradrohnen näherten sich der leblosen Hülle der Prinzenklasse, und Yang Guang konnte sich gut ausmalen, wie nun in ganz Huaxia Männer und Frauen aus dem gemeinen Volk an ihren Bildschirmen jubelten. Ein rauschhaftes Hochgefühl überkam ihn; er ließ den Fuchs zurückspringen und dabei die Lanze aus dem Hundun zerren. Doch selbst nachdem er den Kontakt gelöst hatte, blieb da noch immer eine fremde Angst in seinem Bewusstsein zurück.

Das Gefühl kam jetzt von seiner Konkubine und schlug über ihm zusammen wie eine Welle.

Das war immer der Moment, in dem er wusste, dass es die Seele einer Konkubine nicht mehr schaffen würde, in ihren eigenen Körper zurückzugelangen. Er kontrollierte inzwischen unterbewusst alles in ihr, bis hin zu ihrem Herzschlag. Sobald er die Verbindung mit ihr löste, würde da nichts mehr sein, um ihr Herz weiterschlagen zu lassen, und sie würde ins Jenseits übergehen. Das war nicht zu vermeiden.

Das Wichtigste war, dass ihre Familie nun eine anständige Entschädigung bekam. In diesem Wissen würde ihre Seele an den Gelben Quellen leicht ihre Ruhe finden können.

Yang Guang hatte sich ihren Namen nicht gemerkt. Derartiges versuchte er zu vermeiden. Er verschliss so viele Konkubinenpilotinnen, dass es eine lähmende Ablenkung wäre, alle im Gedächtnis zu behalten. Und er konnte es sich nicht leisten, abgelenkt zu werden. Er hatte schließlich eine Welt zu beschützen.

Sie hatte gewusst, worauf sie sich einließ. Sie hatte freiwillig die Entscheidung getroffen, in seine Dienste zu treten.

Yang Guang konzentrierte sich ganz darauf, den Rest der Herde zu zermalmen und aufzuspießen, eine beruhigende Versicherung an die Adresse seiner Bewunderer, dass ihr Heimatland auch in Zukunft gut geschützt sein würde.

Das edelmütige Opfer der Konkubine würde nicht vergeblich sein.

# TEIL I

# DER WEG DES FUCHSES

*In den Bergen lebt ein Geschöpf, das aussieht wie ein Fuchs mit neun Schwänzen und Laute von sich gibt, die wie das Weinen eines Säuglings klingen. Es ernährt sich von Menschenfleisch.*

*Shanhaijing* (Klassiker der Berge und Meere, 山海经)

## KAPITEL 1

# EIN SCHMETTERLING, DER BESSER NICHT MEINE TOTE SCHWESTER SEIN SOLLTE

Achtzehn Jahre lang haben mich meine zusammengewachsenen Augenbrauen davor bewahrt, in einen schmerzhaften, entsetzlichen Tod verkauft zu werden.

Heute ist der Tag gekommen, an dem ich meine Brauen aus ihren zuvorkommenden Diensten entlasse.

Na ja, ich mache es nicht selbst. Es ist Yizhi, der die Pinzette in den Fingern hält, ein Erbstück meiner Schwester. Er kniet auf der Bambusmatte, die über dem feuchten Waldboden unter uns ausgebreitet ist, hebt mein Kinn an und reißt mir Haar um Haar aus. Meine Haut brennt, als würde sie in hellen Flammen stehen und langsam verschmoren. Die tintenschwarzen Wellen seines halb aufgesteckten Haares wippen über seine langen hellen Seidengewänder, während er an meinen Augenbrauen zupft. Mein eigenes Haar, das viel spröder und verfilzter ist als seins, ist unter einem zerfetzten Lumpen zu einem unordentlichen Knoten gebunden. Auch wenn der Lumpen stark nach Fett riecht, hält er doch die widerspenstigen Strähnen aus meinem Gesicht fern.

Ich habe versucht, mich gelassen und ungerührt zu geben. Aber ich mache den Fehler, zu lange in Yizhis sanftes, konzentriertes Gesicht zu schauen – ich will mir seine Züge einprägen, damit ich etwas habe, woran ich mich in den letzten Tagen meines Lebens festhalten kann. Mein Magen krampft sich zusammen, und heißer Druck schießt mir in die Augen. Der Versuch, gegen die Tränen anzublinzeln, lässt sie nur umso ungehemmter rechts und links von meiner Nase hinunterrollen – mal im Ernst, das funktioniert doch nie.

Natürlich entgehen Yizhi meine Tränen nicht. Er hält in seinem Tun inne, um herauszufinden, was da nicht stimmt, auch wenn er keinen Grund hat anzunehmen, dass es sich um mehr handelt als um eine Reaktion auf den schmerzhaften Angriff auf meine Poren.

Auch wenn er keine Ahnung davon hat, dass wir uns heute zum letzten Mal sehen.

»Alles in Ordnung mit dir, Zetian?«, flüstert er. Die Hand, mit der er meine Brauen zupft, schwebt vor mir in der Luft, von einem hauchzarten Wirbel feuchten Dunstes umgeben, der von dem Wasserfall unweit unseres Verstecks herbeiweht. Das Rauschen des Baches zwischen den halbhohen Bäumen, unter denen wir kauern, übertönt seine Stimme für jeden, der uns womöglich hier entdecken könnte.

»Wenn du weiterhin ständig Pausen machst, ist mit mir jedenfalls gar nichts mehr in Ordnung.« Ich verdrehe die Augen. »Komm schon. Bringen wir's einfach hinter uns.«

»Alles klar. In Ordnung.« Sein Stirnrunzeln geht in ein Lächeln über, das mir fast das Herz bricht. Mit den Ärmeln seines kostbaren Seidengewands trocknet er meine geschwollenen Augen, dann schiebt er sich den Stoff wieder bis zu den Ellbogen zurück. Es sind Ärmel für reiche Leute, zu lang und zu bauschig, zu weit, um praktisch zu sein. Ich mache mich bei jedem seiner Besuche über sie lustig. Obgleich es zugegebenermaßen nicht seine Schuld ist, dass sein Vater ihm und seinen siebenundzwanzig Geschwistern vorschreibt, das Familienanwesen nur in ausgesprochener Luxuskleidung zu verlassen.

Leuchtende Sonnenstrahlen durchdringen nach dem tagelangen Regen unsere geheime Welt aus schwüler Hitze und sich wiegenden Blättern. Ein fleckiges Muster aus Licht und Schatten färbt seine bleichen Unterarme. Der pralle, saftige Duft von Frühlingsgrün umfängt uns, so satt und voll, dass man ihn auf den Lippen schmecken kann. Seine Knie – sogar wenn er kniet, ist seine Körperhaltung sittsam und makellos – wahren sorgsam die geringfügige, aber unüberwindliche Distanz zu meinen achtlos verschränkten Beinen. Seine vornehmen maßgeschneiderten Seidengewänder stehen in einem geradezu lächerlichen Kontrast zu der wettergegerbten Grobheit meines selbst gewebten Kittels und meiner Hose. Bis ich ihn kennengelernt habe, hatte ich keine Ahnung, dass es so weißen und so weichen Stoff überhaupt gibt.

Er zupft schneller. Es tut tatsächlich sehr weh, so als wäre meine Braue ein lebendes Wesen, das Stück für Stück entzweigerissen wird, daher dürfte es auch nicht verdächtig wirken, sollte ich erneut in Tränen ausbrechen.

Lieber würde ich nicht auf seine Hilfe zurückgreifen müssen, aber ich weiß, dass es für mich irgendwann einfach zu schmerzhaft würde, ständig in mein Bild im Spiegel zu blicken und es selbst zu tun. Denn da würde ich die ganze Zeit über nur meine ältere Schwester Ruyi sehen. Ohne die wuchernden Haare meiner Brauen, die meinen Marktwert bisher gering gehalten haben, ist meine große Ähnlichkeit zu ihr unverkennbar.

Außerdem traue ich mir gar nicht zu, meine zusammengewachsene Braue so zu trimmen, dass daraus zwei gleich aussehende Exemplare werden. Und wie soll ich mich dazu verpflichten, in den Tod zu ziehen, wenn meine Augenbrauen ungleichmäßig sind?

Ich lenke mich von dem durchdringenden Schmerz ab, indem ich über das beleuchtete Tablet auf Yizhis Schoß wische und die Notizen lese, die er sich seit seinem letzten Besuch vor einem Monat in der Schule gemacht hat. Jedes Tippen auf dem Tablet erscheint mir noch skandalöser als die Tatsache, mit Yizhi auf einem Berg an der Grenze allein zu sein, umgeben von grünen Pflanzen und Frühlingshitze, während wir den gleichen wirbelnden Hauch erdig dicker, berauschender Luft einatmen. Die Dorfältesten sagen, Mädchen sollten diese himmlischen Geräte nicht berühren, weil wir sie, keine Ahnung wie, »mit unserer verruchten Weiblichkeit entweihen« würden oder etwas in der Art. Nur dank der Götter im blauen Himmel über uns konnte Technologie – wie diese Tablets – nach dem verlorenen Zeitalter der Menschheit, als sie sich vor den Hunduns hatte verstecken müssen, wiedererschaffen werden. Aber es kümmert mich nicht, wie sehr ich in der Schuld der Ältesten oder der Götter stehe. Wenn sie mich nicht respektieren, nur weil ich zur »falschen« Hälfte der Bevölkerung gehöre, respektiere ich sie eben auch nicht.

Vor dem Hintergrund der von Blättern überschatteten Gewänder Yizhis leuchtet der Bildschirm des Tablets wie der Mond und lockt mich mit einem Wissen, das ich nicht haben darf, Wissen, das von außerhalb meines armseligen Bergdorfs stammt. Kunst. Wissenschaft. Hunduns. Chrysaliden. Es juckt mich in den Fingern, das Tablet näher heranzuziehen, auch wenn weder das Gerät noch ich sich bewegen dürfen – ein Kegel Neonlicht aus einer Einbuchtung auf dem Gerät projiziert die mathematisch idealen Augenbrauen für mich auf mein Gesicht. Yizhi und seine verblüffenden Gerätschaften aus der Stadt enttäuschen mich nie. Nachdem ich ihm vorgelogen habe, meine Familie hätte mir hinsichtlich meiner zusammengewachsenen Augenbrauen eine »letzte Warnung« erteilt, hat er das Ding innerhalb von nur wenigen Minuten hervorgezaubert.

Ich frage mich, wie sehr er mich wohl hassen wird, sobald er herausgefunden haben wird, wobei er mir hier tatsächlich geholfen hat.

Ein Tröpfchen fällt von den Ästen über unseren Köpfen und rollt ihm über die Wange. Er ist so sehr in sein Tun vertieft, dass er es nicht bemerkt. Ich wische ihm die Feuchtigkeit mit dem Fingerknöchel vom Gesicht.

Er reißt die Augen auf. Farbe steigt ihm in die verzärtelte, fast durchscheinende Haut seiner Wangen.

Ich muss unwillkürlich grinsen. Ich drehe die Hand, um ihm stattdessen mit den Fingerkuppen über die Haut zu fahren, und zwinkere ihm zu. »Du liebe Güte. Sind meine neuen Augenbrauen schon jetzt unwiderstehlich?«

Yizhi lacht lauter als gewöhnlich, dann schlägt er sich die Hand vor den Mund und schaut sich um, auch wenn wir uns geziemend versteckt haben.

»Hör auf damit«, sagt er, seine Stimme nun ein wenig leiser, und sein Lachen wird hauchzart wie eine Feder. Er senkt den Kopf und weicht meinem Blick aus. »Lass mich arbeiten.«

Die in seinen Wangen aufsteigende Hitze nicht zu verleugnen, weckt brennende Schuldgefühle in mir.

*Sag es ihm*, meldet sich eine flehende Stimme in mir.

Aber ich lasse lediglich so beiläufig wie möglich die Hand sinken und blättere zum nächsten Teil seiner schulischen Notizen weiter, ein gemeinschaftskundliches Thema, bei dem es um die statistische Dynamik von Hundunangriffen geht.

Warum sollte ich meine Mission gefährden, indem ich ihn in meine Pläne einweihe? Wie auch immer Yizhi unsere Beziehung sehen mag, für meinen Teil habe ich nie den Fehler begangen, sie allzu ernst zu nehmen. Er ist der Sohn des ungelogen reichsten Mannes in Huaxia, und ich bin ein x-beliebiges Mädchen aus dem Grenzland, das er zufällig kennengelernt hat, als er am entlegensten Ort, den er mit seinem Schweberad erreichen konnte, ein wenig Ruhe und Frieden suchte. Würde uns jemand zusammen erwischen, wäre es nicht er, den man in einen Schweinekäfig zwängen und zur Wahrung der Familienehre ertränken würde. Und das ungeachtet der Tatsache, dass wir niemals irgendwelche Grenzen überschritten haben, die wir nicht überschreiten sollten.

Meine Aufmerksamkeit verlagert sich auf seine Lippen und wandert über ihre zart gewölbten Linien, und ich fühle mich in die Zeit zurückversetzt, als ich ihm gegenüber lautstark darüber gestaunt habe, wie weich sie doch wirken würden. Er hat damals eingeräumt, dass er das einer regelmäßigen Feuchtigkeitspflege mit Vier-Schritte-Peeling verdanke, und ich habe so heftig gelacht, dass mir die Tränen gekommen sind, als ich seine Lippen berührt habe. Und dann habe ich nicht mehr gelacht, sondern nur noch in seine Augen geschaut, im Bewusstsein, ihm viel zu nahe zu sein.

Daraufhin bin ich sofort ein Stück zurückgewichen und habe das Thema gewechselt.

Da ist eine zarte, wunde Stelle in mir, und sie schmerzt bei dem Gedanken an all das, was mir mit ihm versagt bleiben wird. Andererseits habe ich die Möglichkeit nicht ausgeschlossen – und kann es auch nicht –, dass für ihn die ganze Sache nichts als ein Spiel ist. Dass ich nicht das einzige Bauernmädchen bin, das er an seinen schulfreien Tagen besucht. Dass er, sobald ich der Versuchung doch einmal erliegen sollte, im nächsten Moment die Seidenschärpe seiner makellosen Gewänder zubinden und mir ins Gesicht lachen könnte – ein Lachen darüber, dass etwas für ihn so völlig Bedeutungsloses für mich gleichwohl eine Sache von

Leben oder Tod darstellt; ein Hohnlachen darüber, dass es selbst mit diesem Wissen lediglich seines sanften Lächelns und seiner geflüsterten Worte bedürfe, um mich wie hypnotisch dazu zu bewegen, ihm zu Willen zu sein.

Vielleicht ist meine vorsichtige Zurückhaltung genau das, was die Sache für ihn umso verlockender macht, das, was ihn dazu gebracht hat, seit drei Jahren am Ende eines jeden Monats hier aufzutauchen.

Ich werde seine wahren Beweggründe niemals erfahren. Und das ist ganz in Ordnung so. Solange ich mich meinen Gefühlen nicht hingebe, kann ich das Spiel nicht verlieren, das hier womöglich gespielt wird.

Auch wenn, realistisch betrachtet, meine Familie mich jetzt sicherlich nicht mehr ertränken würde, selbst wenn mein ganzes Dorf mich in der nächsten Sekunde entdecken sollte. Schließlich mache ich endlich das, was sie von mir wollen: Ich hübsche mich auf, damit sie mich als Konkubinenpilotin an die Armee verkaufen können. Genau wie sie es zuvor mit meiner Schwester getan haben.

Natürlich wissen sie nichts von meinen größeren, tödlicheren Plänen.

Als Yizhi die Unterseiten meiner Brauen erreicht, verweilt mein Finger über einem Bild von einer Schlacht zwischen Chrysaliden und Hunduns in seinen Unterrichtsnotizen. Die abgebildete Chrysalis, der Weiße Tiger, ist so wohlgeformt und leuchtend bunt, dass man nie auf den Gedanken kommen würde, sie sei einst ein runder Hundunpanzer ohne besondere Merkmale gewesen. Dargestellt in ihrer Heroenform, ihrer höchsten Transformationsstufe, gleicht die Chrysalis einem menschenähnlichen Tigerkrieger aus glattem Milchglas. Ihre Einzelteile, die zusammen eine Art Rüstung bilden, sind umrahmt von leuchtenden Linien in Grün und Schwarz, doch die Farben verschwimmen ineinander, als sie nun mit schneller Bewegung eine Dolchaxt in die Höhe reißt, die größer ist als ein Baum. Der Weiße Tiger ist ein besonderer Liebling der Armee und wird viel für Werbezwecke eingesetzt. Tatsächlich löst es ein Wohlgefühl in mir aus, ihn zu betrachten. Das damit geistig verbundene Paar von Junge und Mädchen bildet eine sogenannte ebenbürtige Partie. Das Risiko, dass das Wesen des Jungen das des Mädchens aufzehrt und er sie so am Ende der Schlacht umbringt, ist in diesem Fall äußerst gering.

Im Gegensatz zu dem Schicksal, das den Pilotinnen in den meisten anderen Fällen droht.

Genau so habe ich befürchtet, dass Große Schwester sterben würde, nachdem unsere Familie sie zwang, in den Dienst eines Piloten der Prinzenklasse zu treten, des Rangs mit der zweithöchsten Kampfkraft. Aber letztlich hat sie es nie aufs Schlachtfeld geschafft. Der Pilot hat sie auf traditionelle Weise mittels körperlicher Gewalt umgebracht. Weshalb, weiß ich nicht. Unsere Familie hat nur ihre Asche zurückbekommen. Und ist jetzt seit einundachtzig Tagen völlig am Boden zerstört ... weil sie nicht die große Entschädigung für einen Tod in der Schlacht bekommen hat, auf die sie spekulierte.

Es ist schon komisch. Große Schwester hat ihr ganzes Leben damit zugebracht, allseits umsorgt zu werden.

*Wann wird Ruyi heiraten?*

*Wird Ruyi stattdessen zum Militär einrücken?*

*Du meine Güte, hat Ruyi etwa zu lange in der Sonne gesessen? Ihre Haut ist ein wenig gebräunt.*

Aber von dem Moment an, als die Nachricht von ihrem Tod die Runde machte, hat nie wieder jemand ihren Namen genannt. Niemand hat mich auch nur danach gefragt, was ich mit ihrer Asche gemacht habe. Nur Yizhi und ich wissen, dass der Bach neben uns sie mit sich davongetragen hat. Ein kleines Geheimnis allein zwischen ihm und mir – und ihr.

Mein Blick geht hin zu einer echten Schmetterlingspuppe, die hinter Yizhi an einem Ast baumelt. Die Chrysaliden der Armee sind nach ihnen benannt worden, und deshalb heißt es jetzt, dass tote Piloten und Pilotinnen als Schmetterlinge wiedergeboren würden. Wenn das stimmt, so hoffe ich wirklich, dass diese hier nicht meine Schwester ist. Ich hoffe, dass sie weit, weit von hier fortgegangen ist, irgendwohin, wo herrschsüchtige Dorfälteste und neugierige Schwatzmäuler, habgierige Verwandte und miese, verkommene Piloten sie nicht erreichen können.

Ein im Schlüpfen begriffener Schmetterling hat sich schon seit einer geraumen Weile in der Puppe gewunden. Jetzt endlich hat er die Außenhülle durchbrochen. Sein Kopf taucht verkehrt herum auf. Fühler springen heraus und wackeln hin und her. Als großes Finale befreit er sich zur Gänze aus der Puppe wie eine aufblühende Knospe.

Schmetterlinge sind in diesem Wald häufig, daher ist es eigentlich kein besonders bemerkenswerter Anblick.

Nur dass, als dieser Schmetterling seine Flügel schüttelt und ausbreitet, die Muster nicht zusammenpassen.

»Mannomann!« Ich richte mich kerzengerade auf.

»Was ist los?« Yizhi wirft einen Blick über die Schulter.

»Dieser Schmetterling hat zwei unterschiedliche Flügel!«

Auch Yizhi stößt einen Laut der Überraschung aus, was bedeutet, dass das hier kein typisches Phänomen ist, von dem ich nur deshalb noch nichts gewusst habe, weil ich ein Landmädchen von der Grenze bin. Yizhi teilt mir mit, dass er mit meinen Brauen so ziemlich fertig sei, dann hebt er sein Tablet, um ein vergrößertes Video von dem Schmetterling zu machen.

Unsere Augen haben uns nicht getrogen. Ein Flügel ist schwarz mit einem weißen Punkt, und der andere ist weiß mit einem schwarzen Punkt – wie das Symbol von Yin und

Yang. Nach ebendiesem Symbol ist die Schmetterlingsart benannt worden, doch habe ich noch nie einen gesehen, der sowohl einen Yin- als auch einen Yang-Flügel gehabt hätte.

»Wie ist das möglich?« Ich reiße staunend die Augen auf.

Yizhis Lächeln wird noch breiter. »Du weißt, was du tun musst, wenn du Fragen hast.«

»›Es nachschlagen‹. Kapiert.« Ich öffne die Suchmaschine auf Yizhis Tablet, wie er es mir beigebracht hat. Es ist nicht schwer, sie zu bedienen – ich brauche lediglich die Schlagworte meiner Frage einzugeben –, aber es ist irgendwie unwirklich und einschüchternd, mit nur ein paar Fingerbewegungen Zugang zu all dem Wissen der Gelehrten in den Städten zu finden, das sie aus den geheimnisvollen Schriften rekonstruiert haben, welche die Götter herabwerfen, wann immer wir ihnen hinreichend große Tributgaben darbieten.

Mit einem konzentrierten Schielen begutachte ich die akademischen Texte meiner Suchergebnisse. Sie sind viel schwerer zu lesen als Yizhis Unterrichtsnotizen, aber ich bin entschlossen, allein dahinterzukommen. »Anscheinend bedeuten unterschiedliche Flügel bei einem Schmetterling, dass er … sowohl männlich als auch weiblich ist.« Ich ziehe die Stirn verwundert in Falten. Dann starre ich mit offenem Mund auf den Satz. »So etwas kann passieren?«

»Ja klar, das biologische Geschlecht kennt in der Natur alle möglichen Variationen.« Yizhi lässt sich neben mir auf der Bambusmatte nieder und rafft dabei seine Gewänder von der grauen Erde. »Es gibt sogar Wesen, die ihr Geschlecht wechseln können, ganz nach ihren Bedürfnissen.«

»Aber ich dachte …« Ich blinzele schnell. »Ich habe immer gedacht, weibliche Wesen seien weiblich, weil ihr angeborenes Qi auf Yin basiert, und männliche Wesen seien männlich, weil ihr angeborenes Qi auf Yang basiert.«

Yin und Yang repräsentieren die entgegengesetzten Kräfte,

die das Universum in Bewegung bringen und zum Leben erwecken. Yin ist alles Kalte, Dunkle, Langsame, Passive und Weibliche. Yang ist alles Heiße, Helle, Schnelle, Aktive und Männliche.

Zumindest hat meine Mutter es mir so beigebracht.

Yizhi zuckt die Achseln. »Nichts ist je ganz so starr, würde ich mal annehmen. Es gibt immer etwas Yin im Yang und etwas Yang im Yin. Das drückt sich ja schon direkt im Symbol aus. Jetzt, wo ich darüber nachdenke, bin ich mir ziemlich sicher, dass es sogar Fälle gibt, in denen Menschen wie dieser Schmetterling geboren werden ... Menschen, bei denen man nicht wirklich festmachen kann, welches Geschlecht sie haben.«

Meine Augen werden nur noch größer. »Welchen Platz würden diese Menschen dann einnehmen, wenn sie Piloten würden?«

Jede Chrysalis hat die gleiche Sitzanordnung. Für Frauen ist der niedrigere Yin-Sitz vorgesehen, während Männer den leicht erhöhten Yang-Sitz hinter ihnen einnehmen und die Arme um die Frauen legen.

Yizhi klopft mit den Fingern auf die Bambusmatte. Er zieht nachdenklich die dünnen Brauen zusammen. »Kommt wohl darauf an, welchem Geschlecht sie am nächsten sind, oder?«

»Was soll das denn heißen? Ab welchem Punkt wäre ein Platz denn nicht mehr der Richtige für sie?« Ich fahre unwillig zurück. »Was hat es überhaupt mit dem Geschlecht auf sich, dass es für das System so wichtig ist? Ist die Pilotentätigkeit nicht eine rein mentale Angelegenheit? Warum sind es also immer die Mädchen, die geopfert werden müssen, um Energie aus ihnen zu schöpfen?«

»Ich ... ich weiß es nicht.«

Ich versuche, eine seriöse Antwort auf diese Frage mittels

der Suchmaschine zu finden, aber ein rotes Warnkästchen poppt auf.

WARNUNG: UNZUREICHENDE ZUGANGSERLAUBNIS.
SUCHERGEBNISSE EINGESCHRÄNKT.

»Ach ja, man kann nicht einfach nach irgendetwas suchen, was mit der Anfertigung der Chrysaliden zusammenhängt. Sie können nicht zulassen, dass jemand auf eigene Faust welche herstellt, die ihnen gefährlich werden könnten.« Yizhi greift nach dem Tablet.

Ich lasse es mir aus den Händen ziehen. Dann starre ich eindringlich den Schmetterling an, der sowohl einen Yin- als auch Yang-Flügel hat.

*Weiblich.* Das Einzige, was mir dieser Stempel je eingetragen hat, war, mir vorzuschreiben, was ich tun darf und was nicht. Als Frau darf ich nirgendwo ohne Erlaubnis hingehen. Darf nicht zu viel Haut zeigen. Darf nicht mit allzu lauter oder unfreundlicher Stimme sprechen, und sobald die Männer reden, darf ich überhaupt nichts sagen. Ich darf mein Leben nicht leben, ohne mir ständig bewusst zu sein, was für einen Augenschmaus mein Anblick bietet. Ich darf keine Zukunft haben, außer, für einen Ehemann Sohn um Sohn zu gebären oder in einer Chrysalis zu sterben, um irgendeinem Kerl Kraft und Vermögen zu geben, sodass er nach Ruhm greifen kann.

Es ist, als steckte ich in einem Kokon, der sich viel zu fest um mein ganzes Wesen zusammengezogen hat. Wenn es nach mir ginge, würde ich wie dieser Schmetterling vor mir leben und Außenstehenden nicht ohne Weiteres eine Möglichkeit geben, mich an ein simples Etikett zu binden.

»Yizhi, glaubst du, Mädchen sind von Natur aus dazu bestimmt, sich selbst zu opfern?«, murmele ich.

»Nun ja, das kann unmöglich stimmen, schließlich bist du ein Mädchen, und du würdest das auf keinen Fall jemals tun.«

»He!« Ein Lachen entschlüpft mir, bricht sich aus meiner Trübsal Bahn.

»Was denn? Was soll daran gelogen sein?« Er stemmt die Hände in die Hüften, und seine Ärmel bauschen sich.

»Na schön, in Ordnung! Keine Lüge.« Ich unterdrücke ein Grinsen.

Doch dann sinken meine Mundwinkel ganz von selbst herab.

Ich würde für niemand anderes leben und leiden, aber ich würde sterben, um meine Schwester zu rächen.

Yizhi lächelt nichts ahnend. »Ganz ehrlich, es gibt nichts daran auszusetzen, dass dir dein Leben lieb und teuer ist. Dass du um das kämpfst, was du willst. Ich finde es bewundernswert.«

»Mannomann.« Ich gebe ein unentschlossenes Schnauben von mir. »Sind meine Augenbrauen jetzt wirklich so betörend geworden?«

Yizhi lacht. »Ich bin nicht mutig genug, um dich anzulügen, also muss ich es zugeben. Du siehst jetzt viel hübscher aus, auf diese ganz normale Weise.« Sein Lächeln wird weicher. Im ungleichmäßigen Schatten leuchten seine Augen wie nächtliche Teiche, in denen sich die Sterne spiegeln. »Und trotzdem bist du immer noch die Zetian, die ich kenne. Ich finde, du bist das atemberaubendste Mädchen auf der Welt, ganz gleich, wie du aussiehst.«

Mein Herz krampft sich zusammen, droht mir zu brechen.

Ich kann es nicht tun. Ich kann nicht fortgehen, ohne ihm die Wahrheit zu sagen.

»Yizhi«, murmele ich mit einer Stimme, die so dunkel ist wie Rauch.

»Entschuldige, habe ich …? Oh nein. Bin ich zu weit gegangen?« Ein Kichern entschlüpft ihm. »Auf einer Skala von ›eins‹ bis ›Mann in den mittleren Jahren bittet dich, für ihn ein Lächeln aufzusetzen‹ – wie unbehaglich hat dich das eben gemacht?«

»Yizhi.« Ich greife nach seinen Händen, als könnte ich ihn damit auf das vorbereiten, was als Nächstes kommen wird.

Er verstummt und richtet den Blick verwirrt auf unsere ineinander verschränkten Hände.

Ich sage es ihm. »Ich melde mich als Konkubinenpilotin.«

Ihm klappt der Unterkiefer herunter. »Für welchen Piloten?«

Ich öffne den Mund, aber ich kann den Namen dieses Schweins nicht mal ausspucken. »Für *ihn*.«

Er sieht mir forschend in die Augen. »Für Yang Guang?«

Ich nicke, und alle Wärme verschwindet aus meinem Gesicht.

»Zetian, er hat deine Schwester umgebracht!«

»Genau deshalb gehe ich zu ihm.« Ich stoße Yizhis Hände weg und ziehe die lange hölzerne Haarnadel aus meinem lumpenumwickelten Knoten. »Ich werde seine schöne, heißblütige Konkubine sein. Und dann …« Ich ziehe die Haarnadel auseinander und lasse ihn die scharfe Spitze darin sehen. »Dann werde ich ihm im Schlaf die Kehle aufschlitzen.«

## KAPITEL 2

# WIE ZUR TÜR HINAUSGEKIPPTES WASSER

Ich stolpere mit meinem Bambusstock über die Bergpfade, allein. Ein Gitter aus Waldschatten kriecht über mich hinweg, von den Klingen des scharlachroten Dämmerlichts durchschnitten. Sollte ich nicht zu Hause sein, wenn die Sonne hinter den westlichen Gipfeln untergeht, wird meine Familie denken, ich hätte mal wieder einen Fluchtversuch unternommen. Das ganze Dorf wird mit Taschenlampen und bellenden Hunden die Berge durchkämmen. Sie können nicht zulassen, dass ihre Töchter auf den Gedanken kommen, es sei möglich, von zu Hause wegzulaufen.

Durchweichte Blätter verwandeln sich unter meinen winzig kleinen und sehr ramponierten Schuhen zu Matsch. Yizhi hat mir unzählige Male angeboten, sie durch neue zu ersetzen. Doch ich könnte seine Geschenke niemals annehmen, aus Angst, dass meine Familie die Sache mit ihm herausfindet. Ein Kloß bildet sich in meiner Kehle, als ich mich an seinen entsetzten Gesichtsausdruck angesichts meiner selbst erwählten Mission erinnere. Wie gebrochen seine Stimme doch klang, als er meinen Namen rief, nachdem ich im Wald verschwunden war, um dem Gespräch ein Ende zu setzen. Ich hätte es ihm nicht verraten sollen. Es war vorauszusehen, dass er alles tun würde, um mich daran zu hindern.

Jetzt ist dieser schreckliche Moment das Letzte, was uns voneinander in Erinnerung bleiben wird.

Ich kann nicht mit Bestimmtheit sagen, das Sirren seines Schweberads über den Baumwipfeln gehört zu haben, doch ich hoffe, dass er unsere Berge inzwischen hinter sich gelassen hat. Er kann nicht das Geringste an der Sache ändern. Er besitzt mich nicht. Niemand besitzt mich. Sie alle mögen das glauben, aber ganz gleich, wie sehr sie mich auch beschimpfen oder bedrohen oder verprügeln, sie können nicht kontrollieren, was in meinem Kopf vor sich geht, und ich schätze, das frustriert sie maßlos.

Der Sonnenuntergang hängt als blutiger Dunst am Ende des Waldpfades. Als die Schatten mich freigeben, werden die Reisterrassen sichtbar, auf denen ich aufgewachsen bin, ganze Berghänge, die nur aus Terrassen bestehen wie zum Himmel hinaufführende Treppenstufen. Breite Rinnen, mit dem gesammelten Regenwasser gefüllt, glänzen auf jeder Ebene, nähren Reissetzlinge und spiegeln den glühenden Himmel wider. Fiebrige Wolken ziehen über die lang gestreckten Wassergräben, während ich mir einen Weg zwischen ihnen hindurchbahne. Mein Stock rutscht über flache Bodenerhöhungen aus grauem Schlamm. Von den Herdstellen ringsum, auf denen überall die Abendmahlzeit zubereitet wird, erhebt sich Rauch über die Häuser, die sich gruppenweise an die Terrassen schmiegen. Die Rauchfahnen steigen in den von der Abenddämmerung geröteten Nebel auf, der wogend die höchsten Gipfel umhüllt.

In dem Frostbeulenwinter, als ich fünf Jahre alt war – ein Winter, so gnadenlos kalt, dass die Reisterrassen bis auf den Grund gefroren waren –, hat mich meine Großmutter gezwungen, ohne Schuhe über das Eis zu gehen. Nachdem sich die gefrierende Kälte tief in mein Fleisch gegraben und es violett verfärbt hatte, scheuchte sie alle Männer aus dem

Haus, setzte mich auf den eisigen Betonboden und stellte meine Füße in eine Holzschüssel mit gekochtem Schweineblut und betäubenden Arzneien. Dann haben zwei meiner Tanten mich auf den Boden gedrückt, während meine Großmutter jeden Knochen meines Fußgewölbes zerschmettert und so beide Füße in der Mitte durchgebrochen hat.

Die Urgewalt des Schreis, der sich mir damals entrungen hat, durchhallt noch immer meine Erinnerungen, vor allem dann, wenn ich am wenigsten damit rechne, und reißt mich jedes Mal unerwartet aus dem heraus, was ich gerade tue.

Doch der Schmerz vermag das nicht. Der Schmerz kann mich nicht überraschen, weil er nie weggegangen ist. Bei jedem meiner Schritte schießt er wie ein Blitz meine Beine hinauf.

Bei. Jedem. Einzelnen. Schritt.

Man kann das nicht Gehen nennen, was ich mache. Jener Marsch über die gefrorene Reisterrasse war das letzte Mal, dass ich gegangen bin. Seither sind meine Füße zu gewölbten, missgestalteten Hügeln gebunden, die mir nur ein *Wanken* gestatten. Drei Zehen sind infolge von Infektionen, an denen ich fast gestorben wäre, abgefault, was es mir für den Rest meines Lebens unmöglich macht, das Gleichgewicht zu halten. Die anderen Zehen sind flach um meine Fußsohlen gewickelt, bis nahe an die Fersen, als sollten sie die deformierte Masse aus Knochen und Fleisch meine Beine hinaufdrücken. Meine Fußsohlen sind kleiner als meine Handflächen. Zwei perfekte Lotosfüße.

Das treibt meinen Marktwert beträchtlich in die Höhe.

Meine Familie hat mich unentwegt dafür beschimpft, dass ich die Haare in meinem Gesicht so wild habe wuchern lassen und dass ich zu viel Fett um die Hüften habe, aber die schlimmsten Prügel und die lautesten geschrienen Beleidigungen muss ich einstecken, wenn ich dagegen rebelliere, wie fest meine Füße abgebunden werden. Haarige Augenbrauen können gezupft werden, zu viel Gewicht kann man herunterhungern, aber Lotosfüße hören auf, Lotosfüße zu sein, sobald man ihnen das Wachsen erlaubt. Und kein Mann aus einer angesehenen Familie würde ein Mädchen ohne abgebundene Füße heiraten.

»Ohne das wären wir genau wie die Rongdi!«, hat meine Großmutter einmal geschrien, während ich gekreischt und geschluchzt habe, weil das Ritual so schmerzhaft ist. Sie hat damit die Stämme gemeint, die die ungebändigte Wildnis durchstreifen und dabei den Hunduns einzig mittels der Strategie entgehen, dass sie alles auf ihre Pferde packen und die Flucht ergreifen, sobald sie es mit ihnen zu tun bekommen. Einige dieser Stammesgebiete sind Teil von Huaxia geworden, als wir die Hunduns aus größeren Territorien vertrieben haben; andere Stämme von weiter draußen sind in einem kleinen, aber beharrlichen Rinnsal durch die Große Mauer ins Land gesickert. Als Grenzbewohner haben wir jede Menge von ihnen als Nachbarn. Meine Familie hat mich immer gemahnt, ja nicht so zu werden wie deren Frauen, die »ohne Moral, Scham und Anstand herumlaufen«.

Als ich klein war, habe ich ihnen das abgekauft und davor Angst gehabt, selbst einmal so zu werden wie diese Frauen. Aber je älter ich geworden bin, umso weniger habe ich verstanden, was denn an ihnen eigentlich so schlimm sein soll.

Während ich mehrere Häuser auf einer höheren Terrasse des Hangs passiere, rucken die Köpfe einiger bis an die Knie in die Reisterrassen eingesunkenen Männer in die Höhe. Sie lassen ihre Arbeit Arbeit sein und begaffen mich, während ich vorbeiwatschele. Sie würden es nicht wagen, sich über mich herzumachen – jeder kennt hier jeden –, aber sie versäumen keine Gelegenheit, ihre Begierden unmissverständlich klarzumachen.

Es ist nun mal so: Jedes Mal, wenn sich eine Tochter des Grenzlands, die halbwegs gut aussieht, als Konkubinenpilotin verpflichtet oder an einen der reicheren Männer in den Städten verkauft wird, vergrößern sich die Probleme der Männer nahe der Grenze, Frauen zu finden, die ihnen Söhne gebären. Die Brautpreise sind immer weiter in die Höhe geschossen und betragen inzwischen Zehntausende Yuan, was die Familien von hier unmöglich aufbringen können ... Es sei denn, sie verpflichten ihre Töchter zum Militärdienst oder verkaufen sie an reiche Männer aus der Stadt.

Es ist ein katastrophaler Teufelskreis, der auf absehbare Zeit kein Ende nehmen wird. Niemand bleibt an der Grenze wohnen, wenn er es nicht unbedingt muss. Die meisten von uns sind nur deshalb hier, weil unsere angestammte Heimat, die Provinz Zhou, vor zweihunderteinundzwanzig Jahren an die Hunduns gefallen ist.

Ich werfe den Männern meinen finstersten, hasserfülltesten Blick zu. Die Nassfelder der Terrassen glühen im Sonnenuntergang wie geschmolzenes Kupfer, und ich stelle mir vor, wie das Wasser in ihnen immer heißer und heißer wird, um die Männer bei lebendigem Leib zu kochen.

Dann zerbricht mir der Gehstock, ich stolpere und schlage lang hin.

Schwerkraft. Eines der ersten wissenschaftlichen Konzepte, die mir Yizhi vermittelt hat. Sie zieht mich zu dem schlammigen Weg hinunter, sodass ich um ein Haar in ein Reisfeld gestürzt wäre. Mein Handballen rutscht über den Matsch und drückt eine tiefe Delle hinein. Kalt und kompakt klatscht er gegen meine Nase und meine Wange.

Ich stemme mich auf beide Arme hoch. Grauer Schlamm rinnt von meinem erhitzten Gesicht und klebt mir am Kittel. Ich bereite mich innerlich auf laut gellendes Gelächter vor.

Es bleibt aus.

Stattdessen waten die Männer planschend durch die Terrassen, brüllen aufgeregt durcheinander und sammeln sich um jemanden, der ein Tablet in Händen hält.

Ein Beben durchläuft mich in meiner Verwirrung.

Genau genommen ist es ein Beben im Wasser der Reisterrasse.

Mir stockt der Atem. Ein unverkennbares Rumoren durchzieht den Untergrund und kräuselt das Wasser.

Auf der anderen Seite der Grenze entspannt sich ein Kampf zwischen Hunduns und Chrysaliden.

Ich drücke das Ohr auf die Erde, ohne mich darum zu kümmern, dass ich auf diese Weise nur noch schmutziger werde und der Lumpen um mein Haar nass wird. Die Große Mauer ist nur wenige Berge entfernt. An klaren Tagen können wir von hier aus die staubigen, leblosen Gipfel sehen, aus denen die dort stationierten Chrysaliden alles Qi herausgesaugt haben.

Die Männer sehen sich ohne Frage gerade eine Liveübertragung an und wetten auf die Anzahl von Kampfpunkten, die jeder der Piloten holen wird. Aber die physische Macht der Chrysaliden durch den Planeten hindurch zu spüren, ist viel unmittelbarer, tiefgehender und erstaunlicher.

Welch eine Gewalt.

Meine Kehle wird trocken, und doch läuft mir zugleich das Wasser im Mund zusammen. Ich schließe die Augen und stelle mir vor, selbst das Kommando über so eine hoch über den Gebäuden aufragende Chrysalis zu übernehmen und mit meinen gigantischen Gliedmaßen oder hell leuchtenden Detonationen von Qi alles auf der Erde ringsum zu zertrümmern. Ich könnte jeden vernichten, der je versucht hat, mich zu zerstören. Ich könnte alle Mädchen befreien, die liebend gern davonlaufen würden.

Von den Männern her steigt Freudengeheul auf und setzt meinem Tagtraum ein jähes Ende.

Ich schüttele den Kopf. Dreckklumpen fliegen auf meine Ärmel. Kriechend erhebe ich mich auf die Knie, von Schmutz überzogen, und starre meinen zerbrochenen Gehstock an.

Ich sollte wirklich aufhören, mich diesen trügerischen Illusionen hinzugeben.

Ich bin mir nicht ganz sicher, ob mein Vater die Einschätzung teilen wird, dass ich das Haus noch rechtzeitig vor meinem abendlichen Ausgangsverbot erreicht habe. Ein paar letzte Fleckchen Sonnenlicht überziehen unsere Festung aus Bergen mit einem geisterhaft blauen Schimmer vor dem Hintergrund riesenhafter Schatten, die eine unheimliche Ähnlichkeit mit Hunduns haben.

»Wo bist du gewesen?«, flüstert meine Mutter durch das vergitterte Fenster des seitlich an unser Haus angebauten Küchenverschlags. Ihre Stimme ist so zart und dünn wie der Dampf, der mit einem leisen Zischen aus dem großen Wok aufsteigt, in dem sie Reisbrei rührt. Meine Großmutter sitzt auf einem Hocker hinter ihr und schuppt einen *luoyu*, einen geflügelten Fisch aus dem Wasser der Nassfelder. Das Licht des Herdfeuers flackert über ihre wettergegerbten Gesichter, als wären sie in einem flammenden Kerker gefangen.

»Im Wald.« Ich reiche meiner Mutter einen Beutel mit Kräutern und wildem Wurzelgemüse durchs Fenster. Das Sammeln dieser Kräuter und Wurzeln ist der eigentliche Grund, warum ich so viel Zeit im Wald verbringe, und so habe ich auch Yizhi kennengelernt.

»Was ist passiert?« Meine Mutter legt den Beutel auf ein hölzernes Regal, ohne den Blick von meinem schmutzstarrenden Äußeren abzuwenden. Widerspenstige graue Haare fallen aus dem ausgebleichten Lumpen, den sie sich um den

Kopf gebunden hat, und flattern im kräuselnden Dunst der sichtbar aufsteigenden Hitze.

»Bin hingefallen. Mein Stock ist zerbrochen.« Ich schlurfe über den Steinweg, der die Häuserreihe säumt. Vorsichtig setze ich einen Fuß vor den anderen und versuche, nicht auf das mit Tonziegeln gedeckte Dach unserer Nachbarn eine Ebene weiter unten zu stürzen.

»Du kannst von Glück sagen, dass gerade eine Schlacht begonnen hat.« Meine Mutter wirft einen schnellen Blick hinüber zum Haupteingang des Hauses. Die knisternden Herdflammen lassen ihre Augen orange leuchten. »Beeil dich. Sieh bloß zu, dass du deinem Vater in diesem Zustand nicht unter die Augen kommst.«

»Klar.«

»Und wasch deine Sachen. So darfst du nicht aussehen, wenn das Militär kommt.«

Dass sie es so beiläufig erwähnt, versetzt mir einen Stich in die Brust. Sie mag keinen blassen Schimmer von meinen wahren Absichten haben, aber ihr muss klar sein, dass meine Einberufung in jedem Fall meinen Tod zur Folge haben wird.

Sie muss nur zu gut wissen, wie die Sache für meine ältere Schwester geendet hat.

Oder erinnert sie sich vielleicht tatsächlich nicht? Manchmal ist meine Mutter derart gut darin, so zu tun, als wäre alles in Ordnung, dass es in mir den bangen Verdacht weckt, *ich selbst* könnte diejenige sein, die den Kopf voller falscher Erinnerungen hat.

»Ich bin mir sicher, dass sie mir dort bessere Kleider geben werden.« Ich richte den Blick auf die dünnen Bündel von Lichtstrahlen, die zögerlich durch das Küchenfenster dringen.

»Aber du musst trotzdem vorzeigbar aussehen.«

Ich stelle mein Gewatschel ein und drehe den Oberkörper, sodass ich ihr direkt ins Gesicht schauen kann.

Meine Attentatspläne ziehen eine gewichtige Folge nach sich, die unbeachtet zu lassen ich mir bisher die größte Mühe gegeben habe: Die Ermordung eines Mannes von Eisernem Adel, eines Piloten mit einem maximalen Geistdruck von über zweitausend – während der menschliche Durchschnitt bei vierundachtzig liegt –, würde auf ganze drei Generationen meiner Familie zurückfallen: meine Mutter, meinen Vater, meinen siebzehn Jahre alten Bruder Dalang, meine Großeltern, meine Tanten, meine Onkel. Sie alle würden zusammen mit mir hingerichtet werden. Weil Piloten wie Yang Guang einfach allzu kriegswichtig sind.

*Gib mir einen einzigen Grund, dich zu schützen.* Ich starre meine Mutter mit weit aufgerissenen Augen an. *Halt mich auf.*

Ich brauche nicht mehr als ein Zeichen, dass sie meiner Gnade würdig sind. Ein einziges Zeichen, dass sie mein Leben so wertschätzen, wie sie von mir erwarten, das mit ihrem zu tun.

Da es jetzt keinen Grund mehr gibt, mich zurückzuhalten, mache ich dem Gedanken laut Luft, der mich am meisten beschäftigt. »Sorgst du dich denn ehrlich mehr darum, dass ich vorzeigbar aussehe, als darum, dass du mich in den Krieg fortgibst?«

Das Feuer knistert und knackt hinter meiner Mutter. Sie blinzelt mich durch den Holzrauch und den duftenden Dampf hindurch an. Dann erstrahlt ein Lächeln auf ihrem Gesicht wie eine blühende Wildblume in einem brennenden Ödland. »Deine Augenbrauen – du hast auf mich gehört. Du siehst schön aus.«

Ich reiße den Kopf herum und trotte weiter, auch wenn sich für mich jeder Schritt wie ein Stromschlag anfühlt.

Als hätte sie überhaupt nicht gehört, was ich gesagt habe.

Elektrische Lichter blinken überall im Dorf und erhellen

Fenster wie die glühenden Augen der Chrysaliden. Ein leiser Wind weht über die Reisterrassen und verwirbelt den leicht moschusartigen Geruch nach Schilfgras mit dem Duft nach Gebratenem, wie er von den schlichten Abendessen ringsum aufsteigt.

Weizenfarbenes Licht quillt durch die offene Vordertür meines Hauses. Die blechernen Rufe eines Schlachtenkommentators donnern in die hereinbrechende Nacht hinaus, dröhnen aus dem Tablet, das die Regierung von Huaxia unserer Familie zugebilligt hat (auch wenn natürlich nur die Männer freien Zugang dazu haben). Mein Großvater, mein Vater und mein Bruder haben das Ding auf unseren von Fett geschwärzten Esstisch gelegt. Ihre Augen sind auf den Bildschirm gerichtet; in ihnen spiegeln sich die blitzenden Farben von im Kampf aufeinanderprallenden Hunduns und Chrysaliden.

Ich nutze die Gelegenheit, über die Türschwelle zu treten. Eilig steuere ich das Zimmer an, das ich mir seit meinem zweiten nächtlichen Fluchtversuch vor etlichen Jahren mit meinen Großeltern teilen muss.

*»... und hier kommt der Zinnoberrote Vogel!«*

Ich bleibe so plötzlich stehen, dass ich fast gestolpert wäre. Mein Blut gefriert.

Oh, nicht *diese* Chrysalis.

Selbst meine von den Chrysaliden regelrecht besessene Familie, die für gewöhnlich jedem Exemplar mit einem großen Namen zujubelt, bewahrt nun ein unbehagliches Schweigen. Niemand will zugeben, dass der Zinnoberrote Vogel im Moment die leistungsstärkste Chrysalis in ganz Huaxia ist. Mit einer Höhe von über fünfzig Metern in ihrer Standardform ist sie die einzige Königsklasse, über die wir verfügen. Aber am Steuer sitzt Li Shimin, der Eiserne Dämon, ein zum Tode verurteiltes Rongdi-Halblut. Im Alter von nur sechzehn Jahren hat er seinen eigenen Vater sowie seine beiden Brüder ermordet. Jetzt ist er neunzehn. Nur aufgrund seines unheimlich hohen Geistdrucks – des höchsten seit zwei Jahrhunderten – wurde seine Hinrichtung auf unbegrenzte Zeit aufgeschoben.

Auch wenn Konkubinenpilotinnen immer in der Gefahr schweben, während der Schlacht zu sterben, ist ihnen der Tod einzig in seinem Fall so gut wie sicher.

Noch nie hat eine Pilotin einen Einsatz mit ihm überlebt.

Bald wird ein Mädchen sterben.

»He!«

Die Stimme meines Vaters reißt mich aus meinen Gedanken. Ich zucke zusammen und klammere mich an der Holzwand fest.

Sein Stuhl kratzt über den Betonboden. Er steht auf, und Schatten legen sich über die Falten in seinem Gesicht. »Warum bist du so dreckig?«

Eisige Schweißperlen sammeln sich unter dem Saum meines Haarlumpens. »Ich bin auf den Reisterrassen hingefallen.«

Ausnahmsweise einmal keine Lüge.

Das Klirren von Geistmetall und explodierendem Qi dröhnt von dem auf dem Tablet übertragenen Livestream herüber. Mein Großvater und mein Bruder schauen ungerührt weiter auf den Bildschirm, als wäre nichts passiert. Mein Vater geht um sie herum und kommt auf mich zugestapft. Sein Dutt, der wegen seines immer lichter werdenden Haares bedauernswert locker geworden ist, wippt gegen seinen Kopf.

»Wenn du nur ja nicht mit einem *Jungen* rumgemacht hast.«

»Natürlich nicht.« Ich weiche zurück und schlage mir die Schulter an der Tür zum Zimmer meiner Großeltern an.

Eine halbe Lüge. Vielmehr habe ich einem Jungen das Herz gebrochen.

Mein Vater stürmt auf mich zu. Seine vor mir aufragende Gestalt erfüllt mein Gesichtsfeld nun doppelt so groß. »Du solltest besser den Jungfräulichkeitstest bestehen, wenn ...«

Dieses eine aufschreckende Wort lässt mich all meine Angst vor ihm vergessen.

»Zum letzten Mal, nichts ist je innen in mir drin gewesen!«, schreie ich. »Wieso bist du nur so besessen davon? Lass das!«

Vor Schock verschlägt es ihm die Sprache, aber ich spüre den maßlosen Zorn, der nun über mich kommen wird.

Ich schlüpfe durch die Schlafzimmertür und schlage sie ihm vor der Nase zu.

»Was hast du gerade zu mir gesagt?« Sein Schrei erschüttert das Haus, und seine Fäuste donnern gegen die Tür. Die Messingklinke klappert so heftig, dass es klingt, als wäre etwas darin zerbrochen.

»Ich wickel mir jetzt die Bandagen von den Füßen!« Ich werfe mich mit dem Rücken gegen die Tür, während ich die Drohung wahr mache. Nicht verbundene Füße sind noch unanständiger als nackte Brüste. Ganz zu schweigen von dem Geruch nach fauligem Fleisch, der möglicherweise eine eigene Art von biologischer Waffe darstellt. Mädchen sollen der Fantasie ihres hübschen und zierlichen Äußeren Nahrung geben, indem sie immer parfümierte bestickte Schuhe tragen und nie vor den Augen eines anderen Menschen, nicht einmal ihres Ehemanns, die Bandagen abnehmen.

Mein Vater nimmt die Fäuste von der Tür, aber er brüllt weiter. *Respektlos. Undankbar. Hure.*

Das Übliche.

Die Stimme meiner Mutter lässt sich vernehmen, zart wie ein Nebelhauch. Sie versucht, ihn zu beruhigen. Mein Bruder lacht. Mein Großvater hat die Liveübertragung auf die maximale Lautstärke gedreht. In einer Chrysalis stirbt ein Mädchen im Namen der Menschheit.

Ich gehe das Risiko nicht ein, das Schlafzimmer zum Abendessen zu verlassen.

Mein Magen knurrt und blubbert wie der Brei, nach dem er lechzt, aber ich bleibe auf dem Korbstuhl sitzen, auf dem meine Großmutter zu stricken pflegt, und bade meine Füße in demselben Holzeimer, in dem sie einst auf ihr Zerschmettertwerden vorbereitet worden sind.

*Siehst du, und genau das ist auch der Grund, warum es keine Rolle spielt, dass du sie in die ganze Sache mit hineinziehst,* brummt das faulige, eitrige Zentrum meines Wesens tief drinnen in meinem Kopf.

Ich ziehe den Korkverschluss aus einer der hohen Thermoskannen, die meine Großeltern im Schlafzimmer aufbewahren.

*Du bist ihnen vollkommen gleichgültig.*

Ich gieße neues dampfendes Wasser in den Eimer. Heilkräftige Blätter und Wurzeln tanzen wild im wirbelnden Strom und färben das Wasser kastanienbraun – wie in einem dunklen Winkel vergessenes Blut.

*Du brauchst sie alle nicht zu mögen.*

Eine Laterne summt über mir. Schatten regen sich in den schmuddeligen Ecken des Raumes und scheinen heranzukriechen. Ich stelle die Thermoskanne beiseite und starre mit leerem Blick auf das Stroh, auf dem ich schlafe, direkt neben dem Bett meiner Großeltern. Es gibt da ein Sprichwort in Huaxia: Eine wegverheiratete Tochter ist wie zur Tür hinausgekipptes Wasser. Anders als mein Bruder Dalang, der den Familiennamen Wu weitergeben und zeit seines Lebens im Haus bleiben wird, um für unsere Eltern zu sorgen, bin ich dazu geboren worden, nur vorübergehend einen Platz im Leben meiner Familie einzunehmen, etwas zu sein, wofür ein Preis festgelegt und das verkauft wird. Sie haben sich nie auch nur die Mühe gemacht, mir ein eigenes Bett zu geben.

Das Klappern von Essstäbchen in Schalen und das Geplapper von Dalang, wie er von der Schlacht schwärmt, dringen gedämpft durch die Wände. Die Chrysaliden haben gewonnen. Natürlich. Wäre es anders gewesen, hätten warnende Sirenensignale aus den Dorflautsprechern geschallt, um einen Einbruch der Hunduns zu verkünden, und wir würden gen Osten davoneilen, so wie damals unsere Ahnen aus der Provinz Zhou geflüchtet sind.

Ansonsten verliert kaum jemand ein Wort. Ich hoffe, sie denken an mich.

Ich hoffe, dass sie bedauern werden, wie sie meine Schwester und mich behandelt haben, wenn sie sterben. Und im Grab liegen.

*Mitglieder von Familien, die zu ihrer kompletten Auslöschung verurteilt werden, bekommen keine Gräber.*

Ich zucke zusammen und schiebe die Vorstellung von unseren verwesten Leichen, wie sie von der Großen Mauer herabbaumeln, beiseite.

Die Tür geht auf. Ich fahre in meinem Stuhl zurück und weiß nicht, wo ich hinschauen soll, während ich hoffe, dass meine Augen nicht so rot und geschwollen sind, wie sie sich anfühlen.

Meine Mutter tappt auf ihren eigenen abgebundenen Füßen auf mich zu und hält mir eine Schale Reisbrei hin. Ich nehme sie ihr mit einem linkischen Nicken aus der Hand. Meine kalten Finger legen sich um das heiße Porzellan. Eine Bitterkeit, wie Tränen, strömt mir in den Mund. Meine Mutter setzt sich neben mich ans Fußende des Bettes meiner Großeltern. Mein Magen krampft sich vor Anspannung zusammen.

*Was will sie?*, blafft ein Teil von mir, während ein anderer bettelt: *Halt mich auf.*

»Tian-Tian.« Sie spricht mich mit meinem Kindernamen an und zupft an einigen alten Brandwunden an ihren Händen herum. »Du hättest nicht auf diese Weise mit deinem Vater reden sollen.«

»Er hat sich zuerst komisch verhalten.« Ich schaue sie grimmig an, auch wenn ein Gefühl von Scham mir die Kehle zuschnürt und meine Wangen heiß werden lässt. Um mein Gesicht zu verbergen, hebe ich die Schale mit dem Brei an den Mund.

*Halt mich auf*, donnert mein schwerer Herzschlag. *Halt mich auf, halt mich auf.*

Meine Mutter sieht mich nur mit einem traurigen Stirnrunzeln an. »Musst du alles immer so kompliziert machen?«

Ich umfasse die Schale fester. »Mama, hast du ehrlich das Gefühl, dein Leben sei *einfach* gewesen, weil du immer nachgibst?«

»Es geht nicht darum, es einfach zu haben. Es geht darum, in der Familie Frieden zu bewahren.«

Ich lache in die Schale hinein, und das Geräusch bekommt etwas Hartes, einen dunklen, schneidenden Unterton. »Sag ihm, er braucht sich keine Sorgen zu machen. Ich bin nur noch für zwei Tage hier. Dann kann er so viel Frieden haben, wie er will.«

Meine Mutter seufzt. »Tian-Tian, dein Vater empfindet alle Gefühlsäußerungen einfach sehr intensiv. Tief in seinem Innern weiß er, dass du schließlich doch noch reifer geworden bist. Dass du verstanden hast, was wirklich zählt. Er ist stolz auf dich.« Sie lächelt. »Und auch ich bin stolz auf dich.«

Ich hebe reserviert den Kopf. »Du bist stolz auf mich, weil ich mich selbst in den Tod schicke?«

»Du kannst nicht wissen, ob es dazu kommen wird.« Sie meidet meinen Blick. »Du hattest schon immer einen starken Willen. Hat die Prüfmannschaft nicht gesagt, dein Geistdruck könnte womöglich über fünfhundert liegen? Das Sechsfache des Durchschnitts! Und das war vor vier Jahren. Jetzt muss er noch höher sein. Du und Prinzoberst Yang könntet euch als ebenbürtige Partie erweisen. Du könntest seine Eiserne Prinzessin werden.«

»Es gibt nur drei Eiserne Prinzessinnen in ganz Huaxia!« Tränen schießen mir aus den Augen und trüben meinen Blick, sodass ich sie nur noch verschwommen wahrnehme. »Und ihr Geistdruck ist in den Tausendern! Das Ganze ist nur eine höchst unwahrscheinliche Fantasie, die Mädchen die Illusion gibt, überleben zu können!«

»Tian-Tian, sei nicht so laut.« Meine Mutter wirft einen panischen Blick Richtung Tür.

»Ist das auch für dich eine tröstliche Fantasie?«, fahre ich fort. »Hilft sie dir, nachts schlafen zu können?«

Ihre Augen glänzen. »Warum kannst du nicht eingestehen, dass es eine gute Sache ist, was du da machst? Du wirst zur Heldin. Und mit dem Geld könnte Dalang den Brautpreis für eine ...«

Ich schmettere die Schale auf den Boden. Das Porzellan zerspringt, und der schleimige Brei spritzt dampfend in alle Richtungen.

»Tian-Tian!« Meine Mutter steht schwankend auf. »Deine Großeltern schlafen hier!«

»Ach ja? Und was werden sie tun?«, brülle ich demonstrativ in Richtung Tür. »Mich schlagen, damit meine frischen Wunden Yang Guang abstoßen? Mich dazu zwingen, im Schweinestall zu schlafen, damit es mein Geruch ist, der ihn davontreibt? Wenn ihr alle das Geld so unbedingt wollt, könnt ihr mir überhaupt nichts mehr antun!«

»Tian ...«

»Raus!«

*Du kannst so nicht mit ihr sprechen,* tadelt mich eine Stimme in meinem Kopf, die quälende Ähnlichkeit mit der Stimme meiner Schwester hat. *Sie ist deine Mutter. Die Frau, die dir das Leben geschenkt hat.*

Aber eine Mutter, die mich so gründlich enttäuscht und im Stich gelassen hat, ist nicht mehr meine Mutter.

Mir bebt die Brust. Ich beuge mich vor und umklammere mit beiden Händen meine Knie. Von einem heftigen Schluchzen geschüttelt, entringen sich die Worte nur mühsam meiner Kehle. »Ich hoffe, dass wir im nächsten Leben nichts mehr miteinander zu tun haben werden.«

## KAPITEL 3

# DAS LEBEN, DAS DU FÜHREN WILLST

Das nächste Mal, dass irgendwer in meiner Familie freiwillig das Wort an mich richtet, ist am Morgen meiner Einberufung, als laut mein Name gekreischt wird.

Ich setze mich in meinem Strohbett auf, wo ich mich mit einem schmerzenden Knoten im Magen die ganze Nacht lang ruhelos hin und her gewälzt habe. Dabei habe ich über all die vielen Stunden hinweg unablässig meine hölzerne Haarnadel in der Hand gedreht wie ein dickes Essstäbchen.

Ein Schwebeboot soll mich zur Großen Mauer bringen. Haben sie es vielleicht schon in der Ferne am Himmel ausgemacht oder etwas dergleichen?

»Tian-Tian!« Die Stimme meiner Großmutter nähert sich meiner Tür. »Hier ist ein *Junge*!«

Ich erstarre mitten im Aufstehen. Mit der Hand stütze ich mich auf dem Bettgestell meiner Großeltern ab.

Ein Junge ...

Nein. Nein, das kann nicht sein ...

Ich taumele benommen zur Tür. Eine gefährliche Vorahnung, wie eine rot leuchtende Alarmlampe, lastet mir auf der Brust. Mein hämmernder Herzschlag überträgt sich von meiner Handfläche auf die Tür, als ich sie nun aufdrücke.

Grelles Licht brennt mir in den Augen. Dann, als die tanzenden Punkte verblassen, sehe ich ihn. Yizhi. Er steht im gleißenden Licht der Sonne draußen vor der Haustür und fleht meine Familie an, die sich alle wie Höhlenbewohner in den Schatten unseres Hauses zusammendrängen. Seine mit goldenen Mustern von Blättern und sprießendem Bambus bestickten weißen Seidengewänder glühen geradezu, wie irgendein Stoff aus dem Jenseits.

Ich habe ihn noch nie außerhalb der wechselnden Schatten des Blätterdachs draußen im Wald gesehen. Einen Moment lang bin ich völlig verwirrt – ist er es denn wirklich? Aber seine sanfte Tenorstimme ist unverkennbar.

»Tanten, Onkel, glaubt mir, wie hoch auch immer der Preis ist, ich kann dafür aufkommen.« Er zeigt meiner Familie die Metallplakette seines Ausweises. »Also, bitte. Erlaubt mir, eure Tochter zu heiraten.«

Mein Herz setzt für einen Schlag aus. Es ist, als hätte ich auf der Treppe zwischen den Reisterrassen beim Hinuntergehen eine Stufe übersehen.

Eine Schockwelle geht durch meine Familie hindurch. Unterkiefer klappen herunter. Hände werden vor Münder geschlagen. Meine Großmutter, mir gerade am nächsten, lässt einen verwirrten Blick zwischen mir und Yizhi hin und her gehen. Beim Anblick seines Familiennamens und seiner Adresse in Chang'an, der Hauptstadt von Huaxia, müssen in ihren Köpfen die Verkaufsglöckchen zu klingeln begonnen haben und inzwischen so laut lärmen wie explodierende Feuerwerkskörper.

Möglicherweise lassen sie mich nicht einmal mehr in das Schwebeboot steigen.

Ich setze mich in Bewegung, ohne zu sprechen oder zu denken. Ich drängele mich zwischen ihnen hindurch, packe Yizhi am Handgelenk und zerre ihn dann in das Halbdunkel des Hauses. Sein Mund öffnet sich vor Überraschung.

Fast wäre er über die Schwelle gestolpert. Aber dann sieht er mich an, und seine Augen leuchten mit einer Intensität, die mir einen Stich durch die Brust jagt.

Ich zerre ihn in das Zimmer meiner Großeltern. Nicht einmal seine Schuhe klingen mehr wie sonst, wenn sie über unseren armseligen Betonboden schlurfen.

»Nicht reinkommen«, warne ich meine Familie. Dann schlage ich die Tür zu. Eine Staubwolke wirbelt auf.

Ich drehe mich zu Yizhi um. Das schräg aus dem Fenster einfallende Licht schneidet über ihn hinweg wie eine ätherische Klinge, färbt seine Gewänder mondweiß und lässt seine Haut durchscheinend wirken.

»Das hier ist mein Haus. Mein Zuhause.« Meine Stimme lässt die Stille erbeben. Das Bild von ihm vor dem Hintergrund der speckigen Holzwände ist so fehl am Platz, dass ich nicht weiß, ob ich nicht vielleicht träume. »Du hättest nie und nimmer hier auftauchen dürfen – wie hast du mein Haus überhaupt finden können?«

»Die offiziellen Verzeichnisse.« Er schluckt, und das Leuchten seiner dicht bewimperten Augen schwächt sich ab. »Zetian, ich kann dich nach Chang'an bringen.«

»Nein, kannst du nicht!«, blaffe ich, und meine Stimme überschlägt sich. Zweifellos lauscht meine Familie an der Tür. »Das sagst du nur so. Dein Vater würde dir nie erlauben, mich zu heiraten!«

»Er hat noch vierzehn weitere Söhne. Er wird darüber hinwegkommen.«

»Wirklich? Würde er das? Würde er dich nicht lieber mit der Enkeltochter irgendeines hohen Beamten vermählen? Ich bezweifele, dass er zum reichsten Mann von Huaxia geworden ist, indem er sich Gelegenheiten hat entgehen lassen!«

»Dann schaffen wir uns eben unsere eigenen Gelegenheiten. Wir können zusammen eine Lösung finden. Solange es Leben gibt, gibt es Hoffnung.« Yizhi hebt meine Finger in das durchs Fenster hereinströmende Licht. Seine Worte zittern wie kalter Winter und rieseln herab wie der Schnee. »Aber jedes Leben, das ich mir schaffe, ist ohne dich bedeutungslos.«

Das Licht bebt in meinen Augen. Sein Gesicht verschwimmt.

Ich weiß, wie es ist, Schmerzen erleiden zu müssen. Ich weiß, wie es ist, verprügelt zu werden, beleidigt zu werden, zermalmt, zerdrückt und weggeworfen zu werden wie ein Stück Abfall. Aber das hier?

Damit kann ich nicht umgehen.

Es kommt mir so unwirklich vor.

Es kann gar nicht wirklich sein.

Ich falle nicht darauf herein.

»Jetzt mach mal halblang.« Ich reiße meine Hand weg. Heiße Tränen brennen mir in den Augenwinkeln. Ein trockenes Lachen schüttelt mich, und mir versagt fast die Stimme. »Bauernmädchen aus dem Grenzland heiratet in die reichste Familie von Huaxia ein? Kannst du nicht wenigstens ein kleines bisschen realistisch sein? Ich bin kein vierjähriges Kind, das du beschwindeln kannst.«

Ein feuchter Glanz legt sich über Yizhis Augen. »Zetian ...«

»Hör auf, so zu tun, als würde deine Familie mich irgendetwas anderes sein lassen als eine Konkubine.« Auf weichen Knien entferne ich mich einen Schritt von ihm. »Und das wird niemals funktionieren. Es wird Probleme geben, wenn ich mich weigere, vor deinem widerwärtigen Schwein von Vater einen Kotau zu machen. Wenn ich mich weigere, der richtigen Ehefrau zu dienen, mit der man dich unvermeidlich vermählen wird. Wenn ich mich weigere, deinen Sohn zu gebären – weil ich es nämlich nie zulassen werde, dass mir die Brut von irgendwem einen dicken Bauch macht und mich für immer an ihn kettet, nicht einmal dann, wenn du dieser Mann bist. Und du wirst nichts von alledem verhindern können, denn du bist kaum achtzehn Jahre alt, und was immer du an Geld und Macht zu besitzen glaubst, ist ganz und gar von deinem Vater abhängig. Gut, du könntest mutig sein und mit mir durchbrennen, und wir könnten irgendwo in einer kleinen Stadt unser Leben als bescheidene Wanderarbeiter zubringen, aber weil ich dann niemals habe tun können, was ich tun wollte, werde ich todunglücklich sein. Ich werde ständig daran denken müssen, wie viel befriedigender es doch gewesen wäre, wenn ich mich freiwillig gemeldet hätte, um in den Tod zu gehen, statt mit dir durchzubrennen. Ist es das, was du willst? Ist dies das Leben, das du führen willst, Gao Yizhi?«

Mein Redefluss bricht ab, und es folgt erstickende Stille.

Yizhi sieht mich an wie ein wunderschöner Unsterblicher, der vom Himmelshof herabgeschwebt ist, nur um hier unten unvermittelt mit dem Konzept des Kannibalismus konfrontiert zu werden.

Dann ist es nicht länger still.

Draußen vor dem Fenster ist ein Dröhnen und Klappern zu hören, das immer lauter wird. Ein starker Wind fegt über die Berge und lässt die Bäume rauschen. Unsere Schweine und Hühner geraten in ihrem Pferch in Panik, quieken und gackern in den Ställen.

Das muss jetzt wirklich das Schwebeboot sein.

Ich habe dieses Geräusch schon einmal gehört, als meine Schwester weggeholt wurde. Mir war damals nicht klar, dass es ihr galt, bis das Schwebeboot direkt über unserem Haus in der Luft hing, sein stählerner Rumpf leuchtend wie weißes Feuer, während ein Soldat mit einem tadellos gezwirbelten Dutt und olivgrüner Uniform eine Strickleiter in unseren

Hinterhof hinabließ. Alle hatten es vor mir geheim gehalten. Große Schwester eingeschlossen. Sie waren sich nicht sicher, wozu ich in der Lage wäre, um es zu verhindern, wenn ich rechtzeitig davon erfahren hätte.

Und so konnte ich damals niemanden aufhalten.

Jetzt kann niemand *mich* aufhalten.

»Zetian.« Yizhi beugt sich dichter heran und flüstert mir mit geweiteten Augen zu: »Es muss eine andere Möglichkeit geben, Yang Guang zu töten. Meine Familie hat Beziehungen zur ...«

»Wenn du in der Sache etwas tun könntest, dann hättest du es bereits getan«, knurre ich leise. »Du kannst einem so erfolgreichen und beliebten Piloten nichts anhaben, Yizhi. Das kannst du einfach nicht!«

»Was ist mit seiner Familie?« Yizhis Stimme wird noch leiser, tiefer. Seine Augen verdunkeln sich mit einer bedrohlichen Leidenschaftlichkeit, wie ich sie nur wenige Male bei ihm wahrgenommen habe. »*Sie* sind nicht unantastbar. Würde es nicht genügen, wenn sie ...?«

»Nein!«, stoße ich atemlos hervor. Yizhi muss wirklich mehr als verzweifelt sein. »Nicht sie haben es getan, sondern er. Welchen Sinn hätte es also?«

»Dann lass ihn einfach in der Schlacht sterben. Selbst männliche Piloten werden kaum je älter als fünfundzwanzig.«

»Du verstehst es nicht. Ich muss diejenige sein. Ich muss es tun. Ich muss meine Schwester mit eigener Hand rächen.«

»Warum?« Seine dünnen Brauen ziehen sich zusammen, bis sie sich berühren. »Sein Karma wird ihn einholen.«

»Es gibt kein Karma«, sage ich und betone jede einzelne Silbe, als wollte ich sie mit den Zähnen zerquetschen. »Und wenn doch, dann sind ihm Menschen wie ich mit Sicherheit scheißegal. Einige von uns sind dazu geboren worden, missbraucht und weggeworfen zu werden. Wir können es uns nicht leisten, uns einfach vom Strom des Lebens treiben zu lassen, denn nichts auf dieser Welt ist zu unseren Gunsten erschaffen, erbaut oder eingerichtet worden. Wenn wir etwas wollen, müssen wir uns gegen alles um uns herum stemmen und es uns mit Gewalt nehmen.«

Darauf weiß Yizhi nichts zu erwidern. Er sieht mich nur an, müde Falten in die Haut um seine Augen gegraben. Strähnen des halb aufgesteckten Haares fallen ihm über die makellosen Kleider und bauschen sich in die Höhe, als der durch das Fenster wehende Wind nun auffrischt.

»Wir werden ohnehin alle sterben«, füge ich mit leiserer Stimme hinzu. »Wünschst du dir denn nicht auch, zumindest so abzutreten, dass du dir dabei einen Traum erfüllst?«

»Das ...« Yizhis Mund öffnet und schließt sich. Seine Lippen sind bleich geworden. Ich muss sie unwillkürlich ansehen. Unverwandt. »Das, wovon ich am meisten träume, ist es, mit dir zusammen zu sein. Kein Sichverstecken mehr. Keine Scham mehr.«

Es zerreißt mir schier das Herz. »Dann musst du unbedingt anfangen, größere Träume zu träumen, Yizhi.«

Das Grollen des Schwebeboots wird lauter. Ein Dröhnen durchläuft das Haus und lässt die Wände vibrieren.

»Du bereust deine Entscheidung nicht?« Yizhi beugt sich noch näher heran. »Du willst wirklich nicht mit mir kommen?«

»Es wird derselbe Kampf sein, nur in einer großen Stadt und nicht mehr in einem Dorf«, murmele ich, und wieder und wieder lenkt mich der Anblick seiner Lippen ab. Eine Anspannung anderer Art baut sich in mir auf. »Ich bin müde. Einfach müde.«

»Aber wir könnten ...«

Ich umfasse sein Gesicht und ziehe es zu mir heran. Sein Flehen erstickt zwischen unseren Lippen.

Wärme, wie ich sie noch nie empfunden habe, wogt durch mich hindurch. So heiß strömt mein Blut, dass es förmlich hätte hell aufglühen können. Zuerst sind Yizhis Lippen starr vor Überraschung, dann schmelzen sie dahin, passen sich der Form meiner Lippen an. Er hebt zitternd die Hände und streicht mir so sacht über den Hals, als hätte er Angst, mich zu berühren, als hätte er Angst, das hier sei nicht wirklich.

Als ich mich aus dem Kuss löse, fahre ich mit den Fingern durch die zurückgesteckte Partie seines Haares und lehne meine Stirn gegen seine. Spüre den warmen Hauch seines Atems.

Wenn die Umstände anders wären, könnte ich mich womöglich an das hier gewöhnen. Umfangen zu sein von seiner Wärme und seinem Licht. Umhegt zu werden. Geliebt zu werden.

Aber ich setze kein Vertrauen in die Liebe. Liebe kann mich nicht retten.

Ich wähle die Rache.

Ich reiße mich zusammen, löse mich von ihm und stoße ihn weg.

»Das wolltest du doch haben, nicht?«, sage ich emotionslos, ohne seinem aufgelösten Äußeren, seinem gequälten Blick irgendeine Beachtung zu schenken. »Jetzt hast du es bekommen. Und nun lass mich gehen. Wenn du irgendwie an meine sterblichen Überreste kommst, verbrenn sie und verstreu die Asche im Bach. Damit ich Großer Schwester folgen kann, wo immer sie ist.«

Feuchte Rinnsale dringen aus seinen Augen, die im Licht der Sonne glitzern.

Ich kann nicht mehr hinschauen. Ich drehe mich um und gehe zur Tür.

Aber bevor ich sie erreiche, bleibe ich noch einmal stehen.

»Eine letzte Sache noch«, sage ich über meine Schulter, zu

leise, als dass meine Familie es über den wirbelnden Lärm des Schwebeboots hinweg hören könnte. »Glaub nicht, ich hätte nicht registriert, dass du hier in mein Haus gekommen bist und beinahe meinen Plan durchkreuzt hättest, wo du doch wusstest, wie wichtig er mir ist. Wenn du der Armee auch nur den leisesten Hinweis gibst und sie mich einsperren, werde ich mich umbringen, und dann wird mein Geist dich heimsuchen.«

Ich reiße die Tür auf und lasse ihn für immer hinter mir.

## KAPITEL 4

# BEREIT ZU DIENEN

Ein halbdunkler Raum unter der Großen Mauer. Ein Metallpodest voller Testgeräte. Ein heller Bildschirm für Computerspiele an der Decke, auf den ich mich konzentrieren muss, während ich auf einem Kipptisch auf und ab schwinge.

Ich stehe ungelogen kurz davor, mich auf meine hauchzarten neuen Konkubinenkleider zu erbrechen, als der Kipptisch endlich ruckartig zum Stehen kommt. Schnell presse ich mir die Hand auf den Magen, während ich den klebrigen Hebel zur Spielsteuerung sinken lasse. Die Bewegungslosigkeit hat meine Sinne träge gemacht. Ich verstehe, warum dieser Test eigentlich schon direkt nach unserer Ankunft hätte durchgeführt werden sollen; aber dann gab es Probleme mit der Apparatur, und so haben sie uns erst einmal etwas aufgehübscht.

»Sechshundertvierundzwanzig!«, ruft Tante Dou, eine leitende Dienerin, das offizielle Ergebnis meiner Geistdruckmessung hinter dem gespenstischen Leuchten ihrer Bildschirme. Die Zahl hallt von den metallenen Wänden des Raumes wider.

Schockhafte Verblüffung durchzuckt mich, und ein überraschtes Raunen dringt von den fünf anderen Mädchen auf der Bank unter dem Testpodest. Ihre bisherigen Testwerte sind überwiegend zweistellig, nur einmal ist ein Wert von hundertachtzehn gemessen worden.

Als ich vierzehn war, kam eine mobile Mannschaft in mein Dorf, um uns Kinder zu testen, aber ich bin immer davon ausgegangen, dass es sich bei ihrer ungeheuer hoch erscheinenden Schätzung meiner Fähigkeiten um einen Irrtum gehandelt habe. Geistdruck ist ein Maß des mentalen Vermögens, der Kraft, die jemand einsetzen kann, um sein Qi zu kanalisieren. Nur etwa drei Prozent der Menschen übersteigen die Fünfhundertermarke, das Minimum, das erforderlich ist, um eine Chrysalis in Bewegung zu setzen. Fast schon muss ich über diese Absurdität lachen.

Wenn ich ein junger Mann wäre, könnte ich mir jetzt einen Lebenstraum erfüllen. Ich könnte in meiner eigenen riesigen, sich nach meinem Willen wandelnden Kriegsmaschine gegen roboterhafte Außerirdische kämpfen. Man würde mich als Berühmtheit lieben und achten, und ein ganzer Wachturm voller Konkubinen würde mich umsorgen.

Aber ich bin kein junger Mann, und dieser Wert bedeutet nur, dass ich ein paar Schlachten mehr überleben werde als die meisten Konkubinenpilotinnen.

Deshalb bin ich jedoch nicht hergekommen.

Tante Dou tritt um ihre Bildschirme herum und wackelt auf mich zu. Ihr Haar ist zu einem hohen, festen Knoten frisiert. Ihr Schatten an der rückwärtigen Wand wird immer größer, während sie näher kommt. Die goldenen Säume und Knotenknöpfe ihres dunkelgrünen Kittels schimmern unter dem Licht, das vom Bildschirm für Computerspiele herabstrahlt.

»Herzlichen Glückwunsch, Fräulein Wu«, sagt sie, während sie die an meinem Kopf befestigten Elektroden abnimmt. »Ihr werdet als vollwertige Gespielin in den Dienst von Prinzoberst Yang treten.«

Huch. Selbst meine Schwester hatte nur den Rang einer Konkubine; mein Anfangsgehalt wird das Vierfache von ihrem betragen. Meine Familie wird begeistert sein.

Zumindest für einige wenige Tage. Ha.

»Doch denkt daran: Dies ist keine absolut gültige Messung.« Tante Dou wiederholt die gleiche Leier, die sie zuvor schon den anderen vorgetragen hat. »Alles kann sich ändern, sobald Ihr einmal in eine Chrysalis gestiegen seid, je nachdem, wie gut Ihr mit Prinzoberst Yang harmoniert. Ihr könntet Euch als unfähig erweisen, sich in sein Bewusstsein einzufühlen, und so unter Eurem Leistungsvermögen bleiben. Oder Ihr könntet eine Verwandlung durchlaufen und Euch seinem eigenen Wert annähern. Der beste Rat, den ich Euch geben kann, ist es, ihn zu verstehen, ihn zu unterstützen und für ihn da zu sein, ganz gleich, wie schlimm die Schlacht wird. Tut das Eure, und Ihr könntet letztendlich vielleicht sogar noch seine Eiserne Prinzessin werden.«

Ich kann mir nur mühsam ein verächtliches Schnauben verkneifen. Selbst angesichts der klaren Sprache der Zahlen versucht sie, uns in Illusionen zu hüllen, sodass wir mit einem strahlenden Lächeln direkt in unseren Tod watscheln, im Glauben, dass jede Einzelne von uns ebenjene ganz spezielle Ausnahme sein könnte.

Ich lasse den Steuerungshebel los und schwinge die Beine vom rissigen Lederpolster des Kipptischs. Bei jedem humpelnden Schritt klirren meine bestickten neuen Seidenschuhe wie Metallbolzen die gemusterte Stahltreppe des erhöhten Podests hinunter. Ich verströme Hitze, die kühle Luft zerrt sie mir förmlich vom Leib. Ich beginne zu zittern, und eine Gänsehaut überläuft mich, was umso verblüffender ist, da mir doch alle Haare aus den Poren gerissen worden sind. Aus irgendeinem Grund legt sich der rostige Geschmack von Blut auf meine Zunge.

Die anderen Rekrutinnen kauern sich auf einer langen Bank an der Wand zusammen, die Arme um den Oberkörper geschlungen. Der bleiche Schein von Bildschirmlicht aus der Ferne hüllt sie in eine geisterhafte Aura. Ihre Schatten lauern hinter ihnen auf dem glitzernden Metall, wie Raubtiere, die sich gleich auf sie stürzen werden.

Das nächste Mädchen, das getestet werden will, ringt die Hände und erhebt sich von der Bank. Wir gehen aneinander vorbei, und das *ruqun*, das jede von uns trägt, bauscht sich in entgegengesetzte Richtungen wie pastellfarbener Dunst, grün und gelb und weiß – die Farben von Yang Guang. Unsere losen Gewänder sind beträchtlich bunter und durchscheinender als die Kleider der Tanten, und sie gleiten wie fließende Wasserfarbe über unsere geschrubbten, gewachsten, eingehend untersuchten und parfümierten Körper. Mit dem Kragen, der uns bis auf die Brüste hinabreicht, zeigt das *ruqun* mehr Haut, als ich je vor anderen habe sehen lassen. Eine rauchgrüne Seidengirlande schlingt sich um unsere Arme und schmiegt sich über unseren Rücken.

Immer wieder schütteln mich Wellen der Übelkeit, aber ich kämpfe alles Unbehagen nieder. Ich darf mir auf keinen Fall anmerken lassen, dass ich womöglich nicht bereit sein könnte, hiermit fertigzuwerden. Ich mag als eine Gespielin anfangen, aber Yang Guang könnte ohne Weiteres ein anderes Mädchen bevorzugen und es befördern. Wenn ich seine Gunst nicht für mich beanspruchen kann, könnte ich in der Horde von Dienstmädchen in seinem Wachturm vergessen werden.

Und das würde es viel schwieriger machen, eine Gelegenheit zu finden, ihn niederzumetzeln.

*»Ihr seid hier, um einem der größten Helden unserer Zeit Gesellschaft zu leisten und für sein Wohlbehagen zu sorgen.«* Im Geiste höre ich noch einmal Tante Dous Einführungsrede, die sie gehalten hat, als wir uns zum ersten Mal in einer

bebenden Reihe vor ihr aufgestellt haben. *»Vom heutigen Tag an seid ihr dazu da, ihn zu erfreuen, damit er in optimaler körperlicher und geistiger Verfassung ist, um gegen die Hunduns zu kämpfen, die unsere Grenzen bedrohen. Sein Wohlergehen sollte das wichtigste Thema all eurer Gedanken sein. Ihr werdet ihm zu essen bringen, wenn er Hunger hat, ihm Wasser einschenken, wenn er Durst hat, und mit lebhafter Begeisterung seine Freizeitbeschäftigungen mit ihm teilen. Wenn er spricht, werdet ihr ihm eure volle Aufmerksamkeit schenken, ohne ihn zu unterbrechen oder ihm gar zu widersprechen. Ihr werdet weder launisch noch pessimistisch noch gleichgültig sein, und – am wichtigsten – ihr werdet nicht negativ auf seine Berührung reagieren.«*

Ich setze mich dorthin, wo zwischen den anderen Mädchen am meisten Abstand ist. Der kalte Stahl fühlt sich an der Rückseite meiner Oberschenkel sengend heiß an. Ich schlage die Beine fest übereinander und versuche, meinen rasenden Puls zu beruhigen. Ein Sturm von Gedanken tost mir durch den Kopf – ob Yang Guang in meinem Gesicht vielleicht meine Schwester wiedererkennen könnte, ob er mich wohl wirklich auserwählen wird, um in seine Dienste zu treten, ob die Klinge in meiner Haarnadel scharf genug ist, ihm die Halsschlagader aufzuschlitzen.

Niemand sagt ein Wort. Wir haben seit dem Jungfräulichkeitstest durch die Tanten vor einigen Stunden nicht viel miteinander gesprochen. Eines der Mädchen hat nicht bestanden. Sie hat schreiend und weinend geschworen, dass sie nie irgendetwas mit einem Mann gehabt habe – was mich an der Zuverlässigkeit des Prüfungsverfahrens hat zweifeln lassen –, aber sie ist offiziell aus dem Bewerbungsverfahren zur Konkubinenpilotin ausgeschlossen worden, und dann haben sie sie weggebracht. Wohin, weiß ich nicht. Hoffentlich nicht zurück nach Hause. Ihre Familie würde sie wahrscheinlich in einem Schweinekäfig ertränken.

Ein kalter Schauder überläuft mich bei dem Gedanken daran, was hätte passieren können, wenn auch ich ihre strengen Maßstäbe nicht erfüllt hätte. Ich kann die Erinnerung daran nicht abschütteln, wie mich meine Familie mit Fragen bezüglich Yizhis gelöchert hat, als ich mir einen Weg zwischen ihnen hindurchgekämpft habe, um die Strickleiter des Schwebeboots in unserem Hinterhof zu erreichen.

»Ich habe mit ihm nie die Grenze überschritten«, war das Einzige, was ich gesagt habe, während mir die Wangen brannten.

Ich weiß nicht, was er mit ihnen angestellt hat, nachdem das Schwebeboot mich weggebracht hat. Aber es spielt keine Rolle, solange sie mir ohnehin nichts mehr anhaben können.

Es verursacht mir nachgerade körperliche Schmerzen zu wissen, dass Große Schwester vor drei Monaten das Gleiche durchgemacht hat. Die ganze Prozedur. Den ganzen Tag voller Bäder, Wachsbehandlungen zur Enthaarung, frisieren, schminken, Lektionen in Verhaltensvorschriften und Fototermine für die Nachrichtenagenturen.

Yizhi wird diese Fotos sehen. Und all die Bemerkungen mitbekommen, wenn sie sich über mein äußeres Erscheinungsbild das Maul zerreißen und darüber urteilen, inwieweit ich denn würdig sei, mit Yang Guang zusammen zu sein.

Ich hoffe, dass Yizhi das Ganze genügend anekelt, um mich zu vergessen.

Das schreckliche Kreischen und Dröhnen des Kipptisches hallt erneut durch den Raum. Vom Licht der verschiedenen Gerätschaften in ein düsteres Blau getaucht, sehen die anderen Rekrutinnen und ich zu, wie das Mädchen hin und her gewippt wird, während es versucht, einen Schmetterling auf dem Bildschirm an der Decke zu steuern. Sie hat zehn Minuten Zeit, um ihn so weit wie irgend möglich durch einen Tunnel voller Hindernisse zu manövrieren.

Die Farben des Spiels flackern über sämtliche Metallwände. Ich habe keine Ahnung, warum gerade diese Vorgehensweise als die beste Methode zur Messung von Geistdruck gilt. Vielleicht hat es etwas mit der Anstrengung zu tun, die es braucht, sich zu konzentrieren, während man hin und her geschwenkt wird.

Ich lege mir die Hand auf den Bauch und lasse sie dort ruhen. Angst erfüllt meine Brust mit Nervosität, unruhig wie der wedelnde Schwanz eines Hundes. Ich weiß nicht, ob ich mir wünsche, dass die Zeit schneller oder dass sie langsamer vergehen möge. Der Gedanke daran, irgendwann endgültig mit allem hier fertig zu sein und vor Yang Guang Aufstellung zu nehmen, weckt in mir den Wunsch, mein Herz möge auf der Stelle zu schlagen aufhören; andererseits haben die Vorbereitungen auch wahrlich allzu lange gedauert. Es muss inzwischen mitten in der Nacht sein. Yang Guang ist ein Nachtmensch – die meisten Hundunangriffe ereignen sich bei Nacht.

Ich greife geistesabwesend nach meiner Frisur, ein Wunder der Haarkunst, das aus zwei geölten Wirbeln auf meinem Kopf thront, wie Fuchsohren, durch darunter festgesteckte Knäuel aus falschem Haar im Volumen vergrößert. Weiße Lilien aus Kristall dienen in der Mitte der Ohren als »Fell«, und silberne Nadeln mit glitzernden Quasten halten alles fest. Ich streiche mit dem Finger über meine alte Haarnadel, das einzige Ding in all dem schimmernden Durcheinander, das nicht hell glänzend ist.

»Bist du dir auch sicher, dass diese Haarnadel zu unserer Aufmachung passt?«, flüstert mir das Mädchen neben mir plötzlich zu.

Ein eisiges Frösteln überläuft mich, als hätte man mich in einen überfrorenen Waldsee geworfen.

Hat sie etwas bemerkt? Hat die Klinge hervorgelugt?

Ich streiche über die Stelle, an der sie sich lösen würde. Immer noch glatt. Dem Himmel sei gedankt.

»Sie ist ein Erinnerungsstück von meiner Mutter.« Mit leiser, tonloser Stimme presse ich die Lüge hervor, die bei den Tanten funktioniert hat. Langsam und beiläufig lasse ich die Hand wieder sinken, wenngleich meine Finger so kalt geworden sind wie die Bank unter uns.

»Schön und gut, aber findest du nicht, dass sie ein wenig deplatziert wirkt?«, sagt sie mit der Hand auf dem Kinn. Das weiße Puder, das unsere Schönheitsfehler übertüncht, verschmiert ihre Handfläche. Unsere Lippen sind mit rotem Lippenstift und mit Lipgloss geschminkt worden, sodass sie glänzen wie frische Beeren, und unseren Augen wurde ein perfekter Katzenaugen-Lidstrich verpasst. Zudem haben die Tanten rings um sie herum Lidschatten in Pfirsichrosa aufgetragen.

»Wo soll ich sie denn sonst verstauen?« Ich lege die Stirn in Falten, was wahrscheinlich die scharlachroten Lotosblüten verunstaltet, die zwischen meinen Augenbrauen aufgemalt worden sind. »Diese Gewänder haben keine Taschen.«

»Du könntest die Nadel bei Tante Dou lassen. Ich bin überzeugt, dass sie dir sehr viel bedeutet, aber sie sieht nicht kostbar genug aus, um gestohlen zu werden.«

Ich rufe mir den Namen dieses Mädchens ins Gedächtnis – Xiao Shufei. Sie ist diejenige mit dem Geistdruck von hundertachtzehn.

»Sie ist gut aufgehoben, wo sie ist«, zische ich, obwohl ich weiß, dass ich nicht das Risiko eingehen sollte, Ärger zu machen. Sie muss dieses Thema endlich fallenlassen. »Warum interessiert dich das?«

»He, ich versuche nur, mich ein wenig um dich zu kümmern.« Sie strafft den Rücken, und ihr geschminktes Gesicht nimmt einen finsteren Ausdruck an.

»Wer hat dich darum gebeten? Sorg dich lieber um dich selbst.«

Sie starrt mich mit offenem Mund an. »Meinst du etwa, du seist besser als wir oder so was? Glaubst du, wir sind eifersüchtig auf dich?«

Die anderen Mädchen auf der Bank gaffen uns jetzt an, drei Paar mit Schminke ummalter Augen, in denen Angst und künstliches Licht leuchten.

»Nun ja, jetzt glaube ich es. Warum sonst solltest du das auch ansprechen?« Ich sehe sie mit klimpernden Lidern an. »Was gibt es denn da, worauf man eifersüchtig sein könnte? Meinen Geistdruck?«

»Jetzt komm schon. Niemand braucht einen *so* großen Druck, um eine gute Konkubine zu sein.« Sie lässt einen anzüglichen Blick über meine Figur gleiten. Dank der Leckereien, die Yizhi immer mitgebracht hat, bin ich nie allzu sehr vom Fleisch gefallen, trotz der inständigen Bemühungen meiner Familie, mich auszuhungern.

Ein Mädchen schlägt sich erschrocken die Hand vor den Mund.

Aber mich kümmert das nicht. Ich lache.

Das hier ist einfach nur traurig.

»Du meinst, sechshundertvierundzwanzig sei groß?« Mein Mund verzieht sich zu einem starren Grinsen. »Du weißt aber, dass Yang Guangs Geistdruck über sechstausend beträgt, nicht wahr? Ich bin nichts. Wir alle sind nichts.«

Xiao Shufei rutscht unbehaglich auf der Bank hin und her. Dann krallt sie die Finger in ihre Gewänder. »Nenn unseren Herrn und Meister nicht bei seinem Namen.«

Diese Bezeichnung trifft mich wie ein Hieb in die Magengrube. Ich presse die Lippen zusammen und blinzele die Sternchen weg, die die Blitzflut meines Zorns vor meinen Augen hat tanzen lassen. Hundert mögliche Antworten steigen mir in der Kehle auf, werden aber von meinen zusammengebissenen Zähnen aufgehalten. Ich kann es mir nicht leisten, ihn für alle hörbar zu beleidigen.

Ich richte den Blick auf Tante Dou. Sie ist immer noch ganz auf die Durchführung des Tests konzentriert. Aber wenn unser Disput hier so weitergeht, werden wir unweigerlich ihre Aufmerksamkeit auf uns lenken. Also schnaube ich lediglich verärgert die Luft durch die Nase aus und wende mich von Xiao Shufei ab.

Doch das lässt sie noch kühner werden.

»Ich kann nicht fassen, mit was für einer Einstellung du hierherkommst«, fährt sie fort. Ihre Stimme ist jetzt lauter. »Wir sind hier, um einem Piloten der Prinzenklasse zu Diensten zu sein. Hast du wirklich vor, dich hier so herausputzen zu lassen, nur damit dann diese hässliche Nadel weiterhin dein Haar verunziert? Könntest du nicht etwas weniger deutlich zu erkennen geben, dass du bloß Bauernabschaum bist?«

»Wir sind alle Bauernabschaum!«, fauche ich leise und werfe den Kopf herum, um sie böse anzufunkeln. »Er selbst eingeschlossen! Keine reichen Leute lassen ihre Söhne vom Militär einziehen! Der Adelstitel, die schönen Gewänder, der teure Schmuck – sie sind nur prächtig funkelnde Ablenkungen, damit es uns leichterfällt, jung zu sterben. Denn genau das werden wir – vielleicht ist das sogar der eigentliche Grund, warum du mich unbedingt ärgern willst, aber lass dir gesagt sein: Du solltest deine begrenzte Zeit wirklich mit etwas Besserem verbringen. Nur zu, fühl dich so elegant und würdevoll, wie du willst.« Ich wedele mit den Fingern vor den silbernen Quasten in ihrem Haar. »Denn das alles haben sie dir deshalb gegeben, weil du es nicht lange brauchen wirst!«

Eisiges Schweigen legt sich über uns. Ein drohendes

Schluchzen zieht Xiao Shufeis Stirn und Mund zusammen. Für einen Moment packen mich Gewissensbisse.

Dann reißt sie mir die Nadel aus dem Haar.

Das blanke Entsetzen wirft mich fast um. Mein Blick geht panisch nach unten, aber ich wage es kaum, zu ihr hinzuschauen. Wundersamerweise ist die Nadel jedoch ganz geblieben.

Es beruhigt meine zum Zerreißen gespannten Nerven, verhindert aber nicht, dass sich der heiße Strom von Wärme und Adrenalin in mir zu einem eisig dahinkriechenden Fluss voller gefrorener Schollen verlangsamt. Ich hebe das Kinn. Schaue von oben herab auf dieses dumme kleine Mädchen. Sie starrt auf die Nadel in ihrer Hand, als wäre sie von ihrem eigenen Tun überrascht. Dann dreht sie sich von mir weg und weicht meinem Blick aus.

Ich schlage mit der Hand auf die Bank, dass es nur so dröhnt.

»Ich würde sie ihr zurückgeben.« Eine kichernde Männerstimme ertönt von der Tür her. »Dieses Mädchen macht auf mich nicht den Eindruck einer Frau, mit der man sich anlegen sollte.«

Unsere Köpfe fahren gleichzeitig herum, aber schon lange bevor ich ihn dort stehen sehe, an die Wand gelehnt und die Arme vor der Brust verschränkt, schlägt das nackte Grauen über mir zusammen.

Diese Stimme hat eine ganz besondere Wirkung auf mich, sie hat sich tief in mein Bewusstsein eingebrannt. Ich kenne sie von all den Interviews und Videos, die sich meine Familienmitglieder wieder und wieder voller Ehrfurcht angeschaut haben, bevor sie meine Schwester gezwungen haben, in seine Dienste zu treten.

Da ist er.

Der Kerl, den ich umzubringen habe.

# KAPITEL 5

# EIN FATALER FEHLER

»Herr und Meister.« Wir erheben uns alle gemeinsam von der Bank und verbeugen uns, wie man es uns beigebracht hat.

Selbst ich tue es. Ich sage es. Auch wenn es mir den Mund verbrennt wie glühende Kohlen, denn es bringt mich meinem Wunsch, meine Hände in seinem Blut zu baden, einen Atemzug näher.

»Oh, das ist nicht nötig – wirklich, macht einfach weiter.« Yang Guang wedelt mit seiner in einem Panzerhandschuh steckenden Hand in Richtung Tante Dou, die sich jetzt hinter ihren Bildschirmen erhebt. Er hat seine Geistrüstung angelegt, ein losgelöstes Stück seiner Chrysalis, das er auch ohne Kopilotin kontrollieren kann. Es ist erstaunlich, wie viel er davon trägt. Die meisten Piloten können allein nur gerade genug Geistmetall befehligen, um die gewünschten Teile ihres Körpers mit einem porösen Gitternetz zu überdecken. Seine kompakte Rüstung ist aus stacheligen Einzelteilen zusammengesetzt, in denen eine ganze Palette von Grüntönen glitzert, als bestünde sie aus direkt aus dem Fels geschlagenen Mineralien. Um seinen Kopf herum schimmert eine aus dem gleichen Geistmetall gefertigte Krone, die Oberfläche rau, als wäre sie pelzbesetzt, und mit spitz aufragenden Zacken versehen, wie Fuchsohren.

Bis sich vor zweihunderteinundzwanzig Jahren die verschiedenen Stämme der zentralen Ebene vereinigt und Huaxia gegründet haben, waren die Piloten Kriegerkönige. Sie haben die Dauersiedlungen regiert und verteidigt, die neu entstanden, nachdem der Gelbe Herrscher und seine Frau Leizu etwa sieben Jahrhunderte zuvor die Chrysaliden erfunden hatten (so jedenfalls die Überlieferung – Yizhi meint, die Historiker bezweifeln, dass es sich bei ihnen um geschichtliche Persönlichkeiten handelt, die wirklich gelebt haben). Heutzutage ist alles Erhaben-Königliche an den Piloten ein Überbleibsel dieser Tradition.

Vor mir zittert Xiao Shufei so heftig, dass ihre Silberquasten klimpern wie Nieselregen, der auf Glas fällt. Sie ringt meine Haarnadel in ihren Händen. Ich schreie innerlich auf. Alle Instinkte befeuern mich, die Nadel wieder an mich zu reißen, aber ich kann das Risiko nicht eingehen. Eine falsche Berührung, ein Aufblitzen der Klinge darin, während Yang Guang direkt vor mir steht, und es ist um mich geschehen.

»Herr und M–M–Meister«, stammelt Xiao Shufei. »Wir haben nicht ... Wir haben erst später mit Euch gerechnet.«

Er bricht in Gelächter aus, klar und hell, und es plätschert durch den Raum wie Frühlingswasser, das in einen Blecheimer prasselt. Er stößt sich von der Wand ab und steigt von der erhöhten Fläche vor der Tür herab.

Seine Geistrüstung klappert, und der lange, um seine Schulterschoner herum geknotete Fuchsfellumhang schleift über die Metallstufen. In der Höhlung seiner grünen Krone ziert ein hohes Hütchen aus Bronze seinen perfekten Dutt. Wäre er ein ganz gewöhnlicher junger Mann, wäre es ihm nicht erlaubt, all sein Haar aufzustecken, solange er noch keine zwanzig ist, aber die mit der Volljährigkeit verbundenen Traditionen haben für Piloten keine Gültigkeit. Sie alle tragen ihr Haar wie erwachsene Männer. Auch wenn er erst neunzehn ist, bekleidet er bereits den Rang eines Obersten, was bedeutet, dass er schon seit über fünf Jahren Soldat ist. Doch die Armee wird ihm wahrscheinlich ohnehin ein großes Fest geben, wenn er seinen Geburtstag ...

Nein – was denke ich da? Er wird keine zwanzig werden, niemals.

»Was soll ich sagen?« Im Näherkommen bilden sich Grübchen auf seinen Wangen. »Ich konnte es eben einfach nicht erwarten herauszufinden, welche hübschen neuen Mädchen da in meinen Wachturm kommen. Aber ich hoffe, ihr habt den Moment gerade nicht als letzte Gelegenheit genutzt, Ärger zu machen.«

»Nein!« Xiao Shufei springt auf. »Wir waren ... wir waren nur ...«

»Es gibt nur dann Ärger, wenn diese Haarnadel nicht innerhalb der nächsten drei Sekunden wieder in diese Hand zurückkommt.« Ich strecke die geöffnete Hand aus. Es ist zu spät, irgendeine der falschen Persönlichkeiten überzustreifen, die ich mir in Gedanken zugelegt habe.

Sie knallt mir die Nadel regelrecht in die Hand. Ihre Oberfläche ist glitschig von Xiao Shufeis Schweiß. Igitt.

»Danke.« Ich stecke die Nadel wieder in meine Fuchsohrfrisur und gebe mir alle Mühe, gelassener zu wirken, als ich es in Wirklichkeit bin.

Yang Guang hat uns erreicht. Er ist jetzt nahe genug, um ihn zu erwürgen.

Es macht mir wirklich zu schaffen, wie knabenhaft er doch aussieht. Schmaler Unterkiefer, schelmisches Grinsen, strahlende Augen. Mir stockt das Herz beim Anblick der zwei Diademe in seiner Krone, die eine ständige Erinnerung daran sein sollen, dass jeder Pilot nach seiner ebenbürtigen Partnerin sucht. Die anderen Mädchen sehen ihn ebenfalls wie gebannt an, und ich weiß, dass sie sich alle das Gleiche ausmalen: dass er eines der Diademe zu einer zweiten Krone formt und sie im Zuge einer verschwenderischen Krönungsfeier einer von uns als seiner wahren Partnerin auf den Kopf setzt. Eine meiner lebhaftesten Erinnerungen gilt der Livestream-Übertragung einer solchen Feier, die ich, zusammen mit den anderen Dorfmädchen um den großen Bildschirm gedrängt, einmal habe verfolgen dürfen. Alle waren wir ganz begeistert und wären vor Schwärmerei fast in Ohnmacht gefallen.

Das war zu einer Zeit, als ich es noch nicht besser wusste.

Ich verbanne die Fantasievorstellung aus meinem Kopf.

»Jetzt sag mal …« Yang Guang schaut mir direkt in die Augen. »Terrorisierst du häufig andere Menschen, meine Schöne?«

»Nur wenn sie zuerst damit anfangen und mich auf die Palme bringen«, antworte ich in einem lässigen Tonfall, auch wenn mein Puls sogleich immer heftiger hämmert und mich zum Beben bringt.

»Das ist Gespielin Wu!« Tante Dou kommt strahlend herbeigewackelt, wiewohl der Kipptisch immer noch quietscht und das arme Mädchen auf dem erhöhten Podest hin und her schüttelt.

Die Erwähnung meines Familiennamens sorgt dafür, dass sich mein Magen noch heftiger zusammenkrampft, wenngleich der Name Wu in den Provinzen Sui und Tang ziemlich weit verbreitet ist. Ich kann nicht erkennen, ob Yang Guang eine Verbindung zu meiner Schwester hergestellt hat. Wenn ja, würde er nicht darüber reden. Niemand spricht über tote Konkubinen. Ich verlasse mich darauf, dass er die Möglichkeit gar nicht erst in Betracht zieht, eine junge Frau könne drei Generationen ihrer Familie dem Tod weihen, nur um ihm das Leben zu nehmen.

»Gespielin?« Er blinzelt mich aus zusammengekniffenen Augen an. Seine Iriden leuchten neongelb auf.

Ich zucke zusammen, auch wenn ich weiß, dass es lediglich ein Zeichen seines Qi ist, das durch das Geistmetall seiner Rüstung schimmert. Mein ganzes Leben lang habe ich Piloten bisher nur auf Bildschirmen gesehen, und so haben sie auf mich gewirkt wie fantastische, nicht ganz wirkliche Wesen. Aber das hier ... das hier ist definitiv nicht computergeneriert.

»Ja, jetzt spüre ich es!« Er nickt, und seine Augen lassen im Halbdunkel des Raumes goldene Lichter durch die Luft tanzen. »Das ist ein ziemlich hoher Geistdruck. Huch.« Seine leuchtenden Augen wandern über mich hinweg wie schmelzender Honig. »Du bist wirklich ein interessantes Mädchen.«

Tante Dou schaut mit wissendem Blick zwischen ihm und mir hin und her. »Also, junger Herr, seid Ihr gekommen, um Eure Gespielin für Eure Schicht auszuwählen?«

»Oh, ich glaube, ich habe sie schon gefunden.« Er hält mir seine gepanzerte Hand hin, und die goldenen Ringe seiner Iriden strahlen noch heller.

Ich zwinge das Zittern aus meinen Fingern, als ich sie in seine lege, nacktes Fleisch auf warmes Metall. Mein Magen ist in Aufruhr, als läge ich wieder auf dem Kipptisch.

Ich berühre ihn. Berühre die Hand, die das Leben meiner Schwester beendet hat.

Ich bin mit einem Kopf voller schimmernder Klingen und Mordgedanken hergekommen, doch er lächelt mich an, als wäre ich ein weiteres Spielzeug, bereit, ihm in allem zu Willen zu sein.

Ein Grinsen kriecht über mein Gesicht. Xiao Shufei hält den Kopf gesenkt, aber mir entgeht ihre gleichermaßen verwirrte wie wütende Miene nicht, und ich fühle eine Anwandlung von Mitleid.

*Er ist es nicht wert*, würde ich ihr gern sagen. *Ich werde es dir beweisen.*

Aber mein Grinsen verschwindet schon in der nächsten Sekunde aus meinen Zügen, als sein starker Griff meine Finger umschließt.

Auf keinen Fall könnte ich ihn überwältigen, während er wach ist. Ich werde warten müssen, bis er schläft.

Bis ich mich ans Aufschlitzen seiner Kehle machen kann, werde ich in der Tat sein Spielzeug sein.

Auf den Werbe-Luftaufnahmen der Armee vom Grenzstreifen von Sui und Tang, die ich gesehen habe, sind die Wachtürme direkt außerhalb der Großen Mauer erbaut worden, am Fuß der letzten Berge, bevor die flachen Ebenen der Hundunwildnis beginnen. Oben auf jedem Turm hockt eine Chrysalis. Solange sie sich im aktiven Dienst befinden, leben Piloten in den untertassenförmigen Dachwohnungen oben auf den ihnen zugewiesenen Türmen, die wie abgerundete Felsen über ihren Chrysaliden aufragen.

Yang Guang bringt mich mit dem Aufzug in seine Dachwohnung hinauf, etwas, woran ich mich glücklicherweise nicht werde gewöhnen müssen. Der Aufzug ist wie ein knarrender Metallkäfig, der von Dämonengeistern betrieben wird. Yang Guang trägt mich, seine gepanzerten Hände bauschen meine hauchdünnen Gewänder um meine Schultern und Oberschenkel, und seine Arme sind wie heiße Eisenklammern um mich herumgepresst. Ich habe nicht Nein sagen können, als er mich hochgehoben hat, schließlich ist es uns verboten, negativ auf seine Berührung zu reagieren. Als der Aufzug endlich klappernd zum Stehen kommt und sich ächzend öffnet, wird mir bewusst, dass ich mich zu fest an ihn geklammert habe, sodass sich meine Stirn tief in das orangebraune Fell seines Umhangs gegraben hat. Mein keuchender Atem streicht direkt über den zarten Bogen seines Kinns. Ich lockere den Griff, und meine Wangen werden schmerzhaft heiß.

*Das macht nichts,* sage ich mir, während ich meine Scham hinunterschlucke. Es passt zu der Rolle, die ich hier spiele, und alles ist richtig, was meinem Plan dient.

Silbernes Sternenlicht fällt in die runde Dachwohnung. Da soeben Neumond war und der Mond dieses Monats noch nicht am Nachthimmel wiedergeboren ist, flackern die Sterne wie ein Meer nadelkopfgroßer Flämmchen hinter den vom Boden bis zur Decke reichenden Fenstern. Unter ihnen erstreckt sich die kahle Hundunwildnis bis zu den gezackten schwarzen Andeutungen der Berge am Horizont. Bei dem Gedanken daran, mich außerhalb des Schutzes der Großen Mauer zu befinden, überläuft mich ein kalter Schauer. Aber würde ich zum Fenster gehen und hinunterschauen, würde ich mit eigenen Augen den Neunschwänzigen Fuchs sehen können, das stolze Symbol des menschlichen Widerstands, und wahrscheinlich daneben auch noch einige weitere Chrysaliden. Ein beschwingtes Gefühl regt sich in meiner Brust.

Dann wird es von Gewissensbissen verdrängt.

*Nein.* Ich darf nicht an den Krieg denken. Er darf keine Rolle für mich spielen. Nicht, solange ich hier bin, um einen der leistungsfähigsten Verteidiger von Huaxia umzubringen.

Yang Guang nimmt kurz die Hand von meiner Schulter, um einen Messingschalter umzulegen. Ein Ring bemalter Laternen blinkt um die Decke herum auf, verbannt die Sterne und taucht die Wildnis in Dunkelheit.

Ich kann es mir nicht verkneifen, mich im Raum umzusehen, während er mich zu den Schilfmatten auf dem Boden trägt. Ich bin noch nie irgendwo gewesen, wo alles so sauber, kunstreich und absolut makellos war. Im Raum steht ein mit Schnitzereien verziertes Sofa aus rotem Holz, und vor den Fenstern befindet sich ein riesiger Bildschirm. Ein Esstisch nimmt die Mitte des Raumes ein, und darüber hängen zierende Scheiben aus Jade. An der abgerundeten Wand aus gebürstetem Stahl steht ein Altar für Chiyou, den Gott des Krieges. In einer Opferschale darauf stecken Räucherstäbchen. Seidenvorhänge hängen von einer gebogenen Gardinenstange herab ...

Ich reiße den Blick davon los, und es überläuft mich abwechselnd heiß und kalt.

Hinter den Vorhängen muss das Bett sein.

Meine Lider flattern, als wäre ich betrunken, und ich sehe, dass Yang Guang auf mich herabschaut. Das Licht einer Leuchtstofflampe strahlt über sein hoch aufragendes Bronzehütchen und tanzt über seine mineralgrüne Krone und seine Rüstung, während er durch den Raum geht. Erneut lässt er dieses Lächeln aufblitzen, das seine Grübchen sichtbar macht, dann setzt er mich auf den Kissen des Sofas ab.

Irgendwo in meinem Hinterkopf knistert es noch immer wie trockenes Holz, das in ein Feuer geworfen wurde, eine Stimme, die es nach Überleben drängt und die nach einem Weg sucht, wie ich weglaufen könnte, nachdem ich ihm eine Klinge in den Hals gerammt habe. Aber es ist nur ein unlogischer Instinkt. Was gibt es für mich schon zu hoffen?

*Sieh es von der positiven Seite*, schärfe ich mir ein. *Danach kannst du sterben. Endlich.*

Das Leben war schmerzhaft, anstrengend und enttäuschend.

Es raschelt, als Yang Guang nun seinen pelzbesetzten Umhang öffnet. Er hängt ihn über die geschwungene Rückenlehne des Sofas und setzt sich neben mich. Mit seinem gepanzerten Gewicht drückt er das Kissen fast bis zum Boden, sodass das Sofa unter mir durchhängt.

»Du bist also ziemlich zynisch, was die ganze Pilotengeschichte angeht, was?«, beginnt er.

»Und wenn es so wäre?« Es gelingt mir, rechtzeitig zu reagieren, ohne zu stottern.

»Nun ja …« Wieder tritt ein goldenes Strahlen in seine Augen.

Ein kleines Netz aus gelbem Licht legt sich knisternd über seinen Brustpanzer. Mit einem leisen Kratzgeräusch wirbelt Geistmetall darüber in die Höhe und bildet die groben Umrisse einer Blüte.

Mir klappt der Unterkiefer herunter.

»Ich verstehe, warum du dich gemeldet hast, aber das Ganze kann auch etwas ziemlich Magisches sein, findest du nicht auch?« Er löst die Blüte ab. Sie bleibt mithilfe eines dünnen Fadens mit seiner Rüstung verbunden und dadurch unter seiner Kontrolle. Er hält sie mir mit einem leisen, fast schon verlegenen Lächeln hin.

Ihm zuliebe lache ich, als ich die Blüte entgegennehme, aber zugleich rufe ich mir eindringlich in Erinnerung, dass das hier keine Magie ist. Es ist sein Qi, das er durch haardünne Nadeln in seinem Rückgrat in seine Rüstung pumpt, sodass es das Geistmetall stimuliert.

Wie alles andere auf der Welt werden Qi und Geistmetall – das einfach nur Qi in reiner, kristalliner Form ist – von den fünf Unterteilungen von Yin und Yang bestimmt: Holz, Feuer, Erde, Metall und Wasser. Vom stärksten Yang zum stärksten Yin, in dieser Reihenfolge. Diese Untergliederungen sind mehr metaphorisch als wörtlich zu verstehen und gehen miteinander in unzähligen Kombinationen Wechselwirkungen ein. Der Neunschwänzige Fuchs wurde aus einem Hundunpanzer vom Holztypus gefertigt, was nicht bedeutet, dass er auch nur annähernde Ähnlichkeit mit Holz hätte, sondern dass er sehr leitfähig und dynamisch ist, so wie Bäume immer und überall stets weiterwachsen. Wenn Yang Guang seine Rüstung mit dem in ihm dominierenden goldenen Erd-Qi beeinflusst – die Art von Vitalkraft, die Gleichgewicht und Stabilität bietet –, kann er natürlich Gebilde wie diese Blüte mühelos und in größeren Mengen produzieren. Es ist nichts sonderlich Beeindruckendes.

Doch obgleich ich versuche, mich mit Logik einzulullen, fällt es mir schwer, einen kühlen Kopf zu bewahren, jetzt, wo ich ihm so nahe bin. Mein ganzer Leib summt, nicht nur alarmiert, sondern da ist auch noch etwas anderes. Hektisch halte ich Ausschau nach irgendeiner Ablenkung von der seltsamen Spannung zwischen uns, die immer weiter wächst. Meine Aufmerksamkeit fällt auf einige elektronische Poster am Ende der Fensterwand, von denen eine heiße Strahlung ausgeht. Auf dem größten sind die Umrisse einer winzigen Gestalt zu sehen, die auf dem höchsten Punkt eines gewundenen goldenen Drachen steht und einen Finger gen Himmel hebt.

Es ist Qin Zheng, der einzige Pilot der Kaiserklasse, der keine bloße Legende ist. Qin Zheng hatte einen Geistdruck, der mit der Ausrüstung von vor zwei Jahrhunderten schlichtweg nicht zu messen war. Seine gewaltigen Fähigkeiten verliehen ihm eine Macht und Autorität, die letztlich die Vereinigung von Huaxia herbeigeführt hat. Doch nach seinem plötzlichen Tod an den Blumenpocken, einer Seuche, die damals die Runde machte, hinterließ er ein Machtvakuum zwischen Menschen und Hunduns, das zum Untergang der Provinz Zhou führte. Das hat die Menschheit endlich davon überzeugt, dass es eine fatale und veraltete Idee war, Piloten als tatsächliche Herrscher einzusetzen. Deshalb sind sie jetzt einfach nur noch berühmte Soldaten mit Fantasietiteln.

»He, glaubt Ihr, es könnte wirklich möglich sein, dass sich Kaisergeneral Qin selbst im Gelben Drachen eingefroren hat, um so lange zu warten, bis es ein Heilmittel für seine Pocken gibt?«, frage ich, um das Thema zu wechseln, und hefte die Blüte aus Geistmetall auf Yang Guangs Brustpanzer. Mit einem hellen Aufstrahlen von gelbem Licht zieht sie sich wieder in den Panzer zurück, und seine Oberfläche glättet sich, als hätte es sie nie gegeben.

Yang Guang wird ernst. »Nun gut, es heißt, sein Wasser-Qi sei so kalt gewesen, dass er von einem Moment auf den anderen ganze Herden von Hunduns gefrieren lassen konnte, ohne sie auch nur zu berühren, daher besteht diese Möglichkeit durchaus. Das Problem wäre jedoch, die ganze Zeit über einen unbegrenzten Vorrat von Qi zu behalten. Aber da gibt es doch den Berg Zhurong, nicht? Du weißt schon, den Vulkan im Kunlungebirge? Ich habe Strategen die Theorie vertreten hören, der Gelbe Drache könne robust genug gewesen sein, um in das Magma unter ihm getaucht worden zu sein, ohne zu schmelzen. Das wäre dann gewissermaßen ein Bad im Qi des Planeten selbst.« Yang Guang zeichnet in der Luft den gewundenen Leib des Drachen auf dem Poster nach.

»Also könnte er tatsächlich an der Grenze von Zhou liegen und darauf warten, dass ihn jemand weckt? Haben die Strategen es geschafft, die Theorie zu überprüfen?«

»Nein. Niemand kann so weit hinausfliegen, nicht bei all den Hunduns. Aber ich schwöre« – Yang Guang beugt sich dicht zu mir vor, und seine Miene verdüstert sich –, »es dauert nicht mehr lange, bis wir die Provinz zurückerobern werden.«

»Ihr meint, es wird endlich eine Gegenoffensive geben?« Ich blinzele schnell und atme heftig ein und aus, um das Hämmern in meiner Brust unter Kontrolle zu halten, das seine Nähe bewirkt.

»Hoffentlich. Das Kräftegleichgewicht verlagert sich zusehends zu unseren Gunsten. Seit ... nun ja, seit Li Shimin auf der Bildfläche erschienen ist.«

»Ah«, sage ich leise, und meine Stimme klingt hohl.

»Ich weiß.« Yang Guang saugt an seinen Zähnen. »Niemand ist glücklich darüber, dass ein Familienmörder wie er der Stärkste von uns ist. Aber es gibt Dinge, die wichtiger sind als die Probleme eines einzelnen Menschen.« Sein Blick wandert zurück zu dem Poster von Qin Zheng. »Noch immer sind ein paar unserer eigenen Leute da draußen in Zhou, die sich wie die Rongdi verstecken und auf Rettung warten. Wenn man unsere gegenwärtige Truppenstärke in Betracht zieht, so hatten wir noch nie eine bessere Chance, sie zu befreien.«

Eine Welle der Übelkeit durchläuft mich und kriecht unter mein Gesicht.

Ich stehe auf, denn ich kann nicht mehr still sitzen. Dann wanke ich zu dem Poster von Qin Zheng hinüber, scheinbar um ihm mehr Ehrerbietung zu erweisen.

Ein Stapel kleiner Gegenstände auf dem Schreibtisch in der Nähe erregt meine Aufmerksamkeit. Sie erweisen sich als Einzelteile eines halb zusammengebauten Chrysalismodells, das aus Holz, Glas und Metall gefertigt ist. Ein Modellbausatz der Luxusklasse, verkauft von der Spieleabteilung des Unternehmens von Yizhis Vater. Hinter dem Schreibtisch befindet sich eine Glasvitrine voll von fertigen Figuren dieser Art.

Ich gerate in Panik. Ich darf sie mir nicht ansehen. Sie lösen in mir Fantasien aus, wie Yang Guang die Modellbausätze kauft und mit knabenhafter Leidenschaft die Einzelteile zusammensetzt, und das macht alles nur umso verwirrender.

Ich dachte, ich könne mir sicher sein, was für eine Art Mensch er ist. Allein schon aufgrund des jähen Erstarrens von Yizhi, als ich ihm erzählte, dass Große Schwester der Mannschaft seines Wachturms zugeteilt wurde. Oder aufgrund des blauen Auges, das sie bei dem einzigen Videoanruf hatte, den meine Familie mit ihr führen durfte, eine Verletzung, die sie sich ihrer Behauptung nach zugezogen hatte, weil sie »in eine Drohne hineingelaufen« sei. Oder aufgrund der Art, wie sie gestorben ist, ohne dass es zuvor irgendwelche Warnzeichen gab, dass sie krank sein könnte.

Aber während der ganzen Zeit, die ich jetzt mit ihm verbracht habe, hat Yang Guang kein Anzeichen dafür erkennen lassen, ein Ungeheuer zu sein, das eine seiner Konkubinen außerhalb des Schlachtfelds ermorden würde.

Habe ich einen Fehler gemacht?

Habe ich falsche Schlüsse gezogen?

Sollte ich wirklich falsche Schlüsse gezogen haben, würde ich nun nicht nur mich selbst und meine Familie ohne Grund dem Verhängnis preisgeben, sondern auch die Hoffnung auf eine Zurückeroberung der Provinz Zhou begraben.

*»Ich habe schlimme Dinge über ihn gehört.«* Yizhis gedämpfte Worte huschen mir durch den Kopf. Aber anders als sonst folgt ihnen nun auch der zweite Teil. *»Allerdings hat er mehrere Medienverträge mit Vaters Unternehmen abgelehnt, daher sind es vielleicht voreingenommene Meinungen, die mir zu Ohren gekommen sind.«*

*»Ich schwöre, Tian-Tian, ich bin wirklich in eine Drohne hineingelaufen.«*

Die Stimme meiner Schwester dröhnt in meinem Kopf.

Alles geht zu schnell. Ich stolpere ziellos durch den Raum, so sehr aus der Fassung gebracht, dass ich ganz vergesse, mein Spiegelbild in den Fenstern zu vermeiden.

Es lässt mich jäh erstarren.

Es ist das erste Mal, dass ich mich selbst sehe, seit mir Yizhi vor zwei Tagen meine Augenbrauen gezupft hat.

Das ovale Gesicht bleich und durch das Puder makellos gemacht, feuchte Augen, die dank des schwarzen Kajalstifts und des pfirsichfarbenen Lidschattens doppelt so groß erscheinen, eine schmale Stupsnase von gerader Form, Lippen in der Farbe lackierter Rosenblütenblätter – ich sehe so schön aus, wie mir alle gesagt haben, dass ich es sein würde, sobald ich mich ihren Maßstäben anpasse.

Ich sehe genauso schön aus, wie Große Schwester es war.

Yang Guang tritt mit sanftem Lächeln hinter mich. Wir sehen aus, als könnten auch wir auf einem Poster abgebildet sein. Der berückende Eiserne Prinz und seine liebreizende Konkubine.

Bis auf die hölzerne Haarnadel in meiner geschwungenen Fuchsohrfrisur.

Ich berühre die grob geschnitzte Nadel, die meine Schwester mir vor Jahren geschenkt hat, bevor ich sie heimlich zu meiner Waffe umgeformt habe. Ich gebe es nur äußerst ungern zu, aber Xiao Shufei hat recht. Sie wirkt schrecklich deplatziert.

»Sag mal, was ist eigentlich die Geschichte hinter dieser Haarnadel?« Yang Guang legt seine Finger auf meine und berührt die Nadel nun ebenfalls.

Ich erstarre. Glücklicherweise verbergen meine weiten Gewänder den Anflug von Panik in meinem Körper.

*Konzentrier dich,* befehle ich mir selbst. Er *muss* meine Schwester umgebracht haben – wer sonst wäre mit so etwas davongekommen?

»Ist das tatsächlich das Thema, über das Ihr den ganzen Abend reden wollt? Haarnadeln?« Ich hebe die Hand an sein Gesicht und berühre seine Wange, während ich weiter unsere Spiegelbilder im Fenster betrachte.

Ich kann gar nicht glauben, wie schmeichlerisch ich klinge. Ich kann gar nicht glauben, wie glühend heiß mein Blick sein kann.

Seine Lippen öffnen sich überrascht. Er beugt sich herab und drückt dabei fast schon den Mund an mein Ohr. »Du sprichst alles aus, wie es ist. Das gefällt mir.«

Die Wärme seines Atems auf meiner Ohrmuschel löst eine

tiefe instinktive Reaktion meines Körpers aus. Meine Muskeln spannen sich an, als würden sie von einer Schnur gezogen werden. Mein Atem geht flach und schnell. Mein Blut rauscht an völlig unerwartete Stellen, und ich muss meine Überraschung niederkämpfen.

»Ist das so?«, hauche ich fast unhörbar.

Seine Aufmerksamkeit wandert wieder zu unserem Spiegelbild. »Du hast etwas Besonderes an dir. Du erkennst mehr als die meisten Mädchen. Der Großteil von ihnen ist so schüchtern, so unehrlich, was die wahren Gedanken angeht. Nicht so du. Du stehst immer zu dem, was du denkst.«

»Ihr habt ja keine Ahnung.« Ich liebkose seine Lippen, auch wenn ich in Wirklichkeit lieber seine Krone berühren möchte.

Ich finde es schrecklich, welche Verrenkungen ich unternommen habe, um so zu werden, wie es die Menschen von einem Mädchen erwarten – bereit, stets zu Gefallen zu sein, bereit zu dienen.

Doch ich genieße die Macht, die es mir verleiht, die Macht, die im Unterschätztwerden liegt, darin, mich hinter den Gepflogenheiten zu tarnen.

Er greift nach meiner Hand und küsst meine Fingerspitzen. Mit einem langen, tiefen Seufzer drehe ich mich in seinen Armen und umfasse sein Gesicht auf die gleiche Weise, wie ich es heute Morgen bei Yizhi gemacht habe.

Es schmerzt mich, dass das hier nicht mit ihm geschieht, aber mein Körper gehört mir, mir ganz allein. Ich habe mich dafür entschieden, ihn für Mord und Rache einzusetzen. Und ich werde mit allen notwendigen Mitteln dafür sorgen, dass ich Erfolg habe.

Ich ziehe Yang Guang zum zweiten Kuss meines Lebens an mich heran. Er ist weniger sanft, weniger ängstlich. Weniger keusch.

Als die heiße Klinge seiner Zunge meine Lippen teilt, kann ich nicht verhindern, dass mir ein Keuchen entweicht. Sein Mund bewegt sich aggressiver als zuvor, und sein Kuss erlaubt mir keinen klaren Gedanken mehr. Seine gepanzerte Hand streicht meinen Rücken hinunter, sodass ich jede Falte meines Gewands auf der Haut spüren kann. Mein Kopf sackt nach hinten, als er mich nun wieder auf die Arme nimmt. Seine Schritte rascheln auf den Schilfmatten, während er die Seidenvorhänge ansteuert, hinter denen sich das Bett verbirgt.

Das ist es jetzt also. Es passiert. Die Sache, von der meine Familie immer nur als von dem größten denkbaren Verbrechen gesprochen hat. Das, was angeblich »das kostbarste Geschenk« ist, das ich einem Mann machen kann, bekommt nun Yang Guang von mir.

Zumindest werde ich herausfinden, was denn diese große Sache ist, bevor ich uns beide umbringe.

Als Yang Guang mich auf sein Bett legt, spüre ich in mir nichts als Hitze. Sein Bett ist von einem kunstvoll geschnitzten Holzrahmen umgeben, wie eine hohe Kommode mit einer runden Öffnung. Meine Haarquasten schlagen auf das kühle Seidenlaken. Er klettert nach mir aufs Bett, und seine Knie dellen links und rechts von mir die Matratze ein. Sein metallischer Duft umhüllt mich. Mir ist urplötzlich aufs Äußerste bewusst, dass er noch immer von seiner Geistrüstung umgeben ist. Ich frage mich, wie ein Pilot sie auszieht. Ob er dafür die Hände nehmen muss oder ob die Rüstung auf seinen geistigen Befehl hin von ihm abfallen würde, ähnlich, wie es bei einer echten Schmetterlingspuppe der Fall ist.

Er zieht eine Linie von Küssen über meinen Hals. Ich wölbe instinktiv den Kopf nach hinten. Ein Kribbeln wie von elektrischem Strom huscht durch mich hindurch und weckt Gefühle in mir, von denen ich bisher gar nicht wusste, dass ich sie empfinden kann, und die mich völlig zu übermannen drohen. Ich unterdrücke ein Wimmern. Ich will nicht die Kontrolle verlieren.

Aber wenn ich will, dass er für die Nacht in seiner Wachsamkeit nachlässt, werde ich es müssen.

Ich stelle mir vor, es sei Yizhi, der mich berührt, mich küsst, und ich wage es, mich ein klein wenig zu entspannen, während zugleich mein Herz gegen die Rippen hämmert, als versuchte es, aus einem brennenden Käfig zu entkommen. Benommen starre ich auf das Licht der Laterne, das durch die geschnitzten Weinreben auf dem Bettgestell leuchtet. Ich könnte förmlich in der Luft verdampfen.

Dann löst sich Yang Guang von mir, streicht mir mit einem Fingerknöchel über das Kinn und sieht mir in die Augen.

»Bist du dir sicher, dass du das willst, neugieriges Mädchen?«, flüstert er.

Ich tauche ruckartig aus meinem Trancezustand auf.

Und mit ihm ist all meine Entschlossenheit, meine Gewissheit dahin.

Mein Mund öffnet sich, aber es kommt nichts heraus.

*Bist du wirklich der, der Große Schwester umgebracht hat?*, ist die Frage, die ich nicht stellen darf, auf die ich jedoch dringend eine Antwort finden muss.

Ich sehe ihm forschend in die Augen. Sie müssen aufhören, so aufrichtig zu sein. Ich muss mich entscheiden. Ich muss unbedingt ...

Ein gellender Alarmton zerreißt meine Gedanken. Rotes Licht strahlt grell von der Decke herab.

Yang Guang stößt einen Fluch aus und springt auf. *»Hunduns.«*

## KAPITEL 6

# LASS UNS TANZEN

Nein. *Nein.*

Es hat erst vor zwei Tagen einen Angriff auf diesen Teil der Mauer gegeben. Das sollte jetzt eigentlich nicht passieren.

*Warum passiert es?*

Yang Guang überprüft etwas auf seinem Armband. Es ist mit einem kleinen Display versehen, das sein Gesicht in ein bleiches Licht taucht. Dann zieht er mich im Bett nach oben.

»Das geht schon in Ordnung.« Er reibt mir die Schultern, während ich ihn benommen ansehe. »Es wird alles gut. Glaub an mich. Glaub an *uns.*«

Uns.

Wenn er in die Schlacht gerufen wird, muss ein Pilot immer die Konkubine nehmen, die ihm gerade am nächsten ist.

Ich schreie auf und klettere hastig aus dem Bett.

»Nein! Beruhige dich!« Er reißt mich zurück.

Schmerz explodiert an meiner Seite, als ich gegen den Bettrahmen pralle. Aber ich höre nicht auf zu schreien. Ich höre nicht auf, um mich zu treten und um mich zu schlagen und zu versuchen, ihn zu beißen.

Mit einem tiefen Seufzer schmettert er mich mit dem

Gesicht voraus auf die Matratze und drückt mir sein Knie ins Kreuz. Unter seinem Gewicht bleibt von meinem Kreischen nur ein Krächzen.

»Tut mir echt leid.« Er fesselt meine wild rudernden Arme mit dem Band meines Gewands.

Ich keuche und würge, meine Wange schrammt über einen sich zunehmend vergrößernden Tränenfleck auf den Laken. Meine Schminke färbt auf die nasse Stelle auf der Bettwäsche ab.

Eine Schublade wird aufgezogen. Er stöbert darin herum. Dann ertönt ein schmatzendes Geräusch, gefolgt von etwas Reißendem.

Seine Hand erscheint vor meinen Augen und klatscht mir ein breites Stück Klebeband auf den Mund. Wie sehr ich auch versuche zu schreien, es dringt kein Laut mehr über meine Lippen.

Während schockhaftes Entsetzen mich übermannt, wuchtet er meinen Körper über seine Schulter. Japsend ringe ich allein durch meine Nase nach Luft. Meine Beine zappeln nutzlos an seiner Rüstung. Haarnadeln fallen auf die Schilfmatten. Meine Augen sind so voller Tränen, dass ich nicht sehen kann, ob meine Mördernadel unter ihnen ist. Die Tränen rinnen mir heiß über die Wangen und befeuchten den oberen Rand des Klebebands. Während ich mich auch gefesselt immer noch gegen ihn wehre, läuft er mit mir durch die Vorhänge hindurch zu einer Stange hinter dem Sofa. Er packt die Stange, dann tritt er gegen einen Ring aus mehreren Metallteilen an ihrem Sockel, sodass dieser aufgleitet. Ein staubiger Wind fegt durch die Luft und trägt den Moschusduft der Wildnis herein. Schwaches gelbes Licht strömt über eine Stahlgitterbrücke unter uns. Er legt ein Bein um die Stange, umfasst sie mit der Hand und springt hinab.

Sein Panzergriff lässt die Stange Funken sprühen, während wir in die nach Erde duftende Nacht stürzen. Der Beton des Wachturms rauscht hinter uns vorbei. Die erschütternde Wucht unserer Landung lässt die gesamte Brücke zittern.

Am anderen Ende der Brücke, unter den Sternen glänzend wie grünes Mineral und so groß, dass es völlig unmöglich erscheint, befindet sich der Hinterkopf des Neunschwänzigen Fuchses. Der ganze riesige Rest der Chrysalis hockt in Ruheform unter der Brücke, die neun Schwänze wie Blütenblätter von Tulpen um den Leib geschlungen.

Ich habe Filmausschnitte vom Neunschwänzigen Fuchs in der Schlacht gesehen. Ich habe mitverfolgt, wie er hausgroße Hunduns mit einer einzigen Klaue zermalmt hat. Ich habe mir zähnefletschend Werbeaufnahmen von Yang Guang angeschaut, in denen er auf dem Kopf des Fuchses posiert, an ein Ohr gelehnt, das so groß ist wie er selbst. Unter ihm hat es der glühende schräge Schlitz eines Auges stets nur mit Mühe und Not aufs Bild geschafft.

Aber nichts von alledem hat es vermocht, mich auf das hier vorzubereiten.

Das Grauen gräbt sich immer tiefer in mein Gedärm, doch mein Gezappel und meine erstickten Schreie können Yang Guangs Schwung nicht bremsen. Er läuft über die Brücke und reißt eine Luke an der Rückseite des Fuchskopfs auf.

Die Sitze für Yin und Yang sind in dem dunklen runden Cockpit nur schwach zu erkennen: einer niedrig, einer hoch, einer schwarz, einer weiß, so angeordnet, als würde ein Liebender einen anderen von hinten umarmen. Die zweite Geistmetallrüstung des Fuchses liegt offen auf dem unteren Sitz, dem Yin-Sitz, die einzelnen Bestandteile breit und leicht gewölbt.

Sie ist nicht dazu bestimmt, mir Schutz zu bieten.

Sie ist dazu bestimmt, dass ich da drinnen in der Falle sitze.

Genau so, wie es schon etlichen Mädchen vor mir ergangen ist.

Ein weiterer Schrei will sich vergeblich meiner Lunge entringen. Yang Guang lässt mich auf die Füße plumpsen, was einen schmerzhaften Stich durch meine Beine gehen lässt, und reißt mir das Gewand herunter. Ich bin nun nackt bis auf meine Unterwäsche, und die Kälte der Nacht legt sich um mich. Ich versuche, mich irgendwie zu bedecken, aber meine Arme sind immer noch gefesselt und halten die zerrissenen Überreste meines Gewands fest.

Er wirft den zerfetzten Stoff beiseite und zwingt mich in die zum Yin-Sitz gehörende Rüstung hinein. Kaltes Geistmetall klatscht von hinten gegen meine Schenkel.

Meine Panik erreicht einen neuen Höhepunkt und bekommt etwas Animalisches. Wild zappelnd trete ich um mich. Er lässt sich auf den Yang-Sitz fallen, ohne mich freizugeben. Sein goldenes Erd-Qi leuchtet durch seine Rüstung hindurch und streicht über die grünen Cockpitwände wie das Welken des nahenden Winters durch herbstliches Blattwerk.

»Komm schon, mach es uns nicht so schwer«, stößt er zwischen zusammengebissenen Zähnen hervor. »Wir kriegen es gleich mit einer Invasion zu tun.«

Mit seinen Absätzen presst er meine nackten Beine in die Schienen der Rüstung. Die Einzelteile rasten auf seinen mentalen Befehl hin ein, sodass ich mich nicht mehr bewegen kann. Das gibt ihm die Möglichkeit, meine Arme loszubinden und sie in die Panzerhandschuhe auf den Armlehnen zu schieben. Diese halten mich nun ebenfalls fest gefangen, und er stößt mich in den Sitz zurück. Mein Rückgrat prallt gegen eine Säule aus eisigen Nadelstichen – die Verbindungsnadeln, die sich gleich in mich hineinbohren werden.

Gleißende Punkte, heller leuchtend noch als das Cockpit, strömen von den Rändern meines Gesichtsfelds heran und tanzen mir vor den Augen. Ein hohes, schrilles Klingeln schneidet mir durch den Schädel. Mein Magen krampft sich unkontrollierbar zusammen. Ich kämpfe darum, genug Luft durch die Nase zu bekommen, aber es gelingt mir nicht.

Ich kann mich nicht bewegen. Ich kann nicht schreien. *Ich kann überhaupt nichts tun.*

Die restlichen Bestandteile der Rüstung kriechen um mich herum, finden die richtige Position und schnappen zu. Yang Guangs Beine nehmen ihre Stellung links und rechts von meinem Sitz ein. Seine Brust presst sich gegen meine Rückenlehne. Seine gepanzerten Finger verschränken sich mit unerbittlicher Festigkeit mit meinen.

»Hab keine Angst«, flüstert er mir über die Schulter hinweg ins Ohr. »Lass uns tanzen.«

Die Nadeln durchstoßen mein Rückgrat.

KAPITEL 7

# HINEIN IN DEN DSCHUNGEL

Als meine Augen sich öffnen, habe ich ein dichtes, tropfendes Blätterdach vor mir. Die Luft ist feucht und von einer beißenden Hitze erfüllt. Sie legt sich schwer über mein Wesen, macht mein Denken träge. Ich bewege die Arme, und glitschige Ranken schlingen sich darum. Unsichtbare Flügel schlagen durch das Blattwerk und lassen es rascheln. Aus den Schatten dringt leise ein schmatzendes Quaken.

Was, bei allen Himmeln, ist das?

Wo bin ich hier?

Mit heftigeren Bewegungen versuche ich mich von den Ranken zu befreien. Warmer Schleim gurgelt schmatzend um meine Gliedmaßen herum. Tante Dous Stimme erhebt sich sanft und leise aus meinen nebelhaften Gedanken, als spräche da ein Dschungelgeist.

*»Manchmal mögt ihr euch in einer geistigen Innenwelt wiederfinden, einer traumartigen Manifestation des Unterbewusstseins eures Piloten und Meisters.«*

Traumartig? Das hier erscheint mir viel zu wirklich, um ein Traum sein zu können.

Ich habe ein solches Engegefühl in der Brust, dass ich fast ersticke. Ich kann den Moschusgestank des Dschungels kaum einatmen. Seltsame fleischfarbene Früchte ragen aus dem triefenden Rankengewirr hervor. Eine Gänsehaut kriecht mir über die Schulter.

»Hilfe«, fleht eine Kinderstimme irgendwo in dem überwucherten Albtraum. »Hilf mir.«

Ich springe so energisch auf, dass endlich eine der Ranken zerreißt. »Ich komme ...!«

Mir versagt die Stimme, und ich kann den beruhigenden Satz nicht zu Ende bringen.

*»Folgt eurer inneren Stimme, um dieser Innenwelt Ruhe und Frieden zu bringen.«*

Auch das hat uns Tante Dou eingeschärft. Ein Rat, der wahrscheinlich jeder Konkubinenpilotin mit auf den Weg gegeben wird.

Also wird das der falsche Weg sein, wenn man überleben will.

Ich muss das Gegenteil tun. Ich muss ...

Mein Gedankenstrang zerreißt, wirbelt davon. Ich versuche, meine Überlegungen fortzusetzen, aber irgendeine fremde Kraft zerrt an mir und macht es mir unmöglich, mich zu konzentrieren.

Ich muss ...

Ich ...

Wo bin ich?

Was mache ich hier?

»Hilfe«, ruft ein kleiner Junge durch das dichte Unterholz. »Bitte.«

*Richtig.* Er braucht meine Hilfe!

Stampfend zerre ich an den Ranken und kämpfe mich aus dem Gewirr frei. Warmer Schleim klebt an mir. Ich bahne mir einen Weg durch die Ranken, um den Jungen zu erreichen, wate durch glitschigen Schlamm. Als ich mich dem Wimmern nähere, streift meine Hand versehentlich eine der fleischfarbenen Früchte in dem dichten Grün.

Eine Erinnerung blitzt in meinem Kopf auf. Das Bild eines Mädchens. In der einen Sekunde lächelt sie; in der nächsten wimmert sie.

Ich reiße die Hand zurück. Ich stolpere und stürze auf die Ranken, doch das ganze Durcheinander bringt mich wieder zur Besinnung.

Diese Erinnerung war nicht meine. Ich bin in Yang Guangs Gedankenwelt. Wie habe ich das nur vergessen können?

Die fleischfarbene Frucht starrt mich aus dem Grün an wie ein pupillenloses Auge.

War das eine seiner Konkubinen?

Meine Wahrnehmung fegt über den Dschungel aus vielen weiteren fleischigen Früchten. Ich schlage mit der Hand auf die nächste Frucht.

Es ist eine Erinnerung an ein anderes Mädchen. Wenn ich die Hand fester auf die Frucht drücke, stürzen weitere Gedanken an sie auf mich ein wie Blätter, die mir ins Gesicht klatschen, während ich durch einen Wald stolpere.

*»Du hast etwas Besonderes an dir. Du erkennst mehr als die meisten Mädchen.«*

Für einen Moment denke ich, dass das, was ich da höre, fehl am Platz ist, dass es sich aus Yang Guangs Erinnerungen an mich hierher verirrt hat. Aber das Mädchen reagiert auf die Worte. Sie wendet sich errötend ab. Eine Hand taucht aus der Erinnerung auf und streicht ihr eine widerspenstige Haarsträhne hinters Ohr.

Prickelnde Kälte überzieht mich von Kopf bis Fuß. Mit kribbelnden Fingern greife ich nach einer anderen Frucht. Ich greife nach allen, an die ich herankomme.

*»Das Ganze kann auch etwas ziemlich Magisches sein, findest du nicht auch?«*

*»Bist du dir sicher, dass du das willst, neugieriges Mädchen?«*

*»Es wird alles gut. Glaub an mich. Glaub an uns.«*

Die Blume aus Geistmetall erscheint wieder und wieder. Dieselben Umrisse, dieselben Bewegungen, andere Mädchen.

Mir wird unvermittelt speiübel. Aber ich mache weiter, suche nach einem unleugbaren Zeichen, dass das hier bei Weitem noch nicht das Schlimmste darstellt, wozu er fähig ist.

Als ich endlich eine Erinnerung an ihn an die Oberfläche zerre, in der er ein Mädchen an den Haaren packt und ihr Gesicht gegen eine Wand krachen lässt, habe ich meinen Beweis.

Mein ganzes Wesen wird hohl. Ich sacke zu Boden und begrabe den Kopf in den Händen. Meine eigenen Erinnerungen steigen schmerzhaft in mir auf und zerreißen mich – die Momente, in denen ich an mir selbst gezweifelt habe, wegen der Gefühle von Wärme, die er in mir geweckt hat. Ich krümme mich und würge, auch wenn nichts herauskommt – was immer gerade mein Körper sein soll.

»Hilf mir«, fleht das Kind noch einmal, plötzlich direkt neben mir.

Ich reiße den Kopf hoch. Es ist *er selbst*, aber viel, viel jünger.

»Hilf mir«, sagt er mit leeren, gehetzt wirkenden Augen. »Ich komme hier nicht raus.«

Seine Stimme ist verzagt, aber sie durchströmt mich wie eine reinigende Flut. Erneut droht sie, mir den klaren Verstand zu rauben. Die Erinnerungen an die Mädchen treiben davon wie verstreute Lotosblätter, die sich einem Wasserfall nähern.

Aber ich darf sie nicht loslassen. *Ich muss sie im Gedächtnis behalten.*

Mit einem Heulen fasse ich den Jungen um den Hals und schmettere ihn auf die Ranken.

»Das hier ist *deine* Innenwelt.« Ich drücke ihm die Kehle zu. »Du bist hier selbst in eine Falle gegangen!«

Er würgt und kreischt, aber ich lasse ihn nicht los. Wiewohl alles in mir danach schreit, Gnade walten zu lassen und dass ich doch *kein Kind umbringen kann*, verstärke ich meinen Griff nur noch. Mit jeder verstreichenden Sekunde zwinge ich mich, nicht zu vergessen, wie Konkubinenpilotinnen sterben: Ihr Bewusstsein wird ganz und gar von dem des männlichen Piloten aufgenommen, so gründlich, dass dann, wenn die für die Schlacht eingegangene Verbindung zwischen beiden gelöst wird, nicht einmal mehr ihr eigenes Herz weiterschlagen kann.

Genau das wird mit mir passieren, wenn ich Gnade walten lasse.

Als das Licht aus seinen Augen weicht und sie brechen, fängt die Welt um mich an zu zerfallen. Ranken lösen sich auf und verfaulen, bilden Lachen aus widerwärtiger Jauche. Die fleischigen Früchte sinken herab und verschwinden.

Ich schreie auf, als ich nun ebenfalls auseinandergerissen werde. Knochen bersten, Muskeln reißen, Haut schält sich ab. Mein befreiter Geist rauscht empor und davon.

Ich blinzele.

Im nächsten Moment befinde ich mich in einer viel abstrakteren Welt, stehe Yang Guang in seinem tatsächlichen Alter direkt gegenüber. Um uns herum ist nur Schwarz und Weiß. Yin und Yang. Ich bin auf der schwarzen Yin-Seite, er auf der weißen Yang-Seite. Etwas Festes, wie Glas, glitzert unter unseren Füßen. Die Laute der Schlacht hallen in der Ferne wider, das Klirren von Geistmetall, wiewohl ich in der wirklichen Welt nichts sehen kann. Das Phantomgefühl, mich im Neunschwänzigen Fuchs zu bewegen, durchdringt mein Bewusstsein, aber auf mir lastet eine Kraft, die mich niederzwingt und mich daran hindert, die Vorgänge zu beeinflussen.

»Was …« Yang Guang sieht sich mit weit aufgerissenen Augen um, dann richtet er den Blick auf mich. »Du hast es doch tatsächlich herausgeschafft.«

Mein Mund öffnet sich und schließt sich wieder. Ich schaue auf das hinab, was eine Geist gewordene Manifestation meiner selbst zu sein scheint, und versuche, all das zu verstehen.

»Aber du bist hierhergekommen, um mich zu töten.« Seine Augen werden schmal, schwarzer Zorn kocht in seinem Blick.

Ärger steigt in mir auf.

Ich habe Einblick in sein Bewusstsein bekommen, und natürlich hat er meine Gedanken ebenfalls durchstöbern können.

Nun denn. Nicht mehr nötig, mich zu verstecken.

»Du hast meine Schwester ermordet!« Ich ziele mit der Faust auf sein Gesicht.

Er fährt zurück, aber Ketten schießen aus dem Boden hoch und schlingen sich um meine Beine, meine Hüfte, meine Arme und meinen Hals. Ein Ausdruck von Schock flackert über seine Züge, dann schlägt er mit der Hand durch die Luft. Ich werde heftig nach vorn gerissen, die Ketten zerren mich auf die Knie und werfen mich um, sodass ich der Länge nach ausgestreckt vor ihm liege, genau dort, wo Schwarz auf Weiß trifft.

Er atmet schwer, obgleich ein Grinsen seine Mundwinkel umspielt, während ich mich gegen die Ketten stemme. Vorsichtig lässt er sich auf ein Knie nieder und fasst mich ins Auge.

»Kein Wunder, dass du so darauf aus gewesen bist, mit mir zusammen zu sein.« Seine Stimme wird sanft und leise, beinahe ein wenig traurig. Er hebt mein Kinn mit seiner gepanzerten Hand an. Die Kette um meinen Hals zieht sich stramm.

Sengender Zorn durchzieht mich. Kettenglieder schneiden mir brennend in den Nacken und schnüren mir Arme und Beine ab, und meine Fesseln scheinen immer fester zu werden, je mehr ich mich widersetze. Aber nichts von alledem ist wirklich, auf welche Weise fesselt er mich also?

Und warum trägt er eine Geistrüstung, während ich das nicht tue? Mein leiblicher Körper befindet sich ebenfalls in einer Rüstung, deshalb kann das hier nichts damit zu tun haben. Ich reiße die Augen weit auf, und mein Blick streicht prüfend über sämtliche Konturen seiner Geistrüstung hinweg. Wenn er hier drinnen Dinge erschaffen kann, warum kann ich das dann nicht genauso? Soweit ich es erkennen kann, befindet auch er sich zum ersten Mal in dieser Welt.

Was genau ist der Unterschied zwischen seiner geistigen Verfassung und meiner?

»An dir ist tatsächlich etwas anders«, murmelt er und legt den Kopf schief. »Ich wünschte, ich hätte dich haben können. Wir hätten ein tolles Paar abgegeben.« Er streichelt meine Wange. »Es ist wirklich schade, dass du sterben musst.«

Zögernd erwidere ich seinen Blick. Auch wenn das hier nicht einmal ansatzweise irgendeiner meiner Fantasien ähnelt, geht mir auf, dass es genau der Augenblick ist, auf den ich gewartet habe, seit ich vor dreiundachtzig Tagen vom Tod meiner Schwester erfahren habe. Ich erinnere mich gut, wie ich einen Korb mit frisch gesammelten Eiern fallenließ, als mich die Worte durchbohrten, die das Ende meiner Welt bedeuteten. Ich weiß noch, wie da plötzlich alle Kraft aus mir wich. Wie mein Vater mich an den Haaren packte und mein Gesicht in die zerbrochenen Eier stieß, blind vor Wut, weil uns keine Entschädigung für einen Tod in der

Schlacht zustand. Während der dreiundachtzig Tage seither hat die Konfrontation mit Yang Guang, wie ich sie nun erlebe, unaufhörlich einen Teil meines Wesens beansprucht, in mir pochend wie ein zweiter Herzschlag, und die Szene hat sich auf zehntausend verschiedene Weisen vor meinem geistigen Auge abgespielt.

Und das alles nur, um in seinen Armen gefangen zu sterben, nackt, gefesselt und zum Schweigen gebracht?

Große Schwester würde mir das nie verzeihen.

Mein ganzes Denken klammert sich um die von mir angenommene Geistgestalt, und mit einem Schrei, den ich schon während jeder einzelnen erdrückenden Sekunde der vergangenen dreiundachtzig Tage habe ausstoßen wollen, nehme ich alle Kraft zusammen, die ich in diesem Moment zu besitzen glaube.

Die gleichen Konturen von Geistrüstung wie seine bersten aus meiner Haut hervor.

Er taumelt zurück, und die Kinnlade klappt ihm herunter.

Ich stoße mich vom Boden ab. Die Ketten spannen sich an und wollen mich festhalten, doch dann zerspringen sie. Die Geistrüstung flackert auf meinem Leib – er versucht, sie verschwinden zu lassen.

Das hier muss ein Duell unserer Geister sein, in einer Vorstellungswelt, die von uns beiden über unsere Verbindung für die Schlacht gemeinsam geschaffen und aufrechterhalten wird. Es braucht nur die nötige Willenskraft, um etwas zu erschaffen.

Zu meinem Glück wird er von den Hunduns abgelenkt. Ich nicht.

Mit einem brüllenden Kriegsschrei als zusätzliche Ablenkung stürze ich mich auf ihn.

»Bleib, wo du bist!«, heult er auf und reißt die Hand hoch. Eine durchsichtige Trennwand kracht gegen mich und hindert mich daran, auf die weiße Yang-Seite hinüberzugelangen. Ein fiebriges Lächeln der Erleichterung legt sich über sein Gesicht.

Aber wenn ich alles erschaffen kann, was ich will …

Ich schlage mir auf den Brustpanzer, konzentriere mich und lasse meine Willenskraft spielen. Ich habe gesehen, dass Chrysaliden auf die gleiche Weise Waffen aus ihrem Brustkorb hervortreten lassen, wo sich der Hauptteil ihres Geistmetalls konzentriert.

Licht rieselt unter meiner Hand hervor. Weißes Licht, die Farbe von Metall-Qi, das für Festigkeit, Beharrlichkeit, Präzision und Kontrolle steht. Das muss das bestimmende Qi in mir sein. Es ist perfekt dafür geeignet, rasiermesserscharfe Waffen aus Geistmetall zu formen. Meine Finger krallen sich in meinen Brustpanzer und bekommen einen Messergriff zu fassen.

In einem Sprühregen aus weißen Funken reiße ich mir einen Dolch aus der Brust.

Mit kräftigem Schwung ramme ich den Dolch in die Sperrwand, die Yang Guang vor mir schützt. Risse breiten sich spinnenwebartig darüber aus, dann zerbirst sie in zehntausend grelle Scherben. Mit großen Schritten und einer Geschwindigkeit, zu der ich im wirklichen Leben niemals fähig wäre, flitze ich durch den Hagel von kleinen Kristallen.

»Nein! Nicht!« Er weicht zurück. Verschwommen, wie die Erinnerung an ein einmal empfundenes Gefühl, spüre ich, wie der Neunschwänzige Fuchs irgendwo jenseits dieser Welt einen Stolperschritt macht. »Ich bin gerade mitten in einer Schlacht! Du bringst uns noch beide um!«

»Gut!«, kreische ich auf, ohne an Schwung zu verlieren.

Ich lege ihm die Hände um die Kehle und stoße ihn zu Boden, genau wie ich es zuvor mit seinem Ich als kleiner Junge getan habe. Ich ramme ihm meinen Dolch in den Hals, wie ich es mir so lange und so oft erträumt habe. Er stößt gurgelnde Schreie aus, auch wenn da gar kein Blut ist. Mit einem unkontrollierbaren Lachen steche ich weiter auf ihn ein. Und steche und steche.

Wärme erfüllt mich, und erneut beginne ich mich aufzulösen. Die Wahrnehmungen des Neunschwänzigen Fuchses drängen näher an mich heran und werden schärfer. Yang Guang will mich davon abhalten, mich des Fuchses zu bemächtigen, doch sein Bemühen wird schwächer ...

Ich werde in ein chaotisches Schlachtfeld unter den hell leuchtenden Sternen katapultiert. Meine Sinne sind plötzlich ganz fremd und falsch und anders, aber ich glaube ...

Ich habe das Kommando über den Fuchs übernommen.

# KAPITEL 8

# WILLKOMMEN IN EUREM ALBTRAUM

Das eisige Licht der Sterne glitzert auf einem Dutzend Chrysaliden im Kampf gegen eine Horde von Hunduns. Sie ringen und schlagen und stechen und feuern leuchtende Qi-Salven ab. Dunkle Staubwolken erheben sich unter jedem ihrer donnernden Schritte von der Erde.

Ich bin desorientiert, mein Gesichtsfeld unterscheidet sich allzu sehr von meiner normalen Sicht. Es ist auf sonderbare Weise breiter, als hätte mir jemand die Lider weggerissen. Mit aller Kraft versuche ich, die Augen zu schließen.

Ich kann es nicht.

Heißes Entsetzen durchzuckt mich. Ich kann die Augen nicht schließen. Kann nicht blinzeln. Kann die Welt nicht aussperren, nicht einmal für eine Millisekunde.

Auch Geräusche bombardieren mich, Schreie, die direkt in meinem Kopf laut werden.

*»Neunschwänziger Fuchs! Neunschwänziger Fuchs, bitte melden!«*

*»Oberst Yang! Was ist da los?«*

Instinktiv will ich mir die Ohren zuhalten. Aber meine Arme sind so schwer, dass schon der bloße Versuch zur Folge hat, dass sich die ganze Welt um mich dreht. Ich kann meine Hände – meine Pfoten – nur bis etwa in Brusthöhe heben.

Jede Pfote endet in drei großen Krallen, mineralgrün und mit goldgelben Spitzen.

Ich schaue nach unten. Der Fuchs, der an irgendeinem Punkt während meines Abstechers in Yang Guangs geistige Innenwelt seine zweifüßige aufsteigende Form angenommen hat, ist nun auf eines seiner Knie herabgesunken. Sein Geistmetall, normalerweise vom Holztyp, hat sich an den Rändern vorübergehend zu Metall vom Erdtyp gewandelt. Er ist lang und skelettdürr geworden, als bestünde er aus gefeilten Scherbenstücken und langen Stelzen. Im Vergleich zu seiner schildförmigen Brust ist seine Taille ganz schmal. Aus seinen Schultern ist jetzt ein Kragen aus grünen und goldenen Stacheln hervorgetreten. Ich spüre mehr, als dass ich es sehe, wie neun kompakte Schwänze unten aus seinem Rücken ragen. Wellen von Yang Guangs goldenem Erd-Qi pumpen unter seiner Oberfläche, die die Textur von Fell hat, und stellen die für die Verwandlung nötige Energie bereit. Aber das Qi ist passiv. Keine Bedrohung mehr.

Er muss sich irgendwie in meiner eigenen geistigen Welt verirrt haben. Ich könnte nun frei über sein Qi verfügen.

Wenn ich nur herausfinden könnte, wie das geht.

»Oberst Yang, habt Ihr irgendwelche Verbindungsprobleme?«, ruft es aus einer weißen Chrysalis vor mir, die weniger als halb so groß wie meine ist.

Es ist das Mondkaninchen, eine Chrysalis der Grafenklasse. Sie ist vom Metalltyp, hat klare, wohlgeformte Konturen und eine Oberfläche, so glatt wie Porzellan. Ihr Kopf und die Hinterbeine sind unverhältnismäßig groß, und die Ohren ragen spitz wie Hackmesser in die Höhe. Mit einer Waffe, die wie ein großer Stößel aussieht, drischt das Mondkaninchen auf einen Schwarm von Hunduns ein, die wie riesenhafte Käfer auf uns zugestürmt kommen. Ihre von Qi erfüllten Leiber knallen wie Feuerwerkskörper, wenn sie sterben.

»Oberst?«, ruft das Mondkaninchen ein weiteres Mal über die Schulter. Seine Augen strahlen wie Rubine, der kleine Mund gibt das feuerrote Qi des männlichen Piloten in die Nacht ab und lässt dadurch seine Stimme laut werden.

Ich weiß nicht, wie ich antworten soll. Ich habe buchstäblich nicht die geringste Ahnung, wie ich sprechen kann. Ich konzentriere all meine Gedanken auf den spitzen Kiefer des Fuchses, und es gelingt mir, den Mund aufzureißen, aber ich habe keine Lunge. Keine Luft, keine Stimme kommt heraus. Es ist, als befände ich mich unter Wasser.

Das Mondkaninchen tötet die Hunduns nicht schnell genug. Sie branden an wie Ströme aus Insekten. Unzählige winzige Beinchen huschen den Fuchs hinauf, sprenkeln sein von hinten beleuchtetes Metallfell und krallen sich an mich, was eine kribbelnde Empfindung in mir auslöst. Kleine Lichtfunken schießen aus ihnen heraus, während sie versuchen, die schädigende Wirkung ihres Qi ihr Zerstörungswerk verrichten zu lassen. Mir – nein, dem Fuchs – klappt der Unterkiefer zu einem lautlosen Schrei herunter. Ich habe schon Chrysaliden auf diese Weise überwältigt werden sehen. Wenn die Hunduns den Kopf des Fuchses erreichen, werden sie sich ins Cockpit graben und dann mein leibliches Wesen töten.

Ich will sie wegschleudern, aber jede Bewegung erschüttert mein Bewusstsein wie eine heftige Migräne. Die Hunduns breiten sich auf den Armen und auf dem Rücken des Fuchses aus. Ich mühe mich, sie mit den Krallen zu erwischen, nach ihnen zu schlagen und sie wegzureißen.

*»Oberst Yang, um Himmels willen, antwortet!«* Die Stimmen in meinem Kopf werden hektischer. *»Was geht da drinnen vor sich?«*

*Halt die Klappe*, will ich schreien. Sicher bedarf es Qi, um Worte zu formen, aber ich weiß nicht, wie ich es in die richtigen Bahnen lenken soll, und bei alledem, was hier gerade vor sich geht, kann ich mich einfach nicht konzentrieren. Um das Ganze noch zu verschlimmern, brummen jetzt Fliegen um den Kopf des Fuchses herum ...

Moment mal. Keine Fliegen.

Kameradrohnen.

Drohnen, die so groß sein dürften wie der Rumpf eines Menschen, sirren um mich herum wie wirbelnde schwarze Punkte.

Diese Tatsache rückt die gegenwärtige Größe meiner Verkörperung im Leib des Fuchses irgendwie stärker als alles andere in die richtige Perspektive, und es fühlt sich für mich an wie eine krachende Bruchlandung. Panik packt mich, sodass ich nicht mehr klar denken kann.

Das hier ist zu viel für mich. Viel zu viel.

Ich muss dringend schreien. Ich muss atmen. Ich muss sprechen. Ich muss blinzeln – meine Augen *brennen!*

Zu spät wird mir klar, dass sich ein echter Druck hinter ihnen aufgebaut hat.

Zwei Strahlen aus kaltem metallweißem Qi dringen aus den Augen des Fuchses. Die Strahlen schießen in den Boden, brechen nicht ab, in meinem verwirrten Zustand beschreiben sie Zickzacklinien. Sie blenden mich, sodass ich nichts sehen kann, auch wenn ich Hunduns unter ihrer machtvollen Bewegung explodieren hören kann.

Die Stimmen in meinem Kopf werden lauter und lauter, faseln etwas über mangelnde Wirksamkeit und vergeudetes Qi, aber ich schenke ihnen keine Beachtung und zwinge mich dazu, mich zu beruhigen.

Das ist schon mal ein Anfang. Das bekomme ich hin. Das kann ich steuern.

Ich taste mental nach dem Ursprungsort der Qi-Entladungen, spüre die genaue Quelle des aus meinem und Yang

Guangs Körper strömenden Qi auf, die Verbindungsnadeln in unseren Wirbelsäulen. Ich verfolge den Strom von den Augen des Fuchses dorthin zurück, dann lasse ich eine neue Woge Qi auf die keine Ruhe gebenden Stimmen los.

Die Attacke zerstört etwas. Es folgt ein durchdringendes Ploppen. Dann ein Summen, das verklingt.

Liebliche Stille in meinem Kopf.

So still, dass ich mit eigenen Ohren die metallischen Hundunbeine an den Schultern des Fuchses kratzen hören kann, während sie versuchen, an seinem Stachelkragen vorbeizukommen.

Ich mache mich eilends wieder daran, nach ihnen zu schlagen und sie abzureißen.

»Ähm, Oberst ...!« Das Mondkaninchen erhebt die Stimme, während es fortfährt, auf Hunduns einzudreschen, als zerstoße es Arzneimittel in einem Mörser. Feuer-Qi seines männlichen Piloten, das Qi von Macht und Zerstörung, glüht im Inneren seines Stößels wie ein Stück brennende Kohle hinter Milchglas und verstärkt dessen vernichtende Wirkung. »Die Strategen fragen, warum Ihr gerade Eure Kommandolautsprecher ausgeworfen habt!«

Aha. Das also habe ich gemacht.

»Im Ernst, Oberst, was, um Himmels willen, passiert da gerade mit ...«

Das Meer von Hunduns teilt sich. Eine grob strukturierte dunkelrote Masse, kleiner als der Fuchs, aber größer als das Mondkaninchen – also ein Hundun der Herzogsklasse – stürzt auf sechs insektenartigen Beinen auf uns zu. Sein eigener feuerroter Schein lodert unter seiner rauen Oberfläche wie ein böses Auge.

Mit einem ersticken Aufschrei springt das Mondkaninchen auf die Hinterbeine und hebt seinen Stößel. Der Stößel breitet sich zu einem gewölbten Schild aus – gerade rechtzeitig, um dem feuerheißen Ansturm von rotem Qi standhalten zu können. Die Stelle, wo das Qi aufschlägt, erbebt und dehnt sich schäumend aus, wird breiter und heller. Die Hinterpfoten des Mondkaninchens sinken nach hinten in den Untergrund. Einfache Massenhunduns strömen seine weiße Oberfläche hinauf wie riesige vielfarbige Kakerlaken, die sich über Porzellan ausbreiten. Ich pflücke sie hektisch von uns beiden herunter.

»Xing Tian, kommt uns zu Hilfe!«, kreischt das Mondkaninchen. »Ich glaube, Oberst Yang sitzt fest!«

Der Boden erbebt unter dröhnenden Schritten, die langsam näher kommen. Etwas glitzert auf, es ertönt das schallende Ächzen von Metall, dann kracht eine goldene Axt in den Hundun der Herzogsklasse. In einem sprühenden Schwall stößt er sein Qi aus und fällt taumelnd zur Seite, aber er ist nicht tot. Auch das Mondkaninchen gerät ins Wanken; sein Schild ist von hässlichen geschmolzenen Ringen verformt.

»Was stimmt nicht mit Oberst Yang?«, brüllt die neue Chrysalis, während sie mit einem weiteren wuchtigen *Krrrkch* die Axt hebt. Es ist eine Chrysalis vom schwerfälligen, massigen Erdtyp, die an Größe dem Hundun der Herzogsklasse nahekommt. Augen leuchten auf ihrer Brust, und ihr Mund bewegt sich auf ihrem Bauch – es ist der Kopflose Krieger.

Das Mondkaninchen verwandelt seinen Schild wieder in einen Stößel zurück. »Ich weiß nicht, aber die Sache wird schlimm enden, wenn er sich nicht berappelt! Ich glaube, ich werde mich ebenfalls verwandeln müssen!«

Mein Geist bebt in der Chrysalis.

Die Verwandlung in eine höhere Form ist der häufigste Auslöser für den Tod einer Konkubinenpilotin.

Mit einer Willenskraft, die zu einer messerscharfen Spitze

geformt ist, lege ich die Klauen des Fuchses fest um den Hals des Mondkaninchens und zwinge es, mich anzusehen. Sein Kiefer klappt herunter, und seine roten Augen glühen heller, flackern. Selbst ohne Lunge, ohne Luft, lässt sich meine Stimme nun nicht mehr zurückhalten.

»Es ... werden ... keine ... Mädchen ... mehr ... getötet«, knurre ich, ein dämonischer Laut wie aus einem Albtraum.

»Dann ... dann tut etwas, Oberst!«

Ja. Ich muss diese Schlacht beenden.

Ich lasse das Mondkaninchen los und stoße mich mit einer Klaue vom Boden ab, um mich zur vollen Höhe aufzurichten. Geistmetall jault, meine überlasteten Sinne drohen taumelnd zu versagen, und die Hunduns hören nicht auf, über die gesamte Oberfläche des Fuchses zu kriechen, aber ich spanne mich an, kämpfe mich durch all das hindurch und mache einen ersten Schritt.

Es tut nicht weh.

Eine ans Unwirkliche grenzende Euphorie durchströmt mich.

Mit einem Schlag eröffnen sich mir unendliche Möglichkeiten. Das stimmt, ich bin nicht mehr menschlich. Ich bin befreit von meinem gebrochenen Körper, dieser bloßen Hülle aus Fleisch und Knochen, die ihr ganzes Leben lang darauf vorbereitet worden ist, den Launen und Freuden von Männern zu dienen.

Nein, ich bin jetzt der Neunschwänzige Fuchs, eine Kriegsmaschine, die höher aufragt als ein achtstöckiges Gebäude.

Ich brauche nicht zu blinzeln. Brauche nicht zu atmen. Ein Wirbelsturm könnte herangeheult kommen, und ich würde keinen Zentimeter zurückweichen. Ein Erdbeben könnte den Boden erschüttern, und ich würde nicht ins Schwanken geraten. Ich *bin* die Macht, die die Erde erzittern lässt.

Während ich einen donnernden Schritt nach dem anderen mache, gewöhne ich mich mehr und mehr daran, diese gewaltige Gestalt zu befehligen. Die lästigen einfachen Hunduns fallen ganz von selbst herunter, als meine Bewegungen an Kraft gewinnen. Während ich auf den Hundun der Herzogsklasse zustapfe, greife ich hinter mich und reiße eine der Schwanzlanzen des Fuchses heraus.

Ich wünschte, ich wäre schon vor dem heutigen Tag stärker gewesen, stark genug, um mehr von Yang Guangs Schlachtenaufnahmen gesehen und mir so eine bessere Vorstellung davon verschafft zu haben, was jetzt zu tun ist. Das Letzte, woran ich mich erinnern kann, ist, wie er einen Sprung mit Anlauf gemacht und seine Lanze mitten durch einen Hundun gebohrt hat.

Genau das ahme ich nun nach, als ich den Hundun der Herzogsklasse erreiche. Meine Lanze pfeift durch die Luft und durchstößt seinen Rumpf. Das Geistmetall macht ein Geräusch wie tausend zerspringende Fenster. Alles erbebt. Aber die Lanze ist nicht so scharf, wie ich es mir gewünscht hätte, und ich muss das innerste Zentrum verfehlt haben, wo sein Empfindungsvermögen sitzt.

Während der Hundun zurückweicht, peinigt mich eine überwältigende Welle von Gefühlen. Trauer. Kummer. Wut. Ich schelte mich selbst wegen dieser Überreaktion, aber sobald die Lanze wieder aus dem Hundun schrammt, verschwinden diese Empfindungen.

Ein mehr als seltsames Phänomen, aber ich habe keine Zeit, darüber nachzugrübeln. Ein rotes Glühen strahlt auf, als mich der Hundun nun mit einer Qi-Salve attackiert.

Ich springe zur Seite. Der rote Strahl jagt mich, scheucht mich durch die Nacht. Er bricht erst ab, als der Kopflose Krieger den Hundun mit seiner Axt überrascht.

Okay. So kann es nicht klappen. Irgendetwas hat schon die ganze Zeit nicht recht gestimmt. Der Fuchs hat sich so entwickelt, dass er zu Yang Guang passt; meine Qi-Eigenschaften sind ganz andere.

Ich werde meine eigene Form erschaffen.

Als das Mondkaninchen nun dem Kopflosen Krieger beispringt und mit seinem Stößel auf den Hundun losgeht, halte ich Ausschau nach dem Funken der Transformation, den es irgendwo in mir drinnen geben muss. Als ein Holztyp, das leitfähigste Qi überhaupt, sollte der Fuchs eigentlich die Art Chrysalis sein, die sich am leichtesten zu höheren Formen transformieren lässt.

Den Legenden zufolge, wie sie die Erwachsenen meinem Bruder immer so liebevoll erzählt haben, hat sich das Wort »Hundun« ursprünglich auf ein Wesen von urtümlichem Chaos bezogen. Eines Tages hätten sich seine göttlichen Freunde des Mangels an Sinneswahrnehmung erbarmt und beschlossen, Öffnungen für Augen, Ohren, Nasenlöcher und einen Mund in ihn hineinzuschlagen. Der Hundun starb, doch aus seinen Öffnungen strömte ein neues Universum.

Nichts anderes sind Chrysaliden: verwandelte Hunduns mit menschlichen Möglichkeiten. Womit die Hunduns sicherlich nie gerechnet hatten, als sie vom Himmel herabkamen, um unsere Welt zu erobern.

Ein fester Druck pulsiert die kantigen Oberflächen des Fuchses hinauf. Weißes Leuchten schießt über ihn hinweg.

»Oh!« Das Mondkaninchen starrt mich verwundert an, während es einen Satz macht, um dem nächsten Angriff des Hunduns der Herzogsklasse auszuweichen.

»Heroenform«, ruft der Kopflose Krieger freudig durch seinen Bauchmund. »Heroenform!«

Bisher habe ich nur Chrysaliden, die von einer ebenbürtigen Partie gesteuert wurden, diese Form – eine Transformation dritten Grades – annehmen sehen. Aber das liegt bloß daran, dass das Mädchen in diesem Fall das Geistmetall ebenfalls bewusst steuern kann. Das, was ich zu Yang Guangs bisheriger Transformation ergänzt habe, dürfte den gleichen Effekt haben.

In pulsierenden Lichtstrahlen, die sich auffächern und sich zu geschmeidigerem Geistmetall verfestigen, dehnen sich die Gliedmaßen des Fuchses mit meinem Qi aus. Weiß leuchtende Streifen gesellen sich zu den gelben und zwingen die einzelnen Teile, elegantere Formen anzunehmen, so wie man Holz mit Metallklingen schnitzen und gestalten kann.

Heroenformen von Chrysaliden werden so genannt, weil sie dazu neigen, sich in eine menschenähnliche Gestalt zu verwandeln, aber sie sind zugleich auch stärker maschinenhaft, wie ein Mensch, der eine roboterartige Rüstung trägt. Während ich mir noch vorstelle, wie das beim Fuchs aussehen sollte, werden seine Stelzenbeine stämmig und kräftig. Seine Pfoten mit den drei Krallen verbreitern sich zu Händen mit fünf Krallen. Seine Fuchsohren verlagern sich weiter nach hinten und werden spitzer und kantiger, als wären sie Teile eines Helms. Sein Stachelkragen wölbt sich und bauscht sich zu mehreren Schichten von Schulterschonern auf. Seine Gesamthöhe wächst und ruckelt immer höher, höher, höher hinauf, bis er fast um ein Viertel größer geworden ist. Seine neun Schwänze einschließlich des einen, den er in der Hand hält, verformen sich zu etwas, das mehr ist als nur Lanzen. Eher so etwas wie *Schrotflinten.*

Der Hundun der Herzogsklasse wirkt jetzt so viel kleiner, regelrecht kümmerlich. Sobald der Druck der Verwandlung vom Fuchs gewichen ist, folge ich meinen Instinkten und ziele mit der Schusswaffe, zu der sich mein aus dem Rücken gelöster Schwanz verwandelt hat. Sie vibriert kalt in meinen Händen, dann schleudert sie metallweißes Qi von sich wie leuchtende Kugeln. Das Qi prasselt auf den Hundun ein und treibt ihn von meinen Kameraden weg.

Ein Hochgefühl durchwogt mich, aber ich weiß, dass ich noch präziser sein kann. Bei Metall-Qi dreht sich alles um Präzision.

Von Piloten wird erwartet, dass sie in der Lage sind, Geistdruck zu spüren. Aus der Entfernung erkunde ich das Lebenszentrum des Hunduns, diesen leuchtenden, pulsierenden Keim des Seins, der ihn dazu treibt, uns zu terrorisieren. Ich ziele abermals, diesmal geduldiger, und bündele einen einzigen Strahl aus konzentriertem Qi.

Ich schieße.

Der Strahl schnellt mit einer solchen Wucht heraus, dass ich den Rückstoß spüre. Er schneidet glatt durch den Hundun und zerstört seinen Lebenskern in einem Feuerwerk aus rotem Licht.

Jubelrufe für Yang Guang erheben sich aus den anderen Chrysaliden. Ich würde jetzt lachen, gälte es nicht, eine Schlacht zu gewinnen.

Mit sehr viel beherzteren Schritten als zuvor stapfe ich durch die Herde der Hunduns, sodass die Erde erzittert, und wo immer ich meinen Fuß hinsetze, jage ich Staubwolken auf und lasse einen Schwall einfacher Hunduns in die Höhe fliegen. Kurze Wellen von fremder Qual strömen durch mich hindurch, wenn der Fuchs die Hunduns zermalmt, aber es wird immer leichter, ihnen keinerlei Beachtung zu schenken. Ich feuere mit meiner Schwanzwaffe auf jeden großen Hundun der Adelsklassen, der mir unterkommt. Sobald sie einmal tot sind, dürfte es leicht sein, die kleinen, ganz gewöhnlichen Gegner zu erledigen.

Meine Verwandlung gibt der Kampfmoral der anderen Chrysaliden Auftrieb. Sie schlagen heftiger und nachhaltiger zu. Frohgemute Schreie und leuchtende Qi-Strahlen durchteilen die Nachtluft. Funken fliegen, als die Lebensenergie von Hunduns aus ihren Zentren verpufft. Hoch über uns wölbt sich der Silberne Fluss wie ein Drache aus Sternennebel über das Firmament.

Nach meinem fünften Schuss werden meine ohrenbetäubend lauten Schritte unsicher. Die Sinne drohen mir zu schwinden, ähnlich wie in dem Moment, als ich mir den Fuchs das erste Mal zu eigen gemacht habe. Die Heroenform kann nur einige Minuten lang aufrechterhalten werden. Ich habe fast alles Qi aufgebraucht.

Ich lasse sowohl die Augen als auch meinen Geistsinn über das Schlachtfeld schweifen. Ein letzter Hundun der Adelsklasse. Riesig und imposant, wie es nur Erdtypen sein können. Aber Hunduns von diesem Typus sind zu dicht und kompakt für nach außen gerichtete Qi-Attacken, daher umlagern ihn einige kleinere Chrysaliden in einem gewissen Abstand und versuchen, ihn von dort aus mit ihren Strahlensalven zu erledigen.

Einen Moment lang spiele ich mit dem Gedanken, ihnen die Sache zu überlassen. Ich sollte mir nicht noch mehr abverlangen; wenn mir das Qi ganz ausgeht, werde ich unweigerlich sterben.

Aber was ist, wenn genau dieser Augenblick der Trägheit zur Folge hat, dass eine Konkubinenpilotin stirbt?

»Vorwärts!«, heule ich.

Die Chrysaliden gehorchen. Mit aller Anstrengung presse ich einen letzten Schuss heraus.

Ein leuchtend weißer Strahl zischt durch die Luft. Gelbe Funken sprühen auf.

Der Hundun gerät auf seinen sechs winzigen Beinchen ins Taumeln, dann sackt er schwer zu Boden, dass es die Erde ringsum ebenso wie die ihn umgebenden Chrysaliden erzittern und in einem Staubsturm versinken lässt.

Danach kann ich die Kontrolle über den Fuchs nicht mehr aufrechthalten. Er bricht in sich zusammen und verwandelt sich in seine tierhafte Grundform zurück. Ich stürze kopfüber in schwarze Dunkelheit.

Das erste menschliche Gefühl, das in mich zurückkehrt, ist der Schmerz in meinen Füßen. Er zwickt meine Nerven, bis sie wieder zum Leben erwachen. Gedämpfte, ferne Jubelrufe schwirren in meinem Kopf.

»... das war unglaublich!«

»Ich kann nicht fassen, dass ...«

»... verdammt noch mal, Chef ...«

Ein über die Wände des Cockpits fließendes weißes Licht kommt in Sicht. Mein Atem raschelt über das von Tränen gelockerte Klebeband auf meinem Mund. Das Herz schlägt mir in der Brust wie ein aufdringlicher Fremdkörper.

Nicht so fremd und aufdringlich allerdings wie Yang Guangs Finger, die immer noch mit meinen verschränkt sind. Ich zucke zusammen. Meine gepanzerten Hände, die zuvor eng an meinen Sitz geschmiegt waren, lösen sich auf den Befehl meines Willens hin, als würde ich Magnete herunterreißen.

Seine Arme gleiten aus meinen und fallen mit einem leisen Klirren schlaff zu beiden Seiten seines Sitzes herab.

Eine kalte Ruhe hat sich über mich gelegt und dämpft meine Gefühle. Als meine Augen dieses Mal brennen, liegt es nur daran, dass ich vergessen habe zu blinzeln.

Vorsichtig löse ich mich mitsamt der Rüstung von meinem Sitz, dann drehe ich mich zu Yang Guang um.

Seine Augen sind offen, aber glasig. Sein Kopf hängt zur Seite. Kleine Rinnsale aus Blut, schwarz im Dämmerlicht, strömen ihm aus den Ohren und den Nasenlöchern.

Ich taste an seinem Hals nach einem Puls.

Nichts.

»He, Oberst Yang, kein Wunder, dass die Strategen regelrecht ausflippen!« Die raue Stimme und die donnernden Schritte des Kopflosen Kriegers kommen näher herangedröhnt. »Alles klar mit Euch dort drinnen?«

Ich starre mit leerem Blick auf Yang Guangs Gesicht. Ich stelle mir vor, es zu ohrfeigen. Es zu schlagen. Ihm das Fleisch in Fetzen von den Knochen zu lösen. Aber im Vergleich mit den Hunduns wirkt er allzu kümmerlich.

Ich schnippe ihm nur gegen die Wange.

Es kommt mir alles ganz unwirklich vor. Ich bin mir nicht sicher, ob ich ein Mensch bin, der eine Chrysalis gesteuert hat, oder eine Chrysalis, die jetzt einen Menschen steuert.

Das Sirren der Drohnenrotoren draußen vor dem Cockpit wird lauter und lässt das Geistmetall summen. Der Kopflose Krieger ruft immer wieder nach diesem Jungen, diesem Toten, der ihn nie mehr hören wird.

Ich reiße mir das Klebeband vom Mund. Es brennt, aber das ist nichts im Vergleich zu dem Schmerz, der von meinen Füßen nach oben schießt, als ich sie belaste. Ein Schmerz, der jetzt, wo ich das Gefühl kennengelernt habe, von ihm befreit zu sein, nur umso schlimmer ist. Aber ich muss hier raus. Mich zeigen. Gestehen, was ich getan habe. Herausfinden, wie es überhaupt dazu gekommen ist.

Die ganze Länge meines Rückgrats fühlt sich an wie von einem kühlen, flüssigen Strom erfüllt. Geistesabwesend begutachte ich meine gepanzerten Arme und sehe, wie mein konzentriertes Metall-Qi unter der fellartigen Oberfläche weiß dahinströmt. Ich balle die Fäuste und stoße das Qi durch die Sohlen der Rüstung und hinein in den eigentlichen Fuchs. Das gibt mir eine gewisse Grundkontrolle über den Koloss aus Geistmetall. Mit Gedankenkraft reiße ich einen Schlitz ins Cockpit, mitten zwischen den Augen des Fuchses.

Licht strömt herein. Eine ganze Ansammlung von Kameradrohnen zischt draußen herum, jetzt in normaler Größe. Alle begierig, das Siegesfoto von dem neuen Eisernen Prinzen und seiner Eisernen Prinzessin zu schießen.

Stattdessen bediene ich mich meiner von der Rüstung verstärkten Kraft und Standfestigkeit, um Yang Guangs entseelten Körper nach draußen zu tragen.

Flutlichter von einem Dutzend Kameradrohnen konzentrieren sich auf mich, so grell, dass ich nichts anderes mehr sehen kann. Plötzlich, als wäre ein Damm gebrochen, kehren meine Gefühle zurück, krachen regelrecht in mich hinein. Ich stelle mir die Reaktionen der Zuschauer auf diese Szene vor, und ein hysterisches Lachen dringt aus meinem Mund. Schnell bin ich zu nichts anderem mehr fähig, als zu lachen.

Ich lasse Yang Guang vor mir fallen und stelle einen winzigen Lotosfuß auf seine Leiche.

Wer hätte das gedacht? Ich habe ihn wirklich umgebracht.

Ich hebe den Kopf, ein irres Grinsen auf dem Gesicht. Die von den runden Rotorflügeln der Drohnen verursachten peitschenden Winde zerzausen meine Fuchsohrfrisur. Wogendes schwarzes Haar steht mir vom Kopf ab wie sich windende Schlangen. Eine weitere Flut von Qi wogt von meinem Rückgrat hinein in meine Rüstung. Ich habe Piloten für Fototermine vollen Gebrauch von ihrem Qi machen sehen, daher weiß ich, dass meine Augen und die Meridiane in meinem Gesicht – Qi-Leitbahnen, wie eine zweite, kantigere Gruppe von Adern – jetzt silberweiß auflodern müssen.

»Ihr habt lange genug einen Traum gelebt!«, brülle ich zwischen den einzelnen Ausbrüchen von irrsinnigem Gelächter in die Kameras und hebe die Arme. »Willkommen in eurem Albtraum!«

## KAPITEL 9

# AM STÄRKSTEN VON ALLEN

Orangefarbene Sicherheitslichter schießen an mir vorbei, als ich oben auf der Großen Mauer aus einem Transporter gezerrt werde. Eine kurze Verbindungsbrücke durch die Luft führt zu einem Wachturm, viel größer als der von Yang Guang. Es muss der Kaihuang-Wachturm sein, die Kommandozentrale für das gesamte Grenzgebiet von Sui und Tang. Die Provinz Sui ist winzig, aber reich, daher hat sie sich in Sachen Verteidigung mit der riesigen Provinz Tang zusammengetan und steuert die entsprechenden Mittel bei.

Die beiden männlichen Piloten aus dem Mondkaninchen und dem Kopflosen Krieger – Kameraden, die mich auf dem Schlachtfeld selbstlos beschützt haben – haben mir die Arme hinter dem Rücken verdreht, als wollten sie sie abbrechen. Der Druck in meinen Schultern ist so groß, dass es fast schon knackt. Sie treiben mich schneller voran, als ich gehen kann, sodass die auf ewig gebrochenen Knochen in meinen Füßen knirschend aneinanderreiben wie Glasscherben. Auf meinen Konkubinenschuhen haben sich rote Blutflecken gebildet. Die Gewänder, die mir Yang Guang vom Leib gerissen hat, baumeln an mir herab wie vermoderte Gardinen.

Nachdem ich gezwungen wurde, meine Geistrüstung

abzulegen, ist der zerfetzte Stoff das Einzige gewesen, womit ich mich noch habe bedecken können. Und trotzdem erfüllt er diese Aufgabe kaum und lässt die Piloten und die vier normalen Soldaten, die mich eskortieren, einen großen Teil meiner Haut sehen.

Im Wachturm angelangt, zwängen wir uns in den Aufzug. Mindestens drei Pistolen bleiben auf mich gerichtet. Jemand schreit etwas in einen Kopfhörer mit Mikrofon. Ich weiß nicht, wovor sie solche Angst haben. Jetzt, da mein Adrenalinschub verflogen ist und mich eine nach dem Verbrauch von so viel Qi unvermeidliche Erschöpfung heimsucht, bin ich bloß ein gebrochenes kleines Mädchen, das aufrechtgehalten werden muss, um nicht zusammenzubrechen.

Dennoch zwinge ich sie mit meiner leisen, schwachen Stimme, sich vor Augen zu führen, was da gerade passiert ist und was ich selbst nur mit Mühe glauben kann.

»Das bin ich gewesen, wisst Ihr.« Wie einen Fluch rufe ich es in das Quietschen des Aufzugs hinein. Von dem ganzen Angstgeschrei in den Momenten vor der Schlacht ist meine Stimme rau. »Ich bin es, die die Heroenform des Fuchses freigesetzt hat. Ich bin es, die all die vielen Hunduns ausgeschaltet hat. Ich, die an Eurer Seite gekämpft hat.«

Sie schenken mir keine Beachtung. Es ist, als wäre ich nichts anderes als eine gefährliche Ladung, die sie von einem Ort zum anderen transportieren müssen. Aber ich weiß, dass sie beunruhigt sind. Das kann gar nicht anders sein.

Mit einem Lächeln im Gesicht rufe ich mir noch einmal das absolute Grauen auf ihren Gesichtern vor Augen, als sie Yang Guangs Leichnam untersuchten und bestätigen mussten, dass er mausetot ist.

Nachdem sich die Türen geöffnet haben, zerrt man mich durch Betongänge und hinein in einen weißen Raum voller leuchtender Bildschirme. Zwei Männer erwarten mich auf dem größten Bildschirm, und beide tragen blaugraue Gewänder mit makellosen weiten Ärmeln. Hohe, kastenförmige Gelehrtenhüte aus Gaze, die mit schwarzer Farbe gestärkt wurde, sitzen auf ihren Köpfen.

Yang Guangs Kameraden stoßen mich auf die Knie.

»Meine Herren Befehlshaber«, sagt Xing Tian, der Pilot des Kopflosen Kriegers. Auf seiner Stirn prangt eine klobige Goldkrone, an der seitlich Fortsätze in der Form von Äxten emporragen. Seine Stimme zittert vor mühsam im Zaum gehaltenem Zorn. »Das ist sie. Das niederträchtige W …«

»Lasst sie los«, befiehlt der größere Mann auf dem Bildschirm und wedelt mit einem weißen Federfächer. Dieser Gegenstand hat Kultstatus, und mir wird klar, dass es sich bei dem Mann um keinen Geringeren als Zhuge Liang handelt, den Chefstrategen der Armee, letztendlich ihr Oberbefehlshaber. »Es ist nicht nötig, sie so zu behandeln.«

»Sie ist die Mörderin von …«

»Wir wissen nichts mit Bestimmtheit, bis die Befragung beendet ist und die Daten analysiert wurden. Jetzt verlasst bitte den Raum. Alle.«

Hände lassen mich los. Stiefel stapfen davon. Ich lehne mich an die kalten weißen Kacheln, und mein offenes Haar fällt ungebändigt über meinen halb nackten Leib. Die Tür schlägt zu, und ich bin mit den Strategen auf den Bildschirmen im Raum gefangen.

Nachdem Chefstratege Zhuge sich vorgestellt hat, als wäre er nicht derart berühmt, dass jeder in Huaxia ihn geradezu anbetet, legt der kleine Mann an seiner Seite die eine Hand über die andere und verbeugt sich, wie es dünkelhafte Mitglieder der Elite zu tun pflegen.

»Sima Yi, Leitender Stratege der Befreiungsarmee der

Menschheit«, sagt er, und seine blaugrauen Ärmel schließen sich wie ein Vorhang vor ihm. Er scheint zu grinsen, als er sich nun in die Höhe reckt, aber er muss wohl einfach einen schiefen Mund haben. Er kann jetzt unmöglich heiterer Stimmung sein. Einer seiner besten Piloten ist tot.

»Ihr dürft mich nicht umbringen«, platzt es aus mir heraus. Ich hatte nicht vor, die heutige Nacht zu überleben, aber sollte eine Chance dazu bestehen, wäre es dumm, sie nicht zu nutzen, so gut ich kann. »Ich habe den Neunschwänzigen Fuchs in eine neue Form verwandelt. Die Hunduns müssen es ohne Frage gespürt haben. Sie werden jetzt häufiger und in größeren Herden angreifen«, erkläre ich und rufe mir die Ereignisfolge vor Augen, die zum Sturz der Provinz Zhou geführt hat. Hunduns fühlen sich provoziert, wenn sie spüren, dass das Gleichgewicht der Kräfte zu ihren Ungunsten zu kippen droht. Kaisergeneral Qin Zheng wurde einst derart mächtig, dass sich die Hunduns verzweifelt zusammenrotteten, und so setzten sie eines ihrer Reproduktionsnester komplett aufs Spiel, um ihn zu bezwingen. Aber er zog sich die Pocken zu, bevor es zu einer Auseinandersetzung kommen konnte. Die Armee konnte das Machtvakuum nicht rechtzeitig füllen, und als dann der Angriff erfolgte, wandelte sich, was eine erbitterte Schlacht hätte werden sollen, in einen kinderleichten Sieg für die Hunduns. So gelang es ihnen, die Große Mauer zu stürmen und die ganze Provinz einzunehmen. »Außerdem habe ich davon gehört, dass Ihr Strategen über eine Gegenoffensive auf Zhou nachdenkt. Dabei habt Ihr sicherlich auf Yang Guang gezählt. Ich kann ihn ersetzen. Ihr habt mitbekommen, wie ich den Neunschwänzigen Fuchs gesteuert habe.«

»Sieh mal einer an.« Sima Yis Mundwinkel zucken noch weiter in die Höhe. »Sie versteht sich aufs Feilschen.«

Chefstratege Zhuge wirft ihm einen müden Blick zu, dann richtet er das Wort an mich. »Bitte, bleibt ruhig, Gespielin Wu. Wir wollen Euch nur ein paar Fragen stellen.«

»Wie zum Beispiel?« Ich schleudere ihnen durch die schmale Öffnung in meinem Haar finstere Blicke zu.

Sie fragen mich, ob ich während der Prüfung des Geistdrucks absichtlich mit meinen wahren Fähigkeiten hinter dem Berg gehalten habe. Ob ich mit irgendwelchen besonders fähigen Piloten verwandt sei. Was ich in Yang Guangs geistiger Innenwelt getan habe.

Diese letzte Frage lässt mich die Lippen zusammenpressen. Auch wenn es gefährlich ist, ich werde nicht herausfinden können, was es mit meinen Fähigkeiten auf sich hat, wenn ich nicht die Wahrheit sage.

»Ich habe in seiner unheimlichem Dschungelwelt die Gestalt von ihm als Kind erwürgt und dann über fünfzehn Mal einen Dolch in sein erwachsenes Ich gerammt.«

Zhuges wedelnder Federfächer verharrt auf seinen makellosen Gewändern.

Einen kurzen Moment lang.

»Und warum habt Ihr das getan, meine Liebe?«

*Jetzt* ist die Zeit zum Lügen gekommen. Es ist das Beste für mich, so zu tun, als hätte ich nicht von Anfang an einen Racheplan verfolgt.

»Ich habe einige seiner Erinnerungen gesehen. Die furchtbaren Dinge, die er seinen Konkubinen angetan hat.« Mein Blick wird hart. »Dinge, von denen die Armee wirklich hätte wissen sollen.«

Sima Yi runzelt die Stirn. »Ihr habt ein paar Erinnerungen gesehen, also habt Ihr umgebracht, was ein Kind zu sein schien? Woher habt Ihr gewusst, dass er es war?«

»Wie meint Ihr das? Es war *sein* inneres Reich. Wer hätte es denn sonst sein können?«

»Wartet, wartet, heißt das, selbst als Ihr Euch in seiner Innenwelt befunden habt, und das schon seit einer geraumen Weile, seid Ihr Euch völlig darüber im Klaren gewesen, dass das alles gar nicht wirklich war?«

»Ich musste es mir immer wieder ins Gedächtnis rufen, aber – ja.«

»Und dann habt Ihr Euch mit *Gewalt* daraus befreit? Nichts in dieser Welt hat Euch geleitet?«

»Nein.« Ich stoße ein Knurren aus. »Ich wollte einfach nur, dass er zahlt.«

»Herr.« Sima Yi wirft einen Blick zum Chefstrategen Zhuge hinüber, dann sieht er aus dem Augenwinkel wieder mich an. »Eiserne Witwe.«

»Ich weiß«, murmelt Chefstratege Zhuge, und sein Gesicht wird unter seinem schwarzen Gazehut ganz blass.

Ein Frösteln läuft mir über den Rücken. *Eiserne Witwe.* Ich kann mir die Bedeutung dieser Bezeichnung ausmalen – ein Mädchen, das seinen männlichen Partner opfert, um eine Chrysalis mit Energie zu versorgen, statt andersherum. Wenn es einen Namen dafür gibt, deutet das darauf hin, dass ein oder mehrere Präzedenzfälle existieren müssen. Doch habe ich noch nie, niemals davon gehört, dass so etwas je geschehen sein könnte.

Ich hebe die Stimme. »Es gibt andere Frauen, die so etwas getan haben?«

Sima Yi legt den Kopf schräg. »Nun ...«

»Stratege Sima«, warnt Chefstratege Zhuge. Sein Blick geht zu mir herüber. »Entschuldigt uns bitte für einen Moment, Gespielin Wu. Wir müssen Rücksprache mit den Weisen halten.«

Ich schnaube empört. Die Weisen, der Rat aus runzligen alten Bürokratengelehrten, die Huaxia regieren und dabei über nichts anderes faseln als über »Moral«, »Harmonie« und

»Familienwerte«, werden nichts Gutes darüber zu sagen wissen, was ich getan habe.

Chefstratege Zhuge schüttelt den Ärmel zurück, um auf sein Armband zu tippen, das mit der gleichen Art Gerät versehen ist, das auch Yang Guang besessen hat. Der Bildschirm schaltet um und zeigt jetzt das Wahrzeichen der Armee, eine gewundene und brüllende Figur, Hommage an den Gelben Drachen. Ich muss unwillkürlich an das Poster in Yang Guangs Dachwohnung zurückdenken, daran, wie er geschworen hat, Zhou zurückzuerobern und herauszufinden, ob Qin Zheng tatsächlich seinen eigenen Körper eingefroren hat, um so die Zeiten zu überdauern. Unvorstellbar, dass das Ganze erst ...

Himmel, es kann kaum mehr als eine Stunde her sein. Schlachten zwischen Hunduns und Chrysaliden dauern meist nicht länger als dreißig Minuten.

Wie hat sich alles in dieser kurzen Zeitspanne so sehr verändern können?

»He!«, schreie ich mit aller Kraft, wenngleich meine Stimme immer noch kaum Volumen hat. »Erzählt mir von den anderen Mädchen!«

Schweigen.

Natürlich. Ich brauche mir da wahrlich nichts vorzumachen. Warum sollten sie mir auch nur das Geringste verraten?

Die grässlichen weißen Wände des Raumes scheinen mich verschlucken zu wollen. Meine Blicke huschen nach links und rechts. Ich blicke auf meine Hände hinunter, und kurz sehe ich sie als große grüne Fuchskrallen.

Eiserne Witwe. Selbst wenn ich nicht wirklich etwas dergleichen bin, selbst wenn das Geschehene für mich nur ein glücklicher Zufall gewesen ist, lässt die bloße Möglichkeit, dass es solche Frauen geben könnte, mein Herz rasen und mir den Kopf schwirren.

Aber was ist aus ihnen geworden? Bringt die Armee sie womöglich lieber um, als von ihren Fähigkeiten Gebrauch zu machen?

Kann es sein, dass sie Frauen ernstlich mehr fürchten als Hunduns?

Früher, als ich es erwartet hätte, kehren die Strategen zurück.

»Die Weisen haben eine Entscheidung getroffen, Gespielin Wu«, sagt Chefstratege Zhuge und wirkt beinahe traurig. »Ihr werdet als Partnerin Li Shimin zugeteilt, dem Piloten des Zinnoberroten Vogels.«

# TEIL II

# DER WEG DES VOGELS

*In den Bergen gibt es eine Art Vogel mit nur einem Flügel und nur einem Auge. Um zu fliegen, muss er sich mit einem anderen Vogel derselben Art zusammentun.*

*Shanhaijing* (Klassiker der Berge und Meere, 山海经)

## KAPITEL 10

# DER EISERNE DÄMON

Ich liege auf dem Zementboden einer engen dunklen Zelle. Ein leichter Schimmer von Licht sickert durch das vergitterte Fenster in der schweren Tür.

Jetzt verstehe ich das Spiel.

Es ist keinesfalls so, dass weibliche Piloten immer schlechter darin sind, Chrysaliden zu steuern. Es ist vielmehr so, dass ein Mädchen, wann immer es einen ungeheuer hohen Geistdruck hat, mit einem Jungen zusammengetan wird, der über einen noch höheren verfügt, sodass kein Mann jemals unterliegt.

Zehntausend. Die Zahl huscht in meinem Kopf herum wie in Flammen stehende Vögel. Ein unvorstellbarer Wert, einer, der eigentlich bloße Übertreibung sein sollte *(»Donnerwetter, der muss ja echt einen Geistdruck von zehntausend haben!«)*.

Im buchstäblichen Sinn hat das in den vergangenen zwei Jahrhunderten nur auf einen einzigen Jungen zugetroffen. Li Shimin, der Eiserne Dämon, hat keine Kopilotinnen. Er hat *Opfer.*

Meine nächste Schlacht wird meine Hinrichtung sein.

Ich rolle mich noch fester auf der widerwärtig stinkenden, kratzigen Decke zusammen, die mir die Leute von der

Armee hingeworfen haben. Ich kratze mir mit den Nägeln über den Kopf und presse fest zu, als könnte ich auf diese Weise den Schädelknochen zerquetschen und mein Gehirn gleich mit und meiner Existenz ein Ende bereiten. Das wäre schön. Besser, als diese Befriedigung jemand anderem zu gönnen.

Mein Lachen ergießt sich in willkürlichen Abständen in die dunklen Schatten. Habe ich denn auch nur für einen Moment wirklich geglaubt, was ich im Neunschwänzigen Fuchs geleistet habe, würde eine Rolle spielen? Dass sie mich weiterleben lassen würden, nachdem ich einen ihrer beliebtesten und kampfmächtigsten Piloten ermordet habe?

Ich habe bekommen, was ich wollte. Ich habe meine Schwester gerächt. Ich hätte eigentlich bereit sein sollen zu sterben ... schon vor dreizehnmal essen.

Das ist mein einziges Maß, um festzustellen, wie lange ich hier eingesperrt bin. Es könnte dreizehn Tage bedeuten. Ich hoffe, das tut es. Es erfordert einen halben Mondzyklus – zwei Wochen –, damit sich erschöpftes Qi wieder voll auflädt. So lange sind Pilotinnen und Piloten nach einer Schlacht vom Dienst befreit.

Ich weiß nicht, warum ich jedes Mal überhaupt gegessen habe. Ich hätte alles die Toilette hinunterspülen und meinen Protest kundtun sollen, indem ich mich freiwillig zu Tode gehungert hätte. Doch schon als der erste Teller mit gebratenem Gemüse und Reis durch die Luke unten in der Tür geschoben wurde, hat mein knurrender Magen keine dreißig Sekunden gebraucht, um meine Entschlossenheit ganz gründlich in die Knie zu zwingen. Eiserne Witwe, dass ich nicht lache.

*Du musst dein Qi wiederauffüllen*, sagt mir mein Gehirn.

Es wiederauffüllen wofür? Um gegen Li Shimin zu kämpfen? Himmel, werde ich jetzt eines dieser Mädchen, die in dem Wahn, sie könnten die eine Eiserne Prinzessin unter zehntausend sein, in den Tod taumeln?

*Aber du bist nun mal eben genau das und nichts anderes.*

Von irgendwo aus den Tiefen meines Bewusstseins taucht eine Erinnerung auf, und ich zucke zusammen. Yang Guangs Geistdruck lag bei über sechstausend. Ich habe ihn in einer Chrysalis bezwungen.

Ich bin eine Pilotin der Prinzessinnenklasse.

Zu denken, dass das wahr ist, ist wahrlich merkwürdig, doch was spielt es auch für eine Rolle? Die Armee würde mich lieber in den Tod schicken, als das Wagnis einzugehen und mich mit einem Mann zusammenzubringen, der weniger mächtig ist als Li Shimin.

Kein Wunder, dass wir im Krieg so wenige Fortschritte machen.

Ich frage mich unentwegt, wie viele Menschen wohl gesehen haben, was ich getan habe. In der Armee wimmelt es von Leuten, die sich von den Medienunternehmen bestechen lassen, und es gibt hinsichtlich der Liveübertragungen kaum irgendwelche Beschränkungen. Vielleicht hat mein Großvater die Bilder gesehen. Er wacht oft nachts auf. Es wäre für ihn so gewesen, als hätte ich Yang Guang direkt vor seinen Augen umgebracht – ein Gedanke, bei dem sich meine Mundwinkel jedes Mal zu einem breiten Grinsen in die Höhe ziehen.

Aber was die für die Zukunft aufbewahrten Videos angeht, ist es eine ganz andere Geschichte. Der Rat der Weisen und seine Regierung voller Bürokratengelehrter haben hinsichtlich dessen, was in den Netzwerken bleibt, das letzte Wort. Angesichts der Tatsache, dass ich noch nie von irgendeiner Eisernen Witwe gehört habe, ist die Wahrscheinlichkeit groß, dass sie verfügt haben, alle damit zusammenhängenden Aufnahmen zwingend zu löschen.

Es sei denn, die Medienunternehmen hätten dem nicht Folge geleistet.

Die Neuigkeit von mir muss einfach überall die Runde gemacht haben. Ich wette, die Leute würden astronomische Summen dafür zahlen, um sich ansehen zu dürfen, was da passiert ist. Städter würden einen ganzen Tageslohn berappen, um einen heimlichen Blick auf die Aufnahmen riskieren zu dürfen. Und die Leute auf dem Land würden ihr Geld zusammentun und sie sich in Gruppen auf dem Tablet von irgendwem ansehen.

Nur schmierige Medienmogule können jetzt mein Vermächtnis retten.

*Kommt schon, Medienunternehmen. Ich setze auf eure Gier.*

Ich schnaube grimmig, dann durchzuckt mich ein Stich.

Yizhi. Sein Vater ist der größte schmierige Medienmogul überhaupt. Ganz unmöglich, dass Yizhi keinen Zugang zu entsprechenden Aufnahmen hätte.

Was denkt er von der Sache? Ist er genauso überrascht wie alle anderen? Ist er entsetzt, dass ich wirklich zu einem Mord fähig bin?

Ist er stolz auf mich?

Ich würde ihm gern sagen, dass Yang Guang letztlich nie bekommen hat, was er körperlich von mir haben wollte. Es sollte eigentlich keine Rolle spielen, doch ich kann nicht umhin, mir zu wünschen, dass Yizhi das weiß.

Außerdem würde ich mir wünschen, ich könnte noch ein letztes Mal seine Stimme hören.

Ich hebe die Hand in das Licht, das in schrägen Bahnen von der Tür her durch die Zelle fällt. Staub schwebt hell in dem trüben Leuchten. Ich krümme die Finger und spanne sie an, sodass sie einen Krallenschatten an die Wand werfen.

Oft habe ich davon geträumt, wieder riesengroß zu sein.

In den Himmel zu ragen, über die Erde zu rasen, nach dem Kosmos zu greifen.

Frei von Schmerz zu sein.

Ich werfe einen Blick hin zu meinen zerfetzten Kleidern, die ich in eine Ecke geworfen habe. Ich habe sie nicht in meiner Nähe behalten können, sobald mir einmal klar geworden ist, dass ich sie als Mittel zur Flucht von hier verwenden könnte, wenn ich nur den Mumm dazu hätte. Ich könnte ein Ende des Stoffs um das Wasserrohr der Toilette binden und das andere Ende um meinen Hals und den Stoff dann so lange verdrehen, bis ich tot bin.

Dreizehnmal essen habe ich mir jetzt vorgestellt, das zu tun. Inzwischen kommt es mir ungelogen doch tatsächlich so vor, als würde der Stoff sich winden wie ein Knäuel von Schlangen. Ich habe gehört, dass eine Schlange, je heller ihre Farbe, umso tödlicher ist.

Ich richte mich auf, bereit, nun endlich …

Meine nackten Beine streifen eine hässliche Stelle von getrocknetem Blut auf dem Boden. Jäh werde ich aus meiner Trance gerissen.

In dieser Zelle sind auch schon andere Mädchen eingesperrt gewesen. Die dunklen Ringe der Blutflecken, fast schwarz in der Dunkelheit, erzählen von ihren elenden Aufenthalten hier. Den männlichen Wächtern jagen diese Flecken sicherlich eine Höllenangst ein, aber ich fürchte mich nicht. Ich bin ein Mädchen; ich verstehe, woher das Blut kommt.

Ich frage mich nur, was diese anderen Mädchen getan haben, um hier drin zu landen. Haben auch sie sich zur Wehr gesetzt? Zu fliehen versucht? Dem Befehl zuwidergehandelt, einem Piloten zu Willen zu sein?

Sind irgendwelche von ihnen ebenfalls Eiserne Witwen gewesen, die gewaltsam aus der Geschichte getilgt worden sind?

Ich stelle mir die Kämpfe vor, die hier in diesem Raum, in der Luft, die mich umgibt, stattgefunden haben. Die Stimmen, die sich geweigert haben, sich zum Schweigen bringen zu lassen, die Hände, die sich nicht haben fesseln lassen wollen, die Gemüter, die sich nicht haben brechen lassen.

Erneut reiße ich den Blick von meinen zerrissenen Kleidern los, lege mich zu Boden und atme die kühlen Phantome des Zorns dieser Frauen ein.

Es ist zum Totlachen. Genauso unbedingt, wie Männer uns wegen unserer Körper wollen, hassen sie uns um unserer eigenständigen Köpfe willen.

In einem Traum kommt sie zu mir.

*»Jiejie«*, stoße ich mit erstickter Stimme hervor und eile auf Große Schwester zu, ohne jeden Schmerz bei meinen Schritten.

Daran erkenne ich jedes Mal, dass das Ganze nicht wirklich ist.

Und doch strecke ich unwillkürlich die Hände nach ihr aus, kann nicht umhin, mir zu wünschen, auf ewig hierzubleiben. Wo immer sie ist, dort will auch ich sein.

»Folge mir nicht, Tian-Tian.« Sie liebkost mir das Gesicht, aber ihre Finger zerfallen zu Rauch, bevor ich ihre Wärme hätte auskosten können. »Hier ist nur nichts. Es ist keine Lösung. Kein Ausweg. Ich bin nicht frei. Ich bin einfach nur tot.«

Meine Knie zittern und geben im Traum unter mir nach. Ich breche zusammen und versuche, mich an ihr festzuhalten, aber meine Hände gleiten durch sie hindurch, wie sehr ich mich auch anstrenge.

»Es ist mir egal«, schluchze ich. »Lass mich bei dir bleiben. Bitte. Er ist tot. Ich habe ihn umgebracht. Ich habe dich gerächt.«

Ihre Lider senken sich herab. »Und glaubst du denn wirklich, dass das irgendetwas verändert hat?«

»Wie meinst du das?« Wieder und wieder schüttele ich den Kopf. »Jetzt gibt es ein Ungeheuer weniger auf der Welt.«

»Und es gibt Zehntausende mehr, die so sind wie er.«

Schmerz breitet sich in mir aus, greift quälend nach meiner Seele und zerrt an ihr. »Dann sag mir, was ich tun soll.«

»Du sollst natürlich dein Bestes tun – dein Schlimmstes.« Sie lächelt. »Lass dich von ihnen nicht zum Narren halten, Tian-Tian. Du hast mehr Kraft in dir, als du dir vorstellen kannst. Lauf nicht weg. Lass sie nicht bekommen, was sie wollen.«

Ihre Gewänder zerfallen nun ebenfalls und verlieren alle Form, sind wie der wolkige Nebel, der über all die Jahre hinweg über die Reisterrassen geweht ist, auf denen wir aufgewachsen sind. Der Nebel, in den wir alle möglichen Gesichter hineingelesen haben, Tiere und irgendwelche Gegenstände, während wir uns hinterm Haus zusammengekauert und einander geholfen haben, die in unseren Köpfen noch immer widerhallenden gellenden Schreie und die frischen Schwielen auf unseren Leibern zu ignorieren.

Plötzlich verwandelt sich ihre dunstige Gestalt in die Heroenform des Neunschwänzigen Fuchses. Kalte Metallfinger umfassen mein Gesicht und reißen mich hoch. Brennend weiße Augen blicken mich finster an.

*»Sei ihr Albtraum, Wu Zetian.«*

Der gellende Lärm der Hundunsirenen reißt mich aus dem Schlaf.

In kalten Schweiß gebadet, fahre ich hoch. Der Lichtschimmer, der durch die Tür fällt, hat sich rot verfärbt.

Es ist nicht das erste Mal, dass der Alarm losgegangen ist, seit ich eingesperrt wurde – das Auslösen einer neuen Transformation in mächtigen Chrysaliden provoziert jedes Mal eine Reihe von weiteren Angriffen –, aber nun ist es das erste Mal, seit Li Shimin und der Zinnoberrote Vogel ihre vollen zwei Wochen gehabt haben, um ihr Qi wieder aufzuladen. Ich denke daran zurück, wie sich die Männer meiner Familie um den Esstisch versammelt haben, um jene bislang letzte Schlacht Li Shimins mitzuverfolgen. Schon komisch, wie eine Erinnerung, die eigentlich dazu bestimmt gewesen ist, achtlos abgetan zu werden, plötzlich zu etwas viel Bedeutsamerem werden kann.

Den Blick auf das Häufchen meiner Kleider in der Dunkelheit gerichtet, erhebe ich mich. Wie gewöhnlich schießt mir Schmerz durch die Füße, aber die Kälte hat ihm ein wenig die Heftigkeit genommen und verhindert, dass sich Eiterschwären gebildet haben. Ich hebe den Stoff auf. Einige Sekunden lang starre ich ihn an und knete ihn in der Hand. Statt ihn mir um den Hals zu wickeln und daran zu ziehen, streife ich ihn mir schließlich über.

Als sich die Tür quietschend öffnet, stehe ich dicht davor, den Soldaten direkt gegenüber. Sie fahren erschrocken zurück.

Ohne eine Gesichtsregung erkennen zu lassen, halte ich ihnen die Hände hin. Neige nur ein wenig den Kopf.

Meine fügsame Bereitwilligkeit scheint sie mehr zu verunsichern, als wenn ich um mich getreten und geschrien hätte. Mit Argwohn in den Augen ziehen sie mir die Arme hinter den Rücken, legen mir Handschellen an und zerren mich aus der Zelle. Nachdem ich so lange in einer eisigen Zelle eingesperrt gewesen bin, tut mir nun jede Bewegung weh, und das bloße Gehen ist so schmerzvoll, dass mir Sterne vor den Augen tanzen. Aber ich lasse mir nichts anmerken und verziehe keine Miene.

Marschierende Schritte von Stiefeln. Gänge aus Metall.

Heulende Alarmsirenen. Blinkende rote Lichter. Das Klirren des Aufzugs.

Die Türen öffnen sich mit einem Klappern nach außen, und fahles Licht und klamme Feuchtigkeit fluten mir entgegen.

Die grelle Attacke auf meine Augen lässt mich zusammenzucken, aber zugleich atme ich erschaudernd tief ein, fülle immer wieder meine Lunge bis zum Anschlag mit frischer Luft. Meine Augen brauchen mehrere Momente, um sich anzupassen. Lastender Nebel hat um mich herum die Landschaft verschluckt. War ja klar. Hunduns greifen niemals an, ohne dass irgendetwas für schlechte Sicht sorgt, denn für sie ist eine gute Sicht nicht im gleichen Maße von Nutzen wie für uns.

Die Soldaten führen mich über eine Andockbrücke aus Stahlgitter wie diejenige, die mich zum Neunschwänzigen Fuchs gebracht hat. Nur dass sich diese hier so hoch befindet, dass unsere Köpfe beinahe die Dachwohnung des Wachturms darüber streifen.

Beim Anblick des Zinnoberroten Vogels klappt mir der Unterkiefer herunter. Er ist noch viel größer als der Fuchs oder selbst der Kopflose Krieger. In Ruheform sieht er aus wie ein riesenhafter rubinfarbener Vogel, der die Flügel über sich geschlagen hat. Seine Oberfläche ist so stark aufgeraut – ein Kennzeichen des Feuertyps – und wild gebauscht, dass sie aussieht, als wäre sie wirklich mit Federn bedeckt. Die Andockbrücke führt zum Nacken seines schlanken Halses hinauf.

Ich stelle mir vor, sein Inneres zu betreten und mit ihm tatsächlich zu fliegen, die ganze Gewalt der stärksten Chrysalis in Huaxia zu befehligen. Selbst wenn ich sterbe, wäre das vielleicht keine schlechte Art, um abzutreten.

Das Klappern der Aufzugtüren, die sich nun wieder öffnen, reißt mich aus meinen Fantasien.

Als ich mich umdrehe, fällt mein Blick auf etwas leuchtend Orangefarbenes. Wie gebannt starre ich hin, und kalter Schweiß bricht mir unter den jämmerlichen Überresten meiner Kleidung aus.

Eine Gruppe olivgrün gekleideter Soldaten kommt herausgeströmt und drängt sich vor dem größten und am kräftigsten gebauten Kerl, den ich je gesehen habe. Sein in einem schlichten Orange gehaltener Overall spannt sich über seinen Muskeln. Dicke Ketten fesseln ihm die Arme an den Rücken. Ein Jutesack macht seinen Kopf unkenntlich.

Außerdem trägt er ein schweres Halsband, an dem eine lange Kette hängt wie eine Hundeleine, sodass ich mich für einen Moment verwirrt frage, ob es sich da um einen jungen Mann oder doch um ein Tier handelt. Mein Kopf bringt die mir bekannten Fakten durcheinander. Es heißt, Li Shimin sei neunzehn, nur ein Jahr älter als ich.

Aber natürlich ist er außerdem der Eiserne Dämon, Mörder seiner eigenen Familie und Vernichter von Wesen und Bewusstsein eines jeden Mädchens, mit dem er je zusammen in seiner Chrysalis gewesen ist. Warum sollte er also nicht so aussehen?

Mit beiden Händen zerrt ein Soldat an Li Shimins langer Kettenleine. Er stolpert vorwärts und schreitet mit dröhnenden Schritten über die Brücke. Die Soldaten stapfen neben ihm her und zielen mit ihren Gewehren auf ihn. Es juckt mir in den Füßen, sie brennen darauf, die Flucht zu ergreifen.

Als er die Chrysalis beinahe erreicht hat, reißen sie ihm den Sack vom Kopf.

Fast wäre es mir nicht gelungen, mir ein Aufkeuchen zu verkneifen. Ich weiß nicht, was mir mehr Angst einjagt – der dunkle Maulkorb aus Stahl, der einen Großteil seines Gesichts verdeckt, der eindringliche Blick aus seinen kohlschwarzen Augen oder sein kurzes Haar.

Das Haar wird bei uns als kostbares Geschenk von unseren Eltern betrachtet. Wir dürfen es uns nicht abschneiden, es sei denn, wir sagen uns von unserer Familie los und werden Mönch oder Nonne. Aber selbst diese Leute scheren es sich sauber vom Kopf. Es zugleich kurz und ungepflegt wild zu tragen, ist ein körperliches Zeugnis seines Verbrechens, der schlimmsten Untat im Strafkodex von Huaxia: Vatermord.

Ich habe gewusst, was auf mich zukommen würde, doch mein erster richtiger Blick auf jemanden wie ihn genügt, und meine Nackenhärchen stellen sich auf, als hätte man mich in einen Wolfsbau geworfen.

Die Soldaten drängen ihn auf mich zu.

Ich versuche jetzt wirklich, zu ihm auf Abstand zu gehen, aber meine eigenen Wachen halten mich an Ort und Stelle fest. Was mir die Lächerlichkeit dieser Situation deutlicher bewusst macht als alles andere – für sie rangiere ich doch tatsächlich auf derselben Ebene der Verabscheuungswürdigkeit wie dieser widerwärtige Kerl.

Wir starren einander an, der Eiserne Dämon und die Eiserne Witwe, unsere Arme in Handschellen, eine Krone aus Gewehrläufen um unsere Köpfe herum, zwischen den Soldaten sowie im Nebel und Schlachtenlärm gefangen.

Oder ... eigentlich sieht er gar nicht mich an. Sein Blick ist noch immer so eindringlich und gespannt wie zuvor, aber er schaut nicht mich an, sondern an mir vorbei.

Stirnrunzelnd beuge ich mich in sein Gesichtsfeld hinein.

Sein finsterer Blick wandert anderswohin.

Die Anspannung fällt von mir ab. Meine Mundwinkel zucken in unbändiger Belustigung in die Höhe.

»He«, sage ich, denn die Wahrscheinlichkeit, dass ich gleich sterben werde, ist hoch, warum mich also zurückhalten? »Hab zumindest den Mumm, mir in die Augen zu schauen, bevor du mich umbringst.«

Er schenkt mir keine Beachtung.

Ich beuge und drehe mich erneut so, dass ich in sein Blickfeld trete. Als er daraufhin sofort den Kopf wegdreht, tue ich es wieder. Und wieder. Und wieder.

»Aufhören!«, ruft ein Soldat verärgert, nachdem ich ein besonders ruckartiges Manöver vollführt habe.

Sie drehen uns beide zum Zinnoberroten Vogel hin. Geistmetall klirrt in der Ferne durch den dichten Nebel.

Ich muss Li Shimin einfach unaufhörlich ansehen. Er mag nur zur Hälfte ein Rongdi sein, aber es ist wirklich unübersehbar, dass kein reines Han-Blut durch seine Adern fließt. Sein Gesicht hat mehr Tiefe und mehr Kanten als die Gesichter der meisten Han; seine Augen liegen tief unter dichten Brauen – mit ein Grund dafür, warum sein finsterer Blick so intensiv und eindringlich ist. Er trägt keine Pilotenkrone.

Jetzt ist meine Angst fast ganz geschwunden, und an ihre Stelle ist ein fiebriger Eifer getreten. Ich kann die Situation ebenso gut genießen. Er ist genauso gefesselt und wird bewacht wie ich; was kann er schon tun?

»Komm, sag mal …« Ich ziehe eine Braue hoch. »Du hast also deine ganze Familie umgebracht, hm?«

Er richtet den Blick noch weiter von mir weg, und seine Kette rasselt.

»Haben sie es verdient?«, dringe ich in ihn.

Endlich sieht er mich an. In seinen Augen sind keine Schuldgefühle, kein Zorn, kein Zögern. Nur eine derart unverkennbare Entschlossenheit, dass es mir den Atem raubt.

Er nickt.

Meine Lippen zittern. Ich weiß nicht, was ich sagen soll, außer: »Ich glaube dir.«

Ich bekomme seine Reaktion nicht mit, da die Soldaten aufgrund irgendeines Signals, das sie erhalten haben, plötzlich durcheinanderschreien und uns vorwärtsdrängen.

Jemand öffnet eine Luke unten am Kopf des Zinnoberroten Vogels.

Während sie uns ins Cockpit bringen, ziehen die Soldaten den Reißverschluss auf dem Rücken von Li Shimins Overall auf. Angesichts des Flickenteppichs von verfärbten Narben auf seiner Haut überläuft mich ein Schauder. Sie sehen doch tatsächlich aus wie Male von elektrischen Viehtreibern, wie man sie benutzt, um Rinder gefügig zu machen.

Die Soldaten zerren mich an ihm vorbei, um uns über den Sitzen von Yin und Yang Aufstellung nehmen zu lassen. Schlüssel öffnen unsere Ketten und Handschellen. Eine neue Welle der Angst prasselt durch mich hindurch, als ich einen Blick über die Schulter werfe und Li Shimin seine ungefesselten Hände ausschütteln sehe. Seine langen Finger sind von unzähligen weiteren Narben übersät.

Aber warum jetzt ausrasten? Es ist sinnlos, vom Schlimmsten auszugehen, wenn das Schlimmste nur in meinen Tod mündet.

Ich muss es einfach versuchen. Ich muss kämpfen. Wenn ich nicht überlebe, überlebt er. Und weitere Mädchen werden ihm geopfert.

Die Soldaten stoßen ihn in die Geistrüstung auf dem Yang-Sitz. Er gibt ein Grunzen von sich, als die dünnen, aber scharfen Nadeln in sein Rückgrat eindringen, dann blitzt feuerrotes Qi in seinen Augen auf und strömt durch das Netzwerk von Meridianen auf seinem Gesicht. Die einzelnen Teile der Rüstung rasten um ihn herum ein.

Mein Leib wird steif und kalt, als die Soldaten mir die Kleider vom Leib ziehen und mich in den Yin-Sitz stoßen. Das vertraute Kitzeln von Nadeln legt sich mir über das Rückgrat wie viele kleine Eistropfen. Die einzelnen Teile der Rüstung schließen sich um meinen Körper. Li Shimins gepanzerte Arme legen sich um mich. Ich bin nicht direkt ein kleiner Mensch, aber jetzt komme ich mir winzig vor. Selbst durch unsere Rüstungen hindurch ist seine Hitze so drückend wie der schlimmste Sommer.

Als ich den Kopf drehe, streift meine Schläfe das warme Metall seines Maulkorbs. Das bringt mich auf eine Idee.

»Du hältst offensichtlich nichts von Regeln, aber du erlaubst ihnen, dir *das da* anzulegen«, flüstere ich, während die Soldaten das Cockpit verlassen und das Echo ihrer Stiefel verhallt. »Findest du das nicht lächerlich?«

Keine Antwort.

Aber … natürlich. Der Maulkorb.

»Komm schon«, fahre ich fort. »Mach etwas anderes, sobald wir in der Schlacht sind. Lass mich die Kontrolle übernehmen. Es ist die einzige Möglichkeit, uns beide zu befreien.«

Jemand knallt die Cockpittür zu, und Dunkelheit legt sich über uns.

»Lass mich die Kontrolle übernehmen, Li Shimin. Lass mich …«

Nadeln stoßen in mein Rückgrat.

## KAPITEL 11

# DEN SCHWERTBERG HINAUF UND INS FEUERMEER HINUNTER

Ich stürze durch heiße Luft, werde in Richtung eines Berges aus Schwertern in einem Meer aus Feuer geschleudert. Ich fliege durch eine schmale Öffnung zwischen den Schwertern, die Klingen streifen gerade eben den Rand meines Gesichtsfelds. Sengende Hitze kriecht mir über den Rücken. Meine Hände versuchen verzweifelt, etwas zu fassen zu bekommen, mit dem ich meinen Sturz bremsen könnte, aber ich finde nur die Schneiden von Klingen. Sie durchtrennen meine Handflächen in blendenden Attacken der Qual. Ich schreie durch den Schwertergraben in den blutroten Himmel über mir hinauf.

Aber ich kämpfe noch heftiger gegen den Schmerz an und ramme auch die Beine in die Klingen. Tief in mir drinnen weiß ich, dass ich mich selbst verlieren werde, wenn ich in das Meer aus Feuer falle, und dann werde ich nie wieder herauskommen.

Wie jedes andere Mädchen, das vor mir hier gewesen ist.

Knirschend und blutspritzend komme ich zum Stillstand, Schwerter bohren sich in meine Knochen. Ich atme schnell und hechelnd, während ich in der Luft hänge und mir nur einige wenige zerbrechlich dünne Schwertspitzen Halt geben. Heißes Blut strömt von den verstümmelten, zuckenden Händen. Feuerzungen lecken an meinem Rücken. Schweiß durchnässt meine Kleidung und lässt mein Haar schwer herabhängen. In der wogenden Hitze ist es mir kaum möglich, einen klaren Gedanken zu fassen.

Die anderen Mädchen ... warum waren sie hier? Warum bin *ich* hier? Warum kann ich mich nicht erinnern?

Ich muss mich erinnern. Es ist wichtig, sehr, sehr wichtig.

Hoch über der Öffnung zwischen den spitzen Schwertern flattern aufgescheuchte Vögel irr über den Himmel, ihre Flügel brennen, ihr Kreischen klingt wie die Schreie eines Menschen. Roter Himmel. Rote Vögel. Zinnoberroter Vogel. Eine Chrysalis?

Was zum Henker ist eine Chrysalis?

Meine Gedanken lösen sich auf und schmelzen dahin. Alles schmilzt. Feuer schmilzt Metall. Ich bin Metall, Metall ist in mir vorherrschend.

Das bedeutet etwas. Es kann mir Kraft und Stärke verleihen, solange ich etwas habe, das ...

Genau, irgendwo außerhalb dieser Welt hier trage ich eine Rüstung, die mir Macht und Kraft verleihen kann. Ich erinnere mich daran, wie sie aussieht, erinnere mich aufgrund der vielen Werbesendungen der Armee, die ich gesehen habe. Der hohe Kragen und die Schulterpolster wie aufgeplusterte Federn. Die gewaltigen Flügel. Die langen gebauschten Rockschöße wie die Schwanzfedern eines Phönix.

Ich hasse diese Rüstung. Wann immer sie erscheint, raubt sie einem Mädchen das Leben. Meines ist als Nächstes dran.

Es sei denn, ich gewinne.

Es sei denn, ich töte zuerst diesen *Kerl*.

Mein Wimmern verwandelt sich in ein gellendes Heulen, als ich der Rüstung befehle, aus meinem Körper aufzutauchen. Sie bricht mir aus dem Fleisch, wächst mir aus den

Knochen. Rote Kristalle stülpen sich aus meinem Knochenmark hervor, werden größer und größer. Ich werde zu einem wahren Ungeheuer, aber das geht in Ordnung so.

Es braucht ein Ungeheuer, um ein Ungeheuer zu töten.

Dunkelrote Flügel, hart und unbarmherzig, sprießen mir bebend aus dem Rücken. Sie schmiegen sich eng um meinen Brustkorb. Dann prallen sie heftig wie eine Explosion gegen die Schwerter um mich herum. Wie eine sich kreisförmig ausbreitende Flutwelle geht der Aufprall durch die Klingen, und sie fallen in sich zusammen.

Ich stoße keuchend die Luft aus, als ich nun weiter in die Tiefe stürze, aber ich presse die Zähne aufeinander und schlage mit den Flügeln. Und wieder. Und wieder, drehe mich in der Luft.

In der wirbelnden, brodelnden Hitze tragen mich die monströsen Flügel empor. Die Schwerter bleiben unter den Rändern meines Gesichtsfelds zurück, und das ganze Ausmaß dieser Welt kommt in Sicht. Durch die hitzeschimmernde Luft verzerrt, schwebt eine Insel über den blutigen Himmel, umkreist von flammenden, schreienden Vögeln. Ich steige weiter auf, der Insel entgegen, mit Flügeln, die wie Peitschen knallen.

Die Vögel greifen mich an.

Ruckartig verlangsame ich meinen Flug, aber es ist zu spät. Die Vögel donnern gegeneinander, bilden einen geeinten Ansturm und fliegen auf mich zu, flügelschlagend, um sich hackend und kreischend, während sie bei lebendigem Leib verbrennen. Ich schlage schützend die Arme über dem Kopf zusammen.

Eine Welle von Hitze trifft mich als Erstes, dann prasselt ein wild rasender Feuersturm reißender Schnäbel und fetzender Krallen auf mich ein. Sie verstümmeln mich, zerkratzen mich, stoßen mich in die Tiefe, als wäre mein Tod die einzige Möglichkeit, wie sie sich retten könnten. Ich versuche mit aller Gewalt, mich durch den Schwarm der unzähligen Vögel hindurchzukämpfen, meine Flügel immer weiter schlagen zu lassen. Brennende Federn schwärmen um mich, ersticken mich, brüllen wie hundert Schmelzöfen.

Ein eisiges Frösteln überzieht mich, als ich menschliche Zungen in den Schnäbeln der Vögel entdecke. Grausame Erinnerungen schneiden durch mich hindurch und machen mir etwas auf grauenhafte Weise klar: Keiner der Schreie aus den Kehlen der Vögel ist eine bloße Ausgeburt der Fantasie.

Da ist das gedämpfte Weinen eines jungen Mädchens, das hinter einer Tür hervordringt, der ich mich mit genauso viel Angst wie Zorn im Leib nähere. Da ist das Kreischen meiner eigenen Brüder, während ich sie mit einem Hackbeil zerstückele, wieder und wieder zuschlage. Da ist das Gebrüll anderer Jungen in leuchtend orangefarbenen Overalls, während ich mit verschorften Fäusten auf ihre Gesichter eindresche. Da sind die vergeblichen Schreie aus meinem eigenen Mund, als Stromschläge meinen Körper schocken, während ich mit blutigen, zitternden Fingern einen Mauerstein auf den anderen schichte. Da ist das verzweifelte, allmählich immer lauter werdende Wehklagen von Mädchen im Griff von Soldaten, während ich über eine Andockbrücke zu ihnen hinübergeführt werde.

Wie kann ein einzelner Mensch so viele Arten von Schreien gehört haben?

Das ist nicht einmal alles. Da ist noch mehr, so viel mehr. Zu viel, um es ertragen zu können. Unzählige Geräusche und Erinnerungen prasseln durch die Vögel auf mich ein, krallen sich in meine Seele und drängen mich, mit dem Kopf voraus in das Meer aus Feuer zu springen, um mich selbst von diesem Elend zu erlösen.

Aber warum sollte ich das tun? Diese Erinnerungen sind

nicht meine. Sie können es nicht sein. Wenn das hier mein Leben wäre, hätte ich längst den Verstand verloren.

Ich brauche nicht damit zu leben. Solange ich *ihn* nur töten kann, werde ich frei sein.

Mit einem eigenen Schrei kämpfe ich mich durch die Vögel hindurch und gleite weiter auf die Insel zu.

Als ich endlich dort lande, finde ich ihn. Der Junge, den ich töten muss. Er sitzt in einem rußgrauen Gewand am Rand der Insel. Ich erinnere mich nicht daran, wer er ist, aber etwas an seinem langen Haar, mit einem dunkelroten Lumpen halb hochgebunden, lässt mich stutzen. Es kommt mir irgendwie falsch vor. Ich schreite trotzdem auf ihn zu, denn es gilt: er oder ich. Nur einer von uns kann am Leben bleiben.

»Ich weiß nicht, was ich tun soll«, sagt er, ohne über seine Schulter zu mir herüberzuschauen.

Seine Stimme, weich und aus den Tiefen seiner Brust dröhnend, trifft mich mit einer Wucht, die ich körperlich spüren kann. Wellen von Kummer und Zärtlichkeit überfluten mich, sodass ich mich zusammenkrümme. Gefühle, die von mir verlangen, ihn zu trösten.

»Was tun? Was meinst du damit?«, frage ich mit einer leisen Stimme, die ganz und gar nicht wie meine klingt.

»Das Ganze.« Sichtbare Hitzewellen heben ihm das lange Haar über die Schultern und lassen seinen von grauenvollen Narben überzogenen Hals sehen. »Es ist alles falsch.«

»Kannst du es nicht in Ordnung bringen?«

»Ich wüsste nicht, wie.«

Kochender Zorn reißt mich aus meiner Benommenheit. Dieses Gespräch ist sinnlos.

*Nur einer von uns kann am Leben bleiben.*

»Ich kann rein gar nichts in Ordnung bringen«, fährt er fort. »Ich weiß nur, wie man zerstört.«

»Dann *stirb.*«

Ich stapfe zu ihm hin und stoße ihn über den Rand in die Tiefe. Seine grauen Gewänder blähen sich wie Rauch. Ich bemerke noch das Aufblitzen seiner kohlschwarzen Augen, als er sich mitten in der Luft dreht.

Plötzlich und unerwartet braust das Meer aus Feuer auf, durchdringt die ganze Welt. Flammen verschlingen den Himmel, zerschmettern die schwebende Insel mitsamt mir darauf.

Meine Augen öffnen sich ruckartig. Ich befinde mich in der Yin-Yang-Welt und stehe Li Shimin direkt gegenüber. Meine Erinnerungen kehren mit einem Schlag zurück. Ich verschwende keine Zeit.

Ich reiße einen Dolch aus meiner Rüstung und mache einen Satz, um ihm das Ding in die Kehle zu stoßen.

Er stolpert überrascht, und wir fallen beide hin, knallen voller Wucht auf die Grenze zwischen Yin und Yang. Er verströmt eine unglaubliche Hitze. Ich steche unablässig auf ihn ein, während ich im Geiste nach der Gegenwart des Zinnoberroten Vogels taste ...

Die Klinge schmilzt zu einem Stumpf.

Mir sackt das Herz in die Kniekehlen. Ein genauerer Blick auf ihn lässt mich erbeben – sein Qi durchströmt ihn mit maximaler Intensität, lässt seine Augen aufflammen und glüht unter seiner Haut wie Adern voller Lava. Seine Rüstung leuchtet von innen wie knisternde Glut.

Ich lasse meine zerstörte Waffe fallen und lege ihm die Hände um die Kehle. Seine Hände schießen ihrerseits hoch und umklammern meine Kehle. Er stemmt mich zu Boden und legt sich auf mich, sodass sich unsere Positionen umkehren. Seine scharlachroten Augen und die flammenden Qi-Meridiane in seinem Gesicht flackern über mich hinweg, schrecklich und wild.

*Das hier ist ein geistiges Duell,* rufe ich mir ins Gedächtnis.

Es gibt nichts, wovor ich Angst haben müsste. Er mag im wirklichen Leben unendlich viel stärker sein als ich, aber hier bedeutet das nicht das Geringste.

Ich knalle meine Stirn gegen seine, dann schleudere ich ihn herum, um ihn wieder auf den Boden zu drücken.

Er wird mich nicht umbringen. Er wird keine Gelegenheit dazu bekommen, mich zu einer Nummer in einer Statistik zu machen.

Mein Vorteil hat nicht lange Bestand, aber ich lasse auch ihn keinen Vorteil erringen. Wir kämpfen entlang der Yin-Yang-Grenze in einem chaotischen Hin und Her, jeder außerstande, den anderen zu überwältigen. Ich versuche, die Gewalt über den Vogel an mich zu reißen, so wie ich es mit dem Fuchs getan habe, aber Li Shimins Geistkraft ist so groß, dass ich ihn nicht abschütteln kann. Selbst als es meinem Bewusstsein endlich gelingt, zu einem Teil in die gewaltige Gegenwart des Vogels einzudringen, einige Wahrnehmungen aus der wirklichen Welt einzufangen und mit einem seiner Flügel zu schlagen, kann ich mich nicht vollends aus der Yin-Yang-Welt losreißen. Sie zerrt an mir, versucht, mein Bewusstsein wieder in sie hineinzuziehen. Mein ganzes Wesen schmerzt, als würde es zugleich in zwei Richtungen gezogen und gedehnt, zwei Blickpunkte, zwei Wirklichkeiten. Mein Einfluss auf den Vogel ist flüchtig, wie ein Atemzug, der die Lunge jede Sekunde wieder verlassen kann.

In meiner schwachen und verwackelten, Übelkeit erregenden Sicht durch die Augen des Vogels schießt ein Hundun des Metalltyps in einem hellen weißen Strahl aus dem Nebel hervor. Seine gewaltige Masse kracht oberhalb der Krallen in einen der Füße des Vogels, was uns beide stolpern lässt. Die Welt gerät ins Wanken. Meine Sinne kreiseln, als wäre ich mitten in einen Orkan geworfen worden, und ich bin nur noch durch einen dünnen Faden mit dem Vogel verbunden. Ich klammere mich verzweifelt fest und versuche, den Hundun mit dem einen Flügel, den ich bewegen kann, wegzuschlagen. Aber Li Shimin macht das Gleiche mit dem anderen Flügel, und die nicht aufeinander abgestimmten Bewegungen lassen den Vogel ziellos mit den Flügeln schlagen und bringen ihn ins Taumeln.

*Gib nach*, fleht eine treulose Stimme in mir. *Überlass ihm die Sache.*

*Nein!*, schreit alles andere in mir zurück.

Ich kann die über den Vogel gewonnene Kontrolle nicht aufgeben. Es ist mir egal, wenn es uns beiden den Tod bringen sollte.

Während unsere Geistgestalten durch die Yin-Yang-Welt taumeln, bereiten wir im Schnabel des Vogels gleichzeitig Qi-Entladungen vor. Es ist das Einzige, was wir gemeinsam tun, aber es fehlt uns jegliche Koordination, wenn es darum geht, sie abzufeuern. Strahlen von Qi jagen willkürlich aus dem Schnabel des Vogels, einige machtvoll wie Donner, andere winzig und wirkungslos wie kleine Spritzer. Es grenzt an ein Wunder, als der Hundun schließlich doch zerplatzt und sein Qi in einem leuchtenden Funkenregen durch den dichten Nebel fliegt.

*»Zinnoberroter Vogel, Ihr habt die Kontrolle verloren!«*

Zur Antwort stoßen wir beide nur ein ersticktes Heulen aus. Beide sind wir aufgrund der Vergeblichkeit unserer Bemühungen frustriert, und in unserem Grimm reiben wir uns aneinander, prallen zusammen, verheddern uns, immer enger und enger schnürt es unser Denken ab. Die Hitze und der Druck in der Brust des Vogels wachsen immer weiter, erreichen einen neuen Höhepunkt. Aber dieses Gefühl hat nichts Vielversprechendes, so wie in dem Moment, als sich der Fuchs verwandelt hat. Es ist einfach nur so, als würde gleich alles explodieren …

## KAPITEL 12

# ZUM ERSTEN MAL

Warmes Blut fließt mir aus den Nasenlöchern, und das Kitzeln des Blutes weckt mich. Mir dreht sich alles im Kopf, und es fühlt sich so an, als wäre ich gerade aus einem tief unter Wasser tobenden Sturm ausgeworfen worden. Ich will mir die Nase abwischen, bringe aber nicht die Kraft auf, die Arme zu bewegen.

Zwei Strahlen eines nebelhaften weißen Lichts durchbohren die Dunkelheit. Alles riecht metallisch. Bin ich im Werkzeugschuppen eingeschlafen? Warum sollte ich hier ...

Eine dunkle Masse bewegt sich hinter mir. Ketten rasseln.

Meine halb geschlossenen Lider gehen in die Höhe, und meine Augen weiten sich. Die tatsächlichen Umstände stürzen wieder auf mich ein, aber sie fügen sich zu keinem sinnvollen Ganzen zusammen. Meine Hände liegen auf den Armlehnen des Yin-Sitzes, frei von der Rüstung. Keine kalten Leichenfinger zwischen ihnen.

Ich höre das Surren eines zugezogenen Reißverschlusses. Hinter mir erhebt sich Li Shimin aus seinem Sitz und steht auf. Sein Knie streift meine Schultern.

Er hat überlebt? Und ich auch?

Was?

Wie ist das möglich?

Haben wir den Kampf zu Ende gebracht? Hätte nicht einer von uns den anderen töten sollen?

Das Denken schmerzt, daher lasse ich es lieber sein. Seine schweren Schritte klirren auf die Ausstiegsluke des Cockpits zu, begleitet vom rhythmischen Klappern seiner Ketten. Aus meiner Nase tropft weiter Blut, sammelt sich zwischen meinen Lippen und schmeckt nach Eisen. Worte versuchen sich einen Weg aus meiner Kehle zu kämpfen.

»He«, gelingt es mir endlich zu murmeln. Meine Stimme klingt heiser, als wäre ich tatsächlich gewürgt worden.

Sein nächster Schritt landet mit einem besonders lauten Klirren auf dem Boden.

Stille.

Meine zerfetzten Gewänder rascheln, als ich herumfahre und über meine Schulter blicke.

Sein orangefarbener Overall leuchtet durch einen zarten weißen Nebel, der sich von den beiden neuen Löchern im Cockpit herabsenkt, wo die Kommandolautsprecher gewesen sein müssen. Einige hämmernde Herzschläge verstreichen. Er steht immer noch vor der Luke und rührt sich nicht von der Stelle. Als hätte er Angst zu glauben, was er da gerade gehört hat.

»He«, sage ich noch einmal.

Langsam dreht er sich um, und seine Ketten rasseln über den Overall. Seine Augen weiten sich über dem Maulkorb und seinem Halsband. Sie leuchten in dem durchscheinenden Dunst, als hätte er sein ganzes Leben lang in Schwarz-Weiß gelebt und würde jetzt zum ersten Mal Farbe sehen.

Mir entfährt ein Lachen. Ich wische mir das Blut von der Nase. »Überraschung.«

Er kommt in meine Richtung zurückgetaumelt, seine Schritte leichter als zuvor. Mein Grinsen schwindet. Die rohe Zärtlichkeit in seinem Blick schlägt mich in den Bann.

Es ist herzerweichend, bei einem Kerl wie ihm eine Gemütsregung zu sehen und zu spüren, die nicht irgendeiner Form von Zorn und Verärgerung entspringt. Ich muss mir in Erinnerung rufen, dass das hier dieselben rotglühenden, bösartigen Augen sind, die mich während unserer geistigen Verbindung voller Blutgier angestarrt haben. Er ist nicht unschuldig. Wurde nicht reingelegt. Nicht missverstanden. Das weiß ich mit Bestimmtheit. Ich habe die brennenden, schreienden Tiefen seines Wesens am eigenen Leib erfahren müssen.

Trotzdem kann ich nicht wegschauen.

Ohne recht zu wissen, warum ich das tue, strecke ich den Arm über die Rückenlehne meines Sitzes aus und halte ihm die Hand hin.

Als er nach ihr greift, spüre ich ein überraschendes Beben in seinen Knochen, das auf mich übergreift, summend tief in mich eindringt und in meinem Innersten Wurzeln schlägt.

Unsere Finger verschränken sich ineinander, viel sanfter als in dem Moment, wo jeder von uns versucht hat, den anderen zu töten.

# KAPITEL 13

# HUAXIAS GROSSE HOFFNUNG

»Tja«, sagt Sima Yi auf dem Bildschirm in dem weißen Videokonferenzraum, die Hände in die Hüften gestemmt. »Das ist eine interessante Entwicklung.«

Ein knirschendes Klicken ertönt, als nun am Rand meines Gesichtsfelds ein Soldat Li Shimins Maulkorb aufschließt. Er fällt ihm vom Gesicht und hinterlässt gerötete Druckspuren inmitten seines bemerkenswert dichten Bartwuchses, dichter als ich es bisher bei irgendeinem Han gesehen habe. Die Tätowierung, die ihn als Verbrecher kennzeichnet, erscheint auf seiner Wange: das Zeichen für »Gefangener«, 囚, ...

Ein Aufblitzen von Orange, und schon hat er den Soldaten an seinem Uniformkragen gepackt.

Ich zucke zusammen. Ein anderer Soldat stößt einen schrillen Warnruf aus und hebt die Pistole. Die Strategen auf dem Bildschirm legen lautstark Protest ein. Aber Li Shimin streckt lediglich seine andere Hand aus, eine fordernde Geste. Ein dritter Soldat drückt ihm hastig eine Metallflasche zwischen die Finger. Erst jetzt lässt Li Shimin den ersten Soldaten mit einem harten Stoß los. Er schraubt die Flasche auf und kippt den Inhalt hinunter, als wäre es das erste Süßwasser, das er nach Monaten der Dürre hätte auftreiben können.

Mit weit aufgerissenen Augen und hämmerndem Herzen verfolge ich das hypnotische Hüpfen seiner Kehle und das Arbeiten der Sehnen in seinem Hals, während der herabrinnende Alkohol glänzende Linien über seine Haut zieht, die in sein schweres Halsband aus Stahl sickern.

Die Freude über mein Überleben muss mich im Cockpit in eine Art Delirium versetzt haben – die Tatsache, dass wir beide es lebend da rausgeschafft haben, gibt wahrlich keinen Anlass zu jubeln. Es spielt keine Rolle, dass ich erneut das Undenkbare geschafft habe. Es war nicht gut genug.

Ich bin daran gescheitert, Li Shimin zu töten.

Jetzt wird es mindestens zwei Wochen dauern, bis ich in jener befreienden Welt, in der allein die Macht des eigenen Bewusstseins zählt, erneut gegen ihn kämpfen kann. Zwei Wochen lang werde ich in diesem nutzlosen sterblichen Körper gefangen sein, auf Gedeih und Verderb allem ausgeliefert, was die Armee mit mir anzustellen beschließt.

Sima Yi seufzt aus den Bildschirmlautsprechern, und sein schiefer Mund macht es schwer zu erkennen, ob er amüsiert oder verärgert ist. »Mach mal langsam, Shimin.«

Die Flüssigkeit schwappt in der Flasche hin und her, als Li Shimin sie endlich sinken lässt. Er hustet mehrmals heiser, atmet dazwischen tief durch und massiert sich das von Bartstoppeln überzogene Kinn. Seine Brust hebt und senkt sich heftig. Der durchdringende, zugleich schreckliche und vertraute Geruch von Alkohol liegt stechend in der Luft. Ich fahre zurück und lege mir schützend einen Arm über die Nase, während ich mit dem anderen meine zerrissenen Gewänder festhalte. Erinnerungen tauchen aus den Tiefen meines Bewusstseins auf. Erinnerungen an berstende Flaschen, deren glitzernde Scherben sich im Haus verteilen, während mein Großvater mit verwaschener Stimme Beleidigungen lallt. An das Klatschen seiner Hand, wenn sie das

Gesicht meiner Großmutter trifft. An meinen Vater, wie er draußen sitzt und lange Züge aus seiner Pfeife nimmt, außerstande, etwas gegen den Ältesten der Familie zu unternehmen. Die Schnitte in den Händen meiner Schwester, meiner Mutter und in meinen eigenen, nachdem wir gezwungen wurden, den Scherbenhaufen wegzuräumen.

Li Shimin fängt von der Seite her meinen Blick auf. Er fasst mich ins Auge und erstarrt, als hätte ich ihn dabei ertappt, wie er sich eine Wunde leckt. Linkisch schiebt er die Flasche an seine Seite, sodass ich sie nicht mehr sehen kann – eine Geste, die für mich so sinnlos wirkt, dass ich sein Tun in keiner Weise nachvollziehen kann.

Weitere finstere, unheimliche Blicke ziehen meine Aufmerksamkeit auf sich. Ich zucke zusammen und merke, dass die Soldaten sich in puncto Starren mit ihm zusammengetan haben und mich mit unbewegten, bleichen Gesichtern betrachten.

Das Gleiche tun die Strategen. Ihre Blicke sind auf mich gerichtet. Sie beobachten mich angestrengt. Als wäre ich ein gefährliches, unberechenbares Geschöpf, das sie mit knapper Not in die Enge haben treiben können. Ich lasse die Arme sinken, löse die geballten Fäuste und entspanne meine Brauen – ich habe sie wütend angestarrt.

Meine Aufmerksamkeit zieht sich auf mich selbst zurück, auf meine vor Kälte spröde gewordene Haut und auf den schmerzenden Körper aus Fleisch und Knochen, die sie umspannt. Die Qualen in meinen Füßen verraten mir, dass das hier kein Traum und keine Fantasie ist. Ich bin so lange isoliert gewesen, dass allmählich die Grenzen zwischen Möglichem und Unmöglichem verschwimmen, zwischen Normalem und Anormalem.

Aber nein. Einen Piloten der Prinzenklasse mit reiner Gedankenkraft zu töten, ist nicht normal. Li Shimin zu überleben, der den größten Geistdruck seit Qin Zheng höchstpersönlich hat, ist nicht normal.

Kein Wunder, dass sie mich so ansehen. Das ist ...

Zum Totlachen.

Obwohl mir der Puls immer noch in den Schläfen hämmert und in meinem Hals zuckt, muss ich einen Lachanfall unterdrücken. Ihr Unbehagen hat mich in ihren Augen zu etwas Größerem gemacht, als ich in Wirklichkeit bin. Auch wenn ich außerhalb einer Chrysalis so machtlos bin wie eh und je und sie keinen Grund haben, mich in diesem Moment zu fürchten, starren sie mich nun alle mit diesem köstlichen Ausdruck auf dem Gesicht an.

Es könnte mir womöglich tatsächlich zum Schutz dienen.

Ich lasse mich darauf ein, nutze meine Chance und bausche das Ganze noch ein wenig auf.

»Also, was ist passiert?« Ich grinse die Strategen spöttisch an, als hätte ich von Anfang an gewusst, was geschehen würde, und wollte mich jetzt über sie lustig machen. »Habt Ihr irgendeine Ahnung, warum ich noch am Leben bin?«

Die Strategen wechseln bedeutungsschwere Blicke.

»Pilot Li, habt Ihr während dieser Schlacht irgendetwas erlebt, das anders war als sonst?« Chefstratege Zhuge wedelt steif mit seinem Fächer.

Krass. Einfach nur »Pilot Li«. Er hat wirklich keine hochtrabenden Titel, nicht einmal in der Armee selbst.

Li Shimin räuspert sich, und seine Aufmerksamkeit geht zwischen mir und den Strategen hin und her. »Ihr Wesen war ... laut«, sagt er, und seine Stimme klingt eingerostet, weil er so lange keinen Gebrauch mehr von ihr gemacht hat. Wie seltsam, dass ich seine Stimme zuerst in seiner geistigen Innenwelt gehört habe und erst jetzt im wirklichen Leben. Die Silben hallen tief in seinem Brustkorb wider und lassen die Härchen zu Berge stehen, die wieder auf meinen Armen zu wachsen begonnen haben.

Er berichtet von seinen Erinnerungen, wie er in der Yin-Yang-Welt mit mir gekämpft hat. Offenbar ist er während einer Schlacht noch nie so sehr bei Bewusstsein gewesen. Was einiges besagt, schließlich hat er die ganze Zeit über versucht, mich umzubringen.

Gut, ich habe zuerst versucht, ihn umzubringen. Aber wer weiß, was passiert wäre, wenn ich es nicht getan hätte?

Während er spricht, irrt sein Blick immer wieder zu mir herüber, und seine Augen werden schmal und bohrend wie Dolche, bis er schließlich seinen eigenen Redefluss mit der Frage *»Wer ist sie?«* unterbricht.

»Hat man dir das nicht gesagt?« Sima Yi ergreift das Wort. »Sie ist Wu Zetian, das Mädchen, das Prinzoberst Yang getötet hat.«

Die Spannung zwischen Li Shimins Brauen löst sich unvermittelt. »Yang Guang ist tot?«

Sima Yi verzieht das Gesicht. »Wie hast du von einer so großen Beerdigung direkt in deinem Bereich der Mauer nichts mitbekommen können? Hält dich An Lushan, dieser Hundesohn, wieder einmal eingesperrt?«

Bei der Erwähnung von Yang Guangs Beerdigung geht mir ein Stich durch die Seele. Mir haben sie auch nichts davon gesagt. Ich muss mehr darüber in Erfahrung bringen – wie hat die breite Masse darauf reagiert? Wie haben sie auf *mich* reagiert?

»Eine Beerdigung?«, frage ich mit gespielter Beiläufigkeit. »Haben die Trauergäste gewusst, dass er gestorben ist wie ein Mädchen?«

Erneut werde ich mit einem kollektiven Blick der Bestürzung bedacht.

»Was, um Himmels willen, stimmt nicht mit dir?«, ruft

Sima Yi und lässt den Arm durch die Luft peitschen. »Ist dir nicht klar, was du getan hast? Du hast einen Menschen getötet! Du hast ein Leben beendet! Du hast Eltern ihren Sohn genommen!«

Mein Grinsen erstarrt. Nicht weil ich auch nur einen winzigen Hauch von Bedauern verspüre, sondern weil mein Zorn so schnell übergekocht ist, dass ich alles in mir anspannen muss, um ihn im Zaum zu halten.

»Ja«, sage ich mit aus den Höhlen hervortretenden Augen. »Das ist mir absolut bewusst.«

»Du ...« Auf seinem Gesicht bilden sich rote Flecken.

Ich könnte ihm Kontra geben und darauf hinweisen, dass in den Chrysaliden ständig die Töchter irgendwelcher Menschen sterben, aber ich will keinerlei Anstrengung zu meiner Rechtfertigung aufwenden. Ich weiß, dass sein Ausbruch mehr mit seinem Unbehagen in Bezug auf mich zu tun hat als mit irgendeiner Form von Mitgefühl. Bei unserem ersten Gespräch direkt nach Yang Guangs Tod war er alles andere als am Boden zerstört. Nein, er will versuchen, sich in meine Gedanken einzuschleichen und mich an die Ketten seiner Moralbegriffe zu legen, damit ihn meine Existenz nicht mehr so sehr mit Unbehagen erfüllt.

Pech gehabt. Ich bin genau die Art Mädchen mit eiskaltem Blut und verkommenem Herzen, wie er es von mir befürchtet. Und das geht für mich in Ordnung so.

Möge er auch weiterhin beunruhigt sein.

Er sieht aus, als wollte er mich noch weiter anschreien, aber Chefstratege Zhuge bringt ihn mit einem müden Wedeln seines Fächers zum Schweigen. »Wir sollten nicht allzu sehr von unserem gegenwärtigen Thema abschweifen, ja?«

Während Sima Yi vor sich hin schäumt, versucht Chefstratege Zhuge erneut, aus mir und Li Shimin Informationen herauszukitzeln. Ich antworte nur widerwillig.

Beide erinnern wir uns nicht an den Höhepunkt der Schlacht. Nachdem wir nur mit Verwirrung auf seine Erwähnung unserer »seltsamen Transformation« reagiert haben, zeigt Chefstratege Zhuge uns ein Video.

Der Mitschnitt öffnet sich in einer Ecke des Großbildschirms. Ich sehe Teilaufnahmen des in Nebel getauchten Zinnoberroten Vogels. Der Vogel wirft den Kopf in den Nacken, lädt den Schnabel mit rosa Qi – es muss eine Mischung aus meinem Metallweiß und Li Shimins Feuerrot sein – und speit ihn dann einem Hundun als dicken Strahl entgegen. Der Hundun stolpert in den Nebel davon, die Hälfte seines Körpers weggerissen. Aber statt zum nächsten Feind weiterzugehen, wankt der Vogel blind auf seinen Krallen hin und her und flattert unkoordiniert mit den Flügeln. Er schüttelt heftig den Kopf und schleudert etwas Schwarzes davon.

»Das sind übrigens die Lautsprecher.« Sima Yi deutet auf das Video. »Sprecher, die zu montieren Ingenieure hart gearbeitet haben.«

Ehe ich mit Nachdruck eine Entschuldigung verweigern kann, zersprengt ein leuchtend weißer Strahl die aufgeplusterte Federgestalt des Vogels. Geistmetall bricht hervor und dehnt sich in ruckartigen Stößen aus, nur dass der Vogel dadurch nicht menschenähnlicher wird, wie es bei höheren Transformationsstufen eigentlich der Fall sein sollte. Es gelingt ihm nicht, eine spezielle Gestalt anzunehmen. Sein Körper bläht sich auf wie ein rotes Geschwür, das metallweißen Eiter ausspeit. Auch etwas Erdgelbes tritt hervor, trägt aber nicht dazu bei, die Transformation zu stabilisieren. Der Vogel wird zu einem krank wirkenden Wesen, so formlos wie ein Hundun. Seine Flügel zerfallen und verschmelzen mit dem klobigen Leib. Seine Krallen schwellen zu dicken Stümpfen an.

Ich schlage die Hand vor den Mund.

Als das geschehen ist, war ich definitiv nicht bei Bewusstsein.

»Es gibt offensichtlich zwei Arten von wandelndem Qi, die hier am Werk sind.« Chefstratege Zhuge streicht sich mit dem Fächer über den langen, dünnen Bart. »Wir zögern jedoch, es als eine echte Transformation dritten Grades zu bezeichnen.«

»Ja, es hatte nichts von einer Heroenform an sich.« Sima Yi rollt die Augen. »Es ist mehr wie eine ... Schurkenform.«

»Jeder männliche Pilot, der sich mit einer Chrysalis verbindet, läuft Gefahr, seinen klaren Verstand an sie zu verlieren«, ergänzt Chefstratege Zhuge. »Die Anwesenheit der Pilotin in der Chrysalis soll dazu dienen, sein Unterbewusstsein zu beruhigen und ihn bei Vernunft zu halten. Doch Ihr zwei – Ihr habt beide jede Fähigkeit zu rationalem Denken verloren.«

»Und ich möchte doch wirklich nur zu gern wissen, woran das wohl liegen mag!« Sima Yi wirft mir einen bösen Blick zu.

Das Video endet damit, dass der Vogel direkt auf die Kameradrohne zugeschossen kommt, das eine Auge rot, das andere weiß.

Ich hebe den Kopf, und es knackt in meinem Nacken. »Und was bedeutet das? Sind wir eine ebenbürtige Partie?«

»Nein«, erklärt Chefstratege Zhuge. »Das ist das Einzige, was wir mit Sicherheit wissen. Nach den Daten zu urteilen, die der Zinnoberrote Vogel übermittelt hat, haben Eure Herzen nicht im Einklang miteinander geschlagen.«

»Wie kommt es dann, dass wir beide den Vogel zur selben Zeit verwandelt haben?«

»Genau das ist die große Frage, nicht?« Sima Yi wirft einen Blick zu Zhuge hinüber, der noch heftiger mit seinem Fächer wedelt.

»Unsere vorläufige Hypothese besteht darin, dass Ihr beide eine sehr, sehr seltene Art von überanpassungsfähigem Geist besitzt«, erklärt Chefstratege Zhuge. »Ihr konntet Euren Geistdruck aneinander anpassen, egal wie hoch er auch jeweils war, aber mit der Folge, dass keiner von Euch eine klare Dominanz erlangen und das Kommando ganz an sich reißen konnte, sodass sich Eure Chrysalis unter den gleich starken, aber untereinander nicht abgestimmten Signalen verformt hat.«

»Gleich stark – bedeutet das, dass mein Geistdruck zehntausend erreicht hat?« Ich starre ihn mit offenem Mund an. Das Ganze in fassbare Zahlen zu übersetzen, bedeutet irgendwie einen neuen Schock für mich.

»Versucht es mit achtzehntausend«, erwidert Sima Yi, und es klingt wie eine Anklage. »Das ist das kurzzeitige Maximum, das wir bei euch beiden haben messen können.«

Ein kalter Schauder läuft mir über den Rücken und lässt meine Schultern erbeben. Verstohlen werfen die Soldaten einander verdutzte Blicke zu. Selbst Li Shimins Kopf geht ruckartig nach oben.

Ich atme durch den Mund ein und aus und versuche, die Zahl zu verarbeiten. Sie ist so groß, dass sie mir beinahe sinnlos vorkommt. Achtzehntausend, wo der Durchschnitt bei vierundachtzig liegt.

»Wie?« Ich schüttele geistesabwesend den Kopf.

Etwas leuchtet in Zhuges Augen auf. »Auch wenn Ihr zwei Euch nicht als ebenbürtige Partie erwiesen habt, seid Ihr wahrhaft ein außergewöhnliches Paar. Wenn Ihr eine stabile Verbindung aufbauen könntet, vermag das die Dynamik des ganzen Krieges zu verändern. Ihr könntet wirklich über die Macht verfügen, die Provinz Zhou zu befreien. Der Hundun der Kaiserklasse, der das Reproduktionsnest im Kunlungebirge verteidigt, ist ein Metalltyp. Angesichts der Tatsache, dass Metall gegenüber Feuer nur schwach ist, wäre eine echte Heroenform im Zinnoberroten Vogel Huaxias große Hoffnung, ihn zu besiegen. Es scheint mir, als gäbe es in Eurem Zusammenwirken noch reichlich Raum für Verbesserungen, was hervorragend ist. Könntet Ihr in Eurer nächsten Schlacht vielleicht versuchen, einander nicht mehr derart feindselig zu begegnen?«

Ein Mittelding zwischen einem verächtlichen Schnauben und einem spöttischen Lachen entringt sich mir.

Ich. Li Shimin. Eine Attentäterin. Ein Mörder. *Huaxias große Hoffnung. Nicht mehr derart feindselig.*

»Und was würdet Ihr mir dafür geben, wenn ich es versuche?«, schnurre ich. »Mindestens jedes Privileg, das ein nicht krimineller Kerl mit meinem Geistdruck bekommen würde, nicht?«

Sima Yi gibt einen Laut der Entrüstung von sich. »Kleine, du bist hier nicht in der Position, Forderungen zu stellen. Du solltest deinen Ahnen dafür danken, dass wir dich überhaupt am Leben lassen.«

Ich starre ihn eine ganze Weile an.

Dann trotte ich zu dem nächststehenden Soldaten hinüber.

»He!« Der Soldat hebt seine Pistole.

Ich bleibe nicht stehen. Ich blinzele nicht.

Nicht, als das Adrenalin durch mich hindurchwogt und meine Nerven singen lässt wie Hundunsirenen; nicht, als nun hektische Bewegung in die anderen Soldaten kommt; nicht, als die Finger des Ersten den Abzug berühren.

Ich stoße meinen Schädel direkt gegen den Lauf.

Gedämpfte Schreie dröhnen durch das Brüllen des Blutes in meinen Ohren: Sima Yi stößt Flüche aus, Chefstratege Zhuge ruft: »Nicht schießen!«

»Nur zu«, sage ich, kalt wie das metallene Rund, das sich

mir in die Stirn brennt. Ich sehe den Lauf doppelt vor Augen. Mein Puls schlägt mir bis in die Kehle und hämmert so heftig und schnell, dass ich meine eigene Stimme kaum hören kann. Ich könnte jetzt sterben. Mit einem einzigen Zucken des Fingers dieses Soldaten könnte ich jetzt tatsächlich sterben. Peng, und dann nichts mehr.

Aber wenn ich mich nicht von dieser Angst löse, werden sie mich mit ihr züchtigen, mit ihr würgen, mich mit ihr versklaven.

Welchen Sinn hätte es dann, noch länger hierzubleiben?

Mich überkommt regelrechte Enttäuschung, als der Finger des Soldaten vom Abzug gleitet. In dem Moment, wo sich das kalte Rund von meiner Stirn löst, packt mich eine Anwandlung von Wahnsinn, lässt mich mit beiden Händen nach der Waffe greifen und sie zu mir zurückzerren. Ihr abweisendes Metall, eiskalt in meinen Händen, wird zum einzig Festen im hektischen Strom meiner Gedanken und Gefühle. Die Mündung zittert in meinem Gesichtsfeld, ein klaffendes schwarzes Loch, das mich verschlucken und meinem Leben ein Ende setzen könnte.

»Ihr glaubt, das macht mir Angst?«, frage ich unglaublich ruhig, wo ich doch innerlich am Durchdrehen bin, meine Nerven zum Zerreißen gespannt. »Meint Ihr, ich wäre jemals gern am Leben gewesen? Nur zu. Tut mir den Gefallen.«

Die anderen Soldaten reißen mich weg. Nach einem kurzen Kampf drückt einer von ihnen meine Arme fest hinter meinen Rücken. Aber ich gehe davon aus, meine Sicht der Dinge klargemacht zu haben. Aus dem Augenwinkel bemerke ich Li Shimins verblüffte Miene und unterdrücke ein zufriedenes Grinsen. Es ist ein gutes Gefühl, einen Kerl aus dem Konzept zu bringen, der über solche Fähigkeiten verfügt wie er.

»Wenn Ihr etwas von mir wollt, solltet Ihr mir besser zahlen, was mir zusteht!«, brülle ich die Strategen mit schräg in den Nacken geworfenem Kopf an. Das wirre Gestrüpp meines Haares fällt mir über die Wangen und die Kehle.

»Gespielin Wu ...«, sagt Chefstratege Zhuge, sehr viel behutsamer als zuvor. »Es ist ja nicht so, dass wir Euch irgendetwas vorenthalten wollten. Es geht darum, dass die ganze Situation bedenklicher ist, als Ihr glaubt. Um die Wahrheit zu sagen, unter uns Strategen herrscht große Uneinigkeit darüber, wie wir mit Euch verfahren sollen.«

»Ja, nicht wir sind es, die deinen Tod wünschen, du durchgeknalltes, dummes Weib!«, stößt Sima Yi hervor und klingt, als bliebe ihm die Luft weg.

»Erklärt mir das«, verlange ich.

Chefstratege Zhuge seufzt. »Ehrlich gesagt, es hat gewisse Gerüchte gegeben, die behaupten, Ihr wäret ein ... wie soll ich es ausdrücken ... ein Fuchsgeist. Der Geist eines echten Neunschwänzigen Fuchses, der Besitz von dem Körper eines schönen Mädchens ergriffen hat, um Männer zu verschlingen.«

*Wie bitte?*

Fast wäre ich in Gelächter ausgebrochen. Aber nach dem angespannten Gesichtsausdruck der Strategen zu urteilen, haben selbst diese gebildeten Köpfe – die wissen sollten, dass Geister derlei Dinge nur in Legenden tun und dass Neunschwänzige Füchse ganz normale Tiere sind – Schwierigkeiten damit, den Gedanken rundheraus abzutun.

»Aha?«, sage ich daher nur. »Was bringt sie auf diese Idee?«

Sima Yi wirft mir einen bösen Blick zu. »Erinnerst du dich daran, wie du dich aufgeführt hast, als du aus dem Fuchs gekommen bist?«

Vor meinem inneren Auge erscheint ein Bild von mir, wie ich den toten Yang Guang vor meine Füße fallenlasse und ein irres Lachen ausstoße. »Oh. Haben die Weisen nicht angeordnet, diese Aufnahmen zu löschen?«

»Doch, aber zu viele Leute haben die Liveübertragung verfolgt! Der Himmel weiß, warum sie so früh am Morgen schon auf waren, aber bis zum Vormittag hatten sich die Gerüchte bereits überall verbreitet. Der Versuch, die Aufnahmen verschwinden zu lassen, hat alles nur noch schlimmer gemacht. *Aiya*, warum ist ausgerechnet *das* dein erster Impuls gewesen, nachdem du einen Piloten tot vorgefunden hast?«

Ich zucke die Achseln. »Tut mir leid, die Geschehnisse des Augenblicks haben mich einfach mitgerissen. So was kommt vor.«

Sima Yis Gesicht wird so finster, als wollte er mir gleich die Arme abreißen. »Hör mir mal zu, gar nicht so kleines Mädchen: Deine Existenz lässt die Menschen an der Redlichkeit der Armee zweifeln. In deinem Kopf stimmt irgendetwas nicht, und das können alle sehen. Du bist nur deshalb noch am Leben, weil Chefstratege Zhuge und ich willens sind, das große Ganze zu sehen und dein Potenzial nicht zu verschwenden. Wobei ich es allmählich wirklich bereue. Wenn du also irgendwelche Privilegien beanspruchen willst, solltest du besser beweisen, dass du gut mit Shimin zusammenarbeiten kannst!«

Sein Tonfall mag unfreundlich und gemein sein, aber innerlich klammere ich mich an der Bestätigung fest, dass die Privilegien echter Piloten für mich tatsächlich im Bereich des Möglichen liegen. Endlich mal ein Fortschritt.

»Und was genau würde das alles umfassen?« Ich blinzele. »Was müsste ich vor der nächsten Schlacht tun?«

»Nun ja«, sagt Chefstratege Zhuge. »Wir verhandeln mit den Strategen von Sui und Tang immer noch über die Gestaltung der Ausbildung. Aber zumindest ...« Er strahlt Li Shimin an. »... werdet Ihr eine Mitbewohnerin bekommen, Pilot Li.«

Mein Magen zieht sich eisig zusammen. »Ich ... ich komme nicht in die Gefängniszelle zurück?«

»Natürlich nicht. Wir hoffen, dass Ihr beide doch noch so etwas wie Mann und Frau werden könnt. Ein verantwortungsbewusster Ehemann bestraft seine Frau, wenn sie fehltritt, und eine edelmütige Ehefrau geleitet ihren Mann auf den rechten Pfad zurück, wenn er auf Abwege gerät. Das ist die natürliche, ausgleichende Ordnung der Welt. Pilot Li, Gespielin Wu, wir glauben, dass Ihr beide zusammen etwas Besseres zu sein vermögt.«

Nun gelingt es mir endgültig nicht mehr, mein Lachen zurückzuhalten.

Chefstratege Zhuge legt verwirrt die Stirn in Falten.

Oha. Er meint es todernst.

Panik durchfährt mich. Meine Aufmerksamkeit geht zu Li Shimin hinüber, der gerade einen weiteren Schluck aus der Flasche nimmt.

Sie wollen, dass ich mit diesem Mörder zusammenlebe. Mit diesem verurteilten Mörder, der, solange er nüchtern ist, einen Maulkorb und ein Halsband tragen und mit vorgehaltener Waffe zur Kooperation gezwungen werden muss.

Wie, bei allen Himmeln, wird er erst sein, wenn er unter Alkoholeinfluss steht?

## KAPITEL 14

# DIE LÜGEN JUNGER MÄNNER

Der konzentrierte Dunst von Getreideschnaps schlägt mir ins Gesicht, als die Soldaten die schwere Stahltür zu Li Shimins Räumlichkeiten aufstemmen. Ich taumele in den unterirdischen Gang zurück, in dem nur matte Nachtlichter brennen, aber ein Soldat packt mich am Arm.

Ein anderer streckt die Hand durch die Tür und legt einen Lichtschalter um. Flackernd erwacht an der Decke eine schmuddelige, von einem Gitter umfasste Glühbirne zum Leben und erhellt einen Raum, der anders als alles ist, was ich als Behausung des fähigsten Piloten in Huaxia erwartet hätte – nichts als ein winziger Betonbunker.

Ich wusste, dass es keine luxuriöse Dachwohnung wie die von Yang Guang sein würde, als der Aufzug nach unten fuhr statt nach oben, aber das hier ist mehr oder weniger eine Gefängniszelle mit ein paar Möbelstücken darin. Li Shimin kommt durch eine schmale Öffnung zwischen dem Bett und der Betonwand hereingetaumelt und stützt sich dabei mit der Hand an der Wand ab, durch den Alkohol in seinem Blut nun so wacklig auf den Beinen wie ein Mädchen. Seine Körperausmaße sind nicht für diesen Ort geschaffen; sein kurzes zerzaustes Haar streift beinahe das Gitter der Glühbirne unter der Decke.

In der Ecke steht auf dem Boden eine säuberlich aufgereihte Ansammlung von Flaschen wie der, die er in der Hand hält, und ich habe die Soldaten sie bisher mindestens viermal für ihn nachfüllen sehen. Sie wollen ihm offensichtlich keine Glasflaschen anvertrauen, weil sie befürchten, dass er damit nicht geringen Schaden anrichten könnte. Allerdings habe ich keinen blassen Schimmer, warum sie überhaupt den Aufwand betreiben, ihm Alkohol zu trinken zu geben.

Na ja, was den heutigen Abend anbelangt, weiß ich, warum.

Schmerz durchzuckt meinen Arm, als ihn der Soldat nun noch grober packt und mich in den Bunker schleudert.

Gerade als Li Shimin sich umdreht, trifft mich ein weiterer Stoß in den Rücken, sodass ich nach vorn taumele und ihm gegen die Brust knalle. Der Schnaps schwappt aus der Flasche in seiner Hand. Ich verkrampfe mich, als ich die erstaunliche Festigkeit seiner Muskeln spüre, es läuft mir glühend heiß über die Wangen, und meine Hände krallen sich in den groben Stoff seines Overalls.

Die Soldaten brechen in gackerndes Gelächter aus und johlen wie kleine Kinder.

Auch wenn die Röte in meinem Gesicht mir selbst noch die Ohren glühen lässt, widerstehe ich dem Impuls, von Li Shimin wegzustolpern. Denn genau das ist es, was sie sehen wollen. Dass ich kopfscheu und panisch werde. Ein Zustand für ein weibliches Wesen, der in ihr Bild passt, der sie beruhigt und erfreut.

Die Tür kracht zu und dämpft ihr Gejohle. Das Quietschen und Klirren, als sie die Tür von außen verriegeln, hallt in meinem Brustkorb wider wie Hammerschläge.

Ich höre auf zu atmen.

Li Shimin hat keine Konkubinenprivilegien. Wo immer die Mädchen hergekommen sind, die man ihm geopfert hat, er hat sich nie an ihren körperlichen Vorzügen erfreuen dürfen.

Ich bin das erste Mädchen, das er seit zwei Jahren außerhalb des Schlachtfelds gesehen hat.

Seine Muskeln bleiben unter meiner Hand hart und fest, fiebrig heiß vom Alkohol. Sein Herz hämmert wie ein gefangenes Geschöpf, das sich aus seinem Gefängnis freikämpfen will. Meine Atemzüge beschleunigen sich zu kurzen, hechelnden Stößen, mit denen ich meine Bauchmuskeln anspanne, um meinen Magen unter Kontrolle zu halten.

Ich gebe mich keinerlei Illusionen hin, ihm Widerstand leisten zu können. Ich werde es gar nicht erst versuchen. Es würde ihn nur wissen lassen, dass all meine Willensstärke gegenüber seiner geballten Kraft machtlos ist. Es gibt keine Möglichkeit, meine Würde zu bewahren, außer mich so aufzuführen, als wäre er gar nicht in der Lage, sie mir zu rauben, ganz gleich, was er mit mir anstellt.

Und ist es letztendlich nicht genau das, was alle Würde ausmacht? Welche Grenzen man sich setzt und welche Werte man für sich wählt? Ich weiß, was für mich am wichtigsten ist, und es hat nichts mit irgendeinem Anschein von »Reinheit« zu tun. Ich werde mich nicht kleinmachen und zu einem traurigen Geschöpf der Angst zusammenschrumpfen, das lebt, um Li Shimin zu Gefallen zu sein, in der Hoffnung, in seinen Augen Gnade zu finden.

Trotz all der Angst, die mich peinigt, hebe ich den Kopf.

Es kostet mich meine ganze Selbstdisziplin, angesichts der schwarzen Intensität seiner Augen nicht zusammenzufahren – sie sind wie die Punkte, die sich einem ins Gesichtsfeld eingebrannt haben, wenn man direkt in die Sonne gestarrt hat. Das schummrige Licht der Glühbirne in ihrem Gitterkäfig über seinem Kopf wirft tiefe Schatten unter alle hervortretenden Konturen seines Gesichts. Meine Konzentration verlegt sich kurz auf die schauerliche Tätowierung mit dem Zeichen des »Gefangenen« auf seiner Wange, aber dann reiße ich den Blick wieder zu seinen Augen hoch. Ich schaue kühl und abweisend in sie hinein und übermittle eine stumme Drohung, dass er sich nicht immer vor mir wird in Acht nehmen können.

Die Glühbirne in ihrer Käfiglampe knistert über uns. Er bewegt die Arme.

Ich spanne meine Muskeln an.

Aber seine Hände greifen nicht nach mir. Stattdessen wirft er seine Flasche aufs Bett. Dann dreht er sich langsam um und setzt sich hin. Seine Kettenleine fällt klirrend auf seinen Schoß. Die Schatten lösen sich von seinem Gesicht und lassen einen fast schon verlegenen Ausdruck erkennen.

Er hebt abwehrend die Hände.

Meine Brauen zucken perplex in die Höhe.

»Hör zu«, sagt er, und die Hitze in ihm lässt die einzelnen Silben schmelzen und verschwimmen. »Ich werde dich nicht ... ich werde dich nicht dazu zwingen, irgendetwas zu tun, was du nicht willst. Ich weiß, das hier«, er wirft einen Seitenblick zu den Flaschen in der Ecke hin, »das alles hier sieht schlimm aus, wirklich schlimm, und du wirst mir nicht glauben, aber ich werde dir nichts antun. Du hast mein Wort darauf.« Er bekommt einen Schluckauf, dann drückt er sich die Rückseite seiner Hand auf den Mund. »Entschuldige.«

Ein Gefühl von Verkehrtheit kriecht an meiner Haut hinauf wie Hunduns der einfachen Klasse. Da stimmt doch etwas nicht.

Das hier kann nicht der Junge sein, dessen ganzes Wesen aus Feuer und Schwertern besteht. Ich war dort drin, in ihm – er weiß es! Ich bin der erste Mensch gewesen, der dies überlebt hat, um von seiner Innenwelt berichten zu können!

Er war dabei, als ich es den Strategen beschrieben habe! Wie kann er also glauben, mich täuschen zu können?

»Ich habe ... einen Ersatzoverall.« Er spricht weiter, als stünde ich mit vorgehaltener Waffe vor ihm, auch wenn er sich nie so benommen hat, als die Gewehre der Soldaten tatsächlich auf ihn gerichtet waren. Er öffnet eine Metallschublade unter seinem Bett, während er weiterhin eine Hand hebt. Dann angelt er ein neonorange gefärbtes Häufchen aus der Kiste und hält es mir hin.

Die grelle Farbe des Stoffs sticht mir in die Augen, er leuchtet eigentlich zu sehr, um wirklich zu sein.

»Du kannst ... dich im Bad umziehen.« Er zeigt auf eine rechteckige Metallnische hinter dem Fußende des Bettes. »Unter dem Waschbecken findest du auch noch einige andere Dinge, die dir vielleicht hilfreich sein könnten.«

Mein Herz flattert.

Ein Ort, an dem ich ein wenig allein sein kann. Ja. Bitte.

Ich schnappe mir den Overall und stürze, so schnell ich kann, in das kleine Bad, eine Hand an der Wand abgestützt.

Ich gönne meinen Füßen ein dringend benötigtes Bad in einem Blecheimer. In dem Schrank unter dem Waschbecken habe ich ein Bündel Heilkräuter gefunden und einen Teil davon hineingegeben. Das eiskalte Wasser aus dem Hahn ist wahrscheinlich nicht gerade das Beste für meinen Qi-Fluss, aber heißes Wasser ist für mich ohnehin zu einem fernen Traum geworden. Ich weiß gar nicht mehr so recht, was für ein Gefühl das ist – ob es etwas derart Angenehmes und Entspannendes überhaupt je gegeben hat.

Nach allem, was passiert ist, fällt es mir schwer, nicht den Kontakt zur Wirklichkeit zu verlieren. Ich begutachte meine vor Kälte tauben Hände, wie sie durch meine leicht geöffneten Beine hindurch meine Fußbandagen schrubben, und vergesse dabei immer wieder, dass ich selbst es bin, von der diese Bewegungen ausgehen. Die Wassertropfen lassen hypnotisierende Wellen über die Oberfläche des Eimers kräuseln und die Kräuter auf und ab schwappen. Der Stoff meiner Bandagen ist von getrocknetem Blut und verdächtigem gelbem Eiter verdreckt. Ich habe eigentlich vorgehabt, meine abgelegten, nicht mehr gebrauchten Kleider zu neuen Bandagen zu zerreißen und diese dann so lange zu verwenden, bis die alten Bandagen getrocknet sind, aber zu meiner Überraschung befinden sich auch frische Bandagen in dem Schrank. Und Beutel voller Holzasche, wie man sie benutzt, um Monatsblutungen aufzusaugen.

Ich habe keine Ahnung, warum Li Shimin solche Dinge besitzt, wo er doch nie Konkubinenprivilegien gehabt hat. Vielleicht stammen sie von einem Mädchen, das früher einmal in diesem Raum gefangen gehalten worden ist.

Sie muss jetzt tot sein.

So wie ich schon seit dreizehn Tagen hätte tot sein sollen.

Ich schrubbe, bis meine Finger wund werden und Blasen bekommen, doch nicht einmal das kann mich ganz davon überzeugen, dass ich noch immer am Leben bin. Dass ich das alles überlebt habe. Dass ich nicht in der Dunkelheit meiner ursprünglichen Zelle liege und nun vollständig und für immer den Verstand verloren habe.

Dass Li Shimin versprochen hat, mir nichts anzutun. Und das, wo ihn die Armee mehr oder weniger als Waffe eingesetzt hat, um meinen Widerstand zu brechen und mir ins Bewusstsein zu rufen, dass ich geboren wurde, um zu gefallen und zu dienen, und nicht, um zu morden und zu trotzen.

Ich kann es nicht verstehen.

Wenn er zur Selbstbeherrschung fähig wäre, dann wäre er kein Trinker und Mörder. Warum also verhält er sich so? Welches Spiel versucht er zu spielen?

Ich hätte gute Lust, im Badezimmer zu bleiben, bis die Hunduns irgendwie durch die Mauer brechen und uns alle zu Brei zerquetschen, aber schließlich ertönt ein markantes Klopfen an der Tür.

»Alles mit dir da drin ... in Ordnung?«, dringt Li Shimins gedämpfte Stimme herein.

»Alles gut.« Statt mir mit den Fingern durchs Haar zu fahren, kralle ich sie mir nun in die Brust.

»Nun ja, ähm. In zehn Minuten geht das Licht aus. Dann wird es dunkel. Richtig dunkel. Ist schwer, sich hier zurechtzufinden. Ich fand, das solltest du wissen.«

»In Ordnung. Gut.«

Sieht so aus, als bliebe mir nichts anderes übrig, als mein Fußbad zu beenden und den Raum zu verlassen.

Als ich durch die Tür trete, meine Füße frisch umwickelt, rutscht Li Shimin mit einer unbeholfenen Bewegung von der Bettkante. Dabei hält er mit beiden Händen eine Flasche umklammert.

Wir starren einander durch den schmalen Raum hindurch an.

»Du kannst ...« Er deutet auf das Bett, und sein Blick driftet sofort wieder von mir weg und folgt seiner Handbewegung. »Ich schlafe auf dem Boden.«

Unbehagen schnürt mir die Kehle zu. Ich kann das Gefühl nicht abschütteln, dass das Ganze eine Falle ist.

»Nein, schon gut.« Ich achte darauf, meine Stimme ausdruckslos zu halten. »Ich habe überhaupt noch nie in einem richtigen Bett geschlafen. Ich nehme den Boden.«

Er öffnet überrascht den Mund. Dann verhärtet ein strenger Gesichtsausdruck seine Züge. »Das kann ich nicht zulassen.«

Von irgendwo tief in mir drinnen überkommt mich instinktiver Zorn. »Du hast kein Recht, irgendwelche Entscheidungen für mich zu treffen.«

»Nein. Ich entscheide das für mich selbst.« Er bückt sich, um ausnahmslos jede der herumstehenden Flaschen in eine Schublade unter dem Bett zu werfen, dann lehnt er sich mit dem Rücken an die Wand und lässt sich auf den Betonboden sinken. Seine Schultern zwischen dem Bettgestell und der Wand des Bunkers zusammengequetscht, passt er gerade so in den schmalen Spalt hinein.

Vor Zorn beiße ich mir in die Innenseite der Wange. Ich fühle mich versucht, von ihm zu verlangen, dass er wieder ins Bett steigt. Aber als die Worte schon im Begriff sind, über meine Lippen zu dringen, lässt mich das Argument, das ich vorbringen will, innehalten, und ich überlege mir die Sache noch mal. *Sei nicht albern. Das hier ist schließlich dein Zimmer,* hätte ich fast zu ihm gesagt. Aber das ist es ja gar nicht. Es ist jetzt auch mein Zimmer. Warum also sollte ich darauf bestehen, dass von uns zweien ich es bin, die es unbequem hat?

»In Ordnung. Ganz wie du willst.« Ich krieche auf die Matratze. Ich bedanke mich nicht bei ihm. Damit würde ich ihm gegenüber anerkennen, dass er mir in irgendeiner Form einen Gefallen tut. Wenn sein Plan sicherstellen soll, dass ich mich ihm für etwas, worum ich nie gebeten habe, emotional verpflichtet fühle, wird er seine Lektion sehr schnell lernen.

Sein Ersatzoverall schränkt meine Bewegungsfreiheit ein wie reiche Leute ihre prunkvollen Kleider – wenngleich ich bezweifele, dass reiche Leute je in der Todeszelle landen würden. Jetzt weiß ich, wie sich Yizhi fühlt, wenn er versucht, in seinen pompösen maßgeschneiderten Gewändern irgendetwas Praktisches zu machen.

Bei dem Gedanken an ihn fährt mir ein Stich durchs Herz. Meine Finger spreizen sich auf dem Bett wie Spinnenbeine. Ob er sich wohl die Schlacht heute angesehen hat? Hat er gewusst, dass sie mich für den Zinnoberroten Vogel auserkoren haben? Die Strategen haben all meine Versuche durchkreuzt, in Erfahrung zu bringen, was man dem Volk über mich berichtet hat.

Während ich langsam ruhiger werde und die Beine übereinanderschlage, bemerke ich, dass Li Shimin aufmerksam seine Flasche anstarrt, während sein Blick darüberfährt. Seine Finger gleiten über das Metall.

Ich runzele die Stirn. »Was machst du da?«

»Ich le … …se«, sagt er und verzieht mitten im Satz das Gesicht, als würde er plötzlich begreifen, wie absurd es klingt, was er da sagt.

»Aber …« Ich beuge mich zu ihm hin, um mir die Flasche genauer anzusehen. Ich kann kein einziges Schriftzeichen darauf entdecken.

»Ich … ähm … habe früher die vier großen Klassiker besessen«, erklärt er. »Du weißt schon. *Gesetzlose der Hundunwildnis. Der Traum vom Roten Wachturm. Romanze der drei Provinzen. Reise zur Festung des Westens.* Ich habe sie so viele Male gelesen, dass ich sie auswendig kenne. Wenn ich es mir nur intensiv genug vorstelle und so tue, als hätte ich die Bücher vor Augen, kann ich sie alle noch einmal lesen.«

Alles klar. Li Shimin ist vermutlich einfach komplett durchgeknallt.

Seine Worte geben mir so viel zu denken, dass ich nur mit den Wimpern klimpere und sage: »Du kannst ganze Bücher lesen?«

Die Schrift der Han besteht aus Tausenden von komplizierten Schriftzeichen, jedes wie eine eigene Zeichnung. Nur gebildete Menschen wie Yizhi können lesen und schreiben, von gelegentlichen einfachen Mitteilungen einmal abgesehen.

Li Shimin hebt den Kopf und sieht mich müde an. »Ja. Ich

bin zur Schule gegangen. Das darf man, wenn das Rongdi-Blut von der mütterlichen Seite stammt und nicht von der des Vaters.«

»War sie Tujue oder Xianbei oder Qiang?« Ich kneife forschend die Augen zusammen, doch es gelingt mir nicht, seine Herkunft allein aufgrund seines Aussehens herauszufinden.

Sofort verlieren seine Augen ihren müden Ausdruck. »Du kennst tatsächlich die unterschiedlichen Stämme?«

»Ich bin ein Kind der Grenze.« Ich zucke die Achseln. »In meinem Dorf gibt es jede Menge Rongdi. Sie mögen es nicht, wenn man sie dem falschen Stamm zuordnet. Normalerweise kann ich es am Namen oder an der Kleidung erkennen, aber ... nun ja.«

Er stößt ein anerkennendes Schnauben aus, hebt das Kinn, und es ist ihm anzusehen, wie er förmlich aufblüht. »Ich bin ein Xianbei. Aber ich weiß nichts über die Sitten und Gebräuche dieses Stammes und spreche die Sprache kaum. Mutter ist gestorben, als ich noch klein war.« Er begutachtet die Narben auf seinem muskulösen Arm. »Schade, dass sie mir nicht mehr hat beibringen können.«

Mir schwirrt der Kopf, denn ich kann das Bild des unbezwingbaren Albtraums »Li Shimin, der Eiserne Dämon« einfach nicht mit diesem Jungen zusammenbringen, der sich unbehaglich zwischen Bett und Wand zwängt, während er über seine Mutter spricht.

Es stimmt, dass die fähigsten Piloten oft die am wenigsten erwartete Herkunft haben. Es lässt sich unmöglich voraussagen, wo der nächste erstaunliche Geistdruck in Erscheinung treten könnte – selbst Qin Zheng persönlich war der Sohn einer Hure und wuchs in einem Bordell auf, ohne die leiseste Idee, wer sein Vater war. Aber ich kann mir Li Shimin nicht als kleines Kind vorstellen. Hat er geweint, als seine Mutter starb? Haben sein Vater und seine Brüder versucht, ihn zu trösten, ohne zu ahnen, dass sie eines Tages von seiner Hand sterben würden? Haben sie, während sie tagein, tagaus ihren Familienalltag gelebt haben, je auch nur einen blassen Schimmer gehabt, wozu er einmal fähig sein würde?

Andererseits ... Wozu sind *sie* wohl fähig gewesen, um ihn derart ausrasten zu lassen? Ich würde ihn gern danach fragen, aber die Worte sitzen in meiner Kehle fest wie eine Gräte.

Gut so. Warum sollte mich das auch interessieren?

»Und was ist mit deinen Büchern passiert?«, frage ich stattdessen. Es wäre schön gewesen, mir eins von ihnen schnappen zu können, um mich abzulenken, auch wenn ich nicht sonderlich gut lesen kann.

»Ähm.« Er wirft mir einen schuldbewussten Blick zu. »Ich habe mir aus den Seiten ein Messer gemacht und damit zwei Soldaten erstochen.«

Mir klappt die Kinnlade herunter.

»Und wieso hast du das getan?«, erkundige ich mich nach einer langen Pause.

»Sie sollten mich in die Schlacht bringen. Ich wollte nicht mitgehen.« Er schüttelt seine Flasche dicht neben seinem Ohr; sein Blick ist stumpf, abwesend und glasig. Dann zieht er die Schublade auf, nimmt eine neue Flasche heraus, öffnet den Verschluss und trinkt hastig mehrere Schlucke.

»Du gehst nicht gern in die Schlacht?«, hake ich nach.

Er erstarrt mit dem Mund über der Öffnung der Flasche. »Meinst du, nur weil ich ein Mörder bin, macht es mir *Spaß*, Mädchen zu opfern?«

Eine ätzende Flut von Gefühlen brandet durch mich hindurch. »Keine Ahnung. Die anderen Piloten haben ohne Frage den Eindruck erweckt, als würde es ihnen Spaß machen.«

»Das ist nicht wahr. Das kann nicht wahr sein.« Seine Stimme klingt jetzt nicht nur verwaschen, sondern sie bebt dazu auch noch. »Niemand könnte seine Freude an so etwas haben. Wir können fühlen, wie sie sterben, weißt du. Und spüren ihre letzten Ängste. Ihre Erinnerungen. Ihre Träume.«

»Keiner von euch schert sich doch um all das.«

»Man hält uns in dem Glauben, dass wir uns nicht um die Mädchen scheren dürfen. Das ist ein Unterschied.« Er sieht mir auf eine Weise in die Augen, wie er das vor unserer Schlacht bewusst vermieden hat.

Mein Magen krampft sich zusammen, und mir steigt Galle in die Kehle.

Es ist das erste Mal, dass ich höre, wie ein männlicher Pilot irgendeine Andeutung von Schuldgefühlen hinsichtlich seines Tuns eingesteht. Aber statt ihn deshalb sympathischer zu finden, rege ich mich nur noch mehr auf. Es verstört mich auf eine völlig neuartige Weise. Denn es passt alles irgendwie nicht zusammen. Wie kann ausgerechnet er Mitgefühl mit den Mädchen haben, wenn das doch bei niemandem sonst der Fall ist?

»Ich, ähm, könnte noch einmal um die Bücher bitten.« Er wechselt plötzlich das Thema, scheint die in mir miteinander in Widerstreit liegenden Gefühle zu spüren. »Die Sache ist schon eine ganze Weile her. Vielleicht geben sie sie mir ja. Ich könnte dir lesen beibringen. Wenn du willst.«

Ich erröte. »Bitte. Ich kann selbst lesen!«

Er setzt eine Miene auf, von der ich annehme, dass sie genau der entspricht, die ich nur Sekunden zuvor zur Schau gestellt habe. »Hast du nicht gesagt, du seist ein Kind der Grenze?«

»Ja, aber ich habe einen Jungen aus der Stadt gekannt. Er hat es mir beigebracht.«

Die Verwirrung, die Li Shimins Züge durchfurcht, macht mich grinsen, bis er sagt: »Und wo ist dieser Junge jetzt?«

Mein Lächeln schwindet dahin.

»Vermutlich in Chang'an.« Ich zucke die Achseln.

»Es hat ihn nicht gekümmert, dass du dich freiwillig zur Armee melden wolltest?«

»Doch, schon.« Ich spanne meine Halsmuskeln an, damit meine Stimme nicht zittert. »Es war nur völlig egal, weil ich diesen Weg für mich selbst gewählt habe.«

»Aha. Armer Kerl.«

Ich schlucke den Impuls hinunter, mich zu rechtfertigen. Das habe ich nicht nötig. Ich sollte es nicht nötig haben. Ich habe meine Entscheidung getroffen und mein Ziel erreicht. Das ist das Einzige, was je eine Rolle gespielt hat.

Ich muss irgendwie darauf reagieren, doch im gleichen Moment geht der Strom aus.

Dunkelheit und Stille senken sich auf mich herab. Da ist noch mehr gewesen als nur die Glühbirne unter der Decke – was immer sich an technischen Gerätschaften und Verkabelung in den Wänden befindet, hat nun ebenfalls seine Funktion eingestellt. Die totale Dunkelheit erfüllt mich mit einem Anflug von Angst, aber ich unterdrücke meine Beklemmung. Welchen Sinn hat es schon, sich zu fürchten? Im schlimmsten Fall werde ich viel schneller als sonst herausfinden, dass meine Partnerschaft mit ihm völlig wertlos ist, und dann werde ich uns beide umbringen. Was soll's.

»Nun denn. Gute Nacht.« Die Matratze ächzt und quietscht unter mir, als ich mich hinlege und die Augen schließe.

Seine Ketten klirren, als er es mir nachtut.

Ich atme tief und bebend aus. Mein Herz donnert durch die pechschwarze Stille. Ich flehe inständig, dass er es nicht hören kann.

Aber was ich hören kann, ist seine Atmung. Ein, aus, ein, aus, mühsam und schwer von Trunkenheit. Fast schon kann ich die Hitze der Luft spüren, die durch seine brennende

Lunge zirkuliert und die immer größer wird. Der durchdringende Gestank von Schnaps und der Eisengeruch seiner Ketten wehen immer näher zu mir heran, direkt über meine Wange ...

»Geh weg!« Ich fahre hoch und dränge mich gegen die Wand.

»Was ist?« Seine Ketten klirren, und es hört sich so an, als würde auch er sich aufrichten.

Ich starre mit offenem Mund in die Dunkelheit. Seine Stimme dringt immer noch von seinem alten Platz hinter dem Bett zu mir. Er ist nicht einmal ansatzweise in meiner Nähe.

Oh nein.

Auch ich bin komplett durchgeknallt.

»Was ist los?«, hakt er nach.

Eine schale Kälte kriecht mir unter die Haut, wie Eiskristalle, die in Säure schmelzen. Mir schwirrt der Kopf, und helle Punkte tanzen durch mein Gesichtsfeld.

»Du – *was führst du im Schilde?*«

»Hä?« Seine Stimme wirkt kleinlaut.

»Tu doch nicht so!« Ich schlage auf die Matratze. »Erwartest du wirklich von mir zu glauben, dass du irgend so ein missverstandener Kerl bist, der heimlich im tiefsten Herzen lieb und freundlich ist? Wir wissen beide, dass das nicht wahr ist!«

»Ich ... Ich verstehe nicht, warum du plötzlich so sauer bist.«

»Weil du hier eine Schau abziehst, und ich würde es vorziehen, wenn du das nicht tun würdest«, sage ich, und meine Stimme ist fast schon ein Knurren. »Ich bin nicht sonderlich scharf auf irgendwelche Spielchen, die du spielst, um zu bekommen, was du willst. Du bist ein Kerl. Tun wir doch nicht so, als ob ...« Mir versagt die Stimme, aber die Dunkelheit macht es leichter, die Worte herauszubringen. Er kann schließlich mein Gesicht nicht sehen und wie rot es brennt. »Tun wir doch nicht so, als ob du keine Bedürfnisse hättest. Ich will nicht, dass du völlig ausflippst, daher bin ich bereit, die Sache unter einigen Bedingungen hinter mich zu bringen: keine Überraschungen, keine Ränkespielchen, keine …«

»Halt, halt!«, platzt es aus ihm heraus, dann wird sein Tonfall sanfter, wandelt sich in ein leises, dunkles Murmeln. »Ich glaube … man hat dich darüber belogen, was männliche Bedürfnisse angeht. Wir sind keine Tiere. Ja, unsere Begierden sind ziemlich groß, aber sie sind nicht *übermächtig*. Niemand flippt deswegen völlig aus.«

Ein bitteres Lachen entfährt mir, knirschend wie Glasscherben. »Erzähl das all den Frauen, die genau in diesem Moment vergewaltigt werden.«

»Das passiert nicht, weil diese Männer sich nicht unter Kontrolle hätten. Jeder, der so etwas tut, ist sich im Klaren darüber. Es gibt immer einen Moment, wo er sich bewusst dafür entscheidet, das Leben eines anderen Menschen zu zerstören, damit es ihm selbst besser geht. Immer.«

»Sprichst du aus Erfahrung?«

»Ja. Denn genau aus diesem Grund habe ich meine Brüder ermordet.«

Mir wird es vom Hals abwärts ganz kalt.

»In dem Gebäude, wo meine Familie gelebt hat, wohnte auch ein Mädchen«, fährt er mit lallender Stimme fort, während mir vom plötzlichen Themenwechsel immer noch der Kopf schwirrt und ich Mühe habe, genug Luft zu bekommen. »Sie war einer der wenigen Menschen, die keine Angst vor mir hatten, die sich mir gegenüber halbwegs anständig benommen haben. Eines Tages habe ich herausgefunden, dass einige der Freunde meines großen Bruders sie erpresst haben, daher habe ich sie verprügelt. Kurz darauf bin ich nach Hause gekommen und habe in dem Zimmer, das ich mir mit meinen Brüdern geteilt habe, seltsame Geräusche gehört. Ich bin hineingegangen, und da habe ich sie gesehen. Meine Brüder. Mit ihr. Und …«

Er bringt den Satz nicht zu Ende, und ich bin froh darüber. Andernfalls hätte ich ihn angeschrien, dass er nicht weiterreden solle.

»Mein großer Bruder hat mich auf so eine ganz bestimmte Art angesehen«, fährt er nach einer Pause fort, und sein Lallen wird noch heiserer. »Er hat gegrinst. Ein ganz klein wenig. Nur ein ganz klein wenig, aber es hat gereicht, um mir klarzumachen, dass sie einen Plan hatten. Wenn ich die Bezirkssoldaten gerufen hätte, hätten sie die Schuld ohne Weiteres auf mich schieben können, und alle hätten es geglaubt, weil mein großer Bruder … vertrauenswürdiger wirkte als ich. Wir hatten nicht dieselbe Mutter. Seine Mutter war eine Han. Die Bezirkssoldaten hätten ihm immer eher geglaubt als mir, und er wusste das.« Seine Stimme wird zu einem Knurren. »Also habe ich die Soldaten eben nicht verständigt.«

Ich liege völlig verkrampft auf dem Bett, um meinen donnernden Herzschlag herum zusammengerollt, und starre in das pechschwarze Nichts. Ich reagiere nicht. Ich weiß nicht, wie ich reagieren soll.

»Ich glaube, ihm war nicht klar, dass ich dazu fähig war, ihm das Leben zu nehmen.« Li Shimins Geschichte hört nicht auf, durch die Dunkelheit zu spuken und mich zu quälen. »Auch Yuanji, unser kleiner Bruder, hat das nicht erwartet. Ich bin immer noch wütend, dass er da mitgemacht hat. Er war alt genug, um es besser zu wissen. Und … was unseren Vater angeht … nun ja. Er ist nach Hause gekommen, bevor ich verschwinden konnte. Hat gesehen, was ich getan habe. Hat ebenfalls nach einem Hackbeil gegriffen und sich auf mich gestürzt. Ich … musste mich verteidigen.«

»Was ist mit dem Mädchen?«, frage ich, meine Lippen und meine Zunge taub, als wären sie erfroren. »Was ist aus ihr geworden? Danach?«

»Ach … Ich habe gehört, ihre Familie hätte sie ertränkt, weil sie entehrt worden war.«

Ich presse die Augen zusammen und will sie ganz ehrlich nicht wieder öffnen, nur um dann feststellen zu müssen, immer noch Teil dieser Welt zu sein. Nass und heiß drückt es gegen meinen Wimpernansatz und befeuchtet meine Lider.

»Also – nein.« Es klingt zugleich gequält und belustigt, und für einen Moment versagt Li Shimin die Stimme. »Ich würde nie jemanden vergewaltigen. Das ist etwas, was nur absolute Feiglinge tun. Und ich gehöre nicht zu dieser Sorte.«

Abrupt reiße ich mich aus der wirbelnden Schwärze in mir. Er hat sich versehentlich verraten – seine Geschichte ist mit Hintergedanken verbunden. Er versucht, mich davon zu überzeugen, dass er edelmütiger sei als andere Kerle. Und ich bin fast darauf reingefallen, genau so, wie es mir mit Yang Guangs Masche ergangen ist. Was mich um ein Haar um alles gebracht hätte.

Warum sollte ich ihm diese Geschichte glauben?

Stimmt sie überhaupt?

Folgendes weiß ich mit Bestimmtheit über Li Shimin: Er hat mindestens ein Dutzend Schlachten hinter sich. Was bedeutet, dass er mindestens ein Dutzend Mädchen geopfert hat.

Endlich wird mir klar, was mich an seinem Schuldbekenntnis so irritiert hat. Bis zum heutigen Tag habe ich womöglich tief in mir drinnen geglaubt, Jungen seien einfach von ihrem Wesen her außerstande, Mitgefühl mit Mädchen zu empfinden. Er hat mir bewiesen, dass ich mich geirrt habe. Sie verstehen uns durchaus. Wie er selbst gesagt hat: Sie wissen genau, was sie tun. Und das schließt ihn mit ein. Ihn, der, obwohl er weiß, was richtig und was falsch ist, *ins Cockpit gestiegen ist. Jedes. Einzelne. Mal.*

»Du irrst dich«, zerreiße ich mit emotionsloser Stimme das Schweigen. »Auch du bist ein Feigling.«

Er gibt einen unterdrückten Laut von sich. »Wie bitte?«

»Wenn sie dich in die Schlacht schicken, verfrachten sie dich mit vorgehaltener Waffe in deine Chrysalis, nicht wahr?«

»Was willst du damit ...?«

»Die große Frage ist also: Warum lässt du dich nicht einfach von ihnen erschießen?«

*»Was?«*

»Du behauptest, besser zu sein als andere Typen, aber welchen Beweis hast du wirklich dafür? Nur dieses eine, einzige Leben, das du nicht mal hast retten können«, fahre ich fort, während der Kloß in meiner Kehle immer größer wird. Tränen kullern mir aus den Augenwinkeln. »Diese Mädchen hatten allen Grund zu leben. Was ist mit dir? Was ist dir geblieben? *Was für einen Grund zu leben hast du überhaupt, der die Leben all dieser Mädchen wert gewesen wäre?«*

Mein Beinahe-Schrei hallt durch den Bunker wider.

Eine heftige Bewegung lässt seinen Overall rascheln. Seine Ketten rasseln.

Angst und Reue packen mich. Das war zu viel. Jetzt wird er mich schlagen. So läuft das.

Ich mache mich auf den Hieb seiner Faust gefasst, doch neben all dem Adrenalin durchströmt mich auch Erleichterung. Ich habe gewusst, dass die Sache nicht klappen kann. Jetzt werde ich viel schneller frei sein. Sobald er eingeschlafen ist, könnte ich etwas finden, um hier ein Feuer zu legen ...

»Mann«, murmelt er. »Was für eine charmante Dame du doch bist.«

Beunruhigung krampft mir die Brust zusammen, denn

da ist ein Zittern in seinen Worten, das wie ein unterdrücktes Schluchzen klingt, wenngleich es auch einfach an seiner Trunkenheit liegen könnte.

Was immer es ist, er sackt ohne den Schlag, auf den ich gewartet habe, auf den Boden nieder und sagt kein einziges Wort mehr.

## KAPITEL 15

# DER ANGEBLICHE GIPFELPUNKT WEIBLICHER EXISTENZ

In den Geschichten über Kaisergeneral Qin Zheng heißt es, sein Geistdruck sei so hoch und seine Kunstfertigkeit in dessen Beherrschung so gewaltig gewesen, dass er das Geistmetall von Hunduns direkt auf dem Schlachtfeld in seine Chrysalis, den Gelben Drachen, integrieren konnte, um sie schier bis ins Unendliche wachsen zu lassen. Manche Leute behaupten, der Gelbe Drache sei die Inspiration für die Große Mauer gewesen. Deshalb habe ich mir als Kind die Mauer genau wie einen Drachen vorgestellt, der seinen riesenhaften Leib über einen Berggipfel nach dem anderen legt und sich um uns schmiegt, sodass wir in der Sicherheit seiner Umarmung geborgen sind.

In Wirklichkeit ist die Mauer, wie ich durch meine regelmäßigen Ausflüge dorthin herausgefunden habe, eher eine Art Straßensystem zwischen Wachtürmen und Stützpunkten der Armee. Viele der mittleren Teile sind im Grunde nichts anderes als Bahngleise, die die Flanken der kahlen Grenzberge durchschneiden. Den eindrucksvollen Monolithen aus Stahl und Beton, der in den Werbesendungen der Armee einen so beruhigenden, beschützenden Eindruck macht, gibt es nur in Form von verstreuten Stückchen. Sie dienen dazu, Täler und Schluchten zu verstopfen, um so zu verhindern, dass die Hunduns der einfachen Klasse in Scharen nach Huaxia strömen.

Unser Transporter schlittert quietschend auf das Ausbildungslager Tigerkäfig zu, wo Piloten, die gerade ihr Qi verausgabt haben, ihre Wiederaufladungsphase mit nützlichen Tätigkeiten zubringen sollen. Die Gleise verlaufen in großen Kurven um die Ausläufer des Tanggebirges herum. Auf der einen Seite wird der Ausblick weitgehend von unscharf und verschwommen vorbeisausenden Felsen bestimmt, während die Seite, die über der Wildnis der Hunduns aufragt, in trübes Licht getaucht ist.

Ich schwanke und wiege mich im Rhythmus des kalten stählernen Waggons. Mein Magen zieht sich zusammen, denn ich bin es immer noch nicht gewohnt, in etwas so Schnellem zu reisen. Der Geruch von Motoröl und chemischen Reinigern sticht mir in die Lunge und macht mir jeden Atemzug allzu deutlich bewusst.

Li Shimin und ich sitzen einander gegenüber, als befänden wir uns in der Yin-Yang-Welt, und meine schwarz gekleideten Knie berühren fast seine weißen. Wir tragen die Uniformen richtiger Piloten, meine schwarz mit weißen Tupfen, seine weiß mit schwarzen Tupfen. Sie bestehen aus einem Leitanzug für unser Qi, der hauteng sitzt, damit man ihn problemlos unter der Geistrüstung tragen kann, sowie, um der Schicklichkeit willen, einem langen ärmellosen Mantel darüber, der von einem breiten Gürtel zusammengehalten wird.

Li Shimin hat bisher noch nie das Privileg genossen, diese Montur zu tragen, und einer Frau ist eine Uniform eigentlich nur dann gestattet, wenn sie als Partnerin in einer ebenbürtigen Partie ausgezeichnet wurde. Aber die Armee war gezwungen, ihre Einstellung uns gegenüber zu ändern. Sima

Yi, der über Nacht den ganzen Weg von der Provinz Sanguo herreiste, ist um fünf Uhr morgens in unseren Bunker geplatzt und hat uns zwei Neuigkeiten verkündet: erstens, dass ihn die Oberste Heeresleitung zu unserem offiziellen Ausbilder ernannt habe, und zweitens, dass wir unverzüglich für die Medien unser Debüt als Paar zu geben hätten. Die verstörenden Gerüchte und die damit verbundenen Spekulationen, die seit der monströsen Verwandlung des Zinnoberroten Vogels die Runde machen, haben sich nicht mehr unter Kontrolle bringen lassen. Jetzt werden Journalisten kommen, um eine Reihe von ungestellten Aufnahmen von mir zu machen, zum Beweis, dass ich ein normales menschliches Mädchen bin und kein böser Geist. Ein Mädchen mit einem abnorm hohen Geistdruck, aber kein übernatürliches Wesen.

Schon komisch, dass sie etwas Derartiges nicht auch für Li Shimin haben tun müssen, der im wahrsten Sinne des Wortes ein Mörder ist.

Sima Yi hat uns zu dem Wachturm gebracht, der Li Shimins Bunker am nächsten ist, damit die Tanten dort uns für die Kameras herrichten konnten. Es ist mehr oder weniger die gleiche Prozedur wie damals gewesen, als sie mich als Konkubine herausputzten. Stundenlanges Schrubben sowie Pülverchen und Cremes haben die hässlichen Spuren überdeckt, die meine Einkerkerung und meine Qi-Auszehrung hinterlassen haben, während die Tanten es zugleich so haben aussehen lassen, als wäre ich gar nicht geschminkt. Die vordere Partie meines Haares ist auf beiden Seiten zu großen, mädchenhaften Locken gezwirbelt worden, während mein hinteres Haar zu einem hohen Knoten auf meinem Kopf zusammengefasst worden ist. Weder Quasten noch Juwelenschmuck – sie haben es wirklich auf das Erscheinungsbild des »ganz gewöhnlichen Mädchens« abgesehen. Ich könnte mir selbst vorgaukeln, plötzlich in den Reihen der Schönen und Mächtigen aufgewacht zu sein.

Ich betrachte meine weiße Uniform mit den schwarzen Tupfen, ein unwirklicher Anblick, wie ich ihn mein ganzes Leben lang nur in der Armeewerbung zu sehen geglaubt habe. Das ist er jetzt also, der angebliche Gipfelpunkt weiblicher Existenz. Was man mir beigebracht hat zu erstreben und wovon so viele kleine Mädchen träumen. Mir ist es gestattet, den Ruhm eines männlichen Piloten zu teilen, statt lediglich zur Mehrung seines Ruhms zu sterben. Hinzu kommt: Ich bin nicht nur die kampfstärkste Pilotin in Huaxia, ich bin dem kampfstärksten Piloten überhaupt ebenbürtig.

Doch ich brauche nicht weit über den oberflächlichen Ruhm hinauszudenken, um sämtlichen Stolz wieder zu verlieren, den das Ganze womöglich in mir zu wecken vermag.

Das hier ist keine echte Macht. Echte Macht habe ich erlebt, als ich mit Yang Guangs Leichnam zu meinen Füßen auf dem Neunschwänzigen Fuchs gestanden und selbst die Regeln bestimmt habe. Als Siegerin nach meinen eigenen Maßstäben. Von niemandem sonst als nur mir selbst abhängig.

Ich werde dieses Gefühl nie wieder haben können, solange die Armee mich wie eine Schattenspielfigur hin und her schiebt.

In Wirklichkeit bin ich der Inbegriff der schlimmsten Art von Hoffnung überhaupt. Die Art, die Gruppe um Gruppe von Mädchen hergetrieben hat, um hübsch ausstaffiert und zu Konkubinen gemacht zu werden. Familien werden mit dem Finger auf mich zeigen – auf dieses gezähmte, retuschierte Bild von mir –, um ihre Töchter zu beruhigen, wenn es darum geht, sie an die Armee zu verkaufen.

Ich könnte kotzen. Mir die Haare ausreißen und mir die Uniform vom Leib zerren.

Aber ich will die Chance nicht aufgeben, wieder in den Zinnoberroten Vogel zu steigen. Schlimmer, als ein leuchtendes Zeichen falscher Hoffnung zu sein, ist es, eine weitere tote Frau zu sein, die ohne Weiteres aus dem Gedächtnis getilgt und vergessen werden mag. Nur in einer Chrysalis kann ich mit so viel Gewalt und trotziger Aufsässigkeit wie möglich diese Welt verlassen.

Der Transporter schlingert quietschend in die nächste Kurve und wirft mich gegen das Fenster.

Li Shimins Hand schießt zu mir vor.

Ich betrachte mit hochgezogenen Brauen zuerst seine Hand, dann ihn.

Mit flackernden Lidern wendet er sich wieder seiner Flasche zu und nimmt einen weiteren Schluck.

»Trink nicht zu viel«, tadelt ihn Sima Yi auf seinem Platz neben ihm. »Du darfst vor den Kameras nicht schwanken!«

Ich wünschte, wir hätten den netter wirkenden Chefstrategen Zhuge bekommen, aber Sima Yi ist anscheinend bereits zuvor Li Shimins Ausbilder gewesen, nachdem er ihn aus dem Arbeitslager für zum Tode Verurteilte herausgeholt hatte. Ich habe keine Ahnung, warum er ihm den Alkohol nicht einfach wegnimmt.

Li Shimin gibt ein zustimmendes Grunzen von sich, dann presst er sich die Flasche an die Brust und richtet seine Aufmerksamkeit auf die Landschaft draußen vor dem Fenster. Tröpfchen von Kondenswasser ziehen Linien über das Glas, verharren zitternd am unteren Rand und versuchen, sich dort zu halten, trotz der Schnelligkeit.

Mit zusammengebissenen Zähnen sehe ich ihn finster von der Seite her an, starre auf das tätowierte Zeichen des »Gefangenen« auf seiner Wange. Er hat sich noch nicht wegen meiner Worte von gestern Nacht an mir gerächt. Das macht mich ängstlicher, als wenn er sofort Vergeltung geübt hätte.

Zu allem Übel haben ihn die Tanten sogar noch drastischer verwandelt als mich. Als ich ihn das erste Mal draußen vor den Umkleideräumen wiedergesehen habe, war ich mir nicht sicher, ob er es war. Sein Stoppelbart ist sauber abrasiert, was ihn tatsächlich wie einen Neunzehnjährigen aussehen lässt. Eine schwarze Kopfumhüllung im Stil der Provinz Tang, mit einem starren Hütchen in der Mitte, unter dem sich eigentlich ein Haarknoten befinden sollte, verbirgt ganz unverfroren das kurze Haar des verurteilten Verbrechers.

Aber was mich am meisten irritiert, ist die lächerliche Brille, die sie ihm aufgesetzt haben. Er betrachtet die vorbeifliegende Wildnis durch Gläser, die dicker sind als die Böden von Schnapsflaschen, und der Bereich um seine Augen herum ist so verzerrt, dass er nicht mehr mit dem Rest seines Gesichts übereinstimmt.

Ich habe anfangs gedacht, es sei irgendein Trick, damit er nicht zu sehr wie ein Rongdi aussieht, aber wie sich herausgestellt hat, entsprechen die dicken Gläser seiner tatsächlichen Sehstärke. Er ist praktisch blind. Als sich der Aufzug hinauf auf die Mauer vor ihm öffnete, war der Ausblick für Li Shimin so überwältigend, dass er erst einmal zurückgetaumelt ist.

Mein Blick inspiziert ihn Stück für Stück, wandert hin und her. Als wollte mein Gehirn verzweifelt eine Kategorie für ihn finden, ihn verstehen, doch ohne Erfolg. Es empfängt nichts als ein Durcheinander von einander widersprechenden Hinweisen. Han versus Rongdi. Gefahr versus Fügsamkeit. Krimineller Trinker versus unbesiegbarer Pilot. Eiserner Dämon versus menschlicher Junge.

Abrupt wird mir ein weiterer Punkt klar, der dazu beiträgt, ihn so beunruhigend anders zu machen: Sein finsterer Blick ist offenkundig aus seinen Zügen geschwunden.

Himmel, ist sein ganzes Gestarre womöglich nur ein kurzsichtiges Die-Augen-Zusammenkneifen gewesen?

»Wie um alles in der Welt hast du nur so schlechte Augen bekommen können?«, platzt es aus mir heraus. Es sind meine ersten an ihn gerichteten Worte seit dem vergangenen Abend.

Er zuckt zusammen und richtet seine Aufmerksamkeit auf mich.

»Ich habe sie mir beim Lernen verdorben«, murmelt er und lässt den Blick wie eine zittrige Berührung über mein Gesicht gleiten, als wollte er sich meine Züge genau einprägen, für den Fall, dass er die Fähigkeit, sie zu sehen, wieder verliert.

Selbst wenn ich nie zurückgeschreckt bin vor seinem schlimmsten finsteren Blick oder Augenzusammenkneifen oder worum auch immer es sich dabei gehandelt haben mag, veranlasst mich seine vorsichtige Aufmerksamkeit jetzt, den Blick abzuwenden.

»Du musst dafür sorgen, dass er mit den Gläsern nicht wieder Schindluder treibt«, sagt Sima Yi und sieht mich anzüglich grinsend an.

»Wie soll das mit einer Brille wohl gehen?«, gebe ich spöttisch zurück.

»Nun ja, angeblich kann man die Brillengläser zerbrechen, die größte Scherbe auf dem Boden des Bunkers schärfen, sie in seinem Halsband verstecken und versuchen, damit einem Soldaten die Kehle aufzuschlitzen.« Sima Yi sieht Li Shimin kopfschüttelnd an, der sich nun wieder dem Fenster zuwendet. Sein Blick hat den Glanz von eben völlig verloren. »Ganz im Ernst, ich werde sie ihm nicht noch einmal wiederbeschaff ...« Sima Yi stutzt, und sein Blick bleibt an mir hängen. »Du brauchst gar nicht so beeindruckt zu schauen!«

»Wa ... Ich bin nicht beeindruckt!« Ich öffne ruckartig die

Hände, die sich unversehens zu Fäusten geballt haben. »Ich bin ... Warum soll *ich* überhaupt für *sein* Benehmen verantwortlich sein?«

»Du bist jetzt mehr oder weniger seine Frau! Das wird von dir erwartet.«

Eine niederschmetternde Erschöpfung legt sich auf mich, drückt auf mein Hirn, meine Knochen, mein ganzes Wesen. Ungelogen, die Menschen können sich einfach nicht entscheiden, wer nun die unbedarften, planlosen Kleinkinder sein sollen, die nicht ohne Überwachung leben können: die Männer oder die Frauen.

»Stratege Sima«, brummt Li Shimin, und in seinen Zügen zeigt sich eine Erschöpfung, die meinem eigenen Überdruss auf überraschende Weise ähnlich ist. »Haltet sie da raus. Sie ist nicht für alles verantwortlich, was ich tue.«

»Genau, und sieht es denn vielleicht so aus, als wäre ich in der Lage, ihn unter Kontrolle zu halten?«, versetze ich.

Sima Yi schnaubt herablassend. »Komm schon. Er mag allen anderen gegenüber eine wahre Bestie sein, aber zu seinen Mädchen ist er sanft und zärtlich. Du hättest ihn mit seiner letzten Partnerin sehen sollen. Ich fand diese ganze Gefühlsduselei fast schon unerträglich.«

Ich fahre zusammen. Seine Worte haben mich eiskalt erwischt.

»Seine *was?*«

Der Ausdruck »Partner« ist strikt ebenbürtigen Partien vorbehalten. Eine Konkubinenpilotin würde auf keinen Fall so bezeichnet werden.

Ein gepeinigter Ausdruck zieht über Li Shimins Gesicht. »Stratege Sima ...«

»Stimmt, diese Information ist nie an die Öffentlichkeit gelangt. Nun gut, da war dieses Mädchen, von dem wir geglaubt haben ...«

*»Sima Yi!«* Li Shimin erhebt die Stimme. Sie donnert in seiner Brust und schwirrt durch die kalte Luft.

Ich kauere mich in meinem Sitz zusammen. Seine Stimme ist bisher nie lauter als ein Murmeln gewesen, und jetzt weiß ich, warum. Die Soldaten, die uns bewachen, fahren in den Sitzen alarmiert auf und greifen nach ihren Pistolen.

Der Transporter holpert über eine Unebenheit, sodass wir durchgeschüttelt werden. Das Blut pulsiert unter meiner kalten Haut.

Sima Yis Brauen sind in die Höhe geschossen, aber schon in der nächsten Sekunde hat er sich wieder gefangen und bedeutet den Soldaten mit einer Handbewegung, ruhig zu bleiben.

»Kein Wort über sie«, herrscht Li Shimin ihn an, dann wendet er sich an mich. »Sie ist tot.«

Auch wenn mir allerlei Fragen im Kopf umherwirbeln wie ein zischendes, funkensprühendes Feuerwerk – wie konnte er eine Partnerin gehabt haben, wenn vor mir noch nie ein Mädchen einen Kampf mit ihm überlebt hat? –, schnürt mir die schwere Aura um ihn herum die Kehle zu. Seine Finger krampfen sich um seine Flasche, und die Haut spannt sich um die zahlreichen Narben, die seine Hände verunstalten. Ein Schauder überläuft mich. Es sind Momente wie dieser, die mir auf unbehagliche Weise andeuten, wie groß sein unterdrückter Zorn und die Gewalttätigkeit sind, die in ihm brodeln. Jeder Moment könnte das Fass zum Überlaufen bringen und ihn ausrasten lassen. Ich mache einen Fehler, indem ich ihn ständig herausfordere und wütend mache.

*Zwei Wochen*, rufe ich mir ins Gedächtnis und zwinge mich dazu, mich zu entspannen. Ich brauche nur diese zwei Wochen zu überstehen, dann werde ich meine Revanche bei ihm bekommen.

Um uns unser sterbliches Fleisch vom Leib zu reißen und

unsere Knochen zu Staub zu zermalmen sowie alles, was immer es da noch für uns beide gibt, zweimal mit derselben schonungslosen Wildheit.

Ich werde kein zweites Mal versagen.

KAPITEL 16

# KÖNIG OHNE KRONE, KÖNIGIN OHNE HERZ

»Shimin, leg den Arm um sie«, sagt Sima Yi, als der Aufzug bebend von der Großen Mauer nach unten fährt. »Zeit für den großen Auftritt.«

Als Li Shimins Hand meine Schulter berührt, gebe ich mir alle Mühe, meine Panik herunterzuschlucken. Der eng anliegende Ärmel seines Leitanzugs, der unter seinem Pilotenmantel hervorragt, überzieht jede Wölbung seiner Muskeln wie dicke weiße Farbe, ein schroffer Kontrast zu meiner schwarzen Uniform. Die Wärme und das Gewicht seines Arms, im Verein mit seiner erstickenden Nähe, machen, dass sich meine Haut fest um meine pochenden Adern zusammenzieht.

Aber selbst wenn ich Protest erheben würde, hätte ich keine Wahl. Ein Soldat hat mich überallhin zerren müssen, damit ich mit Sima Yi Schritt halten kann. Sie wollen mir keinen Gehstock geben, weil ... Ich weiß nicht, vielleicht weil sie die vom Fuchsgeist ausgehende Gefahr fürchten oder irgendetwas dergleichen. Jetzt geht die Pflicht, mich mitzuziehen, auf Li Shimin über, denn die Soldaten sollen nicht mit im Bild auftauchen, weil uns das allzu gefährlich erscheinen lassen könnte. Das Halsband um seinen Nacken soll beweisen, dass er unter Kontrolle ist, während sein Arm um meine Schultern zeigt, dass ich unter Kontrolle bin.

Es ist ein stets gefährdetes Gleichgewicht.

*»Mit abgebundenen Füßen lernst du den Wert der Bande zwischen den Familienmitgliedern kennen.«* Die Stimme meiner Großmutter dringt mir durch den Kopf wie ein rostiges Messer. *»Niemand kann alles allein tun. Wir alle müssen uns aufeinander verlassen können.«*

Na klar. Und jetzt muss ich mich von fremden Männern betatschen lassen, wenn ich irgendwohin gehen will. Vielen Dank auch, Großmutter.

Ich koche innerlich und versuche, die Botschaft zu übermitteln, dass ich in keiner Weise »gezähmt« worden bin, niemals, aber sobald sich die Aufzugtüren nun knirschend öffnen und dahinter ein Tal voller Gebäude und Menschen sichtbar wird, die sogleich jede meiner Bewegungen genau verfolgen werden, wird mein Blut eiskalt. Doch es ist eine beruhigende Kälte, die in meinem Gehirn noch einen ganz anderen Schaltkreis aktiviert: den für langsam gereifte Rache.

Um jene in der Armee zu beruhigen, die meine sofortige Hinrichtung wünschen, befolge ich Sima Yis Anweisungen: Ich mache mich klein und halte den Blick auf den steingepflasterten Pfad gerichtet, der durch das Armeelager führt, und spiele die Rolle von Li Shimins Anhängsel.

Doch das erweist sich als schwierig, als nach kurzer Zeit klar wird, dass von uns beiden nicht nur ich Hilfe brauche, um geradeaus zu gehen. Li Shimin stützt sich genauso schwer auf mich wie ich mich auf ihn, und seine Schritte schwanken gefährlich. Ich bin gezwungen, ihn mit einer Hand auf dem Rücken abzustützen.

»Er hat dir gesagt, dass du nicht so viel trinken sollst!«, zische ich, dann verachte ich mich sofort dafür, wie sehr ich doch nach einem hoffnungslosen Fall von Ehefrau klinge.

»Tut mir leid«, lallt er heiser.

»Nein, tut es nicht! Sonst hättest du überhaupt nicht erst zu trinken angefangen!«

Darauf hat er keine Antwort. Sein glasiger Blick gleitet nur in weite, weite Ferne.

Ich konzentriere mich darauf, seinen Rhythmus zu übernehmen und für uns beide das Gleichgewicht zu halten, damit wir uns nicht demütigen, indem wir gemeinsam lang hinschlagen. Während die schwarzen Linien der weißen Beinkleider seines Leitanzugs in stabilen Stiefeln verschwinden, enden die weißen Linien meines Anzugs in einem Paar winziger Schühchen, die aussehen wie ein an meine Beine angehefteter Witz, mit mehreren entstellten Schmetterlingen darauf, die schlampig auf das schwarze Segeltuch gestickt wurden.

Die Ziegeldächer der Ausbildungsgebäude zu beiden Seiten des Weges ragen wie Krallen in die dunklen Wolken des sich zusammenbrauenden Gewitters. Es gibt nicht viele Müßiggänger, die draußen umherschlendern – zumeist sind es Pfeife rauchende Piloten –, aber hinter den Fenstern machen Menschen einander auf uns aufmerksam, und ganze Gruppen gaffender Gesichter drücken sich gegen Glasscheiben. Von innen von fluoreszierenden Lichtern beleuchtet, die für mehr Helligkeit sorgen als das trübe Wetter draußen, zeigen sie mit den Fingern auf uns, rufen durcheinander und lassen ihre schmierigen Blicke über meinen Leib wandern. Ich atme in langen, beruhigenden Zügen die kühle Luft ein, Luft, die frisch von der Spannung des bevorstehenden Regens ist. Der Lärm eines Transporters, jetzt so fern und unirdisch wie das Heulen eines Gespensts, lenkt meine Aufmerksamkeit über meine Schulter zurück.

Dieser Abschnitt der Großen Mauer ist einer von denen, die tatsächlich imposant wirken. So hoch, dass mir ein schockhafter Stich durchs Herz geht, füllt sie den Eingang zum Tal aus und hebt sich von dem Hintergrund der finsteren Wolken ab. Die Transporter, die darüber hinwegrasen, erscheinen von unten so klein und dünn wie Aale. Der Kaihuang-Wachturm ragt auf der Außenseite empor wie ein Riese, der die Menschheit ausspioniert. Er beherbergt die wichtigsten Strategen der Grenzregion von Sui und Tang mitsamt deren Ausrüstung. Mein Blick verweilt noch für einen Moment darauf, als wollte er ein Zeichen in seine Mauern brennen, dann wende ich ihn ab.

Als Sima Yi durch die Doppeltüren der Kantine tritt, umfängt uns klebrige Hitze, von lautem Klirren und plappernden Stimmen erfüllt. Ich fahre zurück – noch nie habe ich so viele Menschen auf einmal an einem Ort gesehen.

Dann kommen die Kamerablitze.

Reporter mit gepflegten Haarknoten auf dem Kopf und verblüffend sauberen städtischen Gewändern schwärmen auf uns zu. Soldaten rufen ihnen zu, dass sie Abstand halten sollen, während uns Sima Yi zur Essensausgabe führt. Wenngleich ich innerlich völlig panisch bin, wie ein von Feuerwerkskörpern verängstigtes Gespenst an Silvester, bemühe ich mich um einen völlig ungerührten Gesichtsausdruck.

Kurze Blicke streifen uns von den Tischen her, an denen wir vorbeikommen, aber die dort Sitzenden müssen die Anweisung erhalten haben, uns keine große Beachtung zu schenken. Die Reaktionen der Leute hier sind viel verhaltener als die der Menschen draußen.

In der Kantine befindet sich auch erheblich mehr Personal aus allen möglichen Sparten, was mir die großen gemeinschaftlichen Bemühungen verdeutlicht, die es braucht, um Betrieb und Funktion der Mauer zu gewährleisten. Soldaten in Olivgrün, die aus riesigen dampfenden Schüsseln Nudeln und Getreidebrei schlürfen, als hätten sie nur zehn

Sekunden Zeit, um damit fertig zu werden. Wartungsarbeiter mit Neonwesten über den Kitteln, die noch größere Portionen vertilgen. Ausgelernte Strategen sowie Strategen in Ausbildung in blaugrauen Gewändern, die ihre Mahlzeiten kalt werden lassen, während sie über ihren vor sich auf dem Tisch liegenden Tablets diskutieren.

Die Piloten jedoch sind hier ohne Frage die Stars mit ihrem sorglos lauten Gerede und ihrem gellenden Gelächter. Ihre Doppelreifkronen schimmern im Licht der speckigen Lampen: stilisierte Tierhörner, Fischflossen, Schmetterlingsflügel und mehr. Alle machen Platz, wenn einer von ihnen zwischen den Tischen entlanggeschritten kommt, vor allem, wenn es sich um jemanden vom Eisernen Adel handelt, der mächtig genug ist, Geistrüstung von beträchtlicher Größe zu befehligen. Es durchzuckt mich, wann immer ich einen Piloten aus den Werbesendungen der Armee wiedererkenne, aber ich rufe mir ins Gedächtnis, dass ich keinerlei Grund habe, beeindruckt zu sein.

Ich bin jetzt schließlich besser und stärker als sie.

Erst als wir die Essensausgabe erreichen, entdecke ich andere Frauen: Tanten mit fleckigen Schürzen, die hinter beschlagenen Fenstern in einer großen Küche umherwuseln. Sie schöpfen Sojamilch in Schalen, braten Teigstäbchen, rühren Getreidebrei und schütten Nudelwasser ab. Mit grimmiger Miene sehe ich zu den Tischen zurück, auf der Suche nach schwarzen Uniformen wie meiner, nach den anderen glücklichen Mädchen, die Seite an Seite mit den Jungs in die Schlacht ziehen dürfen, um die Illusion zu nähren, dass die Welt gerecht ist und es Raum für Hoffnung gibt.

Stattdessen bleibt meine Aufmerksamkeit an einer Bildschirmanzeige an der Wand hängen. Nach Rängen geordnet, heben sich dort in zwei Spalten die Namen von Piloten und ihre jeweiligen Schlachtenpunkte leuchtend neonfarben vom schwarzen Hintergrund des Bildschirms ab – eine Spalte für ganz Huaxia und eine nur für Sui und Tang. Die vor meinem Gesicht aufleuchtenden Kamerablitze erschweren es mir, das Geschriebene zu lesen, aber das brauche ich auch nicht, um zu wissen, wer sich auf Rang eins befindet.

In beiden Fällen ist die oberste Position leer.

Langsam geht mein Blick zu Li Shimin hinüber. Er starrt ausdruckslos vor sich hin. Zu erfahren, dass die Armee ihn auf diese Weise bestraft und verhöhnt sowie dafür sorgt, dass die anderen leistungsstarken Piloten ihn hassen wie die Pest, erfüllt mich mit einer Art perverser Befriedigung. Angeblich gibt es jedes Jahr einen Preis für den König der Piloten, der demjenigen mit der höchsten Punktzahl verliehen wird und der mit einem hohen Geldpreis für die Familie des Siegers verbunden ist. Dieser Preis ist in den beiden Jahren, seit Li Shimin aktiv ist, nicht mehr vergeben worden.

Statt ein verehrter Meister zu sein, ist er für die anderen nichts als ein Ärgernis, das sie schlecht dastehen lässt.

Mit zusammengekniffenen Augen versuche ich zu entziffern, wer gegenwärtig den unglücklichen zweiten Platz belegt. Für gewöhnlich ist es ein knappes Rennen zwischen dem …

Der Bildschirm wechselt plötzlich zu einem schwarz-weißen Bild mit ein wenig Text darunter.

Ein Foto von Yang Guang.

*Oh.*

Es ist sein Nachruf.

Schweiß bricht mir aus und rinnt mir über den Rücken wie Kondenswasser auf Stahl. Nicht weil ich Schuldgefühle hätte, sondern weil das Durcheinander in der Kantine mit einem Mal merklich abflaut und sich eine beängstigende Stille breitmacht. Nur die Reporter summen weiter umher wie Wespen.

Wer auch immer seine Aufgabe, so zu tun, als wäre ich gar nicht da, bisher gut erledigt haben mag – jetzt ist es damit vorbei.

Zornerfüllte Blicke schneiden durch mich hindurch wie Rasierklingen, und auf ihnen glitzert das Verlangen nach Gerechtigkeit. Ja, irgendwo in der wutschnaubenden Menge an den Tischen kann ich tatsächlich sogar Xing Tian, den Piloten des Kopflosen Kriegers, entdecken. Der Phantomschmerz seines Griffs, vor erdrückender Gewalt bebend, als er mich vom toten Yang Guang weggezerrt hat, pocht noch immer in meinem Arm. Die blauen Flecken sind nach wie vor da, haben inzwischen einen ungesunden dunklen Grünton angenommen.

Verzweiflung durchströmt mich, füllt meine Gliedmaßen wie der Zement der Mauer, macht sie taub bis in die Fingerspitzen. Ich hätte mich nicht so sehr darüber freuen sollen, dass diese Armeeleute Li Shimin ablehnen – mich müssen sie noch viel mehr hassen. Ich will mir gar nicht erst ausmalen, was sie alles tun würden, um mich dafür zahlen zu lassen, dass ich ihrem geliebten Goldjungen das Leben genommen habe.

Wie soll ich sie je dazu bringen, mich als eine der ihren anzunehmen?

Die Reporter dürfen nur für ein paar kurze Minuten ihre Aufnahmen von uns machen, dann scheucht Sima Yi sie weg, schickt sie zurück in ihre Städte. Nach einem Frühstück, bestehend aus Teeeiern, Sojamilch, frittierten Teigstäbchen und Wonton-Suppe – die, wie Sima Yi uns beiläufig erzählt, ihren Namen davon hat, wie die Menschen im Süden »Hundun« aussprechen –, macht er Li Shimin und mich mit einer Partnerübung bekannt, die man Eistanz nennt. Das Ausbildungslager hat eine künstliche Eisbahn, die die Oberfläche der gefrorenen Seen der Provinz Qing im Hochgebirge des

Westens nachahmen soll, wo diese Übung entstanden ist. Über lange Zeit hinweg, so erklärt Sima Yi, haben sich Strategen einfacher, althergebrachter Tänze bedient, um Verbindung und Zusammenspiel von ebenbürtigen Partien zu verbessern, aber indem sie ihr Programm um den Eislauf ergänzt haben, haben sie die Effektivität der Paare derart steigern können, dass jetzt selbst Strategen aus Provinzen mit wärmerem Klima darauf schwören. Die Schwierigkeit, auf den Schlittschuhen das Gleichgewicht zu halten, zwingt die Partner, zusammenzuarbeiten und sich aufeinander zu verlassen, um auf dem Eis auch nur die grundlegendsten Figuren tanzen zu können.

Jedenfalls theoretisch.

Nachdem ich einen ganzen Vormittag lang übers Eis gestolpert bin und brennende Qualen in meinen Füßen habe erdulden müssen, während wir einander immer wieder umgerissen und uns mit unseren ständigen Stürzen an allen wesentlichen Körperstellen blaue Flecken zugezogen haben, führt uns Sima Yi zum Mittagessen zurück in die Kantine, sein Gesicht so finster wie der Himmel. Ich weiß nicht, was er von uns erwartet hat. Wir sind schließlich das Paar, das erst *gestern* den Zinnoberroten Vogel in eine nie da gewesene monströse Form verwandelt hat – wie könnten wir da nicht mal vierundzwanzig Stunden später Besseres leisten?

»Ist es denn wirklich so schwer, einfach miteinander zu arbeiten?« Sima Yi ergeht sich in einer weiteren Schimpfkanonade, während wir mit unseren Metalltabletts mit fettiger Suppe und Gemüsepfanne einen Tisch in der Kantine ansteuern. »Ich schwöre, ihr zwei seid das schlechteste Paar, das ich jemals …«

Ein vorbeieilender Wartungsarbeiter stößt mit ihm zusammen.

Ich bekomme den Moment genau mit, als sich Sima Yis

Tablett zur Seite neigt, doch ich kann es nicht verhindern. Seine Schale mit Tomatensuppe mit Ei kippt um. Beide Männer stoßen einen erschrockenen Ausruf aus, doch der von Sima Yi verstärkt sich zu einem gellenden Schrei, sobald die heiße Suppe seine Gewänder durchweicht hat. Die Schale zerspringt in einer dampfenden Pfütze auf dem Boden.

Einfallsreichere Beleidigungen, als ich sie mir je hätte ausdenken können, sprudeln aus Sima Yis Mund. Der Arbeiter entschuldigt sich mit endlosen Verbeugungen, dabei krampft er die Hände umeinander und ringt sie wieder und wieder.

»Pfui Teufel! Ihr zwei könnt schon mal essen, ich geh mich umziehen«, wendet sich Sima Yi an uns, dann schlurft er eingeschnappt von dannen, während ihm Suppe vom Saum seiner Kleider tropft. Der Arbeiter huscht hinter ihm her wie eine aufgeschreckte Ratte.

Ich blinzele ihm verdutzt nach, während er seinen stürmischen Abgang hinlegt, aber auch jetzt sind immer noch zwei Soldaten bei uns, die uns bewachen. Sie setzen sich zusammen mit uns an einen freien Tisch.

In diesem Augenblick weiß ich nicht, ob sie die Menge vor uns bewachen oder uns vor der Menge.

Ich konzentriere mich auf meinen randvoll gefüllten Teller mit Reis und Gemüse und schenke all den verschiedenen tödlichen Blicken ringsum, die mich regelrecht durchbohren, keine Beachtung. Besonders vermeide ich es, auch nur in die Nähe des Bildschirms mit der Pilotenrangordnung zu sehen, auf dem, wie ich schon beim Frühstück bemerkt habe, alle paar Minuten wechselnde Gedenkbilder von jüngst verstorbenen Piloten gezeigt werden. Ich habe mit dem Gedanken gespielt, Sima Yi zu bitten, Yang Guang aus dem Bildmaterial zu entfernen, aber er soll nicht wissen, wie verängstigt ich wirklich bin. Überhaupt würde ein solcher Traditionsbruch die Leute wohl nur noch mehr aufbringen.

Ich schlinge das Essen hinunter, so schnell ich kann. Plötzlich erhebt sich an einem nahen Tisch ein lautes Streitgespräch.

Ich krampfe mich zusammen, aber glücklicherweise hat es nichts mit mir zu tun. Ein Pilot brüllt irgendetwas von Geld, das ihm jemand schuldet, und ein anderer bezichtigt ihn schreiend, »kein guter Kumpel« zu sein.

Eine Welle von jubelnden Schlachtrufen und Pfiffen fegt durch die Kantine.

»Kämpft!«, ruft jemand lachend.

»Kämpft! Kämpft! Kämpft! Kämpft!«, stimmen andere mit ein.

Der Streit wir lauter und hitziger, brodelt wie ein heißer Wok, wenn man Öl hineingießt.

Unsere Soldaten nehmen sofort stramme Haltung ein, und ihre Hände verspannen sich neben ihren Essenstabletts. Ich verlege mich darauf, herunterzuschlucken, was ich mir in den Mund stopfen kann, ohne viel zu kauen. Ich möchte von hier weg, bevor …

Jemand schlägt als Erster zu.

Die Hälfte der Männer in der Kantine springt auf und bricht in frenetischen Applaus aus. Tische werden quietschend zur Seite geschoben, als die Leute nun scharenweise auf den Schauplatz des Geschehens zuströmen. Das Klatschen von Stiefeln erfüllt lärmend das Gebäude wie ein Gewitterregen, der auf ein Ziegeldach platscht. Ich rutsche ganz ans Ende meiner Bank zurück, lehne mich an die fettklebende Wand und umklammere meine Essstäbchen.

Unsere Soldaten springen auf und bahnen sich mit den Ellbogen einen Weg durch die Menge, die sich gefährlich nahe von uns zusammengeballt hat. Ein Pilot in einem unvollständigen Anzug aus erdgelber Rüstung stolpert lachend zurück.

Seine Aufmerksamkeit fällt auf Li Shimin und mich. Sein

Grinsen verwandelt sich in einen wesentlich fragwürdigeren Gesichtsausdruck. Er blickt zwischen uns hin und her, dann begutachtet er die freien Plätze an unserer Seite.

*Bitte nicht*, flehe ich insgeheim.

Er nimmt neben mir Platz, und ich hätte fast aufgeschrien. Ein großer Teil seiner Geistrüstung spannt sich lediglich als ein dünnes goldenes Netz über die eng anliegenden Ärmel seines Leitanzugs und die ausgeschnittenen Schultern seines weißen Pilotenmantels, aber seine Panzerhandschuhe und der diamantförmige Brustpanzer sind stabil und kompakt. Eine derartige Ausstattung mit Geistrüstung lässt darauf schließen, dass er wohl der Baronsklasse angehört, dem untersten Rang des Eisernen Adels. Sein Geistdruck sollte irgendwo in den Zweitausendern liegen.

Aber es tut nichts zur Sache, wie haushoch Li Shimin und ich ihm in dieser Hinsicht überlegen sind. Ohne unsere eigene Rüstung bedeutet das nicht das Geringste.

»*Wa sai*«, bemerkt der Pilot mit belustigtem Staunen und im Lärm der Menge fast unhörbar. »Li Shimin, der Eiserne Dämon, in Fleisch und Blut hier unter uns.«

Li Shimin kaut weiter an einer Portion Sojabohnensprossen, ohne zu reagieren.

»Ich muss schon sagen, du siehst viel ... wilder aus, als ich es mir vorgestellt habe.« Der Pilot beugt sich kichernd über den Tisch. Die Hundeohren seiner goldenen Krone stellen sich auf. Über einen dünnen Streifen Geistmetall, der ihm den Nacken hinunterläuft, kann er sie mittels Rückenmarkssignalen steuern. »Bist du dir auch sicher, dass du den Zinnoberroten Vogel nicht irgendwann einfach mal wenden und damit die Große Mauer niederreißen wirst, um auch den Rest der Rongdi reinzulassen oder etwas dergleichen?«

Ich stutze irritiert, den Mund voller Reis und grünen Bohnen.

Eine Erinnerung stürmt auf mich ein, eine Erinnerung, die nicht meine ist, sondern ein Bruchstück, das ich mitbekommen habe, als ich in Li Shimins Innenwelt war. Er selbst, wie er Steine aufschichtet, um unter der ständigen Drohung eines elektrischen Viehtreibers die Große Mauer zu verstärken.

Galle steigt mir wie glühende Lava in der Brust auf.

Ich sollte besser nichts sagen. Wenn Li Shimin sich jetzt verteidigen würde, wäre es auch gar nicht nötig.

Doch er senkt nur den Kopf und kaut weiter.

Ich zwinge den Bissen in meinem Mund wie glühendes Feuer hinunter und sage laut: »Warum meinst du denn, dass er das tun sollte, wo er doch schon in mehr als einem Dutzend Schlachten gekämpft hat? Und falls du es nicht schon weißt – er hat selbst am Bau der Mauer *gearbeitet*, du Schlaumeier.«

Die Rüstung des Piloten scheppert, als er sich nun zu mir umdreht. Die Luft wird um mehrere Grad kälter, und meine Haut zieht sich kribbelnd zusammen. Es ist nicht üblich, dass männliche Piloten Qi auf Yin-Basis haben – wobei Qin Zheng die eine bemerkenswerte Ausnahme darstellte –, daher brauche ich einen kurzen Moment, um zu begreifen, dass ich mir diese Wirkung nicht einbilde. Das dominante Qi des Piloten neben mir muss Wasser sein, das Qi mit dem höchsten Yin-Anteil. Dessen durchdringende Kälte wird durch seine Rüstung vom Erdtyp geleitet. Seine Augen glühen nicht auf; sie verdunkeln sich kaum merklich zu einem tieferen, eisigeren Schwarz.

»Und du bist also das Mädchen, das Oberst Yang umgebracht hat, hm?«, fragt er mit gedehnter Stimme.

Seine Gegenwart und der Lärm des Kampfes bedrängen und umschwirren mich wie ein Schwarm Fliegen, graben sich mir in die Ohren und verstopfen mir den Schädel. Ich werfe einen Blick zur Menge hin, in der Hoffnung, dass die

Soldaten bald zurückkommen werden. Oder Sima Yi. Wie lange braucht es verdammt noch mal, um frische Kleider anzuziehen?

Ich fingere ein großes Stück Ingwer aus meinem Pfannengemüse. »Es ist nicht meine Schuld, dass er mit mir nicht fertig werden konnte.«

»Aha? Welche Tricks hast du denn so eingesetzt?«

»Das ist geheim. Ich glaube nicht, dass du wichtig genug bist, um es zu erfahren.«

Ein Muskel zuckt unter seinem Auge. »Ich bin Wang Shicong, Pilot der Baronsklasse, und kommandiere den Himmelhund.«

»Das beeindruckt mich nicht.«

Er atmet heftig ein, dann stößt er die Luft mit einem Lachen wieder aus. Er lugt zu Li Shimin hinüber. »Sie ist ganz schön temperamentvoll, was?«

Weder er noch ich würdigen ihn einer Antwort.

»Bist du wirklich ein Fuchsgeist?« Sein Atem bläst mir direkt übers Ohr.

Ich wirbele herum, will ihn von mir stoßen, aber er hält meine Handgelenke fest. Seine Panzerhandschuhe vom Erdtyp verleihen ihm eine derart unmenschliche Kraft, dass ich keuchend nach Luft schnappe. Schmerz schießt mir durch die Arme.

Li Shimin knallt seine Essstäbchen auf den Tisch und reißt ihn von mir weg. Die Wucht seiner Bewegung stemmt den Tisch quietschend in die Höhe, sodass er fast umkippt.

Wang Shicong klammert sich an der Bank fest, einen Ausdruck höchster Empörung auf dem Gesicht.

Halb über den Tisch gelehnt, starrt Li Shimin ihn böse an. Seine Kettenleine klappert über sein Tablett.

Ich sehe, wie Wang Shicong sie mustert. Ich sehe seine Hand nach vorn schnellen, schnell wie eine Schlange.

Ich sehe jedoch nicht, was genau passiert, als es nun zum großen Knall kommt.

Essen fliegt durch den ganzen Raum. Fettspritzer treffen mich. Ich fahre zusammen, aber dann lässt mir der Anblick vor meinen Augen den Atem in der Lunge gefrieren: Li Shimin hat seine Kette um den Hals des Angreifers geschlungen und zieht ihn von mir weg, während Wang Shicong wild um sich tritt und erstickte Laute ausstößt.

Li Shimin würgt jemanden mit seinen eigenen Ketten.

Ich sollte mich nicht darüber freuen, es wird kein gutes Ende nehmen. Doch ich kann nur in ehrfürchtiger Bewunderung zuschauen und dabei den immer lauter werdenden Pulsschlag eines einzelnen Wortes in mir fühlen: *Endlich.*

## KAPITEL 17

# ABSOLUT NACHVOLLZIEHBAR

Die Leute in der Menge brauchen eine kurze Weile, um das neue Spektakel hinter ihnen zu bemerken. Dann geht eine Welle der Unruhe durch sie hindurch, Männer blicken über ihre Schultern, stupsen Freunde mit den Ellbogen, und mehr und mehr drehen sich um. Augen hellen sich auf, und Stimmen brüllen noch lauter. Selbst der ursprüngliche Kampf verliert seinen Schwung, als die Streithähne nun neugierig in unsere Richtung starren. Unsere Soldaten schreien auf, aber ihre Rufe gehen im allgemeinen Lärm unter. Die Menschenmenge, die nun ihre Bewegungsrichtung ändert, schließt sich vor den Soldaten und schneidet sie von uns ab.

»Shicong!« Ein anderer Pilot kämpft sich aus der Meute heraus. Mit einer feuerroten Rüstung, die lediglich Schultern und Arme bedeckt, jagt er eine Qi-Salve aus der Handfläche seines Panzerhandschuhs.

Li Shimin wirbelt herum und lässt Wang Shicong los. Der rote Strahl jagt dicht vor Li Shimins Nase vorbei und schlägt gegen die Wand. Staub und Schutt hageln über den Tisch. Ich kreische auf und halte mir die Hände vor die Augen, um sie vor der Staubwolke zu schützen.

Aber ich muss unwillkürlich durch meine Finger spähen und weiter zusehen. Während sich Wang Shicong taumelnd und keuchend vom Boden erhebt, das Gesicht dunkelblau angelaufen und die gelbe Rüstung fettglänzend, stößt Li Shimin dem Feuerpiloten einen Ellbogen in die Kehle. Der Pilot ringt würgend nach Luft und gerät ins Schwanken. Eine schallende Ohrfeige von Li Shimin lässt seinen Gegner in eine andere Richtung torkeln, dann schlingt ihm Li Shimin den Arm um den Nacken und reißt seinen Kopf nach unten. Li Shimins Knie trifft die Nase des Piloten, und ein Schwall Blut spritzt durch die Luft.

Während der Feuerpilot nach hinten stolpert und sich heulend das Gesicht hält, fährt Li Shimin herum, um einem Hieb von Wang Shicong auszuweichen. Mein Magen krampft sich zusammen. Es besteht zwar keine Gefahr, dass der Qi-Strahl einer Rüstung vom Erdtyp eine wirklich zerstörerische Wirkung entfaltet, aber ein direkter Treffer irgendwo am Körper sorgt garantiert für einen gebrochenen Knochen oder einen Riss in einem Organ.

Himmel, wo sind die Soldaten? Ganz gleich, wie viel Kampferfahrung Li Shimin im Gefängnis gesammelt haben mag, er kann unmöglich zwei Leute in Geistrüstung niederringen!

Doch während er und Wang Shicong aufeinander einprügeln, beginnt sich meine Verspannung ganz allmählich zu lösen. Li Shimins scheinbar trunkene Bewegungen haben Methode. Während er Wang Shicongs Schläge abwehrt, bewegt er sich in fließenden Kreisen und verändert ständig seine Position. Es ist, als sei er etwas, durch das der Wind wirbelt, statt ein Kerl, der doppelt so groß und schwer ist wie ich. Wang Shicongs Panzerhandschuhe verschaffen ihm keinerlei Vorteil. Er kann keinen einzigen Treffer landen, während ihn Li Shimin weiter mit den Ellbogen attackiert und ihm ins Gesicht schlägt. Und das alles tut er, während er sich ständig dreht. Er dreht sich und dreht sich, mit einer Eleganz, die er eigentlich auf dem Eis hätte haben sollen, es ist schwindelerregend anzusehen. Auf mich wirkt es wie ein unnötiges Extra, aber dann versucht Wang Shicong, ihn inmitten einer seiner Wirbelbewegungen zu treten.

Li Shimin packt sein Bein und reißt ihn aus dem Gleichgewicht, während er zugleich seine Drehung zu Ende bringt. Dann trifft sein Fuß den Ansatz von Wang Shicongs Oberschenkel, tritt darauf. Ein hörbares Knacken von Knochen folgt, und das Bein ragt ihm nun in einem unnatürlichen Winkel aus dem Leib. Wang Shicong stößt ein kehliges Gebrüll aus, das durch Mark und Bein schneidet, und alle Umstehenden schnappen nach Luft, schwindlig vor Schock. Selbst mir entfährt unwillkürlich ein lauter Aufschrei.

Li Shimin rückt seine Brille zurecht, eine in all dem tierhaften Wahnsinn irgendwie unpassende Bewegung. Die Mordgier in seinen Augen weckt etwas Urtümliches, Tiefverwurzeltes in mir, und dieses Etwas macht das Ganze so ...

Absolut nachvollziehbar.

Meine Anspannung fällt nun ganz von mir ab. Das bestialische Geschrei und Jubelgeheul werden nur noch lauter, aber ich habe keine Angst mehr davor. In diesem Nest von Bestien zu sein, kommt mir mit einem Mal ganz natürlich vor.

Als Li Shimin nun Wang Shicong über den Boden schleudert, leuchtet in meinem Augenwinkel rotes Licht auf.

Der Feuerpilot jagt einen weiteren Qi-Strahl durch die Luft.

Ich schnappe mir mein metallenes Essenstablett und schleudere es durch den Raum. Es trifft den Piloten an der Brust, und er taumelt, verliert die Konzentration auf sein Ziel. Das verschafft Li Shimin genug Zeit, zu ihm hinzuspringen, ihm den Arm auf den Rücken zu drehen und ihn mit dem Gesicht voraus auf die Kante unseres Tisches zu schmettern. Dann wieder. Und wieder. Und wieder.

Zähne und Blut fliegen aus dem Mund des Piloten. Seine

Lippen platzen auf. Für einen Moment begegnen seine blutunterlaufenen Augen meinem Blick.

Ich mustere ihn kühl und denke an das Loch in der Wand, von dem es immer noch herabrieselt, ein Loch, das jetzt auch durch Li Shimin hindurchgehen könnte. Ich greife nach meinen Essstäbchen und kaue langsam auf einer neuen grünen Bohnenschote herum, lasse sie von meinen Lippen herabbaumeln.

Die Begeisterung für den Kampf ist offensichtlich stärker als alle Antipathien und Vorurteile der Zuschauer gegenüber Li Shimin. Die Menge skandiert seinen Namen, und schon sehr bald hört es sich nicht mehr so sehr wie ein Name an, sondern eher wie das rhythmische Heulen eines Wolfsrudels.

Während er bisher den Eindruck gemacht hat, gar nicht mehr mit dem Kämpfen aufhören zu können, kehrt plötzlich klarer Verstand in den Ausdruck seiner Augen zurück. Unbehagen verzieht seine Züge. Mit einem frustrierten Knurren schmettert er den Feuerpiloten ein letztes Mal gegen den Tisch, dann lässt er ihn zu Boden sacken.

Blut rinnt vom Tisch herab und auch von Li Shimins Fingern. Eine dünne Schweißschicht glänzt, wo unter seiner Kopfumhüllung seine Stirn hervortritt. Seine Brust hebt und senkt sich schnell.

Unsere Blicke treffen sich.

*Oh nein.*

Ich schlucke meinen Bissen grüner Bohnen herunter.

Jetzt ist es so weit. Ihm sind alle Sicherungen durchgebrannt.

Und ich bin als Nächstes dran. Gleich werde ich für all die Dinge zahlen müssen, die ich …

»Danke für die Hilfe«, sagt er, kaum hörbar in dem alles andere übertönenden Lärm ringsum. »Alles in Ordnung mit dir?«

Mein Mund bewegt sich mehrfach, ohne einen Laut hervorzubringen. Zuerst habe ich geglaubt, mich verhört zu haben, aber sein Blick wird nun weich und macht unmissverständlich klar, dass ich richtig gehört habe.

»Ähm.« Ich reibe mir die schmerzenden Handgelenke. »Alles bestens.«

»Gut. Entschuldigung.« Er schält sich die locker gewordene Umwicklung vom Kopf und schüttelt sein kurzes zerzaustes Haar frei. Seine Augen wandern zur Seite, und sein Blick senkt sich.

»Entschuldigung? Wofür denn?«

Er fährt sich mit seiner blutverschmierten und zerschnittenen Hand durchs Haar. »Niemand wird sich darüber freuen, was hier vorgefallen ist. Wahrscheinlich habe ich alles für uns nur noch viel schwerer gemacht.«

Damit hat er natürlich recht.

Doch wenn ich in meinem Inneren nach der logischen Energie suche, mich deshalb zu sorgen, finde ich nichts anderes als schlichte Erleichterung – wie die Ruhe, mit der mich der Gedanke an den Tod erfüllt hat, sobald mir klar wurde, wie sehr ich es hasste zu leben.

»Seien wir realistisch.« Der Laut, den ich von mir gebe, ist eine Kreuzung zwischen einem verächtlichen Lachen und einem Seufzer. »Wir sind von Anfang an dem Untergang geweiht gewesen. Die Welt wird uns niemals verzeihen, was wir jeweils getan haben, und es wird immer Menschen geben, denen es gefällt, uns leiden zu lassen. Nicht, dass es unser Ansehen in ihren Augen steigern würde, wenn wir uns einfach widerstandslos hinlegen und uns von ihnen quälen lassen würden.«

Sein Mund klappt auf, dann gibt er ein Schnauben von sich. »Ja. Das stimmt.«

Als er mir wieder in die Augen sieht, breitet sich ein leises Lächeln über seine Züge.

Ein überraschendes Gefühl durchfährt mich, wie hundert Schmetterlinge, die befreit durch meine Brust flattern. Ich reiße den Blick von ihm los und klimpere mit den Wimpern.

Ein lauter Knall hallt durch den Raum, und ich ducke mich an die Wand. Der Geruch von Pistolenrauch weht zu mir herüber. Ein Soldat hat einen Warnschuss in die Luft gefeuert. Die Menge zerstreut sich endlich, und das Jubelgebrüll wandelt sich in Angstschreie und schließlich in Rufe der Verärgerung.

Soldaten kommen um unseren Tisch geschwärmt. Sie packen Li Shimin an den Armen und Schultern und versuchen, ihn auf den Tisch zu drücken, was ihnen jedoch misslingt, bis er schließlich seinen Widerstand aufgibt und von selbst den Oberkörper herabsenkt.

»Irgendetwas stimmt da nicht bei der ganzen Sache«, meint er zu mir gewandt, als sie ihm Handschellen anlegen. »Pass auf. Lass dich auf keinen Fall ...!«

Sie ziehen ihm den dunklen Maulkorb aus Stahl übers Gesicht und befestigen ihn mit einer Schraube an der Seite. Seine Augen weiten sich, glänzen vor Entsetzen. Er beginnt nun einen noch viel erbitterteren Kampf, versucht Laute auszustoßen, die ihm zappelnd in der Kehle stecken bleiben, und schließlich stößt ihm irgendjemand eine Spritze in den Hals.

Er sackt gegen den Tisch, und seine Augen werden glasig. Sie zerren ihn um die stöhnenden und weinenden Piloten herum, die er besiegt hat und die jetzt von anderen Soldaten versorgt werden.

Erst als er außer Sicht ist, wird mir bewusst, dass ich mir beide Hände vor den Mund geschlagen habe und unkontrolliert zittere.

## KAPITEL 18

# NOCH SO EIN MÄDCHEN, DAS ICH NIE HÄTTE SEIN WOLLEN

Als die letzten Sonnenstrahlen hinter der Großen Mauer verschwinden, bringen mich Sima Yi und die Soldaten im Transporter zurück zu Li Shimins Zelle und stoßen mich dann ganz allein hinein.

»Halte dich morgen früh um dieselbe Zeit bereit!«, raunzt Sima Yi, mit seiner Geduld am Ende, und schlägt die Tür zu. Der Knall lässt die Wände vibrieren und kleine Betonteilchen von der Decke rieseln.

Ich könnte schwören, dass er kurz vor einem Schlaganfall stand, als er endlich frisch umgezogen in die Kantine zurückkehrte. Nachdem er sich die Seele aus dem Leib gebrüllt hat, von wegen, dass er »keine zehn Minuten fort war«, und was für ein »Albtraum von Paar« wir doch seien, ist es ihm gelungen, Li Shimins Strafe von drei Tagen Einzelhaft auf einen einzigen Tag herunterzuhandeln, indem er »besondere Umstände« geltend gemacht hat.

Mit einem tiefen Seufzer lasse ich mich aufs Bett fallen. Ich kralle die Hand in die kalten, groben Laken. In alle Richtungen ragt Beton vor mir auf. Als die Stille immer länger und lastender wird, kommt sie in mich hineingekrochen und zerdrückt mir das Herz mit durchdringender Angst.

Ich stehe sofort auf, um nach irgendetwas zu suchen, womit ich mich beschäftigen kann.

Das Ganze ist doch absurd. Ich sollte eigentlich erleichtert statt beunruhigt sein, nicht wieder mit Li Shimin zusammen eingesperrt zu werden.

Jetzt, wo ich weiß, dass er früher einmal eine Partnerin gehabt hat, sehe ich die Damenartikel unter dem Waschbecken im Bad mit anderen Augen.

Während meines Einzelunterrichts am Nachmittag, als mich Sima Yi über alle möglichen Details ins Bild gesetzt hat, was Hunduns, Chrysaliden und Qi angeht, habe ich versucht, ihm weitere Informationen über jenes Mädchen zu entlocken. Doch alles, was ich aus Sima Yi herausbekommen habe, ist, dass sie Wen De geheißen und über so große Fähigkeiten verfügt hat, dass es ihr zusammen mit Li Shimin überhaupt erst gelungen ist, den Zinnoberroten Vogel aus einem seltenen Hundunpanzer der Königsklasse in eine einsatzfähige Chrysalis umzufunktionieren. Ihre erste richtige gemeinsame Schlacht hat sie jedoch nicht überlebt.

Nachdem ich mir all die Schichten von Schminke vom Gesicht geschrubbt habe, wühle ich die Tasche mit schmerzlindernden Kräutern hervor, die einst ihr gehört hat.

Die Badezimmertür knarrt.

Ich fahre sofort hoch und drücke den Rücken durch. Dann werfe ich einen vorsichtigen Blick über die Schulter. Der leere Raum in der Tür des Badezimmers scheint sich zu krümmen, an mir zu zerren.

Aber ich schüttele die Angst genauso schnell wieder ab, wie sie gekommen ist. Falls Wen De unter den Lebenden zu spuken vermag, hoffe ich von Herzen, dass sie ihre Energie nicht auf mich verschwendet.

»Mädchen, geh irgendwo anders hin«, sage ich laut, und

meine Stimme klingt müde. »Geh und töte irgendjemand anderen.«

Stille.

»Hilf mir«, murmele ich.

Da ist nichts, was mir antworten würde.

Ich Dummkopf. Würden tote Konkubinenpilotinnen über irgendwelche übernatürlichen Fähigkeiten verfügen, wäre von der Armee inzwischen wohl nicht mehr viel übrig.

Vielleicht aber versuchen diese toten Mädchen tatsächlich, der Armee zu schaden? Vielleicht sind sie als Hunduns wiedergeboren worden. Ein beunruhigender Gedanke ...

Ein hämmerndes Dröhnen ertönt von der Bunkertür.

Das Bewusstsein droht mir zu schwinden. Ich verharre reglos, stütze mich mit wild pochendem Herzen auf das Waschbecken.

Eine Stimme ruft etwas, aber ich kann nicht hören, was sie sagt.

Als ich nicht antworte, folgt neuerliches stürmisches Klopfen, das immer dringlicher wird. Genau wie auch die Stimme, die ich jedoch immer noch nicht verstehen kann.

»Was ist denn?«, rufe ich.

Weiteres Klopfen. Weitere unverständliche Rufe.

Meine angeschlagenen Nerven vibrieren vor Frustration. Weiß dieser Mensch denn nicht, dass ich die Tür nicht von der Innenseite öffnen kann?

»Worum geht es?« Ich lasse die Kräuter auf dem Waschbecken liegen und trete an die Tür. »Ich kann von innen nicht ...«

Das Schloss knirscht. Die Tür wird aufgestoßen.

Ein Mann mit Kapuze auf dem Kopf kommt hereingestürmt.

Als ich erschrocken aufschreie, zieht er mir einen Sack über den Kopf.

Ich brülle und wehre mich mit aller Kraft, die ich aufbieten kann, aber er schlägt mein Gesicht gegen die Wand. Ein gleißender Schmerz flammt an meiner Wange auf. Ein schriller Ton hallt in meinem Kopf wider.

Trotzdem renne ich zur Tür. Ich muss nach draußen gelangen und sie schließen. Dann kann er mich nicht mehr ...

Ein Stiefel tritt mir auf den Fuß.

Sengender Schmerz schüttelt mich, und mir wird schwarz vor Augen. Ich breche zusammen, sinke in die Arme des Mannes. Er schleudert mich aufs Bett und setzt sich rittlings auf mich, und sein Gewicht drückt meine Hüften nach unten. Seine Hände pressen mir die Luftröhre zu.

Unzählige Sterne tanzen über mein verdunkeltes Gesichtsfeld. Der Druck steigt mir in den Kopf, scheint mir das Blut direkt ins Gesicht zu pressen. Ich kralle ihm die Finger in die Arme und zerkratze sie, aber es ist nutzlos.

»Das ist für Oberst Yang«, höre ich seine gedämpfte, zischende Stimme.

Es ist Xing Tian, der Pilot des Kopflosen Kriegers. Er ist gekommen, um seinen Freund zu rächen.

Ich winde mich sinnlos unter ihm. Meine Beine baumeln vom Bett herunter und treten ins Leere. Tränen brennen mir in den Augen. So will ich nicht sterben. Das kann nicht mein ...!

»Weg von ihr! Sofort!«

Der tosende Strom meines Blutes stockt beim Klang dieser Stimme.

Schritte stürmen herein. Der Druck um meine Kehle herum lockert sich, und ich fülle mir die Lunge bis zum Anschlag. Xing Tians Gewicht weicht von mir, und ich krabbele sofort ganz aufs Bett. Zwischen ihm und dem Neuankömmling bricht eine wilde Rauferei aus. Schreie hallen durch den winzigen Raum. Mit Fingern, die so stark zittern, dass es mir unwirklich erscheint, reiße ich mir die Kapuze vom Kopf.

Xiang Tian eilt zur Tür hinaus. Die Gestalt in den blaugrauen Gewändern, die mit mir im Bunker zurückgeblieben ist und sich keuchend das eine Auge zuhält, den umgeschlagenen schwarzen Hut eines Strategiestudenten auf dem Kopf, ist Yizhi.

# KAPITEL 19

# MEIN POLARSTERN

Er kann nicht wirklich sein.

Er kann nicht *hier* sein.

Bin ich ohnmächtig geworden und habe ihn mir erträumt?

»Himmel, Zetian ...« Er kommt zu mir geeilt und setzt sich neben mich auf das Bett. Seine Hände finden mein Gesicht.

Mein gequälter Atem geht hysterisch schnell. Ich kann nicht sagen, ob ich halluziniere oder nicht. Der pochende Schmerz an der Stelle, wo ich mit der Wange gegen die Wand gekracht bin, erscheint mir nur zu real, aber wann habe ich denn mal keine Schmerzen? Ich streiche ihm über die feinen Konturen seiner Gesichtszüge und zittere dabei so heftig, dass ich ihn kaum zu berühren vermag. Der Bereich um das Auge, das er sich zugehalten hat, rötet sich immer stärker, doch der feurige, beseelte Blick unter seinen dichten Wimpern lässt sich nicht leugnen. In seinen Augen schimmern Liebe und Entsetzen mit der gleichen unbändig wilden Energie.

Ich werfe mich ihm an die Brust und breche in heiseres Schluchzen aus, bohre ihm die Nägel in die Gewänder.

»Es tut mir so leid.« Er legt mir die Hände um den Rücken und umklammert mich so fest, als könnte ich verschwinden, wenn er mich loslässt. »Ich hätte mich früher davonschleichen sollen. Als sie Li Shimin die Gelegenheit verschafft haben, etwas derart Extremes zu tun, und niemand ihn aufgehalten hat, war mir klar, dass etwas Verdächtiges im Gange sein musste.«

Während ich schluchze und huste, schwirrt mir der Kopf, so viele mögliche Schlussfolgerungen ergeben sich aus seinen Worten. Ich greife nach Yizhis Händen, um meine Verbindung zur Wirklichkeit nicht zu verlieren. Die Sache mit der Suppe über Sima Yis Kleidern ... der Kampf ... die Piloten, die Li Shimin provoziert haben ...

Wie viel davon hing tatsächlich miteinander zusammen? Ist mit Absicht geschehen?

»Alle wollen meinen Tod«, presse ich aus meiner übel in Mitleidenschaft gezogenen Kehle hervor. Galle steigt mir vom Magen auf, und mir wird schlecht. Meine Schultern wollen gar nicht mehr aufhören zu zittern, als hätte meine Seele jetzt genug und wollte sich endgültig aus dieser nutzlosen sterblichen Hülle herauswinden.

»Ich hätte beantragen sollen, dass sie Soldaten vor deiner Tür aufstellen.« Yizhi löst den Umhang über seinen Gewändern und legt ihn mir um die Schultern. Unsere Haare bewegen sich im Luftzug, den seine Bewegung erzeugt. Der Duft von Tinte, Baumblättern und Frühling weht durch den dunklen Bunker und verjagt das Gespenst des Alkohols, das in der Betonluft des Raumes spukt.

Ich ziehe den Mantel fester um mich und krächze: »Wieso bist du überhaupt hier?«

»Ich habe ein paar Beziehungen spielen lassen. Bin in einem gerade laufenden Strategenkurs untergekommen.«

»Warum?« Ich schiebe ihn von mir, auch wenn ich mich sofort schmerzlich nach seiner Wärme und seiner unter meiner Berührung spürbaren körperlichen Anwesenheit sehne. »Du Armer ...« Ich fahre vorsichtig über die Ränder der nun schnell anschwellenden heißen Stelle um sein Auge herum.

»Ich musste einfach kommen.« Er streicht mit dem Daumen die Feuchtigkeit auf meinen Wimpern weg. Seine Kehle hüpft auf und ab, als er mühsam schluckt. »Sobald ich dich lebend aus dem Neunschwänzigen Fuchs habe steigen sehen, wusste ich, dass ich dir helfen muss, wo immer ich kann. Ich habe herausgefunden, dass man dich Li Shimin zugewiesen hat, aber ich bin sofort überzeugt gewesen, dass, wenn überhaupt, dann nur du das Unmögliche überleben könntest. Und du hast es tatsächlich geschafft.« Ein breites Lächeln legt sich über seine Züge. Tränen rinnen ihm aus den Augen und leuchten im schummrigen Licht der vergitterten Glühbirne unter der Decke.

»Warum hast du es mich nicht irgendwie wissen lassen?«

Sein Lächeln wird für einen Moment unsicher, auch wenn er die Mundwinkel sofort wieder hinaufzieht. »Du bist jetzt Li Shimins Partnerin. Es wäre dir gegenüber nicht richtig gewesen, dich wissen zu lassen, dass ich in der Nähe war.«

Er hat recht. Wie soll ich mir je wieder über diesen mörderischen Säufer Gedanken machen, solange Yizhi hier ist?

»Du solltest jetzt gehen.« Ich will es mit resolutem Nachdruck hervorbringen, doch dabei wandern meine Hände über seine Seiten, müssen ihn einfach berühren, es geht nicht anders. »Ich habe dir gesagt, dass du dich von mir lösen musst. Ich habe dich verleumdet.«

»Daran gibt es nichts auszusetzen, schließlich habe ich es verdient.« Er legt seine Hand um meine und legt sie auf sein pochendes Herz. Es trommelt ungeniert schnell. »Manchmal fällt es mir schwer, Leuten nicht nachzuschnüffeln und zu versuchen, von ihnen zu bekommen, was ich will. Aber das gilt nicht für dich. Du hast immer dafür gesorgt, dass ich mich dir gegenüber zurückhalte. Du hast mir klargemacht, dass ich einen fürchterlichen Fehler begangen habe, als ich bei dir zu Hause aufgetaucht bin und dich derart in Verlegenheit gebracht habe. Ich ... ich habe verdammt noch mal versucht, dich zu kaufen. Ich habe sogar den Zeitpunkt mit Absicht genau so gewählt, dass ich an deine Tür geklopft habe, kurz bevor das Schwebeboot eingetroffen ist, um dich in letzter Minute zu erwischen, wenn du deine Entscheidung womöglich noch einmal bereust. Es tut mir leid.«

Zu erfahren, wie genau das Ganze von ihm geplant war, lässt mich die Stirn runzeln. Aber jetzt entschuldigt er sich schließlich, nicht wahr? »Ich bin froh, dass du eingesehen hast, warum es falsch war«, murmele ich mit gesenktem Kopf. Die vorderen Locken baumeln an den Rändern meines Gesichtsfelds.

»Ja.« Er streicht mir mit den Fingerknöcheln über die Wange. »Wenn man jemanden dafür schätzt, dass er so ein erstaunlicher Mensch ist, dann entreißt man ihn nicht seinen Wurzeln, nur um dann mit ansehen zu müssen, wie er einem in den Händen verwelkt. Man hilft ihm vielmehr, aufzublühen und zu jenem unglaublichen Wesen zu werden, das zu sein ihm eigentlich bestimmt ist. Und nein, ich erwarte keine Gegenleistung von dir, also fühl dich nicht unter Druck gesetzt. Ich habe hier einfach getan, was ich tun wollte.«

Erneut drohe ich die Fassung zu verlieren. »Aber dein großer Traum ist es doch gewesen, Arzt zu werden.«

Yizhi schnaubt spöttisch. »Zetian, ich bin jung und reich. Ich könnte meine bisherigen Pläne jederzeit wieder aufnehmen. Aber du?« Er hebt mit der Seite seines Zeigefingers mein Kinn an. Wärme durchströmt mich wie die Hitze eines Feuers, die die Luft in Wallung bringt. »So jemand wie du wird mir wohl nie wieder über den Weg laufen.«

»Oh Mist.« Meine Stimme droht zu versagen, sie ist hoch und dünn. »Du liebst mich wirklich.«

Yizhi starrt mich mit offenem Mund an. Dann bricht ein ungläubiges Lachen aus ihm heraus. »Also gut, lass mich eins klarstellen: Wu Zetian, du inspirierst und ermutigst mich. Wann immer ich die Hoffnung verliere, dass die Welt sich ändern kann, denke ich an dich. Ich denke daran, wie du um das kämpfst, was du willst, ganz egal, was andere sagen, ganz egal, was dir im Weg steht.« Er nimmt mich in die Arme und murmelt mir ins Haar: »Du bist mein Polarstern. Ich gehe, wohin immer du mich führst.«

In mir bricht ein Damm, und das Herz fließt mir über. Und heraus quillt alles, was ich während der vergangenen zwei Wochen in verschiedenen Gefängnissen zurückgehalten habe. Ich löse mich an seiner Brust in ein Häufchen Elend auf, und jämmerliches Schluchzen überkommt mich, während meine Tränen den weißen Stoff seiner Innenkleider beflecken.

Irgendwann habe ich bis zur Erschöpfung geweint und flenne nur noch leise vor mich hin, den Kopf in Yizhis Halsbeuge geschmiegt. Er streichelt sanft mein Haar. Ich finde es schrecklich, dass er mich hat retten müssen und dass ich außerhalb einer Chrysalis so schwach bin, und doch breitet sich in mir zum ersten Mal seit langer, langer Zeit so etwas wie Frieden aus.

Ihm gegenüber macht es mir nichts aus, mich so hinzugeben, nachzugeben. Ich könnte eine Ewigkeit hier verbringen.

»Wann soll ich mit Stratege Sima in Verbindung treten?« Sein Flüstern gräbt einen kleinen, aber nicht mehr zu schließenden Riss in meine Gemütsruhe.

Mein Bewusstsein löst sich aus dem Nebeldunst, in dem es sich verloren hat. Alles um mich herum wird schmerzhaft scharf. Ein kaltes Kribbeln überzieht mein Gesicht mit einem tauben Gefühl. Die pockennarbenartigen Löcher im

Beton der Wände starren mich an wie hundert anklagende Augen.

Wenn die Armee irgendeine Möglichkeit hat, die genaue Uhrzeit zu ermitteln, zu der Xing Tian mich angegriffen hat, werden wir bald jemandem davon berichten müssen, sonst macht uns der zeitliche Abstand verdächtig.

Dann, danach, werde ich wieder in das Leben zurückkehren müssen, in dem ich jeden wachen Moment mit Li Shimin verbringe. Die Armee darf nicht herausfinden, dass Yizhi und ich einander kennen. Wer weiß, wie sie die Sache zu ihren Gunsten drehen würde, um ihre Macht über mich auszuweiten?

Das Gefühl von Verhängnis pocht in mir wie eine Beerdigungstrommel, aber ich richte mich auf und stähle meine Nerven. Ich muss das Beste aus meiner Zeit mit Yizhi machen.

Ich bitte ihn, mich über all das zu informieren, was ich über meinen berühmt-berüchtigten Status nicht habe wissen dürfen. Wie die Öffentlichkeit wirklich auf mich reagiert hat, was genau die Leute mitbekommen haben.

Er zeigt mir einige Reaktionen in den Nachrichtenforen. Ich bin über die vergangenen zwei Wochen hinweg ein häufig wiederkehrendes Thema gewesen, trotz der anfänglichen Bemühungen der Weisen, entsprechende Erwähnungen zu zensieren. Meist handelt es sich um Spekulationen darüber, *was* ich bin; die Menschen scheinen entschlossen zu glauben, ich sei entweder besessen oder überhaupt nicht menschlich. Die Vorstellung, dass »irgendein x-beliebiges Mädchen« so große Fähigkeiten haben könnte, ist für sie unbegreiflich, wiewohl doch Yang Guang, Li Shimin und Qin Zheng alle »x-beliebige Jungen« gewesen sind, bevor man sie rekrutiert hat. Mit den Bildern vom heutigen Tag verlagert sich die allgemeine Aufmerksamkeit jedoch auf das äußere Erscheinungsbild von Li Shimin und mir. Meine Neugier treibt mich dazu, zu den Aufnahmen selbst weiterzuscrollen, aber beim ersten Blick auf seinen um meine Schultern gelegten Arm überläuft mich eine Welle des Unbehagens.

Diese Fotos kann ich mir nicht ansehen, solange Yizhi hier bei mir ist.

*Du weißt, dass das reine Vortäuschung ist, nicht?*, will ich sagen, aber das würde allzu rechtfertigend klingen und alles nur noch schlimmer machen.

Stattdessen wechsele ich das Thema und frage ihn, ob es in der Vergangenheit irgendwelche anderen Eisernen Witwen gegeben habe. Er meint, er könne versuchen, es herauszufinden, merkt aber an, dass die Armee Unterlagen über frühere Piloten und Pilotinnen fest unter Verschluss hält.

Wie auch immer, ich weigere mich jedenfalls zu glauben, dass irgendetwas am Umgang der Armee mit dem ganzen Thema wirklich von naturgegebenen Umständen abhängt.

»Wie konnten sie Frauen nur ihre eigenen Chrysaliden verweigern?«, stoße ich durch zusammengebissene Zähne hervor. »So etwas wäre im Krieg doch eine wirklich große Hilfe!«

Yizhis Augen verdunkeln sich. »Welche Familie würde ihrem Sohn erlauben, sich freiwillig zur Armee zu melden, wenn die realistische Möglichkeit bestünde, dass er von einem Mädchen getötet wird? Ich bin mir sicher, Xing Tian hat nicht nur wegen Yang Guang versucht, dich zu ermorden. Er und die anderen Piloten müssen außerdem schreckliche Angst vor dir haben. Du könntest jeden von ihnen umbringen, indem du sie zusammen mit dir in eine Chrysalis zwingst – etwas, was ihnen bisher immer nur Macht verliehen hat. Sie haben nicht die geringste Ahnung, wie sie damit umgehen sollen.«

Ich stoße einen Seufzer aus, der über tausend Jahre hinweg kein Ende zu nehmen scheint. »Ich bin es so müde, eine Frau zu sein.«

»Klar. Wenn du ein Mann wärst, würdest du inzwischen die Welt beherrschen.«

»Ach, ich weiß nicht, ob das so einfach ist. Ich müsste trotzdem noch die richtige Art Mann sein. Das ist wahrscheinlich etwas, was man im Auge haben sollte, wenn man mal bei einem Geist einen Wunsch frei haben sollte. ›Mach mich zu einem Jungen!‹ Peng. Ich werde in einen großen, muskulösen Rongdi verwandelt. Und alle haben sie eine solche Angst vor mir, dass sie mich am liebsten einfach in die Wildnis jagen würden. Ich kann nicht das Geringste erreichen.«

»Da ist was Wahres dran.« Yizhi zieht nachdenklich die Brauen hoch. Sein Blick wandert zur Seite, um dann langsam wieder zu mir zurückzugehen. »Das sagst du wegen Li Shimin, nicht wahr?«

Ich spanne mich an. »Ich ...«

»Wie ist er so?« Yizhis Gesichtsausdruck bleibt ruhig und harmlos, doch ich kann erkennen, dass er sich angestrengt darum bemüht. »Behandelt er dich gut?«

»Ich ... ich weiß es nicht. Ich bin erst seit einem Tag bei ihm.«

»Trinkt er denn viel?« Yizhi schnuppert. »Es riecht hier drin wie in einer Schnapsbrennerei.«

Ich ziehe die Schublade unter dem Bett auf. Die ganze Palette von Flaschen kommt glänzend zum Vorschein.

Yizhi weitet kurz die Augen, dann kneift er sie eng zusammen. »Das ist nicht gut. Er muss ausgenüchtert werden. Er wird nie die volle Kontrolle über seine Chrysalis haben, wenn er nicht nüchtern ist.«

»Ja, gut. Nur zu, sag ihm das.« Ich wuchte die Schublade wieder zu. »Gleich nachdem er aus der Einzelhaft zurückgekehrt ist, weil er mit bloßen Händen zwei Piloten in ihren vollen Rüstungen zu Brei geschlagen hat.«

»Kein schlechter Plan.« Yizhi nickt. »Jetzt, wo ich weiß, dass du hier bist, kann ich dir vielleicht auch auf direktem Wege helfen.«

»Moment mal, nein, das war der reine Sarkasmus.«

»Ich weiß. Aber es passt. Ich *werde* erklären müssen, warum ausgerechnet ich es war, der dich gerettet hat. Und ganz ehrlich, ich würde ihn wirklich gern mal kennenlernen.«

Mein Mund öffnet und schließt sich. »Warum?«

Yizhi atmet heftig ein. »Na gut, was ich dir jetzt sage, wird echt sonderbar klingen, aber ich habe die vergangene Woche damit verbracht, Informationen über ihn ans Licht zu bringen, und er ist gar nicht der, als den die Medien ihn darstellen. Hat er dir erzählt, dass er die Phönix-Oberschule von Longxi besucht hat? Das ist eine der besten Schulen in der ganzen Provinz Tang!«

»Oberschule?« Ich habe bisher angenommen, dass er bestenfalls die Mittelschule besucht hat. Alles andere ist völlig übertrieben für jemanden, der nicht vorhat, ein Bürokratengelehrter unter den Weisen zu werden, und die Prüfungen für die Bürokraten sind so angelegt, dass es praktisch unmöglich ist, sie zu bestehen, es sei denn, man kommt aus einer adligen oder reichen Familie.

»Genau, und er war der Klassenbeste!« Lebhaft gestikulierend erzählt mir Yizhi von der während seiner Recherchen unternommenen Reise, um Menschen aus Li Shimins Leben aufzuspüren. Wei Zheng, einer seiner alten Lehrer, hat ihm berichtet, Li Shimin sei immer mit frischen Striemen und Blutergüssen auf den Händen und im Gesicht zum Unterricht aufgetaucht, und er habe stets ganz hinten gesessen und nie mit jemandem gesprochen, trotzdem bekam er für jede Prüfung und jede Hausaufgabe Bestnoten. Seine Zensuren seien so gut gewesen, dass die Schule gar nichts von einem Schulausschluss hören wollte. Er hat den Notendurchschnitt der gesamten Klasse verbessert.

Was die Frage betrifft, wieso denn er, ein Junge aus einer Familie von Bauarbeitern, sich die Oberschule leisten konnte, so hatte ein gewisser Yuchi Jingde, Rausschmeißer in einem Club, für Yizhi die Antwort parat. Wie sich herausstellte, kämpfte Li Shimin im Ring dieses exklusiven Kampfclubs, wo reiche Leute hingingen, um zuzuschauen, wie Rongdi einander zusammenschlugen. Und so hat Yizhi erfahren, dass Li Shimin zwischen zwei Kämpfen immer für die Schule lernte, ganz gleich, wie schwach die Beleuchtung gewesen sein mochte. Er verdarb sich dabei gründlich die Augen, war aber immer noch einer ihrer besten Kämpfer. Alle fanden es rätselhaft und unerklärlich.

»Es ist auch unerklärlich!«, stoße ich hervor. »Man wird aus ihm als Mensch einfach nicht schlau!«

»Oh, warte, bis du seine Kunstwerke gesehen hast. Vor allem seine Kalligrafie. Ich weiß, ich mache mich oft über Kunststudenten lustig, aber schau dir nur mal das hier an.« Yizhi zieht sein Tablet unter seinen Gewändern hervor und wischt zu einem Foto von einem auf Papier geschriebenen Gedicht. Der Gebrauch von Papier ist inzwischen allgemein nicht mehr sonderlich verbreitet, wegen der Notwendigkeit, die Wälder auf dem Gebiet von Huaxia zu schützen.

Ich will ihm in Erinnerung rufen, dass ich ein Bauernmädchen aus dem Grenzland bin und nichts über Kalligrafie weiß – ich kann das Gedicht nicht einmal lesen, so stilisiert sind die Schriftzeichen –, aber etwas an Li Shimins Schrift macht mich sprachlos. Die Striche und Linien scheinen eine eigene abstrakte Bedeutung zu übermitteln, sind wie sichtbar gemachter Klang. Ein Klang von Eleganz und Macht.

Ich muss den Blick gewaltsam davon losreißen.

»Wie dem auch sei, die Sache ist irgendwie traurig.« Yizhi betrachtet das Gedicht mit halb geschlossenen Lidern. »Ich glaube, er hat ehrlich versucht, sich ein eigenes Leben aufzubauen, bevor ... du weißt schon. Und sie haben ihn aus irgendeinem Grund nach Erwachsenenrecht verurteilt. Obwohl er erst sechzehn gewesen ist.«

Ein Stich geht mir durchs Herz. Das hätte ich nicht zu hören brauchen. »Sollen wir jetzt etwa Mörder wegen ihrer hübschen Schrift freisprechen?«

Yizhi hebt konsterniert den Kopf. »Seit wann macht dir die Ermordung von Menschen zu schaffen, die alles andere als unschuldig sind?«

»Die Sache mit seiner Familie – das sind nicht die Morde, von denen ich spreche.«

»Aha. Ähm ...«

»Ich denke einfach ... Na ja, der einzige Grund, warum du ihm gegenüber gewillt bist, beide Augen zuzudrücken, ist der, dass du am Anfang die denkbar schlechteste Meinung von ihm hattest. Sobald du dann herausgefunden hast, dass er nicht das absolute Ungeheuer ist, das du erwartet hast, ist dir nichts anderes übrig geblieben, als besser von ihm zu denken. Viel besser, als er es verdient.« Ich zucke zusammen und verdränge die Erinnerung daran, wie mich Yang Guang so unvorbereitet drangekriegt hat. »Aber stell dir mal vor, du wärst einer seiner Klassenkameraden oder Nachbarn, und du wüsstest von all den gelehrten Dingen, die er zuwege gebracht hat, und hättest *dann* erst herausgefunden, dass er seine Familie ermordet hat und zum Eisernen Dämon geworden ist. Wäre deine Reaktion dann nicht genau umgekehrt gewesen? Würdest du dich nicht auf ewig ganz weit von ihm fernhalten wollen? Aber es sind dieselben Informationen, du bekommst sie nur in einer anderen Reihenfolge.«

»Ich meine ...« Yizhi verzieht das Gesicht, dann seufzt er.

»Ich sollte trotzdem immer noch zumindest versuchen, mit ihm zu reden. Überleg doch mal: Wenn ich eine Gelegenheit finden könnte, mich mit ihm anzufreunden, dann wäre das der perfekte Vorwand, um in eurer beider Nähe zu bleiben. Dann könnte ich jederzeit eingreifen und helfen, ohne dass es verdächtig wirken würde.«

Mir klappt der Unterkiefer herunter. *Yizhi will so tun, als würde er sich mit Li Shimin anfreunden, damit er an meiner Seite bleiben kann?*

Ich will diese Idee auf der Stelle von mir weisen – ich *sollte* sie von mir weisen, denn das Ganze bettelt förmlich darum schiefzugehen –, aber nach dem, was heute Abend passiert ist, bringe ich es nicht fertig, ihn jetzt noch einmal wegzustoßen.

»Na schön. Wie du willst.« Ich ziehe seinen Umhang fester um mich und hoffe inständig, dass dieses Zusammentreffen der Gegensätze nicht mit einer Katastrophe endet.

# KAPITEL 20

# ZEHNTAUSEND GRÜNDE

Als Li Shimin aus der Einzelhaftzelle kommt, sieht er noch schlimmer aus als nach dem Kampf. Sie haben ihm seine Brille nicht weggenommen, aber hinter den dicken Gläsern sind seine geschwollenen Augen trüb und blutunterlaufen. Dunkle Ringe prangen unter ihnen, ähnlich intensiv verfärbt wie die blauen Flecken, die sich auf meiner Wange und meinem Hals gebildet haben.

Wir hatten wohl alle eine schlimme Nacht.

»Ich brauch was zu trinken«, ist das Erste, was Li Shimin krächzt, nachdem die Soldaten seinen Maulkorb aufgeschlossen haben. Ein hartnäckiger Stachelbart ist erneut aus seiner Kinnpartie gesprossen. Seine Hände bleiben zu Fäusten geballt, um sein Zittern zu unterdrücken. Seine Kettenleine ist auffällig kürzer geworden.

Es brauchte eine Weile, dann fährt er beim Anblick meines zerschundenen Gesichts und der blauen Flecken auf meinem Hals erschrocken zurück.

»Ich bring ihn um!« Sein Schrei hallt über den Betonflur wider, nachdem ihm Sima Yi berichtet hat, was passiert ist.

»Nein.« Sima Yi muss ihn zurückhalten, und er winkt den Soldaten beschwichtigend zu. »Überlass die Ermittlungen dem Disziplinarausschuss. Du kannst es dir nicht leisten, dir noch mehr Ärger einzuhandeln. Du stellst die Geduld der Weisen ohnehin schon auf eine harte Probe. Das hier ist Strategiestudent Gao.« Er deutet mit dem Daumen auf Yizhi. »Er ist zufällig in der Nähe deines Bunkers vorbeigeschlendert und hat sich ein blaues Auge eingefangen, um dein Mädchen zu retten. Dann ist er die ganze Nacht draußen vor der Tür geblieben, um sicherzustellen, dass ihr nichts passiert, selbst noch nachdem ich Soldaten an deiner Tür postiert hatte. Er ist ein guter Junge. Bedanke dich bei ihm. Nicht, dass du irgendwelche Pläne ausheckst, ihm auch noch einen Hieb auf sein anderes Auge zu verpassen.«

»Oh.« Li Shimin lässt den Blick seiner blutig zugeschwollenen Augen über Yizhi wandern. »Ähm ... danke.«

Yizhi schaut zu ihm auf, und seine Brust hebt und senkt sich rhythmisch. Ich glaube nicht, dass er geistig darauf vorbereitet gewesen ist, welch eindrucksvollen Anblick Li Shimin in Fleisch und Blut bietet. Er reagiert eine Sekunde zu spät. »Es ist ... ist kein Problem! Ich bin ein großer Verehrer von dir, weißt du. Habe viel über dich gelesen.«

»Ähm ...«, beginnt Li Shimin, aber er scheint nicht recht zu wissen, wie er fortfahren soll.

Yizhi schluckt. Seine Ohren werden rot, und in mir regt sich ein zweifelndes Gefühl wie eine Frage.

Ich habe schon einige Male überlegt, ob Yizhi sich womöglich nicht nur von Frauen angezogen fühlt. Wir haben bei unseren Zusammenkünften im Wald nie gewagt, Themen wie dieses anzuschneiden, aus Angst davor, uns die knisternde Spannung zwischen uns einzugestehen, aber aufgrund der Art und Weise, wie er über gewisse männliche Berühmtheiten gesprochen hat, habe ich mir unwillkürlich diese Frage gestellt. Solche Dinge sind daheim in meinem Dorf ein alltägliches Thema für Klatsch und Tratsch, aber ich muss ehrlich sagen, auch ich selbst bin umgekehrt von

Bildern von Frauen schon des Öfteren wie gebannt gewesen. Ich bin der Auffassung, dass immer nur Mann und Frau zusammen sein können, genauso überdrüssig wie des Systems von Pilot und Pilotin.

Aber Yizhi macht nur noch einen kurzen Moment lang den Eindruck, als hätte ihm Li Shimins Gegenwart den Atem verschlagen, dann reißt er sich zusammen und findet wieder in seine einstudierte Rolle. Unter dem Vorwand, sich aufgrund der Gerüchte, wir zwei könnten womöglich die Provinz Zhou zurückerobern, mit Li Shimins Persönlichkeit beschäftigt zu haben, bietet er ihm seine Unterstützung an, um vom Alkohol loszukommen. Er ist bereit, ihn beim Entzug mit den bestmöglichen Mitteln zu versorgen, die man mit Geld kaufen kann. Yizhi hat dieses Thema auf unserem Weg hierher bereits mit Sima Yi besprochen, und Sima Yi hat widerstrebend eingeräumt, dass wir im Kampf viel bessere Siegesmöglichkeiten hätten, wenn Li Shimin die Chrysalis nüchtern steuern würde.

Li Shimin indessen zeigt sich unempfänglich für diese Idee. Sein Gesichtsausdruck wird sofort leer und emotionslos. Er wendet sich zum Gehen.

»Nein, hör zu.« Yizhi versperrt ihm den Weg. Es bedarf all meiner Disziplin, ihm nicht zuzurufen, dass er vorsichtig sein soll. »Ich weiß nicht, wie es so weit hat kommen können, aber ich glaube an dich. Es heißt, Geistdruck sei in Wirklichkeit ein Maß für Willenskraft. Das bedeutet, dass du *zehntausend* Gründe hast, zumindest zu versuchen, deine Sucht zu bezwingen.«

Ein von innerem Zwiespalt zeugender Schmerz spannt die Haut um Li Shimins Augen an. Für eine Sekunde scheint es so, als würde er vielleicht Ja sagen, aber dann versucht er wieder davonzuschlüpfen. »Lass mich in Ruhe.«

*»Nein.«* Yizhi packt Li Shimins Kette und zieht ihn auf

Augenhöhe zu sich heran. Es rasselt. Sima Yi und ich schnappen beide hörbar nach Luft.

»Lass los. Sofort.« Zorn befeuert Li Shimins Augen, als hätte plötzlich jemand seine Seele wieder eingeschaltet. Die Soldaten greifen nach ihren Waffen. Seine Hände ballen sich zu Fäusten und entspannen sich wieder, bleiben aber in der Nähe seiner Beine.

Yizhi gibt nicht klein bei, seine Hände beben, doch sein Blick wird eiskalt, nimmt jenen frostigen, zielstrebig-unbeirrbaren Ausdruck von Leere an, der mich jedes Mal überrascht, wenn er ihn überkommt. Die Luft knistert zwischen ihm und Li Shimin. Ich habe vergessen, wie man atmet.

»Wenn du nicht ausnüchterst, verschwendest du sowohl deine Fähigkeiten als auch die von Pilotin Wu«, unterstreicht Yizhi und klingt jetzt wie ein völlig anderer Mensch. Kein Erröten mehr. »Das ist ihr gegenüber nicht gerecht.«

Die grimmige Falte zwischen Li Shimins Brauen zuckt. »Was geht dich das an?«

Durch Yizhis Gefasstheit geht ein winziger Riss. Ich verspanne mich und hoffe, dass nur ich ihn gut genug kenne, um es wahrgenommen zu haben.

Langsam lässt er Li Shimins Kette los, immer einen Finger nach dem anderen von den einzelnen Gliedern lösend. »Was geht *dich* das an? Du musst lange Zeit auf ein Mädchen wie Pilotin Wu gewartet haben, nicht wahr? Es gibt keinen einzigen Piloten, der sich nicht insgeheim nach einer wahren, ebenbürtigen Partnerin sehnt. Du musst geglaubt haben, dass du deine niemals finden würdest. Und doch ist sie jetzt hier.« Yizhis Blick wandert zu mir herüber, und ein feuchter Schimmer legt sich über seine Augen. »Das Mädchen, das es gegen alle Wahrscheinlichkeit bis zu dir geschafft hat.«

Ich werde starr wie Stein.

*Schau weg,* flehe ich ihn stumm an. *Das ist alles allzu offensichtlich.*

Doch als sich sein Blick von mir löst, reißt er zugleich ein kleines Stück meines Herzens mit.

»Es geht nicht mehr nur um dich allein«, lässt Yizhi Li Shimin wissen. »Sieh sie dir an. Sie dir dieses Mädchen an. Willst du sie wirklich mit dir ins Verderben zerren, auch wenn du zehntausend Gründe hast zu versuchen, besser zu sein?«

Li Shimin schweigt für eine lange Zeit, dann aber schließt er die Augen und stößt ein Schnauben aus. »Mittlerweile sind es sogar achtzehntausend Gründe.«

»Gut.« Yizhis Stimme zittert, als sich seine Anspannung nun allmählich löst. »Du wirst deine Laster aufgeben, und du wirst der beste Partner sein, den ein Mädchen haben kann. Und ich werde da sein, um dir zu helfen, so gut ich kann.«

Ich weiß nicht, ob ich lachen oder weinen soll.

Was für eine schräge Nummer. Das kann ja heiter werden.

## KAPITEL 21

# DAS KANN HEITER WERDEN

»Was immer dir passiert, die Armee ist für nichts verantwortlich. Verstanden, reicher Junge?« Sima Yi schließt die Tür zu Yizhis neuem Quartier auf – zu *unserem* neuen Quartier.

Yizhi hat keine Zeit verschwendet. Während Li Shimin und ich den Nachmittag damit verbracht haben, wieder einmal beim Eistanz zu scheitern – seine sich verschlimmernden Entzugserscheinungen haben die Sache zusätzlich erschwert –, hat Yizhi eine Wohnung mit mehreren Zimmern direkt im Kaihuang-Wachturm gekauft.

Na schön, er hat sie nicht *gekauft*. Man kann an der Großen Mauer keinen Grundbesitz erwerben. Aber er hat der Armee eine »großzügige Spende« zukommen lassen, und so haben sie es ihm erlaubt, eine gerade freie Wohnung zu »borgen«, die eigentlich für einen ranghohen Strategen und seine Familie reserviert ist, wenn sie aus ihrer Heimatstadt hier zu Besuch sind.

Und so ziehen wir drei jetzt zusammen.

Was ich aus all diesem Wahnsinn gelernt habe, ist, dass man seine Probleme durchaus lösen kann, indem man sie nur mit genug Geld bewirft. Wenn einem das nicht gelingt, hat man wahrscheinlich für dieses eine spezielle Problem nicht genug Geld.

Da Li Shimin rund um die Uhr eingesperrt sein soll, ist das Schloss an der Wohnungstür durch eines aus einer Gefängniszelle ersetzt worden. Wir müssen Sima Yi anrufen, wenn wir weggehen wollen. Was kein Problem ist, denn seine eigene Wohnung liegt nur drei Stockwerke über der unseren. Er mahnt uns, ihn nicht zu oft mit solchen Bitten zu behelligen, dann zieht er die Tür hinter sich zu und sperrt uns für die Nacht ein.

Sobald das Echo vom Zuschlagen der Tür verhallt ist, macht sich eine benommene Erleichterung in mir breit. Ich atme ein, atme aus, sehe mich in der Zimmersuite um. Sie ist kompakt und praktisch. Nicht groß oder elegant wie die Dachwohnung eines Piloten, aber im Vergleich zu Li Shimins Bunker trotzdem das Paradies.

Ein weiterer Grund, Yizhi zu danken. Ich hätte dort unten nie wieder ruhig schlafen können.

Das dunstige orangerote Licht des Sonnenuntergangs fällt schräg durch das Fenster und ergießt sich über eine schmale Küche und einen hölzernen Esstisch. Ich schiebe die Glastüren auf, durch die ich in die Küche gelange, und beuge mich durch ein offenes Fenster. Kahle Ebenen breiten sich unter der sinkenden Sonne bis in die Unendlichkeit aus und tragen den Duft von Erde und allerlei wilden Geschöpfen herein. Hier im Nordwesten von Huaxia ist der Boden grau von den Ablagerungen metallweißen und wasserschwarzen Geistmetalls. Diese kristallisierten Qi-Körnchen haben die Hunduns überhaupt erst zu unserem Planeten geführt. Sie brauchen sie, um Verletzungen zu heilen und um sich zu reproduzieren. Aber wonach ich jetzt Ausschau halte, ist ...

Der Weiße Tiger kauert in seiner Ruheform neben dem Fenster, schwindelerregend hoch, bereit, sich auf seine Beute zu stürzen. Unsere im dreizehnten Stockwerk des Wachturms gelegene Wohnung befindet sich auf gleicher Höhe mit seinem Hals, der so glatt ist wie Seife, aber außerordentlich kräftig. Er wirkt nackt, weil er jetzt nicht mit den grünen und schwarzen Linien gestreift ist, die erst sein legendäres Pilotenpaar beisteuert, aber trotzdem überkommt mich eine überbordende, freudige Aufregung. Es ist, als wäre ich wieder ein Kind, damals, als ich Geschichten über Chrysaliden und Piloten genießen konnte, ohne an die Folgen zu denken.

»Yizhi!«, rufe ich und packe ihn am Arm, als er neben mich tritt. »Das ist der Weiße Tiger! Der Weiße Tiger! Gleich dort drüben!«

»Ja, und?« Er lacht. Der flammende Himmel rötet sein Gesicht und lässt seine Augen aufflammen. Der wilde, böige Wind weht ihm widerspenstiges Haar über die Wange. »Du bist die Pilotin des Zinnoberroten Vogels!«

Ich seufze. Schuldgefühle und die kalte Realität lassen meine Aufregung dahinschwinden. Auch wenn der Weiße Tiger von einer ebenbürtigen Partie gesteuert wird und man ihm unbesehen die Daumen drücken kann, ist er dennoch Teil des schrecklichen Pilotensystems. Ich kann der Fantasie von Macht und Heldentum, die die wahren Gräuel übertüncht, nichts abgewinnen. »Stimmt.« Ich streiche Yizhi die widerspenstige Haarsträhne hinters Ohr, dann blicke ich zur Decke hinauf. »Dugu Qieluo und Yang Jian wohnen oben in der Dachwohnung, nicht? Ob wir ihnen wohl mal über den Weg laufen werden?«

Yizhi zuckt bei meiner Berührung zurück, lächelt aber schief. »So viel ich gehört habe, sollte man Dugu Qieluo am besten nie über den Weg laufen.«

»Ach komm, bitte. Du weißt, dass sie bei Geschichten über selbstbewusste Frauen immer übertreiben. Außerdem, ist es nicht vielmehr Yang Jian, der mich beunruhigen sollte? Er ist doch ein entfernter Verwandter von Yang Guang, nicht?«

»Ich habe gehört, dass sie sich nicht gut vertragen hätten.« Yizhi zuckt die Achseln. »Außerdem ist er ein verdammter Prinzgeneral. So etwas Impulsives wie Xing Tian würde er niemals tun.«

»Ich hoffe, du hast recht. Ich möchte mich wirklich nicht sorgen müssen, dass da wieder einer ...«

Li Shimins hoch aufragende Gestalt erscheint am Rand meines Gesichtsfelds. Er steht draußen vor der Küche, und die Glut des Sonnenuntergangs glänzt in seinen Brillengläsern.

Ich reiße die Hand von Yizhis Arm, als hätte ich mich verbrüht.

»Ähm, ich fange jetzt an, die Medikamentenmischung anzusetzen.« Yizhi setzt ein Lächeln auf und hebt das papierumwickelte Päckchen mit den Kräutern hoch, die die Armeeärzte Li Shimin empfohlen haben. Sie haben ihm auch einige teure Medikamente aus dem Labor verschrieben, aber traditionelle Heilmittel auf Kräuterbasis sind auf lange Sicht besser für den Qi-Fluss.

Während Yizhi einen Tontopf aufsetzt, verlasse ich die Küche. Li Shimin geht mir nicht aus dem Weg, nicht einmal, als mein Gesicht fast seine Brust streift. Meine Rippen krampfen sich um meine Lunge zusammen, aber ich ziehe die Glastüren hinter mir zu, schiebe mich an ihm vorbei, setze mich an den Tisch und gebe mich ganz unbefangen. Das Gewicht seines Blicks folgt mir, haftet an mir, lastet mir schwer auf der Seele.

Schritte. Holz kratzt über Fliesen, als er sich einen Stuhl heranzieht und sich ebenfalls setzt.

Ein Kribbeln wandert meinen Rücken hinauf und zieht mir über die Kopfhaut. Meine Kehle wird trocken. Ich sehe zur massiven Metalltür hin, die mir eine Flucht versperrt. Die Erinnerung daran, wie er das Gesicht des Feuerpiloten auf unseren Tisch in der Kantine geschmettert hat, geht mir durch den Kopf und lässt mich innerlich erbeben. Ich halte den Blick auf den klebrigen Vinylüberzug der Tischplatte gerichtet, und mein Herz hämmert ein Gebet, dass er doch bitte keine Fragen über mich und Yizhi stellen möge.

Dann reiße ich mich zusammen.

Unzählige Male habe ich zugesehen, wie mein Vater meine Mutter in ein ängstliches Nervenbündel verwandelt hat, einfach, indem er selbst zu einer finster über dem Raum lastenden Wolke geworden ist. Er hat weder geflucht noch herumgeschrien, aber er hat seine Schale eine Spur zu laut auf den Tisch aufgesetzt oder die Türen ein wenig zu heftig zugeworfen. Meine Mutter hat dann immer vorsichtig einen Bogen um ihn geschlagen, als wäre er eine Bombe, und sich um jede ihrer Bewegungen gesorgt, aus Angst, sie könne ihn endgültig zum Explodieren bringen. Ohne auch nur ein einziges Wort zu sagen, hat er sie so dazu gebracht, sich förmlich ein Bein auszureißen und seine Bedürfnisse und Wünsche stets über alles andere zu stellen, von der Hoffnung geknechtet, dadurch den lastenden Druck im Haus zu lindern und wieder Normalität einkehren zu lassen. So hat er ihr eingebläut, wie sie sich zu verhalten habe.

Ich selbst bin nie willens gewesen, die Lektionen meines Vaters zu lernen. Meine Standardlösung war immer, ihn zu reizen, bis er explodierte. Einige Momente des Schmerzes waren besser als Tage und Nächte der Furcht.

»Hast du irgendein Problem?«, zische ich leise und reiße den Kopf in die Höhe.

Li Shimin wendet den Blick von mir ab, aber seine Schultern zittern weiter vor Anspannung. Die dunklen Ringe unter seinen Augen scheinen sich bis in seine Knochen eingegraben zu haben. Seine Lippen sind zu einem dünnen Strich zusammengepresst, als unterdrückte er einen Schrei – der Wut oder auch des Schmerzes. Sein Körper ist ein Schlachtfeld, auf dem allerlei widersprüchliche Regungen miteinander ringen. Ich kann nicht erkennen, was ein Symptom ist und was eine Gemütsregung.

Wasser kocht und pfeift aus dem Tontopf, das Geräusch dringt gedämpft durch die Küchentüren. Dampf beschlägt das Glas, von der untergehenden Sonne in ein glühendes Orange getaucht, wie ein ausbrechender Vulkan.

»Schmolle nicht.« Ich ziehe meine Finger wie Krallen über den Tisch zu mir hin. »Ich kann schmollende Typen nicht ausstehen.«

Schock zuckt über Li Shimins Gesicht. Dann beginnt er zu sprechen, stoßweise, zwischen keuchenden Atemzügen. »Ich ... ich wusste einfach nicht, dass du derart glücklich aussehen kannst.«

»Und das stört dich?«

»Du verbirgst etwas.«

»Glaub doch, was du willst. Wir sind kein echtes Paar. Ich schulde dir rein gar nichts.«

Ein Muskel zuckt in seinem Kinn. Er rückt das Armband zurecht, das Yizhi ihm gegeben hat, um seine Biodaten im Auge zu behalten. »Darum geht es hier gar nicht. Es geht vielmehr darum, dass wir zueinander ehrlich sein müssen. Worum immer es sich handelt, ich könnte es ausfindig machen, wenn wir für die Schlacht verbunden sind, und es könnte unser Zusammenspiel zerstören, wenn es hinreichend schockierend ist. Also, sag mir ... was ist gestern Nacht wirklich passiert?«

Ich grunze mürrisch. Na schön. Besser, gleich am Anfang reinen Tisch zu machen, als seinen Argwohn weiter wachsen zu lassen. Wichtig ist nur, dass die Leute von der Armee nichts darüber erfahren, und ich bezweifle, dass er ihnen gegenüber auspacken wird, wo Yizhi doch so viel tut, um uns zu helfen.

Ich beuge mich über den Tisch vor und winke Li Shimin näher heran. Er gehorcht. Unsere Gesichter schieben sich aneinander. Seine Bartstoppeln streichen mir fast schon über die Wange.

»Erinnerst du dich an den Jungen aus der Stadt, von dem ich dir erzählt habe? Den, der mir das Lesen beigebracht hat?«, flüstere ich dicht an seinem Ohr, während ich zu den in orangefarbenen Nebel getauchten Küchentüren hinüberschaue. Yizhis in wallende Gewänder gehüllte Gestalt bewegt sich hinter ihnen wie Rauch. »Er ist es. Gleich dort drüben.«

Li Shimins Brust spannt sich an. Er rückt ein klein wenig zurück. »Er ist deinetwegen hergekommen.«

»Ja. Das stimmt.«

Leise, aber bebend atmet er aus, und die Wärme weht über meine Wange. Zu meiner Überraschung werden seine Augen feucht. Oder vielleicht sind es auch nur seine Brillengläser, in denen sich das orangerote Licht widerspiegelt.

»Und liebst du ihn?«, flüstert er ohne Bosheit, ohne Anklage.

Ich erstarre, bin keines Gedankens, keiner Regung mehr fähig.

Ich habe es niemals laut eingestanden, aber wenn ich tief in mich hineinschaue, ist die Antwort klar. Unleugbar.

»Ja.« Meine Stimme zittert jetzt genauso heftig wie Li Shimins Hände. »Er ist der umwerfendste Kerl, der je auf diesem Planeten gelebt hat.«

Seine Brauen zucken in die Höhe, und er legt die Stirn in Falten. »Und doch hast du dich lieber freiwillig zur Armee gemeldet, statt ihn zu wählen?«

Ich lasse mich gegen die Lehne meines Stuhls fallen. Wie kann es sein, dass Li Shimin wie ein naiver Romantiker klingt?

»Ja, weil Liebe keine Probleme löst«, antworte ich. »Das Lösen von Problemen löst Probleme.«

»Armer Kerl.« Li Shimin blickt zur Küchentür, dann sieht er wieder mich an und schüttelt leise den Kopf. »Du darfst diesen Jungen nie wieder gehen lassen.«

»Zu schade aber auch.« Ich nestele mit den Fingernägeln an der Tischkante. »Jetzt, wo ich dich am Hals habe.«

Doch nachdem die Nacht hereingebrochen ist und es mir die ganze Zeit nicht gelungen ist, meinen Wirbelwind von Gedanken unter Kontrolle zu bringen, ist es Yizhis Tür, an die ich klopfe.

»Zetian?« Er blinzelt verschlafen, als er die Tür öffnet. »Was hast du ...?«

Ich umfasse sein Gesicht und ziehe ihn zu einem Kuss an mich heran.

Seine Worte tönen gedämpft an meinen Lippen und lösen sich in einem heißen, strahlenden Kribbeln auf, das durch mich hindurchströmt. Sie streichen über meine Nerven, lassen sie vibrieren, tiefer und tiefer, wecken Teile von mir, die man mich mein ganzes Leben lang zu verstecken und außer Acht zu lassen gelehrt hat, denn obwohl sie ein Teil von mir sind, habe ich niemals freien Gebrauch von ihnen machen dürfen. Sie sind der Sitz meiner Familienehre, sind ein fremdes Eigentum, das vor seiner Aushändigung nicht beschädigt werden darf; sie sind dazu bestimmt, für meinen etwaigen späteren Mann aufbewahrt zu werden. Für Yang Guang. Für Li Shimin. Um ihm zu Gefallen zu sein. Um seine Abstammungslinie fortzusetzen.

Nun ja, scheiß drauf.

Ich stoße Yizhi tiefer in den Raum hinein. Eine Bewegung meiner Hand schließt die Tür hinter uns. Unsere hektische Atmung und die leisen Geräusche unserer ineinander schmelzenden Münder erfüllen meinen Kopf und lassen die Welt auf uns beide zusammenschrumpfen. Das jetzt ist eine andere Art von Verzweiflung als bei unserem ersten Kuss, unmittelbar bevor ich ihn verlassen habe, um hierherzukommen. Federleichte Hitze durchströmt mich und erregt eine zarte, schmerzhafte Spannung in mir, die wächst, bis ich kurz vorm Bersten bin. Ich finde es schrecklich, dass ich nicht immun gegen dieses Wollen bin, dieses Verlangen.

Aber mit ihm ist es vielleicht einfach in Ordnung so.

Er macht einen Schritt zurück, von meinem Schwung geschoben, aber dann stolpert er. Er löst sich mit Gewalt aus dem Kuss.

»Zetian ... Wir sollten besser nicht ...«, sagt er, und dabei klingt seine Stimme leicht und sorglos. Sein Haar ist ganz offen – das erste Mal, dass ich es so sehe. Es umrahmt sein feines Gesicht und lässt ihn so verletzlich aussehen, so wunderschön. Mondlicht fällt durch einen dünnen Vorhang und liebkost seine Züge, als würde es ihn ebenfalls vergöttern.

»Yizhi, wir sind endlich allein«, flüstere ich und spähe unter meinen Wimpern zu ihm auf. »Wirklich allein. Und ich weiß, dass du mich willst.« Ich ergreife seine Hände und leite sie über die Rundungen meines Körpers, mutig gemacht durch die Angst, dass jeden Moment etwas noch Schrecklicheres geschehen könnte, etwas, das uns die Gelegenheit rauben könnte, zu tun, was wir jetzt tun. »Du hast mich seit unserer ersten Begegnung gewollt. Habe ich nicht recht?«

Vor drei Jahren, als wir beide fünfzehn waren, habe ich ihn in der Nähe eines meiner bevorzugten Kräuterbüsche beim Meditieren entdeckt. Ich hatte noch nie jemanden mit so reiner Haut gesehen, mit so glänzendem Haar und einer Kleidung, die derart sauber und weiß war. Es war unnatürlich.

Also habe ich einen Zweig vom nächstbesten Baum abgebrochen und ihn angegriffen.

Ich habe keine Ahnung, warum das Ganze damit geendet hat, dass er versprochen hat zurückzukommen. Aber was immer das Besondere an mir sein mag, es hat ihn dazu veranlasst, sein Versprechen zu halten, wieder und wieder, am Ende eines jeden Monats.

Und es schlägt ihn nach wie vor in den Bann, berauscht ihn, umwölkt seine Augen. Er beißt sich auf die Unterlippe.

»Ich will, dass du es bist.« Ich streiche ihm sanft über den blauen Fleck unter seinem Auge. Die Verletzung, die er sich zugezogen hat, um mir das Leben zu retten, der einzige Makel, den ich je in seinem Gesicht gesehen habe. »Ich werde nichts bereuen, wenn nur du es bist.«

Er verspannt sich zweimal hintereinander. Zuerst bei meinen Worten und dann wieder, heftiger, als ich mit den Lippen über den Puls an seinem Hals streiche. Seine Brust hebt sich, und ihr entringt sich ein zittriges, fast unhörbares Keuchen. Unter meiner Zungenspitze pocht sein Blut immer schneller und schneller. Seine Finger zerknüllen den Stoff des ach so sittsamen Nachtgewands, das er mir besorgt hat. Schließlich umfasst er behutsam mein Haar, zieht meinen Kopf sanft nach hinten und drückt mit entfesseltem Hunger seinen Mund auf meinen.

Ein elektrischer Sturm prasselt durch mich hindurch wie Qi vom Holztyp, wild und lebendig, die Art Gewalt, wie sie im Frühling das wuchernde Wachstum aller Dinge antreibt. Unter dem Ansturm seiner Lippen verziehen sich meine zu einem Grinsen. Ein Knurren der Erleichterung kriecht ihm durch die Kehle.

Das ist es also, was er immer zurückgehalten hat, während er mich unschuldig anlächelte und mich in eine Welt des Wissens einführte, von der ich eigentlich keine Kenntnis haben dürfte.

Gut so. Denn genau dem haben auch meine Fantasien

gegolten, während ich kühl und gefasst getan und trocken-ironische Bemerkungen über seine Unterrichtsnotizen gemacht habe.

Plötzlich ist da ein reglos stiller Moment in all dem Wahnsinn, wie wenn man das Auge eines Sturms passiert, und unsere Blicke treffen sich. Seiner ist schelmisch, meiner herausfordernd. Die gleiche dunkle Energie summt und vibriert zwischen uns. Es ist, als sähen wir einander zum ersten Mal ohne Maske.

Dann küssen wir uns wieder, leidenschaftlich, verlangend. Unsere Hände krallen, kneten, gleiten über den Körper des anderen, berühren ihn auf alle möglichen Arten, so wie wir das im Wald nicht hätten tun können. Und wie wir das eigentlich immer noch nicht tun sollten.

Wieder dränge ich ihn vorwärts, halb über ihn gelehnt, bis seine Kniekehlen gegen das Brett stoßen. Er plumpst auf die Seidenlaken, und die Matratze ächzt unter seinem Gewicht. Das Haar fällt ihm flach um den Kopf herum. Ich werfe mir mein eigenes Haar über die Schulter, während ich über ihn klettere, zusehe, wie sich seine Brust unter seinen schweren Atemzügen hebt und senkt, und mit den Fingerknöcheln über die feinen Konturen seiner Kieferpartie fahre. Erneut atmet er tief aus, und die bleiche Säule seines nackten Halses wird sichtbar. Ich streiche über die Hügel und Täler. Sein Puls flattert an meinen Fingerspitzen. Ich komme mir ganz so vor, als wäre ich wirklich der Fuchsgeist, für den die Leute mich halten, herbeigeeilt, um ihn zu verführen und ihn dann bei lebendigem Leib aufzufressen.

Meine Finger rutschen tiefer, krümmen sich um die Schärpe seines Gewands und lösen den Knoten.

»Warte ...« Plötzlich sind seine eben noch verhangenen Augen wieder klar und scharf.

Zu spät.

Der Anblick, der sich darunter bietet, verwirrt mich.

Sein Leib ist von Tätowierungen überzogen. Bunte Blumen, die Konturen von dünnen Linien aus Gold hervorgehoben, durch einen ganzen Wald aus Ranken und Blättern miteinander verwoben. Rosen. Lilien. Mohnblumen.

Er setzt sich aufrecht hin, sein Blick undeutbar. Ich rutsche ein Stück zurück, um ihm Platz zu machen.

»Weißt du, was die hier bedeuten?«, murmelt er heiser und berührt eine der Mohnblumen auf seinem Oberkörper.

»Nein, was denn?« Ich schüttele den Kopf und nehme weitere Einzelheiten in mich auf. Libellen, Schmetterlinge, Motten. Und die Ranken sind nicht einfach bloß Ranken – einige von ihnen sind *Schlangen*.

»Sie bedeuten, dass ich Teil der Familie bin.« Er beißt die Zähne fest aufeinander. »Der Familie meines Vaters.«

»Er zwingt dich und deine Geschwister, euch tätowieren zu lassen?«

Seine hageren Muskeln werden plötzlich schlaff. Sein Gesichtsausdruck wirkt jetzt zugleich traurig und belustigt. »Einige von uns.«

Ein Frösteln überzieht meine Kopfhaut. Da gibt es offenbar einen Punkt, auf den er nicht näher eingehen will. »Und ist das gut oder schlecht?«

»Hängt von deinem Blickpunkt ab.« Er liebkost meine Wange, und sein Lächeln wird weicher. Dann legt er sich wieder auf den Rücken und zieht mich sanft mit sich. »Eines Tages werde ich es dir besser erklären können«, flüstert er mir ins Ohr und schlüpft aus dem Oberteil seines Gewands. Ich beuge mich hinunter und küsse ihn abermals, während mein Haar über seins gleitet.

Aber irgendetwas ist jetzt anders. Tief in meiner Seele hat sich etwas abgekühlt.

Ich vermag meine Aufmerksamkeit nicht von seinen

Tätowierungen zu lösen. Sie schlängeln sich über seine Schultern und zu seinen Ellbogen hinunter. Ich habe so oft gesehen, wie die weiten Ärmel seines aus einer der teuersten Schneiderwerkstätten stammenden Gewands bis fast an diese Stelle hinaufgerutscht sind, doch nie hätte ich den Verdacht gehegt, dass direkt hinter der perfekten bleichen Haut seiner Unterarme all das lauern könnte, was ich da jetzt sehe. Meine Gedanken taumeln davon, immer weiter weg von dort, wo sie in diesem Moment eigentlich sein sollten, und Risse tun sich in den Tiefen meines Bewusstseins auf. Kalte Logik kriecht durch die Ritzen.

Ich habe immer gewusst, dass Yizhi kein »guter« Mensch ist. Die einzigen wirklich guten Menschen auf dieser Welt sind entweder naiv, oder sie leiden unter Wahnvorstellungen. Mit so jemandem habe ich noch nie etwas anfangen können. Mit unseren Treffen ist immer ein Element der Gefahr verbunden gewesen, der spezielle Kitzel von Abenteuer und Risiko. Ich hätte sterben können, wenn uns jemand zusammen erwischt hätte. Und er hat das gewusst. Niemand, der wahrhaft reinen Herzens ist, hätte mich weiterhin einem Druck dieser Art ausgesetzt.

Aber wie tief reicht die Dunkelheit in ihm? Wie gut kann ich jemanden denn wirklich kennen, wenn ich ihn über drei Jahre hinweg immer nur ein einziges Mal im Monat getroffen habe?

Was weiß ich wirklich über das, was wir hier jetzt tun?

Eine wachsende Angst schwelt in mir. Ich küsse ihn leidenschaftlicher, bis ich ein süßes Rinnsal von Blut schmecke, doch es kommt mir alles bloß noch falscher vor. Bilder zucken durch das Chaos in meinem Kopf. Ich, wie ich keinen Widerstand leiste, während Yang Guang über mir ist und sein gepanzertes Gewicht meinen Körper gefangen hält, während er mich genau so küsst wie jetzt Yizhi. Ich, wie ich nicht in der Lage bin, mich zu widersetzen, als Xing Tian über mir hockt und mich würgt.

Ich, wie ich Li Shimin nicht widerstehen will, als er sich über eine frische Blutlache auf unserem Tisch in der Kantine beugt und sein so seltenes herrliches Lächeln aufblitzen lässt.

Ich schrecke entsetzt hoch.

Der tranceartige, verhangene Ausdruck schwindet aus Yizhis Augen. »Was hast du?«

»Es ist ... es ist nichts.« Ich schüttele heftig den Kopf und beuge mich wieder zu ihm herab.

*Piep. Piep. Piep.*

Unsere Blicke fliegen zu dem Armband auf dem Nachttisch hin. Yizhi tätschelt mir beruhigend die Schulter, dann windet er sich unter mir hervor, um nachzuschauen. Das Display beleuchtet sein Gesicht.

Seine Züge verzerren sich vor Schreck.

Er greift sich das Oberteil seines Gewands und springt aus dem Bett.

»Es ist Shimin«, stößt er atemlos hervor und reißt die Tür auf, während er noch immer dabei ist, sich anzuziehen. »Sein Puls hat sich immer weiter beschleunigt und geht jetzt völlig durch die Decke.«

## KAPITEL 22

# TOTAL DURCHEINANDER

Wir finden Li Shimin auf dem Boden seines Zimmers, wo er zusammengebrochen ist. Heftige Qualen leidend, umklammert er die gewebten Schilfmatten.

»Shimin?« Yizhi geht neben ihm in die Hocke, greift nach seinem Arm und legt ihm die Finger um das Handgelenk, um seinen Puls zu messen. Eine leichte Heiserkeit in Yizhis Stimme ist der einzige Hinweis auf das, womit wir beide soeben noch beschäftigt gewesen sind. »Was fühlst du gerade?«

»Wen De?« Li Shimin sieht Yizhi mit einem Gesichtsausdruck an, der so verletzlich offen und zärtlich ist, dass ich wie angewurzelt in der Tür stehen bleibe. Mein vom Mondlicht umrissener Schatten fällt über die beiden jungen Männer. Shimin umfasst Yizhis Gesicht mit seiner narbigen, zitternden Hand.

Dann flammt in seinen Augen das nackte Entsetzen auf, und er stößt Yizhi von sich. »Nicht ... Nein ... Geh weg von mir, Wen De ... Steig nicht in das Cockpit ...«

»Was, bei allen Himmeln, stimmt nicht mit ihm?« Ich zwinge mich, in den Raum zu stolpern und mich hinzuhocken. Der Geruch von Säure und Kräutern steigt mir in die Nase, und ich muss würgen. Er hat offensichtlich all die

Medikamente erbrochen, die ihm Yizhi nur mit Mühe hat einflößen können.

»Er halluziniert und ist im Delirium.« Die Finger noch immer auf Li Shimins Puls, verzieht Yizhi das Gesicht, dann streicht er ihm das kurze Haar beiseite und drückt seine Stirn auf Li Shimins. »Und er glüht. Himmel.«

»Und das alles nur, weil er keinen Alkohol getrunken hat?«

»So schlimm können Entzugserscheinungen sein, Zetian. Bleib bei ihm. Ich muss Sima Yi und die Ärzte anrufen, dass sie herkommen. Das mache ich am besten von draußen.« Yizhi stemmt sich von den Schilfmatten hoch. »Ich glaube, ich verwirre ihn.«

»Wen De ...« Li Shimin klammert sich an Yizhis Gewänder. »Steig nicht ins Cockpit ... Bitte, steig nicht ...«

Ein verwirrendes Gefühl umkrampft mein Herz. Ich schüttele es ab und drehe Li Shimins Gesicht zu mir. »Das hier ist nicht deine tote Partnerin!«

»Zetian«, tadelt mich Yizhi sanft über seine Schulter hinweg, während er aus dem Raum schlurft. »Du brauchst es ihm nicht noch schwerer zu machen.«

Ich schnaube ungehalten, halte aber Li Shimins hin und her rollenden Kopf fest. Seine Kopfhaut ist so heiß, dass ich noch durch sein kurzes Haar hindurch warme Handflächen bekomme. Schweißperlen haben sich an den Haarwurzeln gebildet. Ein Zittern überkommt mich, fast so heftig wie sein eigenes Beben.

Ich knirsche mit den Zähnen. Warum reagiert mein Körper auf ihn immer wieder auf eine Weise, die ich nicht will? Ist denn mein Unterbewusstsein derart entschlossen, dem männlichen Meister zu dienen, den die Welt für mich bestimmt hat?

»Ich hasse dich.« Meine Stimme schlägt in ein hohes, unsicheres Quieken um. »Du bringst mich total durcheinander.«

Sein Blick verschwimmt und konzentriert sich im Wechsel. »Tut mir leid.«

»Und hör auf, dich zu entschuldigen!«

»Tut mir leid.« Ihm fallen die Augen zu, doch seine Lider zittern weiter.

»*Aiyah,* ich wusste nicht, dass es so schlimm um ihn steht«, brummt Sima Yi und wippt auf seinem Hocker in der Sanitätsstation hin und her. Sein Haar ist zu einem hastigen Knoten gebunden, und er hat sich den Strategenmantel über sein Nachtgewand gehängt wie einen Umhang. »Ich kann nicht fassen, dass es die inkompetenten Schwachköpfe von Sui und Tang so weit haben kommen lassen.«

»Die Oberste Heeresleitung hat nichts von seinem Zustand gewusst?« Yizhi setzt sich auf einen anderen Hocker neben Li Shimins Bett und hält seine Hand. Li Shimin zittert unkontrolliert.

»Nein. Er ist nicht in dieser Verfassung gewesen, als *ich* ihn ausgebildet habe. Ich habe den Leuten hier sogar einen detaillierten Ausbildungsplan zukommen lassen, und trotzdem haben wir jetzt diese Situation.« Sima Yi zieht seinen Mantel fester um sich und wendet sich ab. »Allerdings stimmt es, dass ich ihn, nach dem, was mit Wen De passiert ist, nicht im besten Gemütszustand verlassen habe. Sie sind es wahrscheinlich müde geworden, sich mit seinen Launen herumzuschlagen, und haben ihm einfach die Möglichkeit zum Trinken gegeben.«

Ich setze mich auf die andere Seite des Bettes und drücke Li Shimins zitternden Arm auf das Laken. Der Tremor ist so heftig, dass die Armeeärzte uns erst einmal wieder allein gelassen haben – bis das im Labor hergestellte Medikament, das sie ihm in die Vene gespritzt haben, seine Nerven beruhigt habe, könnten sie ihn nicht akupunktieren, haben sie gemeint.

Diese Art von Medikamenten macht mich nervös. Es ist nicht natürlich, durch derart drastische Mittel in den Qi-Fluss eines Menschen einzugreifen. Aber ich vermute, langfristig gesehen hat er mit dem Alkohol genau das selbst getan.

Die Ärzte sagen, Li Shimins Ur-Qi – das Qi, das ihm das Leben eingehaucht hat und das im Laufe der Jahre allmählich aufgebraucht wird, ohne eine Möglichkeit, wieder aufgefüllt zu werden – sei schwer geschädigt worden, und ob es seine Leber schaffe, stehe auf der Kippe. Wir können die Entgiftung nicht einfach abblasen. Sollte er einen Rückfall erleiden, wird der nächste Entzug nur noch schlimmer. Und niemand weiß, ob er das überleben würde.

Niemand weiß, ob er das *jetzt* überleben wird.

Ein dünnes hohes Pfeifen klingt zwischen meinen Ohren, und es wird immer schriller. Die Welt um mich scheint sich aufzulösen, und alles konzentriert sich nur noch auf Li Shimins zitternden Arm in meinem Griff.

Wäre es nicht ideal, wenn er jetzt sterben würde? Wenn ich ihn im Zinnoberroten Vogel töte, werden die Hunduns seinen Tod spüren, und es wird sie ein wenig besänftigen, sodass sie sich ein Stück weit zurückziehen. Der Druck auf die Armee, mich in ihren Reihen zu behalten, wäre dann nicht mehr so groß. Aber wenn er eines natürlichen Todes stirbt, hat die Armee nicht nur kein Verbrechen, für das sie mich hinrichten kann, sondern auch die Angriffe der Hunduns werden mit unverminderter Gewalt fortdauern. Das entstandene Machtvakuum könnte die Armee in eine solche Bedrängnis bringen, dass man mir erlaubt, den Vogel selbst zu übernehmen.

»... vor allem, da er ja im Gefängnis bereits die Hälfte seiner Leber verloren hat.« Yizhis Worte zerreißen meinen Tagtraum.

»Moment mal, wie bitte?« Ich blinzele ungläubig und hebe den Kopf.

»Eine halbe Leber und eine Niere.« Yizhis Blick geht zu mir herüber. »Diese Organe entnehmen sie jedem gesunden Insassen der Todeszelle. Für Leute, die eine Transplantation benötigen.«

Das Blut gefriert mir in den Adern. Die Nieren sind die wichtigsten Gefäße des Ur-Qi. Dadurch, dass er eine davon verloren hat, ist Li Shimins Lebensspanne als gesunder Mensch mehr oder weniger halbiert worden.

»Könnte man nicht Ersatzorgane von einem anderen Mörder für ihn kaufen?«, erkundigt sich Sima Yi.

»Das könnte ich machen«, antwortet Yizhi. »Aber eine so große Operation würde bedeuten, dass er monatelang nicht als Pilot einsetzbar wäre, viel länger, als das jetzt der Fall ist. Würde sich die Armee damit einverstanden erklären?«

Sima Yi presst die Lippen aufeinander. »Nicht, bis wir Zhou zurückerobert haben.«

»Es läuft immer wieder darauf hinaus, nicht wahr?« Yizhi seufzt und umklammert Li Shimins Hand noch ein wenig fester.

Ich muss einfach unaufhörlich auf ihrer beider Hände starren. Eine schlanke Hand, dafür bestimmt, in einem Labor medizinische Kräuter zu sortieren und mit Pipetten chemische Lösungen zu verteilen, die eine übel misshandelte Hand umschlingt, dafür bestimmt, Feinde halb tot zu schlagen.

Oder offenbar auch dazu, in atemberaubender kalligrafischer Schönschrift Gedichte zum Leben zu erwecken.

Meine Aufmerksamkeit wandert zu Li Shimins Gesicht hinüber, doch dann huscht mein Blick schnell weg von der Qual, die seine Züge verzerrt.

Nein, vergiss es, so darf er nicht sterben. Man würde Yizhi

dafür verantwortlich machen, weil er Li Shimins Entgiftung veranlasst hat.

»Du stehst das durch, Eiserner Dämon.« Ich drücke seinen Arm.

Er hustet trocken und rau. Dann versucht er, sich aufzurichten.

»Nicht bewegen.« Eilig umfasst Yizhi mit beiden Händen seinen Kopf.

»Geh nicht weg«, murmelt Li Shimin und schmiegt das Gesicht an Yizhis Hand.

»Das werde ich nicht.«

Mein Magen krampft sich zusammen. Dieses Ausmaß an Fürsorge für jemand anderen übersteigt mein Fassungsvermögen. Ich sollte mich nicht auf Yizhi verlassen, sollte ihn nicht in mein chaotisches Durcheinander hineinziehen, doch ich hätte Li Shimin bei dieser Sache niemals so beistehen können, wie Yizhi es tut.

Yizhi führt ihm einen Becher Wasser an die Lippen. Li Shimin nimmt einen zittrigen Schluck, dann übergibt er sich sofort über die Kante des Bettes. Ich schnappe heftig nach Luft, als nicht nur Galle, sondern auch Blut aus seinem Mund tropft.

Dann wird unvermittelt alles rot.

Eine Sirene heult durch die Betonhöhlungen des Wachturms. Eine große runde Glühbirne an der Decke flutet den Raum mit ihrem Warnlicht.

»Ähm …« Ich richte mich höher auf.

Sima Yi steht von seinem Hocker auf, und sein Mund bewegt sich geistesabwesend und unhörbar im Lärm der Sirenen. Dann hebt er die Stimme. »Das ist aber sehr früh für einen weiteren Hundunangriff!«

»Betrifft es uns?«, rufe ich.

»Nein, beachte es einfach nicht.« Sima Yi wedelt mit der

Hand und setzt sich wieder hin. »Du bist nicht im aktiven Dienst.«

»Stimmt!«, erwidere ich, kann aber den Drang nicht niederkämpfen, irgendetwas unternehmen zu wollen. Jetzt, wo ich weiß, dass ich ein womöglich kriegsentscheidendes Vermögen in mir trage, empfinde ich die Sache ganz anders. So, als wäre der Tod eines jeden Mädchens, das nach dem heutigen Tag stirbt, zum Teil auch meine Schuld.

Eine gewaltige Erschütterung draußen lässt die Wände erbeben. Dann folgt eine weitere. Dann noch eine. Und wieder eine. Das Krachen schließt sich immer schneller an das vorhergehende an.

Ich taumele von meinem Hocker zu dem vibrierenden Fenster hinüber. Reiße die Gardine beiseite.

Der Weiße Tiger ist erwacht. Auf allen vieren rast er vom Wachturm weg. Seine bleichen Gliedmaßen, nun grün und schwarz gestreift, verschwimmen zu geisterhaften Streifen, die in der Nacht verwischen. Die donnernden Erschütterungen seiner Bewegungen verhallen schnell. Chrysaliden vom Metalltyp mögen nicht gut darin sein, Qi zu gezielten, nach außen gerichteten Salven zu bündeln, aber sie können sich die Eigenschaften ihres Qi nach innen hin nutzbar machen. Das lebensprühende Holz-Qi, das durch ihren Körper vibriert, erlaubt ihnen ein erstaunlich schnelles Vorwärtskommen, während das anpassungsfähige Wasser-Qi ihre Bewegungen fließend und mühelos macht.

»Wahnsinn«, hauche ich und entspanne mich ein wenig. »Sieh dir bloß das an!« Ich drehe mich zu Yizhi um.

Er schenkt mir keine Beachtung. Stattdessen wischt er mit einem Stück Mull das Blut von Li Shimins Mund und sagt etwas, das ich im Lärm der Sirenen nicht hören kann. Li Shimin nickt, zittert jedoch weiter, als wäre es tiefster Winter.

Das absurde Gefühl, außen vor gelassen zu werden, nagt pochend an mir.

Allerdings ist es auch wieder nicht so, als brauchte es zwei Yizhis in diesem Raum. Ich habe meine eigenen Stärken auf anderen Gebieten.

Nach einer Minute verhallen die Sirenen und weichen den blechernen Lauten eines Livestreams, den Sima Yi auf dem Display seines Armbands geöffnet hat. Ich humpele zu ihm hinüber, auf der Suche nach Halt eng an den Bettrahmen gedrückt.

Grünes Licht explodiert auf dem Display, und es ertönt ein Brüllen, das den Lautsprecher übersteuert krachen lässt, als sich der Weiße Tiger nun auf die Hinterpfoten erhebt und sich verwandelt. Beine werden länger, Schultern wachsen, Pfoten entfalten sich zu Krallenhänden. Seine Kiefer klaffen weit auf, und darin bildet sich ein menschliches Gesicht und wächst heraus, sodass der Tiger schließlich einem Krieger mit einem Tigerhelm gleicht. Sein Rumpf gestaltet sich wie eine aus Milchglas geformte Rüstung. Um alle Einzelteile der Rüstung legen sich kompakte Streifen aus Grün und Schwarz.

Eine Heroenform, erlangt in nicht mal drei Sekunden. Und das, wo doch Chrysaliden des Metalltyps am zweitschwersten zu verwandeln sind, gleich nach Erdtypen.

»Wie schaffen sie es, so gut zusammenzuarbeiten?« Ich schüttele den Kopf. »Was ist ihr Geheimnis?«

»Sie wissen, dass sie ein gutes Gespann sein müssen.« Sima Yi bedenkt mich mit einem freudlosen, ja, verurteilenden Blick. Ein merkwürdiges Gefühl der Scham durchzuckt mich. »Sie erledigen einfach, worin sie jeweils gut sind, und halten sich zurück, wenn es angezeigt ist. Sie kämpfen nicht um die Vorherrschaft. Sie vertrauen einander.«

Der Weiße Tiger schlägt sich auf den Brustpanzer und

macht sich daran, eine lange Dolchaxt – seine charakteristische Waffe – aus der Brust zu zerren. Seine Augen verdunkeln sich von Holzgrün zu Wasserschwarz, vom größten Yang- zum größten Yin-Anteil. Was nur plausibel ist, denn auch wenn Holz-Qi am besten zum Auslösen von Transformationen geeignet ist, taugt doch Wasser-Qi am besten, um Geistmetall eine Form zu geben. Ein schwarzer Nebel, der sich in die Rüstung hineinzugraben scheint, umgibt die Dolchaxt, als sie auftaucht. Sobald sich die Waffe ganz befreit hat, verwandelt sich der Brustpanzer wieder in seine ursprüngliche Form zurück.

Der Tiger nimmt Anlauf, lässt die Dolchaxt wirbeln und stürzt sich mit einem großen Satz in die Schlacht. Seine Augen wechseln die Farbe: eins grün und eins schwarz, zwei Qi, die im Einklang über ihren Feind kommen, zwei Herzen, die wie eines schlagen. Er springt, sticht und fegt durch einen glitzernden Schwarm von Hunduns.

Ich blicke vom Display zu Li Shimin hinüber. Meine Zähne bohren sich in meine Unterlippe.

»Was ist das für ein Geräusch?« Yizhi hebt den Kopf.

»Der Lärm der Schla …«, beginne ich. Aber dann höre ich es ebenfalls.

Ein Gewitter von Stiefelschritten draußen auf dem Flur, das stetig lauter wird. Rufe kommen von den Soldaten an der Tür. Ich sehe Sima Yi an.

Bevor irgendetwas Hilfreiches seinen Mund hätte verlassen können, fliegt die Tür auf und gibt den Blick frei auf einen Strategen mit einem dicken Schmerbauch. Er muss An Lushan sein, Chefstratege der Grenzregion von Sui und Tang. Sima Yi hat während meiner Einzelunterrichtsstunden den einen oder anderen Witz über ihn gerissen.

»Hier seid ihr.« Er atmet keuchend durch und zeigt dann auf Li Shimin. »Du da. In die Schlacht. Auf der Stelle.«

## KAPITEL 23

# TIEFSTES BEIDSEITIGES ELEND

»Nein!«, rufen Yizhi, Sima Yi und ich wie aus einem Munde.

»Das ist ein Befehl.« An Lushan fährt fort, Li Shimin finster anzustarren. »Steig in einen Transporter und mach dich auf den Weg zum Zinnoberroten Vogel. Auf der Stelle.«

In dem roten Licht kommen Soldaten in den Raum geströmt wie Blutgerinnsel, aber nicht alle zielen mit ihren Pistolen auf uns. Diejenigen, die mit Sima Yi gekommen sind, drehen sich um und bewachen ihn. Die beiden Seiten bedrohen einander mit vorgehaltener Waffe, aber Verwirrung und Unsicherheit huschen über die Züge der Soldaten und kennzeichnen ihre Körperhaltung.

»Pilot Li ist nicht in der Verfassung zu kämpfen!« Sima Yi springt von seinem Hocker und geht vor dem Bett in Stellung. Er hätte viel selbstbewusster gewirkt, wäre er nicht gekleidet wie für einen mitternächtlichen Toilettengang.

»Gestern ging es ihm jedenfalls gut genug, um zwei meiner Piloten zusammenzuschlagen.« An Lushan kommt näher, seine Schritte verblüffend leicht und geschmeidig. Alles in mir schreit danach zurückzuweichen, hin zu Yizhi, zu wenigstens einem Hauch von Sicherheit. Aber eine solche Schwäche darf ich mir nicht anmerken lassen. Ich bleibe wie angewurzelt an Ort und Stelle stehen und halte mich an Sima Yis Hocker fest, um nicht umzukippen.

»Er macht gerade einen Alkoholentzug durch.« Yizhi steht auf, sein Hocker rutscht quietschend ein Stück zurück. Seine Finger bleiben auf Li Shimins Schulter liegen.

»Oh ja, das weiß ich.« Spöttische Fältchen bilden sich um An Lushans Augen. »Aber die Sache ist dringend. Ein Pilot muss immer bereit sein, für Huaxia alles zu geben.«

»Seit der letzten Schlacht der beiden sind erst zwei Tage vergangen!«, erwidert Sima Yi mit seiner durch Mark und Bein gehenden Befehlshaberstimme. Seine Persönlichkeit macht es bisweilen leicht, seinen wahren Rang in der Armee zu vergessen, aber sobald er diesen Ton anschlägt, hat er es noch jedes Mal geschafft, die Anwesenden mit aller Deutlichkeit daran zu erinnern. »Zwei. Tage. Stratege An, seid Ihr wahnsinnig, sie schon wieder in den Kampf schicken zu wollen?«

Mit einer langsamen Bewegung schüttelt An Lushan den Kopf. »Stratege Sima, Tatsache ist, dass die unnatürlichen Transformationen des Neunschwänzigen Fuchses und des Zinnoberroten Vogels die Hunduns über unsere normalen Verteidigungskapazitäten hinaus in Erregung versetzt haben.« Sein musternder Blick gleitet an mir vorbei, und ich bekomme eine Gänsehaut. »Wir müssen einen Kompromiss eingehen.«

*»Nein.«* Sima Yis Augen verwandeln sich in blitzende Dolche. »Nein, Ihr werdet ihn nicht zum Tribut machen!«

»Nun ja, wir, die Leitenden Strategen von Sui und Tang, die am besten über die komplizierten Verhältnisse an dieser Grenze Bescheid wissen, sind soeben mehrheitlich zu der Übereinkunft gekommen, dass es das Beste wäre. Pilot Li hat sich als nicht steuerbar erwiesen. Jedes Mal, wenn er in die Schlacht berufen wird, ist es wie der Versuch, einen Stier zum Schlachter zu bringen – dabei ist es nicht mal sein eigenes Leben, das auf dem Spiel steht! Wir können ihn gar nicht vernünftig in unsere taktische Planung einbeziehen!«

»Der höchste Geistdruck seit Kaisergeneral Qin persönlich, und Ihr wollt ihn tatsächlich zum Tribut machen? Im Namen der Obersten Heeresleitung, das werde ich nicht zulassen!«

»Wenn sie unter einer direkten Bedrohung stehen, die sofortiges Handeln erforderlich macht, behalten sich die Strategen vor Ort das Recht vor, jeden Piloten so einzusetzen, wie sie selbst es für nötig erachten.« An Lushans Nasenflügel beben. »Und wir haben diese Handlungsweise als notwendig eingestuft, um unsere Soldaten und unser Volk zu schützen!«

Sima Yi wird in dieser Auseinandersetzung unweigerlich den Kürzeren ziehen.

An Lushan und seine Soldaten scheinen uns einzukreisen wie Gestalten aus einem blutdurchtränkten Albtraum, obwohl sich ihre Stiefel bislang keinen Millimeter bewegt haben. Meine Knie werden weich, und ich versuche, tief durchzuatmen und zu schlucken, um mich zu beruhigen. Aber die Situation ist so brenzlig, dass ich dringend irgendetwas tun muss.

»He.« Ich recke das Kinn. »Bedeutet, einen Piloten zum Tribut zu machen, das, was ich vermute?«

An Lushans zorniger Blick schneidet durch mich hindurch. »Halt die Klappe. Die Männer reden.«

Zorn kocht in mir hoch, lässt meine Angst zerstieben und jeden Muskel meines Leibes sich anspannen. Ich lasse den Blick über die Soldaten und ihre Waffen gleiten und frage mich, ob es denn wert wäre, erschossen zu werden, wenn ich An Lushan dafür die Nase breche.

»Tributierungen sind der letzte Ausweg für Feiglinge,

nicht mehr und nicht weniger!«, antwortet Sima Yi, ohne den Blick von An Lushan abzuwenden.

»Bei allem schuldigen Respekt, Stratege Sima, wir haben keine Zeit für solche Diskussionen. Die Sicherheit von Huaxia steht auf dem Spiel.« An Lushan legt den Kopf schief, und ein unheilvolles scharlachrotes Glitzern tanzt in seinen Augen. Er gibt einem Soldaten neben sich ein Zeichen.

Der Soldat fördert eine volle Flasche mit Getreideschnaps zutage, die er hinter seinem Rücken versteckt hatte.

Mit einem heftigen Keuchen will sich Li Shimin darauf stürzen.

Yizhi und Sima Yi schreien auf und halten ihn zurück. Ich taumele gegen Sima Yis Hocker, und mir schwirrt der Kopf. Mein Puls beschleunigt sich mit explosionsartiger Wucht.

Warum haben sie diese Flasche für ihn parat gehalten?

An Lushan nimmt sie dem Soldaten ab und lässt sie an ihrem Hals hin und her baumeln. Er wirft Li Shimin einen mitleidigen Blick zu. »Du hättest sie gerne, nicht wahr? Du kennst unsere Abmachung. Zieh in die Schlacht wie ein braver Junge, und sie gehört dir.«

Galle brennt mir in der Kehle.

Das alles passiert nicht zum ersten Mal. Deshalb also lassen sie ihn hier in der Grenzregion von Sui und Tang so viel trinken: Indem sie Alkohol als Köder einsetzen, können sie ihn dazu bewegen, in seine Chrysalis zu steigen und Mädchen zu opfern.

Ich stapfe trotz des Schmerzes in meinen Füßen durch den Raum und schlage An Lushan die Flasche aus der Hand. Sie zerbricht auf dem Boden; Scherben springen umher, Flüssigkeit ergießt sich, und abscheuliche Dämpfe steigen auf.

Er starrt mich an. Dann zuckt sein Arm.

Der Schlag trifft meine bereits blau geschwollene Wange und schleudert mich gegen das Fußende des Bettes. Hitze und Schmerz schießen mir ins Gesicht. Mir dröhnt mächtig der Schädel, der Schmerz will gar nicht mehr aufhören.

»Zetian!« Yizhi eilt an meine Seite.

»Reicher Junge, hol sie her! Los, los, los!« Sima Yi zerrt Li Shimin vom Bett und stürmt mit ihm in Richtung Tür.

In Yizhis Augen blitzt es nur kurz verwundert auf, dann nimmt er mich in die Arme und hebt mich hoch.

»Ihr dürft mich nicht erschießen, ich gehöre zur Heeresleitung!«, ruft Sima Yi, nutzt die Pattsituation und rammt sich einen Weg durch die Soldaten.

»Mich dürft ihr auch nicht erschießen, ich bin reich!« Yizhi schlüpft durch die Bresche, die Sima Yi in die Reihen der Soldaten geschlagen hat.

Sie schleppen mich und Li Shimin auf den Flur hinaus, der in ein dunkleres Rot getaucht ist als zuvor der Raum der Sanitätsstation. Schritte von Stiefeln klappern hinter uns her, aber sie bleiben langsam und zögerlich. Die Soldaten muss dieser Machtkampf zwischen der Obersten Heeresleitung und den Strategen vor Ort sehr verwirrt haben. An Lushan brüllt Flüche über unsere Köpfe hinweg. Die durchdringenden Laute hallen ringsum an den Wänden wider.

Ich schwanke in Yizhis Armen hin und her und neige mich zur Seite, sodass mein Gewicht ihn niederbeugt. Li Shimin stolpert mit Sima Yis Hilfe vorwärts.

In einem Moment des tiefsten beidseitigen Elends treffen sich unsere Blicke.

Vielleicht wäre es ja doch besser, unser Leben im Zinnoberroten Vogel einfach wegzuwerfen, nur um nicht mehr so hilflos zu sein.

Aber dann packt mich wilder Zorn. Ich selbst bin so, wie ich bin, weil meine Familie meine Füße entzweigebrochen hat, als ich fünf war – wie aber konnte *er* so enden?

Sima Yi hält sein Armband an einen Aufzug.

*Piep.*

Er stößt Li Shimin durch die sich öffnenden Türen. Yizhi trägt mich hinein, dann bricht er auf dem Boden zusammen und ringt nach Luft. Sima Yi schlägt wiederholt auf einen Knopf. Die Tür beginnt sich gerade in dem Moment zu schließen, als die Soldaten näher kommen.

*Zugehen! Zugehen! Zugehen!*, schreie ich innerlich.

Die Türen gleiten an ihren Gesichtern vorbei, aber im letzten Moment schießt irgendjemandes Hand durch den sich schließenden Spalt.

Als ich mir schon die Haare ausreißen will, sticht Yizhi mit einer Spritze, die er aus der Tasche seines Gewands gezogen hat, in die Hand. Sie gleitet aus der Tür wie eine erschrockene Schlange.

Der Aufzug rumpelt, dann sinkt und schrammt er nach unten.

Schwere Atemzüge. Summendes Metall.

*»Du!«* Ich rappele mich mühsam hoch und versetze Li Shimin einen Stoß gegen die Brust. Er ist so schwach, dass er an die Wand kracht, worauf der ganze Aufzug hin und her schwankt; dann sackt er zu Boden. Ich schenke Yizhis und Sima Yis Protesten keine Beachtung. »Du hast dich von denen nicht zum ersten Mal mit diesem Trick in die Schlacht locken lassen, nicht?«

Mühsam und schwerfällig setzt sich Li Shimin wieder auf, den Rücken an der Wand. Er ringt die zitternden Hände und presst sie sich gegen die Stirn. Keine Antwort.

Yizhi legt die Hand auf meine Schulter. »Ze ...«

»Du opferst Mädchen, so wie sie es dir befehlen, damit du wieder trinken kannst, wenn alles vorbei ist, habe ich recht?« Ich schreie noch lauter und schlage Yizhis Hand weg.

»Das ist nie der ganze Grund gewesen!«, stößt Li Shimin hervor und reißt das Kinn hoch. Es ist mit Blut und Erbrochenem verschmiert, als hätte er gerade ein frisch herausgerissenes Herz verschlungen.

»Hört auf damit!« Sima Yi springt zwischen uns und schiebt seinen Arm vor meinen Oberkörper, sodass ich dahinter gefangen bin.

»Es kommt mir aber so vor, als wäre das ein ziemlich wichtiger Faktor!« Ich schreie unentwegt weiter. »Du hast gewusst, dass jedes Mal ein Mädchen stirbt, wenn du eine Chrysalis in Gang setzt! Du hast das gewusst, und doch hast du entschieden, dass dein *Schnaps* mehr wert ist als ihr Leben!«

»Zetian!« Yizhi hebt die Stimme.

Ich zucke zusammen. Er hat mir gegenüber noch nie diesen Ton angeschlagen.

Sofort wird der Ausdruck seiner Augen wieder sanfter. »Zetian, er ist wirklich krank. Das Gehirn ist schließlich einfach auch nur ein Organ, und seines ist krank. Er kann sich nicht einfach mittels Gedankenkraft dazu zwingen, keinen Alkohol mehr trinken zu wollen, ebenso wenig, wie jemand mit einer Erkältung seine Lunge zwingen kann, nicht mehr zu schmerzen. Er ist dann nicht mehr er selbst. Bitte, gib dir mehr Mühe, es zu verstehen.«

»Nein ... Sie hat recht.« Li Shimin zieht sich auf die Knie hoch und funkelt mich unter seinem wilden Haar her grimmig an. »Genauso bin ich nun mal. Aber ... es ist nie der Alkohol gewesen, der für mich mehr wert war als diese Mädchen. Ich habe entschieden, dass *ich* das bin. Ich habe sie sterben lassen, um mich selbst zu retten. Jedes. Einzelne. Mal. Das ist die Wahrheit, die du von mir hören willst, nicht wahr?« Er hustet. Blut spritzt ihm aus dem Mund, und er hält sich schnell das Handgelenk vor die Lippen. »Gut, jetzt weißt du es! Zufrieden?«

Er lässt seinen blutverschmierten Arm ruckartig zur Seite schlagen. Seine heisere Stimme verliert sich und verstummt.

Der Aufzug rattert immer tiefer und tiefer nach unten und schwankt dabei leicht.

Die Rinnen seiner Tränen, die sich glänzend bis zu seinem Kinn hinabziehen, sind mehr, als ich ertragen kann. Mit fest zusammengepressten Augen lasse ich mich an die Wand zurückfallen. Mein Herz pocht, ein kleines und einsames Ding in einem Hohlraum meiner Brust.

»Seid ihr zwei endlich fertig?«, fragt Sima Yi verdrießlich.

»Wohin gehen wir?«, murmele ich und umfasse meinen Kopf mit beiden Händen.

»Zu den Konkubinenquartieren. Prinzgeneral Yang Jian hält sich keine, daher stehen sie leer. Wir können uns dort verstecken, bis die Schlacht zu Ende ist, dann wird An Lushan nichts mehr ausrichten können. Aber ich glaube, dass ihr zwei immer noch nicht versteht, wie wichtig es ist, sämtliche Zweifel zu überwinden, die ihr in Bezug aufeinander hegt.« Er bebt vor kaum gebändigtem Zorn. »In einem Punkt hat An Lushan recht: Wenn die Hunduns schon so bald wieder angreifen, reagieren sie, als wäre euch beiden im Zinnoberroten Vogel eine echte Transformation dritten Grades gelungen. Auch sie können spüren, dass wir jetzt über die Möglichkeit verfügen, ihr Nest in Zhou zu tilgen. Sie werden angreifen und angreifen, bis wir entweder so viele Chrysaliden verlieren, dass unser gegenwärtiger Vorteil wieder dahin ist, oder bis wir das Risiko eingehen, alles auf eine Gegenoffensive zu setzen. Aber solange ihr zwei euch nicht am Riemen reißt, bleibt euer wahres Potenzial unausgeschöpft. Chefstratege Zhuge und ich werden nicht über die Möglichkeiten verfügen, zu verhindern, dass ihr zu Tributen gemacht werdet, wenn sich die Lage verschlimmert. Habt ihr mich verstanden?«

»Ist zum Tribut gemacht zu werden tatsächlich genau das, wonach es sich anhört?« Yizhi wiederholt meine Frage von vorhin, und ich bin ihm dafür dankbar. Denn ich kann nicht die Kraft aufbringen, irgendwelche Wörter zu formulieren.

Sima Yi reibt sich den Nasenrücken. »Ja, so nennt man es, wenn Piloten vorsätzlich und ohne Vorwarnung unter suboptimalen Umständen in die Schlacht gezwungen werden. Dann können die Hunduns ihren Tod spüren und sind zufriedengestellt. Natürlich wird darüber nicht offen geredet, aber es kommt vor. Vor allem im Fall von Piloten, die als zu schwierig oder als zu unkooperativ eingestuft werden. Oder wenn sie zu alt werden.«

Mein Magen drückt sich gegen die Lunge. Fünfundzwanzig. Das ist das Alter, in dem das Gehirn aufhört, sich zu entwickeln. Zugleich ist es danach auch nicht mehr hinreichend formbar, um eine Chrysalis optimal zu befehligen. Die meisten Piloten werden nicht älter als fünfundzwanzig. Schon das Alter von zwanzig ist schwer zu erreichen.

Diese Information sinkt mir eiskalt ins Herz, doch wenn ich mir vor Augen führe, wie die Dinge eben nun mal liegen, wie schnell Piloten zu populären Medienstars werden, nur um genauso schnell wieder zu verschwinden, ist das keine allzu große Überraschung.

Yizhi fährt sich mit beiden Händen durch das halb aufgesteckte Haar und bringt seine Frisur nun völlig durcheinander. »Könntet Ihr ... könntet Ihr die Weisen nicht dazu bringen, dem Strategen An zu befehlen, die beiden in Ruhe zu lassen?«

Sima Yi schüttelt den gesenkten Kopf. »Nicht alle Weisen sind von der Idee einer Gegenoffensive überzeugt. Nicht einmal die gesamte Oberste Heeresleitung ist es. Wenn dabei etwas schiefläuft, würden die Hunduns unsere Streitkräfte dezimieren, eine Bresche in die Mauer schlagen, und wir würden mit an Sicherheit grenzender Wahrscheinlichkeit Tang verlieren. Genauso wie wir Zhou verloren haben.«

Kribbelnd weicht mir das Blut aus dem Gesicht. Wenn er es so ausdrückt, verstehe ich, was da auf dem Spiel steht.

»Auf der einen Seite ist also unser Leben, auf der anderen das Leben von allen anderen.« Meine Knie geben unter mir nach. Ich sacke zu Boden, genau wie Li Shimin. »Von allen Menschen in Sui und Tang.«

»Aber das ist die Denkweise von Feiglingen!«, versetzt Sima Yi mit überraschendem Nachdruck. »Wie sollen wir je den Krieg gewinnen, wenn wir nicht auf fähige Piloten setzen? Ihr zwei habt nachgerade astronomisch seltene Geisttypen, und ihr habt zusammengefunden. Eine solche Chance wird sich uns in den nächsten Jahrhunderten nicht noch einmal bieten. Ich gebe euch beide nicht auf!«

Der Aufzug rattert erneut. Wieder einmal kreuzen sich die Blicke von Li Shimin und mir in vereintem Elend.

Ich kann ihn nicht töten. Nicht einmal in einer Chrysalis. Offensichtlich würde ein beträchtlicher Teil der Armeevertreter die Piloten, die sie nicht mögen, lieber als Tribute opfern, als auf deren Fähigkeiten zurückzugreifen, ganz egal, wie selten und wie ungeheuer diese auch sein mögen.

Vielleicht sind er und ich ja wirklich wie zwei Vögel, die sich einen Flügel teilen müssen; diese bemitleidenswerten Kreaturen, die mit nur einem Flügel und nur einem Auge über den Waldboden humpeln und erst dann fliegen können, wenn sie einen Gefährten finden, auf den sie sich stützen können.

Ich gebe ein frustriertes Knurren von mir und drücke meine Handballen gegen die Schläfen. Das hier ist falsch. Total falsch. Er und ich sind die beiden fähigsten Piloten von Huaxia, und zwar mit riesigem Abstand.

Er sollte der Eiserne König sein und ich die Eiserne Königin.

Doch sie lassen uns nichts anderes sein als den Eisernen Dämon und die Eiserne Witwe.

Das kann nicht sein. Ich werde diese gewaltigen Fähigkeiten nicht ungenutzt lassen.

Aber wenn es eines gibt, was ich inzwischen gelernt habe, dann, dass brutale Kraft allein nichts bedeutet. Sie weckt in anderen nur den Wunsch, einen zur Strecke zu bringen.

Ich brauche Freunde. Verbündete. Jemanden, der wirklich aus dem Grenzland von Sui und Tang kommt, statt Sima Yi und Chefstratege Zhuge, die sich zweifelsohne bei den hiesigen Strategen nur umso unbeliebter machen, je mehr sie sich von oben her über deren Entscheidungen hinwegsetzen. Ich brauche jemanden, der die Strategen vor Ort davon überzeugen kann, ihre der Notlage geschuldete Entscheidung, uns als Tribute zu opfern, zurückzunehmen.

Ich brauche Hilfe von jemandem wie Dugu Qieluo.

Als Sima Yi nun wieder seine Liveübertragung einschaltet, beobachte ich aufmerksam den Weißen Tiger. Ich glaube, dass Qieluo mich von allen am besten verstehen würde. Bis ich aufgetaucht bin, ist schließlich sie die beste und fähigste Pilotin gewesen. Und sie muss in ihren sieben Dienstjahren mit den Strategen von Sui und Tang hinreichend vertraut geworden sein, um eventuell in der Lage zu sein, sie zu einem Umdenken zu veranlassen.

Es ist an der Zeit, ihr einen Besuch abzustatten.

# KAPITEL 24

# DIE TIGERIN

An Lushan ist natürlich fuchsteufelswild wegen der Nummer, die wir abgezogen haben. Aber da wir den Chefstrategen Zhuge Liang auf unserer Seite haben, hat er nach dem Ende der Schlacht nicht viel gegen uns zu unternehmen vermocht.

Wir können uns jedoch nicht ewig darauf ausruhen. Streng genommen mögen die verschiedenen Grenzbereiche und die jeweiligen Strategen vor Ort dem Oberbefehl der Heeresleitung unterstehen, doch die Oberste Heeresleitung untersteht ihrerseits wiederum den Weisen und kann von sich nicht beanspruchen, die Gegebenheiten einer jeden Region in all ihren komplizierten Einzelheiten zu kennen. Wenn jeder einzelne Leitende Stratege von Sui und Tang darauf beharrt, es sei eine bessere Idee, uns zu Tributen zu machen, als das Risiko unseres Weiterlebens einzugehen, dann werden die Weisen ihren speziellen Rat beherzigen, wiewohl die Oberste Heeresleitung eine Bestenmannschaft der fähigsten und erfahrensten Strategen aus ganz Huaxia ist.

Wir müssen dafür sorgen, dass sie ihre Einstellung ändern, und zwar schnell.

Obwohl sich der Kaihuang-Wachturm direkt vor dem Ausbildungslager Tigerkäfig befindet, zwingt irgendeine starre Regel Qieluo und Yang Jian aus ihrer luxuriösen Dachwohnung in einen Lagerbunker umzuziehen, sobald sie ihr Qi erschöpft haben und nun außer Dienst sind, sodass für mich die Möglichkeit besteht, Qieluo in den Gemeinschaftsduschen zu erwischen. Es hat nur eines Jadehalsbandes als Anreiz bedurft (Yizhi sei Dank dafür, dass er es mir nach Ende der Schlacht besorgt hat), um von der Tante, die die Duschen beaufsichtigt, die Zusicherung zu erhalten, dass sie mich verständigt, wenn Qieluo das nächste Mal auftaucht.

Als ich nun nackt durch die durchscheinenden Vinylvorhänge der Dusche trete, stehen da ein halbes Dutzend Frauen und einige wenige Kinder im Dampf. Vorwiegend Tanten in den niederen Diensten, nehme ich an – und Dugu Qieluo.

Sie ist unübersehbar. Sie sitzt abseits von allen anderen auf einem niedrigen Holzhocker und reibt sich Shampoo ins Haar. Das metallweiße Band aus ihrer Rüstung für den Weißen Tiger zieht sich wie ein Porzellanstreifen über ihren Rücken. Mit diesem Band – die Verbindungsnadeln stecken darunter dauerhaft in Qieluos Rückgrat – braucht sie sich nur gegen den Rest ihrer Rüstung zu lehnen, um sich wieder damit in Verbindung zu setzen. Das erspart es Piloten und Pilotinnen, wieder und wieder das Stechen von Nadeln ertragen zu müssen. Die Nadeln sind so dünn, dass sie keinen Einfluss auf die normale Beweglichkeit haben.

Ich stehe einige Sekunden wie angewurzelt auf dem Kachelboden und umklammere meinen Korb mit den kleinen gläsernen Hygieneartikeln. Trotz all der unglaublichen Dinge, die ich erlebt habe, fühle ich mich in Qieluos Anwesenheit wieder wie eine einfache Bäuerin aus dem Grenzland, nicht würdig, eine Prinzessinnengeneralin – der höchste Rang, den eine Frau erreichen kann – auch nur anzusehen.

*Jedenfalls der höchste Rang, bis ich aufgetaucht bin*, schärfe ich mir ein.

Ich schnappe mir einen Hocker und tapse zu ihr hinüber.

Als ich meinen Schemel mit einem vernehmlichen Klappern neben ihren stelle, hören die schaumigen Hände in ihrem Haar sofort auf, das Shampoo zu verteilen. Eine umgitterte Wärmelampe scheint aus einem Spalt in der Wand herab und tränkt den Dampf mit dem Geschmack von feuchtem Metall. Langsam dreht sich Qieluo zu mir um. Ihre Züge sind starr vor beleidigter Empörung. Aber als sie mein Gesicht sieht, klappt ihr vor Überraschung die Kinnlade herunter. In ihren Iriden funkelt grünes Holz-Qi – ein Rückenmarksband allein reicht immer noch aus, um es zu leiten.

Ich kämpfe darum, nicht den gleichen Gesichtsausdruck zur Schau zu stellen, denn, *oh Himmel, Dugu Qieluo sieht mich direkt an.*

»Ähm, hallo.« Ich räuspere mich und nehme vorsichtig auf meinem Hocker Platz. »Ich heiße Wu Zetian. Ich bin neu.«

Ihre Augen werden schmal. Sie liegen noch tiefer, wirken noch mehr wie scharfe Klingen als die von Li Shimin, was daran liegt, dass sie eine Vollblut-Rongdi ist. »Jaja. *Du.*«

Mein Mund wird trocken. Mein Blick fällt auf ihre nicht abgebundenen Füße, die in Holzpantoffeln stecken. Wir Han verhöhnen die Rongdi als »Barbaren, die ihre Frauen überall frei herumlaufen lassen«, aber in diesem Moment bin ich es, die ihre eigenen deformierten, »zivilisierten« Füße am liebsten verstecken würde.

»Ähm …«, stottere ich, »ich fand einfach, wir zwei sollten uns kennenlernen, Fräulein. Gnädige Frau. Frau Dugu.«

Sie hebt energisch das Kinn. »Es heißt *Prinzessinnengeneralin* Dugu.«

Meine Wangen werden heiß. »Richtig. Prinzessinnengeneralin.«

Ein schrilles Quietschen ist zu hören, als sie ihre Dusche aufdreht. »Was ist denn mit deinem Gesicht passiert?«

»Ach.« Ich berühre den riesigen Bluterguss auf meiner Wange. »Ich bin angegriffen worden. Zweimal.«

Sie spült mit wütender Aggressivität ihr Haar aus. »Und du glaubst, das interessiert mich?«

Ich beiße mir auf die Lippe, um nicht darauf hinzuweisen, dass sie es ja gewesen ist, die gefragt hat. »Nein, das erwarte ich nicht von Euch.«

»Warum bist du denn dann hier? Versuchst du, bei mir einen auf gut Freund zu machen, damit ich dir irgendwelche Vorteile verschaffe?«

Mein Gesicht läuft nur noch röter an. Es ist nicht ganz falsch, was sie da sagt. »Ich wollte Euch einfach kennenlernen, um ...«

»Hör mir mal gut zu, Fuchsmädchen.« Der Blick ihrer in einem elektrisch knisternden Grün leuchtenden Augen durchbohrt mich. »Ich weiß, wie Mädchen von deiner Sorte sind. Also hältst du dich am besten von mir fern und besonders auch von meinem Partner.«

»Wie bitte?«

»Halt – dich – von – meinem – Partner – fern.«

»Was ... ich ... Wieso ist das wichtig?«

»Du glaubst, die neueste heiße Scheiße zu sein, was? Hältst dich für ganz was Besonderes? Die Eiserne Witwe vom Neunschwänzigen Fuchs?«

»Wenn Ihr jetzt all die Sachen in den Medien meint, da habe ich keinerlei Einfluss drauf! Ich war fast zwei Wochen eingesperrt, ohne auch nur das Geringste darüber zu wissen!«

Sie zerknäult das Handtuch auf ihrem Schoß. »Weißt du, was ich gestern gesehen habe, als ich für die Schlacht mit meinem Partner verbunden gewesen bin? Dich. Dich im Kopf meines Partners.«

Rasender Zorn, schwarz vor Enttäuschung, durchwallt

mich wie giftiger Rauch. »Und ... und das soll meine Schuld sein? Willst du mich auf den Arm nehmen? Ich bin hierhergekommen und versuche, von Frau zu Frau mit dir zu sprechen, aber du ... du bist unfähig, dein Gehirn für irgendetwas anderes zu benutzen, als an einen Mann zu denken?«

Ihr Arm bewegt sich allzu schnell.

Mein Kopf kracht gegen die gekachelte Wand. Gellender Schmerz wogt mir durch den Schädel. Mein Hocker schlittert über den Boden und hängt sich zwischen meinen Beinen ein. Ich rutsche aus und stürze auf den glitschigen Boden. Vor Schmerz bleibt mir die Luft weg.

»Halte dich von meinem Partner fern, du männermordende Nutte«, blafft Qieluo, hoch über mir aufragend.

Sie lässt mich in einer Pfütze kalten, klammen Wassers zurück, und ihre ungebundenen Füße klatschen selbstsicher über die Kacheln, so wie es meine eigenen nie werden tun können.

## KAPITEL 25

# ZUM OPFER GESCHAFFEN

Mein Kopf schwirrt und pulsiert und brennt, benebelt von Schmerz. Ich umklammere ihn eine geschlagene Minute lang, bevor ich mich wieder bewegen kann. Zitternd lasse ich den Blick über die wassersprühenden Duschen und durch den wabernden Dampf gleiten und versuche herauszufinden, ob die Sache denn noch jemanden genauso geschockt hat wie mich.

Ein Kind weint. Ein anderes lacht. Ich fange ein paar verwunderte Blicke von den anderen Frauen auf, aber sie sehen hastig wieder weg. Haare werden mit hektischen Bewegungen ausgespült. Handtücher werden ausgewrungen. Duschen werden ausgestellt. Gläserne Fläschchen für Toilettenartikel werden in Körbe geworfen. Beine beeilen sich fortzukommen.

Ich kann es nicht glauben.

Ich stelle meinen Hocker wieder auf, stemme mich hoch und setze mich, presse mir die Handflächen auf die Augen. Sie schmerzen vom Druck der aufsteigenden Tränen, die sich in meinen Händen sammeln und an meinen Unterarmen hinunterrinnen. Ich beiße die Zähne zusammen. Keuchend und bebend ringe ich nach Luft.

Feste, bestimmte Schritte kommen in meine Richtung getappt.

Ich wirbele herum und spanne alle Muskeln an, weil ich befürchte, Qieluo könne noch nicht genug haben und habe sich womöglich nur eine schärfere Waffe besorgt.

Aber es ist eine andere Frau.

»Alles in Ordnung mit dir?« Sie beugt sich tief zu mir herunter. Ihr Haar ist in ihrem Nacken zu einem Knoten gebunden und weitestgehend trocken, von den Perlen von Feuchtigkeit, die sich nun darin sammeln, einmal abgesehen. Sie hat sanfte, faltenlose Augen, eine flache Nase und ein breites Gesicht. Sie könnte gar nicht noch mehr wie eine typische Han aussehen, selbst wenn sie es versuchen würde.

Doch auch ihre Füße sind nicht abgebunden.

Im nächsten Moment bemerke ich, wie sehr ich ihre Füße anstarre, und versuche nun, so zu tun, als würde ich sie stattdessen in ihrer Gesamterscheinung mustern. Aber sie schenkt mir ein wissendes Lächeln, bei dem sich in ihren Wangen Grübchen bilden; dann legt sie die Handflächen zusammen und macht eine leichte Verbeugung. »Ma Xiuying, Yin-Pilotin der Schwarzen Schildkröte.«

»Ach ja!« Meine Brauen schnellen in die Höhe. »Natürlich!«

Eine der drei anderen Eisernen Prinzessinnen, mich selbst nicht mitgerechnet. Ich hätte sie gleich erkennen sollen – dass sie weder kunstvoll frisiert noch geschminkt ist, hat mich in die Irre geführt. Ihr schlichtes Erscheinungsbild und ihre einfache Herkunft und Erziehung stehen in einem seltsamen Kontrast zu ihrem Rang. Sie war zuvor ein Bauernmädchen, das nie daran gedacht hätte, eine Konkubine oder auch nur die Ehefrau eines Mannes aus einer besseren Familie zu werden; doch dann hat eine mobile Mannschaft zur Geistdruckmessung ihren unglaublichen Wert erkannt.

Sie kichert. »Jaja, sie nennen mich die Großfüßige Ma, weißt du.«

Ich beeile mich, die Verbeugung zu erwidern. »Solltest du nicht in der Provinz Ming sein?«

»Yuanzhang und ich sind über Nacht hierher verfrachtet worden. Die Oberste Heeresleitung sagt, die Hunduns hätten vor Ort mächtig für Unruhe gesorgt.«

Das passt. Die Schwarze Schildkröte ist ein Wassertyp, diese Chrysaliden lassen sich dank ihrer Flexibilität am einfachsten über große Entfernungen befördern.

»Ja, das dürfte zum Teil wohl meine Schuld sein.« Ich massiere die Haut rund um die heiß pochende, anschwellende Beule auf meinem Kopf. »Ich bin froh, dass sie so vernünftig waren, dich herzuschicken. Du bist definitiv freundlicher als *sie.*« Ich blicke finster zu den von Wasserdampf beschlagenen Vorhängen aus Vinyl, die vor der Tür hängen.

Xiuying lacht auf und legt sich die Hand auf den Mund. »Ehrlich gesagt, bin ich ebenfalls hergekommen, um mal einen Blick auf sie zu werfen. Aber es war wohl gut so, dass ich die Gelegenheit verpasst habe, ein Gespräch mit ihr anzufangen.«

Ich verdrehe so heftig die Augen, dass mir ein neuer schmerzender Stich durch den Schädel fährt. »Ich finde es unfassbar, wie sie sich aufgeführt hat.«

»Na ja, du weißt ja, wie diese Rongdi-Mädchen sind. Sie sind wahre Feuerwerkskörper.« Xiuying beugt sich dichter zu mir vor und beginnt erregt zu flüstern. Sie spricht mit einem stark ausgeprägten nördlichen Akzent und betont das R besonders. »Ich habe gehört, sie hätte Prinzgeneral Yang in der Nacht ihrer Krönungsfeier als Pilotenpaar ihr Jagdmesser an die Kehle gehalten und ihn schwören lassen, mit keiner anderen Frau je ins Bett zu gehen. Und deshalb hat er auch nie irgendwelche Konkubinen gehabt.«

Die Art und Weise, wie Xiuying das sagt, schreckt mich etwas ab; allerdings habe ich schon davon gehört, dass in der Provinz Ming die Spannungen zwischen den Han und den Rongdi viel größer sind als hier. »Damit habe ich überhaupt kein Problem, aber *mir* die Schuld daran in die Schuhe schieben zu wollen, dass er vielleicht mal flüchtig an mich gedacht hat? Das ist einfach nur lächerlich!«

Xiuying zieht eine sanft geschwungene Braue hoch. »Manchmal ist es der Verrat der Gedanken, der am meisten schmerzt. Viel stärker als der Verrat des Körpers.«

»Meinetwegen. Es ist in der Tat seltsam, dass er überhaupt an mich denkt, aber trotzdem …«

Xiuying zuckt die Achseln. »Es ist wenig überraschend, dass dich die Männer faszinierend finden. Vor allem Piloten. Wenn ich während meiner Verbindung für die Schlacht nur sorgfältig genug in Yuanzhang hineingeschaut hätte, dann hätte ich wahrscheinlich gesehen, dass du auch bei ihm deine Spuren hinterlassen hast.«

»Im Ernst?«

»Männer fühlen sich immer zum Neuen, Frischen hingezogen, selbst wenn sie es nicht zugeben. Wie dem auch sei, wenn du noch ein wenig weiterplaudern willst, sollten wir nicht vielleicht …?« Sie deutet auf eine Holzwanne gegenüber den Duschen. Dort befinden sich bereits zwei kleine Knirpse, ihre beiden Söhne, und spritzen sich kichernd gegenseitig nass.

Ich will nicht unhöflich sein, und so zwinge ich mich zu einem Lächeln und watschele mit meinem Hocker und meinem Korb zu der Wanne hinüber. Aber ich kann das Wissen nicht verdrängen, dass zum Ende ihrer beiden Schwangerschaften hin Zhu Yuanzhangs Konkubinen für Xiuying eingesprungen sind. Menschen sind völlig unnötig gestorben. Ich verstehe nicht, warum sie unter derart riskanten Lebensumständen überhaupt Kinder bekommen hat. Sie ist dreiundzwanzig und nähert sich der Obergrenze der Lebenszeit von Piloten und Pilotinnen. Zhu Yuanzhang ist mit vierundzwanzig sogar noch älter. In ungefähr einem Jahr wird die Armee sie vielleicht einfach als Tribute opfern.

Allerdings sind die Kinder womöglich ohnehin eine Idee der Armee gewesen, und ich sollte nicht so schnell ein Urteil fällen. Wenn eine Frau schwanger wird, fühlt sich plötzlich jedermann für ihren Körper zuständig. Unendlich viele Einschränkungen könnten ihr »zum Wohle des Kindes« aufgezwungen werden. Es gibt kein besseres Kontrollinstrument.

Falls Li Shimin und ich die nächsten zwei Wochen überleben, kann ich mir vorstellen, dass sie ihn zwingen werden, mich zu schwängern.

Bei dem Gedanken droht mein Magen zu Eis zu gefrieren. Ich umklammere meinen Leib, meinen *Schoß*, und meine Gedanken wirbeln in hundert grauenvolle Richtungen. Ich blinzele heftig, um die Bilder zu vertreiben.

»*Biao'er, Di'er*, sagt Großer Schwester Wu Hallo!« Xiuying bewegt sich auf ihren naturbelassenen Füßen viel festeren Schrittes als ich durch den Raum. Ihr schwarzes Wirbelsäulenband legt sich über ihren Rücken wie eine dunkle Schlange. Ich glaube, es ist kein Zufall, dass zwei der drei Eisernen Prinzessinnen keine abgebundenen Füße haben. Aber was ihre Mutterschaft angeht, bezweifle ich inzwischen, dass Xiuying überhaupt eine Wahl gehabt hat.

»*Wu-jiejie hao*«, murmeln die Jungen, plötzlich ganz schüchtern.

Ich nicke ihnen zu, schenke dem Gefühl des gähnenden Verhängnisses in meiner Brust keine weitere Beachtung und drehe die Dusche neben der von Xiuying auf. Nach einem rostigen Quietschen spuckt sie heißes Wasser aus, das den schleimig-glitschigen Film auf meiner Haut wegspült, der von meinem Sturz auf den Boden herrührt.

Inzwischen sind alle anderen Frauen längst hinausgeeilt.

Xiuying setzt sich auf einen Hocker und reibt ihre Kinder mit einem Handtuch trocken, hebt dabei aber den Kopf, und ihr Gesichtsausdruck ist jetzt viel ernster als zuvor.

»Also, hör zu«, beginnt sie. »Ich weiß, dass ich damit ein wenig aus der Reihe tanze, aber wenn es irgendetwas gibt, worüber du mit jemand anderem reden möchtest, ich bin da. Ich weiß, du bist neu und hast zu sehr vielen Dingen keinen Zugang. Ich kann dir alles leihen, was du brauchst. Wie zum Beispiel ... kosmetisches Abdeckpuder. Hast du da was?«

»Abdeckpuder?« Ich lege den Kopf schräg.

»Du weißt schon, für deine ...« Sie deutet auf ihre Wange, dann auf ihren Hals.

Meine Hand gleitet zu den blauen Flecken hin. »Ach so. Die da? Danke, aber das ist mir herzlich egal. Ich habe niemanden, dem ich gefallen müsste.«

»Ich will, dass du weißt, wie gut ich das verstehen kann.« Funkelndes Licht tanzt in ihren traurigen Augen. »Ich weiß, wie leicht es mit den Männern durchgehen kann. Vor allem, wenn es sich um einen Rongdi wie Pilot Li handelt.«

Meine Wimpern flattern so heftig, als würde ich unter Muskelzuckungen leiden. »Oh. Ach nein – die sind nicht von ... das war nicht Li Shimin! Bei allen Himmeln, wenn er das getan hätte, hätte ich ihn umgebracht. Buchstäblich!«

»Oh. Bitte entschuldige. Ich habe einfach angenommen ...«

»Warum hast *du* Abdeckpuder zur Hand?« Ich mustere sie, plötzlich aufmerksam geworden, auch wenn ich keine blauen Flecken gesehen habe – unter der Dusche hätte ich sie sicher bemerkt.

Ihr Blick wird wieder strenger. »Natürlich für die Mädchen, die ihn brauchen.«

»Warum sollte man überhaupt irgendetwas davon abdecken? Die Männer, die so etwas tun, sollten verurteilt und getötet, nicht aber toleriert werden!«

Sie öffnet überrascht den Mund, dann schließt sie ihn wieder und verzieht die Lippen zu einem leisen Lächeln. »Jetzt verstehe ich, warum sie dich inzwischen die Eiserne Witwe nennen.«

»Ich sehe einfach keinen Grund dafür, sich so etwas gefallen zu lassen.« Ich drehe mich zur Wand hin und balle die Fäuste. Dichte Ströme von Duschwasser rinnen mir über das Gesicht. Der Geist meiner Schwester lächelt in meinem Kopf. Lächelt und lächelt und lächelt, denn, Himmel behüte, sie ist alles anderes als die perfekte, gehorsame Tochter gewesen. »Man duldet und duldet, lässt sich alles gefallen, und wofür? Wenn man ihnen weiterhin ständig Zugeständnisse macht, ihnen ihren Willen lässt, warum sollten sie sich dann jemals bessern? Mit Gewalt können sie sich alles holen, was sie wollen. Und was bleibt uns am Ende dann anderes als der Tod?«

»Aber du musst dir darüber im Klaren sein, dass die meisten Konkubinenpilotinnen nicht einfach einen großen Aufstand machen können«, gibt Xiuying zu bedenken. Ihre Stimme klingt müde und hohl. »Die Sicherheit und der Lebensunterhalt ihrer Familien stehen auf dem Spiel. Das Beste, was wir tun können, ist, füreinander da zu sein, uns gegenseitig zu unterstützen. Versprich mir, dass du dich mit mir in Verbindung setzt, wenn du dich über irgendetwas aussprechen musst, ja?«

Eine Anspannung tief in meinem Inneren beginnt sich allmählich zu lösen. Sie hat recht. Ich sollte mir mehr Mühe geben zu verstehen. Jeder Mensch befindet sich in einer anderen Situation.

»In Ordnung. Danke«, sage ich, denn sie will sich nur um mich kümmern, und das ist nach dem, was Qieluo mit mir getan hat, einfach nur schön.

Im Rückblick war es richtig idiotisch von mir zu glauben,

Qieluo würde mir Beistand leisten, nur weil sie auch eine Frau ist.

Es ist meine Großmutter gewesen, die mir die Füße in der Mitte gebrochen hat. Es ist meine Mutter gewesen, die meine Schwester und mich dazu ermuntert hat, uns als Konkubinen zur Verfügung zu stellen, damit unser Bruder sich irgendwann einmal eine Braut leisten kann.

Es sind immer die Dorftanten gewesen, die herumgesessen und darüber geschwatzt haben, welches Mädchen noch immer nicht geheiratet hat, wiewohl sie sich zugleich in einem fort über ihre eigenen Gatten beklagt haben. Und dann haben sie immer den frisch gebackenen Müttern dafür gratuliert, dass sie mit einem Jungen »gesegnet« worden seien, obwohl sie selbst doch Frauen waren.

Wie nimmt man der Hälfte der Bevölkerung den Kampfeswillen und macht sie zu willigen Sklaven? Man erzählt ihnen, es sei ihnen vom Moment ihrer Geburt an bestimmt, nichts anderes zu tun, als zu dienen. Man erzählt ihnen, sie seien schwach. Man erzählt ihnen, sie seien zum Opfer geschaffen.

Man erzählt es ihnen wieder und wieder, trichtert es ihnen ein, bis es die einzige Wahrheit ist, die sie zu leben imstande sind.

Zurück in der Wohnung, im Badezimmer, betrachte ich mich im Spiegel. Schummriges gelbes Licht fällt durch das Milchglasfenster. Der Lärm der nimmer endenden Bauarbeiten an der Großen Mauer klirrt, klopft und hallt draußen wider. Yizhi ist in Li Shimins Zimmer und weicht ihm nicht von der Seite, um zu verhindern, dass er uns durch die Tore des Todes davonschlüpft.

Unserem neuen Zeitplan mit Schwerpunkt auf die Nächte zufolge sollte ich jetzt eigentlich schlafen. Hunduns greifen nachts häufiger an, daher ist es besser, dann auch wach zu sein – und darauf vorbereitet, mit An Lushan fertig zu werden, falls es zu einer weiteren Schlacht kommt, bevor sich unsere Qi-Reserven wieder erneuert haben.

Doch wie könnte ich Ruhe bekommen? Ich mag in Xiuying eine Verbündete gefunden haben, aber wenn sie keine Beziehungen in Sui und Tang hat, kann sie bei der Lösung unserer drängendsten Probleme nicht helfen. Ihre und Qieluos Worte gehen mir fortwährend durch den Kopf.

*»Es ist wenig überraschend, dass dich die Männer faszinierend finden.«*

*»Hör mir mal gut zu, Fuchsmädchen. Ich weiß, wie Mädchen von deiner Sorte sind.«*

Mädchen von meiner Sorte? Und was für eine Sorte von Mädchen ist das genau?

Mache ich denn so stark den Eindruck einer gehässigen Hexe, die mit Jungen spielt und deren Leben zerstört?

Ich muss an die Kommentare denken, die mir Yizhi gezeigt hat, Kommentare von Menschen, die versuchen herauszufinden, was ich bin, und die darüber diskutieren, ob die Armee mich für den Kampf einsetzen oder mich lieber hinrichten sollte. Ich kann mir vorstellen, warum Yang Jian an mich gedacht hat. Das unheimliche neue Mädchen, das nicht einmal er, ein Prinzgeneral, überleben würde. Ich schaudere davor zurück, daran zu denken, was Qieluo wohl wirklich in seiner geistigen Innenwelt gesehen hat, aber sie hätte sich sicherlich nicht bedroht fühlen sollen. Ich bezweifle, dass irgendetwas dahintergesteckt hat, das auch nur in die Nähe von Liebe oder Respekt käme.

Aber vielleicht ist diese magnetische Anziehungskraft, die ich auf Männer auszuüben scheine, ein Vermögen, auf das ich keinen Zugriff habe.

Mein Blut pumpt schneller durch meine Adern. Ich lehne

mich näher an den Spiegel und untersuche meine von blauen Flecken überzogenen Gesichtszüge. Meine Augen sind blutunterlaufen und von dunklen Ringen umgeben, und ihr Ausdruck ist gehetzt. Meine Lippen sind aufgesprungen. Mein Teint ist totenbleich. Aber das Grundgerüst ist immer noch vorhanden, ich habe einen guten Knochenbau.

Ich sehe mir dabei zu, wie ich mich vom Spiegel löse, und in meinen Augen brennt ein dunkles Feuer auf. Die Menschen mögen es, hübsche Mädchen anzugaffen, aber sie mögen es noch mehr, sie zu hassen. Über niemanden schimpfen die Massen lieber – ja, sie sind förmlich davon besessen – als über jene Frauen, die es wagen, sich von dem Ideal der fügsamen Ehefrau und Mutter zu lösen. *Zu eitel*, beschimpfen Leute wie mein Vater diese Frauen. Zu sehr von sich selbst eingenommen. Zu hinterlistig, holen sich alles, was sie wollen, indem sie die Männer regelrecht aussaugen.

Und für ein Mädchen dieser Sorte hält Qieluo mich. Nach allem, was ich getan und wie ich mich aufgeführt habe, kann nichts, was ich sage oder tue, diese Einstufung rückgängig machen.

Aber es ließe sich Geld damit machen, dass ich so sehr gehasst werde, und eine Geldquelle zu sein, bedeutet Macht und Schutz. Die Medien scheren sich nicht um richtig oder falsch. Jeder Klick auf eine Schlagzeile, die einen Skandal verkündet, bringt Profit; jeder Blick auf ein kompromittierendes Bild verschafft neue Einnahmen. Wenn man nur Goldesel genug ist, lassen die Medienunternehmen ihren Einfluss spielen und bestechen all ihre Verbindungen in Regierungskreise hinein, damit sie einen nicht verlieren. Ich weiß das, weil Pan Jinlian, eine enge Freundin von Yizhis Familie, ständig wegen ihres frivolen und schockierenden Benehmens in den Schlagzeilen ist. Eigentlich hätten die Weisen sie unbedingt schon vor langer Zeit wegen »Zersetzung gesellschaftlicher Werte« aus den Medien verbannen sollen, aber solange sie unentwegt Gesprächsthema in breiten Bevölkerungskreisen ist, werden die Medienunternehmen sie immer aus dem Hintergrund unterstützen. Yizhi meint, sie wisse ganz genau, was sie tue. Sie lacht über die hasserfüllten Kommentare, während sie dabei zusieht, wie ihr Vermögen mit jedem Klick größer und größer wird.

Ich könnte den gleichen Weg einschlagen. Wenn ich einen echten Exklusivvertrag mit einem Medienunternehmen abschließen würde, dann würde ich dieses Unternehmen erheblich reicher machen und es auf die Weise dazu zwingen, mich zu unterstützen.

Ich könnte Yizhis Vater zwingen, mich zu unterstützen.

Ein rastloser Schwung erfasst mich, wirbelt mir bis zum Scheitel durch den Schädel. Meine Hände ballen sich auf dem Waschbecken zu Fäusten. Ich habe Gao Qiu die ganze Zeit über keine Beachtung geschenkt, weil ich nicht darauf baue, dass er sich von Yizhis Liebe zu mir berühren lässt, und ich habe allzu viele Geschichten über seine zwielichtigen Geschäftspraktiken gehört. Aber meiner Erfahrung nach ist der Einfluss der Medienunternehmen das Einzige, was das Schicksal eines Piloten verändern kann. Das beste Beispiel hierfür ist Sun Wukong, ehemaliger Pilot des Affenkönigs. Er hat einem angesehenen Mönch geholfen, die Hundunwildnis zu durchqueren und gelehrte Manuskripte und technische Zeichnungen aus einer anderen Festung der Menschheit zu bergen, Indu, zu der Huaxia nach dem Untergang von Zhou die Verbindung verloren hat. Nach Veröffentlichung seiner Erinnerungen, unter dem Titel *Reise zur Festung des Westens* und deren verschiedenen Bearbeitungen, ist er derart berühmt geworden, dass seine Tätigkeiten für die Medien verhindert haben, während der restlichen Jahre seines Lebens noch mal in einen ernsthaften Kampf geschickt zu werden. Danach ist er in den Ruhestand getreten, um Schauspieler und Komiker zu werden, und er ist immer noch ungeheuer beliebt. Mein Bruder sieht sich täglich seine Videos an.

Gao Enterprises ist das Unternehmen, das ihn managt.

Was bedeutet, dass Gao Qiu in der Lage ist zu verhindern, dass ein Pilot zum Tribut gemacht wird. Sobald ich einmal anfange, ihm absurde Summen von Geld einzutragen, verfügt er mit Sicherheit über zahlreiche Möglichkeiten, die Strategen von Sui und Tang zu zwingen, dass sie ihre Haltung ändern.

Ich verlasse eilends das Badezimmer. Als ich diesmal Yizhi aufsuche, tue ich es nicht, um ihn zu küssen.

## KAPITEL 26

# TROTZ ALLEDEM

Der Umgang mit Gao Qiu ist genauso zermürbend, wie ich es mir vorgestellt habe. Er will nur dann ernsthaft mit mir arbeiten, wenn ich beweise, dass ich Li Shimin noch einmal überleben kann.

»Die Weisen sind mit ihr nicht glücklich. Daher müsste ich eine Menge Leute schmieren, damit sie ein Auge zudrücken, wenn ich sie wirklich kommerziell nach vorn bringen soll«, teilt er Yizhi per Sprachnachricht mit, weil er nicht einmal direkt mit mir reden will. »Es hat keinen Sinn, mich für sie einzusetzen, wenn sie zwei Sekunden später schon tot ist.«

Also hängt immer noch alles davon ab, wie sehr Li Shimin und ich bei unserem nächsten Kampf im Gleichgewicht sind.

Mein Kopf wird klarer. Ungeachtet all der schlimmen Dinge, die er getan hat, und ungeachtet des Gefühlschaos, das er in mir auslöst, stoße ich ihn nicht mehr von mir. Sobald er mit Yizhis Hilfe die schlimmsten Entzugserscheinungen durchgestanden hat, mache ich mit ihm klaglos jede Partnerübung, die Sima Yi vorschlägt. Eistanz, gewöhnlicher Paartanz, Fallübungen, bei denen einer den anderen auffängt, Balanceübungen auf einem hohen Schwebebalken, während wir einander an den Händen halten, was auch immer. Ich hinterfrage seine Methoden nicht.

Nicht einmal dann, als er uns befiehlt, zusammen von der Großen Mauer zu springen.

Während der Mond als ein leuchtender Klecks durch die Wolken bricht, legt Li Shimin die Arme um mich, wie um einen neuen Tanz zu versuchen. Nach all den Debakeln, die wir in letzter Zeit haben durchstehen müssen, hat sich Sima Yi die Unterstützung von hinreichend vielen anderen Strategen in der Obersten Heeresleitung sichern können, sodass uns das Privileg eingeräumt worden ist, Geistrüstung zu tragen – als Hilfe bei unserer Ausbildung, aber auch, um weitere Angriffe vonseiten der anderen Piloten zu verhindern.

Das Gewicht der ausladenden feurigen Flügel der Rüstung vom Zinnoberroten Vogel, ein jeder länger, als wir groß sind, lässt uns auf dem Betonvorsprung, auf dem wir stehen, hin und her schwanken. Die flechtenüberzogene und von den Witterungseinflüssen fleckige Seite der Mauer gähnt vor uns in die Nacht, der Boden ist so weit weg, dass er nur ein lockendes Nichts ist. Ich hätte lieber gelernt, unten vom Boden aus zu fliegen, aber Sima Yi sagt, ich könne beim Versuch herauszufinden, wie das geht, versehentlich eine Riesenmenge Qi vergeuden. Daher gestattet er mir nur einen einzigen Versuch, und auch das lediglich unter seinen eigenen strengen Bedingungen.

Der Nachtwind heult durch die Hundunwildnis wie eine tote Konkubine, die aus dem Jenseits herüberweint. Er zerzaust Li Shimins kurzes Haar und lässt mich frieren bis ins Mark. Sein Entzugstremor hat noch nicht ganz aufgehört, und seine Züge wirken noch immer leblos und unbeteiligt; bleierne Schatten lasten auf seinem Gesicht.

Es war schon zuvor seltsam, den kampfstärksten Piloten von Huaxia ohne eine Krone zu sehen, doch nun, wo er in Rüstung ist, kommt es mir nur umso sonderbarer vor. Die Rüstung mit ihren Flügeln und ihren langen, phönixartigen

Schößen und den Metallfedern, die sich über seinen Schultern plustern, ist so ungeheuer bombastisch, doch dann ist darüber einfach nur sein Kopf. Irgendetwas fehlt da ganz offensichtlich.

Ich frage mich gerade, wie seine Krone wohl aussehen würde, da gibt Sima Yi auch schon den offiziellen Befehl: »Springt!«

Zum ersten Mal bin ich direkt und live Zeugin des Spektakels, wie Li Shimin, der Eiserne Dämon, sein Qi spielen lässt.

Ein feuerrotes Strahlen flammt wie Lavaströme unter seiner Haut auf und fließt in seine Rüstung hinein. Eine Hitzewelle überzieht meinen an ihn gedrückten Körper. Seine Iriden leuchten so hell wie glühende Kohlen. Seine Flügel breiten sich lodernd vor dem Hintergrund der Nacht aus.

Da die maximale Kraft, mit der ein Mensch sein Qi strömen lassen kann, direkt proportional zu seinem Geistdruck ist, ist das hier wirklich der intensivste Qi-Anblick, den augenblicklich irgendein Mensch in Huaxia bieten kann.

Mit einem lauten Flügelknall springt er von der Großen Mauer, ich in seinen Armen. Ich klammere mich an seine heiße Rüstung und unterdrücke einen Schrei, der angesichts der plötzlichen Schwerelosigkeit in mir aufsteigen will. Wind pfeift mir in den Ohren. Die Welt verliert ihre feste Form, ihre Logik. Die von Qi aufgeheizten Windstöße seiner Flügelschläge umwirbeln uns. Ich habe keine Ahnung, ob wir jetzt sterben müssen oder nicht, und ich kann es nicht über mich bringen, die Augen zu öffnen, um mir Gewissheit zu verschaffen.

Doch während ich bebend die Lunge mit Sauerstoff fülle und dann wieder ausatme, kocht in mir Frustration hoch.

Ist es das, was ich sein will? Ein Mädchen, das an einen Jungen gebunden bleiben muss?

Mit einem tiefen Atemzug lasse ich mein metallweißes Qi

über die Leitbahnen der Meridiane in meinem Körper nach außen strömen. Ein kühles Gefühl fließt mir durchs Rückgrat und in meine Rüstung hinein. Ich löse mich von Li Shimin und stoße mich sicherheitshalber noch zusätzlich von seiner Brust ab.

Meine Panik erreicht neue Höhen, als ich sofort in die Tiefe stürze, aber ich schlage mit den Flügeln, wieder und wieder, lasse unerbittlich mein Qi in sie hineinströmen. Ein fahles Leuchten bauscht sich an den Rändern meines Gesichtsfelds. Der Wind kühlt den Schweiß, der mich durchnässt.

Und einfach so kann ich fliegen.

Meine gewaltigen Flügel tragen mich auf dem Wind, trotzen der Schwerkraft, trotzen dem Tod. Ein unbändiges Hochgefühl summt durch jede Zelle meines Körpers, funkelnd und unirdisch wie das Licht der Sterne. Langsam schwebe ich höher hinauf, während ich mich im Kreis drehe und die Welt mit neuen Augen betrachte. Eine viel größere Welt, erfüllt mit so viel mehr Raum und Klang und Freiheit. Es ist eine Perspektive, die eigentlich nur Chrysaliden haben sollten, doch hier bin ich nun, ein Mensch, der auf und ab hüpfend durch die Luft gleitet, als wäre sie so weit und sich sanft hin und her wiegend wie das Meer ganz im Osten von Huaxia, in dem es von Hunduns wimmelt. Die Lichtquadrate der Wachtürme außerhalb der Großen Mauer ziehen sich von Horizont zu Horizont wie das Sternbild einer Schlange.

Ich blicke auf meine Arme. Mein ureigenes Metall-Qi, kalt und ruhig und silberweiß, strömt unter der Federoberfläche meiner Rüstung dahin.

So viele Gefühle durchströmen mich, dass ich gar nicht weiß, wie ich damit umgehen, wie ich sie kontrollieren soll, wie ich verhindern kann, das mir vor Rührung die Augen übergehen und meine Tränen vom Wind davongeweht werden. Ein heftiges Schluchzen schüttelt meinen schwerelosen Körper, so sehr, dass ich in Schräglage gerate, ein Flügel höher als der andere. Li Shimin kommt hinter mir herbeigeschossen und kriegt mich um die Hüfte zu fassen. Meine kalten Flügelschläge vermischen sich mit seinen heißen, so als würden wir im selben Rhythmus atmen.

Ich bin so überwältigt, dass ich keine Anstalten mache, ihn wegzustoßen.

»Für mich ist selbst das *Gehen* schon ein Luxus gewesen«, krächze ich und hämmere mit der Faust auf seinen gefiederten Brustpanzer. Dann lehne ich mich einfach dagegen. Die Hitze seines Qi wärmt mir die Wange.

Er schweigt. Hält mich nur umfangen, während wir hoch oben in der Luft auf und ab hüpfen, irgendwo mitten in der unvorstellbaren Entfernung zwischen Himmel und Erde, an einem Ort, den zu erreichen Menschen eigentlich nicht bestimmt ist.

Trotz alledem und obwohl Sima Yi ziemlich zufrieden wirkt, als wir auf die Mauer zurückkehren, verbessert sich unser Zusammenspiel einfach nicht.

»Du überlässt dich ihm einfach, du kooperierst nicht mit ihm!«, brüllt Sima Yi mich an, nachdem mich Li Shimin auf der Eisfläche mal wieder durch eine unbeholfen ausgeführte Tanzfigur gezerrt hat. »Das ist nicht dasselbe!«

Er hat leicht reden. *Er* sollte mal versuchen, auf rutschigem Eis mit jemandem zu kooperieren, dessen Gedanken ständig in alle möglichen Richtungen abirren, dorthin, wo sich die nächste Flasche Alkohol befinden könnte.

Am fünften Tag unserer Ausbildung bebt eine ständige Angst in mir und nagt an meiner Hoffnung, dass wir es noch rechtzeitig schaffen werden, die Dinge auf die Reihe zu kriegen. Wie ein äußerlicher Spiegel meiner Stimmung drischt ein Gewitter auf das Gebäude mit der Eisbahn ein, grollt durch den Beton und lässt die Fenster klirren.

»He.« Sima Yi winkt mich vom Rand der Eisbahn zu sich, während sich Li Shimin missmutig zu einer Toilettenpause davontrollt. »Ich muss mit dir reden.«

»Worüber?« Ich gleite zögernd auf ihn zu und bewege meine Flügel hinter mir, um das Gleichgewicht zu halten. Dass wir nun Rüstung tragen, hat zumindest verhindert, dass wir ständig ausrutschen und aufs Eis knallen, und so schmerzen auch meine Füße nicht mehr ganz so sehr.

Sima Yi umklammert die niedrige Absperrung aus Glas um die Eisbahn herum. »Du solltest dich besser nicht in eine Dreiecksbeziehung verwickeln.«

Meine winzigen Schlittschuhe kommen quietschend zum Halten. Ich öffne den Mund, um empört alles abzustreiten.

»Du brauchst es gar nicht erst versuchen.« Sima Yi hebt abwehrend die Hand in die Höhe. »Ich habe bemerkt, wie ihr einander anseht, du und der reiche Junge. Aber du solltest besser nichts Ungehöriges mit ihm anstellen.« Er kauert sich näher heran, und seine Stimme wird leise. »Li Shimin sollte dein Partner sein, dein wahres, ebenbürtiges Gegenüber. Vergiss das nicht. Und in der Öffentlichkeit musst du dich ganz besonders daran halten. In der Armee hast du die Mehrheitsmeinung bereits gegen dich. Du kannst es dir nicht erlauben, darüber hinaus auch noch als eine Frau abgestempelt zu werden, die ihren Partner betrügt.«

Ich finde meine Fassung wieder und verdrehe die Augen. »Ihr braucht Euch da keine Sorgen zu machen. Ich weiß, was für mich am wichtigsten ist.« Keine Lüge. Ich habe Yizhi seit jener chaotischen Nacht nicht mehr geküsst. »Außerdem: Kennt Ihr Euch etwa nicht mit den einfachsten Grundlagen der Geometrie aus, Stratege Sima?« Ich lasse meine Finger ein Dreieck bilden und schaue hindurch. »Ein Dreieck ist die stabilste Form überhaupt.«

»Ich meine es ernst«, blafft er. »Du und Shimin macht so einen unbehaglichen Eindruck, was euren Umgang miteinander angeht. Was ist da los? Verrichtest du deine Kammerpflichten etwa nicht auf die geziemende Weise?«

Als mir klar wird, was er mit »Kammerpflichten« meint, schießt mir die Hitze vom Hals bis in die Ohren. »Nein! Das geht Euch nicht das Geringste ... *Wir haben das überhaupt noch nie miteinander gemacht!*«

Sima Yi schlägt sich beide Hände vors Gesicht. »Oh, das erklärt nun eine ganze Menge. Kein Wunder, dass ihr zwei keine Fortschritte macht!«

»Was soll *das* denn mit unserer Ausbildung zu tun haben?«

»Soll das ein Witz sein? Es ist die bestmögliche Aktivität, um die Verbindung zwischen Partnern zu stärken! Und warum habt ihr es noch nie gemacht?«, begehrt Sima Yi zu wissen, als erkundigte er sich danach, warum ich vor Verlassen der Wohnung den Herd nicht ausgeschaltet habe.

Ich lasse mich auf meinen Schlittschuhen zurückgleiten und schlage mit den Flügeln, um nicht das Gleichgewicht zu verlieren. »Ich ... ich will es einfach nicht!«

»Hier geht es nicht um das, was du willst«, stößt Sima Yi zwischen zusammengebissenen Zähnen hervor, und zu sehen, wie unerbittlich streng er in Bezug auf dieses lächerliche Thema ist, bewirkt, dass sich mein Herz vor Kälte zusammenzieht. »Wenn du es mit Prinzoberst Yang hast machen können, dann kannst du es auch mit Shimin tun. Ich verstehe es, wenn du davor Angst hast, mit einem Rongdi zusammen zu sein, aber ...«

»Ich habe es auch mit Yang Guang nicht gemacht!« Ich schreie den Satz regelrecht heraus.

Sima Yi starrt mich eine ganze Weile mit offenem Mund an. »Du bist immer noch Jungfrau?«

»Spielt das denn eine Rolle?« Meine Wangen sind jetzt so heiß, dass sie gewiss so rot wie eine Lampe leuchten.

»Ja!« Er schlägt auf die Absperrung der Eisbahn. »Hör mal, du kannst nicht vernünftig mit Shimin als Pilotin zusammenarbeiten, wenn du diese mentale Blockade ihm gegenüber hast, also musst du sie überwinden. Ich werde dich und Shimin jetzt auf der Stelle gehen lassen, damit ihr die Sache sofort erledigt. Es ist dringend. Dies ist die falsche Zeit dafür, dich deswegen wie ein kleines Mädchen aufzuführen!«

»Was ein Jammer aber auch – ich *bin* ein Mädchen!« Tränen brennen mir in den Augen, sind gefährlich nahe dran, ungehindert über meine Wangen zu strömen. »Mein Leben lang hat man mir eingetrichtert, das sei das Schlimmste und Dreckigste, was ich überhaupt tun könnte! Wisst Ihr, wie viele Male mir meine Familienangehörigen damit gedroht haben, mich in einen Schweinekäfig zu stoßen und zu ertränken, allein weil sie den bloßen *Verdacht* hatten, ich könnte mit einem Jungen auf Tuchfühlung gegangen sein? Und jetzt wollt Ihr, dass ich einfach mir nichts, dir nichts mit einem Kerl schlafe, den ich hasse?«

Meine Stimme bricht sich an den Betonwänden und hallt als hohles Echo zurück. Sima Yi öffnet den Mund zu einer scharfen Erwiderung, aber dann blickt er zur Seite hin und stutzt.

Ich reiße den Kopf herum und lasse meine Aufmerksamkeit in dieselbe Richtung gehen.

Li Shimin steht auf halbem Weg zwischen der Eisbahn und den Toiletten und starrt uns an. Der Regen trommelt so stark gegen die Wände, dass wir das Klappern seiner Rüstung nicht gehört haben. Donner grollt über dem Gebäude.

Ein Gefühl der Reue durchströmt mich. Beinahe hätte ich mir die Hand vor den Mund geschlagen.

Andererseits habe ich aus meiner Geringschätzung ihm gegenüber nie einen Hehl gemacht, also was soll's?

Ich lasse die Hände an meinen Seiten zu Fäusten geballt.

»Ach, auch egal.« Sima Yi schüttelt den Kopf. »Ihr könnt genauso gut ... Shimin! Komm hierher! Ich muss mit dir über den Vollzug deiner Partnerschaft mit Pilotin Wu sprechen!«

Li Shimins Augenbrauen ziehen sich zusammen, Ausdruck eines Gefühls, das ich nicht ergründen kann. Er wirbelt auf dem Absatz herum und stürmt zurück in Richtung Toiletten, und die langen Schöße seiner Rüstung schlagen klirrend gegen seine Beinschienen. »Ich werde dieses Gespräch nicht führen.«

Sima Yi macht den Eindruck, als würde er im nächsten Moment an zu dünner Luft ersticken. »Was ist los mit dir? Sie mag ein wenig pummelig sein, aber sie sieht trotzdem ganz ordentlich aus!«

Li Shimin wirft einen Blick über die Schulter zurück, und in seinen Augen funkelt die gleiche Art von rasendem Zorn, wie er ihm beim Streit in der Kantine freien Lauf gelassen hat. »Ich bin kein Tier, Stratege Sima.« Sein Blick geht rasch zu mir herüber, und ein sanfterer Ausdruck tritt in seine Augen. »*Wir* sind keine Tiere.«

»Nein, aber ihr zwei seid Piloten!«, beharrt Sima Yi. »Und nicht weniger als euer Leben hängt von eurer nächsten Schlacht ab. Seht euch nur an, wie verlegen ihr miteinander umgeht – ihr müsst das in Ordnung bringen!«

Li Shimin geht weiter, weg von uns. Ich schließe die Augen und atme langsam und tief durch.

Vermasseln wir uns diese Sache am Ende selbst? Womöglich ist dieser Punkt tatsächlich ein Teil unseres Problems.

Ich zwinge mich, logisch zu bleiben: Wenn wir diese Sache

jetzt nicht klären, wird sie weiterhin zwischen uns stehen, und wir werden nur noch stärker ins Straucheln geraten als bisher. Und wir haben weder die Zeit dafür, noch können wir uns den Luxus leisten, weitere Fehler zu begehen.

Während mir eine neue Hitzewallung förmlich die Wangen verbrüht, hole ich tief Luft. »Li ...!«

Rote Lichter flammen an der Decke auf. Das Jaulen von Hundunsirenen hallt durch das Gebäude.

Li Shimin wirbelt herum.

Panik blitzt auf Sima Yis Gesicht auf, aber er hat sie binnen einer Sekunde unter Kontrolle und beginnt, durchaus gerechtfertigte und gar nicht absurde Befehle zu rufen.

Der Überlebensinstinkt nimmt unserem Konflikt all seine scharfen Kanten. Li Shimin kommt auf mich zugelaufen. Ich schlinge die Flügel um mich, um es ihm leichter zu machen, mich zu tragen. Er hebt mich hoch, denn so sind wir schneller, als wenn ich mich im selbstständigen Gehen versuchen müsste. Wir können nicht fliegen. Wir würden vor dem Nachthimmel riesige leuchtende Zielscheiben abgeben, und jeder Soldat könnte uns unter dem Vorwand abschießen, dass er uns daran habe hindern wollen zu desertieren.

Aber wir kommen nicht weiter als zehn Schritte aus dem Gebäude heraus, bis sich trotzdem Soldaten um uns versammeln. Ihre Stiefel stapfen wasserspritzend durch den Sturm. Ich leite mein Qi mit einem besonders hohen Druck durch meine Rüstung und intensiviere dadurch meine Geistsinne. Als würde sich in mir ein drittes Auge öffnen, erhält mein Körper eine neue Bewusstseinsebene und registriert den Geistdruck der übers Lager verteilten Männer und Frauen. Weitere Signale nähern sich aus allen Richtungen.

Haben sämtliche Soldaten im Lager den Befehl erhalten, uns in die Enge zu treiben?

»Oh nein, diesmal werdet ihr euch nicht vor der Schlacht

drücken können«, zischt An Lushans Stimme aus dem Lautsprecher eines Tablets. Ein Soldat hält eine Liveschaltung hoch, die An Lushans Gesicht zeigt, während ein anderer einen Regenschirm über das Display des Tablets hält.

Sima Yi lässt seinen bereits durchnässten Ärmel durch die Luft peitschen. »Ich habe Befehl von der Obersten Heeresleiei …!«

»Befehl aufgehoben.« An Lushan hält sein eigenes Tablet hoch und zeigt ein Dokument. »Weisenerlass von niemand Geringeren als dem Vorsitzenden Kong persönlich.«

KAPITEL 27

# MIT EINEM LAUTEN KNALL

Mein Gesicht wird noch eisiger als der Regen, der darüberströmt.

Vorsitzender Kong ist der Oberste der Weisen. Und er hat im Wesentlichen verkündet, dass er uns beide aufgegeben hat und mit uns die Chance auf eine Gegenoffensive.

Mein Blick fliegt zu Sima Yi hinüber, aber da ist nur Grauen auf seinem Gesicht, von den regenumnebelten Laternen auf der anderen Seite des Lagers schwach erhellt. Mit dem nächsten Aufleuchten eines Blitzes wird mir bewusst, wie strapaziös diese wenigen Tage auch für ihn gewesen sein müssen. Wasser rinnt durch die Furchen seines eingefallenen Gesichts herab und tropft von seinem durchnässten Bart.

Er weicht meinem Blick aus. Schließt einfach die Augen und sagt: »Verstanden.«

Mein Herz plumpst schwer wie ein Stein in einen nimmer endenden Abgrund.

Auf dem Bildschirm grinst An Lushan nur noch breiter. Er tippt sich ans Kinn. »Schafft sie zum Zinnoberroten Vogel.«

Soldaten umzingeln uns. Einer von ihnen hält einen Maulkorb in die Höhe. Regen glänzt feucht auf dunklem Stahl.

»Nein, setzt mir dieses Ding nicht auf!«, schreit Li Shimin, und das tiefe Timbre seiner Stimme dröhnt durch unsere

Rüstung. Die Soldaten zucken zusammen und bleiben doch tatsächlich stehen. Seine Arme legen sich noch fester um mich. »Ich komme freiwillig mit. Diesmal werde ich keinen Widerstand leisten. Jetzt habe ich *sie.*«

Eine verspätete Erkenntnis oder vielleicht eher ein mahnendes Erinnertwerden steigt in mir auf. Nicht nur ich soll durch die Paarung mit ihm vorgeblich »gezähmt« werden.

Aber das ist alles nicht wirklich, nicht echt. Wir sind kein funktionsfähiges Paar. Wir können einander kaum ansehen. Unser Qi hat sich nur sechs Tage lang wiederaufladen können.

Die Sache wird nicht klappen.

Li Shimin schickt sich an, den Soldaten zu folgen, und Regentropfen sammeln sich auf seinen Brillengläsern. Sima Yi will sich ihm anschließen, er wird indes aufgehalten.

»Stratege Sima, es besteht keine Notwendigkeit, dass Ihr sie begleitet«, erklärt An Lushan mit einem Lächeln und einer wegwerfenden Handbewegung, als täte er ihm einen Gefallen.

Sima Yi fletscht die Zähne, ihm bleibt jedoch keine andere Wahl, als sich dem Zwang zu beugen und zurückzubleiben.

»Vergesst nicht, ihr könnt immer noch versuchen, den Zinnoberroten Vogel per Schnellladung in Aktion zu setzen!«, ruft er uns durch den prasselnden Regen hinterher. »Besorgt euch so viel Qi wie möglich von den anderen Chrysaliden, und es könnte alles gut gehen!«

Nein, wird es nicht! Wer würde *uns* schon Qi borgen? Xiuying hätte es vielleicht getan, aber sie muss sich selbst erst einmal wieder aufladen. Sie wird nicht in dieser Schlacht kämpfen.

Ich spüre den Impuls, mich aus Li Shimins Armen zu befreien und loszurennen, doch welchen Sinn hätte das? Ich bin körperlich gar nicht in der Lage dazu. Ich könnte nie ...!

Moment. Die Rüstung.

Vielleicht kann ich es einfach versuchen.

Ich verdrehe mich so, dass ich meine Flügel entfalten kann. Sie kratzen scharrend über Li Shimins Brustpanzer, dann mache ich mich daran, sie schlagen zu lassen …

Ein lauter Knall.

Eine weiß leuchtende, blendende Gewalt wirft mich gegen Li Shimin. In der nächsten Sekunde zuckt rasender Schmerz über meinen Rücken. Helle Punkte tanzen über mein Gesichtsfeld. Mein Mund öffnet sich, die Lippen klaffen weit auseinander, jeder Muskel ist viel zu angespannt, um einen Laut herausbringen zu können. Rufe dringen mir wie aus weiter Ferne durch die Ohren, als wäre ich in Eiswasser untergetaucht.

*»… kann doch wohl nicht wahr sein …«*

*»… wie kann es überhaupt sein, dass sie …«*

Der Geruch von Schießpulver zieht durch die feuchte Luft. Li Shimin schreit meinen Namen – hat er ihn bisher eigentlich je einmal laut ausgesprochen? –, und er wiegt mich in den Armen, schüttelt mich, doch ich kann meine Sinne nicht zusammennehmen. Schmerz verschlingt alle Wahrnehmung, nimmt jede meiner Zellen in den Klammergriff.

Die ganze Welt dreht sich.

Wir werden trotzdem weiter weggeführt. Schwach nehme ich durch meine alles zersprengende Qual wahr, wie meine schlaff herabhängenden Flügel über den regenüberströmten Betonweg schleifen.

Es gibt kein Entrinnen.

Während der ganzen Fahrt die Große Mauer hinauf flackert mein Bewusstsein nur immer wieder kurz auf, um dann gleich wieder auszusetzen. Schummrige Aufzuglichter. Knarrende Geräusche. Glänzende Gewehre. Heiseres Stöhnen, das aus meiner eigenen Kehle dringt. Regen, der in einer dunstigen Nebelschicht auf Betongebäude und Stahlgleise fällt.

Dann sitzen wir in einem Transporter und rasen auf den Zhen'guan-Wachturm zu, wo der Zinnoberrote Vogel geparkt ist. Regentropfen kratzen in der Dunkelheit der Nacht wie leuchtende Krallen über die Fenster.

»S-S-Sie haben doch tatsächlich auf mich geschossen«, schnaufe ich, steif und angespannt auf Li Shimins Schoß zusammengerollt, den Blick ihm zugewandt. Vielleicht habe ich diesen Satz schon mehrere Male zuvor gesagt. Ich weiß es nicht. Perlen von kaltem Schweiß zittern auf meiner Stirn.

»Bleib hier bei mir.« Er hält mich an den Schultern fest und kuschelt mich enger an sich. »Bleib, bis wir uns mit dem Vogel verbinden. Dann wirst du es nicht mehr spüren.«

Meine Zähne klappern. Ich kann das Zittern nicht unterdrücken. Ob er sich an jenem ersten Abend seines Entzugs genauso gefühlt hat? Unter meiner Rüstung klebt mir der nasse Leitanzug wie Eis an der Haut.

Rotes Licht beginnt unter den Metallfedern von Li Shimins Rüstung zu schwelen. Hitze steigt um mich herum auf, wallt durch die Luft. Ich stoße ein Keuchen aus.

»Nein …« Ich lege die Handfläche auf seinen Brustpanzer. »Tu das nicht – verschwende kein Qi …«

»Das spielt jetzt auch keine Rolle mehr«, murmelt er mit rot funkelnden Iriden. Die Perlen von Feuchtigkeit auf seinen Brillengläsern verschwinden schnell. Er reibt meine gepanzerten Hände, um sie zu wärmen. Seine aschfahlen Züge wirken gepeinigt, vom Entzug ausgelaugt, doch nun spannen sie sich konzentriert an. Draußen pfeift der Sturm und hämmert auf das Metall um uns herum ein wie tausend Herzschläge. Der Transporter holpert über Gleise, auf denen das Wasser steht. Die Schatten des Regens ziehen Streifen über sein Gesicht. Mit heruntergeklapptem Unterkiefer starre ich zu ihm auf.

»Warum bist du so nett zu mir?«, stoße ich hervor, einen immer dicker werdenden Kloß in der Kehle. »Wo ich doch so schrecklich zu dir bin?«

Seine Lider klappen nach unten. Die sanfte Zärtlichkeit der Bewegung passt so gar nicht zu dem dämonischen Rot seiner Augen. Er verschränkt seine Finger mit meinen. »Du bist das Wunder, auf das ich die ganze Zeit über gewartet habe, wenn ich in die Schlacht gezogen bin und gebetet habe, dass endlich einmal irgendetwas anders sein würde. Ich kann den Gedanken nicht ertragen, dich zu verlieren.«

Mein Zittern dringt bis in meinen innersten Kern. Wärme brennt mir in den Augen, und ein Beben erfasst mein Gesichtsfeld. Ich drehe mich in Richtung seiner Beine um, damit er nicht sehen kann, was seine Worte in mir ausgelöst haben.

»Ich hasse dich nicht.« Ich wechsle unwillkürlich in meine höchste, dünnste Stimmlage. »Nicht so sehr. Nicht mehr. Du verwirrst mich einfach nur.«

»Das tut mir leid«, flüstert er und löst seine Hände aus ihrer Verschränkung mit meinen.

Ich halte sie fest.

»Ich habe gehört, dass du Sachen wirklich hübsch aufschreiben kannst.« Ich streiche mit meinem Daumen über seinen, und meine Gedanken wirbeln wild durcheinander wie draußen das Wasser in den Pfützen. Ich weiß nicht mehr, was ich da rede. »Ich finde, du solltest das mal wieder tun.«

Ein trockenes Lachen entfliegt ihm. Er krümmt seine Finger zwischen meinen. Sie zucken. »Meine Hände ... All die viele harte Arbeit, die sie mir aufgebürdet haben ... Ich glaube nicht, dass ich je wieder einen Schreibpinsel richtig werde halten können.«

Mein Herz krampft sich zusammen. Wie im Fieber drücke ich seine Hände gegen meine Brust. »Du musst es versuchen. Du musst es wieder versuchen.«

Der Transporter kommt quietschend zum Halten und wirft mich unsanft gegen Li Shimin. Ich schreie vor Schmerz auf. Seine Hände lösen sich aus meinen, um mir Halt zu geben. Soldaten erheben sich um uns herum und entsichern ihre Schusswaffen.

Er schiebt seine Arme unter mich. »Wir müssen jetzt gehen. Ich trage dich.« Ich nicke und zucke zusammen.

Trotzdem bin ich nicht auf die Qual vorbereitet, die mich bei der Bewegung förmlich zerreißt, als er mich hochhebt. Schäumendes Rauschen legt sich mir über die Augen. Ich unterdrücke einen Aufschrei und lehne den Kopf haltsuchend an seine Schulter.

Vielleicht ist es ja gar nicht so schrecklich, in die Schlacht zu ziehen. Zumindest wäre ich dann diesen Schmerz los.

Doch nachdem sie uns in den Aufzug getrieben haben, der auf die Andockebene hinunterführt, schneidet neue Angst wie eine Klinge durch mich hindurch, verstärkt durch den Ausdruck von Resignation auf Li Shimins Gesicht.

Will er aufgeben?

»Li Shimin«, flehe ich. *»Shimin.«*

Er richtet seinen traurigen, aber abgeklärten Blick auf mich. So reif und erwachsen habe ich ihn nicht mehr blicken sehen, seit ich ihm das erste Mal begegnet bin, als er aus exakt diesem Aufzug herausgetreten und auf mich zugekommen ist, in einen Gefangenenoverall gekleidet, einen Maulkorb umgeschnallt und Zornesfeuer in den Augen.

Nein, flehen allein reicht nicht aus.

Ich ziehe mich an seinem Hals hoch und drücke meine Lippen auf seine.

Er atmet heftig durch die Nase ein und macht stolpernd

einen Schritt zurück. Seine Rüstung glänzt wie frisch entfachte Glut und erfüllt den Aufzug mit Wärme. Gefühle rasen zwischen uns im Kreis hin und her, überstrahlen meinen Schmerz wie ein hell aufleuchtender Blitz. Ich bin nicht minder verwundert als er.

»Kämpfe«, hauche ich, und meine Lippen öffnen sich nur ein kleines Stück von seinem Mund entfernt. Mein Herz wirft sich gegen unsere miteinander verbundenen Brustpanzer wie ein verrücktes, aus seinem Käfig befreites Ungeheuer. »Kämpfe, ganz gleich, wie weh es tut.« Ich streiche mit den Fingern über seinen Nacken. »Denn wir verdienen es nicht, auf diese Weise zu sterben.«

Er umfängt mich fester und bohrt die Finger in meine Rüstung.

Die Aufzugtüren öffnen sich, konfrontieren uns mit der tobenden, heulenden, wirbelnden Nässe draußen. Das herausdringende Licht fällt auf den langen gebogenen Hals des Zinnoberroten Vogels am Ende der Andockbrücke. Die Soldaten drängen einer nach dem anderen nach draußen, und ihre Stiefel klirren auf den Metallgittern. Sie stellen sich auf beiden Seiten der Plattform in Reih und Glied auf und halten ihre Gewehre auf uns gerichtet, denn sie hassen uns, aber sie treten für uns zur Seite, denn sie brauchen uns.

Shimin stapft zwischen ihnen zu dem Zinnoberroten Vogel hinüber, mit mir auf den Armen. Der prasselnde Regen steigt zischend von seiner Rüstung auf, bildet einen Lichtkranz aus Dampf um ihn herum. Durch meinen fieberhaften Schmerz hindurch starre ich jeden einzelnen dieser Feiglinge böse an, bis er den Blick senkt.

Gerade als ich mich zu fragen beginne, wie sie uns eigentlich in die Schlacht zwingen sollen, wenn wir es beide nicht wollen, springen zwei Soldaten hinter uns her und steigen mit uns ins Cockpit. Sobald wir auf den Plätzen für Yin und Yang sitzen, schnallen sie sich auf zwei Sitzen an der Seite daneben an, die mir bisher nicht aufgefallen sind.

Dann zielen sie mit ihren Schießeisen auf unsere Köpfe.

# KAPITEL 28

# DIE STABILSTE FORM

Sengend heißer Zorn fährt durch mich hindurch, als mein Bewusstsein in den Zinnoberroten Vogel aufsteigt. Brennender, tobender Zorn.

Diesmal werde ich nicht in Shimins entsetzliche Innenwelt versetzt. Meine Wut prallt direkt mit seiner zusammen, es ist wie in Feuer gegossenes Öl, und ein Schrei entringt sich dem Schnabel des Vogels, gellt leuchtend durch die Nacht. Klirrender Regen prasselt auf uns herab wie tausend Nadeln pro Sekunde, vor uns vom Schein der Vogelaugen erleuchtet – eines strahlt metallweiß, eines feuerrot.

*»Ausrücken, Zinnoberroter Vogel, oder ihr werdet wegen Ungehorsams eliminiert!«* An Lushans Stimme knirscht durch die Lautsprecher – offensichtlich haben sie neue eingebaut.

Ich – oder vielleicht auch wir beide – lassen einen weiteren Schrei durch die Kehle des Vogels gellen. Der einzige Trost ist, dass ich von meinem schmerzerfüllten Körper befreit worden bin. Die Grenzen meiner Existenz verlieren sich nach außen hin wie Nebel, erstrecken sich bis in die riesigen Flügel des Vogels hinein. Ich erwecke sie zum Leben. Am liebsten hätte ich mich umgedreht, um die Große Mauer selbst in Schutt und Asche zu legen, aber es besteht kein Zweifel, dass die Soldaten mein Gehirn sofort über das gesamte Cockpit verteilen werden, sobald ich die geringste falsche Bewegung mache.

Während Shimin und ich den Vogel in einem unbeholfenen Gleichtakt lenken, hat sich ein hartnäckiger schwarz-weißer Schleier über mein Bewusstsein gelegt, wie eine weitere Wesensebene. Ich konzentriere mich mit aller Gewalt darauf, die Welt um mich herum wird geschärft, und ich bin im Reich von Yin und Yang. Shimin kniet vor mir, wie ich in Geistgestalt, und unsere Knie berühren sich an der Grenze von Schwarz und Weiß. Ich umfasse sein Gesicht mit beiden Händen. »Komm, lass uns die Soldaten hinauswerfen, so wie wir es beim letzten Mal mit den Lautsprechern gemacht haben.«

Er zuckt zusammen und scheint erschrocken, mich zu sehen, zu bemerken, dass ich mir dieser Welt bewusst bin. Mir kommt in den Sinn, dass das eben das erste Mal gewesen ist, dass wir uns hier drinnen ganz normal verhalten haben. Keine Blutgier auf seiner Seite. Das ist ein gutes Zeichen.

Sein Blick huscht wild umher, um dann ruhiger zu werden und meine Augen zu suchen. »Sie hinauswerfen, und was dann?«

Mir klappt der Mund weit auf.

Ja, und was dann? Den Vogel deaktivieren und an Ort und Stelle bleiben, bis die Schlacht vorüber ist, nur um dann nichtsdestoweniger zum Tode verurteilt zu werden? Uns weigern, das Cockpit zu verlassen, und an meiner Schussverletzung sterben? Versuchen, mit dem Vogel in die Hundunwildnis zu entkommen, wo sie sich sofort in Schwärmen auf eine Chrysalis von unserer Größe stürzen werden, wo immer wir auch hingehen?

Als ob. Vergiss es. *Vergiss es.*

Uns wehren? Dann werden wir hingerichtet. Gegen die Hunduns kämpfen? Dann können wir uns womöglich beweisen und überleben.

Teilnahmslosigkeit tritt in Shimins Züge, und plötzlich wird mir der Grund für seine Resignation von vorhin klar. Er hat schon in weit mehr Schlachten dieser Art in der Falle gesessen als ich.

Als ich nun spüre, wie er den Vogel auf seinen gewaltigen Klauen vorwärtsschreiten lässt, bringe ich nicht die Kraft auf, um mich seinem Schwung entgegenzustemmen.

Falsche Hoffnungen. Ich bin überzeugt, dass sich die Armee förmlich davon nährt.

Doch unsere Erschöpfung und unser nur halb aufgeladenes Qi fordern sofort ihren Tribut. Die Bewegungen des Vogels sind träge und schwerfällig, er gleicht einem echten Vogel, der mit durchnässten Federn durch einen Sturm stolpert. Kameradrohnen zischen um uns herum wie hohnvolle Fliegen, rotäugig vor Gier. Ich stelle mir vor, wie uns Gao Qiu, die Weisen sowie alle möglichen Strategen sowohl von der Sui-Tang-Grenze als auch von der Obersten Heeresleitung mithilfe verschiedener Drohnen beobachten und über uns urteilen. Blitze zucken durch die dichten schwarzen Wolken über uns und erhellen für kurze Momente die weite Ebene.

Die ersten Hunduns tauchen keine fünf Minuten später am Horizont auf und toben heran, ein Kampf in beunruhigender Nähe zur Mauer. Zuerst dringen nur kleine leuchtende Qi-Entladungen durch Regen und Finsternis, dann erscheinen ihre schemenhaften Gestalten.

»Mannomann, die Erkundungsdrohnen bringen heute ja gar nichts auf die Reihe!«, kreische ich in die Welt von Yin und Yang hinein.

»Oder sie haben den anderen aufgetragen, alle Hunduns, die auf uns zukommen, absichtlich nicht aufzuhalten.« Shimin ballt die Fäuste auf seinen Knien. Da unsere Geistgestalten beide fest an ihren Plätzen sitzen, kommt es mir so vor, als würde ich ihn über einen Videokonferenz-Bildschirm in meinem Kopf sehen.

»Oh ja, dazu wären sie fähig.«

Hunduns zielen darauf ab, Chrysaliden zu zerstören, nicht die Große Mauer selbst. Ganze Hundunströme müssen sich aus den Reihen der eigentlichen Schlacht gelöst haben, um uns anzugreifen, und nun stürzen sie sich auf uns wie Insekten auf einen Pfirsich von fauliger Süße.

Als unser Zusammenstoß mit der ersten Welle von Hunduns unmittelbar bevorsteht, wuchtet Shimin die Flügel des Vogels zurück und lässt sie dann wieder nach vorn schnellen. Die schiere Gewalt des Luftstoßes lässt die einfachen Hunduns ihr Gleichgewicht verlieren und bläst sie regelrecht um. Wasser sprüht und spritzt in alle Richtungen. Drei Hunduns der Adelsklasse, die nicht größer wirken als Katzen, in Wirklichkeit aber mit Sicherheit wesentlich imposanter sind, stürmen durch den Wind und stürzen sich auf uns.

Ich schlage mit einer Klaue nach einem von ihnen.

»Nein! Tu das nicht!«

Shimins mentaler Widerstand verlangsamt die Klaue, aber es ist bereits zu spät. Die Krallen spießen den runden Körper des Hunduns auf.

Statt ein befriedigendes tödliches Knirschen zu registrieren, ist es für mich, als hätte ich mit Essstäbchen durch Reis gestochen. Das Geistmetall des Hunduns windet sich um die Krallen herum und bindet sie zusammen. Ich schüttele die Klaue, bekomme sie aber nicht frei.

»Ach, natürlich! Kein sichtbares Leuchten – ein Wassertyp!«, schimpfe ich mit mir. Die beiden anderen Adels-Hunduns rammen ihre Leiber gegen die Klaue, mit der wir auf dem Boden stehen, und versuchen, uns umzukippen.

*»Sie wissen, dass sie ein gutes Gespann sein müssen.«* Sima Yis Bemerkung über die Schlachtenkünste von Qieluo und

Yuanzhang hallt mir durch den Kopf. *»Sie erledigen einfach, worin sie jeweils gut sind, und halten sich zurück, wenn es angezeigt ist.«*

Da ich keinerlei Gefahr verspüre, die Kontrolle über den Vogel ganz zu verlieren, wenn ich Shimin gegenüber nachgebe, stelle ich vorübergehend alle Versuche zur Befehligung unserer Chrysalis ein und vertraue darauf, dass Shimin die Sache regelt. Mit einigen wenigen nass klatschenden Flügelschlägen lässt er den Vogel vom Boden aufflattern. Er lädt seinen Schnabel mit Qi auf und schnippt dabei den Hundun mit der anderen Klaue beiseite. Der Hundun fällt taumelnd zu Boden und zappelt mit den Beinen wie ein auf dem Rücken liegender Käfer, der als Brei von Gedärm und Organen zerbirst, wenn man darauf tritt.

Shimin wirft den Kopf des Vogels zurück, um den Qi-Strahl in einem breiten Strom über die Herde zu ergießen. In mordender Zerstörung fegt er über die überschwemmte Landschaft.

Hunduns knistern und knacken unter dem feuerroten Ansturm. Nun komme ich zum Zug, gebe mein eigenes Qi hinzu und färbe den Strom rosa. Die Wucht unserer Attacke katapultiert uns für einige Sekunden höher in die Luft hinauf, dann können wir den Qi-Fluss nicht mehr aufrechterhalten. Unser Qi versiegt, und wir krachen mitten in die qualmenden Überreste der Hunduns hinein. Die Flügel des Zinnoberroten Vogels sacken herab, und ihr Leuchten wird schwach und fahl.

»Welcher Adelsklasse haben diese Hunduns angehört?«, frage ich atemlos. »Ich kann es nicht erkennen. Ich habe Probleme mit meiner Blickperspektive.«

»Baronsklasse. Vielleicht auch niedrige Grafenklasse?«

Seine Worte rufen mir wieder ins Gedächtnis, welche Größe wir gegenwärtig einnehmen, und eine Welle des Entsetzens und der Übelkeit, zugleich aber auch des jubelnden Hochgefühls durchströmt mich. Hunduns der Baronsklasse sind zehn bis fünfzehn Meter groß, so hoch wie drei- oder vierstöckige Gebäude, doch uns erscheinen sie nicht größer als eine durchschnittliche streunende Katze.

Aber all diese Kampfesmacht bedeutet nicht das Geringste, solange man mich mit vorgehaltener Waffe im Cockpit gefangen hält. Ich kann *spüren*, wie sich die beiden Soldaten in ihren Sitzen regen, während sie sich von unserem Sturz erholen. Ich muss mich mit aller Gewalt zurückhalten, nichts zu unternehmen, als sie sich nun aufrichten.

Shimin zerrt den Vogel wieder auf seine Klauen, und wir trampeln weiter über die schlammige Ebene, auf die bunt gefleckte Masse der nächsten Hundunwelle zu. Der Vogel bewegt sich jetzt sogar noch mühseliger und schwerfälliger vorwärts als zuvor.

»Wir sollten auf weitere Qi-Angriffe verzichten«, sage ich, und Angst überzieht mein ganzes Wesen wie eine Schimmelschicht.

»Was für ein Jammer aber auch«, grunzt Shimin. »Es ist das, was der Vogel am besten kann. Er ist keine Nahkampfwaffe.«

»Dann wechseln wir doch auf eine höhere Stufe. Wir müssen mein Metall-Qi bündeln, um unsere Attacken zumindest genauer und konzentrierter zu machen. Wie kriegt man so was hin?«

»Keine Ahnung. Ich habe noch nie bewusst eine Transformation ausgelöst.«

»Stimmt. Du bist ja Feuer auf Feuer.«

Geistmetall kann nicht mit demselben Qi-Typ zu einer höheren Stufe transformiert werden – deshalb können sich Hunduns auch nicht verwandeln, da sie immer nur aus einem einzigen Typ bestehen. Piloten wie Shimin müssten sich der zusätzlichen Anstrengung unterziehen, auf dasjenige Qi zurückzugreifen, das in ihrem Körper das zweitstärkste ist. In Shimins Fall wäre es das Erd-Qi.

»Es ist ein Wunder, dass ich während einer Schlacht überhaupt so klar im Kopf bin.« Shimin ringt seine Geisthände. »Und ich habe keine Ahnung, ob das die Sache nun besser oder schlechter macht.«

Die nächste Reihe von Hunduns stürmt heran. Wir haben keine andere Wahl, als weitere Qi-Salven in ihre Richtung zu feuern, während wir vorrücken. Ich tue mein Bestes, mit Shimins Schwung mitzuhalten. Zu zweit einen einzigen Körper allein mit dem Bewusstsein zu steuern, ist eine schwierige Kunst. Da ist kein Raum für Eigendünkel; ich bin als Pilotin tatsächlich nicht so erfahren wie er als Pilot.

Endlich machen sich vor uns Anzeichen der eigentlichen Schlacht bemerkbar. Chrysaliden und Hunduns kämpfen als gewaltige Schatten gegeneinander, und ihre Bewegungen sind so laut wie der Donner im Hintergrund. Strahlende Qi-Meridiane brennen sich durch die winddurchtosten Regenwände.

Ich kann kaum noch Hundun von Chrysalis unterscheiden, vor allem was die Chrysaliden mit einem weniger spektakulären Aussehen betrifft. Jetzt ist offensichtlich, wie die Armee immer wieder Pilotinnen und Piloten zu Tributen machen und opfern kann, ohne dass das breite Volk je Verdacht schöpft. In diesem schrecklichen Chaos wäre es für alles und jeden kinderleicht, uns zu töten.

»Wie fühlst du dich denn normalerweise, wenn du eine Chrysalis steuerst?«, frage ich Shimin etwas hektischer.

»Außer Rand und Band.« Er kneift die Augen zusammen, während der Vogel draußen in der wirklichen Welt weiterkämpft. »Als wäre mein Verstand völlig ausgelöscht, bis auf den Instinkt, jeden Hundun zu töten, den ich spüren kann. Die Strategen reden normalerweise gar nicht über die Lautsprecher mit mir. Sie wissen, dass ich es nicht höre.«

»Kannst du dich jetzt in diesen Zustand versetzen? Ich halte auch den Mund.«

»Nein, das ist sinnlos. Dein Bewusstsein ist immer zugegen. Viel zu laut. Selbst wenn du nicht redest.«

Mir entfährt ein verärgerter Ausruf. »Na schön, dann versuchen wir doch ...«

Blitze zucken auf und lassen die in die Schlacht verwickelten Chrysaliden erkennen.

Ich erstarre.

Der Kopflose Krieger ist mitten unter ihnen.

»Oh nein. Nein, nein, nein, nein.« Ich fasse mir in der Welt von Yin und Yang an den Kopf.

»Was ist los?« Shimin berührt meine Schulter.

Eigentlich brauche ich hier gar keine Luft, doch trotzdem atme ich jetzt schnell und hechelnd durch. Draußen grollt der Donner durch die Welt. Ich fühle mich in Gedanken in jene Kantine zurückversetzt und spüre erneut das zermalmende Gewicht Xing Tians über meinen Hüften und den Griff seiner Hände um meinen Hals.

Keine Chance, dass er mich lebend vom Schlachtfeld gehen lassen wird. Er wird irgendeine Möglichkeit finden, uns zu töten, uns zu Tributen zu machen und zugleich Yang Guang zu rächen. Uns bleibt nun doch keine Hoffnung darauf zu überleben.

Welchen Sinn hat es dann überhaupt, Befehlen zu gehorchen?

Da ist kein Platz mehr für Zurückhaltung. Ich springe von den Knien auf und werfe all mein spirituelles Gewicht gegen Shimin, schleudere ihn auf den Yin-Yang-Boden und setze mich rittlings auf ihn. Dann lege ich ihm die Hände um den Hals, genau wie beim letzten Mal. Seine Hände schießen zu meinen empor, halten aber mitten in der Bewegung inne.

»Kämpfe gegen mich, und wir werden beide einen sinnlosen Tod sterben«, hauche ich, die Daumen auf seiner Kehle, aber ohne fest zuzudrücken. »Lass mich einfach machen, und unser Tod wird zumindest eine Bedeutung haben.«

Er starrt mich benommen an. Da ist kein echter Druck in meinem Griff; ich weiß nicht wirklich, wie wir es beim letzten Mal fast geschafft hätten, uns gegenseitig zu erwürgen, wo doch das Atmen in dieser Welt gar nicht nötig ist. Wahrscheinlich hat es mehr mit der hiermit verbundenen Gewalt zu tun und damit, wie stark dadurch unsere jeweiligen mentalen Kräfte und Fähigkeiten aus dem Gleichgewicht gebracht werden.

Diesmal gibt es keinen solchen Kampf. Shimin schließt einfach nur die Augen.

Ich durchtränke den Vogel bis ins letzte Stückchen Metall mit meiner steuernden Macht. Shimins ganzes Wesen bebt vor Schreck, aber er gibt nach und lässt mich gewähren.

Vor dem nächsten Hundun von Adel, der den Vogel angreift, lasse ich mich absichtlich fallen. Während die uns bewachenden Soldaten in ihren Sitzen hin und her schwanken, überfalle ich sie mit dem Metall des Cockpits selbst. Ich wickele es um sie und werfe sie, von rotem Aluminium verschluckt, nach draußen, wie zwei aus der Kanalisation geschleuderte Ratten.

Sie könnten durch den Sturz zu Tode kommen oder in der Schlacht zermalmt werden.

Es ist mir egal.

Meine Aufmerksamkeit unverwandt auf die Gestalt des Kopflosen Kriegers konzentriert, auf seine lodernden Brustwarzen-Augen und den glühenden Mund in seinem Bauch, lasse ich den Vogel durch das Chaos der Schlacht stapfen. Gewitter und Sturm heulen so wild um uns herum, dass niemand meine Absicht erkennt, bis es zu spät ist. Mit einem Flügelschlag des Zinnoberroten Vogels versetze ich Xing

Tian einen Stoß, sodass er das Gleichgewicht verliert. Es ist ganz einfach. Er ist nur halb so groß wie wir. Trotzdem zittert der Untergrund wie bei einem Erdbeben, als er zusammenbricht. Die Strategen beginnen in meinen Lautsprechern zu brüllen, doch ich hebe eine meiner Klauen.

Gerade als ich im Begriff stehe, Xing Tian durch das Cockpit seiner Chrysalis hindurch aufzuspießen, überläuft es mich eiskalt: Das hier ist nicht einfach nur Xing Tian. Es ist der Kopflose Krieger. Mit ihm im Cockpit sitzt eine unschuldige Konkubine, gefangen in seinen Armen.

Ich kann ihn nicht töten, ohne auch sie umzubringen.

Der Sekundenbruchteil meines Zögerns gibt ihm die Gelegenheit, sich vom Boden abzustoßen. Mit der klobigen Hand des Kriegers packt er die erhobene Klaue des Vogels hinter den Krallen. Ich schlage ihn weg, und meine rasenden Gedanken verknäueln sich zu einem einzigen bebenden Knoten. Mich erfüllt eine solche Enttäuschung, dass ich erneut zum Himmel hinaufschreie.

Plötzliches Begreifen huscht über Shimins Züge. Er richtet sich auf und zwingt meine Geistgestalt zurück. Meine Hände gleiten von seinem Hals weg. »Moment mal, ist das der Kerl, der versucht hat, dich umzubringen?«

»Ja.« Ich kralle mir die Nägel in die Kopfhaut. »Genau er ist es gewesen.«

Shimins Gesicht wird völlig ausdruckslos. Von einem Moment auf den anderen lodern seine Augen und seine Qi-Meridiane auf, sind plötzlich voll von blutrotem Leben.

Der Vogel stürzt sich erneut auf den Krieger.

»Warte …!« Ich versuche, es zu verhindern, aber Shimins Raserei ist so überwältigend, dass es sich anfühlt, als bliese der Schwarm von kreischenden Vögeln aus seiner geistigen Innenwelt mich einfach fort.

Er wirft die Arme um mich und presst mich an sich. Selbst

noch in dieser imaginären Welt ist seine Hitze überwältigend. Mein Herz flattert, und einen Moment lang spiele ich mit dem Gedanken, in seinen Armen dahinzuschmelzen und ihn nach eigenem Gutdünken morden zu lassen.

Aber das darf ich nicht.

*Ich darf nicht.*

»Halt!«, keuche ich über seine Schulter.

Er lässt den Vogel in die Höhe springen, die Flügel ausgebreitet wie eine drohende Feuerwand, die Klauen dem Kopflosen Krieger entgegengestreckt.

»Halt!«, ich schreie noch lauter und schüttele ihn. *»Hast du nicht schon genug Mädchen getötet?«*

Die Flügel des Vogels zucken und stocken mitten in der Luft. Er stürzt auf den Krieger herab, und seine Klauen fetzen über dessen Frontseite, reißen sie aber nicht auf.

Shimins Raserei tost, während er in einer alles Handeln lähmenden Frustration gefangen ist, die ganz meiner entspricht. Doch da schwingt auch ein Kummer mit, den ich nicht empfinde. Da ist ein Druck, wie von kochendem Wasser, das nirgendwohin entweichen kann, und er dehnt sich bis an die Oberfläche des Vogels aus. Ein vertrauter Druck.

Neue Formen springen aus dem Vogel hervor, wachsen aus seinem Inneren heraus. Ich spüre, wie der Vogel sein klobiges, krankhaftes Aussehen annimmt. Die Schurkenform.

So sei es denn.

Ich kann Xing Tian nicht umbringen, aber ich kann ihn leiden lassen. Und nicht nur das, ich werde mich seiner bedienen.

Ich klammere die eine deformierte Klaue um die Hüfte des Kriegers und die andere um sein Bein. Dann ziehe ich mit aller Kraft.

Das Bein wird von seinem Körper abgetrennt. Xing Tians glänzendes Qi quillt aus der Bruchstelle. Während ich sein

Qi in den Zinnoberroten Vogel leite, gelbes Licht, das unter roten Metallfedern wellt und wogt, schreit Xing Tian aus dem Maul im Bauch des Kriegers.

Sima Yi hat mich davor gewarnt, welche Folgen es hat, wenn eine Chrysalis plötzlich brutal geschädigt wird, während man sich darin befindet. Und daher weiß ich, dass Xing Tian jetzt Schmerzen leiden muss, als hätte ihm jemand wirklich das Bein abgerissen.

Eine andere Chrysalis eilt ihm zu Hilfe, aber ich klatsche sie mit einem Flügel des Vogels weg und reiße dem Krieger auch noch das andere Bein heraus. Xing Tians Stimme überschlägt sich, schrill vor Schmerz, dann verstummt er gurgelnd. Sein Qi erlischt. Die Brustwarzen-Augen des Kriegers trüben sich.

Ich schleudere sein Bein auf sein Rumpfgesicht.

Diese Chrysalis wird nie wieder gebrauchsfähig sein. Einfache Massenhunduns huschen rechts und links um sie herum, um sich den anderen Chrysaliden an die Fersen zu heften, voller Genugtuung über den scheinbaren Tod des Kopflosen Kriegers.

Shimin hält immer noch die geistige Verbindung mit mir aufrecht, aber seine Arme sind schlaff, als gäbe er sich geschlagen. Ich weiß, dass er keine Einwände gegen das erheben wird, was ich als Nächstes unternehmen werde.

Ich wende den Vogel und lasse ihn in die Lüfte flattern, verbrenne meine kleine Reserve des Qi, das ich von Xing Tian abgezwackt habe. Es ist nun das letzte Mittel, das mir verblieben ist, und so fühlt es sich an, als würde ich eine fremdartige, tote Flüssigkeit durch den Vogel pumpen. Immerhin reicht es noch für die einfachsten Flugbewegungen aus. Ein paar wenige Chrysaliden setzen zur Verfolgung an, aber keine von ihnen kann fliegen – es bedarf eines sehr hohen Geistdrucks, um zu fliegen –, und so hängen wir sie schnell ab.

Die Große Mauer kommt in Sicht und schießt uns entgegen. Ich fliege die Mauer entlang, hin zum Kaihuang-Wachturm. Die Strategen kreischen und brüllen, aber ich schleudere die Lautsprecher nicht noch einmal aus dem Cockpit.

Es gefällt mir zu hören, wie sie in Panik geraten.

Ich lasse den Vogel im Bogen nach oben steigen, als ich den Wachturm erreiche, dann stoße ich hinab, den Schnabel direkt auf den Turm gerichtet. So viele der Menschen in dem Turm haben entweder ihren Teil dazu beigetragen, mich in diese Lage zu bringen, oder sich geweigert, mir zu helfen. Da sie so unbedingt wollen, dass ich abtrete, werde ich eben abtreten.

Aber sie alle werden mit mir kommen.

Ich lege die Flügel des Vogels an seinen Seiten zusammen. Er beschleunigt das Tempo.

»Zetian! Shimin!«

Beim Klang dieser Stimme erstarrt alles in mir mitten in der Bewegung. *Yizhi.* Ich breite die Flügel des Vogels aus und nehme ihm ruckartig den Schwung. Das Brüllen des Windes wird abgelöst von unheimlicher Stille. Regentropfen prallen vom Vogel ab, und das Geräusch hallt im Cockpit wider.

»Beruhigt euch«, dringt Yizhis Stimme erneut durch die Lautsprecher. »Bitte, beruhigt euch.«

Reuegefühle überwältigen mich. Ich habe überhaupt nicht an die Möglichkeit gedacht, dass auch er im Wachturm sein könnte.

»Ihr seid zurückgekommen, um euch neues Qi zu verschaffen, nicht wahr?«, fährt er fort. »Wartet, ich komme.«

Ich lande den Vogel so behutsam wie möglich. Trotzdem klirren die Fenster des Wachturms, und ein paar Scheiben zerspringen. Der Blick durch mein Sichtfeld geht über die Große Mauer hinweg. Die Gebäude des Ausbildungslagers dahinter sehen wie die Spielzeugmodelle aus, die von Gao Enterprises verkauft werden.

Eine Zeit lang passiert nichts, dann öffnen sich im rückwärtigen Teil des Wachturms Aufzugtüren, und Licht fällt über die kurze Brücke, die den Turm mit der Mauer verbindet. Eine winzige Gestalt kommt über die Brücke geeilt. Eine Gestalt, die niemand anderes als Yizhi sein kann.

Nur er könnte so mutig sein, sich uns jetzt gegenüberzustellen.

Ich schaue weg. Plötzlich finde ich den Gedanken unerträglich, mich ihm in dieser grotesken Gestalt zu zeigen.

»Zetian!«, ruft er durch Sturm und Regen oben auf der Mauer, so schwach, so klein, so menschlich.

Shimin wendet den Vogel, während ich mich in Schamgefühlen ergehe. Unser Blickfeld holt Yizhi optisch näher heran, was mich überrascht; Shimin muss sich dabei einer fortgeschrittenen Technik bedienen, von der ich bisher nichts gewusst habe.

Der Regen klebt Yizhis halb hochgestecktes Haar an seinen bleichen Hals. Seine blaugrauen Gewänder werden so schnell und so gründlich durchnässt, dass sie schwarz wie Tinte wirken. Der Anblick schnürt mir das Herz zusammen. Ich schwinge die Flügel des Vogels über ihn, doch das schützt ihn nicht völlig vor dem Regen. Ich will ihn aufwärmen, so wie vorhin Shimin mich im Transporter aufgewärmt hat, aber dazu ist mein Qi nicht in der Lage. Metall-Qi kann immer nur kalt sein.

Ich hätte ohnehin nicht mehr genug Qi dafür gehabt. Ich vermag ja selbst den Vogel nur noch mit knapper Not zu steuern.

»Nimm mein Qi!« Yizhi wirft die eine Hand hoch, deutet mit der anderen darauf und streckt sie nach uns aus.

Ich bin mir nicht sicher, was er vorhat, aber Shimin und

ich treffen gleichzeitig die Entscheidung, den Hals zu ihm hinabzubeugen. Yizhis Handfläche berührt den Schnabel des Vogels. Nur ein winzig kleiner Kontaktpunkt, wie ein Stern am Nachthimmel.

*»Du bist mein Polarstern.«* Yizhis Stimme hallt in meiner Erinnerung wider. *»Ich gehe, wohin immer du mich führst.«*

Die Flügel des Vogels erbeben. Wie kann Yizhi denn nicht erkennen, dass in Wirklichkeit das Umgekehrte wahr ist?

Plötzlich, wie ein tosender Windstoß, kommen mir bestimmte Schaubilder aus seinen Unterrichtsnotizen wieder in den Sinn, beschriftete Zeichnungen, die zeigen, wo überall die Qi-Leitbahnen der Meridiane durch den Körper gehen und wie gewaltig groß die Konzentration von Akupunkturpunkten an den Händen ist. Und ich weiß, was ich zu tun habe, ohne dass er es mir erst näher erklären muss.

Mit der Präzision meines Metall-Qi konzentriere ich mich auf den winzigen Punkt seiner Hand, dann durchbohre ich sie sanft mit zahlreichen Nadeln.

Ein gelbes Licht strahlt in seinen Augen auf und leuchtet durch die Finsternis von Regen und Sturm. Seine Qi-Meridiane flammen auf wie ein Netz aus geschmolzenem Gold auf seiner Haut.

Qi strömt in den Vogel. Erdgelb, gestreift mit einigen elektrischen Adern von knisterndem Holzgrün, viel lebendiger als der geraubte, von seiner Quelle losgelöste Qi-Fluss von Xing Tian. Eine beruhigende Kraft breitet sich bis in die letzten Winkel des Vogels aus. Yizhi ist hier mit uns. Nicht mit seinem Bewusstsein, aber mit seiner Geistkraft.

In der Yin-Yang-Welt umwirbeln mich und Shimin ätherische Fäden wie ein farbiger Nebel. An irgendeinem Punkt haben wir uns beide von unseren Plätzen erhoben. Wir drehen uns zueinander um. Die goldenen Qi-Wirbel schlingen sich um unsere Arme und heben sie an, bis sich unsere Finger berühren. Shimins Herzschlag pulsiert durch unsere Fingerspitzen gegen meinen, und beide Herzen beruhigen sich nun zu einem langsameren Takt. Ein kleiner weißer Schmetterling mit schwarzen Punkten auf den Flügeln schlüpft aus seinen Fingerknöcheln. Ein schwarzer mit weißen Punkten bebt auf meinen. Ich weiß nicht, was es ist, was das geschehen lässt: Er, ich oder irgendetwas dem Zinnoberroten Vogel Innewohnendes. Vielleicht spielt es ja auch keine Rolle.

Statt durchzudrehen, vertraue ich diesem Etwas, so wie ich den Strömungen von Yizhis Qi vertraue. Draußen legt er die Stirn an den Schnabel des Vogels. Mein Herzschlag wird noch langsamer. Immer mehr Schmetterlinge flattern aus mir und Shimin heraus.

Dann zerbersten die Geistgestalten von uns beiden ganz und gar in Schwarz und Weiß und strömen ineinander. Wir schweben in die Höhe, unsere Sinne beflügelt wie niemals zuvor. Es gibt keine Trennung, keine Welt von Yin und Yang mehr.

Wir sind ganz und gar der Zinnoberrote Vogel und befehligen ihn in absolutem Gleichklang.

Unsere Gestalt verändert sich, wird menschenähnlicher. Klauen strecken sich und werden zu Beinen. Arme lösen sich von unseren Flügeln, die sich nur noch größer aufplustern. Unser Rumpf zieht sich in die Länge, wird fester. Die untere Hälfte eines menschlichen Gesichts formt sich unter unserem Schnabel, sodass dieser zur Spitze einer Vogelmaske wird. Alles ähnelt mehr und mehr dem Aussehen unserer Geistrüstung. Metallweiße und erdgelbe Streifen graben sich über unser natürliches Feuerrot.

Der Sturm tobt weiter um Yizhi herum, zerzaust ihm das Haar und fährt ihm in seine nassen Gewänder, aber als der nächste Blitz aufleuchtet, ist Yizhis Lächeln strahlender denn je.

Wir heben ihn hoch, umfassen ihn mit einer Hand. Er stolpert lachend gegen unsere Schnabelmaske. Wir verbiegen das Geistmetall um seine Hand zu einer Art Handschuh, sodass er seinen Arm bewegen kann, während er immer noch über einen dünnen Faden mit uns verbunden bleibt. Dann schaffen wir eine Öffnung zwischen unseren Augen, die direkt ins Cockpit hineinführt. Er kommt hereingeklettert.

»Yizhi ...« Mein Bewusstsein gleitet und wiegt sich in meinen sterblichen Leib hinab. Ich habe den Eindruck, gesprochen zu haben, aber die Stimme könnte auch nur in meinem Kopf zu hören gewesen sein. Wie im Traum sehe ich ihn durch meine Augen aus Fleisch und Blut näher kommen, umhüllt von Wellen aus Rot, Weiß und Gelb, die durch die federartigen Cockpitwände hindurchgleiten.

»Zetian.« Er umfasst mein Gesicht mit beiden Händen. Die weiße Aura meiner Meridiane beleuchtet ihn wie eine Leinwand. »Ich bin hier. Lass mich sehen, was ich zur Behandlung deiner Verletzung tun kann. Geh du und kämpfe.«

»In Ordnung ...«

Mein bewusstes Sein steigt wieder in den Zinnoberroten Vogel hinauf, ehe der Schmerz mich einzuholen vermag. Shimin und ich lassen den Vogel eine aufrechte Gestalt einnehmen. Metallschöße legen sich wie lange, breite Federn um unsere Beine. Die Große Mauer ragt nur bis an unseren Brustpanzer auf.

Als wir uns umdrehen, hat sich, in unschlüssig abwartender Haltung, direkt hinter uns ein Halbkreis von Chrysaliden aufgereiht.

»Kommt, gehen wir ein paar Hunduns töten!«, rufen wir, stürmen mitten durch sie hindurch und geben ihnen keine Zeit, Fragen zu stellen.

Unterwegs drücken wir eine Hand auf unseren Brustpanzer und tasten nach einer Waffe, von der wir jetzt, wo wir Hände haben, im Kampf Gebrauch machen können. Unsere Finger sinken in Geistmetall und bekommen einen Griff zu fassen. Wir ziehen daran.

Schimmernd stieben Funken auf, und das Kratzen von Metall auf Metall ertönt, als nun aus unserer Brust ein Langbogen herauswächst.

Wir gehen in die Hocke, dann springen wir hoch in die Luft. Regen und Wind pfeifen schneller und lauter über unsere Flügel. Sobald wir uns wieder dem eigentlichen Schlachtfeld nähern, spannen wir die leuchtende Bogensehne. Ein Pfeil aus gerichtetem Qi erwacht davor flackernd zum Leben, strahlt dann hell auf. Wir zielen auf den größten Hundun auf dem Schlachtfeld, dann lassen wir den Pfeil los. Mit einem glatt durchbohrenden Schuss bringen wir den Lebensfunken des Hunduns zum Verstummen. Sein Panzer sackt ein, weitestgehend unversehrt, sodass die Chancen gut stehen, dass er geborgen und weiterverwendet werden kann.

Egal, wie sehr wir vonseiten der Armee für unser Vorgehen in dieser Schlacht gerügt werden mögen, zu bergenswerten Panzern dieser Größe können sie nicht Nein sagen.

Aus der Luft schalten wir mit unserem Riesenbogen alle Hunduns vom Adelstyp aus, die wir ausfindig machen können. Die anderen Chrysaliden blicken erschrocken zu uns auf, setzen ihren Kampf indessen fort. Jedes Mal, wenn ein Hundun vom Holz- oder Feuertypus versucht, eine durchschlagende Qi-Salve in unsere Richtung zu lenken, wehrt sie irgendwer mit einer Nahkampfwaffe ab.

Nachdem wir auch den letzten Hundun von Adel erledigt haben, dauert es nicht lange, bis sich Ruhe über das von nassen, beschlagenen Metallpanzern übersäte Schlachtfeld herabsenkt. Nun endlich bin ich mir sicher, dass wir tatsächlich über das Potenzial verfügen, das Chefstratege Zhuge und Stratege Sima in uns gesehen haben.

*Ich habe Euch ja gesagt, dass das Dreieck die stabilste Form ist, Stratege Sima,* hätte ich am liebsten gerufen, wohl wissend, dass er es im Weg über die Kameradrohnen, die um uns herumflattern, auch hören würde.

Aber ich kann den Kiefer des Vogels nicht bewegen.

Ich kann überhaupt nichts mehr bewegen.

Mein ganzes Wesen hängt in der Schwebe und verschwimmt an den Rändern mehr und mehr. Sosehr mir Schmerz zuwider ist, er ist wichtig. Er teilt einem mit, dass da etwas nicht stimmt. Er lässt einen dann in Panik geraten, wenn es notwendig ist.

Nicht so wie jetzt. Wo doch etwas offensichtlich ganz und gar nicht stimmt. Doch alles, was ich tun kann, ist, mit leerem Blick zuzuschauen, wie mein metallweißes Qi davonsickert, den Körper des Vogels verlässt.

Alle möglichen Stimmen rufen meinen Namen, aber es ist, als würde ich auf einer Welle davongetragen, hinein in tiefe Dunkelheit.

Hier herrscht zumindest Frieden. Es ist nur kalt.

So kalt ...

# TEIL III

# DER WEG DER SCHLANGE

*Die Schlange Ba kann selbst einen Elefanten schlucken,*
*aber es braucht drei Jahre, bis sie die Knochen ausspeit.*

*Shanhaijing* (Klassiker der Berge und Meere, 山海经)

## KAPITEL 29

# STADT DES IMMERWÄHRENDEN FRIEDENS

Ich schwimme zwischen vielen, vielen Träumen.

*Geh*, sage ich zu einem zitternden, schluchzenden Mädchen, während Blut meine Kleider durchtränkt und von dem Hackbeil in meiner Hand tropft. Meine Stimme krächzt, als hätte ich Asche geschluckt. Erst als das Mädchen außer Sicht ist, breche ich in der roten Lache zwischen den Leichen zusammen und fange nun selbst an zu zittern und zu schluchzen. Das Hackbeil fällt klappernd auf die von rotem Nass triefenden Fliesen.

Aber ich werde es bald wieder brauchen.

Ich stemme mich gegen das Unausweichliche. Ich will nicht sehen, wie es passiert. Doch ganz gleich, wohin ich zu entfliehen versuche, ich stoße nur auf weitere Albträume.

Raufereien hinter stählernen Gitterstäben. Verstümmelte Finger in den Gräben des Arbeitslagers. Ich liege auf dem Rücken, meine Hände fahren bebend über die frischen Stiche auf meinem Leib, und der Schock darüber, dass man mich sogar meiner eigenen Organe beraubt hat, macht mich sprachlos. Ich liege auf dem Bauch, keuchend und fiebrig, und der sengende Schmerz frischer Brandwunden überzieht meinen Rücken.

Dann ist da ein Mädchen mit rosigen Wangen, das mit mir zusammen Kreise über ein Feld aus glitzerndem Schnee zieht und mir eine Kampffigur beibringt, die so voller Eleganz und Anmut ist wie die kalligrafischen Schriftzeichen, die ich früher gemalt habe. Unsere Arme und unsere offenen Hände wehren sanft die Angriffsbewegungen des jeweils anderen ab. Unsere Beine wirbeln Wolken von Eiskristallen auf. Die Spiralen unserer Fußabdrücke ziehen sich hinter uns her. Sie schenkt mir ein liebliches Lächeln, das die Tödlichkeit ihrer Kampfkünste Lügen straft.

Aber am Ende wird nicht sie gewinnen, und das hier ist alles andere als eine Gnadenfrist für sie.

Stechende Panik durchzieht mich. Alles in mir schreit danach, dass das hier aufhören muss, dass sie sofort verschwinden muss, bevor ich gezwungen bin zu sehen, wohin das alles führen wird.

*… geh weg! Geh weg! …*

*… geh auf keinen Fall in die …*

*… bitte …*

*»Was für einen Grund zu leben hast du überhaupt, der die Leben all dieser Mädchen wert gewesen wäre?«*

Ich zucke beim Klang meiner eigenen Stimme zusammen, die da eine Erinnerung durchschneidet, die *nicht* meine ist.

Flatternd öffnen sich meine Lider der Wirklichkeit.

Der Geruch von Jod und sterilen Chemikalien dringt mir wie stechende Winterluft in die Nase. Meine Hände umklammern kratzige weiße Laken. Hektisch blicke ich mich um.

Der Anblick, der sich mir neben meinem Bett bietet, lässt mich jäh innehalten. Ich frage mich unwillkürlich, ob ich vielleicht immer noch träume.

Yizhi und Shimin sitzen schlafend auf an die Wand geschobenen Hockern, aufeinandergelehnt. Yizhis Kopf liegt in Shimins Schulterbeuge, und Shimin hat seinen Kopf über den von Yizhi gelegt.

Ihre Finger sind an der Stelle, wo sich ihre Beine berühren, ineinander verschränkt.

»Ähm ...«, beginne ich, kann meiner Stimme aber nicht genug Substanz verleihen, um weiterzusprechen. Alles fühlt sich verschwommen an, schwebend – seit wann kann ich in meinem sterblichen Körper stecken, ohne Schmerz zu empfinden?

Beide öffnen gleichzeitig die Augen.

»Zetian!« Yizhi springt auf und löst seine Finger aus Shimins Hand, um nun nach meiner Hand zu greifen.

Shimin hätte sich beinahe ebenfalls von seinem Hocker erhoben, den Mund geöffnet, um etwas zu sagen, aber schließlich bleibt er doch, wo er ist. Sein Blick huscht zwischen mir und Yizhi hin und her, als könnte er nicht entscheiden, wen von uns beiden er ansehen soll.

Im nächsten Moment trommelt erneut das nackte Entsetzen auf mich ein.

Meine Träume waren keine Träume. Es waren seine Erinnerungen. Durch unsere Verbindung für die Schlacht haben neue Erinnerungsbilder den Weg hinüber zu mir gefunden.

Jetzt kann ich ihm nicht mehr in die Augen sehen.

»Komm, sag schon«, keuche ich an Yizhi gewandt, um mich abzulenken, die Brauen fest zusammengepresst, so sehr strengt mich das Sprechen an. »Was ist passiert?«

Man hat mich mit drei gebrochenen Rippen und einer aufgerissenen Niere von der Türschwelle des Todes zurückgezerrt. Eine Rüstung vom Feuertyp wie die des Zinnoberroten Vogels bietet womöglich die schlechteste Form von Schutz, aber sie hat zumindest verhindern können, dass mich die Kugel ganz durchdrungen hat. Die Ärzte haben sie herausgeholt, nachdem andere Chrysaliden den Zinnoberroten Vogel vom Schlachtfeld zurückgeschleppt haben, und in den zwei seither vergangenen Tagen habe ich mich in der Krankenstation des Kaihuang-Wachturms vom Schlimmsten erholt. Dass ich vorübergehend keine Schmerzen empfinde, ist auf die Medikamente zurückzuführen, die man mir verabreicht hat. Es ist ein so tolles Gefühl, dass es mir davor graut, in eine Existenz ohne diese Schmerzmittel zurückzukehren, aber Yizhi legt mir in einem düsteren Flüsterton nahe, weitere Dosen abzulehnen. Sollte ich süchtig werden, könne mich die Armee auf die gleiche Weise in ihre Gewalt bringen, wie sie es bei Shimin mit Alkohol getan hat.

Ich beherzige Yizhis Rat.

Die endgültige Bilanz der von uns angerichteten Gefechtsschäden: zwei tote Soldaten, eine verstümmelte Chrysalis der Herzogsklasse, ein traumatisierter Xing Tian (dessen Konkubinenpilotin beim Aufwachen wahrscheinlich ein gewaltiger Schock erwartet hat).

Die endgültige Bilanz der von uns in der Schlacht errungenen Triumphe: zwölf Hundunpanzer der Adelsklasse in idealer Verfassung, um zu Chrysaliden umfunktioniert oder den Göttern als weiterbearbeitbares Geistmetall dargeboten zu werden, sowie der definitive Beweis dafür, dass Shimin und ich eine auf Dauer stabile Heldenform bilden können.

Während die Strategen in der Frage, was mit uns geschehen soll, bisher hin und her gerissen waren, kann ich mir gar nicht ausmalen, wie wohl jetzt ihre Konferenzgespräche aussehen.

Nur meinen Versuch, den Kaihuang-Wachturm zu zerstören, bereue ich. Sima Yi hat uns allerdings nach Möglichkeit dabei geholfen, vehement zu leugnen, dass wir einen Massenmord im Sinn gehabt hätten, als wir zur Großen Mauer zurückgeflogen kamen. Er ist es auch gewesen, der Yizhi in die Einsatzzentrale gelassen und ihm Zugang zu unseren Lautsprechern verschafft hat. Er hat behauptet, uns einmal von der Möglichkeit berichtet zu haben, einen Dritten als Qi-Batterie einzusetzen; er habe uns empfohlen, genau das zu versuchen, sollten wir in eine verzweifelte Situation geraten. Es sei nicht der erste Fall gewesen, dass auf dieses Mittel zurückgegriffen wurde, wenngleich ein solches Vorgehen im Laufe der Geschichte nur sehr selten von Erfolg gekrönt gewesen sei. Für gewöhnlich sorge die Hinzunahme des Qi eines Dritten bloß für weitere Reibungen zwischen dem eigentlichen Pilotenpaar. Niemand könne mit Sicherheit sagen, warum es bei uns funktioniert habe.

Natürlich bezweifele ich, dass ihm die anderen Strategen diese Geschichte abnehmen werden. Aber das tut nichts zur Sache.

Was zählt, ist, dass wir so schnell geflogen sind, dass die Kameradrohnen nicht mit uns haben Schritt halten können, und so haben sie nur das mitbekommen, was passiert ist, nachdem Yizhi auf der Mauer zu uns stieß.

Und was ebenfalls zählt: Gao Qiu ist ganz begeistert über diese Entwicklung. Er hat jetzt all die Leute geschmiert, die zu schmieren notwendig war, und von den Weisen die Erlaubnis erhalten, uns offiziell nach Chang'an einzuladen, die Hauptstadt von Huaxia, um ein Mediengeschäft mit ihm zu besprechen. Solange ich noch nicht wieder gesund bin und wir beide warten müssen, bis sich unser Qi wieder aufgefüllt hat, hat An Lushan keine Ausrede, um uns daran zu hindern, das Grenzgebiet zu verlassen.

Als die Lichter von Chang'an in der Ferne aufglänzen, ist das für mich irritierend, denn sie funkeln heller als die Sterne. Einen Moment lang gerate ich in Panik – mein Gehirn ringt mit der Möglichkeit, das Schwebeboot könne sich, während ich vor mich hingedöst habe, auf den Kopf gestellt haben, sodass wir nun in Wirklichkeit in den Tod stürzen. Ich stemme mich gegen die überkreuzten Riemen, die mich auf meinem Sitz festhalten, und klammere mich mit aller Kraft an Shimins Hand fest.

Dann fange ich Yizhis Blick auf. Er ist auf dem Sitz uns gegenüber festgeschnallt.

»Zetian, ich glaube, du tust ihm weh«, sagt er mit einem verlegenen Lächeln. Das Rattern der Rotorblätter übertönt seine Stimme, aber wir vernehmen sie durch unsere Kopfhörer mit Mikrofon.

»Macht nichts«, keucht Shimin.

»Entschuldige.« Ich lasse ihn los und erröte.

Wind umheult das kleine private Schwebeboot, das uns Gao Qiu geschickt hat. Wolken huschen an den Fenstern vorbei und heben sich bleich wie Metall-Qi vom Hintergrund der Nacht ab. Damit ich keinen der beiden ansehen muss, wende ich mich der Aussicht zu, auch wenn mich meine Angst noch immer nicht loslässt. Meine Lippen kribbeln, als spürten sie, wie eine Art Phantomschmerz, noch immer den Kuss, den ich Shimin vor der Schlacht gegeben habe.

Ich habe Yizhi nichts davon erzählt.

Sollte ich das?

Ich bin nicht dazu verpflichtet. Yizhi hat von dem Moment an, als er auf der Großen Mauer gelandet ist, gewusst, dass ich nun für immer an Shimin gebunden bin und er sich irgendwie damit abfinden muss.

Doch ich kann die Verlorenheit nicht unbeachtet lassen, mit der er Shimin und mich ansieht, wenn er glaubt, dass ich es nicht bemerke. Und ich weiß nicht, ob es die Sache besser oder schlimmer machen würde, ihm das noch einmal ausdrücklich unter die Nase zu reiben.

Mist.

Ich verliere mich im Anblick der Stadt.

Ziemlich schnell weicht das Chaos in meinem Kopf verblüfftem Staunen.

Dies hier ist nicht so wie meine Reise zur Großen Mauer im Schwebeboot. Das war nur eine dunkle, trostlose Zeit in einem Metallkäfig, der außerdem ziemlich laut war und stark hin und her wackelte.

Dies hier ist eine Art Transzendenz, die mit dem Steuern einer Chrysalis vergleichbar ist.

Hohe Gebäude, an denen unzählige leuchtende Neontafeln prangen, füllen bald den gesamten sichtbaren Raum unter uns; ein Wald aus Metall und Beton, in Lichtern und Hologrammen gebadet. Menschen und Fahrzeuge, pünktchengroß, strömen darin umher wie Blutkörperchen. Es gibt so viel wahrzunehmen, dass ich unwillkürlich die Nase ans Fenster drücke.

So sieht also eine Stadt aus.

Reklameanzeigen erstrecken sich über ganze Gebäudeseiten. Der Fluss Wei gleitet wie eine dunkle Schlange durch die Stadt, das reflektierte Licht glitzert auf dem Wasser wie kleine Sicheln. Errungenschaften menschlicher Arbeit strömen durch jedes kleinste Stückchen Raum zwischen den beiden Gebirgszügen, die Chang'an von den Provinzen Han, Jin, Sui und Tang trennen. Als das Herz von Huaxia bildet die Stadt ihre eigene Verwaltungseinheit.

Ich bin derart überwältigt von allem, dass ich mir mit Gewalt Yizhis Geschichten darüber ins Gedächtnis rufen muss, dass all die blendenden Lichter nur oberflächlicher Glanz sind, wie die parfümierten Seidenschuhe, die Mädchen an ihren abgebundenen, eiternden Füßen tragen. Die meisten Bewohner Chang'ans haben es schwer genug, über die Runden zu kommen. Wohnungen können buchstäblich in übereinandergestapelte Käfige eingeteilt werden, ein jeder gerade groß genug, dass ein einzelner Mensch darin schlafen kann, und die Preise sind trotzdem astronomisch. Es kommt durchaus vor, dass sich zwölf Menschen in einer Wohnung von der Größe unserer Küche und Bad teilen müssen.

Denn der Wunsch, am sichersten Ort in ganz Huaxia zu leben, sorgt für gewaltige Konkurrenz – mehr als sechs Millionen Menschen drängen sich darum, fast ein Fünftel der Gesamtbevölkerung Huaxias. Chang'an wird nicht ohne Grund die Stadt des immerwährenden Friedens genannt. Die Bewohner mögen kaum ihre Mieten zahlen können, aber sie sind die Letzten im Land, die sich der Hunduns wegen den Kopf zerbrechen müssen.

Doch dann legt es sich wie ein kalter Hauch über mein Staunen. Abrupt rufe ich mir ins Gedächtnis, dass das hier nicht das Größte und Bedeutendste ist, was die Menschheit erreicht hat, es ist nur das Höchste, was wir haben wiedererlangen können. Mein Magen krampft sich zusammen, als ich versuche, mir die Menschenwelt vor der Invasion vor zwei Jahrtausenden vorzustellen. All die Gebäude, die so viel höher aufgeragt haben müssen als diese dort unter mir. Die Technologie, die selbst für die Götter verloren gegangen ist. Die tausend und abertausend Jahre Geschichte, die wir nie wieder zurückbekommen werden.

Es macht mich umso erzürnter darüber, dass man Shimin und mich den Hunduns vorgeworfen hat wie irgendwelchen vergammelten Müll.

Yizhi macht uns auf den Palast der Weisen aufmerksam, der nun in Sicht kommt. Er ist ein Komplex von Herrenhäusern und Tempeln mit ausladenden Dächern, an die Berghänge gebaut und das Stadtbild beherrschend. Dort residiert die Regierung von Huaxia. Der Anblick erfüllt mich mit schäumender Wut, ich wäre am liebsten sofort dort hinuntergeschwebt, um eine persönliche Audienz beim Vorsitzenden Kong einzufordern. Aber sein neuer Erlass ist eindeutig: Er und die Weisen werden der Gegenoffensive nur zustimmen, wenn ausnahmslos alle leitenden Strategen von Sui und Tang der Meinung sind, dass es auch sicher ist, dieses Wagnis einzugehen.

Auch wenn das angesichts der damit verbundenen Risiken relativ vernünftig klingt, beweisen Typen wie An Lushan, dass nicht jeder, der an den Schalthebeln der Macht sitzt, auch das höhere Wohl der Allgemeinheit im Sinn hat.

Na gut. Dann lassen sie uns keine andere Wahl, als ebenfalls fragwürdige Mittel einzusetzen.

Shimin und ich haben die Nase voll davon, für das, was wir sind, um Vergebung zu betteln.

Das Schwebeboot landet auf einem Start- und Landeplatz direkt auf dem Gao-Landsitz – ein weiterer an den Berghang gebauter Gebäudekomplex, der verdächtig wie eine Nachahmung des Palasts der Weisen wirkt. Allerdings gehe ich davon aus, dass bei den Weisen nicht überall Musik aus Lautsprechern dröhnt und Stroboskoplichter blitzen.

Sobald die Ausstiegsluke des Schwebeboots aufgleitet, strömt mit meinem ersten Atemzug von Stadtluft auch der Partytaumel herein. Die Luft ist erschreckend verqualmt. Zahlreiche ferne Stimmen und lautes Gelächter dringen durch den dumpfen elektronischen Rhythmus, der wie ein Herzschlag durch den Berg hämmert. Yizhi zufolge ist heute Abend jeder, der in Chang'an Rang und Namen hat, hergekommen, um uns in Augenschein zu nehmen.

Eine Reihe von Dienerinnen kommt auf den Landeplatz gehuscht; ihre bunten Seidengewänder flattern im langsamer werdenden Luftzug der Rotoren. *»Wushaoye«*, rufen sie einstimmig und mit bebenden Stimmen. *Fünfter Junger Meister.*

Yizhi nimmt seinen Kopfhörer mit Mikrofon ab und erwidert die Verbeugung der Frauen mit einem bescheidenen Lächeln. Seine Mutter ist selbst eine solche Dienerin gewesen, von Gao Qiu erst geschwängert und dann vergessen worden – bis zu dem Tag, an dem er sie hat zu Tode peitschen lassen, weil sie auf einem Festbankett, das er für die Weisen geschmissen hat, nicht hingebungsvoll genug gelächelt hat.

All die Beweise seiner unantastbaren Macht ringsum erfüllen mich mit Übelkeit. Das hier ist der Typ Mann, auf den ich bauen muss, um zu bekommen, was ich will.

Es ist der Typ Mann, der die Welt regiert.

Eine der Dienerinnen kommt uns mit einem Rollstuhl entgegen. In Anbetracht meiner Verletzungen ist es für mich zu gefährlich, mich gehend fortzubewegen. Shimins hilfsbereite Hände schweben um mich herum, und ich sehe mich gezwungen, auf sein Unterstützungsangebot einzugehen. Yizhi springt aus dem Schwebeboot, um der Dienerin den Rollstuhl abzunehmen.

Frustrationsgefühle ballen sich in mir zusammen. Ich weiß, dass sie derlei nicht mit irgendwelchen böswilligen Hintergedanken machen, etwa um irgendeine Gegenleistung von mir einzufordern oder um mich noch fester an sie zu binden. Daher widersetze ich mich nicht und sage auch nichts, aber ich kann es nicht leiden, dass die Welt mir immer wieder die Möglichkeit nimmt, von allein etwas für mich zu tun. Ich kann es nicht leiden, dass ich Yizhi und Shimin in meinem Leben haben muss, selbst wo ich doch den einen von ihnen liebe und der andere ein unverzichtbarer Partner ist. Darf ich mich wirklich eine starke Frau nennen, wenn ich von zwei Typen abhängig bin?

Aber was sonst kann ich tun? Soll ich zu ihnen auf Distanz gehen und halsstarrig in meinen Tod taumeln? Es wäre nichts Ehrenhaftes und Heldenmütiges, bloß weil ich es ganz allein getan habe.

Sobald ich mich in den Rollstuhl gesetzt und herausgefunden habe, wie ich ihn mit dem Kontrollhebel bedienen kann, führen uns die Dienerinnen in einen Innenhof, der von mehrstöckigen Gebäuden umgeben ist. Ich habe Fotos von Gaos Anwesen gesehen, aber ich bin trotzdem immer noch fassungslos. Das Ganze wirkt mehr wie eine kleine Stadt denn wie das Zuhause einer einzigen Familie.

Eine sanfte Brise weht mir übers Gesicht und trägt einen Algenduft mit sich, der mich an die Reisterrassen erinnert. Vor uns befindet sich ein Lilienteich, von innen her in wechselnden Farben erleuchtet und durch einen gewundenen steinernen Gehweg zweigeteilt wie das Symbol von Yin und Yang. Die Festgäste befinden sich glücklicherweise nicht in einem großen Pulk direkt vor uns, sondern sie verteilen sich über die Balkone, die sich rings um die Gebäude ziehen. Blutrote Säulen auf jedem Stockwerk tragen ausladende Ziegeldächer. Traditionelle rote Laternen baumeln an Schnüren von den Traufen herab, doch durch die Papierfenster und die offenen Türen dringt pulsierendes Neonlicht und wirft helle Blitze auf die dicht gedrängte Menge. Musik dröhnt zum viereckigen Stück Sternenhimmel hinauf, das über dem Innenhof zu sehen ist.

Zu meinem Erschrecken tragen mehrere Gäste einzelne Stücke und Gewebeteile von Geistrüstung über den Schultern, den Armen und teils sogar der Brust. Ich bin bisher immer davon ausgegangen, nur Piloten sei der Einsatz von Geistmetall gestattet und auch ihnen nur unter strengen Auflagen. Shimin und ich durften unsere Rüstungen nicht auf unsere Reise mitnehmen. Aber reiche Leute haben für die Belange des Gesetzes wohl einfach nur ein herablassendes Lachen übrig, und solange ihr Geistdruck so niedrig ist, wie es scheint, geht von ihnen auch keine Gefahr aus. Offenbar können sie nicht mehr tun, als ihr Qi im Rhythmus der Musik schwach aufpulsen zu lassen.

Als wir uns den Gästen nähern, verlieren ihre Stimmen die Lebhaftigkeit. Das Blitzlichtgewitter der Kameras hört zwar auch weiterhin nicht auf, doch das bisher so muntere Fest kommt mehr und mehr zum Erliegen.

Alle starren uns an. Strahlen von Neonlicht fahren über zögerliche Männergesichter und halb verschleierte Frauengesichter.

Ich bleibe mit meinem Rollstuhl ebenfalls stehen, unschlüssig, was ich tun soll. Eine neue Windbö streift über uns hinweg und weht den durchdringenden Gestank von Alkohol mit sich.

Shimin umklammert meine Schulter. Ich lasse ihn gewähren.

»Willkommen!«, dröhnt eine heisere Stimme durch die Lautsprecher.

Ich suche nach der Herkunft der Stimme und finde den Sprecher auf dem dritten und höchsten Stockwerk eines Gebäudes auf der anderen Seite des Innenhofs.

»Willkommen, meine Ehrengäste – Li Shimin, der Eiserne Dämon, und Wu Zetian, die Eiserne Witwe!« Gao Qiu breitet die Arme aus und hebt sie in die Höhe. Im hellen Leuchten, das aus der offenen Doppeltür hinter ihm dringt, sind von ihm kaum mehr als die Umrisse zu erkennen. Das über seinen Haarknoten gestülpte Bronzehütchen ragt hoch über seinen Kopf. Seine Ärmel hängen in einem präzisen Faltenwurf von den Armen herab. Reihen von Dienerinnen sind wie fügsame Püppchen links und rechts von ihm aufgestellt, die Köpfe gesenkt, die Haare wie bei kleinen Mädchen zu Zwillingsschlaufen geflochten.

Vor nagender Abscheu krampft sich mir der Magen zusammen, als nun die Festbesucher in laute Jubelrufe ausbrechen.

»Vater.« Yizhi legt die Hände zusammen und verneigt sich, was mich daran erinnert, dass ich das Gleiche zu tun habe.

»Gao-*zong*«, rufen Shimin und ich, was so viel wie »Großer Chef Gao« bedeutet. Es ist jedoch rings um uns ziemlich laut, und ich bezweifle, dass er uns hören kann.

»Vielen Dank für Eure Dienste, Piloten!«, sagt er.

»Vielen Dank für Eure Dienste!«, nuscheln die Festgäste bemerkenswert synchron, nehmen uns plötzlich alle freundlich in Empfang, nur weil Gao Qiu ihnen soeben klargemacht hat, dass das so in Ordnung ist. Im Halbdunkel kaum zu erkennende Gestalten in feinen Gewändern lehnen sich aufeinander oder über Balkongeländer und heben Bronzekelche. Adlige Frauen, die, wie ich gehört habe, ihre Gesichter nicht in der Öffentlichkeit zeigen dürfen, nippen an ihren Getränken, indem sie strohhalmartige Metallröhrchen unter ihre hauchdünnen Schleier schieben, die sich, an kunstvollen Bronzegestellen aufgehängt, von einem Ohr zum anderen spannen.

»Und ein Dank auch an meinen Sohn – den Helden! Den *Baofeng Shaoye!*«

*»Baofeng Shaoye!«*

Junger Meister des Sturms. Klingt so, als würde Yizhi nie wieder bloß *Wushaoye* sein, Fünfter Junger Meister. Seine Augen weiten sich im wechselnden Licht, das aus dem Teich aufsteigt, und er knetet die Säume seiner Ärmel.

Gao Qiu ist nicht entgangen, dass Yizhi nach dem, was er an der Mauer vollbracht hat, das Zeug zum Star hat. Es gibt ein atemberaubendes Bild von ihm, das sich in den Medien wie ein Lauffeuer verbreitet hat. Mitten im Leuchten eines Blitzschlags aufgenommen, zeigt es ihn mit seiner Hand auf dem Schnabel des Zinnoberroten Vogels, das Haar wild im Sturm wehend, der nasse Ärmel über den Ellbogen emporgerutscht, Augen und Qi-Meridiane leuchtend wie ein grandioser goldener Stromkreis. Ein mutiger junger Mensch, der auf der stärksten Bastion von Huaxia steht und einem riesenhaften Metallungetüm Kraft verleiht, Huaxias strahlendste Hoffnung.

Gao Qiu hat auf der Stelle aller Welt bekanntgegeben, dass Yizhi sein Sohn ist. Er hat Yizhi sogar Zivilkleidung geschickt, die statt der Bambusmuster, die er für gewöhnlich bevorzugt, mit goldenen Blitzen versehen ist.

»Ich will mich nur kurz mit meinen neuen Gästen unterhalten, dann stehen sie Euch allen zur Verfügung«, verkündet Gao Qiu der Menge. »Bis dahin greift zu und haltet Euch an den feinsten Speisen und Getränken von Huaxia schadlos!«

Weitere ohrenbetäubende Jubelrufe branden aus gellenden Kehlen in der Nacht auf. Irgendwer entzündet eine Schnur mit Feuerwerkskörpern. Sie erfüllen den Innenhof mit Qualm, und ihr Knallen lässt meine Trommelfelle vibrieren. Raketen pfeifen in die Nacht hinein und explodieren vor dem Hintergrund der Sterne wie Hundunleiber.

Die Dienerinnen gehen voran über die gewundene Brücke, die über den Teich führt. Ich setze den Rollstuhl wieder in Gang, aber Yizhi packt ihn an den Griffen und schiebt.

Er wagt es nicht, etwas zu sagen, aber ich kann die dringliche Mahnung in seinen Augen lesen: *Nimm dich vor meinem Vater in Acht.*

# KAPITEL 30

# DER HANDEL

Ich habe mich von Anfang an keinen Illusionen darüber hingegeben, dass Gao Qiu ein brennendes Redlichkeitsempfinden dazu treiben würde, uns zu helfen – wie bei den Strategen der Obersten Heeresleitung der Fall. Wenn er sich dafür entscheidet, seine Verbindungen spielen zu lassen, um uns am Leben zu erhalten, dann nur, weil er persönlich von unserem Ruhm profitieren will. Ich vermute, dass er bereits eine ganze Menge dafür ausgegeben hat, um uns von der Grenze wegzubringen, zumal er uns soeben eröffnet hat, dass er von nun an einzig und allein die Gelder, die wir ihm einbringen, dafür einsetzen will, die Armee und die Weisen dem Plan einer Gegenoffensive gewogen zu machen. Er will keinen einzigen weiteren Yuan seines bestehenden Vermögens in neue Bestechungszahlungen fließen lassen.

Es gibt da einige Schlüsselfiguren, so wie An Lushan, die sich wahrscheinlich nicht einmal mit allem Geld der Welt auf unsere Seite ziehen lassen würden, aber es ist kein Geheimnis, dass Gao Qius Beziehungen bis in die Unterwelt des Verbrechens hineinreichen. Ich vertraue darauf, dass er gegebenenfalls auch über schärfer geschliffene Überzeugungsmethoden verfügt.

Er muss jedoch einen ganz bestimmten persönlichen

Gewinn im Sinn haben, um den Einsatz dieser Mittel in seinen Augen zu rechtfertigen. Da gibt es irgendeine Schwelle, die erreicht sein muss, damit Shimin und ich die Mühen wert sind, auch seine zwielichtigsten Beziehungen zu aktivieren. Wir werden uns ihm gegenüber als gewinnbringende Aktivposten beweisen müssen. Was bedeutet, ihm freie Hand zu geben bei der Umgestaltung unserer Wahrnehmung in der Öffentlichkeit, mit dem Ziel, so viel Geld wie möglich aus uns herauszuschlagen.

»Ich sehe durchaus, dass in Euch beiden das Zeug steckt, riesige Stars zu werden.« Er zwirbelt seine langen, an den Enden mit Gold geschmückten Essstäbchen in den Fingern. Gao Qiu sitzt uns gegenüber an einem runden Tisch voller dampfender Speisen in allen Farben – Speisen, von denen ich die meisten nicht kenne. Honigzartes Licht strömt durch die Fugen im geschnitzten Holz des Separees und taucht seine Gesichtszüge in einen sanften Schein.

Anspannung kribbelt mir über den Rücken, während ich registriere, wie vieles an ihm doch an Yizhi erinnert. Die gleichen Modulationen der Stimme, nur vom Alter tiefer geworden. Das gleiche schmale Gesicht, nur durch den grau melierten Bart vergröbert. Ich kann mir mühelos vorstellen, dass Yizhi einmal wird wie er oder dass Gao Qiu einmal genauso freundlich und lieb gewesen ist wie Yizhi jetzt. Was mir, wenn ich ihn anschaue, die größte Angst macht.

Diese Welt kann aus ausnahmslos jedem Menschen ein Ungeheuer machen.

»Li Shimin.« Gao Qiu stützt die Ellbogen auf das goldene Tischtuch und zeigt auf Shimin. Seine maßgeschneiderten schwarzen Gewänder glänzen wie Leder. »In Eurem Fall brauchen wir kaum irgendetwas zu tun, um Euch ein neues Image zu verschaffen. Ihr seid der schlimmste der schlimmen Jungen. Ihr lebt nach Euren eigenen Regeln und scheißt drauf, was andere Leute denken, und genau das macht Euren Reiz aus. Männer wollen Li Shimin sein, Frauen wollen von Li Shimin beschützt werden.«

»Ähm«, sagt Shimin. »Meinetwegen.«

Er sieht weder mich noch Gao Qiu an, wirft auch nicht mal den flüchtigsten Blick auf den Vertrag auf dem Bildschirm des vor uns aufgestellten Tablets. Seine Augen sind auf die Schnapsflasche aus glitzerndem Kristall auf dem gläsernen Drehtisch mit dem Essen gerichtet. Unterm Tisch zittert sein Arm in meinem Griff.

Ein freudloses Lachen erstickt mir im Hals, ohne es auf meine Lippen zu schaffen. Aber ich kann mir gut vorstellen, dass die Leute ihm all die Falschheiten über Li Shimin abnehmen werden.

Gao Qius Zeigefinger schwenkt nun auf mich. »Wu Zetian.« Er spricht meinen Namen aus, als wäre er eine faszinierende neue Geschmacksrichtung. »Oh, Wu Zetian. Aus dem Nichts explodiert wie eine Feuerwerksrakete und bringt dabei gleich noch Yang Guang, diesen Bengel, mit um. Ein fantastisches Debüt übrigens. Diesen einen Moment habe ich immer noch vor Augen. ›*Willkommen in eurem Albtraum!*‹«, macht er mich mit einem Knurren nach.

*Aiyah.* Jetzt ist es mir sonderbar peinlich, dass ich das einmal in ein Dutzend Kameradrohnen gerufen habe. »War das vielleicht nicht etwas zu dick aufgetragen?«

»Ach nein, Pilotin Wu, die Menschen *lieben* das dick Aufgetragene. Piloten sollten in jeder Hinsicht überlebensgroß sein – das macht sie zu so wirkungsvollen Berühmtheiten! Ich würde eigentlich gern dieses Fuchsgeistgerücht aufgreifen und darauf aufbauen. Ihr könnt die mysteriöse Füchsin sein. Die dunkle Verführerin.« Gao Qius Augen, die von atemberaubender, geradezu katzenartiger Schönheit sind, durchbohren mich mit einem harten, wissenden Ausdruck.

Das Licht der drei mit Goldstaub überzogenen Lampen über dem Tisch lässt düstere Schatten über seine Züge gleiten. »Die Frauen werden Euch dafür hassen, dass Ihr mit jenem dominanten Selbstbewusstsein auftretet, das sie am liebsten selbst an den Tag legen würden. Die Männer werden Euch dafür hassen, dass Ihr ihre Gefühle durcheinanderbringt und ihre Gedanken an Orte lockt, die sie, wie sie nur zu gut wissen, besser meiden sollten. Aber ihr Hass wird ihnen so heiß unter der Haut brennen, dass sie gar nicht wegschauen oder auch nur aufhören können, über Euch zu reden. Ihr und Shimin werdet zusammen das mächtigste Pilotenpaar von Huaxia sein. Die absolute Nummer eins. Ihr zwei seid keine guten Menschen, aber Ihr seid auf die denkbar beste Weise böse.« Er gestikuliert mit den Händen, als wollte er uns etwas Unsichtbares anbieten. »Wie wäre es damit?«

Ich finde es beunruhigend, wie sehr seine Gedanken meinen ähneln.

Shimin legt sich den Zeigefinger an die Lippen, eine Geste des Nachdenkens. Zugleich wirft er mir jedoch einen panischen Blick zu. Er löst seinen Arm aus meinem Griff, um unterm Tisch meine Hand zu umklammern. Die Sehnen an seinem Hals zucken von der ständigen erbitterten Anstrengung, den Blick von der Schnapsflasche fernzuhalten.

Ich verstehe seine Botschaft. Er ist im Moment gar nicht fähig, klar zu denken. Er wird allem zustimmen, was ich entscheide.

»Wir sind dabei«, sage ich.

»Wunderbar.« Gao Qius Mund dehnt sich zu einem Grinsen, und auf einer seiner Wangen bildet sich ein Grübchen, genau wie bei Yizhi, wenn er lächelt. Erneut überläuft mich ein Frösteln.

Shimin und ich unterzeichnen den Vertrag mit unseren Fingerabdrücken. Meine Hand zittert dabei genauso heftig wie seine, trotzdem ist dieses Dokument in Wirklichkeit nur eine Formalität. Gao Qiu ist allzu mächtig und unser Status einzigartig. Wenn er mit uns nicht glücklich ist oder umgekehrt, hat das ganze Juristengewäsch mit einem Schlag nicht mehr das Geringste zu bedeuten.

»Und damit ist unser Handel besiegelt!« Gao Qiu klatscht in die Hände. »Kommt, das feiern wir mit einem Gläschen, ja?«

Shimin und ich krampfen uns zusammen. Eine Dienerin lässt den Drehtisch herumwirbeln und hält ihn bei der Schnapsflasche an. Sie zieht den Kristallverschluss heraus.

Ich richte mich in meinem Rollstuhl auf und sage mit einem entschuldigenden Lächeln: »Oh, das würden wir liebend gern tun, aber ...« Ich sehe Shimin an. »Liebster, haben die Ärzte nicht gesagt, dein Qi-Fluss würde komplett durcheinandergeraten, wenn du nicht mit dem Trinken aufhörst?«

Da ich weiß, was mit Yizhis Mutter passiert ist, muss ich die Art Weiblichkeit zur Schau stellen, die Gao Qiu toleriert. Es reicht nicht, unterwürfig zu sein; ich muss den Eindruck erwecken, darüber sogar *glücklich* zu sein.

»Unfug!« Gao Qiu greift nach seinem Bronzekelch, sobald die Dienerin ihn aufgefüllt hat. »Es handelt sich schließlich nur um ein einziges Glas. Welchen Schaden kann das schon anrichten?«

Shimin hebt zu einer Antwort an, aber da kommt die Dienerin mit der Flasche auch schon auf uns zugewatschelt. Das Licht der Lampen wirbelt über das geschliffene Kristall.

»Ein einziges Getränk kann den Ausschlag geben.« Ich lasse meine Aufmerksamkeit hektisch zwischen Shimin und Gao Qiu hin und her wandern und zwinge mein Lächeln, an Ort und Stelle zu verharren. »Ich weiß wirklich nicht recht, ob das eine gute Idee ist.«

Die Dienerin gießt einen funkelnden, gurgelnden Strom

in den Kelch vor Shimin. Der Alkoholgeruch sticht mir in die Nase, und ich muss würgen. Aber was er Shimin antut, ist unendlich schlimmer.

Etwas befreit sich hinter seinen Augen aus seinen Fesseln. Die Anspannung seiner Züge löst sich. »Nein, das ist schon in Ordnung. Es ist ja nur ein Glas.«

Meine Finger graben sich wie Krallen in den eng anliegenden Ärmel seiner Pilotenuniform. »Aber die Ärzte …«

Er reißt seinen Arm weg, ohne mich anzusehen. »Es ist nur ein einziges Glas.«

Die Dienerin füllt auch meinen Kelch.

»Wunderbar!« Gao Qiu steht auf, und sein Stuhl kratzt über den polierten Holzboden. Er hebt seinen Kelch. »Lasst uns auf unsere Zusammenarbeit anstoßen!«

Shimin tut es ihm gleich.

Während auch ich mich mit dem Kelch in der Hand hochstemme, stoße ich ihm heftig gegen den Ellbogen. Schnaps spritzt aus seinem Kelch und verteilt sich über das goldene Tischtuch. Ich schnappe vor Schmerz nach Luft, und der Schmerz ist teils echt und teils vorgetäuscht. »Entschuldige, Liebster. Meine Wunden …«

»Schon gut, Pilotin Wu«, sagt Gao Qiu, wiewohl seine Stimme dabei eiskalt und träge wird wie Schneewasser und sich sein ganzes Wesen verfinstert. »Ihr braucht nicht aufzustehen.«

Er funkelt die Dienerin mürrisch an und deutet auf die von mir angerichtete Sauerei. Ich beiße mir auf die Unterlippe, als sie davoneilt und ein paar Tücher zum Aufwischen holt.

»Ich glaube, das war ein Omen, ein Zeichen des Universums, Liebster.« Ich drücke noch einmal fest Shimins Arm. »Du solltest auf deinen Qi-Fluss achten. Es wäre gar nicht gut, wenn wir in unserer nächsten Schlacht deshalb Schluckauf bekämen. Gao-*zong*, ich trinke mit Freuden für uns beide.«

»Nun gut.« Gao Qiu blinzelt träge. »Wenn es das *Universum* sagt.«

Oh, bei allen Himmeln. Ich habe ihn verärgert.

Hoffentlich wird ihn das Geld, das ich ihm einbringe, diesen Zwischenfall vergessen lassen.

Ich reiße Shimin den halb leeren Kelch aus der Hand, damit er nicht mehr regelrecht von ihm besessen ist. Dann fülle ich den Kelch selbstständig wieder auf, hebe ihn empor wie eine Opfergabe und strecke ihn Gao Qiu entgegen. »Es ist mir ein Vergnügen, mit Euch Geschäfte zu machen, Gao-*zong*.«

Ich halte den Kelch an die Lippen. Es ist das erste Mal überhaupt, dass ich Alkohol zu mir nehme, und er brennt wie flüssiges Feuer in meiner Kehle, genauso intensiv, wie er schmeckt. Ich muss husten, zwinge mich aber, mit mehreren raschen Schlucken auszutrinken.

»Ja. Ein echtes Vergnügen.« Gao Qiu leert seinen Kelch.

Shimin setzt sich unbeholfen hin. Ich schnappe mir meinen Kelch, halte den Atem an und kippe den Inhalt ebenfalls hinunter.

Ich habe keine Ahnung, wie er jeden Tag Flasche um Flasche von diesem Zeug hat konsumieren können. Kein Wunder, dass Feuer sein dominantes Qi ist.

»Dann ist die Angelegenheit für Euch erledigt, Pilot Li.« Gao Qiu zeigt auf sein Armband. »Ich habe von meinen anderen Gästen eine ganze Menge Nachfragen bekommen, wo Ihr denn bleibt. Ihr solltet Euch unter die Partybesucher mischen, Pilot Li. Sie werden es langsam müde, auf Euch zu warten.«

Shimins fragender Blick geht zwischen mir und Gao Qiu hin und her, doch seine Augen wirken weiterhin leer und abwesend.

»Pilotin Wu und ich müssen noch einige Kleinigkeiten

miteinander besprechen. Ich habe da ein paar Optionen hinsichtlich von Wohnmöglichkeiten in Chang'an, falls sie den Wunsch hat, ihre *Familie* übersiedeln zu lassen.« Gao Qiu spricht das Wort »Familie« aus, als wäre es der reine Hohn. »Ich glaube nicht, dass das ein Thema ist, zu dem Ihr eine sonderliche Beziehung habt, Pilot Li, oder?«

Shimins Augen weiten sich, und auch meine werden riesengroß.

»Bitte, geht Euch amüsieren.« Gao Qiu schenkt ihm ein allzu strahlendes Lächeln.

Mein Grauen erreicht einen neuen Höhepunkt. Ich starre Shimin an, als könnte allein mein Blick ihn aufhalten, aber Gao Qiu scheint uns keine Wahl zu lassen. Wenn wir seine Unterstützung wollen, müssen wir nach seiner Pfeife tanzen.

Ich senke den Blick.

»Vielen Dank, Gao-*zong*«, murmelt Shimin nach einer erdrückend langen Pause. Er steht wieder auf und macht eine kleine Verbeugung, dann verhallen seine Schritte auf den Dielen.

Ich folge Shimin mit dem Blick, noch nicht bereit, es nun ganz allein mit Gao Qiu aufzunehmen. Mein Herz hämmert, in meiner Brust spüre ich ein Brennen. Selbst die Luft, die ich hinauskeuche, riecht, als könnte sie Feuer fangen. Ich wünsche mir, dieser Moment, der sich wie die Vorhölle anfühlt, könne sich ewig in die Länge ziehen. Aber bald schon hat sich die Tür hinter Shimin geschlossen, und ich bin gezwungen, mich wieder umzudrehen.

Gao Qiu hält mich sofort mit seinem kalten Blick gefangen.

»Ihr seid wahrhaftig ein gefährliches Mädchen, Pilotin Wu«, bemerkt er mit gedehnter Stimme. Er klingt nun völlig anders als eben noch. »Gefährlicher, als ich dachte. Päppelt brav das Ego Eures Mannes, während Ihr in Wirklichkeit alle Entscheidungen selbst trefft? Wie gerissen von Euch.«

»Ich möchte einfach nur meinen Partner unterstützen«, beteuere ich hastig. »Er ist mein Ein und Alles.«

»Aha?« Gao Qiu legt kaum merklich den Kopf schief. »Und was ist mit meinem heldenhaften Sohn? Was bedeutet er Euch?«

Ich verkrampfe mich vor Schock. Meine Worte überschlagen sich, als ich antworte: »Strategiestudent Gao ist ungeheuer hilfreich gewesen, als mein Partner Li Shimin …«

»Hört doch mit dieser Heuchelei auf.« Gao Qius Stimme knallt wie eine Peitsche über den Tisch. »Ich weiß über Euch und meinen Sohn Bescheid. Oben in den Bergen.«

Ich habe vergessen, wie man atmet.

Sein Blick wird noch kälter, dunkler. »Ich bin kein so unaufmerksamer Vater, wie Ihr glaubt, Pilotin Wu. Mein fünfter Sohn ist nicht der Typ, der sich verliebt. Ich frage mich, mit welcher Art von Zauber Ihr ihn belegt habt.«

»Er und ich haben niemals irgendetwas getan, was wir nicht hätten tun dürfen«, bringe ich irgendwie heraus. Wie viel weiß er? War an Yizhis Kleidung ein Mikrofon versteckt oder irgendetwas in der Art? Seit wann?

»Aber die Sache verläuft doch genau gemäß der Masche, alle Jungs wie Schoßtiere an die Leine zu legen und sie dann hinter sich herzuziehen, nicht wahr?«

Was? Es sind nur *zwei* Jungs.

Das kann ich allerdings nicht als Rechtfertigung anführen. Für Leute wie ihn sind zwei schon zwei zu viel.

»Ich … ich bin immer noch Jungfrau«, stottere ich die einzige Verteidigung heraus, die mir in den Sinn kommt. »Ehrlich. Ihr könnt eine Tante bitten, das zu überprüfen.«

Ein Ausdruck der Überraschung legt sich auf Gao Qius Züge. In mir regt sich die Hoffnung, dass er vielleicht einen

Rückzieher macht und mich vom Haken lässt, aber dann verzieht er das Gesicht, und sein Blick wird sogar noch finsterer als zuvor.

Er erhebt sich wieder vom Tisch, und sein Stuhl kratzt mit einem ohrenbetäubenden Geräusch über den Boden. In diesem Moment würde ich am liebsten einfach auf meinem Stuhl davonrollen und nie wieder zurückschauen. Doch Gao Qiu hat bereits allzu viel Geld investiert, um Shimin und mich von der Großen Mauer wegzuholen. Wenn ich seinen Wünschen nicht Folge leiste, wird er sich ohne Zweifel gegen mich wenden. Und ich kann es mir nicht leisten, auch noch ihn zum Feind zu haben.

Mit langsamen Schritten kommt er auf meine Seite des Tisches herüber. Er legt mir die Hand auf die Schulter und packt sie fest. Dann beugt er sich zu meinem Ohr herab. »Wenn Ihr mir jetzt nicht das Blaue vom Himmel herunterlügt, dann macht dieses Faktum die Sache nur *um ein Vielfaches schlimmer.*«

»Warum?«, rufe ich. Meine Panik ist zu groß, um ihm ins Gesicht zu sehen. Alles, was ich höre, ist Yizhi. Ein verzerrter Yizhi, der aus den Tiefen der achtzehn Höllen heraufschreit.

»Warum? Versteht Ihr das nicht? Begreift Ihr denn das Konzept nicht, dass man auch etwas zurückgeben muss, wenn man sich etwas nimmt? Das wäre höchst problematisch, Pilotin Wu.«

»Sie haben es nicht gewollt.« Ich zittere am ganzen Leib. Sein Griff brennt sich durch meine Pilotenuniform hindurch, und am liebsten hätte ich mir die Schulter einfach abgesäbelt und wäre davongerannt.

»Alle – Männer – wollen es.«

Der heiße Dunst seiner alkoholgetränkten Stimme dringt mir ins Ohr. »Ich sehe, wie sie sich förmlich drängen, all

Euren Launen nachzukommen. Wenn Ihr wirklich nicht die geringste Absicht habt, mit ihnen ins Bett zu gehen, dann merken sie offensichtlich nicht, dass sie hinters Licht geführt werden.«

Redet er über die Art und Weise, wie mir Yizhi und Shimin aus dem Schwebeboot geholfen haben? Hat ihn das auf diese Gedanken gebracht?

*Sprecht nicht in ihrem Namen*, hätte ich beinahe gerufen. *Sie sind nicht so wie Ihr.*

Dann durchzuckt mich das blanke Entsetzen. Was ist der wahre Grund dafür, dass er mich dabehalten hat?

Ich werfe der Dienerin einen angsterfüllten Blick zu. Sie steht zwischen zwei bemalten Schriftrollen, die an der nur schwach beleuchteten Wand hängen, den Blick zu Boden gerichtet. Ihre Anwesenheit ist das Einzige, was verhindert, dass die Situation unmissverständlich wird.

Aber sie kann nicht das Geringste tun, um Gao Qiu aufzuhalten, sollte er beschließen, mich …

Ich bin wie gelähmt. Ich kann nicht mehr denken. Ich kann nicht mehr sprechen.

*Hilf mir!*, schreie ich innerlich, an niemand Bestimmtes gewandt. Shimin? Yizhi? Ich weiß es nicht. *Ich weiß es nicht.*

»Versteht Ihr, Pilotin Wu, Geschäfte basieren auf einem gleichwertigen Austausch, darauf, dass man jedes Mal, wenn man etwas nimmt, eine angemessene Menge zurückgibt. Das ist ein sehr wichtiges Prinzip. Ich muss wissen, dass Ihr das verstanden habt, und glaubt ja nicht, Ihr wäret zu schlau, um Euch nicht an diese Regel halten zu müssen.« Gao Qiu wirbelt hinter meinen Rollstuhl und umklammert nun meine beiden Schultern. »Um also sicherzustellen, dass wir einander vertrauen können, möchte ich, dass Ihr Euch auszieht und vor laufender Kamera unseren Vertrag vorlest. Nackt.«

Unter meinen Füßen tut sich ein Abgrund auf. Ich könnte

auf ewig in endlose Tiefen fallen. Ich balle und strecke die Finger im Wechsel und wünsche mir all die Fähigkeiten, die mir meine Geistrüstung verleiht. Aber da ist nichts. Ich habe nichts, um mich zu schützen.

»Ich ... ich kann nicht sonderlich gut lesen«, antworte ich mit einer Stimme, die ganz schwach und kleinlaut ist. Völlig kraftlos.

»Ich kann es Euch vorlesen, und Ihr könnt es mir dann nachsprechen.«

Tränen brennen mir in den Augen wie beißende Säure. Meine Kehle schnürt sich zusammen, bis ich kaum mehr atmen kann. Ich verkrampfe mich, aber das intensiviert nur den Griff seiner Hände um meine Schultern.

»Gao-*zong* ... Warum hasst Ihr Frauen so sehr?«

Es folgt eine kurze Pause, dann bricht er verblüffenderweise in Gelächter aus. Das Geräusch hämmert mir von hinten wie Trommelwirbel gegen den Schädel und vibriert durch meinen Rollstuhl hindurch. »Ich soll Frauen hassen? Macht Euch nicht lächerlich! Die Welt würde ohne Frauen gar nicht funktionieren! Wer würde unsere Kinder gebären, unser Essen kochen, unsere Kleider nähen, unsere Betten wärmen und noch so, so, *so* vieles mehr? Ich bitte Euch.« Er beugt sich vor, sodass sein Kopf am Rand meines Gesichtsfelds auftaucht, und seine Katzenaugen verengen sich zu Schlitzen. »Kein Mensch auf dieser Welt hasst Frauen generell. Sie hassen nur diejenigen, die *nicht hören wollen.* Die glauben, sie müssten sich nicht an die Regeln halten und würden damit durchkommen. Also, Pilotin Wu, seid Ihr auch eine von diesen Frauen?«

»Mein Körper ...« Ich versuche es weiter. »Ich bin angeschossen worden. Er ist im Moment kein angenehmer Anblick.«

»Ich bin nicht hier, um Euch anzugaffen«, erwidert er brüsk.

Unter meiner Uniform durchnässt mir der Schweiß die Haut. Hier geht es um Macht und Kontrolle. Und um nichts anderes.

»Aber es ist natürlich Eure Entscheidung«, fügt er hinzu, lässt meine Schultern los und kehrt auf seine Seite des Tisches zurück. Seine Finger streichen über die Tischdecke.

Quatsch. Mit. Soße.

Entscheidung? Als hätte ich hier eine echte Wahl! Wenn ich ablehne, setzt er sein Geld und seinen Einfluss stattdessen dazu ein, um Shimin und mich in Verruf zu bringen. Er versucht nur, mich noch stärker zu demütigen. Mich mittels der schmählichen Schande, dass ich mich freiwillig hierzu entschieden habe, nur noch fester an sich zu binden.

*Schande.*

Dieses Wort lässt mich nicht los.

Ist es denn wirklich etwas so Schändliches? Dann hat er eben ein Video von mir ... wie bitte, nackt? Ach du meine Güte, wie entsetzlich! Als wäre ich bei meiner Geburt nicht auch nackt gewesen.

Endlich kann ich wieder klarer denken. Ich kämpfe mich aus der Grube der tiefen Scham und unendlichen Schande heraus, die zu fühlen mir meine Familie das ganze Leben lang gewaltsam eingebläut hat. Und plötzlich ist die ganze Situation einfach nur noch unsagbar komisch.

Dieser alberne Mann versucht, mir mit meinem eigenen Körper Schande zu machen.

Ach ja? Aber ich habe einen schönen Körper. Er kann ihn gerne aus jedem Winkel filmen, der ihm in den Sinn kommt – das Video wird keine echte Macht über mich haben. Es ist mir scheißegal, wenn er es der Öffentlichkeit zugänglich macht.

Schande, Scham und Demütigung sind selbst auferlegte

Gefühle, und in diesem Moment entscheide ich mich dafür, sie nicht mehr zu empfinden.

Aber dieser Mann sollte sich keiner Täuschung hingeben. Er ist *tot.* Sobald Shimin und ich Zhou zurückerobert haben und es uns als Verdienst angerechnet worden ist, werde ich hierher zurückkommen und Gao Qiu auf die denkbar schrecklichste Weise abschlachten. Er versteht nicht, wie weit ich zu gehen bereit bin, um das zu bekommen, was ich will. Auf diese Weise verschaffe ich mir lediglich einen Vorteil über ihn.

Das hier ist nicht sein Sieg. Es ist meine vorläufige Gnade.

Mit einem Kopf voller Fantasien darüber, wie ich ihn bei lebendigem Leib häuten werde, sobald er für mich seinen Zweck erfüllt hat, öffne ich den Reißverschluss meines Pilotenmantels.

## KAPITEL 31

# SCHLECHTE VORBILDER FÜR KINDER

Am nächsten Morgen müssen Shimin und ich unseren ersten Termin im Fotostudio über uns ergehen lassen. Die Aufnahmen werden noch rechtzeitig für die Hauptsendezeit am Abend veröffentlicht.

Aus einer morbiden Neugier heraus stecken wir die Köpfe zusammen und sehen uns die Fotos auf dem Tablet an, das uns Gao Qiu geschenkt hat und auf dem sich auch unsere Kopie des Vertrages befindet. Die Kühle der hereinbrechenden Nacht beginnt gerade durch den Aussichtspavillon zu wehen, in dem wir sitzen, und streicht durch die Weidenzweige, die sich über dessen spitzes Dach legen. Ringsum kräuselt sich die Oberfläche eines Teiches, der den Pavillon von den anderen Gebäuden auf Gaos Anwesen abtrennt. Die untergehende Sonne zerschmilzt zu einem orangegoldenen Weg über dem Wasser.

Obwohl ich Shimin keinen Vorwurf daraus mache, was während des Treffens mit Gao passiert ist, bin ich alles andere als glücklich darüber. Aber zumindest hat er nichts vermasselt, als wir vor den Kameras gestanden haben.

Professionelle Darstellungen von uns zu sehen, hebt die Seltsamkeit des Ganzen noch einmal auf eine völlig neue Ebene. Gao Qiu hat ganz auf unsere Umstrittenheit gesetzt und alles, was aneckt, zusätzlich aufgebauscht. Das Produktionsteam hat mir das Haar zu der gleichen Fuchsohrenfrisur aufgesteckt, die ich getragen habe, als ich Yang Guang getötet habe, silberne Haarnadeln und Lilien aus Kristall inklusive. Und als wären die ganz gewöhnlichen Konkubinenkleider nicht schon hinreichend freizügig, haben sie ein völlig unmögliches Gewand für mich ausgewählt: ein kurzes, tief ausgeschnittenes Kleid mit Pelzaufsatz an den Säumen um mein Dekolleté herum, das an meinen Oberschenkeln reichlich nackte Haut zeigt. Neun riesige flauschige Schwänze hängen mir auf den Fotos vom Kreuz herunter.

Shimin dagegen haben sie in ein langes Ledergewand mit engen Ärmeln gesteckt, mit glutfarbenen Federn, die über seinen Schultern und einer weiten Öffnung über der Brust flattern, unter der ein Streifen seiner narbigen Haut zu erkennen ist. Einmal davon abgesehen, dass er seine Brille hat ablegen müssen, gibt es einen großen Unterschied zu seinem üblichen Aussehen: Auch wenn er auf den Aufnahmen immer noch ein Halsband mit dem Armeeabzeichen des Gelben Drachen trägt, ist daran keine Kette befestigt.

Die habe ich stattdessen tragen müssen.

Auf dem ersten Foto bin ich zu sehen, wie ich vor einem kunstreich verzierten Messingstuhl auf dem Boden sitze, die Beine übereinandergeschlagen. Der Hintergrund ist pechschwarz. Shimin lümmelt auf dem Stuhl und zieht mit gelangweilter Miene an meiner Kette, gerade so, als wäre ich sein Schoßtier. Doch ich sehe mit einem Qi-geladenen Funkeln in den Augen in die Kamera, als wäre das alles Teil meines hinterlistigen Plans.

»Ihr werdet oberflächlich betrachtet wie seine Sklavin wirken, aber die Betrachter werden sich unwillkürlich fragen, wer hier wirklich das Kommando führt«, hat Gao Qiu gesagt, während er seine Anweisungen für dieses Foto gegeben hat.

Die Art und Weise, wie ich mit unserem Treffen am Vorabend umgegangen bin, muss ihn dazu inspiriert haben. Während ich mir einrede, dass ich darüber hinweg bin, was er mir da angetan hat, kocht doch noch immer der Zorn in mir, ein ständiges Brodeln.

Ich kann jedoch nicht leugnen, dass er weiß, wie man Aufmerksamkeit erregt. Jedes der Fotos trifft den Betrachter mit atemberaubender Wucht. Ich habe noch allzu gut in Erinnerung, wie unangenehm unser Fototermin gewesen ist – unsere Verlegenheit, die grellen Lichter, der Schmerz, als mich die Assistenten des Fotografen in die gewünschte Stellung gebracht haben –, aber das fertige Ergebnis scheint wie aus einer anderen Welt zu stammen. Die Fotos haben zwei unirdische, unberührbare Ausgestoßene eingefangen, die Huaxia mit ihrer sinnlichen Verführungskraft locken und necken.

»Entschuldige bitte«, platzt es aus Shimin heraus, als wir zu einer besonders schlüpfrigen Aufnahme kommen, auf der er hinter mir steht und meine Leine strammzieht.

Ich bin während der Aufnahme dieses Bildes so angewidert gewesen, dass es mir kaum gelungen ist, den sinnlich-erotischen Gesichtsausdruck aufzusetzen, den Gao Qiu von mir verlangt hat. Doch wenn ich das Bild jetzt betrachte, dann ist es so meilenweit von der Realität zwischen Shimin und mir entfernt, dass ich einfach nur laut lachen will.

»Du brauchst dich wahrlich nicht zu entschuldigen.« Ich deute auf seinen unbeteiligt-kühlen Gesichtsausdruck auf dem Foto. Der finstere Blick seiner Qi-glühenden Augen ist durch die dunkle Schminke, die sie hervorhebt und ihnen etwas Rauchiges gibt, noch intensiver als gewöhnlich. »Sieh dich doch mal an. Du bist echt der Hammer.«

Ein Ausdruck des Unbehagens gleitet über seine Züge. »Ist es wirklich in Ordnung für dich, solche Fotos zu machen?«

»Ich habe das Ganze inzwischen durchschaut.« Ich atme tief aus und setze dann ein Grinsen auf. »Das sind nicht wir beide. Es sind zwei Figuren, die wir spielen. Ist es nicht lustig zu wissen, dass wir die Leute dazu bringen, etwas zu glauben, was voll und ganz erfunden ist?«

»Du meinst, dass wir sie belügen.«

»Ich betrachte es lieber als eine Art Geschichtenerzählen, mein Liebster.« Ich umfasse sein Gesicht mit der Hand, verändere meinen Gesichtsausdruck und gebe mein Bestes, mir selbst eine aufgesetzte erotische Aura zu geben. »Die Geschichte von der Eisernen Witwe und dem Eisernen Dämon, die sich gegenseitig zähmen und bändigen. Die in der Schlacht um eine im Kampf verlorene Provinz ihre verlorene Ehre zurückgewinnen. Die sich von Schurken zu Helden wandeln. Was ist das anderes als Stoff für die Schlagzeilen?«

Ein Augenblick nach dem anderen verstreicht. Er starrt mich an, sein Gesichtsausdruck ist verkniffen. Er hält eine Regung zurück, die ich nicht deuten kann.

Meine aufgesetzte Fassade beginnt zu bröckeln, und fröstelnd, wie der vom Wasser gekühlte Wind, der uns umstreicht, dringt die Realität wieder herein.

Ich nehme die Hand von seinem Gesicht und scrolle weiter durch die Fotos. »Junge, Junge, jetzt schauen wir uns mal die Reaktionen an.«

Wir haben umgehend für einen gellenden Aufschrei der Empörung gesorgt. Unsere freizügige Kleidung. Unsere provokativen Posen. Unser Status als Mörder. Das schamlose Selbstbewusstsein, das wir trotz alledem an den Tag legen.

Wir sind schlechte Vorbilder für Kinder.

Doch haben wir mit gleicher Wucht auch eine Art fassungslosen Respekt auf uns gezogen, und die widersprüchlichen Ansichten über uns sorgen nur für umso mehr Aufmerksamkeit, was sich durch weitere Aufrufe der Fotos bezahlt macht. Alle wollen das Spektakel mit eigenen Augen sehen. Auf den Nachrichtenforen liefert man sich erhitzte Debatten hinsichtlich der Frage, ob unsere Hunduntötungen unsere Morde an Menschen aufwiegen und ob wir Zhou denn wirklich befreien können. Die bloße Möglichkeit, dass es uns gelingen könnte, die Hoffnung, leuchtet am Himmel wie eine Supernova, die der Sonne Konkurrenz zu machen vermag. Und doch ärgert es viele, dass es ausgerechnet an uns ist, das zuwege zu bringen.

Die streitlustigen Kommentare wirken spontan und beiläufig verfasst, aber nicht wenige von ihnen müssen von Gao Qius Handlangern untergeschoben worden sein, mit dem Ziel, in den Köpfen aller flüchtigen und zufälligen Leser so viel Raum wie möglich zu beanspruchen. Es lässt sich unmöglich sagen, wie viele der Diskussionen echt sind und wie viele von Wölfen stammen, die im Hintergrund die Schafe hüten.

Selbst Yizhi ist zu einem Teil des Ganzen geworden. Nachdem Shimin und ich uns zum Abendessen in ein Separee zurückgezogen haben, stelle ich das Tablet aufrecht hin, um die Livesendung im Unterhaltungsprogramm zu verfolgen, zu der Yizhi eingeladen worden ist.

Sein unaufdringlicher Charme wirkt über die Kamera auf eine natürliche Weise liebenswert. Ein reicher *Shaoye* mit dem Mumm, sich mitten in einem Gewitter vor eine Chrysalis der Königsklasse zu stellen, während er im normalen Leben fast schon quälend höflich und sogar ein wenig schüchtern ist.

Einmal, als er gerade darin vertieft ist, eine Frage darüber zu beantworten, wie sich der Wechsel von Chang'an an die Große Mauer auf sein Leben ausgewirkt hat, schleicht sich jemand in einem Hundunkostüm von hinten an ihn an und tippt ihm ohne Vorwarnung auf die Schulter. Er fährt herum, und der Laut, den er von sich gibt, ist wirklich zum Schießen. Das bringt alle Anwesenden im Studio zum Lachen, ihn selbst eingeschlossen, und er taut merklich auf. Niemand wäre darauf gekommen, dass sein Auftritt Teil eines Plans ist, um die Gegenoffensive Wirklichkeit werden zu lassen, eines Plans, der im Wesentlichen beinhaltet, dass zwei Provinzen aufs Spiel gesetzt werden, um mein Leben und das von Shimin zu retten.

»Und was haltet Ihr so vom Piloten und der Pilotin des Zinnoberroten Vogels?« Der Moderator lässt endlich die Bombe platzen. Wahrscheinlich hat ihn Gao Qiu dafür bezahlt. Vom Publikum steigt ein erwartungsvolles »Ohhhhh« auf.

»Ich glaube, am wichtigsten ist die Frage, ob sie kampfstark genug sind, um gegen die Hunduns zu gewinnen«, antwortet Yizhi nach einem Moment des gespielten Nachgrübelns. Er blickt direkt in die Kamera. »Und sie werden siegen. Wenn sie bereit sind, ihr Leben für die Menschheit aufs Spiel zu setzen, ist es mir völlig egal, wer sie sind, was sie sind oder was sie irgendwann in der Vergangenheit getan haben. Ich werde ihnen mit Freuden mein Qi erneut zur Verfügung stellen, wann immer sie es brauchen.«

Während das Publikum in tosenden Applaus ausbricht, stelle ich mir den unsichtbaren Strom von Geld und Macht vor, der währenddessen langsam vorankriecht und sich allen entgegenstellt, die versuchen, Shimin und mich aus dem Weg zu räumen.

»Hat das jetzt gereicht?«, frage ich Gao Qiu in einer Sprachnachricht, die ich ihm über mein neues Armband zukommen lasse.

Sekunden später verkündet ein Piepen seine hereinkommende Antwort. Als ich aufs Armband tippe, um sie mir anzuhören, platzt sein bellendes Gelächter aus dem Lautsprecher.

*»Noch nicht einmal ansatzweise, Pilotin Wu!«*

Ui. Das ist nicht gut. Unsere gewagten Fotos mögen für Wirbel gesorgt haben, aber derartige Dinge werden beim zweiten Mal nicht mehr so schockierend sein. Wir werden aus den Schlagzeilen verschwinden, wenn wir nicht mehr tun. Etwas Größeres.

*Denk nach*, befehle ich mir und kralle die Fingernägel ins Tischtuch. Was würde in der kürzesten Zeit viel, viel mehr Aufmerksamkeit erregen als das hier?

Eine lebhafte Erinnerung steigt in mir auf.

Eine Erinnerung an mich, meine Schwester und alle anderen Mädchen in unserem Dorf, wie wir uns auf dem größten Bildschirm, den man uns vorübergehend zur Verfügung gestellt hat, die Krönungsfeier eines Pilotenpaars angesehen haben. Genauer gesagt war es die Krönung von Dugu Qieluo und Yang Jian vor sieben Jahren, als sie dreizehn respektive vierzehn waren. Die Tatsache, dass sie der erste Eiserne Prinz und die erste Eiserne Prinzessin waren, die von Anfang an ein Paar gewesen sind – Yang Jian hat *nie* Konkubinen gehabt –, hat die Sache zu etwas ganz Besonderem gemacht. Schon Wochen zuvor waren alle regelrecht davon besessen und spekulierten darüber, wie wohl Krone und Rüstung des Weißen Tigers aussehen würden und wie die Rüstung von Qieluos Krönungsputz in den Schatten gestellt werden würde.

Als die Feier endlich übertragen wurde, haben wir alle wie aus einem Mund nach Luft geschnappt, als sie mit Schleppen aus fließender, durchschimmernder Seide, die perfekt in ihre geschmeidige weiße Rüstung eingebunden waren, auf die Bühne schritt. Sie war in ein Ganzkörpernetz aus silbernen Schnüren gehüllt, von dem die Kristalle förmlich an ihr herabtropften.

Aber was meinem elfjährigen Ich am stärksten in Erinnerung geblieben ist, war die pure, dunkle Befriedigung in ihren Augen, als Yang Jian ihr das perlmuttglatte Diadem auf den Kopf setzte. Statt nur, wie erwartet, stilisierte Tigerohren aufzuweisen, war ihre Krone am unteren Rand auch mit einer Reihe scharfer Zähne besetzt. Die langen Fangzähne ragten rechts und links von ihren Schläfen nach unten.

»He, Shimin.« Ich wende all meine Aufmerksamkeit nun ihm zu. »Wie würde es dir gefallen, wenn wir die Paarkrönung von Dugu Qieluo und Yang Jian noch in den Schatten stellen würden?«

## KAPITEL 32

# ALL IHRER BEMÜHUNGEN UNGEACHTET

Nachdem ich von Gao Qiu auf meine Idee von einer Paarkrönung eine geradezu ekstatische Antwort erhalten habe, rufe ich Sima Yi an und bitte ihn, die Oberste Heeresleitung zu einer Einwilligung zu überreden. Ich argumentiere damit, dass es widersprüchlich sei, uns weiterhin alle Ehrungen zu verweigern und im gleichen Atemzug dafür zu werben, dass man uns das Risiko einer Gegenoffensive eingehen lassen solle. Sima Yi verspricht, sein Mögliches zu tun, um meinen Wunsch zu erfüllen.

Erleichtert, weil ich den Eindruck habe, dass wir uns nun endlich vom sicheren Verhängnis wegbewegen, warte ich in Yizhis Gemächern auf dessen Rückkehr.

Hupen und Motorengeräusche, der Lärm menschlicher Stimmen und verqualmte Luft wehen aus dem Tal erdgebundener Sterne namens Chang'an den Berg hinauf und durch den Balkon herein. Bleiche Laternen mit dunklen Holzgestellen baumeln über einem absurd breiten Bett. Yizhis Zimmer hier ist größer als unsere ganze Zimmersuite an der Mauer. Zum ersten Mal habe ich es am Abend zuvor erkundet, von Gao Qius Schnaps besinnungslos betrunken. Es gibt ein ganzes Nebenzimmer, das allein seinen seidenen Luxusgewändern gewidmet ist, und ich habe unaufhörlich mein brennendes Gesicht an dem Stoff reiben müssen. Außerdem ist da noch ein ganz allein der Hautpflege gewidmeter Kühlschrank, über den ich mich mindestens zehn Minuten lang lustig gemacht habe. Und ein glitzerndes Bad, das mich mit seiner aus Kristall gehauenen Wanne und dem rund um die Uhr verfügbaren heißen Wasser von den Socken gehauen hat. Ein weiteres Nebenzimmer ist voller gläserner Regale, in denen sich kleine Modelle von Chrysaliden reihen, und Yizhi hat kleinlaut eingestanden, mir nie davon erzählt zu haben, aus Angst, ich könne daran Anstoß nehmen.

Er hätte sich da keine Sorgen zu machen brauchen. Ich habe nichts gegen Chrysaliden an sich. Es ist ja schließlich nicht so, als würde ich nicht *wollen*, dass die Menschheit die Hunduns vernichtet, um diesen Albtraum auszumerzen. Was ich dagegen hasse, ist das System von Pilot und Pilotin, das unbeirrt daran festhält, dass der Tod von Mädchen in der Schlacht ein unvermeidbares Opfer ist.

Mein schweifender Blick bleibt an einem mit dem Schreibpinsel gezeichneten Gemälde hängen, das die gesamte Wand hinter dem Bett beansprucht und das Chrysaliden und Hunduns zeigt, wie sie einander angreifen. In den Wolken über ihnen zupfen Götter in Gewändern wie bunt gefärbter Nebel ihre *Guqin*-Lauten.

Eine Szene, die nur in der Fantasie existieren kann. In Wirklichkeit weiß niemand, wie die Götter aussehen, und sie haben nie jemandem mit ihrer körperlichen Kraft im Kampf geholfen. Wir wissen, dass sie dort oben sind; Große Schwester und ich haben immer nach dem kleinen Lichtfunken des Himmlischen Götterhofs Ausschau gehalten, wenn er alle paar Monate am Himmel über uns hinweggezogen ist. Und wir alle haben schon etliche Götterlegenden gehört: Da gibt es Nüwa, die Schöpfergöttin, die einst die ersten Menschen aus Ton geformt hat, Chiyou, den Gott des Krieges, der Geister und Dämonen in die Schlacht führt, Zhurong, den Gott des Feuers, der gegen Gonggong kämpft, den Gott des Wassers, und so weiter.

Aber wenn die Geschichten wahr sind, werfen sie die immerwährend gleiche Frage auf – warum setzen die Götter ihre unglaublichen Fähigkeiten nicht ein, um uns gegen die Hunduns zu helfen? Ganz gleich, wie innig wir zu ihnen beten mögen, sie bleiben so hochmütig wie Katzen und scheinen sich nicht allzu sehr für uns zu interessieren. Sie lassen lediglich dann und wann mal geheimnisvolle technische Bauanleitungen und sonstige Wissensinformationen für unsere Gelehrten fallen, sobald wir ihnen eine hinreichende Menge an Opfergaben dargeboten haben – vorwiegend in Form von Geistmetall. Es ist wirklich seltsam und ironisch, dass nur das Geistmetall von Hundunpanzern zur Herstellung stabiler Konstruktionen verwendet werden kann. Wann immer wir versuchen, direkt etwas aus den kristallisierten Qi-Körnchen des Bodens anzufertigen, laufen diese Dinge binnen weniger Tage an und sind nicht mehr zu gebrauchen. Diese Produkte eignen sich lediglich dazu, als Treibstoff für Züge und Schwebeboote verwendet zu werden. Und nach dem unglaublichen Bedarf der Götter an Hundunpanzern zu schließen, verstehen selbst sie es nicht nachzumachen, wie Hunduns dieser granulatartigen Substanz Stabilität verleihen, wenn sie sich reproduzieren. Schon komisch: Diese Welt ist nicht einmal die Heimatwelt der Hunduns, und doch können sie diese Ressource auf eine Weise nutzen, wie wir es nicht vermögen.

Niemand weiß, was die Götter mit so viel Geistmetall anfangen, aber wir sind klug genug, keine Fragen zu stellen. Wir schleppen einfach weiter Hundunpanzer zu festgelegten Opferstätten ein kleines Stück außerhalb der Großen Mauer und außerdem Holz, Erde, Saatkörner, verschiedene

Tiere sowie junge Frauen. Mädchen, die in Ketten zurückgelassen werden und von denen dann nie mehr jemand hört – ein Schicksal, das noch unheimlicher ist als das der Konkubinenpilotinnen, da die Götter niemals dann erscheinen, wenn wir sie sehen könnten, und nicht einmal, wenn sich auch nur eine einzige Kameradrohne im Umkreis befindet.

Gao Qiu hat in einem Punkt recht gehabt: Es gibt keine Ebene und keine Gesellschaftsschicht der Welt, die keine Frauen braucht. Vielleicht wird uns ja genau deshalb jeder Wert abgesprochen, weil wir so wertvoll sind. Die Welt hat allzu große Angst davor, uns nicht in ihren Besitz bringen und beherrschen zu können, um unseren wahren Wert anzuerkennen.

Die Tür zu Yizhis Gemächern wird aufgeschlossen.

Ich werfe einen Blick über die Schulter. Yizhi tritt in den vom Mondlicht erhellten Raum, und seine Augen leuchten bei meinem Anblick auf.

Meine gespannte Erwartung wächst, als ich den Rollstuhl zu ihm hinüberbewege. Als ich gestern Abend bei ihm war, haben wir uns wieder geküsst, das erste Mal, seit ich den Entschluss gefasst habe, meine Partnerschaft mit Shimin zu verbessern. Yizhi hat jedoch darauf beharrt, dass ich für alles, was über Küssen hinausgehe, zu betrunken sei.

Nun gut, heute Abend bin ich nicht betrunken.

Als ich ihn erreicht habe, ziehe ich Yizhi zu einem sanften Kuss an mich. Sein Mund bewegt sich wie selbstverständlich zu meinem hin, inzwischen eine beruhigende Vertrautheit.

»Weißt du, ich habe so etwas Ähnliches immer geträumt«, sagt er dicht an meinen Lippen, während er meinen Hals streichelt.

»Du hast von mir geträumt?« Ich atme seinen Duft ein, rein und warm wie etwas, was auf einer sonnigen Ebene gewachsen ist.

»Nun ja, es ist eher eine Art fortgesetzte Fantasievorstellung gewesen.« Er gibt ein leises Lachen von sich, zwirbelt eine Locke meines Haares und sieht mich sehnsuchtsvoll an. »Ich wünsche mir immer, ich könnte jeden Abend zu dir nach Hause kommen und jeden Morgen neben dir aufwachen. Allerdings nicht hier. Irgendwo, wo es ruhiger ist, wie in einer Hütte in der Wildnis der Berge. Wo niemand uns stört.«

Die Vorstellung ist so quälend schön, dass ich vor Zärtlichkeit überströme wie nie zuvor. Doch dann zerspringt das sehnsuchtsvolle Bild, und ich finde mich mitten in der Kälte der Wirklichkeit wieder.

»Es würde immer Menschen geben, die Jagd auf uns machen und uns aufspüren würden.« Ich löse mich von ihm, und mein Haar gleitet ihm aus den Fingern. Meine Stimme zittert und droht zu versagen. »Wir können nicht einfach weglaufen. Dein Vater würde ...«

»Ich weiß«, unterbricht mich Yizhi mit sanfter Stimme. »Deshalb ist es ja auch nur eine Fantasievorstellung.«

Die Wärme zwischen uns schwindet dahin, von einer neuartigen Anspannung abgekühlt. Schuldgefühle lasten auf mir wie eisiger Frost, aber wir haben keine Zeit für Fantasien. Erst recht nicht für Fantasien von einem einfachen Leben.

Dafür wird in unserem Leben nie wieder Raum sein.

»Hör mal, Yizhi, du weißt, dass ich dir nichts versprechen kann«, eröffne ich ihm leise, aber bestimmt. »Shimin und ich sind als Piloten Partner. Ich weiß nicht, was wir alles werden tun müssen, um unsere Chrysalis gemeinsam gut zu steuern, und ich darf da keine Vorbehalte haben, wenn so viel auf dem Spiel steht. Also, sei ehrlich: Tut es dir weh, ihn und mich zusammen zu sehen?«

Für einen Moment jagen widerstreitende Gefühle über

Yizhis Züge, doch der aufgewühlte Gesichtsausdruck legt sich schnell wieder. Mit einem leisen Seufzer setzt er sich auf die hellen Seidenlaken seines riesigen Bettes. »Tief aus dem Bauch heraus, ja. Am liebsten wäre ich er, dein Pilotenpartner. Ich wünschte, ich hätte seine Kraft, um dich beschützen zu können.«

Mein Magen krampft sich zusammen. »Dann, denke ich, ist es wohl besser, wenn wir nicht ...«

Aber dann rufe ich mir ins Gedächtnis, dass es keinen echten Grund zur Eifersucht gibt. Yizhis Blick hellt sich wieder auf, wird klar und offen wie die Wahrheit. Die fernen Lichter von Chang'an schimmern in seinen Augen. »Woher soll meine Eifersucht kommen, wenn nicht von einer inneren Unsicherheit, dass ich dich womöglich seinetwegen verlieren werde? Aber so funktioniert die Sache nicht, ganz gleich, wie viele Menschen das glauben mögen. Du bist nichts, was man behalten oder was einem genommen werden kann, und Liebe ist nicht irgendein seltener Rohstoff, um dessen Besitz man Krieg führt. Liebe kann *unendlich* sein, so endlos groß und weit, wie dein Herz sich öffnen kann. Ich meine, wenn man darüber nachdenkt, wird Liebe größtenteils von Vereinbarkeit genährt, davon, wie gut man zusammenpasst. Ob zwei Menschen einander glücklich machen, indem sie sich nahe sind. Also wäre es für mich völlig sinnlos, wenn ich Shimin grollen würde. Wie gut ihr zwei auch zusammenpassen mögt, es hat nichts damit zu tun, wie gut du und ich zusammenpassen.«

Ich überdenke seine Worte. »Es ist einfach ... das Zusammenpassen?«

»Das glaube ich zumindest. Wahre Liebe gründet in Zusammenspiel und Vertrauen, sie ist mehr als einfach nur Chemie.« Er schluckt, und sein Adamsapfel bewegt sich im Mondlicht auf und ab. »Während ich hier aufgewachsen bin, habe ich viel zu viele Menschen gesehen, die verzweifelt versucht haben, andere zu kontrollieren und festzuhalten. Ich habe niemals Kraft oder Dominanz in diesem Verhalten gesehen. Nur eine sehr, sehr traurige Unsicherheit.«

»Ja«, brumme ich und denke an die gedämpften Schreie meines Vaters, die durch die Wände drangen, wenn er meine Mutter mal wieder beschuldigte, den alten Wang von nebenan zu oft angesehen zu haben. Ich schiebe die Finger in die mehreren Kragenschichten von Yizhis Gewändern und lege einen flüchtigen Blick auf seine Tätowierungen frei. »Das ist es jedoch nicht, worüber ich mir in Bezug auf dich Sorgen mache. Ich weiß, dass du selbst nie so werden wirst. Ich will nur nicht, dass du meinetwegen in der Falle deines Schmerzes gefangen bist.«

»Nein, keine Bange. Ich betrachte meine Bauchgefühle nicht als etwas Logisches, daher will ich mich auch nicht von ihnen bestimmen lassen.« Er drückt seine Stirn gegen meine und streichelt mir mit dem Daumen über die Wange. »Zetian, wann immer du so lieb bist, mich anzusehen, weiß ich mit Bestimmtheit, dass es in deinem Herzen einen Platz für mich gibt.«

Meine Augen weiten sich, und die aufsteigenden Tränen trüben mir die Sicht. Vor Staunen klappt mir der Mund auf.

Ja, es gibt diesen Platz. Es wird immer einen Platz für ihn in meinem Herzen geben. Und genau das hier ist der Grund dafür. Das hier ist der Grund.

*»Mein fünfter Sohn ist nicht der Typ, der sich verliebt.«* Gao Qius Worte drängen sich in meine Gedanken, doch ich wische sie weg wie Staub. Yizhi hat mich kennengelernt, als ich ein einfaches Mädchen aus dem Grenzland ohne alle Macht gewesen bin. Welche Hintergedanken könnte er über all die lange Zeit hinweg auch gehegt haben?

Ich habe mich nie dafür geschämt, ihn zu lieben, selbst

wenn meine Familie mich dafür ertränkt hätte, und ich habe nicht die geringste Absicht, jetzt damit anzufangen.

Wir schalten die Lampen nicht an.

Yizhi verfügt nicht über Shimins Körperkraft, um mich mühelos zu tragen, aber das macht nichts. Er hilft mir, aufs Bett zu klettern, so zart und sanft wie immer. Selbst der Schmerz gebrochener Rippen ist erträglich, wenn seine Hände auf meinem geschundenen Körper liegen und mich halten. Ich küsse ihn, als wäre nur die Luft, die zuvor durch seine Lunge geströmt ist, sicher genug, um sie zu atmen. Automatisch erhebt sich eine Welle nörgelnder, terrorisierender Stimmen in meinem Kopf, die laute Beleidigungen schreien – *Hure, Schlampe, Betrügerin* –, aber sie zerschmelzen in der Hitze, die in mir immer stärker wird.

Ich wachse immer höher, erhebe mich über all den versammelten Schwachsinn der Gesellschaft. So viele Versuche, mich daran zu hindern, ein Leben zu führen, in dem ich mich in meiner Haut wohlfühle, und trotzdem bin ich jetzt hier und mache mit einem Jungen, den niemand anderes für mich ausgesucht hat, was ich will. Und es beschmutzt mich nicht. Es wird nicht mein Untergang sein. Es ist nicht obszön, unanständig oder schändlich.

Scham und Schande. Das ist ihr Lieblingswerkzeug gewesen. Ein Mittel, um mich so lange von innen heraus zu zersetzen und zu zerfressen, bis ich geglaubt habe, ich könne nichts anderes mehr tun, als das Schicksal blind hinzunehmen, das sie mir vor meine abgebundenen Füße geworfen haben.

Es hat nicht funktioniert.

All ihrer Bemühungen ungeachtet finde ich, dass ich es verdiene, glücklich zu sein.

Alles, womit sie mich gekettet haben, werde ich gegen sie wenden. Mein Aussehen ist eine Täuschung, um ihre Aufmerksamkeit auf mich zu lenken. Meine Dekadenz ist ein Köder, um ihre Entrüstung nur noch weiter anzustacheln. Meine perfekte Partnerschaft ist eine Lüge, damit sie sich auch weiterhin geradezu zwanghaft mit mir beschäftigen müssen.

Gerade die geballte Kraft ihrer Verurteilung und ihres Hasses wird dafür sorgen, dass ich nicht aufzuhalten bin.

## KAPITEL 33

# UNAUSSPRECHLICHES

Eine metallische Kälte liegt in der Luft, der Geschmack von Rost auf meiner Zunge.

Ein schmutziges Licht. Schatten in den Ecken. Ein schwerer Stahlstuhl; Lederriemen, die meine Arme daran festbinden. Das Fleisch und das Blut eines vergeblichen Kampfes unter meinen Fingernägeln.

»Es hätte wirklich nicht so weit kommen müssen, mein Junge.« Eine Gestalt ragt vor mir auf und beugt sich zu mir herab, eine Flasche Schnaps in der Hand. *An Lushan.* »Aber wenn du wirklich eine derart große Nervensäge sein willst, solltest du einen Schluck trinken, um dich zu beruhigen.«

Soldaten öffnen mir mit Gewalt den Mund und halten ihn mit Metallplatten offen. Rasiermesserscharf klemmen sie sich zwischen meine Zähne. Blut strömt mir unter die Zunge. Ein Gummischlauch wird mir in die Kehle gerammt. Bis ganz nach unten. Ich muss würgen, schreie dagegen an, versuche, ihn durchzubeißen, ihn auszuspucken, aber das Ding rührt sich keinen Millimeter. Es spritzt nur neues Blut.

An Lushan zieht meine Kette stramm. Seine grässliche Hand neigt sich und kippt den Inhalt der Schnapsflasche in einen Trichter. *Gluck gluck gluck*, unaufhörlich. Sengende Hitze durchströmt mich. Ich kann ihn nicht einmal anflehen, damit aufzuhören. Ich würde mit Freuden alles bereuen und Buße tun. Ich wünschte, er wäre so gnädig, mich umzubringen. Ich würde alles tun, damit es aufhört. Aber es brennt und brennt und ...

Ich schaudere zusammen und reiße mich keuchend aus meinem Traum. Bilder, Geräusche und Gerüche brauchen mehrere Sekunden lang, um wieder ihre angestammten Plätze einzunehmen.

Vom Mondlicht durchflutete Laken. Die Wärme von Yizhi um mich herum. Die Lichter der Stadt weit hinter dem Balkon. Kein An Lushan, kein Stuhl aus Stahl. Ich greife mir an die Kehle, bewege den Unterkiefer, betrachte meine Hände und fülle meine Lunge tief mit Luft, wieder und wieder.

»Was ist los?«, murmelt Yizhi und blinzelt sich verschlafen wach. Dann stützt er sich auf den Ellbogen.

»Nur ein ...« Meine Zunge ist völlig ausgedörrt. Kaltes Grauen strömt durch meine Adern, die nur eine Sekunde zuvor vom Alkohol gebrannt haben.

Nur ein Albtraum?

Oder ...

Ich schlage die Seidendecken zurück und stemme mich in meinen Rollstuhl, spanne mich an, um den Schmerz meiner Schusswunde zu unterdrücken, bin aber viel zu hektisch, um meine Bewegungen zu verlangsamen. Yizhi folgt mir, hilft mir, haucht weitere Fragen, aber ich kann ihm keine Antworten geben, bis ich selbst welche habe.

Ein kurzes Über-den-Flur-Rollen bringt mich zur Tür von Shimins Zimmer. Ich rüttle an der Messingklinke. Abgeschlossen.

Ich hämmere gegen die Tür, bis Licht durch den Spalt darunter dringt und schwere Schritte sich nähern.

*Klick.*

Bernsteinfarbenes Licht wogt über mich hinweg und lässt mich zusammenzucken. Mitten im Licht erscheint Shimin, die Augen verschlafen, während ihm das kurze Haar in allen Richtungen vom Kopf absteht.

Die Frage, die ich jetzt stellen muss, drängt sich mir in die Kehle, bleibt dort jedoch stecken. Ich bekomme sie nicht heraus. Ich kann es nicht zur grausamen Wirklichkeit machen.

»Was ist denn?« Shimin hat Mühe, die Augen offen zu halten.

»Ich hatte … ich hatte einen Traum«, beginne ich und hoffe insgeheim, dass er nur die Augen verdrehen und mir die Tür vor der Nase zuschlagen wird. »Ich war an einen Stuhl aus Stahl gefesselt. Sie haben mir den Mund gewaltsam mit einer Art Rasierklingen geöffnet. Haben mir einen Gummischlauch in die Kehle gesteckt. Dann hat mir An Lushan eine ganze Flasche …«

Wilde Panik tritt in Shimins Augen. *»Hör auf damit.«*

Mein Körper wird vom Hals abwärts eiskalt.

»Er hat dich mit Gewalt alkoholsüchtig gemacht«, sage ich voll gähnendem Entsetzen.

Neben mir schlägt Yizhi sich die Hand auf den Mund.

In meinem Kopf reißt eine Art Damm. Phantomerinnerungen fluten heran. Die vielen Male, die Shimin *das* erlitten hat, um für immer ruiniert zu werden. Die Art, wie es seinen Willen verdreht und ihn dazu gebracht hat, von sich aus nach den Flaschen zu gieren. Der verschwommene Nebel, heiß und qualvoll, von auf dem kalten Boden einer Gefängniszelle verbrachten Tagen und Nächten.

Ein stechendes Gefühl pulst mir über das Gesicht, zugleich viel zu heiß und viel zu kalt.

Shimin starrt durch mich hindurch, als wäre er in Gedanken an einem völlig anderen Ort. Dann zuckt er zusammen und macht Anstalten, die Tür zu schließen.

Ich halte sie mit beiden Händen fest.

*»Warum hast du uns das nicht gesagt?«*, rufe ich.

»Hätte das denn etwas geändert?«, blafft er mit erstaunlicher Wucht hinter der halb geschlossenen Tür.

»Ja! Denn das bedeutet, dass du viel erbitterter gegen die Armee angekämpft hast, als ich es dir je zugetraut hätte!«

Weitere Bilder blitzen in meinem Kopf auf, Bilder, denen ich zuvor keine Beachtung geschenkt habe. Das aus den Seiten eines Buchs angefertigte Messer. Die geschärfte Glasscherbe, aus seiner eigenen Brille gefertigt.

»Deine Anerkennung«, sagt er und lacht spröde. »Deine Anerkennung kann sie auch nicht mehr zurückbringen.«

*Sie*. Die Mädchen.

Mir dreht sich der Magen um, und fast muss ich mich übergeben.

»Es tut mir leid.« Heftiges Schluchzen lässt meine Stimme beben. »Es tut mir so leid. All die vielen Male, wo ich dich beschimpft habe ...«

Er umfasst den Türrahmen noch fester. »Ist schon gut. Es ist ... was auch immer.« Wieder drückt er gegen die Tür.

»Was ...« Ich stemme mich heftiger dagegen.

»Was willst du denn noch mehr? Ich habe gesagt, es ist gut. Lass die Tür los!«

»Shimin«, flüstert Yizhi.

Sein Widerstand lässt nach. Die Tür öffnet sich weiter und lässt mich erneut den ganzen Shimin sehen.

Es ist erstaunlich, dass Yizhi mit einer leisen Äußerung bewirken kann, wozu ich mit meiner ganzen Kraft nicht in der Lage bin.

Sie mustern einander. Yizhi berührt Shimin am Ellbogen. Da ist ein schwaches Zucken, aber Shimin lässt die Berührung zu.

»Shimin, bitte, vergiss nicht, dass du in deinen Schlachten viele Menschenleben geschützt hast.« Das Licht aus dem Raum tanzt in Yizhis Augen wie goldene Schuppen. »Nicht nur die Leben der Menschen hinter der Großen Mauer, sondern auch die von Piloten und Pilotinnen in den anderen Chrysaliden. Du hast ganz allein komplette Hundunherden ausgeschaltet. Das war nicht bedeutungslos.«

Shimin starrt zu Boden, die Schultern eingezogen, während es da etwas gibt, das er sichtlich nur mit Mühe zurückhält.

»Wir sind für dich da«, fährt Yizhi fort. »Wir glauben an dich. Wir können Zhou von den Hunduns befreien und viele, viele weitere Leben retten. Gemeinsam.«

Zögernd hebt Shimin den Kopf.

Dann geht seine Aufmerksamkeit ruckartig zwischen mir und Yizhi hin und her, und seine Züge werden von einer neuen Klarheit geschärft.

Mir wird bewusst, dass ich irgendwann nach Yizhis anderer Hand gegriffen habe. Und ich begreife nur zu gut, wie das aussehen muss – und wie es wirklich ist. Ich und er, wie wir zusammen mitten in der Nacht vor Shimins Zimmertür aufgetaucht sind.

»Ja. Ich weiß.« Shimins Gesichtsausdruck wird kalt und versteinert. »Ihr braucht hier wirklich nicht herumstehen und einen auf Mitleid machen. Geht ... geht und seid glücklich!«

Er schlägt uns die Tür vor der Nase zu.

## KAPITEL 34

# MEINE STETIG LÄNGER WERDENDE TODESLISTE

Als Shimin seine gepanzerte Hand auf den Schnabel des Zinnoberroten Vogels legt, flutet rotes Qi in ihn hinein. Auf seinen geistigen Befehl hin öffnet sich der Schnabel weit. Shimin schwingt sich hinein und stützt sich mit der Hand oben ab, wie der mythische Riese Pangu, als er Himmel und Erde getrennt hat.

Ich habe noch keinen Weg gefunden, wie ich mit ihm reden kann, seit ich die Wahrheit herausgefunden habe, aber ich muss mich dazu zwingen, bei den Fototerminen mit ihm zusammenzuarbeiten. So wie er sich seinerseits dazu gezwungen haben muss, sich in all den undurchdringlichen Schichten aus Wahrheit und Täuschung einzurichten, in die ich ihn hineingezerrt habe, und das alles über sich ergehen zu lassen. Ich bin da nur ein weiterer Name in einer langen Reihe von Menschen, die ihn als ihr Werkzeug benutzt haben.

Ich weiß nicht, wie ich das wieder in Ordnung bringen kann. Ich weiß nicht, wie ich alles zurücknehmen kann. Es ist nicht so, als würden meine Entschuldigungen irgendetwas bringen, nachdem ich getan habe, was ich getan habe, und gesagt habe, was ich gesagt habe, und wir nun so tief in alledem drinstecken.

Von einigen weißen Wolkenfetzen über der Hundunwildnis vor uns einmal abgesehen, ist der Himmel blau und so strahlend, dass sich eine schwach goldene Aura um mein Gesichtsfeld legt. Unser Fotograf macht diese Aufnahme mit einer surrenden Kameradrohne. Gemäß den Anweisungen, die er mir via Ohrhörer erteilt hat, flattere ich nun mit meinen eigenen Flügeln, drehe in der Luft eine Pirouette und lasse mich auf der Schnabelkante des Vogels nieder. Nicht einmal die beste medizinische Versorgung von Huaxia konnte meine Schusswunde vollständig heilen, aber solange ich meine Rüstung trage, tut es mir nicht mehr so weh, wenn ich mich bewege.

Wenn Städter heiraten, leihen sie sich hübsche Kleider und machen einen Haufen netter Fotos für ein Erinnerungsalbum. Paarkrönungen sind im Prinzip nichts anderes als die Hochzeitsfeiern von Piloten, somit hat uns unsere bevorstehende Krönung einen idealen Anlass verschafft, um in den Schlagzeilen zu bleiben. Wir haben einen großen Teil der vergangenen zwei Wochen mit Fototerminen verbracht.

Sima Yi hat uns über die vier Hundunangriffe auf dem Laufenden gehalten, die es gegeben hat, seit wir nach Chang'an aufgebrochen sind – für einen so kurzen Zeitraum eine strapaziöse Häufung. Das sonnige Wetter hat immerhin dafür gesorgt, dass die Angriffe nur nachts stattgefunden haben. Hunduns kommen niemals, wenn unsere Erkundungsdrohnen sie schon aus weiter Ferne ausmachen können, daher sollte es auch jetzt keinen Angriff geben, während wir eine kurze Reihe von Fotos mit dem Vogel machen, die mit Sicherheit ein echter Knüller werden. Wir haben ohnehin unsere Rüstungen für die Krönungsfeier holen müssen. Um Diebstahl zu vermeiden, verschmelzen Piloten ihre Rüstungen normalerweise fest mit den Sitzen des Cockpits, sodass nur sie selbst sie lösen können.

*»Ach, zieht doch mal ein Knie hoch und schlingt die Arme drum herum, Pilotin Wu!«*, summt es aus meinem Ohrhörer.

Ich widerstehe dem Drang, die Augen zu verdrehen, und tue wie geheißen. Die Kameradrohne schwebt sirrend vor uns in der grauen Wildnis. Der Fotograf lässt mich noch ein Dutzend weitere Male meine Haltung korrigieren, während Shimin seine Pose mit der einen erhobenen Hand beibehält. Bei ihm ist es immer einfacher, ihn die richtige Position einnehmen zu lassen: Es ist jedes Mal diejenige, die ihn am dominantesten wirken lässt. Doch bei mir? Für die Fotografen bedeutet es eine ständige Herausforderung, ein ausgewogenes Verhältnis zwischen einem aggressiven und einem unterwürfigen Erscheinungsbild für mich zu finden.

Weibliche Medienberühmtheiten dürfen normalerweise nicht so schamlos und dreist präsentiert werden, wie in meinem Fall geschehen. In den Medien sind sie strahlend lächelnde Traumfrauen, liebende Gattinnen oder die fürsorglichen Mütter männlicher Protagonisten. Sie sind seine Belohnung dafür, den Schurken besiegt zu haben, sie sollen ihn trösten, wenn er verloren hat, oder ihn motivieren, indem sie den Tod finden. Wenn aggressive Frauen überhaupt geduldet werden, dann müssen sie zu den Widersachern gehören. Sie sind nicht einmal die Hauptwidersacherin, sondern die Quelle von Unterstützung und Trost für den männlichen Schurken, die ihm und seiner kriminellen Intelligenz stets willig zu Diensten ist, stets bereit, für seine Sache zu sterben. Ich glaube, es ist diese Aura, die sie auch mir und Shimin verleihen wollen, aber irgendwie funktioniert es nicht so richtig. Ich habe meine eigene Geschichte, unabhängig von derjenigen Shimins. Von mir den Blick abzuwenden ist genauso schwer. Das bringt die Instinkte der Fotografen durcheinander, und sie versuchen unentwegt, mich in Posen zu quetschen, die mich kleiner und unterwürfiger wirken lassen – nur um sich dann wieder daran zu erinnern, dass sie ja bei unserem provokativen Image bleiben wollen. Sie brauchen ewig, um herauszufinden, was sie mit mir anstellen sollen. Vor allem jetzt, wo Gao Qiu die Fototermine nicht mehr mit einem anzüglichen Grinsen im Gesicht überwacht.

Er hat sich intensiv damit beschäftigt, mit den Strategen von Sui und Tang zu »plaudern«, nicht zuletzt auch mit An Lushan. Aber ob sich An Lushan dem Druck nun fügt oder nicht, meine Entscheidung steht fest: Für das, was er Shimin angetan hat, werde ich ihn niedermetzeln. Er hat sich damit auf den ersten Platz meiner stetig länger werdenden Todesliste katapultiert.

Das ist das Mindeste, was ich tun kann.

Als der Fototermin beendet ist und wir zu unserem Schwebeboot zurückkehren, warten auf dem Start- und Landeplatz auf der Mauer bereits Qieluo, Xiuying und ihre beiden Partner auf uns. Da sie momentan alle dienstfrei haben, um nach den jüngsten Schlachten ihr Qi aufzuladen, hat Gao Qiu sie gebeten, bei meiner Paarkrönung in zwei Tagen zugegen zu sein. Dabei ist er allerdings so knauserig, dass er sie mit uns und unserer Produktionsmannschaft im selben Schwebeboot mitreisen lässt.

Die vier verkrampfen sich sichtlich, als wir näher kommen. Nur Xiuying hat ein Lächeln für mich übrig, aber es wirkt zögerlich und stockt, als ihr Blick zu Shimin hinüberschweift. Sie zuckt zurück, und ihr entfährt ein leises Aufkeuchen.

Es ist schon sonderbar. Eine Pilotin der Prinzessinnenklasse, die Angst zeigt. Ihr Partner, Zhu Yuanzhang, ein stämmiger ehemaliger Kriegermönch mit rasiertem Kopf, hebt schützend den Arm vor sie. Von ihren breiten schwarzen Kronen hängt beiden ein Schildkrötenpanzer in Miniaturform über die Stirn.

Ich rolle in meinem Stuhl zu ihnen und will etwas Freundliches sagen, um der Situation ein wenig von ihrer Peinlichkeit zu nehmen, doch ein einziger rascher Blick auf Qieluo genügt, und die Erinnerung daran, wie sie mich in der Dusche gegen die Wand geschleudert hat, lässt neuen Zorn in mir aufsteigen. Dadurch wird versehentlich meine Rüstung aktiviert, mein Geistsinn geschärft …

Was mich etwas Seltsames wahrnehmen lässt.

»Ähm …« Ich lasse den Blick über sie alle hinweggleiten, dann deute ich zwischen Xiuying und Qieluo hin und her. »Warum scheint ihr beide einen größeren Geistdruck zu haben als eure Partner?«

Keinerlei Überraschung geht durch die Gruppe von Piloten.

»Ach ja, weiblicher Druck lässt sich viel klarer und deutlicher spüren.« Xiuying zuckt die Schultern und lacht dann. »Es ist irgendwie so ähnlich, wie wir auch eine höhere Schmerztoleranz haben! Bei praktisch allen ebenbürtigen Partien wirkt die Frau, wenn sie über den Geistsinn allein wahrgenommen wird, stärker.«

»Wirklich?« Meine gerunzelte Stirn glättet sich. »Das ist so, ja?«

»Genau. Du und …« Sie wirft schnell einen Blick hin zu Shimin, und ihre Augen verdunkeln sich leicht mit Wasser-Qi. Aber dann zwinkert sie mehrmals heftig, Farbe kriecht in ihre Wangen, und sie konzentriert sich wieder auf mich. »Bei dir ist das ganz genauso!«

»Aber dein tatsächlich gemessener Wert ist geringer als seiner, nicht?« Ich musterte Zhu Yuanzhang, der Shimin mit verschränkten Armen böse anstarrt. Shimins Blick verfinstert sich ein wenig, aber er wendet ihn nicht ab.

»Genau«, antwortet Xiuying. »Ich habe fünftausendeinhundert, und er hat fünftausendachthundert. Aber das ist nur sein stetiger Grundpegel. In der Schlacht kann sein Wert noch erheblich höher steigen.«

Aha. Das erklärt die Sache. Die Armee würde Xiuying niemals mit ihm zusammen eine Chrysalis steuern lassen, wenn ihr Geistdruck seinen übertreffen könnte.

»Nun gut, Schluss mit dem verlegenen Geplauder.« Qieluo streckt mir abweisend die emporgehobene Hand entgegen. In ihrer mit Fangzähnen geschmückten Tigerkrone spiegelt sich blendend grell das Licht der Sonne. »Lass mich etwas klarstellen: Ich komme nur mit auf diese Reise, weil ich mir niemals eine Gelegenheit entgehen lasse, Chang'an zu besuchen. Das hat nichts mit dir und deiner unheimlichen Partnerschaft mit einem echten, verurteilten Mörder zu tun.« Ihre ausgestreckte Handfläche fegt in Shimins Richtung. »Und das meine ich ganz genau so, wie ich es sage.«

Shimin zieht die Brauen noch enger zusammen. Er antwortet mit etwas, was ich nicht mitbekomme.

Aber Qieluo zuckt zusammen. Sie zischt nun ebenfalls etwas Unverständliches, schroff und kehlig.

Ah – sie sprechen ihre Muttersprache. Sie gehören beide zum Stamm der Xianbei.

Zhu Yuanzhang reißt Xiuying unvermittelt hinter sich. »Das reicht!«, brüllt er. »Ich steige nicht mit zwei *Barbaren* in ein Schwebeboot!«

Mir klappt die Kinnlade herunter. Shimin und Qieluo fahren geschockt zusammen. Dann muss ihr Partner, Yang Jian, sie festhalten, als sie Zhu Yuanzhang mit einer Sturzflut von Flüchen überschüttet. Doch dieser stapft lediglich davon. Sein weißer Pilotenmantel flattert hinter ihm im Wind.

»Tut mir leid, tut mir echt leid.« Xiuying wedelt mit den Händen, sichtlich hin und her gerissen, ob sie bleiben und uns alles erklären oder ob sie ihm folgen soll. »Er hat bei einem Überfall der Rongdi seine Familie verloren.«

Ich stoße ein verächtliches Schnauben aus. Egal wie aufgeheizt der Konflikt zwischen den Han und den Rongdi in der Provinz Ming auch sein mag – und das ist er immerhin so sehr, dass in den dortigen Tempeln die Mönche mehr in den Kampfkünsten unterwiesen werden als in der Meditation –, das hier ist einfach nur lächerlich.

»Aber in Ming müssen das ja wohl Rongdi vom Stamm der Menggu gewesen sein, nicht?«, werfe ich ein. »Die beiden hier sind Xianbei!«

Xiuying setzt ein schwaches, bemühtes Lächeln auf, um deutlich zu machen, dass dieser Unterschied für ihn keine Rolle spielt. Sie entschuldigt sich, läuft dann hinter Zhu Yuanzhang her und ruft seinen Namen. Zu sehen, wie schnell sie mit ihren nicht abgebundenen Füßen rennen kann, macht mich ganz neidisch.

Mit einem Grunzen löst sich Qieluo wieder aus Yang Jians Griff und zupft ihre Pilotenuniform zurecht. Shimin starrt Zhu Yuanzhang nach und wirkt noch verlorener als sonst.

Völlig unerwartet tätschelt Qieluo Shimin am Ellbogen.

»Kopf hoch, *Khan*«, murmelt sie. Ihre Stimme ist nun leiser und milder als zuvor.

Shimins Gesicht leuchtet vor Überraschung auf.

Bevor er zu einer Antwort fähig ist, hat sie Yang Jian bereits untergehakt und stapft mit ihm zum Schwebeboot hinüber.

»*Khan?*« Ich blinzele Shimin verwundert an.

Er gibt ein leises Schnauben von sich. »Das bedeutet König.«

Ich lasse die Armlehnen meines Rollstuhls los. Mir ist gar nicht bewusst gewesen, dass ich sie so fest umklammert habe.

Nun gut. Ich habe keine Ahnung, ob das zu bedeuten hat,

dass Qieluo uns gegenüber von nun an weniger feindselig sein wird, aber was auch immer geschieht, uns steht ohne Frage eine wahrhaft absonderliche Reise bevor. Denn bevor wir nach Chang'an fliegen, müssen wir erst einen Umweg machen. Wir haben heute noch einen weiteren Fototermin, anberaumt für den späteren Abend, weil das Licht der untergehenden Sonne so schön, so blutig rot ist.

Ein Fototermin auf den Reisterrassen meiner Heimat.

## KAPITEL 35

# EINE HÖLLENQUAL GESTEIGERTEN GRADES

Sollte meine Familie in dem Monat seit meiner Abreise versucht haben, sich mit mir in Verbindung zu setzen, so hat mich die Armee es jedenfalls nicht wissen lassen. Wahrscheinlich als Strafe für mich, im Glauben, ich würde mich deshalb sorgen.

In Wirklichkeit ist es mir ziemlich gut gelungen, allein schon ihre bloße Existenz tief in meinen Hinterkopf zu verbannen. Die einzige Neuigkeit von ihnen, die mich erreicht hat, stammt von Yizhi. Er hat mir mitgeteilt, er habe ihnen die Wahrheit über uns beide gesagt – dass wir uns im Wald getroffen hätten, ohne aber jemals etwas Ungehöriges zu tun. Außerdem habe er angeboten, meinem Bruder in der nächstgelegenen größeren Stadt eine Lehre in einer Werkstatt zur Reparatur elektrischer Geräte zu finanzieren, unter der Bedingung, dass sie nie wieder über unsere Beziehung sprechen, nicht einmal mir gegenüber. Ich bin ihm dankbar für seine kluge Vorausschau. Auch wenn ich sofort all die Fragen sehe, die in den Augen meiner Familie brennen, als wir auf der Strickleiter des Schwebeboots hinuntergelassen werden, ist zumindest dieses eine Thema strengstens verboten.

Was indes nicht verhindert, dass unser Wiedersehen zu einer absoluten Katastrophe wird.

Während das Produktionsteam loszieht, um in den Terrassen einen guten Platz für die Fotoaufnahmen auszukundschaften, und die anderen Piloten von meinen promibegeisterten Nachbarn umlagert werden, nimmt meine Familie mich beiseite und zieht mich ins Zimmer meiner Großeltern.

Mein Vater verschwendet keine Zeit und brüllt mir auf der Stelle entgegen, was sie während des letzten Monats alles hätten durchmachen müssen: Wegen meiner »Ermordung« Yang Guangs hätten sie vonseiten der anderen Dorfbewohner die absolute Folter erlebt. Alle hätten sowohl hinter ihren Rücken darüber geredet als auch ihnen alle möglichen Beschuldigungen direkt ins Gesicht geschleudert. Man habe ihnen Unrat vors Haus gekippt und »Männermörderin« auf unsere Hauswände geschrieben. Er verlangt zu erfahren, wie viel ich durch meine Medientätigkeit verdiene und warum ich ihnen keine einzige Nachricht habe zukommen und nicht den geringsten Versuch unternommen habe, sie aus diesem elenden Dorf herauszuholen.

Als ich stammele, dass meine Einkünfte alle dazu verwendet werden, die Gegenoffensive zur Wiedereroberung von Zhou zu ermöglichen, explodiert er regelrecht vor rasendem Zorn.

»Wir haben dich zur Welt gebracht und dich großgezogen, dir Kleidung und zu essen gegeben, und so zeigst du dich dafür erkenntlich?« Seine Stimme lässt die schmutzstarrenden Wände erzittern. »Indem du dich weigerst, deine eigene Familie aus einer Höllenqual gesteigerten Grades herauszuholen, für die niemand anderes als du selbst verantwortlich bist? Aber du bist eben schon immer ein undankbares Balg gewesen, nicht wahr? Ich wette, du würdest es ganz wunderbar finden, wenn wir hier in diesem Elendsquartier an der Grenze verfaulen würden! Wenn wir die Ersten wären, die zerquetscht werden, sobald die Hunduns eine Bresche in die Mauer schlagen!«

Heftiges Zittern überkommt mich. Ich weiß, was passieren wird – das, was *immer* passiert ist –, wenn ich mich nicht beeile, ihm die Lüge zu präsentieren, die er hören will.

Aber warum sollte ich das tun? Er hat ja nicht unrecht.

*»Ja klar, na und?«* Ich hebe drohend den Arm.

Das Gesicht meines Vaters verfärbt sich leuchtend rot, aber er erstarrt ruckartig, als nun Qi durch meine Meridiane strömt. Silbrig weiß fließt es durch meine Rüstung und dringt kalt in meine Augen, meine Haut. Meine übrigen Familienmitglieder taumeln zurück, und ihre Augen weiten sich in dem Licht, das von mir ausgeht.

»Tut doch nicht so, als hätte irgendeiner von euch in mir je etwas anderes als ein Werkzeug gesehen!«, fahre ich fort. »Ihr habt alle nicht das geringste Problem damit gehabt, mich als Konkubine an Yang Guang zu verhökern, der Große Schwester übrigens tatsächlich ermordet hat. Ich bin über eine geistige Verbindung mit ihm vereint gewesen – das hat mir den Beweis erbracht! Nichts von alledem wäre je passiert, wenn ihr uns einfach geliebt und wertgeschätzt hättet. So müsst ihr jetzt eben mit den Konsequenzen leben!«

Meine Mutter schlägt sich beide Hände vor den Mund. Unterdrücktes Schluchzen schüttelt sie; selbst beim Weinen hat sie Angst, allzu großen Lärm zu machen. Im Schein der schräg durch das staubige Fenster einfallenden Sonnenstrahlen werden ihre Augen feucht. Genau dort hat vor einem Monat Yizhi gestanden, als ich ihn verlassen habe, diese Familie verlassen habe.

Der Anblick zerreißt mir das Herz, aber ich habe hier alles gesagt.

Ich wirbele in meinem Rollstuhl herum und verlasse eilends das Haus.

Ich rolle auf den Hinterhof, indem ich hinter mir die Flügel meiner Rüstung bewege. In der Nähe des Schweinestalls bleibe ich stehen. Unser Schwein grunzt und wälzt sich im Dreck. Möge der Geruch mich nicht weiter behelligen, bis meine Truppe bereit ist, mit den Aufnahmen anzufangen.

Es dauert jedoch nicht lange, und hinter mir werden schlurfende Schritte laut.

Zuerst klingt es nach den Schritten eines Mannes, was mich nervös macht, aber zu meiner Überraschung ist es Xiuying. Ich blicke suchend hinter sie. Zhu Yuanzhang, der es in der Tat vorgezogen hat, das Transport-Schwebeboot für die Ausrüstung zu nehmen, um nicht zusammen mit Qieluo und Shimin fliegen zu müssen, ist nicht bei ihr.

»He.« Sie beugt sich mit einem sanften Ausdruck in den Augen zu mir herab. »Ich bin kurz im Haus gewesen, um eure Latrine aufzusuchen, und deine Mutter hat mich gebeten, dir das hier zu geben.«

Sie hält mir eine Puppe hin. Eine Kindersegenspuppe von der Art, die Mütter in unserem Teil der Berge für ihre jungfräulichen Töchter anfertigen, bevor sie sie verheiraten. Sie wird aus der Babydecke der Tochter genäht und mit Erde aus dem Garten ihrer Familie gefüllt. Segnungen für die Mutterschaft.

Xiuying drückt sie mir in die Hand. »Sie sagt, sie wisse nicht genau, wie eine Pilotenhochzeit funktioniert, aber sie hoffe, du würdest bald eigene Kinder bekommen.«

Ich starre das ausgebleichte, aufgedunsene Stück Stoff an, das mich als Säugling einst gewärmt hat, betrachte das ungelenk mit der Hand aufgenähte schiefe Grinsen aus Zwirn.

Es ist alles so falsch. Eine Schwangerschaft ist das Letzte, was ich mir wünsche. Meine Mutter versteht das nicht. Sie versteht *mich* nicht.

Doch hinter meinen Augen löst sich ein heißer Druck.

Mein Gesichtsfeld erzittert und verschwimmt. Ich umklammere die Puppe und zwinge energisch meine aufsteigenden Tränen zurück, damit sie mir nicht das Make-up verschmieren und ein für alle sichtbares Zeichen meiner Gemütsbewegung hinterlassen.

Ich stoße einen Seufzer aus, der Gleichgültigkeit vortäuschen soll. »Warum hat sie ausgerechnet dich damit beauftragt?«

»Ich glaube, sie hat ein wenig Angst vor dir.«

Meine Brust schnürt sich zusammen, wie zwischen zwei schweren Gewichten zusammengepresst.

Xiuying beißt sich auf die Lippen und blickt erst einmal zu Boden, ehe sie mir in die Augen schaut. »Hör mal, ich habe vorhin mitgehört, was zwischen euch vorgefallen ist. Ich an deiner Stelle würde meine Familie nach Chang'an übersiedeln lassen.«

»Warum?«, blaffe ich, wenngleich meine Stimme zittert. »Sie haben es nicht verdient.«

»Es stimmt jedoch, dass sie hier mit Sicherheit leiden. Auch ungeachtet der Art und Weise, wie die anderen Dorfbewohner sie deinetwegen behandelt haben – verdient es denn überhaupt irgendjemand, an der Grenze zu leben?« Xiuying macht eine Handbewegung in Richtung des Umlands. »Was denkst denn du, woher das Unglück deiner Familie kommt, Zetian? Meinst du nicht, dass sie andere Menschen werden würden, wenn du sie von hier fortholen könntest und ihnen all das Essen und die Sicherheit geben würdest, die sie in ihrem Leben immer haben entbehren müssen?«

»Ihnen Zugeständnisse zu machen, würde alles nur noch verschlimmern.« Ich kralle die Finger in die Kindersegenspuppe. Ihr aufgesticktes Lächeln wölbt sich mir verzerrt entgegen. »Jedes Entgegenkommen hat alles immer nur schlimmer gemacht. Meine Mutter und meine Großmutter haben um des lieben Friedens willen meinem Vater und meinem Großvater ihr ganzes Leben lang alle möglichen Zugeständnisse gemacht. Die beiden haben sich dadurch nicht im Mindesten verändert. *Man kann niemanden durch Zugeständnisse dazu bringen, einen zu lieben oder zu respektieren.*«

»Aber das Ganze hat in erster Linie deshalb nicht funktioniert, weil sie nie an die Wurzel des Problems vorgedrungen sind. Du kennst doch das Sprichwort: ›Karge Berge und schmutziges Wasser machen schlechte Menschen.‹«

»Das ist keine Entschuldigung! Es gibt jede Menge Familien hier, die nicht deshalb funktionieren, weil man sich gegenseitig wehtut!«

»Aber das hier ist die einzig echte Familie, die du je haben wirst.« Ein trauriger Schimmer glänzt in Xiuyings Augen. »Willst du sie wirklich einfach aufgeben, ohne eine so große Chance zu nutzen, ihnen dabei zu helfen, sich zu verändern?«

Ich schüttele den Kopf, umfasse mit den Fingerspitzen mein Gesicht und bin dabei sorgfältig darauf bedacht, nicht meine Schminke zu verschmieren. Wie peinlich, in Hörweite einer Pilotin wie Xiuying mit meiner Familie gestritten zu haben. Insgeheim verfluche ich Gao Qiu dafür, dass er so geizig war, sie dazu zu zwingen, diese Reise mit uns gemeinsam zu unternehmen, statt ihnen eigene Schwebeboote zu schicken. Ich nehme an, die Angst vor Qi-Entladungen ist das Einzige, was meinen Vater daran hindert, jetzt aus dem Haus gestürmt zu kommen und die Angelegenheit nur noch hässlicher werden zu lassen. Allen Himmeln sei Dank, dass ich meine Rüstung trage ...

Ein eisiger Schauder überläuft mich. Meine Aufmerksamkeit geht zurück zum Haus.

Welches Leid und Elend wird mein Vater erst entfesseln, sobald wir fort sind?

»Meine Mutter und meine Großmutter ...«, stoße ich hervor und setze meinen Rollstuhl in Bewegung. »Sie müssen unbedingt mit uns kommen. Sonst wird mein Vater seine ganze Wut an ihnen auslassen, sobald wir wieder weg sind.«

Xiuying wirbelt zusammen mit mir herum, und ihr Haarknoten baumelt über ihrer Pilotenkrone hin und her. »Glaubst du denn wirklich, dass sie allein fortgehen würden?«

Ich zögere, stelle mir vor, wie dieses Gespräch ablaufen würde.

*Ich kann nicht einfach von hier weggehen.*

*Dies ist mein Zuhause. Meine Familie.*

*Er ist mein Mann.*

Ich knete die Segenspuppe auf meinem Schoß. Das hier ist alles, was sie je gekannt haben. Den Mann heiraten, den man für sie ausgewählt hat, ihm gehorchen, ihm seine Kinder gebären und sie großziehen. Ein Leben lang wurde ihnen jedes unabhängige Selbstwertgefühl aus dem Leib gehämmert, bis sie nur noch mit einem Mann an ihrer Seite Form und Gestalt annehmen können. Sie würden sich nicht von ihm lösen können, ohne in sich zu zerfallen und zugrunde zu gehen.

Ich werde ihnen das alles nicht ausreden können. Das weiß ich schon daher, weil Yizhi schließlich nicht einmal *mich* dazu überreden konnte, von hier fortzugehen.

Auch ich habe nie geglaubt, dass so etwas funktionieren würde. Mein Gehirn war gar nicht in der Lage, mir ein anderes Leben als dieses hier vorzustellen. Auf einer tief instinktiven Ebene hatte ich Angst, dass die Veränderungen alles noch schlimmer machen und mich in einen noch tieferen Abgrund der Höllenqual stürzen würden, und dem Klammergriff dieses Gefühls habe ich mich nicht zu entziehen vermocht. Es gab einfach nicht genug gesichertes Wissen in meinem Kopf, keinen Halt gebenden Rahmen, um mir beim Gedanken, alles loszulassen, irgendein Gefühl von Sicherheit zu schenken.

Ich habe ihm aus Angst einen Korb gegeben, und er hat mich deshalb nie schwach genannt.

Xiuying geht vor meinem Rollstuhl in die Hocke und spricht in gedämpftem Tonfall weiter. »Es stimmt schon, dass es dort draußen ein paar unverbesserliche Menschen gibt, deren Herzen aus einem anderen Material geschnitzt sind als die von uns übrigen. Aber die meisten sind aufgrund von Umständen, die sich ihrer Kontrolle entziehen, so geworden, wie sie sind. Sogar jene, die andere regelmäßig verletzen oder die *getötet* haben.«

Ein stechender Schmerz fährt mir durchs Herz. Ich wende den Blick vom Haus ab und versuche, die Bilder von Shimins Leiden aus meinem Kopf zu verbannen.

Xiuying fährt fort, mich durchdringend anzusehen. »Manche Menschen haben die unglückselige Lektion gelernt, dass sie ihren eigenen Schmerz lindern können, wenn sie anderen Schmerzen zufügen. Aber vielleicht hat man ihnen ja niemals wahrhaft etwas anderes beigebracht. Vielleicht können sie sich ändern, wenn man ihnen die Möglichkeit dazu gibt. Ein wenig Mitgefühl kann viel bewirken.«

»Ja. Vielleicht.«

Ich sehe unserem Schwein dabei zu, wie es durch den Stall watet. Es muss davon ausgehen, dass die Welt aus nichts anderem als aus Schlamm und Dreck besteht, da es nie seinen Pferch verlassen hat.

»Entschuldige, ich mische mich mal wieder neugierig in alles ein, was mich nichts angeht, hm?« Xiuying steht auf und kratzt sich am Kopf.

»Nein, nein, schon in Ordnung.« Ich winke lächelnd ab.

»Schön.« Sie lacht, aber ihre Augen bleiben glänzend, ihr

Blick aufrichtig. »Ich wollte einfach nur nicht dabei zusehen, wie eine Familie zerstört wird, solange noch die Aussicht auf Versöhnung besteht. Eine Familie ist es wert, dass man dafür kämpft.«

»Das hoffe ich doch.« Ich fahre mit dem Finger über das schiefe Lächeln meiner Kindersegenspuppe.

Ich habe meine Familie einmal im Geiste ganz aufgegeben, als ich beschlossen habe, Yang Guang umzubringen, aber jetzt liegen die Dinge anders. Es wäre wohl ein Leichtes, Gao Qiu zu überreden, meine Familie für eine Weile auf seinem Anwesen wohnen zu lassen. Dort ist jede Menge Platz, und es würde ihm gefallen, womöglich ein neues Druckmittel zu haben, um seine Macht über mich zu vergrößern.

Würde ich meine Familie jetzt einfach so, mit nichts in der Hand, zurücklassen, würde ich aus bloßer Engstirnigkeit meine Mutter und meine Großmutter dem Verhängnis übereignen.

Vielleicht bin ich dazu als Mensch nicht schlecht genug. Vielleicht weiß ich nicht alles, was ich zu wissen glaube.

Jeder lebt in einer anderen Welt. So oft treffen Menschen Entscheidungen, die sie eigentlich nicht treffen wollen. Ein bloßes »Hau ab!« oder ein »Hör einfach mit dem Trinken auf« reichen nicht aus.

Ich habe Shimin ungeheuer unrecht getan. Vielleicht könnte auch meine Familie mich überraschen, wenn sie nicht mehr unter den Entbehrungen eines harten Lebens zu leiden hätte.

Große Schwester ist für diese Familie gestorben. Sie würde nicht wollen, dass ich sie alle aufgebe.

»Du bist übrigens ein absolut hoffnungsloser Fall«, höhnt Qieluo später am Abend auf den dunklen Fluren von Gaos Anwesen, nachdem wir in Chang'an gelandet sind.

»Hm?« Ich stoppe meinen Rollstuhl in einem weich schimmernden Lichtkranz aus Laternenschein. Mein Haar, noch klatschnass von der intensiven Wäsche, mit der mir die Dienerinnen die Schminke abgespült haben, durchnässt das Handtuch um meinen Hals.

Sie lehnt sich an die Wand, die mit abstrakten Darstellungen von Wolken und Drachen bemalt ist. »Ich habe mit angehört, wie deine Familie mit dir spricht. Und wie du dann eingeknickt bist.«

Oh nein, sie nicht auch noch.

»Ähm …« Der Laut dringt lang gezogen aus meinem Mund, und ich bin außerstande, noch etwas anderes hervorzubringen.

Sie verschränkt die Arme vor der Brust. Laternenlicht fällt über die eine Hälfte ihres Gesichts und lässt die andere Hälfte im Schatten. »Du solltest nie jemandem so leicht deine Vergebung zuteilwerden lassen.«

Mir entringt sich ein trockenes Lachen. »Ach ja? Wenn das wahr ist, warum reißen wir uns dann jetzt nicht gegenseitig die Haut vom Gesicht?«

»Dass wir beide hier miteinander reden, bedeutet mitnichten, dass die eine der anderen vergeben hätte.« Qieluos tief liegende Augen blicken mich an, als wollten sie mich durchbohren. »Es handelt sich lediglich um eine gegenseitige Duldung aus Gründen der Bequemlichkeit. Versuch ja nicht, mir einen Dolch in den Rücken zu jagen, wenn ich nicht hinschaue, und ich werde dich nicht dafür zahlen lassen, dass du versucht hast, meinen Wachturm zu zerstören. Kapiert?«

Ich verspüre eine reflexhafte Zorneswallung angesichts ihrer Selbstgerechtigkeit, doch dann weht mir durch die klimatisierte Luft ein Hauch von Angst entgegen. Ihr ist bewusst, dass das, was sie mir in den Duschen angetan hat, einen Dolchstoß aus Rache wert ist. Sie sollte über den Zwischenfall mit dem Wachturm eigentlich außer sich vor Zorn sein, dennoch verzichtet sie darauf, Maßnahmen gegen mich zu ergreifen.

Sie spürt, dass sie mich nicht mehr nach Gutdünken gängeln kann.

»Also gut.« Ich schaue mit einem leicht anzüglichen Grinsen zu ihr auf. »Kompromiss angenommen.«

Sie verdreht die Augen, um dann fortzufahren: »Deine Familie hat jedoch etwas von dir gewollt, was sie sich mit rein gar nichts verdient hat. Und du hast es ihnen einfach gegeben.«

Ihre Worte treffen einen wunden Punkt, aber ich lasse mir nichts anmerken und antworte in gelassenem Tonfall: »Wie auch immer. Ich habe Gao Qiu einfach nur eine Nachricht zukommen lassen müssen. Mein ganzer Aufwand hat sich wortwörtlich darauf beschränkt, ein paar Tasten zu betätigen.«

»Genauso haben sie dich drangekriegt. Beschuldigen dich, nichts als ein selbstsüchtiger Bösewicht zu sein, wenn du ihnen nicht gefälligst *diese eine Sache* zukommen lässt, *nur diese eine Sache*. Das ist völliger Schwachsinn. Hör mir zu: Nur weil du dazu in der Lage bist, irgendetwas für irgendjemanden zu tun, bedeutet das noch lange nicht, dass du dazu verpflichtet bist, vor allem wenn diese Leute es dir dann nicht mal danken.«

»Warum hört es sich nur so an, als würdest du von dir auf andere schließen – also auf mich?«

»Weil ich es tue. Was denn sonst?«

Nun gut. Zumindest ist sie ehrlich.

»Sagen wir einfach, ich habe Unmengen von Verwandten, die sich plötzlich für mich erwärmten, nachdem ich reich und berühmt geworden war«, fährt sie fort. »Ich gebe zu, es war schön, bei allen möglichen Familienzusammenkünften mit Lob und Anerkennung überhäuft zu werden und meine Geschwister, Cousins und Cousinen in den Schatten zu stellen. Als dann irgendwelche Tanten oder Onkel die Miete nicht aufbringen konnten oder von Schuldeneintreibern gejagt wurden oder ›nur‹ ein paar zusätzliche Tausend Yuan brauchten, um ihr Kind auf eine bessere Schule schicken zu können ... Nun ja, es ist schließlich ganz normal, sich um seine Familienmitglieder zu kümmern, nicht? Und so habe ich das eben getan. Aber bevor ich wusste, wie mir geschah, habe ich mindestens vier Häuser für arbeitslose Menschen finanziert, drei Jungen teure Schulen bezahlt, die ihnen nicht das Geringste bedeutet und auf denen sie katastrophale Noten bekommen haben, sowie fünf spielsüchtige Männer unterstützt. Das waren die Schlimmsten. Sie haben immer geschworen, diesmal würden ihnen die Schuldeneintreiber *wirklich und buchstäblich* die Finger abschneiden, und sie würden niemals wieder spielen. Aber was haben sie dann getan? Gespielt. Wieder.«

»Auweia, Mannomann.«

»Genau. Ich habe gut anderthalb Jahre gebraucht, um zu begreifen, dass man es den meisten Menschen selbst überlassen sollte, ihre Probleme zu lösen.« Qieluo lehnt den Kopf an die Wand. »Und rate mal, was sie getan haben, als ich ihnen endlich den Laufpass gegeben habe? Sie haben mich mit den übelsten Ausdrücken beschimpft. Haben alle möglichen Gerüchte über mich ausgestreut. Oft waren es gerade diejenigen, denen ich am meisten gegeben hatte, die am Ende den geringsten Respekt vor mir gehabt haben. Also ist es mir inzwischen herzlich egal, wie viele Finger meine Onkel verloren haben. Sie hätten eben damit aufhören sollen, ihre Hände selbst unter dieses verdammte Hackbeil zu legen.«

Ich hole tief Luft, dann stoße ich durch die Nase einen

Seufzer aus. »Aber mein Fall ist nicht wie deiner. Bei mir ist es anders.«

»Natürlich. Das ist es immer.«

»Im Ernst! Ich ...«

»Weißt du, es gibt eine Art von Raubtier, das sich als gejagte Beute tarnt. Das ist die gefährlichste Art Mensch für Leute wie uns.«

Ich stutze. Es kommt mir ungelogen so vor, als würde das Handtuch um meinen Hals plötzlich kälter. »Leute wie uns?«

»Leute, die sich weigern, klein beizugeben, egal wie viele harte Schläge und böse laute Worte sie auch einstecken müssen, die aber ganz weich werden und nachgeben, sobald jemand uns freundlich berührt oder mit sanfter Stimme zu uns spricht.«

Meine Seele bebt in meinem Leib, als wäre ich soeben mitten auf dem Flur nackt ausgezogen worden.

»Du hättest deinen eigenen Rat beherzigen sollen.« Sie sieht mich durchdringend an. »Niemals um des lieben Friedens willen Zugeständnisse zu machen. Keiner ist je dafür geachtet worden, dass er Zugeständnisse gemacht hat. Du hast sie mit alledem lediglich wissen lassen, dass es keine Konsequenzen hat, wenn sie dich wie Abschaum behandeln.«

Meine Hände krampfen sich wiederholt um die Armlehnen meines Rollstuhls. »Warum kümmert dich das überhaupt?«

»Die Männer dieser Welt, die ungestraft Arschlöcher sein können, werden von Frauen unterstützt, die allzu leicht verzeihen. Und von nichts würde ich die Welt lieber befreien als von Leuten, die es sich herausnehmen können, Arschlöcher zu sein. Von den Hunduns einmal abgesehen.«

»Nun ja, genau das versuche ich ja – meine Familie von Arschlöchern zu befreien. Es ist nur so, dass die unschuldigere Hälfte meiner Familie einen kräftigeren Schubs braucht, um sich loszureißen.«

»Wenn du es sagst, meinetwegen. Aber merk dir meine Worte. Eines Tages wird sich deine Entscheidung an dir rächen.«

Ich will ihr erneut widersprechen, aber Qieluo ist schon davonmarschiert, bevor ich auch nur ein weiteres Wort herausbringen kann.

## KAPITEL 36

# DIE KRONE

Am Morgen meiner Paarkrönung erwache ich vor Sonnenaufgang und löse mich nach und nach aus Yizhis Wärme.

Es ist seltsam, das in dem Wissen zu tun, dass ich nun von ihm fortgehe, um mit einem anderen einen Bund fürs Leben zu schließen. Ich habe nicht vor, unsere Beziehung zu beenden, auch nicht, wenn wir zur Großen Mauer zurückkehren, doch ich küsse ihn mit einer Dringlichkeit, als wäre es das letzte Mal, und lasse die Hände über seine tätowierte Haut wandern, die mir inzwischen so sehr zu einem gewohnten Anblick geworden ist.

Ich bin spät dran, als ich die Ankleideräume erreiche.

Dort finde ich meine Mutter vor. Wie erwartet, hat Gao Qiu meine Familie nur zu gerne herfliegen lassen. Ein wenig allzu gerne, aber an wen sonst hätte ich mich wenden sollen?

Nachdem mir das Produktionsteam beim Waschen geholfen hat, besteht meine Mutter darauf, mich vor ein offenes Fenster zu setzen und mich vor der Hochzeit zeremoniell zu kämmen, denn sie glaubt noch immer, es sei eine Hochzeit. Ich muss unwillkürlich lächeln, als sie von all den wunderbaren Dingen schwärmt, die sie in nur zwei Tagen in der Stadt gesehen und erlebt hat.

Doch in allererster Linie ist sie überglücklich über meine

»Hochzeit«. Zum letzten Mal habe ich sie so glücklich gesehen, als ... nein, eigentlich habe ich sie noch überhaupt nie so glücklich gesehen. Ich weiß nicht, ob es eher traurig oder einfach entsetzlich ist, dass sie selbst von der Ehe zerschmettert und zerstört wurde und jetzt trotzdem außer sich vor Freude ist, dabei zuzusehen, wie derselbe Hammer auf mich herabdonnert.

Während mir meine Mutter mehrmals einen Sandelholzkamm durchs Haar zieht, ein Segen für ein langes Leben und eine lange Ehe, kollidieren in meinem Kopf die einander widersprechenden Ratschläge von Xiuying und Qieluo. Aber wenn ich mir vor Augen führe, was für Menschen sie beide sind, wird mir eines klar: Ich will nicht verbittert und seelisch gebrochen sein wie Qieluo. Ich will zumindest halbwegs glücklich sein, so wie Xiuying.

Und ich will, dass meine Mutter und meine Großmutter ebenfalls ein wenig Glück im Leben finden.

Was ihnen den Weg zum Glück versperrt, ist, dass sie glauben, die einzige Möglichkeit, als Frau ein bedeutungsvolles Leben führen zu können, bestünde darin, eine Familie zu gründen und Kinder großzuziehen. Ich werde es ihnen zeigen; ich werde ihnen beweisen, dass das nicht stimmt. Wir können für mehr leben. Wir können für Gerechtigkeit leben. Für Veränderung. Für Rache. Macht.

Die Krönungsfeier selbst findet im Bankettsaal des luxuriösesten Hotels in Chang'an statt: des Goldenen Lotos. Es ist keine Überraschung, dass es Gao Qiu gehört.

Das moralisch Zweifelhafte, das damit verbunden ist, zwei Mörder derart verschwenderisch zu feiern, umgeht er haarscharf dadurch, dass er aus dem Ganzen eine Benefizveranstaltung für die Armee macht. Plätze wurden zugunsten der Kriegsanstrengungen versteigert. Chefstratege Zhuge Liang persönlich ist von der Großen Mauer hergeflogen gekommen, um die Krönung zu vollziehen. Ich habe die Oberste Heeresleitung dazu überredet, Shimin verspätet den Titel »König der Piloten« zu verleihen, ein Titel, der ihm über die vergangenen zwei Jahre hinweg vorenthalten worden ist. Es ist der perfekte Vorwand dafür, ihm endlich eine Pilotenkrone zu geben. Er muss auf die Geldpreise verzichten, die für die Familie des Gewinners bestimmt sind, aber wir werden Gao Qiu durch die Liveübertragungen von der Zeremonie ohnehin viel mehr Geld einbringen.

Während der Eröffnungsansprache von Chefstratege Zhuge, in der er Macht und Möglichkeiten von Shimin und mir thematisiert, steht Shimin hinter dem Vorhang einer Nebenbühne, bereit, als Erster dem Publikum enthüllt zu werden. Yizhi, Sima Yi und ich warten in den schwach beleuchteten Kulissen. In meinem aufwendigen Krönungsstaat schaffe ich es nur mit Mühe, mich auf einen Stuhl zu setzen und dabei die ganze Zeit meinen schweren Umhang zu umklammern, unter dem alles verborgen bleiben muss, bis der Zeitpunkt gekommen ist, es der Welt zu enthüllen. Yizhi trägt die Krone auf einem goldbestickten Kissen, ein Stück roter Seide darübergebreitet. Und Sima Yi ... Sima Yi wollte einfach mit dabei sein.

Als sich die Vorhänge öffnen und honiggoldenes Licht Shimin überflutet, steigt tosender Jubel von den Reichsten der Reichen in Huaxia auf. In ihren teuren, maßgeschneiderten Gewändern erheben sie sich an den achtundachtzig Tischen, die über den Bankettsaal aus glänzendem Marmor verteilt sind. Jeder Teller ist von roten Tischläufern und Papierfächern umgeben; das Ganze sieht aus wie ein Blutbad aus herabgefallenem Herbstlaub. Es ist ein merklich herzlicherer Empfang als der, den man uns bei unserer Ankunft in Chang'an bereitet hat. Wir mögen immer noch reichlich umstritten sein, aber jetzt sind wir Stars. Diese Leute kümmern sich herzlich wenig um Yang Guang oder um Shimins ermordete Familie; ihnen geht es vielmehr darum, ewig damit prahlen zu können, bei dieser Veranstaltung einen Platz ergattert zu haben.

Was die Zuschauer zu Hause in ihren Wohnungen betrifft ... Nun ja, selbst wenn sie sich das hier nur ansehen, um uns auch weiterhin zu hassen, treiben sie damit trotzdem unseren Profit in die Höhe.

Der Applaus übertönt das Klirren von Shimins Rüstung, als er vor Chefstratege Zhuge tritt. Eine durchschimmernde, goldbestäubte rote Schärpe schlingt sich um seinen Hals, um dreist das Halsband zu verbergen, das ihm die Armee angezogen hat, und hängt hinten zwischen seinen beiden Flügeln herunter. Zwei weitere Schärpen wallen von den geplusterten Metallfedern seiner Schulterschoner herab und streichen über die polierte Bühne.

»Li Shimin«, ergreift Chefstratege Zhuge das Wort. »Für Eure unvergleichlichen Beiträge zu den Kriegsanstrengungen wird Euch die Befreiungsarmee der Menschheit nun als König der Piloten der Jahre 219 und 220 des vereinigten Huaxia anerkennen!«

Yizhi und ich wechseln ein kurzes Lächeln. Yizhi schreitet mit der Krone auf dem Kissen ins Licht, was eine weitere Welle von Gejohle und Applaus aufbranden lässt. Während er über die Bühne geht, zieht er das rote Seidentuch weg, das über die Krone gebreitet ist. Ein leises Raunen läuft durch das Publikum. Es ist enttäuscht, alles andere als begeistert. Zwei Wochen Aufregung und Medienrummel nur für ein ganz normales doppeltes Diadem mit ein paar Federn an der Vorderseite?

Ich muss unwillkürlich grinsen.

*Ihr werdet schon noch sehen.*

Wie abgesprochen zieht Shimin ein gekränktes Gesicht und hebt einen gepanzerten Zeigefinger. Yizhi bleibt so abrupt stehen, dass er fast gestolpert wäre.

Während Shimin in gespielter Entrüstung auf die Krone hinunterblickt, berührt er sie mit dem Zeigefinger. Er schließt seine mit Kajalstift umrandeten Augen. Rotes Qi schießt aus dem Rückenmarksband seiner Rüstung und in die Krone hinein.

Die Federn erwachen flatternd zum Leben.

Geistmetall aus Shimins Rüstung strömt in Gestalt neuer Federn in die Krone hinein, treibt sie hinaus, als wäre da ein unsichtbares Förderband. Flügel zucken und schießen aus der Krone hervor, spreizen sich, als schüttelte ein Vogel sein regennasses Gefieder aus. Den Bankettgästen verschlägt es vor Begeisterung die Sprache.

Mit jedem Flügelschlag werden diese Schwingen größer und breiter, vier Stück an den Seiten der Krone, gigantisch und monumental, Flügel, wie sie nur ein Pilot der Königsklasse zu handhaben vermag. Die Doppeldiademe verwandeln sich in ein gewundenes Flammenmuster. Dornenartige dunkelrote Spitzen springen zwischen den Flügeln wie Kristalle aus der Krone.

Das Publikum ist restlos begeistert. Allen bleibt die Spucke weg, während sie wie gebannt hinschauen. Ein bereits berauschter Yang Jian an einem Tisch voller berühmter Piloten schnippt wild mit den Fingern und brüllt dabei laut *Jaaaaa!* Qieluo wirft ihm vom übernächsten Platz aus einen strengen Blick zu, aber das hält ihn nicht auf.

Chefstratege Zhuge greift nach der Krone, und seine Finger spannen sich unter ihrem Gewicht an. Geistmetall ist schwerer als Blei, wenn man nicht damit verbunden ist.

»Willkommen in der Ruhmeshalle, mein König.« Mit einem Lächeln im Gesicht setzt er Shimin die Krone auf den Kopf.

Shimin muss sich dazu ziemlich tief herunterbeugen. Als er sich wieder aufrichtet und die Augen öffnet, leuchtet er nicht nur vor Feuer-Qi, sondern auch sein zweitrangiges Erd-Qi strahlt auf. Meridiane überziehen seine Haut und sein Gesicht wie Ströme aus Lava und Gold. In seinen Iriden glänzen beide Farben, ein Ring aus gleißendem Gelb um einen Ring aus bedrohlich loderndem Rot herum. Ein leuchtender Qi-Schwall wirbelt durch seine Rüstung, und seine Krone lässt beides aussehen wie lebendiges Feuer.

Endlich wirkt er komplett. Wie ein richtiger Pilot.

Ich vernehme ein Schniefen neben mir.

Ich reiße Augen und Mund auf. »Stratege Sima. Kann es sein, dass Ihr ... weint?«

Zu meiner Überraschung versucht er es gar nicht abzustreiten.

»Ich weiß noch, wie wir ihn aus diesem Straflager für Schwerverbrecher herausgeholt haben. Es hat sechs Tage gedauert, bis er überhaupt ein Wort herausgebracht hat.« Sima Yi wischt sich mit den Fingerknöcheln über die Augen, dann tätschelt er mir die Schulter. »Wie dem auch sei, jetzt bist du dran.«

Ich gebe ein kleinmütiges Ächzen von mir, als ich mich nun mit seiner Hilfe aus meinem Rollstuhl erhebe. Meine Rüstung gibt mir die nötige Kraft zu stehen, trotz meiner noch immer nicht verheilten Wunde. Vorsichtig schlurfe ich hinter einem weiteren langen Vorhang auf die Bühne. Mein Herzschlag beschleunigt sich, als ich die Bühnenmitte erreiche und unmittelbar hinter der schattenhaften Silhouette von Chefstratege Zhuge stehen bleibe. Er redet gerade darüber, wie ebenbürtige Partien einander helfen können zu wachsen, und bringt so gewissermaßen die Saat aus für eine mögliche Geschichte der Wiedergutmachung und Rehabilitierung für Shimin und mich.

»Nichts bewegt die Menschen tiefer in der Seele als eine

wirklich gute Geschichte von Rettung und Wiedergewinnung der verlorenen Ehre«, hat Gao Qiu vor einigen Tagen zu uns gesagt. »Sobald ihr einmal siegreich zurückgekehrt seid, vorzugsweise nachdem ihr euch bei einem taktischen Schachzug in der entscheidenden Schlacht fast selbst geopfert habt, werden selbst eure schlimmsten Kritiker nicht mehr wissen, ob sie aus moralischer Überlegenheit für sich beanspruchen können, euch weiterhin zu hassen. Die Zwiespältigkeit und Doppelbödigkeit eurer Charaktere werden noch jahrelang Stoff für Gespräche liefern.«

Das Blut hämmert mir so laut in den Ohren, dass ich fast meine Vorstellung verpasst hätte.

»Und jetzt das Mädchen, welches das Unmögliche vollbracht hat – Wu Zetian!«

Die Vorhänge gleiten auseinander. Grelles Licht sticht mir in die Augen. Im letzten Moment beschließe ich, die Lider lieber ganz zu schließen. Erst nach mehreren Sekunden der Jubelrufe öffne ich sie dann doch, provozierend langsam.

Yizhi und Chefstratege Zhuge ziehen sich hinter die Kulissen zurück. Ich trete neben Shimin, ohne ihn anzusehen, und mein schwerer Umhang schleift über die Bühne. Die Festgäste beugen sich auf ihren Sitzen vor und kneifen die Augen zusammen, als würden sie mit Röntgenblick zu erkennen versuchen, was ich darunter trage.

Ich ziehe den Moment bewusst in die Länge und lasse einen kühlen Blick über sie hinweggleiten.

Dann öffne ich meinen Umhang von innen und schleudere ihn mit einer schnellen Bewegung der Flügel meiner Rüstung von mir.

Das Publikum explodiert förmlich vor Begeisterung. Yang Jian vergisst, dass er einen Kelch in der Hand hält, und verschüttet die Hälfte seines Getränks über Qieluo, als er nun die Arme hochreißt.

Ich mag ihn viel lieber als seinen entfernten Cousin, den ich umgebracht habe.

Mein Krönungsstaat ist wirklich nicht besonders raffiniert, aber er ist *imposant*. Hauchdünne rote Seide bauscht sich unter den phönixartigen Schößen meines Rüstungsrocks, so weit und voluminös, dass ich jetzt fast so breit wie groß bin. Ich werde gleich alles zusammendrücken müssen, damit Shimin an meinen Kopf herankommt. Ein Sturm goldener Federn wirbelt aus der roten Gaze unten an meinem Rocksaum. Rubine an Goldschnüren träufeln über meine übrige Rüstung. Die gleichen goldbestäubten Schärpen, wie sie auch Shimin trägt, baumeln von meinen Schulterschonern.

Als ich mich umdrehe und zu ihm aufschaue, versuche ich, unter dem Gewicht meiner kunstvollen Frisur nicht ins Taumeln zu geraten. Ermöglicht wurde diese mächtige Frisur, indem man mein Haar um mehrere Perückenknäuel herumgeschlungen hat. Lange juwelenbesetzte Goldnadeln ragen ringsum daraus hervor wie Sonnenstrahlen. Die Art der Frisur lässt um meine Stirn herum kaum mehr genügend Platz für die Krone.

»Wu Zetian.« Shimin erhebt die Stimme, die von einem versteckten Mikrofon verstärkt durch den Festsaal dringt. Ich kann förmlich spüren, wie alle im Publikum den Atem anhalten, weil sie nun zum ersten Mal seine Stimme wie fernes Donnergrollen hören. »Mögen unsere Herzen im Einklang miteinander schlagen, und möge unsere Chrysalis die Hunduns niederzwingen.«

Behutsam löst er das obere Diadem seiner Krone von seiner Stirn und hebt es hoch. Zwei der vier Flügel lösen sich mit ihm.

Ich verliere fast die Fassung, als mir sein gequälter Blick

begegnet. Er muss der erste und einzige Pilot sein, der eine ebenbürtige Partnerin krönt, die nicht ihm gehört.

Andererseits *gehöre* ich überhaupt niemandem und werde es auch nie tun.

Ich schaue an ihm vorbei zu Yizhi, der in den Schatten der Kulissen steht. Er lächelt und hält einen Daumen hoch.

Langsam atme ich durch die Nase aus und senke den Kopf.

Shimins Stimme zittert nur ein ganz klein wenig, als er fortfährt: »Unter der Zeugenschaft von Himmel und Erde sowie unserer Vorfahren erkläre ich dich hiermit zu meiner einen wahren, ebenbürtigen Partnerin.«

Er setzt mir die prächtige Krone auf den Kopf. Im selben Moment lasse ich mittels Gedankenkraft eine feine Linie Geistmetall meinen Hals hinaufgleiten, um mich damit zu verbinden. Ihr unglaubliches Gewicht ist sofort wie weggeblasen, sie wird zu einem Teil von mir.

Ich atme tief und bebend aus, und meine geschminkten Lippen zittern. Widersprüchliche Gefühle kämpfen in mir, wenn ich an all die kleinen Mädchen denke, die in diesem Moment überall in Huaxia in Verzückung geraten und genau die falschen Lektionen verinnerlichen, in denen lauter falsche Ambitionen und falsche Träume geweckt werden. Das ist der Preis, den wir für unser Überleben zahlen: zuzulassen, dass dieses schreckliche System uns als Köder benutzt.

Eine wahre Ehrenrettung und Wiedergutmachung für mich kann es nur durch einen Sturz des Pilotensystems geben, solange diese Mädchen noch nicht alt genug sind, um sich freiwillig zu melden. Wie ich das bewerkstelligen soll, weiß ich noch nicht, aber wenn ich die Gegenoffensive siegreich hinter mich gebracht habe, werde ich zweifellos über eine Macht verfügen, auf die ich zurückgreifen kann.

Ich hebe den Kopf und lasse genauso wie zuvor Shimin auf spektakuläre Weise gleißendes Qi durch meine Iriden, die Leitbahnen meiner Qi-Meridiane und meine Rüstung hindurchströmen. Zuerst ein metallweißes Leuchten, dann gesellt sich, leicht verzögert, Feuerrot hinzu. Als ich mit meiner Pilotenausbildung begonnen habe, hat mein zweitrangiges Qi zwischen Wasser und Feuer gewechselt. Sima Yi meinte, das sei wirklich seltsam, denn Menschen haben für gewöhnlich entweder die eine oder die andere feste Tendenz, doch hat er mir seither beigebracht, dem Feuer gegenüber dem Wasser den Vorzug zu geben. Das ist der beste Qi-Typus, um den in Zhou residierenden Hundunkaiser, der ein Metalltyp ist, zu bezwingen.

Hand in Hand schlagen Shimin und ich mit unseren Flügeln und heben von der Bühne ab. Unsere Flügelschläge erzeugen einen Aufwind, der um uns herumpeitscht. Das Publikum bricht von Neuem in Jubelgeschrei und frenetischen Applaus aus. Ein Knarren und Quietschen hallt im Saal wider, als nun alle Stühle gleichzeitig zurückgestoßen werden und die Versammelten allesamt aufspringen.

Wir drehen uns synchron zu ihnen um, der König und die Königin der Piloten, und blicken auf all die wohlhabenden, behüteten Schwächlinge herab, die von unserer Macht und Stärke abhängig sind. In den Tagen vor Qin Zhengs Tod hätten sie sich zu Boden geworfen und einen Kotau vor uns gemacht. Jetzt sind wir nur eine vorübergehende Unterhaltung für sie. Wir spielen unsere Rolle weiter, um ihr Interesse wachzuhalten, und starren im Wesentlichen einfach gelangweilt (er) oder herablassend (ich) vor uns hin.

Bis meine Aufmerksamkeit auf einen speziellen Tisch weiter hinten fällt.

Dort sitzen einige wenige der Strategen von Sui und Tang, wie gejagte Tiere, die man in einen vergoldeten Pferch getrieben hat. Unter ihnen auch An Lushan, der widerstrebend zusammen mit all den anderen in die Hände klatscht.

Ich umklammere Shimins Hand fester. Es kostet mich all meine Zurückhaltung, jetzt nicht aus der Rolle zu fallen. In mir zuckt der Drang, hinüberzufliegen und An Lushan eine Haarnadel in die Halsschlagader zu stoßen.

Doch plötzlich wallt da eine Flut ehrfürchtiger Bewunderung unter dem blendenden Rot in all meinen Sinnen auf. Gao Qiu hat es geschafft. Er hat unseren ärgsten Feind nicht nur ruhiggestellt, sondern ihn sogar zu einem unserer *Festgäste* gemacht.

Aus dem Augenwinkel sehe ich zu Gao Qius Tisch hinüber. Er erwidert meinen Blick auf der Stelle und setzt dabei ein Grinsen auf, als hätte er auf genau diesen Moment gewartet und es schon einmal bereitgehalten.

Neben meiner ehrfürchtigen Bewunderung kocht zugleich der Hass in mir auf, aber ich schiebe beide Regungen beiseite. Jetzt ist nicht der richtige Zeitpunkt, um meine Aufmerksamkeit auf Gao Qiu zu richten. Ich muss mich vielmehr ganz darauf konzentrieren, die Gegenoffensive, die ohne jede Frage in Kürze stattfinden wird, erfolgreich zu Ende zu bringen. Ansonsten weihe ich zwei ganze Provinzen dem Untergang.

## KAPITEL 37

# UNENDLICH

Das Bankett endet erst tief in der Nacht. Nachdem unsere Gäste in ihren luxuriösen elektrischen Wagen davongefahren sind, besinnungslos betrunken, werden Shimin und ich zu einer der Penthousesuiten des Hotels geleitet.

Er lässt mich als Erstes ins Bad gehen, um mich von all den Schichten Schminke und der schweren Frisur zu befreien, von der mein Nacken schmerzt. Als ich endlich aus dem Badezimmer trete, schlüpft er in dem aus der Tür quellenden Dampf sofort an mir vorbei, und schon ist da wieder eine verschlossene Tür zwischen uns.

Er muss es darauf abgesehen haben, dass ich gleich schlafen gehe, damit sich die Frage des Vollzugs unserer Verbindung gar nicht erst stellt.

Stattdessen lasse ich mich auf einen mit kunstvollen Schnitzereien versehenen Stuhl unter den roten Laternen des Wohnzimmers fallen. Erregte Erwartung durchströmt mich. Da ist jetzt schon viel zu lange diese Spannung zwischen uns. Heute Nacht ist es an der Zeit, dafür zu sorgen, dass sie sich löst.

Als er wieder herauskommt, das weite rote Nachtgewand lose um den Körper liegend, setzt er seine Brille auf, nachdem er einen ganzen Tag lang Kontaktlinsen hat aushalten müssen.

Bei meinem Anblick fährt er zurück.

»Ich habe es nicht geschafft, ins Schlafzimmer zu gehen«, sage ich so beiläufig wie möglich, wenngleich ich nicht verhindern kann, dass meine Ohren rot werden, vor allem als mein Blick auf das Stück nackter Brust unter seinem halb geöffneten Nachtgewand fällt. »Könntest du mich tragen? Bitte?«

»Ähm. Gut.« Er gürtet sein Gewand fester, bevor er zu mir kommt.

Sollte er vorgehabt haben, die Angelegenheit nicht allzu intim werden zu lassen, so hat er sich geschnitten. Die Hitze unserer Leiber dringt durch die dünnen Schichten vom Dampf durchfeuchteter Seide, die uns trennen, sodass es fast schon wie Haut auf Haut ist. Ich kann jede Rundung und sämtliche Konturen seiner Muskeln spüren, als sie sich nun anspannen, um mein Gewicht zu tragen. Es macht mich ganz benommen und treibt mir das Blut aus dem Kopf.

Bis er in mein Leben getreten ist, ist mir nie klar gewesen, wie hypnotisch eine Männlichkeit wie die seine sein kann. Eine beständig vorhandene, kontrollierte Macht, dazu da, um zu beschützen und zu verteidigen, nicht um zu terrorisieren und sich einfach zu nehmen, was man will. In seinen Armen fühle ich mich trotz all meiner Verwundbarkeit doch sicher. Ich muss mich nicht dazu zwingen, die kalte, zurückhaltende, einsame Eiserne Witwe zu sein.

Ich drücke das Ohr auf seine Brust. Sein Herz schlägt schnell.

Genauso schnell wie meins.

Gut.

Der Duft von würzigem Rauch weht aus dem Schlafzimmer, als ich die Tür aufdrücke. Schwaches rotes Licht dringt durch ein Holzgitter an der Decke. Auf einer Mahagonikommode flackern zwei rotbraune Kerzen in bronzefarbenen

Leuchtern und verleihen dem Raum die Anmutung einer pochenden Herzkammer. Selbst noch unsere Haut wird in ein pulsierendes Rot getaucht. Wie gebannt halte ich die Hand in das Licht.

Das Bett ist in demselben prunkvollen Stil gehalten wie jenes in Yang Guangs Dachwohnung. Es ist von einem hohen geschnitzten Rahmen mit einer runden Öffnung umgeben und lockt uns im schwächer werdenden Licht.

Shimin setzt mich auf den seidenen Laken ab. Es fühlt sich an, wie über die Schwelle in eine neue Welt zu treten. Eine dichtere, kompaktere Welt, wo alle Sinne schärfer, die Wahrnehmungen intensiver sind. Für eine Sekunde schwebt er über mir, die harten Kanten seines Gesichts vom roten Licht nachgezogen, von den samtigen Schatten und dem flackernden Kerzenlicht vertieft. Der Abstand zwischen uns scheint gar nicht anders zu können, als sich verringern zu müssen.

Aber das tut er dann doch nicht.

Shimins Hitzewolke verlässt mich, und ein Kältestrom folgt ihr auf dem Fuß. Er wendet sich zur Tür um.

Ich packe ihn an der Rückseite seines Gewands.

»Wohin gehst du?«, frage ich.

»Ich werde auf dem Sofa schlafen«, antwortet er, ohne sich zu mir umzudrehen. »Ist schon in Ordnung.«

»Ich will nicht, dass du dort schläfst.«

Langsam dreht er sich wieder um, und seine Augen weiten sich vor Staunen. Sie strahlen genau wie nach unserer ersten Schlacht, als er festgestellt hat, dass ich noch lebe.

»Das Bett ist groß genug für uns beide«, schiebe ich schnell hinterher, für den Fall, dass er es darauf abgesehen hat, mich misszuverstehen. Ich lasse sein Gewand los. Mein Körper ist aufgeladen bis an den Rand des Erträglichen, als stünde er kurz vorm Zerplatzen.

Das zurückhaltende Staunen zieht sich aus seinen Zügen

zurück. Sein Gesichtsausdruck verdüstert sich. »Wir müssen jetzt nicht mehr schauspielern, das weißt du.«

»Das ist keine Schauspielerei.« Mein Blick wird dunkel, die Kehle trocken, und mein Herzschlag beschleunigt sich. »Wirklich nicht.«

Er zieht die Brauen zusammen. »Was willst du denn dann?«

Ich stoße ein schnaubendes Lachen aus. »Dich verführen, nehme ich mal an.«

Überraschung zuckt über sein Gesicht.

Ich weiche seinem Blick nicht aus und lockere die Finger, als ich nun bemerke, dass ich sie zu Fäusten geballt habe. Er soll wissen, wie ernst es mir ist, wie sicher ich mir bin.

Er braucht eine Weile, um Worte zu finden. Schließlich wiederholt er, was er schon gesagt hat, aber in einem anderen Tonfall. Er klingt nun gequälter.

»Was *willst* du denn?« Er schüttelt den Kopf. »Du hast Yizhi.«

Es ist wie ein Schuss direkt durch mein Herz, aber ich lasse mich nicht aus dem Gleichgewicht bringen. »Stimmt. Stört dich das?«

»Nein, er ist wie geschaffen für dich.« Alle Härte weicht aus Shimins Augen. »Er ist lieb, er ist mutig, er ist verlässlich, er ...« Shimin verfällt in hektisches Blinzeln. »Seine Haut ist so glatt. Sie ist wie Porzellan.«

Jetzt ist es an mir zu blinzeln. Manchmal frage ich mich, ob sich Shimin von einer ähnlich großen, nicht nur Frauen umfassenden Bandbreite von Menschen angezogen fühlt wie Yizhi.

Ich weiß allerdings nicht, ob sich Shimin dabei wohlfühlen würde, dem Ausdruck zu geben. In meinem Dorf würde es ihn ohne Frage zur Zielscheibe für allerlei erregten Tratsch machen. Als Yizhi und ich vor einigen Nächten im Bett auf dieses Thema zu sprechen kamen, sagte er, dass Städter da nicht so streng seien wie Dorfbewohner, aber er ist darüber hinaus auch noch reich und stammt aus der Hauptstadt. Er hat es erheblich leichter als die meisten Menschen.

Wie auch immer, das müssen Shimin und Yizhi unter sich ausmachen. Dies hier jedoch ist eine Angelegenheit zwischen Shimin und mir.

Shimin weicht taumelnd zurück. »Yizhi sollte der Mann deiner Wahl sein.«

Ich beuge mich knurrend vor und grabe die Fingernägel in die Bettkante. »Der Mann meiner Wahl? Warum soll ich denn nur einen von euch wählen dürfen?«

»Du darfst ihn ... nicht ... betrügen.«

»Betrug heißt, dass man jemanden täuscht und hintergeht. Yizhi und ich haben über diese Sache gesprochen. Er ist sich da sicher und weiß, dass es kein Wettbewerb ist. Dass sämtliche Gefühle, die ich für dich hege, nicht die Gefühle zunichtemachen, die ich für ihn empfinde. Wie nahe du und ich uns auch kommen mögen, es macht ihm nichts aus.«

»Das sagt er nur so.«

»Nein. Es gibt da etwas, was er mir gesagt hat: Liebe kann unendlich sein, so endlos groß und weit, wie dein Herz sich öffnen kann. Und mein Herz ist offen für dich, Shimin.«

Ein leerer Ausdruck tritt in seine Züge. Er starrt mich nur an.

Ich weiß nicht, was das bedeutet.

Plötzliche Schüchternheit durchströmt mich, und ich senke den Kopf. Vielleicht hätte ich diese Linie doch nicht überschreiten sollen. »Wenn dir das irgendwie gegen den Strich geht, ist das in Ordnung. Wir können unsere Beziehung einfach so ...«

Shimin tritt wieder näher an mich heran. Ich reiße den Kopf hoch.

Unsere Blicke treffen sich. Seiner verletzlich, meiner zärtlich. Eigentlich sollte es genau umgekehrt sein. Selbst wenn er so vornübergebeugt dasteht, überragt sein Schatten mich immer noch. Er scheint sich dessen mit einem Mal bewusst zu werden und lässt sich auf ein Knie sinken, um mich auf Augenhöhe ansehen zu können.

»Willst du das wirklich?«, flüstert er heiser. »Wenn Sima Yi dir ins Gewissen geredet hat oder was auch immer, dann tu es nicht. Du schuldest mir wirklich nichts. Und ganz besonders brauchst du mich nicht zu … bemitleiden.« Sein Blick geht zur Seite, und der Rest seines Kopfes folgt der Bewegung seiner Augen und dreht sich weg.

Ich umfasse sein Gesicht mit beiden Händen, damit er mich ansieht.

»Ich habe kein Mitleid mit dir, du Dummkopf«, sage ich mit einem leisen Lachen. »Ich mag dich.« Ich streiche über seine Schlüsselbeine und spüre seinen schnellen Herzschlag unter den Handflächen. »Ich mag es, dass du es geschafft hast, zu dem Menschen zu werden, der du bist, obwohl dir die Welt immer wieder eingetrichtert hat, du seist im Unrecht. Kann schon sein, dass da auch etwas unleugbar Monströses in dir steckt, aber das geht in Ordnung. Bei mir ist das nicht anders. Ganz gleich, was irgendjemand behaupten mag, ich bin stolz darauf, dich meinen Copiloten nennen zu dürfen, Eiserner Dämon.«

Seine hochgezogenen Brauen sinken herab. Ein knabenhafter Glanz tritt in seine Augen. So jung hat er in meiner Gegenwart noch nie ausgesehen. Unsere warmen Atemzüge beschleunigen sich, vermischen sich miteinander. Er bewegt den Mund, als wollte er etwas erwidern.

Aber dann hebt er nur mein Kinn an und küsst mich.

Seine Sanftheit hat etwas Verblüffendes. Einen Kerl wie ihn kostet es Anstrengung, sanft und zärtlich zu sein, doch wenn ich in seiner Nähe bin, ist er es.

Unsere Münder bewegen sich aufeinander, umhaucht von leisem, langsamem Gemurmel. Als uns die Luft ausgeht, setzt sich Shimin wieder auf die Knie, hebt meine Hand und drückt mir einen Kuss auf die Fingerknöchel. Die Geste sorgt dafür, dass sich auch der letzte Hauch von Widerstand in meinem Innern in Luft auflöst.

»Und ich bin stolz darauf, dein Partner zu sein, Eiserne Witwe.« Er sieht durch seine Brille zu mir auf, und ein leiser Anflug von rotem Qi aus seinem Rückenmarksband funkelt in seinen Augen. Es hat zugleich etwas Dämonisches und etwas Liebenswertes.

»Nun ja, das ist nicht gerade ein Titel, der Gutes verheißt, weißt du«, bemerke ich, wiewohl ich mir dabei ein Grinsen nicht verkneifen kann.

»Dann eben ›Bezaubernde Dame‹.« Er streicht mir mit dem Daumen über die Finger. *»Mei-Niang.«*

»Na schön. Ich habe durchaus eine Schwäche für ironische Spitznamen.« Ich hake einen Finger in den Kragen seines Nachtgewands und ziehe ihn zu einem weiteren Kuss heran. Diesmal ist er aggressiver. Drängender.

Die Temperatur im Raum verändert sich. Ich ziehe Shimin dichter zu mir heran und dann über mich. Seine Knie drücken sich rechts und links von mir aufs Bett, sodass sich die Matratze gegen meine Hüfte wölbt. Von einem derart starken und respektgebietenden Mann förmlich zu Boden gepresst zu werden und sich dabei auch noch wohlzufühlen, funktioniert nur mit ihm. Sein Mund senkt sich auf meinen herab. Mir schwinden die Sinne, so übermächtig sind die Gefühle, die seine festen Muskeln, sein erdrückendes Gewicht, seine berauschende Hitze in mir auslösen.

Ich greife nach der Schärpe seines Gewands.

Seine Hand schlägt ruckartig auf meinen Unterarm, aber dann werden seine Gesichtszüge weich.

»Was ist los?«, frage ich dicht an seinen Lippen. Warum stoße ich nur auf Jungen, die zögern, mir ihren Oberkörper zu zeigen?

»Ich habe jede Mengen Narben«, murmelt er mit tiefer, fast unhörbar leiser Stimme, und beim Klang seiner Worte wird mir schwindlig, sodass ich mich unter ihm krümme und winde.

»Sie machen mir keine Angst«, antworte ich mit einem schnellen, gehauchten Atemzug.

Er lässt die Hand sinken, küsst mich aber nicht wieder. Stattdessen schwebt er über mir, und seine Brust hebt und senkt sich langsam, während er tief durchatmet.

Wann immer ich die letzte Schicht von Yizhis Gewändern öffne, erfüllt mich eine klare, ruhige Freude wie Mondlicht.

Shimins Haut indes macht mich alles andere als ruhig.

Mit offenem Mund und voller Ehrfurcht geht mein Blick über die Landschaft von Muskeln und Narben, die sich kreuz und quer über seinen Oberkörper ziehen. Ich wünschte, ich hätte seine Kraft, ich wünschte, ich *wäre* er, doch zugleich finde ich es furchtbar, dass er all das hat durchmachen müssen. Ich kann seine Lebensgeschichte lesen, die Dinge, die er siegreich überlebt hat; ich kann sie lesen, als wäre ich blind.

Ich kann nicht umhin, Vergleiche zu ziehen. Der sterile Schmerz von Yizhis Tätowierungen gegen die rohe Qual von Shimins Narben, geboren aus verschiedenen Formen des Leidens.

Es gibt einen Grund dafür, warum Shimin seit zwei Jahren der kampfmächtigste Pilot in Huaxia ist. Und das hat nichts damit zu tun, mit welcher Leichtigkeit er mich tragen kann, ohne dass ihm der Schweiß ausbricht.

Dass er sich dafür entschieden hat, über all die Zeit hinweg jeden Tag aufzuwachen und sich alledem zu stellen, womit ihn das Leben konfrontiert, macht ihn zum stärksten Menschen, den ich mir vorstellen kann.

Trotz der unendlichen Gräuel, die wir beide durchgestanden haben, bin ich wirklich dankbar, dass wir überlebt haben, um einander kennenlernen zu dürfen.

# KAPITEL 38

# VERGISS SIE NICHT

Als mich das Mädchen in dem engen Bunker, den wir unser Zuhause nennen, auf die Stirn küsst, sollte ich eigentlich nur die in mir aufsteigende Wärme empfinden. Und doch ist diese Wärme zugleich von einer kalten Strömung aus Panik und Grauen unterlegt, weil ich weiß, dass die Sache kein gutes Ende nehmen wird.

– *Geh weg! Geh weg! Geh weg!* –

Sie nimmt meine Hand und drückt die Lippen auf meine Fingerknöchel. Ihre Geste lässt mein Herz erbeben, sodass sich eine dicke Schicht Dreck von ihm löst. Beruhigende, tröstliche Worte quellen aus ihrem Mund, doch die immer lauter werdenden Schreie in meinem Kopf übertönen, was sie sagt.

– *Lauf! Lauf! Lauf!* –

Ich will von alledem keine einzige weitere Sekunde durchleben müssen, aber selbst mit all meiner Kraft kann ich nicht verhindern, dass mich die Bilder und Szenen mit sich forttragen wie eine Flutwelle.

Es ist, wie einem Kaninchen dabei zuzusehen, wie es mitten in einen Wolfsbau stolpert. Nur dass sie kein Kaninchen ist. Trotz ihres zierlichen Körperbaus und ihres lieben Gesichts ist ihr Geistdruck an sich schon ein wahres Ungeheuer. Gemeinsam haben wir einen der schwersten Hundunpanzer aktiviert, der je geborgen worden ist. Er hat die Form eines *Zhuque* angenommen, des Zinnoberroten Vogels. Unsere Herzen haben dabei miteinander im Einklang geschlagen.

Es heißt, sie sei meine eine wahre, ebenbürtige Partnerin.

*– Lügenlügenlügenlügenlügen –*

Stratege Sima bildet uns aus. Er bringt uns bei, auf Eis zu tanzen. Sie zeigt mir, wie man im Kampf tanzt. *Bagua Zhang*, die Kampfkunst des Sichdrehens und -wendens und der Ausweichmanöver. Unsere Schritte hinterlassen Wirbel und Spiralen von Fußabdrücken im Schnee. Unsere gemeinsame Zeit verstreicht in Kreisbewegungen, während niemand von uns weiß, wie schnell sie uns durch die Finger rinnt.

*– Geh nicht hinein in die –*

Wir glauben, für die Schlacht bereit zu sein. Ich bin überzeugt, dass ich einfach alles vollbringen kann, solange sie an meiner Seite ist.

*– Geh nicht –*

Aber die Hunduns wehren sich, leisten erbitterten Widerstand. Die Schlacht verlangt uns immer mehr Kraft ab. Ich kann an nichts anderes mehr denken. Sie ist alles, woran ich mich klammern, wo hinein ich meine Krallen schlagen kann.

Ich bemerke es gar nicht, als ich ihr ganzes Sein restlos aufzehre.

*– Geh –*

*– Nicht –*

Ich spüre jedes winzige Detail ihrer letzten Gefühle; ihr Leben ist wie eine Seidenschnur, die mir durch die Hand gleitet und deren Ende rasch in Sicht kommt, doch ich vermag diese Schnur nicht festzuhalten. Sie hat Angst. Vor mir. Sie bereut alles, was sie hin zu diesem Moment geführt hat.

Sie wünscht sich nichts mehr, als für immer von mir fortzukommen.

Ihr Wunsch wird ihr erfüllt.

Ich wache tränenüberströmt auf, und ein wildes Schluchzen schüttelt mich. Shimin hält mich bereits in den Armen und streichelt mir den Rücken, behutsam darauf bedacht, meine Schussverletzung nicht zu berühren. Es ist immer noch Nacht. Die Lichter der prächtig erleuchteten Stadt glitzern wie ein feiner Schimmer durch das hölzerne Fenstergitter und überziehen die schroffen Enden seines kurz geschnittenen Haares in Neonrosa und Blau.

»Ich halt das nicht aus!«, schreie ich in die Düsternis und kralle mir die Finger in die Kopfhaut. »Hol das aus meinem Kopf raus!«

»Bitte entschuldige«, sagt er. »Ist das wieder eine meiner Erinnerungen gewesen?«

Ich lasse mich benommen zurücksinken. Nicht ich sollte hier getröstet werden. Das ist seine Erinnerung. Nicht irgendein grotesker Albtraum, nichts, was er einfach wegschreien kann, sondern etwas, was er selbst durchlebt hat.

»Ich träume jede Nacht davon, auf Dolchen zu gehen, weißt du«, murmelt er zärtlich. »Es kommt mir wie ein Albtraum vor, aber es ist wohl einfach dein Leben.«

Es erscheint mir mehr oder weniger stimmig, aber deshalb fühle ich mich trotzdem nicht besser.

»Ich habe von *ihr* geträumt«, krächze ich.

Es trifft ihn wie eine Gewehrkugel. Seine Hand gleitet von meinem Rücken und landet mit einem leisen Aufklatschen auf der Matratze.

»Wen De?«, fragt er mit einer geisterhaft verlorenen Stimme, schwer von quälender Erinnerung.

Ich nicke mit verzogenem Gesicht.

Ein langer Seufzer entringt sich ihm. Er presst fest die Augen zusammen.

Ich reibe seine Hand, um sie zu wärmen. Seine Haut ist an manchen Stellen grob und rau, aber an anderen erstaunlich zart. Die Hand eines Künstlers, von Narben und Schwielen zerstört. »Das war das Schrecklichste, was ich jemals empfunden habe. Es tut mir leid.«

»Und mir tut es leid, dass die Erinnerung auf dich übergegangen ist. Ich wünsche wirklich niemandem, das zu ... Aber nein, das ist eine Lüge.« Er umfasst meine Hand fester. »Ich würde es sogar vielen Menschen wünschen.«

Ich weiß nicht, was ich sonst noch sagen soll, und so ziehe ich ihn näher an mich heran und bette die Stirn auf seine Schulter, direkt neben das stählerne Halsband, das ihm die Armee angelegt hat und von dem ein durchdringender Geruch ausgeht. Er legt die Arme um mich und streichelt mir geistesabwesend durchs Haar.

Es besteht ein grundlegender Unterschied zwischen der Art von Schmerz, die ich zu erdulden habe, und dem Schmerz, der ihn quält. Mein Schmerz rührt ausschließlich daher, dass ich als Frau geboren worden bin. Das weiß ich mit Sicherheit; ich weiß auch, wie lächerlich das Ganze ist, und ich kann nach Herzenslust hassen und mich gegen mein Schicksal auflehnen.

Aber bei ihm ist es komplizierter. Er hat wiederholt das Falsche getan, ist über und über mit Schuld beladen. Er hat sich in einen Wirrwarr aus unmöglichen Entscheidungen verstrickt, und jede einzelne hat ihn unweigerlich tiefer in den Schlamassel getrieben. Selbst wenn er getan hat, was er für richtig hielt, hat ihn das Universum nur dafür gestraft.

»Ich begreife die Wege des Karmas einfach nicht.« Ein Beben überläuft ihn. »Von uns beiden ist Wen De immer diejenige gewesen, die lieb und unschuldig war und an das

Bessere geglaubt hat. Doch ich bin es, der überlebt hat. Und der nun schon so lange weiterlebt, auch wenn das letztlich bedeutet, dass ich jedes Mal, wenn ich gekämpft habe, ein weiteres Mädchen getötet habe. Das ist alles, was ich getan habe.«

Ich löse den Kopf von seiner Schulter und schüttele ihn. Dann umfasse ich sein Gesicht mit beiden Händen, und mein Daumen zeichnet die Tätowierung des »Gefangenen« auf seiner Wange nach. »Nein, du hast nicht nur Mädchen getötet. Du hast bei alledem immer noch für Huaxia gekämpft. Und es ist nichts Falsches daran, leben zu wollen, um welchen Preis auch immer. Bitte entschuldige, dass ich je etwas ... etwas anderes angedeutet habe. Da ist mir mein eigenes Leben nicht viel wert gewesen.«

Seit dem Tag meiner Geburt hat mir die Welt eingebläut, ich müsse hinnehmen, welchen Wert auch immer die Männer mir zumessen. Und vielleicht habe ich das, meinem ständigen Aufbegehren zum Trotz, auch so verinnerlicht. Sie haben mir eingeredet, dass ich eine Wahl treffen und die Entscheidung fällen müsse, mich entweder ihrer Doktrin zu beugen oder zu sterben, und genau das habe ich getan. Ich habe den Tod gewählt. Es ist die Kapitulation gewesen, die mich erst furchtlos gemacht hat.

Winzige Fragmente der Großstadtlichter zittern in Shimins Augen. »Schon gut. Das Ganze ist ein schwieriges Thema für mich.«

Ich beiße die Zähne zusammen. Was würde Yizhi jetzt sagen? Ich gebe mir alle Mühe, gewissermaßen sein Sprachrohr zu sein. »Du darfst nicht vergessen, dass Piloten Werkzeuge sind. Waffen. Keiner von uns handelt wirklich von selbst. Es sind die Strategen und die hochrangigen Kader der Armee, die hinter den Kulissen alle Fäden in der Hand haben. Und sie waren es auch, die beschlossen haben, dich mit immer neuen Mädchen zu versorgen. Jede sogenannte Wahl, die sie dir gelassen haben, war nichts als eine Illusion, um sicherzustellen, dass du das ganze Gewicht der Schuld trägst, damit es nicht auf ihnen lastet.« Neuer Ärger lässt mich die Stimme heben. »Lass sie nicht damit davonkommen. Das würde bedeuten, die Dinge so hinzunehmen, wie sie sind, und das sollten wir nicht tun.«

Er hebt den Kopf und schaut auf, ohne dass sein Blick jedoch weniger verloren wirken würde. »Was könnten wir denn stattdessen tun?«

Eine plötzliche Erkenntnis überkommt mich: Heute ist unsere letzte Nacht auf Gao Qius Zuständigkeitsgebiet. Morgen früh wird uns ein Schwebeboot zurück zur Großen Mauer bringen. Alles, was ich gegen die Armee vorbringen will, muss ich jetzt sagen. Sobald sie mich wieder in ihrer Gewalt haben, ist es sofort viel gefährlicher, dergleichen zur Sprache zu bringen.

»Wenn die Gegenoffensive von Erfolg gekrönt ist, werden wir jede Menge Einfluss in der Armee haben«, flüstere ich und umfasse Shimins Hände. »Wir sollten auf Veränderungen im Pilotensystem dringen. Im Moment werden die Frauen nur mit männlichen Piloten zusammengebracht, die einen viel höheren Geistdruck haben, selbst wenn ihr eigener Geistdruck ausreichend ist, um selbst eine Chrysalis zu steuern. Das kann unmöglich die beste Methode sein, um das Ganze zu handhaben.«

»Das will ich auch gar nicht behaupten, aber Mädchen haben von Natur aus nun mal einen schwächeren Geistdruck als Jungs«, antwortet Shimin leise und traurig. »Wie sollen wir da die Notwendigkeit einer grundlegenden Änderung rechtfertigen?«

Ich sauge die Luft durch die Zähne ein. »Entspricht diese allgemein verbreitete Annahme überhaupt den Tatsachen, oder *scheint* es vielleicht einfach nur so? Es gibt genau in diesem Moment wahrscheinlich ein Mädchen mit einem noch höheren Geistdruck als meinem in dieser Stadt. Aber ihre Familie will sie auf keinen Fall testen lassen, weil sie alle wissen …«

Mir bleiben die Worte weg, und mein ganzer Gedankenfaden reißt, als sich in meinem Kopf zwei Teile eines Puzzles plötzlich zusammenfügen. Ich erhebe mich ruckartig auf die Knie und blickte Shimin direkt in die Augen. »Moment mal … Mädchen haben zwar einen niedrigeren Geistdruck, aber dafür kann man diesen Druck deutlicher spüren, oder?«

»Ja?« Er runzelt die Stirn.

»Und warum? Wie geht das vor sich? Was macht den grundlegenden Unterschied zwischen dem Geistdruck von Frauen und Männern aus?« Ich muss unwillkürlich an den Schmetterling zurückdenken, den Yizhi und ich bei unserem letzten Treffen im Wald gesehen haben – den Schmetterling, der sowohl Yin- als auch Yang-Flügel hatte. Der ganz beiläufige Beweis dafür, dass männlich und weiblich keine festen, unabänderlichen Kategorien sind. »Irgendetwas … irgendetwas stimmt hier nicht!« Ich fahre mir mit den Fingern durchs Haar. »Nimm Wen De – sie hätte dir eigentlich ebenbürtig sein sollen. Warum ist sie gestorben?«

Shimin sackt sichtlich in sich zusammen. »Ich würde viel dafür geben, es zu wissen. Das kannst du mir glauben.«

Es macht mir schrecklich zu schaffen, sie erneut zur Sprache zu bringen, aber meine Gedanken wirbeln so schnell weiter, hin zu etwas Bahnbrechendem, einer grundlegenden Veränderung, die die Welt aus den Angeln zu heben vermag, dass ich jetzt unmöglich innehalten kann. »Könntest du dir vorstellen, dass das Pilotensystem womöglich auf irgendeine *technische* Weise zum Nachteil von Frauen manipuliert worden ist? Von der Praxis, dass sie uns stets nur Jungs mit einem größeren Geistdruck zuteilen, mal abgesehen?«

Shimins Augen weiten sich vor wachsendem Entsetzen, als ihm langsam etwas dämmert. »Sie ... warum sollten sie die Chrysaliden selbst manipulieren? Es würde die Anzahl der ebenbürtigen Partien verringern. Doch sie brauchen diese Paare. Eine einzige ebenbürtige Partie ist so schlachtenstark wie mindestens fünf nicht ebenbürtige.«

»Aber würde dich etwas Derartiges denn aufrichtig überraschen?«

Shimins Mund zuckt einige Male, bis er schließlich antwortet: »Nein.«

Ich kralle die Faust in unsere roten Seidenlaken. »Dann müssen wir der Sache auf den Grund gehen. Wir müssen herausfinden, ob so etwas möglich ist. Ob mein Verdacht stimmt.«

»Und wie? Wenn das System wirklich so funktioniert, muss das Ganze geheimer als geheim sein. Wir würden uns nie und nimmer Zugang zu den Beweisen verschaffen können.«

Meine Gedanken hören nicht auf zu rasen. Mein Blick huscht hin und her und geht dann nach oben. »Die Strategen, die höchstrangigen unter ihnen – sie müssen davon wissen, nicht?«

»Sie würden es uns gegenüber niemals zugeben.«

»Es sei denn, wir zwingen sie dazu.« Eine dunkle Energie pumpt durch meine Adern, schneller, heißer, energischer. »In der Nacht vor der Gegenoffensive werden wir unbesiegbar sein. Da werden wir alles tun können, ohne dass sie uns bestrafen können, selbst wenn sie es herausfinden.« Ich schlucke. *»Alles.«*

Ich spreche nur im vorsichtigsten Flüsterton, doch es ist, als hätte ich in der düsteren Stille eine Pistole abgefeuert.

»Was willst du damit sagen?« Shimin zieht die Brauen zusammen.

»Weißt du, wie die Sache mit dem Karma wirklich läuft, Shimin?«, knurre ich. »Es ist nichts, was man mittels Gebet herbeizaubern könnte. Und man kann sich auch nicht darauf verlassen, dass es einfach vom Himmel fällt. Es muss in die Hand genommen und persönlich überbracht werden. Ein gewisser Leitender Stratege hat uns mächtig leiden lassen. Was ich damit sagen will, ist, dass wir ihn nun ebenfalls leiden lassen. So sehr, dass er uns die Wahrheit verraten wird, nur damit wir endlich damit aufhören, ihn leiden zu lassen.«

## KAPITEL 39

# DIESE SORTE JUNGE, JENE SORTE MÄDCHEN

Kurz nachdem wir zur Großen Mauer zurückgekehrt sind, wird auch schon die Gegenoffensive angekündigt, was in ganz Sui und Tang für einen beträchtlichen Aufruhr sorgt. Nicht alle Reaktionen sind positiv. Um den noch verbliebenen Zweifeln ein Ende zu setzen, begeben wir uns in eine letzte Verteidigungsschlacht. Wir wollen beweisen, dass wir bereit sind, mit dem Zinnoberroten Vogel in stabiler Dreierform loszuziehen.

Mit Yizhi im Cockpit, der auf einem der Seitensitze angeschnallt ist, verläuft die Schlacht so mühelos, dass es mir hinterher vor Ungläubigkeit den Atem verschlägt, als ich mich auf dem Feld voller Hundunpanzer umsehe. Das Erringen eines Sieges hat bisher einen so außerordentlichen Aufwand erfordert, dass es mir ganz unwirklich vorkommt, den Triumph diesmal so leicht davongetragen zu haben.

Aber so war es, und anschließend hören die Hunduns auf anzugreifen.

Der Friede ist verdächtig. Die Strategen haben die Theorie geschmiedet, die Hunduns hätten begriffen, dass ein umfassender, erbitterter Konflikt unausweichlich ist, sodass sie sich jetzt zurückhalten, um dann ihren größeren Vorteil auf eigenem Gelände zu nutzen.

Das Grenzland von Sui und Tang leiht sich von den anderen Provinzen aus, was immer man dort an Chrysaliden erübrigen kann. Die Tatsache, dass sie nach ihrer langen Reise über die Flüsse und durch die Berge von Huaxia alle erst einmal eine Aufladezeit benötigen, gibt uns zwei letzte Wochen, bis die Gegenoffensive beginnen kann.

Shimin hat mir noch mehr über *Bagua Zhang* erzählt, die Kampfkunst, in der ihn Wen De unterrichtet hat. Es ist ein wunderschöner Stil, wenn auch kein nobler. Man wirbelt ständig herum und versucht, hinter den Feind zu kommen, geht seine Schwachstellen an und überlistet ihn zu Aktionen, die einem selbst die Kontrolle über den Kampf ermöglichen. *Bagua Zhang* ist der Stil all jener, die nicht mit brutaler Gewalt siegen können.

Auf diese Weise entwickeln wir unseren Plan, An Lushan in die Falle zu locken. Oberflächlich gehorchen wir unseren Befehlen und unterziehen uns jedes Übungsmanövers, das die Strategen von uns verlangen. Aber im Hintergrund bewegen wir uns wie sich windende Schlangen, ziehen unsere Kreise um unsere Beute und schlängeln uns in ihre täglichen Gewohnheiten, ziehen die Schlinge allmählich zu.

Dann, in der Nacht vor Beginn der Gegenoffensive, als die meisten Soldaten durch die betrunkenen Piloten abgelenkt sind, die oben auf der Großen Mauer feiern, schlagen wir zu.

Shimin lässt sein Qi aufwallen und erhitzt einen Blecheimer mit Wasser über den Siedepunkt hinaus, dann schüttet er ihn über An Lushan.

An Lushan schreckt mit einem zerreißenden Schrei aus dem Schlaf hoch. Er kämpft gegen die Ketten und Riemen an, mit denen er an einem Kipptisch festgebunden ist – die gleiche Art Kipptisch wie der, auf dem ich getestet wurde, als es darum ging, Yang Guangs Konkubine zu werden. Unter An Lushans gewaltigem Leib wirkt der Tisch lächerlich klein. Das brühheiße Wasser tropft von seinen vorspringenden Brauen und der Nase, klatscht ihm den triefenden Bart an die Haut und durchnässt seine Strategengewänder. Er war nackt, als ihn Shimin besinnungslos aus seinem Bett gezerrt hat, aber wir haben uns die Zeit genommen, ihn anzuziehen, ihm das Haar zu einem Knoten aufzustecken und seinen kastenförmigen Strategenhut mit Nadeln zu befestigen.

Es ist sehr wichtig, dass er sofort als er selbst erkenntlich ist.

Shimin lässt den dampfenden Eimer fallen. Das Ding schlägt mit einem widerhallenden Klappern mehrfach gegen die Metallplatte, auf der wir stehen. Wir sagen kein Wort; An Lushan soll sich ein eigenes Bild von der Situation verschaffen. Der frostige, von einer dicken Rostschicht überzogene Testraum, in dem er aufgewacht ist. Die Fesseln, denen zu entrinnen er nicht die geringste Chance hat.

Die Kamera zwischen uns, wie ein rotes Auge, das ihn böse anfunkelt.

*»Was soll das?«*, bellt er, und sein Atem und seine nassen Gewänder dampfen in der eisigen Luft. Ketten rasseln, als er sich nun noch ein wenig mehr krümmt und windet, aber all seine Bemühungen lassen ihn nur weitere Schreie ausstoßen. Jede seiner Bewegungen muss für ihn die absolute Hölle sein.

Ein instinktives Grauen schüttelt mich, drängt mich, einem Mitmenschen kein solches Leid anzutun. Aber dann spüre ich Shimin an meiner Seite und erinnere mich daran, wie er mit dem Maulkorb im Gesicht gelitten hat, die Adern voller Alkohol, und alles in mir wird so kalt und hart wie die Metallplatten des Raumes.

An Lushan hat uns nicht wie Menschen behandelt, warum also sollten wir ihn wie einen Menschen behandeln?

Nachdem wir erst einmal hinreichend seine Gewohnheiten unter die Lupe genommen hatten, war es uns ein Leichtes, ihn mit starken Schlaftabletten bewusstlos zu machen. Er lässt sich jeden Tag frisch gedämpfte Teigtaschen aus der Kantine des Ausbildungslagers bringen. Vor einigen Stunden hat Yizhi den Lieferjungen so heftig angerempelt, dass es ihm den Dampfkessel aus den Händen geschlagen hat; dann hat er sich wortreich entschuldigt und dem Jungen angeboten, ihm ein paar neue Teigtaschen zu kaufen. Bevor er sie ihm dann aber ausgehändigt hat, hat er heimlich die aufgelösten Tabletten über die Teigtaschen geschüttet.

»Wir haben da ein paar Fragen an dich«, gurre ich und liebkose, in meinem Rollstuhl sitzend, das Handtuch auf meinem Schoß wie eine Katze. »Und zwar ganz speziell zum Pilotensystem. Verrate uns doch mal – wie genau ist es zu Ungunsten der Mädchen manipuliert worden?«

»Habt ihr zwei jetzt komplett den Verstand verloren?« An Lushans Gesicht wird vor Anspannung ganz rot.

»Nun gut, dass wir so geworden sind, ist schließlich dein Verdienst.« Ein Grinsen breitet sich über meinen Wangen aus. »Also, raus mit der Sprache. Und zwar schnell. Oder wir werden noch viel, viel Schlimmeres mit dir anstellen.«

»Lasst mich frei! Auf der Stelle!«

Ich seufze und schüttele das Handtuch aus. »Shimin.«

Er zieht die Schnapsflasche aus einem Haufen von Werkzeug, das Yizhi hinter dem Kipptisch verstaut hat.

An Lushans Augen werden riesengroß.

Sollte er annehmen, dass wir vorhaben, seinem Vorbild zu folgen und ihm den Alkohol mit Gewalt einzuflößen, ist er auf dem Holzweg.

So einfallslos sind wir nicht.

Shimin bewegt den Kipptisch so, dass An Lushans Kopf dicht über dem Boden baumelt. Ich drücke das Handtuch auf sein sich verziehendes, heftig zuckendes Gesicht.

Ich hätte gedacht, dass Shimin einen glücklicheren Eindruck machen würde, wenn er jetzt seine Rache bekommt, aber als er den Verschluss von der Flasche löst und sich hinhockt, ist sein Gesichtsausdruck erschreckend leer. Er dreht den Flaschenhals nach unten. Schnaps fließt An Lushan in einem rhythmischen *Gluck, gluck, gluck* über Mund und Nase, die vom Handtuch zugedeckt sind.

Ein schmatzendes animalisches Kreischen dringt erstickt von unten gegen das Handtuch. Der scharfe Geruch von Alkohol breitet sich stechend im Raum aus. Shimin umfasst die Flasche fester. Ein leiser Hauch von Anspannung gleitet über seine Züge.

Ich nehme das Handtuch weg. Shimin stemmt den Kipptisch in eine aufrechte Stellung. An Lushan heult immer heftiger und durchdringender, je weiter der Alkohol an seinem mit Brandwunden überzogenen Leib hinunterkriecht. Sein Schmerz scheint selbst die Luft mit elektrischer Spannung aufzuladen.

Zu schade, dass weder Shimin noch ich eine sonderliche Anlage für Holz haben. Holz-Qi, das über Geistmetall vom Feuertyp geleitet wird, ist ein wahres Spektakel. Wäre es uns gestattet gewesen, für Yizhi eine Rüstung herzustellen, hätte er grüne Blitze daraus abfeuern können – beim Test hat sich sein zweitrangiges Qi als Qi vom Holztyp erwiesen. Es hätte eine wesentliche Bereicherung für unsere Palette aus Gräueln darstellen können.

»Und jetzt *rede.*« Ich rolle aus dem Blickwinkel der Kamera heraus. »Wir wissen, dass das System so manipuliert worden ist, dass es Mädchen benachteiligt. Verrate uns die genauen Einzelheiten. Und komm gar nicht erst auf den Gedanken zu lügen. Während wir uns hier mit dir unterhalten, macht Sima Yi gerade genau die gleiche Prozedur durch. Sollten deine Antworten von seinen abweichen, werden wir das schnell herausfinden.«

In Wirklichkeit liegt Sima Yi sicher in seinem Bett und schnarcht, aber unsere Behauptung klingt durchaus glaubwürdig.

»Frauen ... Frauen sind von Natur aus die schwächeren Piloten!«, keucht An Lushan. »So ist es nun eben mal!«

»Das kaufe ich dir nicht ab. Shimin, komm, machen wir weiter.«

Ein Kippen des Tisches, strömender Alkohol, erstickte feuchte Schreie und Würgen.

»Inwiefern ist das Pilotensystem zum Nachteil der Pilotinnen manipuliert worden?«, frage ich mit einer geradezu unfassbaren Ruhe.

An Lushan flucht wie tollwütig, und seine Stimme klingt verwaschen. Alkohol wirkt schnell, wenn man ihn direkt durch die Nasenlöcher einführt. Was auch Teil unseres Plans gewesen ist.

»Weißt du, uns war klar, dass es nicht leicht sein würde, dich zu knacken.« Ich lege den Kopf schief. »Aber du solltest dir eins überlegen: Ist eine Wahrung der Geheimnisse der Armee es denn wirklich wert, dafür deine Nachkommenschaft zu verlieren?«

Er erstarrt mit einem Ruck, gegen den Kipptisch gepresst. »Was?«

Shimin nimmt ein Tablet von dem Haufen mit Werkzeug und reicht es mir. Ich halte es in die Höhe. Es zeigt das Bild eines Knaben, der in einem dunklen Betonraum an einen Stuhl gefesselt ist. Ein Junge in dem Alter und mit dem Körperbau von An Lushans Sohn.

Tatsächlich ist es ein Bild, das Yizhis Unternehmenskontakte zusammenretuschiert haben, aber ich gebe keine Erklärungen ab. Versuche mich an keinem verbalen Bluff. An Lushan soll mithilfe seiner eigenen rasenden Gedanken selbst in die Falle gehen.

Er schüttelt wild den Kopf. »Das ist nicht ... das kann unmöglich sein ... Das habt ihr nicht gewagt.«

»Du hast fünf Minuten, um mit der Wahrheit herauszurücken«, ist alles, was ich antworte. Ich öffne einen Zeitmesser an dem Tablet und stelle es aufrecht auf meinen Schoß.

»Er ist noch ein Kind!« Seine heisere Stimme versagt, es klingt wie brechendes Glas. »Ein Kind!«

»Auf welche Weise ist das Pilotensystem zum Nachteil der Pilotinnen manipuliert worden?«, wiederhole ich. Keine Rechtfertigungen. Kein Raum für Verhandlung.

»Bitte ...« Er flennt jetzt doch tatsächlich.

Ich gebe Shimin ein Zeichen. Er macht Anstalten, den Kipptisch wieder nach unten zu drücken.

»Der Yin-Platz ...!«, ruft An Lushan.

Shimin erstarrt, eine Hand auf einer Ecke des Kipptischs.

»Was war das noch mal?« Ich beuge mich vor.

An Lushan atmet in flachen Stößen, die Augen fest zusammengepresst. »Der Yin-Sitz wird weniger aktiv und stärker passiv gespeist.«

Jeder Muskel in mir spannt sich an und zittert. Die Resignation in seiner Stimme ist unverkennbar.

Das ist endlich die Wahrheit.

»Was bedeutet das – aktiv oder passiv gespeist?« Ich umklammere die Armlehnen meines Rollstuhls mit glitschig feuchten Händen. »Erklär es mir.«

»Die aktive Speisung läuft via Geistdruck und über die Nervensignale aus dem Rückgrat.« Er hält die Augen geschlossen. »Passive Speisung bezieht sich einfach auf den Qi-Fluss.«

Ein Kribbeln überzieht meine Wangen, mir wird kalt. Der Unterschied ist also einfach so wie der zwischen Shimin und mir, wenn wir aktiv das Kommando über den Zinnoberroten Vogel haben, und Yizhi, der uns passiv sein Qi zur Verfügung stellt.

Glas zerspringt auf Metall, und ich schrecke zusammen.

Shimin hat die Schnapsflasche fallenlassen.

»Willst du damit sagen …« Er atmet tief durch. »Der Geistdruck eines Mädchens wird in einer Chrysalis aktiv *abgeschwächt?*«

*Ah.* Er ist mit seinen Gedanken bei Wen De. Wen De, die seine ebenbürtige Partnerin hätte sein sollen und die doch seinem Geistdruck nicht hat standhalten können und eingeknickt ist. Es lag also doch nicht daran, dass sie schwächer als er gewesen wäre.

Schuld war vielmehr, dass ihr das Pilotensystem physisch nicht erlaubt hat, die Chrysalis mit ihrer vollen Kraft zu steuern.

»Mädchen liefern mehr Qi«, sagt An Lushan, als könnte uns das beruhigen. Als würde es nicht einfach bedeuten, dass dem Jungen die Möglichkeit gegeben wird, das Mädchen wie eine Batterie zu entleeren.

Shimin stürmt davon, und die Schritte seiner in ihrer Rüstung steckenden Füße hallen wie Pistolenschüsse durch den Raum. Er stützt sich an der mit Stahlplatten verkleideten Wand am hinteren Ende der erhöhten Fläche ab. Seine Finger krampfen sich auf dem glänzenden Metall zu Fäusten zusammen.

Mein ganzer Körper erbebt von der gleichen Erkenntnis, wie sie soeben ihn überfallen haben muss: Alle ebenbürtigen Partien sind in Wirklichkeit gar nicht ebenbürtig und ausgeglichen. Ein Mädchen muss zunächst diesen künstlichen Filter durchdringen, der den Geistdruck abschwächt, dann erst wird die Frage der Ebenbürtigkeit und des Gleichgewichts zwischen beiden relevant.

Das Mädchen muss also immer stärker sein.

Was erklärt, warum bei Paaren die Pilotin stets einen größeren Geistdruck zu haben scheint als ihr Partner. Es entspricht einfach der Wahrheit. Sie muss stärker sein.

Und jene wirklich ebenbürtigen Paarungen, Paare wie Shimin und Wen De, die vielleicht funktioniert hätten, wenn die Speisung jeweils die Gleiche gewesen wäre?

Alle haben wir aufgrund des künstlichen Ungleichgewichts verloren.

»Ich habe die Wahrheit gesagt«, keucht An Lushan durch seinen Schmerz hindurch. »Jetzt müsst ihr meinen Sohn ...«

»Warum?«, schreie ich auf, und meine Stimme hallt von den Wänden des Raumes wider. »Warum macht die Armee so etwas? Warum können beide nicht einfach gleich stark sein? Würdet ihr dann nicht über viel mehr ebenbürtige Partien verfügen?«

»Geistdruck ist ... zu unberechenbar. Das ist ... die einzige Möglichkeit. Um sicherzustellen, wer wieder zurückkehrt.«

»Die *Kerle*«, sage ich, und meine Zunge und meine Lippen werden taub. »Um sicherzustellen, dass immer die Männer zurückkommen.«

»Wir würden niemals genug einsatzfreudige Piloten bekommen ... wenn sie Angst vor ihren Partnerinnen haben müssten ... in jeder Schlacht.«

*»Und du glaubst, die Mädchen hätten keine Angst?«*

»Mädchen ... wissen, wie man Opfer bringt.«

Übelkeit steigt in mir auf, überwältigt mich. Ich würde mich am liebsten neben Shimin an die Wand stellen. Mit dem Kopf dagegenschlagen, bis mein Schädel zerspringt und nur Blut und Hirnmasse übrig sind.

»Lasst meinen Sohn frei.« An Lushan hat die Unverschämtheit, weiterhin um Gnade zu flehen.

»Du widerst mich an.« Meine Worte werden durch ein Schluchzen erschüttert. »Ihr alle widert mich an.«

»Lasst es nicht ... an meinem Sohn aus.« Blankes Entsetzen lässt seine Züge totenbleich werden. »Die Mädchen haben es gewusst. Sie haben gewusst, dass die Wahrscheinlichkeit, zu sterben, für sie größer ist. Sie haben sich dafür entschieden!«

»Nein!«, schreie ich. »Ihre Familien haben für sie entschieden! Und sie haben nicht dagegen angekämpft, weil sie an die unsagbar winzige Möglichkeit geglaubt haben, sie könnten es in eine ebenbürtige Partie schaffen!«

»Das hat alles nicht das Geringste mit meinem Sohn zu tun!« Er bäumt sich in seinen Fesseln auf. »Lasst ihn frei!«

Wieder und wieder schüttele ich den Kopf. »Dein Sohn lebt in einer Welt, die das Potenzial der Hälfte ihrer Bevölkerung vergeudet. Und das alles, während die Hunduns direkt außerhalb der Großen Mauer nur darauf warten, uns zu Staub zu zermalmen. Wir sind dabei, direkt in unseren Untergang zu ziehen, und du meinst, es hätte nichts mit ihm zu tun?«

»Lasst ihn frei! Ihr habt es versprochen!«

»Wir haben nichts dergleichen versprochen.« Shimins Stimme donnert durch den Raum wie etwas mit Händen Greifbares, so laut, dass ich in meinem Rollstuhl zusammenzucke. Er dreht sich um, und seine Meridiane flammen in voller Intensität auf, Rot mit goldenen Einsprengseln.

Ich bin verdutzt. Dann entringt sich mir ein Lachen, kalt wie Eis. Ja, lass uns An Lushan so viel Schmerz wie möglich zufügen.

»Das ist richtig.« Ich sehe ihm in die Augen und schleudere eine neue Lüge nach ihm, als wäre sie ein Dolch. »Unsere Leute haben ihn schon vor Stunden umgebracht.«

Mit An Lushan geht eine Verwandlung vor sich. In der einen Sekunde ist er noch ein leidender und gepeinigter Mann, in der nächsten eine heulende, um sich schlagende Bestie, die mich mit jedem Schimpfwort verflucht, das zur Herabwürdigung einer Frau ausgespien werden kann.

Shimin kommt zurückgestapft und kippt den Tisch mit An Lushan mit einem brutalen Stoß nach unten. An Lushans Flüche bleiben ihm im Hals stecken.

»Sprich nicht so mit meiner Partnerin.« Shimin starrt finster auf ihn herab.

»Damit kommt ihr nicht durch!«, brüllt An Lushan, den Kopf nach unten baumelnd. »Man wird Beweise finden! Ihr werdet dafür zahlen!«

Shimin lacht, ein tiefer, unnatürlicher Laut, der durch mich hindurchsticht und ein leises Gefühl der Beunruhigung in mir wachruft. Er umfasst das schwere Halsband aus Stahl, mit dem ihm die Armee seit zwei Jahren die Kehle abschnürt. Leuchtend rotes Licht strahlt unter seinem Griff. Die Luft in der Nähe seiner Hände kräuselt sich vor Hitze, und das Metall verbiegt sich.

Er reißt sich das Halsband herunter und schleudert es zu Boden, mit der Gewalt eines Donnerschlags.

Ein kalter Schauder rieselt mir über die Haut, während die Wucht des Aufschlags durch den Raum vibriert. Es ist so lange her, seit ich in seiner Nähe irgendeine Art von Furcht empfunden habe, dass ich ganz vergessen habe, wie beängstigend er sein kann. Irgendetwas ist in ihm erwacht. Etwas, was nicht zwangsläufig zum Guten führt.

*Was habe ich getan?* Meine Gedanken verwirren sich. *Was habe ich da entfesselt?*

Aber in der nächsten Sekunde habe ich mich auch schon wieder gefangen, denn nicht ich bin diejenige, die ihm unrecht getan hat. Es sind alle anderen.

*Diese* Sorte Junge haben sie ihn genannt.

*Jene* Sorte Mädchen haben sie mich genannt.

Also gut. Hier sind wir. Erfüllen die an uns gestellten Erwartungen.

»Was immer passiert, du wirst es jedenfalls nicht mehr erfahren.« Shimin holt eine neue Schnapsflasche hervor. Er spricht, als verkörperte er nun wirklich den Eisernen Dämon, der er nie hat sein wollen. Er hockt sich vor An Lushan hin und hält die Flasche in die Höhe. Sie reflektiert das Leuchten von Shimins Qi-Meridianen, das zu einem dampfenden Rot abgeklungen ist. »Ich werde dich hiermit ertränken und dabei jeden einzelnen Moment genießen.«

»Ach, es ist eine solche Tragödie«, mische ich mich mit gespielter Trauer ein und hebe das tropfnasse Handtuch hoch. »Der Leitende Stratege An ist über Nacht einfach verschwunden. Ach, nun ja. Es bleibt keine Zeit, jede Ritze in der Mauer nach ihm zu durchsuchen. Die Gegenoffensive kann schließlich auch ohne ihn stattfinden. Das Kommando führt ohnehin Chefstratege Zhuge. Und er ist viel sympathischer.«

An Lushan wirkt für einen Moment außer Fassung, dann bricht er in hysterisches Gelächter aus. »Glaubt ihr, es wird euch schützen, dass ihr Helden seid? Viel Glück dabei! Im Augenblick eures Sieges ist der Moment gekommen, wo man euch endlich abschlachten kann!«

»Oh nein.« Ich fasse mir an die Brust. »Wir haben für jenen Augenblick viel größere Pläne. Und dein Geständnis macht das alles erst möglich.«

»Ihr zwei werdet nicht das geringste bisschen ändern können.« Ein wildes Hohngrinsen entstellt An Lushans Gesicht. »Richtige Frauen wissen, wo ihr Platz ist. Auch wenn sie die Wahrheit erfahren, spielt das für sie keine Rolle!«

»Weißt du, was ich glaube?«, setze ich an. »Ich glaube, dieses ganze Konzept von den willigen und gehorsamen Frauen ist nichts anderes als Wunschdenken. Warum sonst solltet ihr so viel Aufwand investieren, um uns zu belügen? Um unsere Körper zu verkrüppeln? Um uns mit einer erfundenen Moral zu knebeln, die ihr als heilig darstellt? Ihr unsicheren Männer, ihr habt einfach Angst. Ihr könnt uns zur Gefügigkeit nötigen, aber tief in eurem Innern wisst ihr, dass ihr uns nicht zwingen könnt, euch wahrhaft zu lieben und anzuerkennen. Und ohne Liebe und Anerkennung wird da immer der Keim des Hasses und des Widerstands sein. Und er wächst. Und schwärt. Wartet auf seinen Moment.« Ich grabe die Fingernägel in An Lushans nach unten hängenden Kopf, wie Wurzeln, die sich ihren Weg durch Pflasterstein bahnen. »Bevor du stirbst, lass mich dir noch etwas bestätigen. Frauen wie ich sind überall und halten nur mit knapper Not die Fassade der treusorgenden Gattin, der guten Tochter, der Konkubine aufrecht. Und ich denke nicht, dass sie über die Lügen der Armee allzu erfreut sein werden.«

An Lushan öffnet den Mund, um noch eine Beschimpfung auszuspucken, aber ich bringe ihn mit dem Handtuch zum Schweigen, so wie auch er sich große Mühe gegeben hat, mich zum Schweigen zu bringen. Shimin entfesselt eine unaufhörliche Sturzflut von Schnaps, dem Mittel, das einst seine Persönlichkeit hat zerstören sollen.

An Lushans letzte Worte ertrinken in nassem, erstickendem Elend.

Als wir in unsere Wohnung zurückkehren, eilt Yizhi in einer mehlbestäubten Schürze an die Tür. Dazu trägt er Ärmelschoner mit Blumenmuster, wie sie normalerweise die Tanten vom Küchenpersonal überziehen.

»Na, hat die Party Spaß gemacht?«, fragt er, und sein eindringlicher Blick passt so gar nicht zu seinem gespielt fröhlichen Tonfall. »Kommt, helft mir beim Kochen fürs Abendessen! Ich wollte gerade ein paar Teigtaschen braten.«

Yizhi hat jedes Mittel zum Schutz vor Überwachung eingesetzt, dessen er habhaft werden konnte, um sicherzustellen, dass unsere Zimmer nicht verwanzt sind, aber trotzdem gehen wir kein Risiko ein. Shimin und ich schlingen die Flügel unserer Rüstungen um uns, sodass wir uns mit Yizhi in die Küche zwängen können. Mein Rollstuhl passt nur mit Mühe und Not hinein. Yizhi schaltet die Dunstabzugshaube ein und kippt einen ganzen See von Öl in einen riesigen Wok. Die Arbeitsflächen neben ihm sind mit Aluschalen voller handgemachter Teigtaschen bedeckt. Ein Tontopf mit Shimins Kräuterheilmittel köchelt auf dem Herd und sorgt nicht nur für eine beachtliche Geräuschkulisse, sondern auch für Sichtschutz; Dampf steigt in wallenden, sich verflüchtigenden Wolken auf, beschlägt die Fenster und versperrt potenziellen Erkundungsdrohnen die Sicht.

Würde es sich um irgendeinen anderen Anlass handeln, würde ich jetzt lachen. Einer der Vorteile davon, nicht nach den Regeln zu spielen, ist: Du brauchst nicht zu wählen zwischen dem einen Jungen, mit dem zusammen du gerade einen Mann zu Tode gefoltert hast, und dem anderen, der dich anschließend daheim mit selbst zubereiteten Teigwaren empfängt.

Aber die Kamera lastet auf meinem Schoß wie eine Bombe. Ich bringe nicht die Kraft auf, um auch nur im Ansatz zu erklären, was wir in Erfahrung gebracht haben.

Nachdem Yizhi die ersten Teigtaschen in das Öl geworfen hat und nun ein explosionsartiges Brutzeln und Zischen die dunstige Luft mit neuem Dampf erfüllt, halte ich die Kamera hoch.

»Schau es dir selbst an«, sage ich mit zusammengebissenen Zähnen. »Schau es dir einfach selbst an.«

Mit verkniffener Miene greift Yizhi nach der Kamera und beugt sich über die Küchentheke. Shimin schnappt sich zwei Essstäbchen und übernimmt das Braten der Teigtaschen, wendet sie im Öl. Schon bald erfüllt ein himmlischer Duft die Küche, und trotz der Anspannung, die mir den Magen zusammenschnürt, läuft mir das Wasser im Mund zusammen.

Von draußen dringen gedämpft die trunkenen Kriegslieder der feiernden Piloten durch die beschlagenen Fensterscheiben herein. Ein schummriges Licht gleitet über Yizhis Gesicht, während er die Aufnahmen abspielt und dabei die Kamera so dicht an sein Ohr hält, dass er die Bilder nur mit einem Auge verfolgen kann. Zum ersten Mal seit Langem steigt Verlegenheit in mir auf. Er bekommt Shimin und mich von unserer schlimmsten Seite zu sehen. Normale Leute wären entsetzt, dass wir einem anderen Menschen so etwas antun und dann ohne Reue hinausspazieren können.

Doch als An Lushans Schreie durch die Lautsprecher der Kamera schrillen, bleibt Yizhis Blick kühl und unbeteiligt. Er blinzelt nicht einmal. Erst als An Lushan mit dem Geständnis herausplatzt, verziehen sich Yizhis feine Gesichtszüge vor Schreck.

Er sieht uns an, als wollte er fragen, ob wir diese Aufnahme irgendwie manipuliert haben. Ich starre mit steinerner Miene zurück – ein stummes *»Tut mir leid, aber genau so ist die Welt eben«*.

Ich muss ehrlich sagen, nach dem ersten Schock passen all die Informationen perfekt zusammen und ergeben ein stimmiges Bild. Ich bin stinkwütend auf mich selbst, dass ich nicht früher dahintergekommen bin.

*»Mädchen haben von Natur aus nun mal einen schwächeren Geistdruck als Jungs.«*

Wie ist es möglich, dass ich so lange die entscheidende

Frage nicht gestellt habe, dieses schlichte: *»Moment mal, warum denn?«* Wie viele Aspekte des Pilotensystems – und der Welt im Allgemeinen – basieren auf nüchternen Fakten, und wie viele sind einfach nur Illusionen? Illusionen, die sich Generation um Generation von selbst verstärken, weil die Menschen die bequemen Umstände um sie herum nicht hinterfragen, die willkürlichen Regeln, nach denen sie leben?

Als die Aufnahme endet, erschreckt mich ein durchdringendes *Krrrk*. Shimin steht im fahlen Rauch des zischenden und spuckenden Woks, die Augen geschlossen, seine gepanzerte Faust auf den Mund gepresst. Die Essstäbchen in seiner anderen Hand sind zerbrochen. Sein ganzer Körper ist steif von der Anstrengung, nicht zu zittern, so als müsste er noch einmal eine Entgiftung durchmachen.

»Shimin …«, haucht Yizhi und streckt die Hand nach ihm aus.

»Tut mir leid, ich …« Shimin verstummt. Seine Augen weiten sich, bis sie riesengroß sind, die Iriden rot wie ein frisch entfachtes Feuer. »Nein, es tut mir nicht leid!« Er wirbelt herum. Die Splitter der Essstäbchen fallen klappernd auf den speckigen Boden. Tränen strömen ihm aus den dämonisch roten Augen ungehemmt übers Gesicht. »Nichts davon ist meine Schuld!«

»Nein, wirklich nicht«, antwortet Yizhi in düsterem Tonfall und mit dazu passendem ernstem Gesichtsausdruck.

Shimin stößt ein knochentrockenes Lachen aus und schüttelt den Kopf. Er schlägt mit seiner gepanzerten Hand gegen das Fenster. Risse ziehen sich durch das beschlagene Glas. Das Glühen seiner Augen wird vom gesplitterten Glas als verschwommene rote Flecken reflektiert. »Die ganze Zeit über … All die vielen Mädchen …«

Ich fahre mit meinem Rollstuhl zu ihm heran und greife

nach seiner anderen Hand. »Ich habe es dir gesagt. Sie haben dich ausgenutzt.«

Yizhi lässt die Kamera auf der Arbeitsfläche liegen und entfernt seine Ärmelschoner. Mit dem sauberen Saum seines Strategiestudentengewands wischt er Shimin die Tränen weg. »Und vergiss nicht – selbst wenn die Umstände durch und durch falsch und unrecht waren, diese Schlachten an sich waren nicht bedeutungslos.«

Shimin sieht zwischen Yizhi und mir hin und her, und das Glühen seiner Augen wird schwächer, bis sie wieder schwarz sind.

Doch im Fenster erscheint ein anderes rotes Glühen.

Ich verkrampfe mich, weil ich es für eine Drohne halte, aber dann wischt Yizhi das Glas mit der Hand trocken ...

Es ist eine Gebetslaterne aus Papier, die wie ein flammender Stern über die Hundunwildnis schwebt, auf das echte Sternengefunkel zu, das die Nacht erfüllt. Einige weitere ziehen hinterher, werden aber schnell in den Dunst von Dampf und Rauch gehüllt, der die Nacht um uns herum vernebelt. Wir drei sehen einander an, dann beschließen wir wortlos und einstimmig, das Fenster zu öffnen.

Ein flatternder Wind trägt den staubigen Duft der Wildnis herein, der sich mit dem Geruch von Verbranntem aus dem Wok vermischt. Ich nehme mir zwei neue Essstäbchen und fische die angekohlten Teigtaschen heraus. Das Letzte, was wir jetzt brauchen, ist schrillender Feueralarm.

Ein staunender Laut von Yizhi lässt mich den Kopf drehen. Eine Reihe weiterer Laternen hat sich gen Himmel erhoben, wie ein fliegendes Spiegelbild der Großen Mauer, ein Drache in leuchtendem Orange vor dem Hintergrund des funkelnden Kosmos.

*»Für die Rache!«*, rufen die feiernden Piloten von ihrem Platz auf der Mauer hinter unserem Wachturm aus.

*»Für die Freiheit!«*

*»Für die Menschheit!«*

»Ihr Piloten und Pilotinnen ...«, beginnt Yizhi, ohne den Blick von den Laternen abzuwenden, und sein halb aufgestecktes Haar bewegt sich im Nachtwind. »Ihr macht etwas Wichtiges.«

»Aber wir können es noch besser machen«, gebe ich zurück.

»Ja«, pflichtet Shimin mir bei. Er sieht die Laternen gar nicht an. Er sieht Yizhi an. »Das können wir.«

Sein gepanzerter Daumen gleitet über Yizhis anmutig geschwungenes Kinn und wischt ihm einen Mehlfleck weg.

Yizhis Augen weiten sich.

»Entschuldige ...« Shimin nimmt seine Hand ruckartig weg.

Yizhi macht einige Sekunden lang den Eindruck, als suche er nach Worten, dann setzt er eine entspannte Miene auf. »Du brauchst dich nicht zu entschuldigen, mein Hübscher.«

Er zwinkert ihm zu.

Ich muss mir auf die Unterlippe beißen, um nicht lauthals über den Ausdruck auf Shimins Gesicht zu lachen.

»Wirklich, du brauchst dich nicht zu entschuldigen«, wiederholt Yizhi, nun ernster. Atemloser. Seine Fingerspitzen gleiten über die neu freigelegte Haut von Shimins Hals, voller roter Schwielen und verschrammter Narben, die das abgestreifte Halsband zurückgelassen hat.

Shimin atmet bebend durch den Mund ein. Yizhi mustert seine Lippen für einen langen, verträumten Moment, dann sieht er Shimin in die Augen. Dampf und Nachtluft wogen und wallen zwischen ihnen, widersprüchliche Strömungen von heiß und kalt. Die fernen Laternen hängen über ihren Köpfen wie eine strahlende Brücke. Mein Gesicht wird warm, und mein Puls hämmert gegen meine Trommelfelle.

Geschieht das hier wirklich?

Geschieht es jetzt *endlich*?

Shimins Blick gleitet über Yizhis Gesichtszüge, fährt dann aber ruckartig zu mir herum. Schuldgefühle blitzen auf.

Ich verdrehe die Augen, forme mit den Fingern ein Dreieck und nicke.

Ihm entfährt ein Kichern.

Yizhi lacht ebenfalls. »Es gibt nicht annähernd genug schöne Gefühle auf der Welt, warum also sollten wir uns etwas versagen?«, fragt er fast schon im Flüsterton. Dafür ist der Blick, mit dem er Shimin gefangen hält, auf andere Weise umso intensiver.

Shimin schluckt. »Eigentlich wäre das Letzte, was ich gebraucht habe, ein weiterer Grund für die Welt, mich zu hassen. Obwohl ich jetzt …«

»Jetzt?« Yizhis Stimme wird so hauchzart wie der Nebel, der beide umwallt.

»Jetzt verstehe ich …« Shimin umfasst Yizhis Kinn. »Es ist alles verdammt noch mal nur ein Riesenquatsch mit Soße.«

Er schlägt mit dem anderen Arm das Fenster zu, dann beugt er sich herab und erobert Yizhis Lippen mit seinen eigenen.

Mein Herzschlag stockt, und meine Brust schnürt sich zusammen. Aber ich bin im Reinen mit dem, was hier geschieht. Es erscheint mir nicht wie irgendeine Art von Verrat, sondern eher wie eine Vollendung. Mein Mörderjunge und mein lieber Junge. Die letzte Linie in dieser Dreiecksformation zu ziehen, in der wir getanzt haben, macht uns stärker denn je.

Das hier ist unkonventionell, eine weitere unausgesprochene Regel, die wir brechen, aber was soll's: Für uns funktioniert es. Und ich würde sagen, wir drei haben genug davon, uns von der Welt vorschreiben zu lassen, was in Ordnung ist und was nicht.

Als sich Yizhi und Shimin aus ihrem Kuss lösen, strecken sie beide wie auf Kommando gleichzeitig die Arme aus und ziehen mich näher heran. Gemeinsam wenden sie sich mir zu. Mir schlägt das Herz immer höher, bis zum Hals hinauf.

»Gut, jetzt, wo wir das endlich geklärt haben …« Mein Lachen verwandelt sich in einen Seufzer. Mein Blick wird hart. »Lasst uns die Welt verändern.«

Es gibt immer noch ein Letztes zu tun: das Video so zurechtzuschneiden, dass darauf nichts mehr als das Geständnis zu sehen bleibt.

Wir haben An Lushan gegenüber nicht geblufft, als wir gesagt haben, wir hätten einen größeren Plan. Unmittelbar nachdem wir die Provinz Zhou zurückerobert haben, in genau dem Moment des Sieges, wenn alle Kameradrohnen auf uns gerichtet sind, werde ich das Cockpit verlassen, ein Tablet in die Höhe heben und die Wahrheit über ganz Huaxia hinweg verbreiten.

# TEIL IV
# DER WEG DES DRACHEN

*Es gibt eine Gottheit im Berg, mit sechs Beinen und vier Flügeln und ohne erkennbare Gesichtszüge inmitten ihres Chaos von Hunduns. Doch sie weiß zu singen und zu tanzen. In Wahrheit ist sie der Flusskaiser.*

*Shanhaijing* (Klassiker der Berge und Meere, 山海经)

## KAPITEL 40

# GEISSEL DES UNIVERSUMS

Alle dreihundertneunundzwanzig aktiven Chrysaliden, die sich an der Außengrenze von Sui und Tang versammelt haben, brechen auf, während über ihnen noch immer die Sterne glitzern. Wir rasen in gleichmäßigen Abständen in einer Linie durch die Hundunwildnis, erschüttern die Erde und wirbeln graue Staubwolken auf.

Wie vorausgesehen hat An Lushans Verschwinden für jede Menge Wirbel gesorgt, aber die Armeeführung konnte den Zeitpunkt unseres Ausrückens nicht hinauszögern. Tageslicht ist allzu wichtig. Wir würden uns einen riesigen Nachteil hinsichtlich der Sichtbedingungen aufhalsen, sollte sich die Schlacht über den Sonnenuntergang hinaus ausdehnen.

Wir haben An Lushans sterbliche Überreste in der Toilette irgendeines zufällig ausgewählten Bunkers versteckt. Ich bezweifle, dass wir überhaupt davon erfahren werden, wenn sie seine Leiche finden. Sie werden die Moral nicht untergraben wollen, indem sie etwas Derartiges bekanntgeben.

Shimin und ich preschen in der Standardform des Zinnoberroten Vogels voran, unsere Krallen donnern über den Boden und reißen hier und da Spalten hinein. Der Wind peitscht über unsere Flügel und unseren Schwanz aus langen Federn. Links und rechts von uns halten der Weiße Tiger und die Schwarze Schildkröte mit uns Schritt, immer noch in Sichtweite, wenngleich zwischen uns eine beträchtliche Entfernung liegt. Die Formation aus Chrysaliden hat sich so weit über die Ebene verteilt wie überhaupt möglich, ohne größere Zwischenräume für die Hunduns zu lassen.

Unzählige gepanzerte Lastfahrzeuge stürmen in sicherem Abstand hinter uns her. Von unserer Warte aus sind sie so winzig wie kleine Käfer, die durch die von uns aufgewirbelten Staubwolken brechen. Sie sind mit Funksendern ausgestattet, die über eine größere Reichweite verfügen als Erkundungsdrohnen und die Lautsprecher der Chrysaliden. Wann immer sie sich einer neuen Grenze der Übertragungsreichweite nähern, bleibt die jeweils hinterste Reihe von ihnen zurück.

Wenn wir die Linie von Sendefahrzeugen zerstören, die uns am nächsten ist, kann sich die Armee nicht mehr über unsere Aktionen informieren und auch den anderen Piloten keine Befehle mehr erteilen. Auf diese Weise planen wir am Leben zu bleiben, nachdem wir An Lushans Geständnis ausgestrahlt haben.

Ich sollte diese Leute nicht mal mehr »die Armee« nennen. Die Strategen sind nur ein Haufen seniler Strippenzieher, die niemals ihr Leben auf dem Schlachtfeld riskiert haben, und die Soldaten kümmern sich nur um die normalen Menschen überall in Huaxia, nicht um den Terror der Hunduns. Die wahre Armee ist hier bei uns. Shimins Reaktion auf die Wahrheit macht mir Hoffnung, dass andere männliche Piloten vielleicht den gleichen Zorn empfinden werden. Sie können nicht alle herzlose Ungeheuer sein, denen es nichts ausmacht zu spüren, wie Konkubine um Konkubine neben ihnen stirbt. Wenn unsere Überzeugungskraft nur hinreichend groß ist, könnte diese unaufhaltbare Legion riesiger, wandelbarer Kriegsmaschinen schon bald uns gehören statt ihnen.

Dann haben die Strategen und die Weisen keine andere Wahl mehr, als sich uns zu beugen.

Ich ertappe mich dabei, wie ich in verwegene Fantasien abdrifte, sehe die Weisen auf Knien flehen und Pilotenkonkubinen auf der Großen Mauer jubilieren.

*Konzentrier dich,* schelte ich mich in Gedanken.

Wir befinden uns hier nicht mehr auf dem Territorium der Menschen. Es könnte jeden Moment eine Hundunherde vom Horizont herbeistürmen. Wenn sie irgendwie an unserer Linie von Chrysaliden vorbeikämen, wäre das eine Katastrophe, da die gesamte Außengrenze von Sui und Tang nun mehr oder weniger ohne Verteidigung ist. Deshalb können wir auch das Video mit der Wahrheit über die Pilotinnen nicht ausstrahlen, solange wir nicht das Hundunnest zerstört haben, wie sehr ich mir auch mit jeder verstreichenden Sekunde wünsche, diese Wahrheit endlich in die Welt hinauszuschreien. Das Chaos, das die Folge wäre, könnte die Schlacht zu sehr beeinträchtigen. Wir müssen als Erstes tatsächlich gegen die Hunduns gewinnen, um unser kollektives Überleben zu sichern.

Unseren Geistsinn während des ganzen Vormarschs beständig aktiv zu halten, würde einen gewaltigen Verlust von Qi bedeuten. Daher sind wir gezwungen, uns auf die Strategen und ihre Erkundungsdrohnen zu verlassen und darauf zu bauen, dass sie uns vor sämtlichen feindlichen Aktivitäten warnen. Die Provinz Zhou ist vollkommen flach; es fühlt sich an, wie über eine sich permanent wiederholende Störung im Universum hinwegzuschreiten. Ideal für Ackerbau und Viehzucht; eine Katastrophe, wenn es darum geht, sich gegen Hunduns zu verteidigen. Daher haben wir die Provinz auch so beängstigend schnell verloren, als den

Hunduns vor über zweihundert Jahren der Durchbruch gelang, und es ist wahrscheinlich auch der Grund, warum sie ihr Reproduktionsnest trotzdem im Kunlungebirge gelassen haben. Obschon der Gebirgszug ganz am anderen Ende der Provinz liegt, ist er bereits jetzt schwach am Horizont sichtbar, wie eine Reihe schiefer Zähne. Es gibt im ganzen Land keine größeren natürlichen Bollwerke.

Anfangs rege ich mich darüber auf, wie die Hunduns über zwei Jahrhunderte hinweg dieses Land ausgesaugt und zur unfruchtbaren Wüste gemacht haben. Land, das einst von den grünen Quadraten von Getreidefeldern sowie von sich grüppchenweise aneinanderreihenden Dörfern überzogen war – von denen eines mein eigenes war, mein wahrer Heimatort, wo sich meine Vorfahren Generation für Generation abgeplagt haben, wo sie gearbeitet, gelacht und gesungen haben.

Aber dann, nach ungefähr dreißig Minuten, taucht in der Ferne üppig wuchernder Wald auf. Und es finden sich keine Anzeichen dafür, dass er irgendwo wieder aufhört.

Sima Yi, der über die Lautsprecher mit uns in Verbindung geblieben ist, erklärt, dass die Landschaft hinter der von intensiven Kämpfen heimgesuchten Zone überall so aussieht. Die Hunduns können sich frei über das Land bewegen, daher erschöpfen sie nie das gesamte Qi einer bestimmten Region, sodass dort in der Tat Pflanzen wachsen können.

Ich bin überrascht. Über lange Zeit hinweg habe ich geglaubt, die ganze Provinz sei nur Ödland.

Zumindest stellt es kein Problem dar, durch die Bäume zu trotten. Die Standardform des Zinnoberroten Vogels ist fünfzig Meter hoch, mehr als dreimal so hoch wie die meisten Bäume des Waldes. Trotzdem regt sich in mir ein alarmierendes Gefühl, etwas Falsches zu tun, als sich zweihundert Jahre alte Baumstämme nebst Blattwerk unter unseren tänzelnden Klauen krümmen, bersten und zusammenbrechen. Die Luft ist erfüllt von einem misstönenden, verstörenden Lärm von Tod und Zerstörung, der durch den Wald dringt, durch welchen nun auch die anderen Chrysaliden hindurchpflügen. Ständig werden neue Vögel aufgeschreckt; sie steigen vor dem Hintergrund der sich aufhellenden Morgendämmerung schwarz zum Himmel auf, als würde da eine flatternde Schicht immer weiter und weiter gen Westen geworfen.

Und wer weiß, wie viele andere Geschöpfe es nicht schaffen, uns aus dem Weg zu gehen?

Es ist verblüffend, wie ordentlich und friedlich der Wald wirkt, wo ihn doch über zwei Jahrhunderte hinweg angeblich Hunduns jeder Größe durchstreift haben. Ein regelmäßiges Muster runder Zwischenräume zwischen den Bäumen scheint mir am ehesten eine Antwort auf die Frage zu geben, wie ihnen das gelungen ist, ohne alles restlos plattzumachen. Jeder einzelne Zwischenraum ist groß genug für das Bein eines Hunduns der Adelsklassen. Aber diese lochartigen Lichtungen sind so regelmäßig und klar umrissen, dass sich das nur damit erklären lässt, dass die Hunduns sorgfältig darauf achten, immer wieder dieselben Trittstellen zu nehmen. Diese Vorstellung ist nicht nur absurd, sondern auch irgendwie entmutigend. Wie können die Hunduns in ihrem Umgang mit dieser Welt *besser* sein als wir?

Ich ertappe mich dabei, wie ich nach Hinweisen Ausschau halte, ob meine Vorfahren denn überhaupt hier gelebt haben. Die Sonne, die hinter uns stetig am Firmament emporklettert und den Schatten verkürzt, den der Vogel über den Wald wirft, wird nur selten glitzernd von etwas reflektiert, was vielleicht Metall oder Beton sein könnte. Klar, die Städte und Dörfer waren damals kleiner, aber dass wir nur so wenigen Zeichen ehemaligen menschlichen Lebens begegnen …

Ein Gefühl des Grauens durchströmt mich, und ich fühle mich innerlich hohl und leer. Wir verwenden alle so große Anstrengungen darauf, unsere Leben zu leben, doch jede Spur davon, wie wir sie mit Inhalt und Bedeutung füllen, kann im Handumdrehen ausgelöscht werden. So mühelos.

Stundenlang stoßen wir auf keinen einzigen Hundun, obwohl die Erkundungsdrohnen der Armee ansonsten für gewöhnlich nach nicht einmal zwanzig Minuten draußen in der Wildnis von ihnen abgeschossen werden. Es ist kein gutes Zeichen. Es bedeutet, dass sich die Hunduns allesamt ins Kunlungebirge zurückgezogen haben und dass sie auf unsere Offensive vorbereitet sind. Die Hunduns wirken in der Regel als derart vernunftlose, mechanische Scheusale, dass die Vorstellung, sie könnten denken und wohlüberlegte Entscheidungen treffen, unleugbar etwas Unheimliches hat. Für sie wäre es in der Tat das Beste, sich uns erst gegen Ende unseres Vormarschs entgegenzustellen, nachdem das lange Unterwegssein bereits ein Gutteil unseres Qi verbraucht hat. Im Herzen des Hundunnests befindet sich ein Vulkan, der Berg Zhurong, der eine Art Pforte darstellt, die direkt zum hyperkonzentrierten Qi im Innern des Planeten selbst führt. Vielleicht werden wir uns dort wieder aufladen können, aber an jenem Ort reproduzieren sich auch die Hunduns. Alle Hundunlarven befinden sich dort. Die Hunduns werden ihr Möglichstes tun, um uns daran zu hindern, dorthin zu gelangen.

Als wir den Bergen endlich näher kommen und das Gelände anzusteigen beginnt, treffen neue Informationen der Erkundungsdrohnen ein, die mich nervös machen. Es soll nun immer nebliger werden. Wir werden also doch keinen großen Sichtvorteil haben.

Das Kunlungebirge ist an sich schon ein ziemlich schlechter Ort für eine Schlacht. Viele der Berge haben die Form von gemeißelten Steinpfeilern, die, wie von der Natur aus dem Fels gehauene Wolkenkratzer, in den Himmel ragen. Zahlreiche Bäume mit breiten, gebauschten Kronen bedecken die zerklüfteten Gipfel und füllen die vielen Schluchten zwischen ihnen. Den Hunduns stehen jede Menge Verstecke zur Verfügung, während unsere Armee gezwungen sein wird, sich in viele kleine Arme zu verzweigen, um mit ihnen fertig zu werden.

Gerade als sich zwischen den schroffen Berggipfeln, die wie Mauern senkrecht in die Höhe ragen, vor uns die ersten Schluchten auftun, bemerken wir eine dunkle Rauchsäule, die aus einem der mutmaßlichen Trittlöcher der Hunduns am Ende des Waldes am Gebirgsrand aufsteigt.

»Bei allen Himmeln, stammt das von Menschenhand?«, fragt Yizhi durch ein Mikrofon, das mit den Lautsprechern des Cockpits verbunden ist. Angeblich hat er es installiert, um besser mit uns »kommunizieren« zu können; tatsächlich ist es jedoch dazu gedacht, die Übertragung von An Lushans Geständnis für die Kameradrohnen hörbar zu machen, wenn es an der Zeit dafür ist. Wir haben das Cockpit für ihn außerdem mit einem offenen Feld versehen, zur besseren Belüftung und damit er einen Blick auf etwas anderes hat als nur auf die bewusstlosen Leiber von Shimin und mir.

Shimin und ich zucken beide zusammen, was die Schritte des Vogels ins Stocken bringt. In der Ferne verlangsamen auch der Weiße Tiger und die Schwarze Schildkröte ihre Schritte, aber wir sind dem Rauch näher als die beiden anderen Chrysaliden. Wir laufen auch schneller durch die Bäume und zerbrechen dabei Baumstämme wie Strohhalme, während wir das Gesichtsfeld des Vogels auf die Quelle des Rauchs richten und sie optisch näher heranholen.

Ein *Mensch*, in Pelze gehüllt, trabt auf einem Pferd durch das Hunduntrittloch. Mit einer Hand hält er die Zügel, während er mit der anderen hektisch winkt. Das Rauchsignal kommt von etwas, was sich hinter dem Pferd befindet.

Mein überraschter Aufschrei dringt laut durch den Schnabel des Vogels hinaus.

Ein Nomade. Ein echter Nomade.

Natürlich weiß ich, dass man überall hier draußen auf Nomadenstämme stoßen kann, die es schaffen, in der Wildnis zu überleben, aber das ist nun der erste greifbare Beweis von menschlichem Leben außerhalb der Großen Mauer, den ich mit eigenen Augen sehe. Der Mut des Mannes erstaunt und bewegt mich. Was bringt ihn dazu, sich so nahe an ein Hundunnest heranzuwagen?

»Ha-hallo?« Shimin spricht durch den Schnabel des Vogels, als wir nun das Tempo drosseln und vor dem Trittloch stehen bleiben. Unser Schatten fällt über die kleine Lichtung im Wald. Seiner Rongdi-Abstammung ungeachtet, klingt er, als wäre er genauso verwundert wie ich.

Der Nomade ruft etwas, was ich nicht verstehen kann, so angestrengt und verzweifelt, dass sein Gesicht rot anläuft. Er zieht eine wettergegerbte Pergamentrolle aus seiner Pelzkleidung, dann lässt er die Zügel los, um das Pergament hochzuhalten. Eine Reihe schwungvoller Schriftzüge wird sichtbar.

Ein Beben geht durch mich hindurch, als mir klar wird, dass ich das Geschriebene lesen kann. Es ist die Schrift der Han, was bedeutet, dass er wahrscheinlich kein Rongdi ist, sondern ein Nachfahr *meines* Volkes, jener Leute, die es nicht geschafft haben, sich in Sicherheit zu bringen, als Zhou gefallen ist.

*Könnt ihr den Kaiser heilen?*, steht auf der Schriftrolle.

»Alles klar.« Sima Yi ergreift über Funk das Wort, bevor wir ihn mit unseren Fragen bestürmen können. »Ehrlich gesagt, es haben zuvor auch schon einige andere Chrysaliden die Bekanntschaft dieser Leute gemacht. Wir haben Mühe, ihren Dialekt zu verstehen, aber sie scheinen von Kaisergeneral Qin Zheng zu sprechen.«

Jetzt kann ich dem Nomaden die Silben von den Lippen ablesen. *»Huang di«* sagt er, wieder und wieder. Kaiser.

»Er ist also wirklich hier?«, rufe ich aus. »Eingefroren und wartet auf ein Heilmittel gegen die Blumenpocken?«

»Wir werden der Sache nach der Schlacht nachgehen. Aber wo wir gerade beim Thema Blumenpocken sind, schließt eure Luftzufuhr und geht nicht zu nahe heran! Er könnte Träger einer latenten Form der Krankheit sein, gegen die unsere Impfstoffe wirkungslos sind. Reicher Junge, wenn du irgendwelche Beulen an einem von euch entdeckst, dann spritze sofort den Virenhemmer!«

»Verstanden!«, antwortet Yizhi.

»Außerdem ... Mist, Mist! Weg hier! Ich bin mir ziemlich sicher, dass wir gerade Anzeichen von Hunduns entdeckt haben!«

Wir schwingen das Gesichtsfeld des Vogels nach oben und entfernen uns optisch wieder von dem Nomaden. Das krachende Konzert der sterbenden Bäume wird lauter, als nun auch andere Chrysaliden ihr Tempo beschleunigen und in das Labyrinth von Schluchten und pfeilerartigen Berggipfeln vorrücken.

Sosehr ich mir auch wünsche, zu bleiben und der Sache mit dem Nomaden nachzugehen – Sima Yi hat recht. Das Ganze muss warten, bis wir zuerst jenen feindlichen Kaiser ausgemerzt haben, den zu bekämpfen wir hier sind. Wir können nicht durch die Berge streunen, während ringsum alles voller Hunduns ist.

»Tut mir leid!«, sage ich noch, an den Nomaden gewandt, bevor ich den Vogel wieder in Bewegung setze. Die Riesenchrysalis erschüttert den Untergrund und lässt das Pferd des Mannes scheuen. Beinahe wäre er hinuntergefallen.

Er greift nach den Zügeln und brüllt weiter, aber seine Worte sind unter all dem Lärm der sich bewegenden Chrysalis unhörbar.

Unsere Einheit für den Frontalangriff versammelt sich; sie besteht aus den kampfstärksten Chrysaliden unserer Armee. Sie werden uns helfen, den Hundunkaiser zu besiegen, während uns die anderen in einem immer enger werdenden Halbkreis von den Seiten her ihre Unterstützung liefern und verhindern, dass die kleineren Hunduns uns allzu sehr piesacken.

Wir stürmen in die Schluchten hinein, den Weißen Tiger und die Schwarze Schildkröte hinter uns. Es ist ein wenig beunruhigend, sich auf Qieluo und Zhu Yuanzhang verlassen zu müssen, aber was immer sie an Groll gegen mich und Shimin hegen mögen – wie auch aufeinander –, ich baue darauf, dass sie all das zum Wohle der Menschheit für die Dauer der Schlacht beiseiteschieben werden.

Die ersten beiden pfeilerartigen Gipfel stehen so eng beieinander, dass die Flügel des Vogels kaum hindurchpassen, und die Abstände zwischen den darauffolgenden Felsnasen variieren erheblich in der Breite. Die meisten Gipfel sind mehr als doppelt so hoch wie wir – was etwas Verstörendes hat, nachdem wir so lange alles andere überragt haben. Sie schränken unsere Sicht auf die übrige Armee stark ein, während wir uns weiterbewegen. Die übrigen Chrysaliden erscheinen meist nur als ein flüchtiges Aufblitzen zwischen den Felsen.

In mir wächst die Furcht. Ich habe mich in einer Chrysalis noch nie klein und verwundbar gefühlt, und irgendwie ist es noch schlimmer, als in menschlicher Gestalt Angst zu empfinden. Ich gebe der Versuchung nach, meinen Geistsinn nach draußen auszuweiten, um die Umgebung selbst in Augenschein zu nehmen.

Eine schrecklich dumme Idee.

Ein gewaltiger Geistdruck kracht auf mich herab wie eine Sturzflut von Eiswasser und ertränkt alles andere. Mein Gesichtsfeld flackert auf und erlischt in Schwarz. Der Vogel stolpert. Shimin muss einen Flügel an einer Säule abstützen, um zu verhindern, dass wir in die Knie gehen.

*»Mei-Niang?«* In der Welt von Yin und Yang kommt er zu mir und gibt mir Halt.

Ich schnappe nach Luft und klammere mich keuchend an seine Geistgestalt.

»Alles klar mit euch?« Die Schwarze Schildkröte kriecht von hinten an uns heran, elegant und fließend wie Quecksilber. Sie spricht mit Xiuyings Stimme. Obwohl sie eine Prinzenklasse ist, nimmt ihr glänzender Panzer nur gerade eben die Hälfte unserer Größe ein. Wassertypen sind die kleinsten Chrysaliden überhaupt. Xiuying hat selbst Wasser als dominantes Qi, daher leuchten die Augen der Schildkröte nicht sichtbar auf, wenn Xiuying spricht; aber durch ihre erhöhte Qi-Leitung erhält die gesamte Schildkröte eine schwache schwarze Aura, was auf die durchlässige, undichte Natur von Wassertypen zurückzuführen ist.

»Jaja, es ist nur so, dass …«, sage ich mit einem erstickten, ungläubigen Lachen über den Schnabel des Vogels. »Hier befindet sich definitiv eine Kaiserklasse in der Nähe.«

»He!«, rügt mich Sima Yi. »Hör auf, Qi zu verschwenden!«

Ich stelle meinen Geistsinn ab, während wir uns weiter durch die Schlucht bewegen. Die neblige Friedlichkeit, die die Luft erfüllt, kommt mir jetzt wie eine gigantische Täuschung vor.

Als wir die Hunduns endlich entdecken – sie zeichnen sich als ein dunkles Durcheinander hinter den Bäumen zwischen den Gipfeln ab –, stimmt irgendetwas nicht. Die ganze Herde ist vollkommen reglos. Wartet.

Hunduns sind niemals reglos. Sie sollten uns jetzt eigentlich umschwärmen wie Ungeziefer.

Es ist ein wenig unheimlich, aber auf Sima Yis Drängen hin flattern wir lautstark mit den Flügeln des Vogels und stapfen auf sie zu.

Die Herde huscht vor uns davon, bewegt sich unter den Bäumen weiter.

Jetzt geraten wir wirklich in Panik. Der ganze Angriffstrupp zögert, sich weiterzubewegen.

Erst nach einer langen Pause dringt die Stimme von Chefstratege Zhuge wieder aus allen Lautsprechern. Seine ernste Stimme erfüllt jedes Cockpit und lässt ein unheimliches Echo in der ganzen Schlucht widerhallen. Er versichert uns, den Strategen sei durchaus bewusst, dass wir es hier mit keinem normalen Verhalten der Hunduns zu tun hätten, doch wolle uns die Herde wahrscheinlich einfach zu Qi-Angriffen verleiten, um uns immer weiter zu erschöpfen. Solange wir nicht darauf hereinfielen, werde uns wohl nichts geschehen.

Wir sind immer noch nicht sonderlich erpicht darauf, der Herde zu folgen, aber wir haben keine andere sinnvolle Wahl. Die Herde bewegt sich in Richtung Vulkan.

Der Nebel verdichtet sich, während wir den Hunduns hinterherjagen. Die Durchgänge zwischen den Pfeilergipfeln sind so schmal, dass wir den gewaltigen Leib des Vogels ständig drehen und winden oder seine Flügel eng anlegen müssen. Wir kommen den Hunduns erst näher, als die Berge nun allmählich von säulenartigen Spitzen in eher normale Hänge übergehen. Die Temperaturen fallen von frühlingshaft zu winterkalt, je höher wir steigen. Die borstige Oberfläche der Gebirgsbäume ist von Raureif bestäubt. Da gleichzeitig dichter Nebel herrscht, wird die Welt von so viel Weiß verschluckt, dass ich eine Sekunde brauche, um zu sehen, was er meint, als uns Sima Yi plötzlich anschreit, stehen zu bleiben, weil sich der Kaiser direkt vor uns befinde.

Ich habe ihn für einen der Berge gehalten.

Ein eisiger Schauder durchfährt mich. In der Yin-Yang-Welt umklammere ich Shimins Arm. Es ist maßlos verwirrend und kaum zu verarbeiten, dass etwas so Gewaltiges ein lebendes Wesen ist. Ich kann mir gar nicht vorstellen, ihm in meiner menschlichen Gestalt zu begegnen.

Mit einem schrillen Geräusch kriecht das Geschöpf auf uns zu. Jetzt kann ich die sechs ungewöhnlich langen Beine an den Seiten sehen, mit Gelenken wie die einer Spinne und genauso dünn, spitz und definiert, wie es nur Metalltypen möglich ist. Das gewaltige Ding muss über die Berghänge steigen, um ins Tal zu gelangen. Jede Bewegung seines Riesenleibs bläst eine Welle eisigen Nebels auf uns zu. Die einfachen Hunduns huschen unter seinem Bauch hin und her wie Kinder, die sich hinter ihre Mutter ducken. Ein gefrorener schwarzer See schimmert hinter ihm in dem nebelverhangenen Tal.

Die Augen des Weißen Tigers schimmern grün auf, als Qieluo die Stimme erhebt. »Los, zeigen wir's dem ...!«

Plötzlich legt sich im Nebel ein lastender Druck um uns.

Irgendetwas presst dem Vogel die Flügel an den Leib. Wir geraten in Panik und schlagen wild um uns, aber der Druck will einfach nicht nachlassen, und wir knallen mit einem gewaltigen Dröhnen gegen einen Berghang, sodass sich eine eisige Lawine vom Fels löst.

Überall um uns herum werden Schreie laut. Den übrigen Chrysaliden ergeht es nicht anders. Während die Strategen Fragen durch unsere Lautsprecher brüllen, lasse ich wie eine Irre den Blick hin und her gehen und versuche herauszufinden, was los ist.

Über jeder Chrysalis haben sich weiße Ablagerungen

gebildet. Es ist, als kondensierte der Nebel zu Schnüren, die …

Nein. Oh nein. Es ist nicht der Nebel. Es ist *Geistmetall.*

Ich starre entsetzt den Kaiser an. Er hat sein Geistmetall, Teil seines eigenen Körpers, so fein gesponnen, dass er aus den Fäden Netze bilden kann. Sie müssen, schon bevor wir gekommen sind, über das Tal verteilt worden sein, durch Nebel und Eis getarnt. Wie heftig wir auch kämpfen, die Netze geben auf unsere Bewegungen hin zwar nach und weichen zurück wie Nebel, lassen sich aber unmöglich abschütteln.

Die Strategen kommen zur selben Erkenntnis und weisen uns an, uns wieder zu beruhigen, aber ihre zittrigen Stimmen verraten, dass sie bisher absolut keine Ahnung gehabt haben, dass ein Hundun zu so etwas fähig sein könnte.

Der Kaiser kriecht auf seinen spinnenartigen Beinen rückwärts. Die Netze ziehen sich zusammen und zerren uns mit sich. Die Fäden durchschneiden das Geistmetall des Vogels, und ich zucke vor Schmerz zusammen – es ist die erste Attacke von Chrysalidenschmerz, die ich je erlebt habe. Er unterscheidet sich von menschlichem Schmerz, ist weniger eine körperliche Reaktion als eine Art mentales Trauma, der Schock, beschädigt worden zu sein.

Eine gewaltige Welle von Gefühlen durchflutet mich. Trauer, Kummer, Zorn. Doch kommt die Empfindung so abrupt und ist so deutlich ausgeprägt, dass sie nicht natürlich sein kann. Sima Yi hat mich vorgewarnt und gesagt, dass Hundungefühle über allerlei verschiedene Arten von Kontakt auf Piloten übergehen können. Genau das ist es wohl, was hier soeben stattfindet.

Gerade als ich ein Stoßgebet zu den Göttern sende und darum flehe, so etwas nie wieder empfinden zu müssen, schneidet mir ein schreckliches Lied durch den Kopf.

*»Menschen … Geißel des Universums …«* Eine Stimme schält sich aus der misstönenden Melodie heraus und bohrt sich durch mein Hirn, als würde mir ein Nagel von innen über den Schädel kratzen. *»Fort mit euch! Lasst uns in Ruhe!«*

Schlagartig legt sich ein bestürztes Schweigen über das Tal.

Dann wird es von einem Chor neuer Schreie erfüllt, und Qi-Licht strömt aus dem Mund jeder einzelnen im Netz gefangenen Chrysalis. Auch ich bin ein Teil dieses Chors. Panik stürzt auf mich ein, so intensiv, dass ich sie nicht niederzuzwingen vermag, mir mit Logik keinen Weg hinaus vernünfteln kann. Ich habe keine Ahnung, was das für eine Stimme ist. Sie ist anders als alles, was ich je zuvor gehört habe.

Die Strategen können sie nicht hören. Sie haben nicht die geringste Ahnung, weshalb wir so kreischen.

Mir kommt es so vor, als wäre das Ende der Welt gekommen, als nun ein donnerndes Brüllen durchs Tal grollt und die Schreie durchschneidet. Der Weiße Tiger erhebt sich gegen das Netz, in dem er gefangen ist, und grünes und schwarzes Licht schießt aus seiner glatten Oberfläche. Zugleich verwandelt er sich in die Heroenform und reißt sich seine charakteristische Dolchaxt aus der Brust. Er schwingt die Waffe gegen das Netz.

Ich komme wieder zur Besinnung. Warum verhalte ich mich so, als wäre ich hilflos? Wir sind schließlich hier, um den Kaiser auszuschalten. *Feuer schmilzt Metall.*

Auf meinen Ruf hin schleudern Yizhi, Shimin und ich unser Qi hinaus. Im Vogel baut sich eine Transformationsspannung auf, dann stürmt er auf die Heroenform zu. In der Welt von Yin und Yang zerfallen Shimin und ich zu Schmetterlingen. Unser beider geistiges Wesen wirbelt wild umher, vereint sich in kreiselnden Spiralen zu einem einzigen Sein.

Wir erheben uns, Klauen dehnen sich zu Beinen, Arme formen sich aus unseren Flügeln, und der Körper des Vogels wird menschenähnlich, nimmt die Gestalt eines gepanzerten Kriegers mit Vogelmaske an. Wir dehnen uns aus und werden so groß wie der Kaiser. Das Netz um uns herum bläht sich wie ein Ballon, was den Kaiser sichtlich dazu zwingt, neue Fäden zu spinnen, wie einen Seidenkokon.

Weitere Chrysaliden gewinnen ihre Fassung zurück und folgen unserem Beispiel. Grelle Lichter tanzen durch das Tal, als wäre ein Sternbild vom Himmel gefallen. Der Kaiser wird schnell kleiner und kleiner. Er fährt fort, vor uns zurückzuweichen.

*»Lasst uns in Ruhe!«*, knurrt die Stimme erneut. *»Geht weg von uns! Geht weg von uns! Geht weg von uns!«*

Wir starren den Kaiser an. Ist es wirklich der *Hundun der Kaiserklasse*, der da zu uns spricht?

Erneut droht uns Panik zu überwältigen, aber wir können es uns nicht leisten, an irgendetwas anderes zu denken als an den Sieg. Wir schreien auf, umklammern das Netz um uns herum und erhitzen unsere Hände mit Qi. Die Fäden reißen und gleiten davon.

Ganz gleich, wie viel Kontrolle der Kaiser über sein Geistmetall hat, es ist trotzdem immer noch Teil seines Körpers. Er muss durch jeden gerissenen Faden noch immer Schmerz empfinden.

Wir verwandeln unseren Brustpanzer in einen Langbogen und fluten ihn mit Qi, sodass das Netz nicht nahe an ihn herankann. Unser vereintes Qi leuchtet so hell, ein golddurchtränktes Rosa, dass es in unserem Sichtfeld flackert. Wir zielen.

*»Sterbt!«*, kreischt die Stimme.

Der Kaiser springt auf seinen Spinnenbeinen in die Höhe, und als er landet, geht die Erschütterung wie ein kleines Erdbeben durchs Tal. Raureif prasselt von den Bäumen, und eine weitere Wolke von Eiskristallen steigt auf. Wir geraten ins Taumeln, drohen das Gleichgewicht zu verlieren.

Der schwarze See hinter dem Kaiser bewegt sich. Zuerst scheint es eine optische Täuschung zu sein, verursacht durch das Flimmern unseres Sichtfelds, aber dann kommt das wie gefroren aussehende Wasser durchs Tal geströmt, um den Kaiser herum, um uns herum. Eine Kälte, die selbst Stahl zum Platzen bringen könnte, begleitet sein Heranfluten.

Hinter uns beginnt das Wasser zu steigen. Höher und höher, tintenschwarz und glänzend, es wallt auf und rundet sich, beinahe wie ein ...

»Oh, verdammt!«, ruft Sima Yi durch unsere Lautsprecher. »Das ist noch ein Hundun! Eine weitere Kaiserklasse!«

Wir erbeben innerlich, und unsere geistige Vereinigung hätte sich fast gelöst. Wie ist das möglich? Sicher, Hunduns vom Wassertyp können ihre Gestalt geringfügig verändern, aber es sollte nicht auf eine derart extreme Weise möglich sein.

Irgendwie haben sich die Fähigkeiten der Hundunkaiser auf eine Weise entwickelt, die unsere Verständnismöglichkeiten übersteigt. Dazu kommt: Feuer-Qi ist gegenüber Wasser-Qi am schwächsten.

»Tötet den aus Metall«, schreit Sima Yi weiter. »Jetzt, jetzt, jetzt!«

Unser erster Reflex ist es, die Flucht zu ergreifen.

Mit einem lauten Flügelschlagen, das weithin durch das Tal hallt, schießen wir in die Luft hinauf. Die Fädenschnüre des Netzes schneiden in uns hinein und machen uns blind vor Schmerz. Hastig lassen wir unser Qi über den ganzen Körper strömen. Nebel verstreut sich zischend. Das Netz dehnt sich aus und entfernt sich von der Hitze weg, schwebt aber weiter um uns herum, bereit, uns wieder fest zu umfangen, sobald wir aufhören, heiß zu strahlen. Es ist, als würden wir uns selbst in Brand stecken, um warm zu bleiben. Das Ganze kann nicht von langer Dauer sein.

Blitzartig schießen uns all unsere großen Pläne durch den Kopf. Alles, was wir erreichen, was wir verändern wollen. Wie hat die Sache so schnell derart schieflaufen können? Das hier hätte eigentlich noch der einfache Teil sein sollen!

»Zinnoberroter Vogel, wo wollt Ihr denn hin?«, brüllt Chefstratege Zhuge mit heiserer Stimme. »Unternehmt etwas! Bitte!«

»Wir müssen uns neu aufladen!« Wir suchen nach dem Vulkan, der in der Nähe sein sollte, aber zuerst werfen wir einen eingehenden Blick über das Tal.

Unsere Kameraden haben sich um den immer noch in steter Verwandlung begriffenen Wasserkaiser geschart, wiewohl sie zugleich in den Netzen des Metallkaisers gefangen sind.

Wenn wir davonfliegen, um uns neu aufzuladen, setzen wir sie alle aufs Spiel. Insbesondere die Konkubinenpilotinnen, die einen unverhältnismäßig großen Teil der Qi-Last tragen. Außerdem kämpfen diese Chrysaliden ohnehin schon auf einem ungewöhnlich niedrigen Energiepegel, was wir der langen Reise durch Zhou zu verdanken haben.

Eine Welle der Klarheit geht durch unser geteiltes Bewusstsein. Die schlimmsten Feinde sollten immer, *immer* diese Eindringlinge aus einer anderen Welt sein, die uns die unsere geraubt haben. Und niemals unsere Mitmenschen. Wenn alle sterben, ist alles andere ohne Belang.

Wir haben keine Zeit, die nötigen Vorbereitungen zu treffen und einen Schuss aus der Ferne zu riskieren, daher lassen wir uns einfach herabfallen wie ein Meteor.

Wir machen eine Bruchladung auf dem Metallkaiser. Er hat nicht damit gerechnet, bricht zusammen und sinkt auf seinem Unterleib zusammen, was das Tal ein weiteres Mal erbeben lässt.

»Sagt den anderen, sie sollen uns anschließend zum Vulkan bringen!«, brüllen wir den Strategen zu, dann pressen wir eine Hand genau auf die Stelle, wo wir das Lebenszentrum des Kaisers spüren können. Wir lassen unser Qi sich dorthin ergießen. Es strömt druckvoll heraus wie Wasser, das auf einen Löffel trifft, und hebt uns an, doch wir schlagen wild mit den Flügeln und lassen den Qi-Fluss nicht abbrechen.

*»Sterbt! Sterbt! Sterbt!«*, schreit die Stimme in unserem Kopf.

Es fühlt sich an wie tausend Schwerter, die sich durch uns hindurchschneiden, aus dem Körper des Kaisers herausgeschält. Aber wir sind darauf vorbereitet. Niemand begibt sich in einen Nahkampf mit einem Hundun vom Metalltyp, ohne etwas dergleichen zu erwarten.

Wir lassen unser Qi aus jeder Oberfläche blitzen, als wären wir ein sterbender Stern. Unser Geistmetall schmilzt von innen heraus, jeder Partikel, glänzend und wendig von Qi, behält den Zusammenhalt, selbst wenn er durchbohrt wurde. Ein Kriegsschrei entringt sich unserer Kehle. Raureif und Nebel lösen sich um uns herum auf und machen ein wahres Gemetzel an zersplitterten Bäumen sichtbar. Unter unserer extremen Hitze gehen sie buchstäblich in Flammen auf. Wir versiegeln unser Cockpit wie einen dichten Eisenkern, um unsere menschlichen Körper zu schützen.

Der Kaiser windet sich unter unserem hell strahlenden Ansturm. Seine Beine stemmen sich gegen die Berghänge, lassen unseren Griff abrutschen ...

Eine schwarze Gestalt blitzt am Rand unseres Gesichtsfelds auf.

Wir geraten in Panik vor Angst, es könne der Wasserkaiser sein, aber es ist die Schwarze Schildkröte in ihrer Heroenform, wie ein kräftiger Krieger mit einem eleganten schwarzen Helm und muskelähnlicher Rüstung. Schilde wie Schildkrötenpanzer umgürten seine Unterarme, mit Ringen in Erdgelb versehen. Er kommt über den brennenden Berghang geschritten, dann schlingt er die gewaltigen, massigen Arme um zwei der Spinnenbeine des Metallkaisers und hält sie fest.

Mit dieser Unterstützung gehen wir an unsere äußerste Grenze, nähern uns dem Maximum, wo unsere Verbindung normalerweise automatisch getrennt wird, wenn wir zu viel Qi verbrauchen. Doch wir verbrennen einfach den entsprechenden Mechanismus und machen weiter.

*Für die Rache!*

*Für die Freiheit!*

*Für die Menschheit!*

Der Lebenskern des Kaisers zerbirst. Weiße Funken fliegen mit der Wucht eines Schneesturms heraus und schleudern uns zurück. Noch im Fallen kollabieren wir zurück in die Standardform.

Die Schildkröte fängt uns auf, stützt uns. Wir klammern uns an die Verbindung. Wir müssen sicherstellen, dass die anderen uns zum Vulkan bringen. Wir öffnen den Schnabel, aber eine beißende Kälte flutet herein. Das Geistmetall der Schildkröte windet sich um uns herum, umhüllt uns wie Schneematsch.

»He ...«, setzen wir an.

Und bekommen nie die Gelegenheit, den Satz zu Ende zu führen.

Der Griff der Schildkröte schlängelt sich um uns herum, ein brutales Zerren, und sie reißt einen unserer Flügel ab.

## KAPITEL 41

# SEIN GRUND ZU LEBEN

Unser geeintes Bewusstsein wird entzweigerissen, und wir stürzen schreiend und taumelnd in die Welt von Yin und Yang, umklammern uns an den Schultern.

Jeder Instinkt in mir schreit mir zu, dass ich die Verbindung lösen, mich von diesem seelenverzehrenden Schmerz befreien solle, aber ich kann nicht. Es wäre unser beider Untergang. Mein Schock und meine Wut sind entsetzlich, aber darunter kann ich noch immer den kalten, gleitenden Griff der Schwarzen Schildkröte fühlen, wie sie nun nach dem Kopf des Vogels tastet.

Wenn wir nicht weiterkämpfen, wird die Schildkröte mit einem Schlag unser Cockpit zerquetschen.

Wir schwingen den langen Hals des Vogels, schlagen mit seinem verbliebenen Flügel, treten mit seinen Klauen, tun, was immer helfen könnte, die Schildkröte abzuschütteln. Doch sie klammert sich an uns, lässt eine lähmende Kälte in uns hineinströmen, verlangsamt unseren bereits weitestgehend erschöpften Qi-Fluss und schwächt das Geistmetall des Vogels. Feuertypen sind die sprödesten und zerbrechlichsten Formen überhaupt. Bei jeder Bewegung knirscht und knackt unser Vogel gefährlich, als würde verrostetes Metall bis an die Grenze des Zerbrechens strapaziert.

»Xiuying, halte ihn auf!«, versuche ich, durch den Vogel zu flehen. Das hier muss Zhu Yuanzhangs Werk sein. Aber meine Todesqual ist so intensiv, dass sie mein Bewusstsein mit gleißenden Funken geblendet hat. Ich habe keine Ahnung, ob ich auch nur einen einzigen Laut herausgebracht habe.

»He!«, brüllt der Weiße Tiger in meinem trüben Gesichtsfeld durch den Vogel hindurch. Die Dolchaxt in der Hand, stürmt er durch das brennende Tal auf uns zu. Wallende Hitze und Rauch verzerren seine glasig weiße Heroenform.

Ich stoße einen erleichterten Aufschrei aus und will mich ihm entgegenstürzen ...

Eine schwarze Ranke des Wasserkaisers schlingt sich um die Beine des Tigers. Er stolpert und kracht zu Boden, eine Welle der Erschütterung geht durch den flammenden Wald. Der Tiger wird in das Schlachtenchaos zurückgezerrt, und seine Krallenhände kratzen durch zerborstene Bäume.

Meine Hoffnung, eben neu aufgekeimt, zerstiebt zu Staub.

Viel zu viel passiert hier gleichzeitig.

Niemand wird uns rechtzeitig zu Hilfe eilen.

Shimin, in der Welt von Yin und Yang neben mir zusammengesackt, schließt mich fest in die Arme.

*»Mei-Niang«*, flüstert er mir mit versagender Stimme ins Ohr. »Du musst Yizhi auffangen.«

»Was ...?«

Er reißt die alleinige Macht über den Vogel an sich.

Meine Sinne zerspringen in zehntausend rotierende Bruchstücke. Farben wirbeln durcheinander. Heulender Lärm ertönt. Der Wind pfeift.

Meine eigenen rudernden Arme sind das Erste, was ich wieder klar sehen kann. Menschliche Arme.

Ich bin aus dem Cockpit ausgeworfen worden.

## KAPITEL 42

# EIN FLÜGEL UND EIN AUGE

Ein verzerrter Schrei und das Flattern von Kleidern schneiden durch den betäubenden Nebel, der meine Gedanken lähmt. Verschwommen sehe ich Yizhi ganz in meiner Nähe durch bleichen Dunst stürzen.

Mein eigener Schrei geht in ein entschlossenes Heulen über. Ich schlage heftig mit den Flügeln gegen den mich unbarmherzig in die Tiefe ziehenden Sog von Luft und Schwerkraft an, drehe mich zu Yizhi hin und greife mit der Hand durch die Luftmassen. Meine Finger streifen seinen vom Wind gebauschten Ärmel und bekommen dann seinen Ellbogen zu fassen. Ich ziehe ihn an mich. Der Zusammenprall von seinem Gewicht und meinem lässt uns durch die Luft wirbeln, und wir stürzen beide auf den Rauch und das Feuer unter uns zu. Mir verschlägt es den Atem, und meine Lunge pfeift, während wir tiefer und tiefer kreiseln. Ich schlage unerbittlich mit den Flügeln, versuche unseren Fall unter Kontrolle zu bringen.

Ruckelnd und stoßweise verlangsamt sich endlich unser Tempo. Ich finde meine Orientierung wieder und richte mich auf, meine Flügelschläge geben mir Auftrieb. Das Flammenmeer brüllt uns entgegen wie ein Schmelzofen, lässt mich in nässenden Schweiß ausbrechen, erfüllt das Tal mit Rauch. Er brennt mir in den Augen und in der Lunge, sodass ich würgen muss. Yizhi hustet heftig in meinen Armen. Ich drücke ihn noch fester an mich, während ich wie wild mit den Flügeln schlage, um aus dem dichten Rauchdunst herauszukommen.

Wo ist Shimin? Er muss sich doch ebenfalls aus dem Cockpit ausgeworfen haben – oder etwa nicht? Er *muss* es einfach getan haben.

*Warum sollte er im Vogel bleiben?*

Ich halte Ausschau nach ihm, aber die Veränderung meiner Blickperspektive ist so extrem, dass ich es kaum ertragen kann, überhaupt nur die Augen zu öffnen. Die brennenden Bäume, zuvor klein und unbedeutend wie Stroh, schwanken nun bedrohlich über mir, um ein Mehrfaches größer. Sich schnell ausbreitende Lauffeuer zischen und brüllen hinter ihnen, das gleißende Gelb und das tobende Orange ringsum machen sie zu dunklen Silhouetten, wie riesenhaft gewachsene Ungeheuer, die mich für die Notlage verdammen, in die ich sie gebracht habe. Luftströmungen wallen um uns herum, so stark und von so unterschiedlicher Temperatur, dass ihre Bewegungen deutlich sichtbar sind, der eine Schwall sengend heiß, der andere eiskalt.

Und all das haben wir der Schwarzen Schildkröte zu verdanken.

Als ich den Kopf hebe und den ersten klaren Blick auf die Schildkröte bekomme, packt mich lähmende Angst. Sie hat ihre größte Heroenform angenommen, bewegt sich wie ein lebendiger Berg und versperrt die Hälfte des Himmels. Die Strahlen der Sonne beleuchten sie von hinten und werden um ihre Umrisse herum gestreut. Der Vogel hängt schlaff in ihrem gewaltigen Arm.

Aber was mich nun bis ins Mark erschüttert, sind die Augen der Schildkröte – das eine glüht gelb von Zhu Yuanzhangs Erd-Qi und das andere schwarz von Xiuyings Wasser-Qi.

Die Schwarze Schildkröte weiß ganz genau, was sie tut, hat es vollkommen unter Kontrolle.

Ich vergesse, wie ich die Flügel meiner Rüstung zu bewegen habe. Yizhi und ich verlieren den Halt und stürzen in die Tiefe. Neue Entsetzenslaute entringen sich unseren Kehlen.

Mein Aussetzer erweist sich als lebensrettend, als nun der freie Arm der Schildkröte herabdonnert und uns nur um Haaresbreite verfehlt. Ein reißender Windstoß von eisiger Kälte wirft uns dem Berghang entgegen und drückt den Rauch nieder, der von dort aufsteigt. Ich komme gerade rechtzeitig wieder zu Sinnen, um dem Feuersturm auszuweichen.

Aber vielleicht wäre es besser gewesen, uns einfach verbrennen zu lassen. Nicht nur der Rauch, sondern auch Tränen brennen mir in den Augen. Ich verstehe die Welt nicht mehr – warum will auch Xiuying uns umbringen? Was haben wir ihr denn je angetan?

Mit aller Kraft versuche ich panisch, von der Schildkröte wegzuflattern, doch mein Qi ist so verausgabt, dass selbst mein Herz nur noch träge hämmert.

Erneut greift die Schildkröte an. Ich spüre, wie die Wucht der Bewegung die Luft durcheinanderwirbelt. Ich schlage so heftig mit den Flügeln meiner Rüstung, dass mir Sterne vor dem Gesichtsfeld tanzen und ein Blutgefäß in meiner Nase platzt, doch was immer ich tue, es reicht nicht aus. Wir können dem Schlag nicht ausweichen. Wir sind einfach zu klein. Der Hieb wird uns zermatschen und als Brei am Berghang verteilen ...

Ein leises Knurren hallt durch das Tal wider. Quietschend und knarrend wie eine verrostete Maschine, flattert der Zinnoberrote Vogel mit seinem verbliebenen Flügel und senkt seine Krallenfüße in die Schildkröte, zerfetzt ihr den Leib und drängt sie weg. Eines der Augen des Vogels erstrahlt nun wieder in unerbittlichem Rot.

Ich werfe einen Blick über die Schulter, und mir klappt der Unterkiefer herunter. Shimin ist immer noch dort drin.

Er steuert den Vogel *allein*.

Das ist unmöglich. Man kann eine Chrysalis nicht allein steuern! Schon eine vollständige Geistrüstung zu tragen, gilt für einen einzigen Menschen als allzu große Überlastung!

»Oh!« Yizhi starrt keuchend auf sein Armband.

Shimins Bild leuchtet darauf auf, ein streng wirkendes Ausweisfoto, darunter Shimins Biodaten, gemessen von seinem eigenen Armband. Die piepende rote Anzeige seines Herzschlags sticht durch mein verschwommenes Gesichtsfeld.

380.

Entsetzliches Grauen erfüllt mich.

»Wir müssen ihm helfen!«, ruft Yizhi.

Aber wie? *Wie?*

Das hier ist zu viel. Zu viel für ein schlagendes Herz, zu viel, als dass ein Mensch es ertragen könnte.

Shimin wird sterben. Er wird sterben, und ich bin für immer gebrochen und ...

Nein! Nein, nein, nein, nein, nein!

Ich setze an, eine Qi-Salve in meine Handfläche zu laden, finde aber so jämmerlich wenig Kraft, dass ich es nicht über mich bringe, die Sache zu beenden.

Zähneknirschend verbrenne ich das Qi, um mit dessen Energie auf meinen Flügeln zur Schlacht unten im Tal hinabzugleiten. Nutzlose Tränen sprühen mir aus den Augen, während das metallische Krachen und Quietschen von Vogel und Schildkröte hinter uns widerhallen. Meine Brust krampft sich zusammen, und mir zerreißt es fast das Herz, wenn ich mir vorstelle, welche Anstrengungen und Kräfte nötig wären, um in Shimins Zustand auch weiterhin eine Chrysalis zu steuern.

Was verbrennt er da überhaupt? Sein Ur-Qi? Das kann nicht wieder aufgefüllt werden, sobald es einmal verbraucht ist. Und er hat die Hälfte davon ohnehin bereits eingebüßt, als man ihn gezwungen hat, eine seiner Nieren zu spenden.

Nacktes Grauen bringt mich ins Taumeln; es fühlt sich an, wie in einen gähnenden Abgrund hinabzuschauen.

*Lass ihn durchhalten,* flehe ich jedwede Schicksalsmacht an, die da draußen sein mag.

Wir erreichen das eigentliche Zentrum der Schlacht. Das Lauffeuer hat sich bis hierher ausgebreitet, wie auch eine Herde von Hunduns der Adelsklassen. Wo immer ich hinschaue, krachen gewaltige Gestalten aufeinander und lassen die verrauchte Luft erzittern. Yizhi und ich sind nichts als ein winziger Punkt, der durch dieses flammenzüngelnde Höllenchaos schwirrt.

Ich entdecke den Weißen Tiger, der seine Dolchaxt nach einer wasserschwarzen Ranke schwingt, die sich um seine Beine geschlungen hat.

»Hilfe!« Ich stürme auf den Tiger zu und hämmere ihm mit der Hand wieder und wieder auf den Kopf. Yizhi umklammert meine Schultern immer fester. »Helft uns! *Bitte!*«

Der Tiger wirbelt herum. Ich vollführe eine Drehung nach hinten, damit er mich sehen kann. Er schaut zwischen mir und dem Vogel und der Schildkröte hin und her, die in der Ferne miteinander ringen. »Was zum … wie seid ihr da …?« In der Stimme des Tigers überlagern sich die Stimmen von Qieluo und Yang Jian, und seine Augen, eines grün, eines schwarz, scheinen nicht recht zusammenzupassen.

»Shimin steuert den Vogel allein!«, rufe ich schluchzend.

»Wie bitte? Das ist völlig unmö …«

»Ich weiß selbst, dass es unmöglich ist! Aber es findet nun mal gerade statt, und ihr müsst ihm helfen!«

»Wir sind ... In Ordnung, steigt einfach ein!«

Eine kunstlose Öffnung klappt unter Yizhi und mir auf. Wir stolpern ins Innere.

Sobald wir festen Boden unter den Füßen haben, schießen Griffe aus Geistmetall unter unseren Händen in die Höhe. Wir halten uns daran fest und sichern uns. Meine Augen brauchen mehrere Sekunden, um sich an das Zwielicht zu gewöhnen.

Die Körper von Qieluo und Yang Jian liegen in ihren Pilotensitzen, Gesichter und Rüstungen von ihrem jeweiligen Qi erhellt – Holz und Wasser. Statt dass seine Hände über ihren auf ihren Armstützen liegen, hat er die Arme von hinten um sie geschlungen, und sie drückt seine Hände an ihre Brust. Das alles wirkt verblüffend zärtlich – und steht in einem schroffen Kontrast dazu, wie erbittert wild sie mit dem Maul des Tigers brüllen und von den Strategen Antworten einfordern.

»Weißer Tiger, bitte, konzentriert Euch auf die Schlacht«, sagt Chefstratege Zhuge gerade. Im Vergleich dazu, wie flehentlich er uns noch eine Minute zuvor angebettelt hat, klingt es erschreckend gelassen.

»Wollt Ihr uns verarschen? Ihr wollt, dass wir uns gar nicht darum kümmern, wie die Schwarze Schildkröte den Zinnoberroten Vogel *ermordet*?«

»Konzentriert Euch einfach nur auf die Schlacht!«, fällt ihm Sima Yi ins Wort. »Andere Dinge gehen Euch im Moment nichts an!«

Alles Blut weicht mir aus dem Gesicht.

*»Ich gebe Euch beide nicht auf!«*, hat Sima Yi einmal gesagt.

Er hatte versäumt hinzuzufügen: *Bis Ihr Euren Zweck erfüllt habt und wir Euch nicht mehr brauchen.*

Die Strategen haben nie die Absicht gehabt, dass wir Zhou lebend verlassen.

»Ach, leckt mich doch!« Der Schrei des Weißen Tigers donnert durch das Cockpit.

Alles gerät ins Schwanken. Yizhi und ich müssen die Griffe fester umfassen, die sie für uns gemacht haben.

Der Tiger ruft den anderen Chrysaliden zu, ihm Deckung zu geben. Dann endlich prescht er auf eigene Faust los. Mit flatterndem Herzen starre ich auf Yizhis Armband.

Und bekomme exakt den Augenblick mit, in dem es passiert. Und sich Shimins Herzfrequenz ruckartig verlangsamt.

372.

268.

Ich kreische auf, aber ich kann nichts dagegen tun.

92.

43.

0.

# KAPITEL 43

# NULL

0.

Die Ziffer auf der Anzeige funkelt mich an, kalt und gnadenlos.

0.

0.

0.

Weitere Rufe sind zu hören, werden durch das klappernde Cockpit geleitet, aber ich kann sie nicht verarbeiten. Bin nicht in der Lage, ihnen einen Sinn abzugewinnen.

Auch Yizhi starrt auf die Anzeige, ohne sich zu rühren.

Der Boden erdröhnt unter der Wucht von etwas Gewaltigem, das vor uns zusammenbricht. Es reißt mich aus meiner Trance.

»Weißer Tiger, öffne uns ein Feld!«, schreie ich gellend und kratze an den Wänden des Cockpits. Meine Stimme ist rau und heiser, ich habe sie mir regelrecht aus dem Leib gebrüllt. Vielleicht ist dieses gewaltige Geräusch eine andere Chrysalis gewesen, vielleicht ein Hundun, vielleicht haben sich meine Ohren geirrt. Denn es kann unmöglich sein, dass ...

Einige Schlitze öffnen sich vor mir, wie von Krallen in die Chrysalis gerissen. Dünne Rauchsäulen dringen herein. Der Feinstaub in der Luft lässt mich husten.

Dann bleibt mir jäh die Luft in der Lunge stecken.

Der Vogel sackt in einer hoch aufsteigenden Wolke aus Staub und Rauch zusammen, alle Lichter in ihm erloschen. Die Schildkröte kriecht über ihn hinweg und packt ihn im Genick.

Die andere Hand lässt sie auf den Kopf des Vogels schmettern. Gefrorenes Geistmetall zerbirst wie rotes Glas.

Der Tiger kommt klirrend zum Stehen und stößt einen erstickten Schrei aus.

»Weißer Tiger, es hat keinen Sinn mehr!«, dringt die Stimme von Chefstratege Zhuge durch das weiße Rauschen in meinem Kopf, wo nur noch Tod und Leere sind. »Konzentriert Euch auf die Schlacht!«

*Keinen Sinn mehr.* Seine Worte hallen unaufhörlich um mich herum wider. *Keinen Sinn mehr. Keinen Sinn mehr. Keinen Sinn.*

In der ersten Unterrichtsstunde, die mir Sima Yi gegeben hat, hat er mir erklärt, dass Menschen die Wesen mit der größten Qi-Dichte auf unserem Planeten seien. Nur deshalb könnten wir Chrysaliden steuern, obwohl wir nur einen winzigen Bruchteil ihrer Größe haben.

Endlich begreife ich, was er gemeint hat. Mein Körper ist nicht groß genug, um das Ausmaß der Gefühle zu beherbergen, die durch mich hindurchströmen. Wie kann ich einen derartigen Zorn verspüren und dann nicht in der Lage sein, den Himmel aufzureißen und die Erde in Schutt und Asche zu legen? Ich umklammere die Schlitze, durch die ich hindurchschaue, und zittere unkontrolliert, ein mattes weißes Licht flimmert in meiner Rüstung auf, doch ich kann das Geistmetall nicht einmal ein klein wenig eindellen.

*»Warum lässt du dich nicht einfach von ihnen erschießen?«* Meine eigenen Worte stürzen auf mich ein und zermalmen

mich bei lebendigem Leib. *»Was für einen Grund zu leben hast du überhaupt?«*

Ein schwaches Geräusch entringt sich meiner Kehle, viel zu sanft und leise für den Sturm, der sich wirbelnd in mir zusammenbraut. Mein Brustkorb wird hohl, und meine Schultern krümmen sich, als hätte man mich Wochen, Monate, Jahre hungern lassen. Ein scharfer, schneidender Schmerz breitet sich unter meiner Brust aus und verstärkt sich mit jedem Versuch, Luft zu holen. Ich kann nicht atmen. Ich kann nicht aufhören zu zittern. Es durchwallt mich abwechselnd heiß und kalt, wie die Strömungen der aufgewühlten Luft draußen, ein verworrenes, nicht zusammenpassendes Chaos. Bittere Galle steigt mir in der Kehle auf und überzieht meine Zunge.

Wie habe ich so etwas nur jemals sagen können?

*Warum habe nicht ich ihn rechtzeitig ausgeworfen?*

»Zetian ...«, murmelt Yizhi wie aus weiter, weiter Ferne und berührt mich am Arm. Sein Gesicht ist totenbleich. Seine Unterlippe zittert unaufhörlich.

»Ich bin schuld daran.« Ich fahre mir mit bebenden Fingern übers Gesicht. »Ich habe ihm Schuldgefühle eingetrichtert, und deshalb hat er ...«

*Nein.*

Shimin würde nicht wollen, dass ich so empfinde.

Genau das hätte er nie, *nie* gewollt. Hätte nie gewollt, dass ich so denke.

Der Tiger stürzt sich wieder mitten in die eigentliche Schlacht. Seine frustrierten Flüche wirbeln mir erst mehrere Sekunden später durch den Kopf, schon jetzt nur eine ferne Erinnerung.

Meine Gedanken rasen im Kreis. Einen Moment lang erwäge ich ernsthaft, Qieluo in einem Tobsuchtsanfall aus ihrem Sitz zu reißen und Yang Jian alles Qi aus dem Leib zu saugen. Aber der Weiße Tiger verfügt nicht über genügend Kampfstärke, um sowohl gegen den Wasserkaiser als auch gegen die Schwarze Schildkröte den Sieg davontragen zu können. Nichts, was noch Teil dieser Armee ist, vermag das. Es gibt keinen Ausweg ...

Eine Möglichkeit trifft mich wie ein elektrischer Schlag und lässt meine Hand in die Tasche meines Leitanzugs fahren, direkt unter den langen Rockschößen meiner Rüstung. Ich taste nach der Notfallausrüstung mit Medikamenten gegen Blumenpocken, die wir auf Anweisung der Armee alle bei uns tragen müssen.

Ich spreche kein lautes Wort, denn ich will nicht, dass die Strategen von meiner nächsten Aktion erfahren, aber Yizhis perplexer Blick folgt meinen Bewegungen, und seine Augen weiten sich, als bei ihm der Groschen fällt.

*Heilt den Kaiser.*

Wenn hinter der Legende eine Wahrheit steckt, wenn sich Qin Zheng wirklich mit den Eiseskräften seines Wasser-Qi selbst eingefroren hat, dann ist dort, wo immer er ist, auch der Gelbe Drache.

*Diese* Chrysalis würde tatsächlich über genügend Kampfkraft verfügen.

## KAPITEL 44

# DAS MAUSOLEUM DES KAISERS

Mit ein wenig Qi, das ich mir beim Weißen Tiger abgezwackt und in meiner Rüstung gespeichert habe, fliege ich davon, in all dem unbarmherzigen Inferno unbemerkt. Allein. Ich dränge den nagenden, alles verzehrenden Kummer, der mich beständig jagt, in den Hinterkopf. Versuche, ihn hinter mir zu lassen. Sobald ich einmal zögere oder sich mein Tempo verlangsamt, wird er mich wieder einholen und mich förmlich zerreißen.

Es erweist sich als leicht, den nächsten Nomaden zu finden. Sie haben seit zwei Jahrhunderten auf diesen Moment gewartet – da ist es nur zu natürlich, dass sie alles tun, um unsere Aufmerksamkeit auf sich zu lenken. Sobald ich hoch genug fliege, um über die pfeilerartigen Gipfel hinaus sehen zu können, entdecke ich an verschiedenen Stellen die aufsteigenden Säulen ihrer Rauchzeichen.

Wenn die Nomaden tatsächlich alle dieselbe Botschaft hinsichtlich Qin Zheng zu übermitteln haben, sollte es im Grunde völlig egal sein, wen ich anfliege. Ich entscheide mich für die nächstbeste Rauchsäule und flattere in die lochartige Hundunlichtung hinunter, in der sich der Nomade befindet – er entpuppt sich als eine Sie. Ein Gefühl der Ehrfurcht schneidet beim Anblick dieser älteren Frau durch das leere Weiß in meinem Kopf. Sie sitzt auf einem gelbbraunen Hengst, das silberne Haar im Nacken zu einem Zopf geflochten, und da ist keinerlei Weichheit oder Unterwürfigkeit in ihrem Blick.

Schwer atmend zeige ich ihr meine antivirale Ausrüstung mit der Spritze und der Ampulle. Sie wäre fast von ihrem Pferd gesprungen, während sie einen absolut euphorischen Freudenschrei von sich gibt.

Wir können einander kaum verstehen, aber es muss durch meinen Tonfall hindurchschimmern, wie eilig ich es habe. Die Frau bedeutet mir, ihr zu folgen, dann reitet sie in den Wald davon. Glücklicherweise stehen die Bäume für menschliche Begriffe sehr weit auseinander – die Abstände sind groß genug, um einfache Hunduns hindurchzulassen, und so reicht es definitiv, dass ich mich mithilfe der Flügel vorwärtsbewegen kann.

Nach einer kurzen Strecke erreichen wir eine unter Blättern und Schlamm verborgene Falltür. Die Frau reißt sie auf. Der Schacht darunter führt in ein dunkles unterirdisches Tunnellabyrinth. Die Gänge sind nicht breit genug, um zu fliegen, und so steige ich zu ihr aufs Pferd, wobei ich mir alle Mühe gebe, mir durch einzelne Flügelschläge Auftrieb zu verleihen, damit das Gewicht meiner Rüstung das Tier nicht niederdrückt. Die Frau zündet noch eine zischende Fackel an, dann reitet sie immer tiefer in die Tunnel hinein. Etwa im Minutenabstand legt sie ihre freie Hand vor den Mund und stößt einen Signalruf aus.

Aus der Dunkelheit dringen der flackernde Schein anderer Fackeln und das Galoppieren neuer Hufe. Weitere Nomaden schließen sich uns an und unterhalten sich freudig erregt in ihrem unverständlichen Dialekt. Fackellicht tanzt in ihren geweiteten Augen.

Die Tunnel neigen sich tiefer und tiefer hinab, und die

Luft wird immer kälter. Ich halte mich an der kompakten Mitte der Nomadin fest und drücke mich wärmesuchend an ihre Pelzkleidung. Die Vorstellung, dass sie und meine Großmutter vom selben Volk abstammen, scheint mir völlig verrückt – dass Kultur und Glaubensvorstellungen in so drastisch unterschiedliche Richtungen auseinandergehen können. Nicht zum ersten Mal frage ich mich, ob es wirklich ein so glücklicher Umstand gewesen ist, in Huaxia geboren zu sein, wie alle immer behauptet haben. Wenn ich als Kind dieses zurückgelassenen Zhouvolkes zur Welt gekommen wäre, hätte mich diese atemberaubende Frau ohne Krüppelfüße aufgezogen. Wie anders wäre ich jetzt wohl als Mensch?

Als wir endlich in einem großen Höhlensaal anhalten, ist es so kalt, dass ich schon befürchte, meine Zunge könnte vereisen und entzweibrechen, sobald ich den Mund aufmache.

Reihen um Reihen von beunruhigenden Tonstatuen stehen Wache, den Blick uns zugewandt. Sie sehen aus wie Wächterfiguren, wie man sie in den Mausoleen mächtiger und reicher Menschen aufstellt, nur dass sie lebensgroß sind. Nicht einmal die Weisen erhalten lebensgroße Figuren. Ihre tönernen Gesichtszüge wirken auf unheimliche Weise realistisch. Die Figuren sind mit staubigen Pelzen und Tüchern umhüllt.

Als ich gerade versuche, mir vorzustellen, wie sie wohl gefertigt worden sind, erregt ein matter Schimmer hinter ihnen meine Aufmerksamkeit.

Die ganze hintere Wand ist golden.

Ist das etwa ... ein Teil des Gelben Drachen?

Meine Zähne klappern, und ich schnappe hechelnd nach Luft, während mir die Umgebung nun allmählich ein wenig wirklicher erscheint, ein Hauch in den Bereich des *Möglichen* rückt. Ist der ganze übrige Drache etwa unter unseren Füßen begraben? Ich stelle ihn mir tief unter der Erde zusammengerollt vor, bereit, jeden Moment aufzutauchen.

*Bitte. Lass es wahr sein.*

Die Nomaden sitzen von ihren Pferden ab. Sie schlängeln sich mit einem respektvollen Schlurfen durch die Reihe von Statuen, den Rücken gebeugt und den Kopf gesenkt. Trotz des mit Schrecken vermischten Staunens, das mir die Beine schwer macht, zwinge ich mich, ihrem Beispiel zu folgen.

Als wir uns der goldenen Wand nähern, bemerke ich, dass sie leicht gewölbt ist, wie eine Stirn. Eine dicke Wolldecke hängt darüber. Die silberhaarige Frau teilt sie an einem Schlitz in der Mitte.

Eine Welle von noch kälterer Luft strömt uns entgegen.

Ich blinzele überrascht, dann packt mich erneut fassungsloses Erstaunen.

Das riesige unterirdische Gewölbe dahinter ist vollkommen golden. Schatten scheinen über das dumpf glänzende Innere des Raumes zu kriechen. Vielleicht habe ich nun ja für immer den Verstand verloren, aber in der Mitte entdecke ich das mir so vertraute System der zwei Sitze.

Das hier ist ein Cockpit. Das Cockpit des Gelben Drachen.

Ein junger Mann sitzt auf dem Yang-Platz. Er trägt eine vollständige Goldrüstung, die aus Hunderten kleiner, miteinander verbundener Quadrate zusammengesetzt scheint. Eine lange flache Krone mit Perlenschleier vorn und hinten ruht auf seinem Kopf und wirft ihren Schatten über die Hälfte seines Gesichts. Das Geweih eines Drachen schießt aus den Seiten der Krone wie zwei mächtige vergoldete Äste. Vor ihm wartet der Yin-Platz, leer.

Eine ganze Weile bin ich zu nichts anderem fähig, als durch den Schlitz in der Wolldecke zu starren.

Die Nomaden kommen mit allergrößter Ehrerbietigkeit näher, und ein jeder kniet sich hin und macht einen Kotau, ehe er durch die Decke tritt. Ich taumele hinter ihnen her, und Unglauben erfüllt meine Brust. Ich lasse meinen Geistsinn aufstrahlen, um mir Sicherheit zu verschaffen, was, nein, *wen* ich da vor mir sehe, und ich erhalte eine Bestätigung, die so überwältigend ist wie einige Zeit zuvor der lastende Druck des Hunduns der Kaiserklasse.

Das hier ist verdammt noch mal der leibhaftige Qin Zheng.

Und er ist wirklich noch am Leben. Schwarze Meridiane aus Wasser-Qi breiten sich über die kadaverbleiche Haut seines Gesichts aus.

Aber genauso verhält es sich auch mit den Blumenpocken. Die Haut zwischen seinen Meridianen ist von den verräterischen blütenartigen Infektionsmalen der Krankheit übersät.

Ich muss an mein Gespräch mit Yuan Guang zurückdenken; wie er angedeutet hat, dass Qin Zheng die Sache dadurch bewerkstelligt haben könnte, dass er sich einen Qi-Zufluss aus dem Magma unter dem Berg Zhurong verschafft hat. Befindet sich dort womöglich das andere Ende des Drachen?

Eine Hand legt sich auf meine Schulter, und ich zucke zusammen. Die silberhaarige Frau deutet auf die Stelle, wo ich meine antivirale Ausrüstung verstaut habe. Ich verstehe, was sie meint, öffne das kleine Kästchen und ziehe den Inhalt der Ampulle in die Spritze.

Im nächsten Moment stimmen die Nomaden einen für mich unverständlichen Sprechgesang an. Sie sammeln sich in einem Halbkreis um Qin Zheng herum und ziehen mich mit sich. Eine der Frauen ruft laut etwas aus, während sie eine kleine Fackel schwingt. Sie entfacht sie, indem sie sie an einer größeren ansteckt, die jemand anderes hält. Dann stößt sie sich das Feuer mit einem sich überschlagenden Aufschrei in den Mund.

Zu meinem Erstaunen erlischt die Fackel einfach. Sie

reicht sie an jemand anderes weiter, dann reißt sie sich einen ihrer Pelzhandschuhe herunter und drückt ihre nackte Hand auf die Hände Qin Zhengs, die mit den Innenflächen nach oben auf seinen Armlehnen ruhen. Erst im letzten Moment sehe ich, dass seine goldenen Panzerhandschuhe von dünnen Nadeln überzogen sind.

Blut quillt unter der Handfläche der Frau hervor wie Saft aus einer durchbohrten Frucht. Ein stöhnender Schmerzenslaut entringt sich ihrer Kehle. Das Schwarz von Qin Zhengs Meridianen kriecht an ihrem Arm hinauf und erreicht schnell ihr verzerrtes Gesicht. Und jetzt verstehe ich, weshalb sie das Feuer geschluckt hat – sie hat versucht, ihr Feuer-Qi zu verstärken. Denn es braucht Feuer-Qi, um Qin Zheng zu erwärmen.

Ich kann ihr helfen.

Die Spritze fest umklammert, eile ich zu Qin Zheng. Ich verforme meinen Panzerhandschuh, sodass meine Hand sichtbar wird, dann drücke ich sie auf die Nadeln in seiner anderen Handfläche.

Wasser-Qi flutet mich schockartig und lässt mich frieren bis ins Mark, schwärzt nun auch meine Meridiane. Aber aufgrund meiner Ausbildung habe ich einige Erfahrung darin, mein zweitrangiges Qi von Wasser nach Feuer zu zwingen. Schreiend bemächtige ich mich meines Qi-Flusses und zwinge ihn, sich von Yin nach Yang zu erhitzen. Allein durch die Anstrengung leuchtet mein Metall-Qi in einem zweiten Qi-Kreis auf.

Nach und nach leuchten meine geschwärzten Qi-Meridiane rot auf, wie eine sich hinziehende Linie aus Kohlestaub, die Flammen fängt. Über unsere verbundenen Handflächen dringt die Veränderung in Qin Zheng.

Ein röchelnder Atemzug geht durch ihn hindurch, wie frischer Wind, der in einen lange verlassenen, staubüberzogenen Raum wirbelt. In den gestreiften Schatten des Perlenschleiers seiner Krone öffnen sich träge seine Lider. Sein Blick huscht zu uns herüber, und seine Augen weiten sich.

»Wo ist das Heilmittel?«, keucht er.

Verblüffenderweise kann ich ihn verstehen, obwohl seine Aussprache seltsam ist.

Oder – nein, es ist gar nicht so verblüffend. Nicht wenn sich mein Dialekt und der der Nomaden aus der einen Sprache unserer Vorfahren entwickelt haben.

Es macht mich von Neuem ganz verwirrt. Ich sehe hier jemanden an – spreche mit ihm –, der eigentlich vor zweihunderteinundzwanzig Jahren hätte sterben sollen.

»Wo ist das Heilmittel?«, wiederholt er, und sein Atem geht schneller und heftiger.

Hektische Rufe werden unter den Nomaden laut. Ich reiße mich zusammen und richte die Spritze auf sein Handgelenk. Aber seine Rüstung verhindert, dass ich eine Vene finden kann.

»Öffnet Euch!« Ich hebe den Kopf.

Die Hälfte seines Gesichts schmilzt weg.

Ich kreische auf, und auch er gibt einen Schrei von sich. Ich habe keine Zeit mehr zu verlieren, und so stoße ich ihm die Spritze direkt in den Hals. Er entreißt der feuerschluckenden Nomadin seine Hand, dann presst er den blutüberzogenen Panzerhandschuh über seine dahinsackenden Gesichtszüge. Das Geistmetall trieft herab und bewegt sich über sein Gesicht, breitet sich aus wie Quecksilber, mit einer Schnelligkeit und Geschmeidigkeit, wie ich es bei Geistmetall vom Erdtyp noch nie gesehen habe.

Aber der heutige Tag hat mit vielem aufgeräumt, was mir bisher unmöglich erschienen ist.

»Könnt Ihr eine Chrysalis steuern?«, stelle ich die vordringlichste Frage, während ich ihm die leere Spritze aus dem Hals reiße. Ich drücke auf die Einstichstelle, um das herausquellende Blut zu stillen. Ich habe nicht die geringste Ahnung, ob das Medikament wirken wird, aber mein Zorn und mein Kummer, die ich beide kaum zu unterdrücken vermag, pulsieren unter meiner Haut und treiben mich vor Verlangen nach Rache förmlich in den Wahnsinn. »Ich brauche Eure Kampfkraft, Eure Chrysalis. Auf der Stelle.«

Obwohl er auch weiterhin gequält atmet, entringt sich ihm zu meiner Überraschung ein Kichern. Er lässt die Hand wieder sinken.

Die geschmolzene Hälfte seines Gesichts ist nun mit Geistmetall überzogen. Es sieht aus, als bestünde ein Teil seines Schädels aus Gold.

Ich erschaudere.

Sein Wasser-Qi kehrt auf einem zweiten Kreis von Meridianen zurück, Schwarz neben Rot. Dann kommt auf einem dritten Qi-Kreis Erdgelb hinzu. Metallweiß auf einem vierten. Holzgrün auf einem fünften.

Hinter dem schimmernden goldenen Schleier, der von seiner Krone herabhängt, lässt er einen spöttischen Blick über mich hinwegwandern, Augen und Haut mit allen fünf Qi-Typen gemustert. »Du ... würdest ... mit mir ... keine fünf Minuten ... durchstehen.«

Er hat völlig recht.

Er bewegt sich auf einer ganz anderen Ebene als ich. Sein Geistdruck ist nicht nur ohnegleichen, er kann auch nach Gutdünken jeden beliebigen Qi-Typ einsetzen. Selbst für den Fall, dass er wirklich auf der Stelle wieder eine Chrysalis steuern kann, habe ich keinen blassen Schimmer, wie ich das überleben soll ...

Doch. Tatsächlich weiß ich das sehr wohl.

Ich blicke auf die Sitze von Yin und Yang hinunter. Dem Aussehen nach zu urteilen, scheinen sie sich nicht allzu sehr von den heutigen Sitzen zu unterscheiden. Wenn sich die Grundeinstellungen nicht verändert haben ... Wenn die Lügen der Armee schon die ganze Zeit über aufrechterhalten worden sind ...

All das tief in mir verwurzelte Wissen über das Pilotensystem bäumt sich in mir auf, um sich meiner Idee zu widersetzen – *Jungs kommen auf den Yang-Sitz, Mädchen kommen auf den Yin-Sitz, so ist das nun mal* –, aber warum soll das denn immer so sein müssen? Warum sollte sich die Armee gezwungen gefühlt haben, einen künstlich geschaffenen Unterschied in die Sitze einzubauen, wenn es nicht in Wirklichkeit so ist, dass es gar keine naturgegebenen Unterschiede gibt?

Es ist alles eine Illusion. Eine weitere willkürlich aus der Luft gegriffene, frei erfundene Illusion.

Eine tödliche Ruhe erfüllt mich.

Bevor ich aus dem Cockpit des Weißen Tigers geschlüpft bin, hat mir Yizhi auch noch seine eigene antivirale Ausrüstung mitgegeben. Ich ziehe das zweite kleine Kästchen aus meinem Leitanzug und öffne es, um ihn Ampulle und Spritze sehen zu lassen. Es dürfte ein besonderer Anreiz vonnöten sein, um Qin Zheng tun zu lassen, was ich ihm sage.

»Eure Pocken können nur behandelt, aber nicht geheilt werden«, sage ich, und es ist keine Lüge. »Wenn Ihr Euer Medikament auch in Zukunft erhalten wollt, dann *rutscht auf den Yin-Sitz rüber.*«

Qin Zheng zieht die Brauen zusammen. »Entschuldige ... wie bitte?«

»Ich weiß, dass Ihr mich verstehen könnt«, erwidere ich, jede Silbe deutlich artikulierend. Ich deute mit dem Medikamentenkästchen auf den Yin-Sitz. »Wechselt den Platz. Auf der Stelle.«

Seine Brust wogt heftig auf und ab. »Ich werde mich ... nicht ... auf den Sitz einer *Frau* ...«

»Wollt Ihr leben oder sterben?«, brülle ich und schüttele seinen Arm mit unseren vereinten Händen. »Das ist eine ganz einfache Frage!«

Er knirscht mit den Zähnen. »Du würdest mich doch sicher nicht …«

»Qin Zheng, ich verfüge Euch gegenüber über zweihunderteinundzwanzig Jahre zusätzliches Wissen über alles, was hier los ist, und ich habe jetzt keine Zeit für Erklärungen!«, brülle ich ihm ins Gesicht. »Wisst Ihr, dass Zhou gefallen ist, weil Ihr nicht zur Stelle gewesen seid, um es zu beschützen? Wisst Ihr, dass Euer kostbarer Gelber Drache in der Nähe eines Hundunnests begraben liegt und dass dieser Moment das erste Mal ist, dass ihn irgendwer aus Huaxia seit über zwei Jahrhunderten gesehen hat? Steigt auf den Yin-Sitz, oder Ihr habt ganz umsonst so lange überlebt!«

»Zweihundert …« Maßloser Schrecken und nacktes Grauen überziehen sein Gesicht.

Ich glaube, er hat wirklich nicht damit gerechnet, derart lange auf Erlösung warten zu müssen.

Sein Mund klappt zu. Zitternd erhebt er sich vom Yang-Sitz, und die Perlenschleier an seiner Krone klimpern hell.

Es folgt eine weitere erstaunliche Aktion seinerseits, und die Rüstung auf dem Yin-Sitz schmilzt in den Boden hinein, um dann auf dem Yang-Sitz wieder aufzutauchen. Ich nehme die Hand von den Nadeln seines Panzerhandschuhs und helfe ihm, den Sitzplatz zu wechseln.

Die Nomaden begreifen schnell, was da vor sich geht, und verlassen einer nach dem anderen das Cockpit. Ich wechsle noch einen letzten Blick mit der silberhaarigen Frau. Es gibt so viele Fragen, über die ich mich so gerne mit ihr ausgetauscht hätte. Ich hoffe, irgendwie lange genug überleben zu können, um sie wiederzusehen.

Nachdem sich der Spalt in der herabhängenden Decke

hinter dem Letzten der Nomaden geschlossen hat, lege ich meine Rüstung aus dem Zinnoberroten Vogel ab.

»Wartet, bis ich so weit bin«, flüstere ich und drücke mir einen roten Panzerhandschuh an die Brust. Tränen klatschen darauf.

Auch wenn meine Krone, die wunderschöne geflügelte Krone, die Shimin gefertigt hat, nicht mehr ist als toter Ballast ohne eine Verbindung zu meinem Rückgrat, behalte ich sie auf dem Kopf. Ich staple die übrigen Teile der Rüstung zu einem ordentlichen Haufen auf, dann steige ich in den Yang-Sitz.

Währenddessen ergreift Qin Zheng erneut das Wort. »Zhou ist ... gefallen?«

»Ja.« Meine Stimme zittert. »Von dort stammen meine Vorfahren. Sie haben auf Euch gebaut. Es braucht Euch nicht leidzutun, es ist nicht Eure Schuld gewesen, dass Ihr krank geworden seid, gleichwohl sind die Hunduns, die Zhou eingenommen haben, immer noch hier. Ihr müsst sie ausmerzen.«

Er verkrampft sich unter meinen Armen, dann entspannt er sich langsam. »Aber immer.«

Ich atme bebend aus, blase die Luft zwischen die Geweihstangen seiner Krone, dann lege ich meine Hände auf seine. Ein unwirkliches Gefühl durchströmt mich dabei.

Es ist nur ein Tausch der Sitze, und doch kommt mir plötzlich alles anders vor. Einen Moment lang fühle ich mich eindeutig *männlich* oder was immer das sein sollte. Aber es spielt keine Rolle. Männlich, weiblich, es tut nichts zur Sache, wenn man eine Chrysalis steuert. Es gibt nach wie vor keine Garantie, dass ich das Ganze überleben werde, doch ich bin viel zu weit gekommen, um mich jetzt noch von meiner Angst aufhalten zu lassen.

Ich lehne mich zurück.

In dem Moment, da die Nadeln mein Rückgrat durchstoßen, werden meine Sinne förmlich überflutet. Ich schreie auf. Mich zu widersetzen wäre wie der Versuch, eine Tür zuzuhalten, gegen die ein orkanartiger Sturm tost.

Ein goldenes Aufblitzen ist das Letzte, was ich mit meinen Augen aus Fleisch und Blut sehe.

## KAPITEL 45

# WER BIN ICH?

Als ich die Augen öffne, brennt Salzwasser darin. Eisige Kälte jagt mir durch die Knochen. Ich versuche zu schreien, aber sofort dringt mir Wasser in die Lunge und lässt mich von innen nach außen vereisen.

Was passiert hier? Wie bin ich hierhergekommen?

*Wer bin ich?*

Meine Brust krampft sich zusammen, und ein erstickendes Verlangen nach Luft schüttelt mich. Durch die flimmernden Punkte hindurch, die mir vor den Augen tanzen, schimmert über mir ein glasiges rotes Licht auf. Ich rudere mit den Armen und schlage danach, nur um dort oben eine Eisschicht auf der Wasseroberfläche vorzufinden, die mir jede Hoffnung auf Sauerstoff nimmt. Meine Augen weiten sich vor Anstrengung. Ich kratze über das Eis, bis mir die Fingernägel abbrechen. Es erstreckt sich in alle Richtungen. Ich hämmere gegen das Eis, bis meine Knochen zu bersten drohen. Es will und will nicht brechen.

Eine Hand packt mich von unten am Knöchel. Mein Blick geht hinab, und für einen flüchtigen Moment hoffe ich auf Hilfe.

Doch da ist keine Hilfe.

Da ist ein Ozean voller *egui*, hungriger Geister, die durch das dunkle Wasser auf mich zukriechen, von überall her, so weit das Auge reicht.

Ihre verwesenden Hände packen mich, türmen sich über mir auf, ziehen mich in die Tiefe. Mein Mund dehnt sich und öffnet sich klaffend. Ein Kreischen erstickt in meiner Brust. Die *egui* schwärmen um mich herum, eine sich windende, erdrückende Masse. Eiswasser schneidet an mir entlang wie Rasierklingen, während die Geister mich immer tiefer und tiefer zerren. Nacktes Grauen verschlingt mich, denn es gibt nichts, was ich tun kann ...

Linien aus gleißend hellem Licht strahlen über mir auf und schneiden sich durch das bisschen, was mir noch an Sicht geblieben ist.

Sie gehören zu jemandem, der zu mir heruntergeschwommen kommt. Das Wasser kocht in Strömen um ihn herum. Die leuchtenden Linien laufen als pulsierende Kugel aus Licht in seiner Brust zusammen.

Verzweifelt lasse ich meinen Arm durch die *egui* peitschen. Er bekommt ihn zu fassen. Mit einem gewaltigen Ruck zerrt er mich aus dem Schwarm heraus. Unsere beiden anderen Hände verschränken sich ineinander. Seine flammenden Züge sind so vertraut, dass mich ein schmerzlicher Schock trifft, doch wie sehr ich auch meine wirbelnden Gedanken durchwühle, ich kann mich einfach nicht daran erinnern, wer er ist.

Er zieht mich mit sich, geleitet mich den ganzen Weg bis zur Eisschicht zurück. Dann drückt er die Hand darauf. Die lavaartigen Linien unter seiner Haut schmelzen das Eis in einem immer größer werdenden Radius. Einzelne Stücke brechen und schwimmen davon.

Wir durchstoßen die Oberfläche. Ich ringe nach Luft wie noch nie in meinem Leben, so heftig, dass mir schwindlig wird.

Aber die *egui* sind uns noch immer auf den Fersen. Sie heften sich an meine Beine. Ich trete sie weg, während ich mich hastig auf das feste Eis hinaufmühe. Meine nassen Handflächen gefrieren bei der Berührung, und ich muss sie vor jeder Bewegung abreißen.

Der flammende Junge hat sich bereits ganz aus dem Wasser gezogen, und jetzt hilft er mir hinaus. Ich taumle auf das Eis, und die Kälte ist so niederdrückend, dass ich mich kaum bewegen kann. Der Himmel ist rot wie Blut, rot wie Feuer. Monströse Hände klatschen aus dem Loch, dem wir mit knapper Not entronnen sind, und gleiten über meinen Arm.

*»Mei-Niang!«* Der Junge zieht mich von ihnen weg und schüttelt mich an den Schultern.

Bezaubernde Dame? Warum nennt er mich so?

»Komm schon!« Er nimmt mich auf die Arme, sodass ich mich gegen die Wärme seiner glühenden Brust lehnen kann, dann rennt er los.

Die *egui* schwärmen hinter uns aus und beginnen mit der Verfolgung. Unendliche Legionen von ihnen, die stöhnen, mit ihren Krallen schlagen, das Eis erschüttern. Risse bilden sich, verbreitern sich gefährlich unter den dahinstürmenden Schritten des Jungen.

Während ich in seinen Armen auf und ab hüpfe, begutachte ich sein angespanntes Profil. Die Leere in meinem Kopf, an der Stelle, wo sein Name sein sollte, wo ich ihn kennen, *mich selbst* kennen sollte, ist so gähnend, dass ich am liebsten laut aufgeschrien hätte.

Wie habe ich ihn nur vergessen können?

Was bedeutet er mir?

Warum tut mir sein Anblick im Herzen weh, als könnte es im nächsten Moment bersten?

Die *egui* schrammen ihm über den Rücken, reißen ihm die

Haut blutig. Ich halte ihn auf, er ist nur deshalb so langsam, weil er mich tragen muss.

»Lass mich fallen!« Ich versetze ihm einen Stoß gegen die Schultern.

»Nein.« Er umklammert mich nur noch fester. Die Iriden seiner Augen brennen in einem grausamen Rot, doch sein Blick ist zärtlich und sanft. »Du musst hier raus. Unbedingt.«

Gerade als ich frustriert losschreien will, löst der Anblick des Eises unter uns etwas in mir aus. Eine vage Erinnerung blitzt mir durch den Kopf.

Wir sind auch zuvor schon zusammen auf dem Eis gewesen. Sind darüber hinweggefegt.

Ich blinzele verwundert. Im nächsten Moment gleitet er auf Schlittschuhen dahin, die in geschmeidigen Kurven über das Eis schneiden. Ich entwinde mich seinen Armen. Meine eigenen Schlittschuhe krachen auf das Eis. Er hält mich an der Hüfte fest und gibt mir Schwung. Auch ich lege den Arm um ihn.

Ja. Ja, so scheint es mir viel richtiger.

Gemeinsam rasen wir weg von den *egui* und haben bald eine erhebliche Entfernung zwischen sie und uns gelegt. Ein Ufer kommt in Sichtweite und nähert sich uns mit rasender Geschwindigkeit.

Aber mein Schwung gerät ins Stocken, als uns nun aus genau dieser Richtung eine weitere dunkle Masse entgegenströmt.

Weitere *egui.*

»Wir müssen dort drüben ans Ufer!« Der Junge zieht mich mit sich. »Es ist der einzige Ausweg!«

Entsetzen schnürt mir die Luft ab, aber wenn es eins gibt, dessen ich mir sicher bin, selbst ohne irgendwelche Erinnerungen zu haben, dann ist es die Tatsache, dass ich ihm vertraue.

Ich stürme zusammen mit ihm direkt in den zweiten Schwarm hinein.

Das heulende Wehklagen der *egui* und der Irrsinn ihrer nach mir greifenden Gliedmaßen betäuben mir die Sinne, ertränken mich ganz von Neuem. Der Junge umklammert mich, als wollte er mich nie wieder loslassen, dann schlängelt er sich mit glatten, eleganten Kreisbewegungen zwischen ihnen hindurch, wie ein in einem Sturm tanzendes Blatt. Bei alledem zieht er mich fest an seine Brust.

»Erinnere dich«, fleht er. »Erinnere dich daran, wer du bist. Erinnere dich an mich.«

Die Flamme in seiner Brust leuchtet heller und heißer unter meiner Wange. Unter seiner Berührung schmelzen mir die Sinne und driften auseinander, so wie vorhin das Eis.

Erinnerungen fluten herein.

Ich schreite über den sonnenbeschienenen Gehweg einer angesehenen Schule, einen Stapel zerlesener Bücher, die ich mir geliehen habe, an die Brust gedrückt. Meine Glieder rascheln in Seidengewändern, die zu kurz für mich sind. Pfeiler aus Mahagoniholz gleiten an mir vorbei und werfen ihre Schatten über mich. Ich tue mein Bestes, den Blicken und dem Getuschel der anderen Schüler keine Beachtung zu schenken. Sie glauben, ich könnte diese Blicke nicht sehen, würde ihre Worte nicht hören.

Ich studiere gerade in einem dunklen Ankleideraum ein Gedicht, als ich in der Arena draußen die Kämpfer brüllen und reiche Zuschauer jubeln höre. Ich fahre mit meinen zerschundenen Fingern über die Strophen aus uralter Zeit, fest entschlossen zu beweisen, dass ich mehr bin als das, was alle in mir sehen.

Ich knie in einem Kreis von Drohnenscheinwerfern und durcheinanderrufenden Soldaten, meine blutigen, zitternden Hände an den Hinterkopf gedrückt, und verliere für immer die Möglichkeit, je etwas anderes zu sein als ein Gefangener.

Ich sitze schreiend in einer Chrysalis, das Mädchen, das versucht hat, mich zu lieben und zu heilen, tot in meinen Armen.

Ich hocke auf dem Boden einer feuchten kalten Zelle, mein Körper voller Alkohol, während ich mich winde und krümme, als würde ich bei lebendigem Leib verbrennen. Ein Maulkorb erstickt mir die Schreie im Mund.

Stattdessen schreien die Mädchen.

Es sind so viele.

Wieder einmal werde ich über eine neblige Andockbrücke gezerrt. Die Soldaten haben ein weiteres mit Handschellen gefesseltes Mädchen angeschleppt, das nun am anderen Ende auf mich wartet. Meine Sicht ist zu verschwommen, um ihre Gesichtszüge wahrnehmen zu können, aber die eiserne Ruhe ihrer ersten Worte ist für mich wie ein Schock.

*»He, hab zumindest den Mumm, mir in die Augen zu schauen, bevor du mich umbringst.«*

Nach der Schlacht streckt sie mir über die Rückenlehne des Yin-Sitzes die Hand hin, aus der Nase blutend, aber lebendig und mit einem Feixen im Gesicht.

Sie hält in einem Raum, der von einem großen Bildschirm erleuchtet wird, ihren Kopf an eine Pistolenmündung, völlig furchtlos und unbekümmert, selbst noch als alle anderen um uns herum in wilde Panik geraten.

Wir sitzen in einem Transporter, der über die Große Mauer rast; sie starrt mich grimmig an, und endlich kann ich ihre Züge deutlich erkennen. Ihr Gesicht ist atemberaubend schön, doch in ihren Augen kocht der tiefste, schwärzeste Hass.

Ich finde mein Bewusstsein wieder. Meine Existenz. Meine Wirklichkeit.

»Shimin ...« Ich umfasse sein Gesicht mit beiden Händen. Wir sitzen jetzt auf der Treppe von etwas, was so aussieht, wie ich mir die Große Mauer als Kind vorgestellt habe – ein von Menschen gebauter Drache, der sich über ganze Gebirgsketten dahinschlängelt. Die Hitze des feuerroten Himmels streicht über uns hinweg. Wir haben die *egui* erst einmal hinter uns zurückgelassen, aber in der Ferne sind immer noch ihr Heulen und Wehklagen zu hören.

»Zetian.« Er verzieht den Mund zu einem Lächeln, das mir das Herz flattern lässt.

Aber mit der aufdämmernden Wahrheit stellt sich auch die Panik ein. Jäh bohrt sich mir eine grellrote Null ins Bewusstsein.

Risse lösen sich von den Qi-Meridianen in seinem Gesicht, beginnen zu leuchten wie glühende Kohlen und flammen immer heißer und heißer. Zu heiß. Mit einem schwachen Seufzer, der ihm wie kochender Dampf entweicht, bricht er über der Treppe der Großen Mauer zusammen und sinkt in die Knie.

»Nein!« Ich lasse mich mit ihm fallen und versuche, ihn festzuhalten. Asche blättert von ihm ab, und Funken stieben davon. Ich schüttele wieder und wieder den Kopf. »Bleib, bitte bleib. Bitte.«

Sein Lächeln wird traurig, aber zugleich friedlich und gelöst. Er streichelt mir mit einem Zeigefinger, der glüht wie heißes Metall, über die Wange. »Du bist die Eiserne Witwe. So ist es uns bestimmt gewesen.«

»Ich will es aber nicht!«, rufe ich, drücke seine Hände, schüttele seine Schultern, tue alles, um ihn daran zu hindern zu verschwinden. »Geh nicht! Wag es nicht zu gehen!«

»Ich gehe nirgendwo hin.« Er nimmt mich in die Arme

und bettet das Kinn auf meinen Kopf. »Verstehst du denn nicht? Ich bin aus deinem Innern gekommen. Alles, was ich war, lebt jetzt genau hier.« Er berührt meine Schläfe, dann küsst er mich auf die Stirn. »Ich werde immer ein Teil von dir sein.«

»Nein! Nein, nein, nein ...!«

Seine Lippen treffen meine.

Geschmolzene Hitze ergießt sich in mich. Ich umklammere ihn mit aller Kraft, doch ich kann ihn nicht festhalten. Er löst sich in meinen Armen auf, zerfällt zu Zunder und Ruß. Seine Überbleibsel wehen mit dem schmelzofenheißen Wind davon, bis nichts mehr von ihm da ist außer einem einzigen verkohlten Schmetterling. Einem Schmetterling mit einem Yin- und einem Yang-Flügel.

Ich krümme mich mit einem lautlosen Schluchzen zusammen.

Aber ich weiß, dass jede Sekunde, die ich hierbleibe, eine vergeudete Sekunde ist.

*»Wu Zetian«*, flüstern mehrere Stimmen in meinem Kopf zugleich. Da ist nicht nur Shimins Stimme, sondern auch die von Großer Schwester. Und Yizhi. Und die Stimme meiner Mutter. Und die meiner Großmutter. Und die Stimmen so vieler namenloser Frauen und Mädchen, die unter den Lügen gelitten haben, die ich aufdecken muss. *»Sei ihr Albtraum.«*

Das Heulen der *egui* rauscht näher heran, wie ein unablässig wehender Wind.

Die Schlacht ist noch nicht vorüber. Diese Welt versucht noch immer, mich aufzuzehren und zu verschlingen.

Obwohl mir alles völlig unmöglich erscheint, obwohl ich nie wieder dieselbe sein werde, obwohl ich mich einfach nur noch hinlegen und aufgeben will, zwinge ich mich weiterzumachen. Halb kriechend, halb stolpernd schleppe ich mich über die Treppe der Großen Mauer.

An ihrem höchsten Punkt kommt ein Thron in Sicht. Taumelnd und schwer atmend richte ich mich auf. Ich starre auf den jungen Mann mit den kalten Augen hinab, der auf dem Thron sitzt.

Qin Zheng hebt überrascht den Blick. Die Hand, auf der er den Kopf abgestützt hat, fällt ihm in den Schoß.

»Huch.« Er stößt ein kurzes spöttisches Lachen aus. »Mal was Neues.«

## KAPITEL 46

# EISERNE WITWE

Als mein Bewusstsein aus Qin Zhengs geistiger Innenwelt hervorbricht, ist es so, wie aus den Tiefen eines tobenden Ozeans an die Oberfläche zu stoßen, um dann nichts anderes vorzufinden als giftige, von Lärm erfüllte Luft. Seelenpein und Panik lasten mit einer Heftigkeit auf mir, dass es mir ganz unnatürlich vorkommt.

Ich gerate normalerweise nie in eine solche Panik.

Qin Zhengs Geistgestalt sitzt in der Yin-Yang-Welt vor mir im Schneidersitz auf der schwarzen Yin-Seite, während ich mich bebend auf der weißen Yang-Seite befinde. Seine Augen sind konzentriert geschlossen.

Überraschenderweise macht er sich nicht die Mühe, mich aufzuhalten, als ich nun mit Gedankenkraft höher hinaufkrieche und mich der Sinne des Gelben Drachen bemächtige. Die unnatürlichen Gefühlswallungen erfassen mich nur noch heftiger. Meine Wahrnehmung der Außenwelt ist so starken Erschütterungen unterworfen, dass ich mehrere Sekunden brauche, um herauszufinden, was da draußen vor sich geht. Qin Zheng hat den Gelben Drachen von dort herausgeholt, wo immer er vergraben gewesen ist, und sich mit ihm auf das Schlachtfeld begeben. Der Drache hat den Wasserkaiser im Tal in die Enge getrieben. Sein langer Schlangenkörper hat eine vollständige Schlinge über die versengten Berghänge gezogen. Wie auch immer der Wasserkaiser seine Gestalt verändert, er kann aus dieser Schlinge nicht heraus. Der Drache entzieht ihm an jedem Berührungspunkt sein Qi, wie eine Skulptur aus Lehm, die Wasser aufsaugt. Die extremen Gefühle, die ich empfinde, müssen von dem Wasserkaiser herrühren, der kurz davor ist, diesen hoffnungslosen Kampf zu verlieren.

Feuer mag gegenüber Wasser schwächer sein, aber Wasser ist schwächer gegenüber Erde.

*»Aufhören … verschont uns … bitte …«*

Ich könnte jeden Eid schwören, dass die Gedanken vom Wasserkaiser kommen, aber wie sollte das möglich sein? Wie könnte ein Hundun unsere Sprache kennen? Ich kann ja nicht einmal die Nomaden richtig verstehen.

Gerade als ich im Begriff stehe, wieder in Qin Zhengs Innenwelt zu flüchten, um diesem Albtraum zu entfliehen, brechen die Gefühlswallungen endlich ab, und es ist so, als könnte ich plötzlich wieder atmen. Der Wasserkaiser verstummt, liegt jetzt als ein gewaltiger Hügel aus leblosem Geistmetall vor mir. Man könnte aus ihm wahrscheinlich eine weitere Chrysalis der Kaiserklasse anfertigen.

Qin Zhengs Züge entspannen sich ganz leicht, aber er öffnet nicht die Augen und nimmt mich in keiner Weise zur Kenntnis. Seine Geistgestalt hat sich in Form der dunkelsten Ringe unter den Augen manifestiert, die ich je gesehen habe. Allerdings machen sie sein Gesicht auf eine eisige, unnahbare Weise, die an Schönheit grenzt, nur umso eindrucksvoller. Ein Muster gespenstischer Narben zieht sich über die eine Seite seines Gesichts. So muss er vor seiner Pockenerkrankung ausgesehen haben.

Während er den Drachen weiter durch die Berge kriechen lässt und mit seinen vielen Klauenpaaren Hunduns zerquetscht, bekomme ich allmählich ein besseres Gefühl für diese Chrysalis. Der Drache ist im Laufe der Jahrhunderte beträchtlich in Verfall geraten, aber Qin Zheng repariert ihn mit einer legendären Geschicklichkeit, wie sie seither kein anderer Pilot mehr erreicht hat: Er integriert anderes Geistmetall vom Erdtyp in die Chrysalis.

Normalerweise kann sich Geistmetall von unterschiedlichen Hunduns nicht funktionsfähig zusammenfügen, aber der lang gezogene Leib des Drachen sammelt Hunduns auf wie ein Magnet Eisen, während er durch die verbliebenen Herden tobt. Ihre erschreckten Sinne prallen bei jedem Kontakt mit den unseren zusammen, aber ihre Empfindungen sind nicht annähernd so intensiv wie die des Wasserkaisers, und sie schwinden schnell dahin. Ihr Geistmetall wird zu einem Teil des Drachen und verstärkt und verlängert ihn bis ins Endlose. Neue Klauen bilden sich aus dem Nichts, wann immer sich seine Länge um ein bestimmtes Ausmaß vergrößert hat.

Schwärme größerer Hunduns der Adelsklassen stürmen auf uns zu wie die *egui* in Qin Zhengs geistiger Innenwelt, aber der Drache vernichtet sie mühelos. Nichts kann uns daran hindern, uns einen Pfad zum klaffenden Vulkankrater des Berges Zhurong zu bahnen. Dort angekommen, dürfte die Schlacht im Wesentlichen gewonnen sein.

Aber vielleicht sollte ich nicht bis dahin warten, um in Aktion zu treten.

Die anderen Chrysaliden eilen durch die Berge hinter uns her. Sie müssen mit Jubelschreien reagiert haben, als der Drache erschienen ist, doch inzwischen sind sie auf eine unheimliche Weise still geworden. Als nun winzige Kameradrohnen vor uns her brummen, begreife ich, dass die Augen des Drachen in verschiedenen Farben leuchten müssen, das verräterische Kennzeichen einer ebenbürtigen Partie. Und das eine Auge muss metallweiß sein. Man müsste ohne Gehirn geboren sein, um nicht den Verdacht zu schöpfen, dass ich darin sitze.

Ich kann förmlich die Strategen in den Lautsprechern der anderen Piloten hören, wie sie ihnen raten, sich vor genau jener Chrysalis in Acht zu nehmen, die ihnen gerade das Leben rettet.

Neuer Zorn lodert in mir auf. Ich wette, sie planen schon, sich um mich zu »kümmern«, sobald die Schlacht zu Ende ist.

Da sollte ich besser als Erstes zuschlagen.

Qin Zheng erhebt keine Einwände, als ich mit der Ausrede, »etwas erledigen zu müssen«, die volle Kontrolle über die Chrysalis übernehme. Es ist seltsam; ich habe mit einem stärker ausgeprägten Machtkampf zwischen uns beiden gerechnet. Ich kann Qin Zheng nicht recht durchschauen. Irgendwie ist mir keine einzige Erinnerung aus seiner Innenwelt geblieben. Ich kann nur vermuten, dass er, nachdem er soeben aus einem zwei Jahrhunderte langen Schlaf erwacht ist, nicht gerade bei klarstem Bewusstsein ist.

Während ich Hunduns der Adelsklassen zermalme wie Eierschalen, blicke ich direkt in eine der Kameradrohnen.

»Die Armee hat uns alle belogen!«, rufe ich durch die lange Drachenschnauze. Ich verkünde entrüstet die Wahrheit über das Pilotensystem und hebe hervor, welchen Dämpfer es unseren Kriegsanstrengungen versetzt hat, indem es die Hälfte des Pilotenpotenzials unterdrückt. Die Menschen interessieren sich nur dann wirklich für etwas, wenn sie begreifen, dass es auf eine sehr reale Weise sie selbst betrifft.

»Ich habe echte Beweise dafür, und ich werde sie bald vorlegen, aber ihr wisst, dass ich recht habe! Ihr wisst, dass das Geschlecht nichts mit Geistkraft zu tun hat, weil *ich* existiere! Ja, ich bin Wu Zetian, die Eiserne Witwe!«

Ich stoße das Cockpit des Drachen auf und zeige ganz

Huaxia die Anordnung seines Inneren. Ich auf dem Yang-Sitz, wie ich einen Typen, bei dem es sich ganz offensichtlich um Kaiser Qin Zheng handelt, ganz und gar in meiner Macht habe.

Die Armee und die Weisen müssen inzwischen völlig aus dem Häuschen sein und alle Liveübertragungen abschalten, aber ich habe gesagt, was ich zu sagen hatte. Ich verschwende keine Sekunde mehr. Mit mehreren ausgreifenden Sprüngen hole ich Schwung und lasse den Drachen in die Höhe fliegen. Qi sämtlicher Typen, das Qin Zheng aus dem unterirdischen Magma und den zerstörten Hunduns gewonnen haben muss, durchströmt den hohlen Leib des Drachen und hebt ihn empor, als wäre er eine Papierlaterne. Es ist ein Gefühl, als hätte ich das Kommando über die Lebenskraft der ganzen Welt und nicht nur über meine eigene inne.

In Schlängelbewegungen lasse ich den Drachen an den pfeilerartigen Gipfeln vorbeischweben, dorthin, wo sich, fein säuberlich aufgereiht und leicht erreichbar, die letzte Reihe von Übertragungswagen befindet. Es gibt noch weitere Wagen mit Sendern zwischen den Bergen, aber für mich ist es leichter, diese hier zu zerstören.

Ich lande mit dem Drachen direkt auf ihnen und drücke die meisten platt. Diejenigen, die ich verfehlt habe, zerquetsche und durchbohre ich mit den vielen Krallenklauen des Drachen und sorge so dafür, dass die Piloten und Pilotinnen komplett von den Strategen abgeschnitten sind.

Als ich zurückgekehrt bin und den Vulkan Zhurong ansteuere, haben die anderen Piloten die Angelegenheit offensichtlich bereits ohne uns beendet. Die qualmenden Hüllen halb ausgeformter Hundunlarven stapeln sich auf dem Hang des Berges. Wir haben auf ganzer Linie gesiegt. Die Gegenoffensive war erfolgreich.

Doch auf dem Schlachtfeld herrscht Verwirrung. Keine

umhersurrenden Kameradrohnen und keine Strategen mehr, die durch Cockpitlautsprecher rufen.

Niemand feiert. Als der Drache durch die Luft herangeglitten kommt, starren die anderen Chrysaliden einfach nur nach oben und wirken verloren. Einige recken die Köpfe, in der jämmerlichen Hoffnung, dass die Strategen vielleicht wieder eine Verbindung zu ihnen herstellen.

Kurz vor dem Gipfel des Zhurong lasse ich uns zu Boden krachen, direkt vor die Schwarze Schildkröte. Dreck und Geröll fallen hörbar in den Krater hinab. Die Schildkröte ist nun wieder so viel kleiner als ich, ein winziges Ding, das mir das Gefühl vermittelt, ich würde auf eine echte Schildkröte hinunterschauen.

»Wie konntest du nur?«, heule ich.

Stille legt sich über das Schlachtfeld.

»Zetian, es tut mir so ungeheuer leid.« Die Schildkröte kriecht rückwärts den Berg hinunter und schreit mit Xiuyings Stimme, während sich beide Augen zu Schwarz verdunkeln. »Unsere Kinder ... die Strategen haben gedroht, sie ...« Die Schildkröte kommt ruckartig zum Stehen. Xiuying knurrt. »Ich an deiner Stelle würde lieber nicht weiter aus der Reihe tanzen, sonst bringst du deine Familie ebenfalls in Gefahr!«

Mein Zorn flaut für einen Moment ab, schwächelt wie eine vom Wind gekühlte Flamme, um dann brüllend zurückzukommen, so brutal und gleißend hell, dass ich im ersten Moment zu keiner Reaktion fähig bin.

Ist das der wahre Grund dafür, warum sie mich dazu gedrängt hat, mich mit meiner Familie zu versöhnen? Damit sie als Druckmittel missbraucht werden kann, um mich zu zwingen, den Befehlen der Armee Folge zu leisten?

Ich kann nicht glauben, dass ich genau das getan habe, wofür ich allen anderen so erbitterte Vorwürfe mache: Ich habe eine Frau unterschätzt.

Ich beuge mich dicht über die Schildkröte, sodass ich sie fast mit der lang gezogenen Schnauze des Drachen und seinen goldenen Schnurrhaaren berühre. Während ich spreche, werfe ich einen silbrig weißen Glanz über ihre schwarze Oberfläche. »Jetzt mach mal halblang. Du hast meine wahre Familie schon umgebracht.«

Ich quetsche eine Klaue durch den Kopf der Schildkröte und trenne ihn glatt von ihrem Hals ab. Ich zerdrücke und zermalme ihn. Ströme von Blut, so dünn, dass sie fast unsichtbar sind, tropfen an der Klaue herab. Der Gedanke, dass Shimin zuvor das Gleiche hat durchmachen müssen, blitzt mir durch den Kopf, und ich presse noch fester und knirsche mit den Zähnen des Drachen.

Entsetzensrufe erheben sich von den anderen Chrysaliden, aber keine von ihnen rückt von ihrer Position zwischen den Hundunhüllen ab.

Und so weiß ich, dass sie mir bei meinem nächsten Schritt nicht in die Quere kommen werden.

Außerdem werden sie ohnehin Stunden brauchen, um an die derzeit ungeschützte Grenze von Sui und Tang zurückzukehren, während ich in viel kürzerer Zeit dorthin fliegen kann.

In der Welt von Yin und Yang reißt Qin Zheng zum ersten Mal die Augen auf und mustert mich voller Staunen.

»Du wünschst, die Herrschaft über deine Welt zu ergreifen«, haucht er in seinem jahrhundertealten Dialekt. Seine Worte klingen leicht verwaschen, als stünde er unter Drogen oder als wäre er schläfrig.

»Ja.« Ich wähle meine Worte mit Bedacht. Dieser Junge ist einst ein echter regierender Kaiser gewesen; er wird nicht mit mir zusammenarbeiten, wenn ich ihm das Gefühl gebe, ein bloßes Werkzeug zu sein. »Es gibt da etwas, das Ihr über die Rolle der heutigen Piloten wissen solltet. Wir sind keine

Anführer mehr. Wenn Ihr mich aufhaltet, werdet Ihr als nichts anderes in die Welt zurückkehren als eine Berühmtheit, ein Spektakel für die Öffentlichkeit. Die Leute werden Euch angaffen, aber sie werden sich nicht vor Euch verneigen und Euch gehorchen. Wenn Ihr wollt, dass sie das wieder tun, müssen wir es mit Gewalt durchsetzen.«

»Also gut.« Er zuckt die Achseln und schließt wieder die Augen. »Gehen wir es an.«

Ich lache. Ein hohler, freudloser Laut, der viel zu lange andauert, bis hinein in den Wahnsinn.

Eine Geschichte der Wiedergutmachung und Rehabilitierung, hieß es nicht so?

Aber da gibt es kein Versagen, das wiedergutzumachen wäre. Nicht ich bin es, die im Unrecht ist. Es sind die anderen.

## KAPITEL 47

# ALLES, WAS MIR ZUSTEHT

Chang'an, die Stadt des immerwährenden Friedens, ist im Moment alles andere als friedlich.

In der abkühlenden Luft erhebt sich das Lärmen vieler Menschen wie eine Wand vor uns und wird immer lauter, je mehr wir uns in dem Drachen der Stadt nähern. Das letzte Rot der Sonne ergießt sich über die Berge, die das von Wolkenkratzern erfüllte Tal umsäumen. Unter der hereinbrechenden Nacht sind die von unzähligen Neonlichtern gefluteten Straßen voller Menschen, als hätten die übervollen Gebäude sie herausgekotzt, um sich von ihnen zu reinigen. Überall in den schattenhaften Menschenmengen unter uns lassen sich Leute auf die Knie fallen und werfen sich wieder und wieder zu Boden. Sie müssen von den Dörfern und Städten, über die wir hinweggeflogen sind, erfahren haben, dass wir unterwegs sind.

Sobald ich Yizhi aus dem Cockpit des Weißen Tigers aufgelesen habe, habe ich die Armee von Chrysaliden an der Grenze von Zhou zurückgelassen. Um sie werde ich mich später kümmern.

Wenn es zu spät ist, um das, was ich getan habe, ungeschehen zu machen.

Qieluos und Yang Jians sichtliche Entnervtheit über die

Winkelzüge der Strategen – und die Tatsache, dass Yizhi und ich ihnen unser Leben verdanken – lässt mich darauf bauen, dass sie nicht versuchen werden, mich aufzuhalten. Aber selbst wenn die Chrysalidenarmee doch zur Grenze von Sui und Tang zurückgezogen kommt, werden sie feststellen müssen, dass ich den Kaihuang-Wachturm zerstört habe.

Ich habe mich nicht darum gekümmert, wer in dem Turm gewesen sein könnte. Wenn die Strategen so schlau sind, wie sie behaupten, haben sie in dem Moment das Weite gesucht, in dem ich die Chrysalidenarmee verlassen und meinen eigenen Krieg angezettelt habe.

Meine zugegebenermaßen wenig elegante Strategie: alle Machtzentren zu zerstören, damit das ganze Land ins Chaos gestürzt wird und die Menschen keine andere Wahl mehr haben, als der neuen mächtigsten Instanz zu gehorchen – mir.

Der Schatten des Drachen schlängelt sich wie der Fluss Wei über die flehenden und schluchzenden Massen dahin, direkt auf den Palast der Weisen auf seinem Berg zu, von wo aus er das Stadtbild beherrscht. Ich erinnere mich, wie ich mit grimmiger Miene zu ihm hinabgestarrt habe, als ich das erste Mal in die Stadt geflogen bin.

Jetzt werde ich alles tun, was ich an jenem Tag noch nicht habe tun können. Ich wünschte, es wäre mir damals schon möglich gewesen.

»Pilotin Wu!«, ertönt eine Reibeisenstimme durch etwas, was sich anhört wie das versammelte Lautsprechersystem des gesamten Palastes.

»Es heißt *Kaiserin* Wu«, brülle ich zurück, und meine Stimme ist mühelos lauter als alle Lautsprecher unten zusammen.

Es folgt eine benommene Pause, bevor die Stimme aufs

Neue erklingt. »Hört sofort mit Eurem Tun auf! Denkt darüber nach, was Ihr da macht! Denkt an die Folgen!«

Ich lache einfach nur. Ich kann nicht glauben, dass dieser Kerl überhaupt den Versuch unter ...

»Tian-Tian!«

Ich erstarre mitten im Flug und wäre beinahe auf die Wolkenkratzer und die Millionen von Menschen unter mir gekracht.

Es ist die Stimme meiner Mutter.

Ich richte das Sichtfeld des Drachen auf den großen, von Flutlicht erhellten Hof ganz in der Mitte der Herrenhäuser und Pagoden des Palastkomplexes und hole ihn optisch näher heran. Da ist sie, zusammen mit meiner übrigen Familie, und wird von einem Haufen Soldaten festgehalten. Einer der Weisen – ich weiß nicht, welcher, denn mit ihren schweren Gewändern und ihren langen weißen Bärten sehen sie alle gleich aus – hält meiner Mutter ein Mikrofon an den Mund.

Mein ganzes Wesen krampft sich im Drachen zusammen. Das hier passiert wirklich. Ich werde doch tatsächlich gezwungen, diese Entscheidung zu treffen.

Und ich habe es mir selbst zuzuschreiben. Qieluo hatte recht; das hier ist meine Entscheidung von damals, die sich an mir rächt, und zwar genau jetzt. Wäre ich nicht auf Xiuyings Leier von wegen »Ein wenig Mitgefühl kann viel bewirken!« reingefallen, würde meine Scheißfamilie immer noch in unserem Scheißdorf an der Grenze hocken.

Vielleicht hätten die Weisen sie vor der Schlacht aber auch so oder so hierhergebracht, nur um sicherzugehen.

Doch eines wäre anders gewesen, wenn ich ihnen nicht wieder mein Herz geöffnet hätte: Ich würde jetzt nicht zögern.

Gerade als mein Schweigen droht, meine Schwäche zu verraten, reißt mein Vater das Mikrofon an sich.

»Bitte …« Er weint und zieht meinen Bruder Dalang aus dem Menschengedränge. »Bestrafe *uns*, nicht ihn! Lass ihn gehen – er ist dein Bruder!«

Etwas zerbricht in mir.

Ich sehe benommen zu, wie Dalang nun noch heftiger schluchzt, dann taumelt er zurück und sinkt zwischen unseren Eltern nieder. Sie schreien auf und wollen ihn wegstoßen, hin zu einer Illusion von Sicherheit vor seiner bösen Schwester, die versucht, in einem riesigen Metalldrachen die Hauptstadt einzunehmen.

Das ist es also, wozu sie die ganze Zeit über bereits fähig waren.

Das ist es, was sie für ihren Sohn tun würden, während sie Große Schwester und mich an die Armee verkauft haben, ohne mit der Wimper zu zucken.

Ich will gar nicht mehr hier sein. Ich will sie nicht ansehen müssen. Ich will nicht nachdenken. Ich will mich nicht erinnern, will nicht vergleichen, will nicht bestätigen müssen, dass ich für diese Menschen immer, *immer* nichts anderes gewesen bin als Wasser, das dazu bestimmt ist, zur Tür hinausgekippt zu werden. Für diese Menschen, die meine einzigen Blutsverwandten sind, die ich jemals haben werde. Menschen, die zu lieben und zu verteidigen man von mir erwartet, was auch geschieht.

Menschen, die diese Leute bis in alle Ewigkeit gegen mich einsetzen werden, wenn ich mich nicht genau in diesem Moment von ihnen lossage.

Welch eine Art von Leben wäre das für sie? Für den Rest ihrer Tage nichts als Werkzeuge, Druckmittel zu sein?

Sie selbst haben mir beigebracht, wie schrecklich das ist.

Ich weiß, was die wahre Gnade für sie wäre.

»Tut mir leid«, sage ich, kalt wie die Asche meiner Schwester. »Ihr seid mir im Weg.«

Ich zerquetsche den ganzen Palast mit der Krallenklaue des Drachen.

Stein, Marmor und dunkles Holz bersten und zerkrümeln in dunkel aufwallenden Rauchwolken. Schreie erfüllen die Stadt. Gewaltige Trümmerteile stürzen den Berghang hinunter und lassen die panischen Menschen in Scharen die Flucht ergreifen.

Da ist nicht die geringste Regung in meinem Herzen.

Ich kann die Augen des Drachen nicht schließen, daher starre ich nur mit leerem Blick vor mich hin, während Rauchsäulen über dem Schutt aufsteigen.

Es vergeht eine lange Zeit, bis sich mein Denkapparat mühsam wieder in Bewegung setzt, und das liegt nur an etwas, was mir in diesem Moment auf geradezu absurde Weise lächerlich erscheint: Ein Schwebeboot rumpelt durch die Luft auf mich zu, durchschneidet das weiße Rauschen der widerhallenden Schreie.

Ich hebe eine Klaue, um es aus der Luft zu reißen.

»Moment, wartet!«, dröhnt eine Stimme durch die Lautsprecher des Schwebeboots.

Ich gehorche.

Denn es ist Gao Qiu.

»Wartet eine Sekunde und hört zu, Pilotin Wu ... oder, halt, Ihr nennt Euch ja inzwischen Kaiserin Wu, nicht wahr?« Die Luke des Schwebeboots gleitet auf, und da steht er, umgeben von hell strahlendem Licht.

Er ist umringt von schluchzenden kleinen Mädchen, die sich an seine schwarzen Ledergewänder klammern. Ein paar gefährlich aussehende Schlägertypen halten hinter ihm Wache.

Festzustellen, dass mich sein Auftritt auf die denkbar niederträchtigste, widerwärtigste Weise beeindruckt, entsetzt mich maßlos.

*Davon* hätten die Weisen Notiz nehmen sollen. Wenn man mich lähmen will, dann so.

»Gut, ich verstehe, was Ihr im Schilde führt«, sagt Gao Qiu, und seine Stimme ist kühl und gleichmütig. »Und ich verstehe auch, dass es in Huaxia keine Machtinstanz mehr gibt, die Euch aufhalten könnte, auch nicht mit brutaler Gewalt. Also bin ich jetzt hier, um mit Euch ins Geschäft zu kommen!«

»Ins *Geschäft* kommen?«, donnere ich mit einer solchen Wucht, dass das Schwebeboot ein Stück zurückschwankt.

»Ruhig, ruhig, lasst uns doch einfach ein höfliches Gespräch führen.« Er lacht mit manischer Hemmungslosigkeit, während er sich an einem Griff an der Decke des Schwebeboots festhält. Die kleinen Mädchen kreischen noch etwas lauter, und ich finde es ganz furchtbar, dass es mich sofort dazu verleitet, das Maul des Drachen zuklappen zu lassen. »Also, ich bezweifele, dass Mami und Papi Euch je beigebracht haben, wie man ein Land regiert. Daher werdet Ihr ein wenig Unterstützung benötigen, um sicherzustellen, dass Euch nicht die Kontrolle aus den Händen gleitet. Macht mich zu Eurem Regenten! Ich werde Euch nicht nur helfen, den Laden zu schmeißen, ich werde auch dafür sorgen, dass ein gewisses Video niemals an meinen geliebten fünften Sohn weitergeleitet wird.«

Ich erstarre.

»Video?« Yizhi meldet sich aus dem Inneren des Cockpits zu Wort. »Was für ein Video?«

»Yizhi, es ist nichts«, sage ich schnell und klinge dabei lange nicht so sicher, wie mir lieb wäre. Ich hätte nie gedacht, dass Yizhi einmal herausfinden müsste, dass sein Vater mich gezwungen hat, mich nackt auszuziehen, um unseren Handel zu besiegeln. Und jetzt das … im denkbar schlechtesten Moment!

Leider kann Gao Qiu selbst noch meine leiseste Stimme hören.

»Oh, da Ihr ihm offensichtlich nichts davon erzählt habt, ist es alles andere als nichts!«, entgegnet er mit einer diebischen Freude, die mich derart in Wallung bringt, dass ich das Schwebeboot fast zwischen meinen Klauen zerquetscht hätte.

Aber ein einziger Blick auf die Mädchen genügt, um meine Krallen wieder einzuziehen. Was ich bei vollem Bewusstsein zu tun in der Lage bin, hat durchaus seine Grenzen, und Gao Qiu hat diese Grenzen ganz richtig vorausberechnet.

Ich schreie innerlich vor Wut darüber, dass der Drache *natürlich* ein Erdtyp sein muss, der einzige Typus, der nicht zu direkten Qi-Angriffen befähigt ist. Wäre er irgendein anderer Qi-Typ, könnte ich eine präzise Qi-Salve auf Gao Qiu abfeuern.

»Er ist ebenfalls dort drin, nicht wahr?«, fährt er fort. »Perfekt! Hallo, Sohn! Du wirst nicht glauben, was für Aufnahmen ich besitze!«

»Wovon redet er?« Yizhis Tonfall wird schärfer.

»Ich erklär's dir später!«, knurre ich, und meine Gedanken zerfasern. »Jetzt lass mich doch erst einmal die Sache mit deinem Vater ...«

»Später?«, höhnt Gao Qiu. »Kaiserin Wu, mein Angebot ist zeitlich befristet. Ich kann nicht dafür garantieren, was geschehen wird, wenn Ihr es nicht innerhalb der nächsten zehn Sekunden annehmt.«

Das Schwebeboot beginnt langsam, rückwärtszufliegen.

»Lass mich raus!«, schreit Yizhi, plötzlich sehr energisch geworden. »Lass mich mit ihm reden!«

»Yizhi, es ist nicht das, was du ...!«

»Tu einfach, was ich sage«, blafft er, so kalt, dass es mir das Herz zerreißt.

Meine bereits zerfallende Welt zerfällt nur noch ein wenig mehr, aber ich kann ihn nicht gegen seinen Willen hier festhalten.

Mit dem Gefühl, als würde ich mir ein Loch direkt in die eigene Seele reißen, lasse ich eine Öffnung in der Stirn des Drachen entstehen. Yizhi klettert auf seine lange Schnauze hinaus und hinein in die peitschenden Winde des abendlichen Zwielichts.

»Vater!«, ruft er in sein Armband.

»Sohn!« Das Schwebeboot wendet sich wieder in unsere Richtung. Gao Qiu tippt auf sein Handgelenk und spricht nun seinerseits hinein. »Du solltest deiner Herzensdame klarmachen, was hier das Beste für s ...«

Ein gelbgrüner Blitz schießt durch die Luft.

Mein Qi-Fluss erstarrt wie betäubt. Selbst Qin Zheng in seinem Halbschlaf-Zustand schreckt im Kopf des Drachen hoch.

Unter Yizhis flatternden Gewändern scheint hell ein strahlendes Leuchten auf. Ein gellender Kriegsschrei entringt sich den Tiefen seiner Lunge. Elektrisch heißes Holz-Qi, von Erd-Qi verstärkt, birst aus seinen Fingern, mit denen er wie mit einer Pistole zielt. Die Salve schießt durch den Äther und trifft Gao Qiu. Mit dem Wind weht der Geruch von verbranntem Fleisch herüber.

Die Sache ist in weniger als drei Sekunden vorbei, aber der Schock bleibt für ein ganzes Leben. Die kreischenden kleinen Mädchen eilen von der verkohlten, qualmenden Gestalt fort, die eben noch Gao Qiu gewesen ist. Seine Schlägertypen bekommen es nun ebenfalls mit der Panik zu tun und befördern die rauchenden Überreste mit Fußtritten aus dem Schwebeboot. Der Leichnam klatscht in die Stadt hinab und verteilt sich auf irgendeinem Dach, was eine neue Welle von Schreien auslöst.

Yizhi krümmt sich keuchend.

Als er sich umdreht, brennen seine Augen sowohl gelb als auch grün und ebenso die Meridiane in seinem Gesicht. Blut tropft ihm aus der Nase. Er wischt sich mit dem Daumen über die Oberlippe.

»Ich glaube dir«, erklärt er, ruhig und schlicht.

Er reißt seine Hüftschärpe auf und wirft die langen Gewänder in den Wind. Der Stoff bauscht sich vor dem Hintergrund der einer nach dem anderen aufstrahlenden Sterne und wird davongetragen.

Teile meiner Rüstung aus dem Zinnoberroten Vogel glänzen auf seinem nackten Oberkörper, das Rückenmarksband zieht sich wie ein Streifen Blut seinen tätowierten Rücken hinunter; die Rüstungsstücke für Arme und Schultern wirken wie die Leichenteile eines zerrissenen Vogels.

Ein einziger Begriff zischt mir durch den Kopf: *Baofeng Shaoye.* Junger Meister des Sturms.

Als Gao Qiu damals Yizhi mit diesem Nonsenstitel belegt hat, um ihn zum Star zu machen, hat er sich das hier sicher nicht vorgestellt.

»Achtung, Achtung, dieser Aufruf ergeht an das gesamte Personal des Unternehmens Gao!«, ruft Yizhi zwischen keuchenden Atemzügen in sein Armband. »Die neue Abmachung lautet folgendermaßen: Wer sich gegen uns stellt, wird mitsamt seiner Familie sterben! Wer uns gehorcht, kann alles behalten, was er besitzt, und wird noch mehr dazubekommen!«

Die Schlägertypen im Schwebeboot wechseln perplexe Blicke.

Dann lassen sie sich inmitten der schluchzenden Mädchen auf die Knie sinken.

»Jetzt sprecht mir nach. Lang lebe die Eiserne Witwe!«, brüllt er und deutet mit dem Zeigefinger gen Himmel.

*»Lang lebe die Eiserne Witwe!«* Ihr Treuegelöbnis wird über die Lautsprecher des Schwebeboots übertragen. Mit einem Fingerdruck auf sein Armband schließt Yizhi die Funkverbindung wieder. Mit schief gelegtem Kopf sieht er zu mir herüber. »Scheint, als hätte ich gerade eins Komma vier Milliarden Yuan geerbt.«

Was einer Beschreibung meiner momentanen Gefühle am nächsten kommt, ist der Ausdruck auf Qin Zhengs Gesicht in der Yin-Yang-Welt: die Brauen zusammengezogen, die Augen verkniffen, der Mund geöffnet.

Dann schüttelt er blinzelnd den Kopf. »Moment mal, wie hoch ist gerade die Inflation? Ist das immer noch eine Menge Geld?«

Ich breche in unkontrolliertes Gelächter aus, das laut durch den ganzen Drachen dringt. Diesmal bin ich mir wirklich nicht sicher, ob ich damit je wieder aufhören kann. Yizhi muss ins Cockpit zurückeilen, damit all das Beben ihn nicht ausrutschen und in die Tiefe stürzen lässt. Ein Wechselbad der Gefühle fegt durch mich hindurch wie ein Wirbelwind: Trauer und Jubel, Zorn und Erleichterung, Schmerz und Ekstase.

Was für ein Tag.

Was für ein Monat.

Was für ein Leben.

Seit meiner Geburt hat man mir unzählige Lügen aufgetischt. Dass ich nicht lieb genug sei, nicht rücksichtsvoll genug, nicht bescheiden genug, nicht anständig genug, nicht hübsch genug, nicht *angenehm* genug. Und dass es mir gar nicht zustünde zu leben, wenn es mir nicht gelänge, die Ansprüche und Bedürfnisse all jener um mich herum zu erfüllen.

Propaganda. Von vorne bis hinten. Propaganda, damit ich auf meinen abgebundenen und gebrochenen Füßen hinter der Anerkennung anderer herjage, als wäre eine gute Dienerin zu sein das Einzige, worauf ich stolz sein könnte.

Jetzt erkenne ich die Wahrheit.

Die Welt verdient meine Anerkennung nicht. Sie ist meiner Freundlichkeit und meines Mitgefühls nicht würdig.

Als ich meine Sinne endlich wieder beisammen habe, wende ich mich der heulenden, knienden Bevölkerung unter mir zu. Ich kann nicht glauben, dass sie überhaupt noch bei Stimme sind, nachdem sie doch so viel geschrien haben. Es wird nicht leicht werden, sie dazu zu bringen, sich einer neuen Weltordnung zu fügen, die *ich* eingeführt habe, und ich weiß, dass die Einnahme von Chang'an noch nicht bedeutet, dass mir ganz Huaxia gehört. Aber das hier ist schon mal ein Anfang.

»So viel zum Thema Hütte in den Bergen, was?«, murmele ich, gerade laut genug, dass Yizhi es hören kann.

»Scheiß auf die Hütte in den Bergen«, antwortet er im Kopf des Drachen. »Lass uns über die Welt herrschen.«

# EPILOG

Immer noch im Drachen, lande ich in dem Tal voller Asche, wo wir gegen die Hundunkaiser gekämpft haben. Aus drei Gründen habe ich nach Zhou zurückkehren müssen: um mein Qi wieder aufzuladen, um mich um die Armee zu kümmern und um Shimin heimzubringen.

Aber ich finde nicht vor, was ich erwarte.

»Was soll das heißen, ›*sie* haben ihn mitgenommen‹?«, rufe ich aufgebracht, an die Adresse des Weißen Tigers gerichtet.

»Ich meine es ernst!« Qieluos Stimme erklingt durch das Maul des Tigers. »So ein riesiges Schwebeboot ist aus dem Nichts gekommen – buchstäblich aus dem Nichts, es hat sich einfach aus leerer Luft materialisiert –, und dann ist es da drüben zu Boden gegangen. Bis wir dort angekommen sind, ist es schon wieder fort gewesen, und mit ihm die Einzelteile des Vogelkopfs!«

Meine Gedanken rasen wild durcheinander, ich kann nicht fassen, was sie da sagt. »Waren es ... waren es die Götter?«

»Ich glaube schon. Ich meine, wer könnte es sonst gewesen sein?«

»Aber die Götter zeigen sich niemals! Sie greifen nie ein! Sie ...«

Plötzlich ist da eine fremde Kraft, die nun die Stimme des Drachen an sich reißt.

»Sie haben selbst *mir* nie geholfen, wenn ich Hilfe gebraucht habe!«, brüllt Qin Zheng entrüstet.

Es ist das erste Mal, dass er durch den Drachen gesprochen hat, seit er aufgewacht ist.

Der Weiße Tiger und die wenigen Chrysaliden hinter ihm gaffen uns an. Ich glaube, nach allem, was sonst passiert ist, haben sie noch nicht wirklich verinnerlichen können, dass Kaiser Qin Zheng tatsächlich zurückgekehrt ist – nach zwei Jahrhunderten am Rande des Todes wiederbelebt.

Ich kann spüren, wie seine Geistkraft stärker wird, und es gefällt mir nicht.

Ich weiß nicht, wie lange ich ihn mir noch werde zunutze machen können.

Aus dem Cockpit des Drachen ist ein Piepen zu hören. Auch wenn ich immer noch zu verstehen versuche, was Qieluo gesagt hat, löse ich mich nun von der Chrysalis und kehre in meinen menschlichen Körper zurück, um einen Blick auf mein Armband zu werfen. Ich habe Übertragungswagen in Stellung gebracht, um die Kommunikation mit Yizhi aufrechtzuhalten. Wenn er mich anruft, muss in Chang'an etwas Wichtiges passiert sein.

Seine Mitteilung öffnet sich, und Yizhis panisches Gesicht erscheint. Er ist völlig außer sich.

»Zetian, es ist alles eine Lüge! Alles eine Lüge!«

Ich blinzele. »Ich weiß ...«

»Nein, es geht mir nicht um das Pilotensystem! Es geht um den Planeten! *Das hier ist nicht unser Planet!*«

»Was ...?«, hauche ich. Im Yin-Sitz schreckt Qin Zheng ruckartig hoch und hört aufmerksam zu.

Yizhi klingt so atemlos, dass ihm das Sprechen schwerfällt. »Meine Leute haben im Schutt des Palastes ein Quarzlaufwerk gefunden. Das ganze ideelle Gebäude, dass die Hunduns unsere ehemalige Zivilisation zerstört haben – das stimmt alles nicht! Unsere Vorfahren sind auf diesem Planeten abgeworfen worden! *Die Hunduns sind hier die Ureinwohner, nicht …!*«

Der Bildschirm flackert kurz und wird schwarz. Ein Text in weißer Blockschrift taucht auf und zieht in langsamer Bewegung über das Display.

VEREHRTE WU ZETIAN,
WENN IHR MIT EUREN DRASTISCHEN AKTIONEN FORTFAHRT, LASST IHR UNS VOM HIMMELSHOF KEINE ANDERE WAHL, ALS ZU INTERVENIEREN. WIR ERKENNEN JEDOCH EURE GROSSE MACHT AN. DESHALB HIER UNSER ANGEBOT:
WENN IHR UNS GEHORCHT, SO WIE DIE WEISEN ES GETAN HABEN, VERFÜGEN WIR ÜBER MÖGLICHKEITEN, EUCH ZURÜCKZUBRINGEN, WAS IHR VERLOREN HABT.
ABER WENN IHR EUCH UNS ENTGEGENSTELLT ODER DIE WAHRHEIT ÖFFENTLICH MACHT, WERDET IHR ALLES VERLIEREN.

Die Farbe kehrt auf das Display zurück – eine in fahlen Tönen gehaltene Videoschaltung von einem zylindrischen Becken, das mit einer schaumigen Flüssigkeit gefüllt ist. Darin befindet sich etwas, über ein Durcheinander von Schläuchen und Drähten mit der Oberseite verbunden.

Etwas mit einem Kopf, einer schweren schwarzen Sauerstoffmaske und einem nackten gebrochenen Brustkorb, durch den ein langsam schlagendes Herz und eine träge atmende Lunge sichtbar sind. Sonst ist da nichts.

Ich kann gar nicht fassen, dass das ein Mensch ist. Kann nicht erkennen, wer … Kann nicht fassen, dass das …

Aber ich kenne dieses kurze Haar. Ich kenne diese tief liegenden Augen.

Ein weißes Rauschen durchbohrt mein Gehirn, und gleichzeitig ist da das Wehklagen des Metallkaisers, das sich mir tief in den Schädel eingebrannt hat.

*»Menschen … Geißel des Universums …«*

Die Erinnerung daran und der Schmerz, die Trauer und der Zorn des Wasserkaisers zerreißen mich. Der Berg voller Hundunlarven, dampfend und zerstört, Blitze hinter meinen Augen, alles verschmilzt mit dieser grauenvollen Hoffnung auf meinem Display – wie ein Albtraum, dem ich nicht entfliehen kann, ganz gleich, wohin auch immer ich davonrennen will.

Ich kralle mir die Fingernägel in den Kopf, reiße sie mir über die Haut und fange an zu schreien.

# DANKSAGUNG

Es ist eine wahrhaft merkwürdige Reise gewesen – an ihrem Anfang musste ich verzweifelt versuchen, Leute dazu zu bewegen, mein Geschriebenes zu lesen, und jetzt, an ihrem Ende, müssen sie dafür bezahlen. Okay, wenn du für deine Lektüre nichts bezahlt hast, dann geht das in Ordnung, aber dann hinterlasse doch bitte bei Goodreads oder Amazon eine Bewertung und schreibe eine Rezension, LOL.

Aus tiefstem Herzen danke ich Rebecca Schaeffer, die mich kennengelernt hat, als ich als Autorin noch in den Kinderschuhen steckte und derart problematische Sachen geschrieben habe, dass ich sie am liebsten für immer aus meinem Gedächtnis tilgen würde (ich bin froh, dass diese Bücher nie veröffentlicht worden sind). Ist es nicht irgendwie zum Schießen, dass wir zwei miteinander so uneins waren, als wir zum ersten Mal unser Betaleser-Feedback ausgetauscht haben, aber dann bestens miteinander ausgekommen sind, als wir in echt miteinander geplaudert haben? Danke, dass du mehr in mir gesehen hast, als ich noch meine Jahre der Irrungen durchlief, und dass du dann jeden einzelnen Tag für mich da gewesen bist, als meine psychische Verfassung am Tiefpunkt war. Ohne dich wäre ich wahrscheinlich jetzt nicht mehr am Leben. Dieses Buch jedenfalls würde es ohne dich definitiv nicht geben – ohne dich und jenes lebensverändernde Gespräch, in dem meine Tiraden über die japanische Science-Fiction-Zeichentrickserie *Darling in the Franxx* schließlich eine neue Form angenommen und sich, nun ja, in *diese* ganze Geschichte hier verwandelt haben. (Übrigens möchte ich euch allen Rebeccas Trilogie *Not Even Bones* wärmstens ans Herz legen. Sie handelt von einem Mädchen, das für seine Mutter übernatürliche Geschöpfe seziert, die diese dann übers Internet vertreibt, bis schließlich die Protagonistin selbst auf dem Schwarzmarkt für Übernatürliches verkauft wird!)

Mein Dank geht auch an Rachel Brooks, die aufmerksamste und fürsorglichste Literaturagentin, die einer Autor*in sich nur wünschen kann. Sie musste damit zurechtkommen, dass ich ihr plötzlich dieses Buch vorgesetzt habe, wo ich doch eigentlich etwas ganz anderes hätte redigieren sollen, und dann sah sie sich gezwungen, mir in einem Brief von zehntausend Wörtern auseinanderzusetzen, warum genau jener Entwurf dieses Buches viiiiiel zu düster sei, um sich als Jugendbuch zu verkaufen. Tut mir sehr leid; 2019 war mein letztes Jahr an der Uni, und ich war seelisch völlig am Boden, aber ich würde doch sagen, es hat letztlich wunderbar geklappt, nicht wahr?

Ich danke meinen großartigen Verlagslektoren Peter Phillips und Margot Blankier dafür, dass sie immer an mich geglaubt und mich befeuert haben, dieses Buch auf eine höhere Ebene zu heben. Meiner Redakteurin Catherine Marjoribanks danke ich dafür, dass sie all meine grammatikalischen Schnitzer ausfindig gemacht hat. (Also, ich muss schon sagen, Englisch ist ja so eine komische Sprache ...) Samantha Devotta, meiner Presseagentin, danke ich dafür, dass sie genauso darauf brennt, dieses Buch groß rauskommen zu lassen, wie ich. Mein Dank geht auch an Shana Hayes, die dieses Buch mit Adleraugen Korrektur gelesen und Inkonsistenzen aufgespürt hat, auf die ich selbst nie im Leben gekommen wäre. Shenwei Chang danke ich für ihre wertvollen Hinweise in puncto politische Korrektheit. Und Ashley Mackenzie dafür, dass sie sich beim Anfertigen der umwerfenden Cover-Illustration des Originals über alle Erwartungen hinaus ins Zeug gelegt und sogar extra das ganze Buch gelesen hat, um sicherzustellen, dass die optische Gestaltung auch wirklich der Handlung entspricht.

Ich danke dem Canada Council for the Arts und dem British Columbia Arts Council für das Stipendium, das mir die Arbeit an diesem Buch ermöglicht hat.

Mein Dankeschön auch an Rebecca Kim Wells, die mein Leben für immer verändert hat, als sie mich 2018 über das Mentoring-Programm Pitch Wars als ihren Schützling auserwählt hat. Ich stand schon kurz davor, das Schreiben aufzugeben, als dann plötzlich mein Name in jener Ankündigung erschienen ist. (Ihr müsst unbedingt alle die beiden Bände ihres zornigen, bisexuell-feministischen Drachenfantasy-Zweiteilers *Shatter the Sky* und *Storm the Earth* kaufen, die es jetzt überall gibt, wo Bücher verkauft werden!) Mein Dank außerdem an Brenda Drake, dass sie Pitch Wars, diese tolle Möglichkeit für Autoren und Autorinnen, ins Leben gerufen hat.

Ein herzliches Dankeschön an meine Betaleserinnen und -leser, besonders an die, die sich durch die alles andere als jugendfreie erste Fassung gequält haben: Rebecca Schaeffer, Tina Chan, Meg Long, Mary Roach und JR Creaden.

Danke auch an die ganze Truppe der »Squaaaad«: Lee Martin, Natalie Heaman und Megan Poland, die Zeugen meiner gesamten Reise von der schlampigen Möchtegernautorin, die darum kämpft, eine Agentin zu bekommen, hin zur richtigen Schriftstellerin mit zahlreichen Buchverträgen gewesen sind. Die Redewendung »Miteinander durch dick und dünn gehen« ist für Freunde wie euch erfunden worden. Wenn ich

Fergie wäre und das Ganze hier ihr Song *Glamorous*, dann würde ich euch mitnehmen, wenn ich zum Drive-in von Taco Bell gehe, und euch allen ein Menü »raw as hell« spendieren.

Ich danke auch Jen Low, die, als sie mich mit … na ja, einer ganz bestimmten Zeichentrickserie … vertraut gemacht hat, jene Ereignisfolge erst auslöste, die dazu geführt hat, dass ich mit dem Schreiben angefangen habe, sowie Dylan Hayes Cross dafür, mich dann richtig ernsthaft zum Schreiben gebracht zu haben. Ich war schon kurz davor, euch für all die Jahre von Stress und Qual zu verfluchen, aber letztlich hat es ja doch ganz gut geklappt, würde ich sagen.

Und ich danke Vander. Wo immer du bist, ich hoffe, es geht dir gut.

VRAINS HELL gebietet mein Dank, weil sie das chaotische Licht meines Lebens waren, als ich am Tiefpunkt war. Ari, Mac, Lily, Ra, Yusei (Chrono), Treble, Masky, Cookie, Cherie, Nox, CC, Night, Mage, Hungry, ich werde euch alle niemals vergessen.

Ich habe mich durch die Niederschrift dieses Buches durchgekämpft, um euch stolz zu machen.

Ein Dankeschön an meine neuen Freunde: Marco, Francesca, Enxi und Haru. Ihr macht die Sache mit Twitter Dot Com wert, wenn es scheint, als sei dem nicht so.

Ein weiteres dickes Dankeschön an die Produzenten von *Darling in the Franxx*: Vielen Dank dafür, dass ihr das Pilotensystem von Junge und Mädchen in diesem Buch inspiriert habt, und für die Idee, dass die pilotierten Laufroboter der Mechs als literarisches Mittel zur Erkundung von Erwachsenwerden, Gender und Sexualität eingesetzt werden können.

Mein Dank an meine Familie, dafür, dass sie es schließlich akzeptiert hat, dass ich die Schriftsteller*innenlaufbahn eingeschlagen habe. Ich wünschte mir immer noch, ihr hättet von Anfang an Vertrauen in meine Fähigkeiten gehabt, aber ich schätze, ihr müsstet mir einfach nur mal einen Teller mit in Scheiben geschnittenem Obst bringen, und wir wären quitt.

Zu guter Letzt möchte ich noch der Kaiserin Wu danken – dass du es geschafft hast, die einzige Kaiserin in der chinesischen Geschichte zu werden, hat dich zu einer alle Genderrollen sprengenden Ikone gemacht. Auch wenn Zetian eine neu erschaffene Wiederverkörperung ist, die in einer völlig anderen Welt unter völlig anderen Umständen lebt, hoffe ich doch, dass ihr vitaler Lebensmut und ihre einfallsreiche Gewitztheit dir gerecht geworden sind.